Wolfgang Hohlbein, geboren 1953, lebt mit
seiner Frau Heike und seinen Kindern, umgeben von
Katzen, Hunden und anderen Haustieren,
in einem Vorort von Neuss.
Mit über 36 Millionen verkauften Romanen weltweit
ist er der erfolgreichste deutsche Autor der Gegenwart.
Er hat zahlreiche Preise und Auszeichnungen erhalten,
doch vor allem ist er ein begnadeter Erzähler von
faszinierenden Geschichten.

Weitere Titel des Autors bei Bastei Lübbe:

Raven – Schattenreiter
Raven – Schattenchronik

Der Drachen-Zyklus
Bd. 1: Die Töchter des Drachen
Bd. 2: Der Thron der Libelle

Der Hexer-Zyklus – Director's Cut
Bd. 1: Die Spur des Hexers
Bd. 2: Der Seelenfresser
Bd. 3: Engel des Bösen
Bd. 4: Der achtarmige Tod
Bd. 5: Buch der tausend Tode
Bd. 6: Das Auge des Satans
Bd. 7: Der Sohn des Hexers
Bd. 8: Das Haus der bösen Träume

Charity
Bd. 1: Charity – Die beste Frau der Space Force
Bd. 2: Die Sonnenbombe
Bd. 3: Die Herren der Schwarzen Festung
Bd. 4: Das Erbe der Moroni

Thor
Anubis
Von Hexen und Drachen
Kevin von Locksley (2 Romane in einem Band)
Intruder
Der Inquisitor
Das Jahr des Greifen (3 Romane in einem Band)
Dunkel
Die Kinder von Troja
Die Heldenmutter
Wolfsherz
Der Widersacher
Die Moorhexe
Geisterstunde

Titel in der Regel auch als E-Book erhältlich

Wolfgang Hohlbein,
Claudia Kern, Susan Schwartz
und Frank Thys

MISSION MARS

DIE ANKUNFT

BASTEI
LÜBBE
TASCHENBUCH

BASTEI LÜBBE TASCHENBUCH
Band 20 649

1. Auflage: März 2012

Dieser Titel ist auch als E-Book erschienen

Vollständige Taschenbuchausgabe der im Bastei-Lübbe-Verlag
unter dem Titel »Mission Mars« erschienenen Maddrax-Reihe.
Diese Ausgabe enthält Band 1 bis 6.

Bastei Lübbe Taschenbuch in der Bastei Lübbe GmbH & Co. KG

Titelillustration: © Arndt Drechsler, Rohr i. Nb
Umschlaggestaltung: Guter Punkt, München
Satz: Urban SatzKonzept, Düsseldorf
Gesetzt aus der Baskerville
Druck und Verarbeitung: CPI – Ebner & Spiegel, Ulm
Printed in Germany
ISBN 978-3-404-20649-0

1

Als die BRADBURY in eine enge Umlaufbahn um den Mars einschwenkte, hatte das Schiff eine lange Reise hinter sich, und das sah man ihm an. Als es aufgebrochen war – exakt 55 758 006 Kilometer entfernt und annähernd ein Jahr zuvor –, war es eine strahlende Schönheit gewesen; der einhundertfünfzig Meter messende Triumph menschlichen Erfindungsgeistes und purer Willenskraft.

Jetzt war sie kaum mehr als ein Wrack; zumindest äußerlich. Die filigranen Aufbauten und die glänzende Hülle des ersten echten interplanetaren Raumschiffes, das die Bewohner des dritten Planeten ...«

Was für ein Unsinn.

John Carter runzelte ärgerlich die Stirn und drückte mit einer so wütenden Bewegung den Löschknopf seines Tablets, dass das Gerät ein leises Knirschen von sich gab. Die Buchstaben auf dem Display verschwanden, aber nicht ohne vorher noch einmal protestierend zu flackern, als wollten sie dagegen aufbegehren, ein für allemal aus dem Kausalitätsgewebe des Universums gelöscht zu werden.

Was beinahe noch größerer Unsinn war.

Möglicherweise war das Flackern sogar real gewesen, aber es war kein Aufbegehren der Worte gegen das Gelöschtwerden (sicher ein interessanter Gedanke, den er sich für eine andere Gelegenheit merken sollte), sondern allenfalls ein Aufbegehren der Technik gegen die grobe Behandlung. Gates Corporation gab eine Fünf-Jahres-Garantie auf normalen Verschleiß sowie eine Fallgarantie aus anderthalb Metern Höhe auf Beton für die Dinger; darüber hinaus waren sie angeblich druckresistent bis zu einer Wassertiefe von hundertfünfzig Metern und hielten einen Blitzeinschlag in zwei Metern Entfernung aus.

Was ihn nicht daran gehindert hatte, allein in den letzten zwei Monaten (er korrigierte sich in Gedanken: *zwölf.* Aber zehn waren ihm ja auf dem Weg hierher abhandengekommen) bereits zwei von diesen verdammten Dingern in Grund und Boden zu schreiben. Er sollte ein bisschen vorsichtiger sein. Er hatte zwar vorausschauenderweise gleich drei Tablets mitgenommen und dazu genug Speicherkristalle, um die *Encyclopedia Britannica* zehnmal abschreiben zu können – in sämtlichen Sprachen der Welt –, aber die nächste Servicestation der Gates Corporation war ziemlich weit entfernt.

John amüsierte sich einen Moment lang an der Vorstellung, welches Gesicht der zuständige Servicemanager bei Gates wohl machen wurde, wenn er anrief und den Zwölf-Stunden-vor-Ort-Service einforderte. *Ja, natürlich, den Kaufbeleg habe ich da … den Garantieschein auch, selbstverständlich … und die Originalverpackung, sicher … ach so, ja, die Adresse, wo Sie das Gerät abholen können? Kabine neunzehn, Level drei im Wohnmodul der BRADBURY, augenblicklich im Anflug auf den Mars.* Sehr witzig, wirklich, ausgesprochen komisch.

Für einen noch kürzeren Moment war er ganz ernsthaft versucht, tatsächlich ins Kommandomodul der BRADBURY hinaufzufahren und Han Suo Kang um eine Verbindung zur Erde zu bitten, und sei es nur, um das dumme Gesicht des Service-Fuzzis *tatsächlich* zu sehen, aber Dr. Kang würde ihm keine Übertragungszeit zur Erde geben, nicht für einen solchen Unsinn und auch aus keinem anderen Grund. Alles was ihm eine entsprechende Bitte einbringen würde, waren ein paar weitere Minuspunkte auf dem Konto, das der Chinese zweifellos für ihn angelegt hatte. Nicht dass es auf einen mehr oder weniger ankam …

Carter schüttelte auch diesen Gedanken ab, schaltete das Tablet aus und warf das schlanke Gerät zielsicher auf sein Bett – was nun wirklich kein Kunststück war. Die ausgeklappte Liege markierte zwar zugleich den Punkt im Raum, der am weitesten von seinem Sitzplatz unmittelbar neben der Tür entfernt war, aber der Abstand betrug trotzdem nicht einmal zwei Meter. Die Kabine war winzig.

Und unglückseligerweise auch fast ohne Gravitation. John erinnerte sich einen Moment zu spät daran, dass die BRADBURY zwar bereits vor zwei Tagen in die Bremsphase eingetreten war, an Bord aber trotzdem noch nicht einmal ein Viertel der irdischen Anziehungskraft herrschte. Später, wenn das Schiff in einen niedrigeren Orbit um den Mars einschwenkte, würde sich die Schwerkraft allmählich wieder aufbauen, aber später war eben nicht jetzt. Das war das Verrückte an der bemannten Raumfahrt, dachte John amüsiert – während er zugleich versuchte, das Tablet aufzufangen, das wie ein Gummiball vom Bett abgeprallt und nun bestrebt war, an der Wand dahinter zu zerschellen: Obwohl sie sich noch immer mit mehr als *siebzigtausend Kilometern pro Stunde* bewegten, ging alles hier furchtbar langsam.

Irgendwie gelang es ihm, sein Schreibpad aufzufangen, bevor es mit der Wand kollidierte, und er machte dabei nicht einmal eine schlechte Figur; auch wenn er die niedrige Gravitation ein weiteres Mal unterschätzte und dem Tablet weitaus mehr hinterher *ruderte* als sprang.

Zumindest war der Aufprall auf dem Bett nicht hart.

So langsam wie ein Taucher auf den Grund eines Swimmingpools sank er auf die Matratze, drehte sich dabei halb um seine Längsachse und ließ das Tablet schließlich doch noch fallen – es segelte sanft wie ein fallendes Blatt auf das stumpfe Metall hinunter –, und von der Tür her sagte eine leicht verwundert klingende Stimme: »Störe ich?«

John fuhr so erschrocken herum, dass er wieder ein kleines Stück in die Höhe schwebte, bevor er mit einem hastigen Griff Halt fand und sich zur Tür drehte.

Er blickte in das Gesicht einer dunkelhaarigen jungen Frau, die auf der Schwelle stand und ihn mit schräg gehaltenem Kopf ansah. *Jung aussehenden* Frau, verbesserte er sich in Gedanken. Madelaine Saintdemar war knapp drei Jahre älter als er – also selbst nach seinem subjektiven Kalender, der gute zehn Monate nachging, Ende dreißig –, aber sie sah keinen Tag älter aus als fünfundzwanzig. Sie trug ganz offensichtlich eines jener seltenen Gene, die Menschen scheinbar langsamer altern ließen und ihnen bis ins hohe Alter ein jugendliches Aussehen verliehen. Musste irgendwas mit ihrem Beruf zu tun haben, überlegte John, während er sich den Kopf über eine möglichst intelligente Antwort zerbrach.

»Wie?«

So viel dazu.

Saintdemars Gesicht blieb vollkommen ausdruckslos, aber tief in ihren Augen glomm ein amüsiertes Funkeln auf. »Ist das Ihr ganz persönliches Fitnessprogramm, oder komme ich gerade ungelegen?«, fragte sie.

»Weder noch«, antwortete Carter und sank endgültig auf den Boden hinab, bis seine Magnetsohlen Kontakt mit der metallenen Oberfläche fanden. Das Tablet lag unmittelbar vor seinen Füßen, aber er wagte es nicht, sich danach zu bücken. Wenn seine *Glückssträhne* weiter anhielt, würde er Saintdemar wahrscheinlich vor die Füße fallen. »Aber Sie könnten das nächste Mal anklopfen, bevor Sie in eine fremde Kabine kommen.«

Saintdemar machte einen halben Schritt zurück auf den

Gang und verrenkte sich demonstrativ den Hals, um nach oben zu sehen. »Das grüne Licht ist an«, sagte sie.

Carter verzichtete auf eine Antwort. Für seinen Geschmack hatte er sich genug blamiert für einen Tag.

Saintdemar wartete einen Atemzug lang vergebens auf eine Reaktion, dann trat sie mit einem angedeuteten Achselzucken zum zweiten Mal ein, bückte sich mit einer Bewegung, die in John Neid aufsteigen ließ, nach dem Tablet und legte es auf den Tisch, wo es auch gehorsam verharrte, ohne sich abermals selbstständig zu machen. Ihre Augen funkelten noch immer spöttisch, aber in ihrer Stimme lag ein unüberhörbar versöhnlicher Ton, als sie weitersprach: »Ich wollte Sie wirklich nicht stören, tut mir leid. King Kang möchte Sie sehen.«

»Was habe ich ausgefressen?«, fragte John grinsend. Madelaine Saintdemar war nicht nur die Einzige an Bord, die es wagte, den Spitznamen des Kommandanten offen auszusprechen, sondern sich geradezu einen Spaß daraus machte, es so zu tun, dass er es einfach mitbekommen *musste*.

»Nicht mehr als sonst auch, nehme ich an«, antwortete sie blinzelnd. »Jedenfalls nicht mehr als der Rest von uns. Wir sollen alle auf die Brücke kommen.« Sie drehte kurz den Kopf, bevor sie hinzufügte: »Er hat mich geschickt, um Sie zu holen.«

Carter folgte ihrem Blick und konnte selbst spüren, wie das Blut in seine Ohren schoss, als er das blinkende rote Licht über dem Bordcommunicator gewahrte.

»Oh«, sagte er. »Ich muss –«

»– vergessen haben, den akustischen Alarm wieder einzuschalten?« Saintdemar drohte ihm spielerisch mit dem Zeigefinger. »Aber Sie wissen doch, dass der Rufton immer eingeschaltet sein muss. Artikel dreiundzwanzig des Bordhandbuchs«, fügte sie mit leicht veränderter Stimme hinzu, wobei sie den leicht näselnden Akzent ihres chinesischen Kommandanten perfekt nachahmte. Kang kannte das Handbuch nicht nur auswendig und zitierte es bei jeder passenden Gelegenheit (bei jeder unpassenden übrigens auch); nach der allgemeinen Meinung an Bord ging er mit dem Ding auch ins Bett und aufs Klo.

Nach Carters Meinung benutzte er es auch als Wichsvorlage. Aber *diese* Überlegung behielt er im Moment lieber für sich.

»Schuldig«, gestand er und hob die Hände. »Wissen Sie, was los ist?«

»Keine Ahnung.« Saintdemar lehnte sich mit der Hüfte gegen den schmalen Tisch und verschränkte die Arme vor der Brust. »Routine, nehme ich an. Wir haben vor einer halben Stunde den hohen Orbit verlassen.«

»Und das heißt?«

»Dass wir bald in den *niedrigen* Orbit einschwenken«, antwortete Saintdemar mit sanftem Spott. »So in ungefähr drei Tagen.«

»Dann ist er zu früh dran«, sagte John.

Saintdemar lächelte, aber diesmal wirkte es nichts anderes als pflichtschuldig. »Jedenfalls wird seine Laune nicht besser, wenn *wir* noch später dran sind«, sagte sie.

»So schlimm?«

Für einen Moment verdüsterte sich Saintdemars Miene. »Schlimmer.« Dann zuckte sie mit den Achseln. »Aber keine Sorge – ich wollte sowieso noch einmal nach Bergmann sehen.«

»Wie geht es ihm?«, fragte John.

»So wie gestern«, antwortete die Ärztin. »Ein bisschen besser. Nicht viel.« Sie zwang sich zu einem Lächeln, das optimistisch wirken sollte. »Aber keine Sorge – er kommt schon wieder auf die Beine. Er ist zäh.«

»Ja«, antwortete Carter – nicht weil er es wirklich glaubte, sondern weil er spürte, dass sie genau diese Antwort hören wollte. Enrico ... *Rick* Bergmann war für Madelaine Saintdemar mehr als nur ein Besatzungsmitglied.

Sein Versuch, einfach nur ein bisschen Konversation zu machen, war vollkommen schiefgegangen, und ein unangenehmes Schweigen begann sich zwischen ihnen auszubreiten. Dass sie es gewesen war, die die Sprache auf Bergmann gebracht hatte, machte es nicht wirklich besser. John suchte einen Moment vergeblich nach irgendetwas, das er sagen konnte, ohne es damit noch schlimmer zu machen, fand nichts und griff schließlich nach seinem Tablet, um es auszuschalten – was es längst war. Aber er hatte plötzlich das dringende Bedürfnis, seine Hände zu beschäftigen.

»Wie ist es gelaufen?«, fragte Saintdemar. Offenbar war er nicht der Einzige, der Probleme hatte, die richtigen Worte zu finden.

»Nicht gut«, antwortete er wahrheitsgemäß. Er legte das Pad wieder aus der Hand. »Raumfahrt tut vielleicht not, aber mir nicht gut.«

Saintdemar tat ihm den Gefallen, flüchtig die Lippen zu verziehen. »Machen Sie sich nichts draus«, sagte sie. »Das vergeht.«

»Ich hoffe es«, seufzte John. »Irgendwie habe ich das Gefühl, vollkommen vernagelt zu sein. Allmählich beginne ich mich zu fragen, ob Kang nicht Recht hat.«

Saintdemar zuckte betont beiläufig mit den Schultern. »Kommen Sie. Wir sollten unseren geschätzten Kommandanten nicht noch länger warten lassen. Vielleicht hat er uns ja ausnahmsweise mal etwas Wichtiges mitzuteilen.«

***

Sie verließen die Kabine. John warf dem ruhig leuchtenden grünen Licht über der Tür einen vorwurfsvollen Blick zu und ärgerte sich über sich selbst.

Es war nur eine Kleinigkeit, aber sie war bezeichnend für die letzten fünf Tage. Alle Türen an Bord der BRADBURY waren so eingestellt, dass sie sich automatisch öffneten, sobald sich eines der Besatzungsmitglieder auf weniger als einen Schritt näherte; eine von zahllosen Kleinigkeiten, die in ihrer Gesamtheit das Leben an Bord ein kleines bisschen erträglicher gestalteten. Direkt neben seiner Tür – wie neben jeder anderen an Bord – befand sich ein handtellergroßer Schalter, der diese Funktion außer Kraft setzte, um dem Bewohner der Kabine Privatsphäre zu garantieren. John hatte schlicht und einfach vergessen, ihn zu betätigen.

Wie so vieles, dachte er finster. Er hatte zum Beispiel auch vergessen, wie man *schrieb.*

Der Text, den er vorhin von seinem Pad gelöscht hatte, war nicht der erste gewesen. Dabei war er nicht einmal schlecht. Die Fakten stimmten, die Wortwahl war okay, der Spannungsbogen richtig angelegt – aber *nicht einmal schlecht* bedeutete leider nicht automatisch auch *gut.*

Und genau das war sein Problem: John Carter war nicht *der* John Carter geworden, weil er *nicht schlecht* war, sondern weil er verdammt noch mal *gut* war! Und der Müll, den er in den letzten Tagen auf seinem Pad formuliert hatte, war ganz und gar nicht sein Standard.

Obwohl er bis zu diesem Moment der Meinung gewesen war, sich einigermaßen in der Gewalt zu haben, mussten sich seine Gedanken wohl ziemlich deutlich auf seinem Gesicht ablesen lassen, denn als sie in den Zentrallift traten, sagte Saintdemar unvermittelt: »Lassen Sie sich keine grauen Haare wachsen. Was Sie erleben, ist ganz normal. Sie kennen doch das Gefühl, nach einem langen Schlaf noch nicht ganz wach zu sein.« Saintdemar machte eine kreiselnde Bewegung mit dem Zeigefinger an ihrer Schläfe. »All die kleinen Zahnrädchen da oben funktionieren noch nicht richtig.«

Der Lift hielt ohne die geringste Erschütterung an und die

Türen glitten mit einem kaum hörbaren Zischen auf. Der Gang vor ihnen schien sich nicht verändert zu haben. Alles hier an Bord war irgendwie gleich. Man hätte schon die Beschriftungen auf den Türen vergleichen müssen, um einen Unterschied festzustellen. Eine Folge der modularen Bauweise, die bei der Konstruktion der BRADBURY Pate gestanden hatte.

»Und jetzt führen Sie sich vor Augen, wie lange Sie diesmal *wirklich* geschlafen haben«, schloss Saintdemar nahtlos an ihre Ausführungen an, als sie die Kabine verließen und den Korridor zur Brücke entlanggingen. »Ihr Gehirn braucht einfach noch eine Weile, um wieder wie gewohnt zu funktionieren. Aber es kommt alles wieder in Ordnung, keine Sorge. Sie nehmen doch die Tabletten, die ich verteilt habe?«

John nickte ganz automatisch. Dabei hatte er diese beschissenen Tabletten *nicht* genommen, und er würde sie auch nicht nehmen.

Saintdemar sah ihn unübersehbar zweifelnd an, was ihn im ersten Moment verwirrte. Ihr jugendliches Äußeres ließ ihn immer wieder vergessen, dass sie nicht nur eine der besten Wissenschaftlerinnen der Erde auf ihrem Spezialgebiet war, sondern so ganz nebenbei auch die Bordärztin der BRADBURY, und dass sie somit ziemlich genau wusste, *welche* Substanzen sich in seinem Blutkreislauf befanden und welche nicht. Es war ziemlich aussichtslos, sie in diesem Punkt belügen zu wollen.

Dennoch fuhr sie fort: »Dann kommt auch alles wieder in Ordnung. Ohne die Tabletten übrigens auch«, fügte sie mit einem angedeuteten Lächeln hinzu, bei dem sich das spöttische Funkeln in ihren Augen noch verstärkte. »Es dauert nur länger.«

Was John in seinem Entschluss bestärkte. Er würde den Teufel tun und seinen Körper mit Chemie belasten, so lange es nicht unbedingt notwendig war.

Zu seiner Erleichterung erreichten sie das Ende des Korridors und die Tür zur Brücke glitt auf, sodass er das Gespräch nicht fortsetzen musste. Saintdemar trat mit einem schnellen Schritt an ihm vorbei, als lege sie besonderen Wert darauf, die Brücke als Erste zu betreten.

Genau so war es auch.

Saintdemars *besonderer Grund* stand nur drei Schritte hinter der Tür, maß vom Scheitel bis zur Sohle knappe zwei Meter und hieß Han Suo Kang, seines Zeichens Kapitän der BRADBURY und in Personalunion Kommandant der ersten bemannten Marsexpedition, und im Moment sprühten seine schwarzen Augen geradezu.

John begegnete seinem Blick nur für einen Sekundenbruchteil, denn Saintdemar machte einen plötzlichen Schlenker zur Seite, mit dem sie genau zwischen ihn und Kang trat, und ihm wurde endlich der Sinn ihres Vorpreschens klar: Sie hatte sehr wohl gewusst, in welcher Stimmung sich Kang befand, und wollte den Blickkontakt zwischen ihnen unterbrechen, um ihm wenigstens den ersten Anranzer zu ersparen.

Ein nutzloser Versuch, wie sie beide wussten, aber es war die Geste, die zählte.

»Wie reizend, dass Sie uns auch schon mit Ihrer Anwesenheit beehren, Mister Carter«, begann Kang. Er stellte sich auf die Zehenspitzen, um Johns Blick über Saintdemars Scheitel hinweg zu fixieren. »Ich hätte Sie gern persönlich hergebeten, aber irgendetwas scheint mit Ihrem Bordcom nicht zu stimmen.«

John verkniff sich einen Protest. Niemand sonst an Bord nannte ihn *Mister.* Obwohl die Expedition ein ziviles Unternehmen war, herrschte – aus einem Grund, den John nie wirklich begriffen hatte – eine streng militärische Hierarchie. Kang wurde gerade in Momenten wie diesen nicht müde, den Umstand zu betonen, dass er, Carter, der einzige *pro forma*-Zivilist an Bord der BRADBURY war; und seiner Meinung nach dadurch so etwas wie ein Außenseiter.

»Entschuldigung, dass es länger gedauert hat«, sagte Saintdemar. »Ich war vorher noch einmal bei Bergmann.«

Han Suo Kang löste seinen Blick widerwillig von Johns Gesicht und wandte sich der Ärztin zu. Ihre Behauptung ließ ihm keine andere Wahl, als zu fragen: »Wie geht es ihm?«

»Besser«, antwortete Saintdemar. »Wenn nichts dazwischen kommt, kann ich versuchen, ihn morgen aus dem künstlichen Koma zu wecken.«

»Gut«, sagte Kang.

Mehr nicht. Er war offensichtlich nicht in der Stimmung, noch einmal über die Katastrophe zu sprechen, die nicht nur Lieutenant Bergmann, sondern mit ihm die gesamte Besatzung der BRADBURY getroffen hatte. In etwas weniger als einem Jahr – ein Jahr minus fünf Tage, um genau zu sein – würde das Thema für sie alle wieder akut werden. Bis dahin war noch eine Menge Zeit.

»Also gut«, sagte Kang. »Jetzt, wo wir endlich alle zusammen sind, können wir ja anfangen.«

Seltsam, dachte John – der Chinese verfügte über einen messerscharfen analytischen Verstand und galt als einer der Besten seines Fachs – der Biologie –, und trotzdem benahm er sich manchmal wie ein verstocktes Kind, das seinen Willen nicht bekam. Jeden anderen an seiner Stelle hätte dieser Zug vielleicht menschlicher erscheinen lassen, aber Kang machte er einfach nur unsympathisch.

Als hätte er seine Gedanken gelesen, schoss Kang noch einen abschließenden wütenden Blick in seine Richtung ab, während er sich herumdrehte und mit schnellen Schritten auf das erhöhte Kommandopult in der Mitte des großen Raumes zusteuerte – wobei *groß* wie alles hier an Bord nur in einem höchst relativen Sinne galt.

Abgesehen von der Messe war die Brücke zweifellos der größte Raum an Bord des Schiffes; trotzdem war er mit acht Menschen schon beinahe überfüllt, auf jeden Fall aber besetzt genug, dass man sich eingeengt fühlte.

»Ich will nicht lange drum herumreden«, begann Kang – als ob er schon jemals anders als *sofort* zur Sache gekommen wäre. Seit John den Chinesen kannte, hatte er den Begriff »*mit der Tür ins Haus fallen*« vollkommen neu definiert. Han Suo Kang fiel nicht mit der Tür ins Haus, er schoss eine taktische Rakete ab, um die Tür samt der dazugehörigen Wand wegzusprengen. »Wir haben ein Problem.«

»Ach?«, machte Carter. »Noch eins?«

Kang enthielt sich eines Kommentars und wandte sich stattdessen mit einer angedeuteten Geste an Irena Batrikowa, seine Erste Offizierin und Astrogatorin. Die dunkelhaarige Russin war die Einzige, die hinter ihren Kontrollen Platz genommen hatte; alle anderen standen im Halbkreis um Kangs erhöhten Thronsessel herum und sahen gespannt zu ihm hoch. Selbst John widerstand der Versuchung, sich an die Wand neben der Tür zu lümmeln und die Arme vor der Brust zu verschränken.

Dr. Batrikowa berührte eine Taste auf dem geschwungenen Instrumentenpult vor sich, und die komplette Wand hinter Kang verschwand. Natürlich verschwand sie nicht wirklich; wie alle wirklich überlebensnotwendigen Einrichtungen der BRADBURY befand sich auch die Brücke tief im Rumpf des Raumschiffes, wo sie sicher vor Mikrometeoriten und anderen unwillkommenen Besuchern war, die ihr auf ihrer langen Reise durch den manchmal gar nicht so leeren Raum zwischen den Planeten begegnen mochten. Gegen die harte kosmische Strahlung schützte sie überdies ein Strahlenschirm. Es gab keine Fenster, aber die 3D-Projektion vermittelte dem Betrachter einen Eindruck, der auf eine schwer in Worte zu fassende Weise beinahe realistischer wirkte als die Wirklichkeit.

Ob Illusion oder nicht, der Anblick verschlug John jedes Mal aufs Neue die Sprache, und das fast atemlose Schweigen, das sich für eine gute Sekunde auf der Brücke ausbreitete, bewies, dass es ihm nicht allein so erging. Vor dem *Fenster* schwebte eine gigantische rote Kugel, die sich mit majestätischer Langsamkeit drehte. Wenn man genau hinsah, konnte man das gemächliche Dahingleiten riesiger Staubstürme erkennen, von denen manche so groß wie Bundesstaaten waren. Hier und da wetterleuchtete es tief unter dem brodelnden Chaos; optische Echos von Gewittern, die mit jedem einzelnen Blitz mehr Energie verpulverten als der Fusionsreaktor der BRADBURY in seiner gesamten Lebenszeit zu produzieren imstande war.

»Unser Ziel«, erklärte Kang überflüssigerweise und machte einen weiteren Wink in Dr. Batrikowas Richtung. Das Bild flackerte kurz und der gigantische rote Staubball schrumpfte zur Größe einer verschrumpelten Apfelsine zusammen, der von zwei kleinen, unregelmäßig geformten Trabanten begleitet wurde. Trotz aller Detailtreue konnte das Bild seine computergenerierte Herkunft nicht mehr verleugnen. Was Batrikowa ihnen jetzt zeigte, war eine schematisierte Darstellung des Mars und seiner beiden Monde Phobos und Deimos.

»Wie Sie alle wissen, nähern wir uns dem Ziel«, sagte Kang, was mindestens so überflüssig war wie die Vorstellung des Mars. Auf der Projektion erschien ein blinkender grüner Punkt, der sich in einer langsamen Parabel dem zentralen Punkt des Mars-Systems näherte, wobei er eine dünne gestrichelte Linie hinter sich herzog. »Die BRADBURY verlässt im Moment den hohen Orbit um den Mars und wird in drei Tagen auf ihre eigentliche Parkbahn einschwenken.«

Der grüne Lichtpunkt bekam einen blassen Zwilling, der ihm – nunmehr von einer gepunkteten Linie gefolgt – vorauseilte und den Mars zu umkreisen begann. Gleichzeitig erschienen fünf kleinere rote Punkte auf verschiedenen Umlaufbahnen, mit winzigen goldfarbenen Buchstaben- und Ziffernkombinationen versehen. Die unbemannten Transportschiffe, die, ein Jahr früher gestartet und langsamer unterwegs als die BRADBURY, seit gut sechs Monaten den Mars umkreisten.

In ihnen befand sich alles, was sie für das Terraforming-Projekt benötigten. Neben der Technik waren das vor allem zwei Arten von Kapseln, die seit der Ankunft der Transporter in regelmäßigen Abständen auf strategisch günstige Punkte des Mars niedergingen.

Die einen enthielten speziell gezüchtete Pflanzenkeime und Algen, in internationalen Genlabors auf die kargen Bedingungen der äußeren Polregionen getrimmt, kälteresistent und wahre Meister der Photosynthese.

Die zweite Art von Kapseln war ungleich gefährlicher: Sie bargen kleine Atombomben mit geringer Halbwertszeit, die einen Treibhauseffekt in der dünnen Marsatmosphäre in Gang bringen sollten. Die dabei in Kauf genommene Strahlung war auf bestimmte, besonders lebensfeindliche Regionen begrenzt. Behaupteten zumindest die Wissenschaftler, die sich dieses Szenario ausgedacht hatten.

Um eine ausreichende Verteilung zu erreichen, umkreisten die Transporter den Mars auf verschiedenen Bahnen.

»Unser Unternehmen verfolgt zwei Hauptziele«, fuhr Kang fort. »Neben der Einrichtung einer vollautomatischen Beobachtungsstation in einem permanenten Orbit um den Mars sollen wir eine Terraforming-Station auf der Oberfläche installieren. Wozu wir die Transportmodule brauchen.«

John tauschte einen verwirrten Blick mit Saintdemar. Warum erzählte ihnen Kang das? Es gab niemanden an Bord, der diesen Teil der Geschichte nicht kannte. Plötzlich beschlich ihn ein seltsames Gefühl. Der Chinese kam ihm vor wie ein Lehrer, der sich vor einer Schulklasse aufbaut und noch einmal die Aufgabenstellung der letzten Arbeit wiederholt, um anschließend zu analysieren, warum sie so katastrophal schlecht ausgefallen war. Ohne es selbst zu merken, nahm er eine angespannte Haltung an.

»Unser Missionsplan sieht vor«, fuhr Kang fort, »dass wir zwei Tage nach Erreichen eines stabilen Orbits damit beginnen, die Versorgungsmodule über das Zielgebiet zu bringen und eins nach dem anderen zu landen.«

Die fünf blinkenden roten Punkte auf der 3D–Projektion wurden langsamer, änderten den Kurs und näherten sich dem grünen Leuchtpunkt, der die BRADBURY darstellte. Was auf der holografischen Projektion so einfach aussah, nichts anderes als ein schwereloser Tanz winziger blinkender Sterne, war in Wahrheit ein kompliziertes Manöver, wie Carter wusste. Doch wenn sie Erfolg hatten, war es ein unvergleichlicher Triumph der Raumfahrttechnik.

Schließlich wäre es wirtschaftlicher Wahnsinn gewesen, ein bemanntes Raumschiff zum Mars zu schicken wie weiland Apollo 11 zum Mond, nur um sich umzuschauen und ein paar Fußabdrücke im Staub zu hinterlassen.

Mit dem Besuch der BRADBURY beim Roten Planeten sollte vielmehr der Grundstein dafür gelegt werden, einer der nächsten Generationen ein Siedeln auf dem Mars zu ermöglichen. Von der orbitalen Beobachtungsstation mit ihren Sensoren, Kameras, Scannern und -zig anderen wissenschaftlichen Geräten aus würden die Fortschritte des Terraformings kontinuierlich zur Erde gefunkt. Sie war damit ebenso wichtig wie die Atmosphärenwandler selbst, deren Bau ein dreiviertel Jahr in Anspruch nehmen würde.

In dieser Zeit mussten sie die Mission abgeschlossen haben; mehr Ressourcen an Atemluft und Nahrung hatten sie nicht mitnehmen können. Wobei Recycling und die Chlorophyll-gestützte Sauerstoffgewinnung natürlich eine tragende Rolle spielten.

Die Kosten für das ehrgeizige Unternehmen waren so immens, dass sie den Jahreshaushalt der Vereinigten Staaten überstiegen. Darum hatte sich die US-Regierung, Initiator der Aktion, um internationale Hilfe bemüht – und die Finanzierung schließlich mit der Hilfe einiger befreundeter Regierungen (ja sogar des ungeliebten »alten Europa«) und etlicher Privatleute hinbekommen.

Dass dabei auch kommerzielle Zugeständnisse gemacht wurden, war nicht zu vermeiden gewesen; schließlich kamen die reichsten Finanziers aus der Wirtschaft. John Carter wusste ein Lied davon zu singen. Seine Teilnahme hatte er seinem Brötchengeber zu verdanken, dem australisch-amerikanischen Medienmogul Rupert Murdoch, inzwischen neunundsiebzig Jahre alt, aber immer noch rührig. Und zwei Milliarden US-Dollar waren ein gutes Ticket für den Trip!

Dass die Wahl dabei auf ihn gefallen war, hing auch mit seinem überaus passenden Namen zusammen: Es ließ sich gut vermarkten, wenn die Exklusivberichte von einem Mann stammten, der genauso hieß wie der Held eines elfbändigen Romanepos des »Tarzan«-Erfinders Edgar Rice Burroughs: »John Carter vom Mars«.

Eine Frage indes war nie zufrieden stellend beantwortet worden: Warum man den Start vom ursprünglich geplanten Jahr 2019 um ganze zehn Jahr vorverlegt hatte. Gern verwies das Weiße Haus auf die Visionen des frisch gewählten neuen Präsidenten, der in einem seiner Filme den besiedelten Mars bereits besucht hatte. Aber das war reinste Publicity. Den wahren Grund, davon war John Carter überzeugt, hatte kein Journalist, kein Verschwörungsfanatiker oder Wissenschaftler wirklich aufdecken können, auch wenn zahlreiche Theorien zum Thema kursierten.

Nicht dass er und die anderen Besatzungsmitglieder mehr wussten. Sie waren drei Jahre – so lange der Bau der BRADBURY im Erdorbit gedauert hatte – auf diese Mission vorbereitet worden, die letzten neun Monate sogar vom öffentlichen Leben abgeschirmt. Was letztlich zu dem verfrühten Start geführt hatte, »musste sie nicht interessieren«. Wortlaut der NASA, die federführend bei dem Projekt war.

John fragte sich, ob man wenigstens Kang als Kommandanten eingeweiht hatte. Wenn es denn wirklich einen Grund für die Eile gab und nicht tatsächlich nur die Vision eines zum Präsidenten aufgestiegenen Ex-Schauspielers und Ex-Gouverneurs der Grund war.

Aber wie dem auch sei – sie waren unterwegs und hatten ihren Job bisher anstandslos erledigt. Und würden es weiter tun, bis sich in einem Jahr minus fünf Tagen das Startfenster zur Erde wieder öffnete. Genau wie den einjährigen Hinflug würde die Besatzung (mit einer Ausnahme, dachte John schaudernd, aber die Implikationen, die sich aus diesem Gedanken ergaben, waren so unangenehm, dass er ihn hastig wieder verscheuchte) den Flug in einem todesnahen Tiefschlaf verbringen – in einer radikal geschrumpften BRADBURY.

Der allergrößte Teil der Ausrüstung, die sie mitgebracht hatten, war für den Rückflug nicht nötig; nutzloser Ballast, der mit einem enormen Aufwand an Energie und Zeit mühsam beschleunigt, durch das halbe Sonnensystem gekarrt und dann ebenso mühsam und aufwändig wieder abgebremst werden musste.

Um es anders auszudrücken: Es gab keinen Grund, ein paar tausend Tonnen Schrott zurück zur Erde zu fliegen, nur um sie am Ende in der Atmosphäre verglühen zu lassen. Was lag also näher, als die BRADBURY selbst zur Orbitalstation zu machen? Wenn alles wie geplant verlief, würden in einem Jahr nur die abgekoppelten und neu konfigurierten Triebwerks- und Wohnsektionen der BRADBURY den Rückflug zur Erde antreten.

Zur Landung auf dem Mars brauchten sie das Schiff nicht; es war auch gar nicht darauf ausgelegt. Diesen Abstecher würden sie mit dem Landemodul LEM absolvieren, das die konische Spitze der BRADBURY bildete. In diesem Abschnitt der Mission würde Major Jenna Braxton, ihres Zeichens Pilotin der Royal

Australian Air Force, die wichtigste Frau an Bord sein. John sah zu ihr hinüber. Die knabenhafte Frau mit den kurz geschnittenen rotblonden Haaren stand da wie auf dem Kasernenhof: breitbeinig und die Hände hinter dem Rücken verschränkt. Sie redete nicht viel.

Kurz gefasst klang die Mission eigentlich recht simpel: Ankunft im Orbit; zwei Wochen Zeit, um die Transportschiffe mit den Terraforming-Bauteilen und den Versorgungscontainern heil und möglichst nah beieinander auf die Oberfläche zu bringen; dann die Landung mit der LEM; Einrichten eines Basislagers mit autarkem Gewächshaus für neun Monate; Bau der Terraforming-Station und Absolvieren eines genau vorgegebenen Ablaufs an Experimenten und Exkursionen; Rückkehr zur BRADBURY und deren Umbau zur Orbitalstation in den restlichen drei Monaten; schließlich der Rückflug zur Erde …

So weit die Theorie. Wie das alles in der Praxis ablaufen würde, konnte niemand vorhersagen; dafür fehlten einfach die notwendigen Erfahrungswerte. Schon in der Vorplanung waren die ersten hochtrabenden Pläne schnell von der Realität eingeholt worden: Aus dem Dreihundert-Meter-Koloss, als der die BRADBURY vor sechs Jahren auf den elektronischen Reißbrettern ihrer Konstrukteure das Licht der Welt erblickt hatte, war ein Gebilde von weniger als einem Drittel der ursprünglichen Größe geworden; eleganter, gefälliger (schließlich isst das Auge ja mit) und vor allem *billiger.*

Das ursprünglich geplante Schiff war ein Schwertransporter gewesen, eine fliegende Lagerhalle und Fabrik, die nahezu alles, was sie unterwegs oder auch vor Ort benötigte, aus Bordmitteln herstellen konnte. Die BRADBURY, die tatsächlich zum Mars flog, glich eher einem Rennpferd, in dessen Packtaschen sich nur das Allernotwendigste befand. Ihre mittlere Sektion würde den Kern der geplanten Orbitalstation bilden, und alles, was für den Aufenthalt auf dem Roten Planeten gebraucht wurde, hatte man auf insgesamt sechs unbemannte Transporter verteilt, die weder ein Lebenserhaltungssystem, noch Sauerstoff, Wärme oder Licht brauchten und auch eine etwas härtere Landung verkrafteten.

Eines der Schiffe war irgendwo unterwegs verloren gegangen, was aber kein Problem darstellte. Ganz oben über der Planung des gesamten Unternehmens und gleich neben dem Wort *Kostenersparnis* hatte der Begriff *Redundanz* gestanden; ein scheinbarer Widerspruch in sich, der aber trotzdem irgendwie funktioniert hatte. Die verbliebenen Transporter hatten sich gehorsam bei der BRADBURY gemeldet, noch bevor die Besatzung aus ihren Schlaftanks gekommen war, und fünf von sechs war ein weit besseres Ergebnis, als man bei der Planung des Unternehmens zu hoffen gewagt hatte.

Wo also lag das Problem?

* * *

»Das Problem, *Mister* Carter«, sagte Kang betont, »ist, dass wir ein weiteres Transportmodul vor einer knappen Stunde vermutlich verloren haben.«

»Wie?«, fragte Dr. Angelis erschrocken.

Dr. Kang ignorierte die dunkelhaarige Deutsche – mit sechsundzwanzig Jahren die Jüngste an Bord – und starrte John weiter auf eine irritierende Art vorwurfsvoll an, die dieser nicht verstand. Erst als er sich hilflos umsah und Saintdemars Gesichtsausdruck gewahrte, wurde ihm klar, dass er seine Frage nicht gedacht, sondern laut ausgesprochen hatte.

»Aber die Funksignale –«, begann Angelis, brach aber wieder ab.

Kang machte eine weitere Geste zu Batrikowa. Die Darstellung wechselte abermals und kehrte zum vorigen Bild zurück, nur dass einer der winzigen roten Punkte jetzt hektisch blinkte.

Vielleicht, dachte Carter, war Kang einfach nur verärgert, dass er ihm mit seiner Frage seinen offensichtlich sorgsam choreografierten Auftritt versaut hatte. Ihm wurde aber im gleichen Augenblick klar, wie unfair das war. Kang konnte ihn nicht leiden, okay, aber der Chinese war allemal Profi genug, um seine persönlichen Gefühle aus seiner Arbeit herauszuhalten.

Nun ja – ihr erstes Zusammentreffen hatte vielleicht unter keinem *allzu guten* Stern gestanden.

Um genau zu sein, hatte Kang ihn angestarrt und etwas geknurrt, das sich wie: »*Was zum Teufel sollen wir mit einem gottverdammten Schreiberling an Bord?*« anhörte.

»Was heißt ›vermutlich verloren‹?«, erkundigte sich Dr. Akina Tsuyoshi, die japanische Geologin.

»Genau das *ist* unser Problem«, fuhr Kang fort. Und nach einer weiteren winzigen Pause und in jetzt eher besorgtem Ton: »Wir stehen vor einem Rätsel. Es kommen immer noch Funksignale an, aber von einer geostationären Position, als hätte das Modul IV plötzlich angehalten – was völlig ausgeschlossen ist. Und irgendetwas stimmt nicht mit den Signalen.«

»Könnten wir nicht die Kameras –«, begann Carter, wurde aber von Kang unterbrochen.

»Wir sind noch achthunderttausend Kilometer entfernt, Mister Carter«, sagte er, und es klang eher versöhnlich als ungehalten. »Selbst mit dem Teleskop – das erst nach drei Tagen fertig montiert wäre – hätten wir Schwierigkeiten, das Modul vor dem Hintergrund des Alls auszumachen.«

»Sie sagten, die Signale kämen nach wie vor herein?«, erkundigte sich Dr. Khalid.

»So ist es«, bestätigte Kang. »Der Transponder sendet noch – aber die Daten stellen uns vor das nächste Rätsel. Doktor Batrikowa?«

Die Russin nickte und drückte auf einen Knopf. Die schematische Darstellung der Module auf dem Sichtschirm verschwand und machte einer mattgrünen Amplitude Platz, die gleichmäßig von links nach rechts über den nicht vorhandenen Bildschirm lief. Carter fiel nichts Außergewöhnliches daran auf. Was ihn anging, hätte es auch die elektronische Signatur eines Herzschrittmachers sein können.

Er tauschte einen raschen, fragenden Blick mit Saintdemar, erntete aber auch von ihr nur ein hilfloses Achselzucken.

»Was Sie sehen, ist das übliche Signal von Modul IV, wie es hereinkommen müsste«, sagte Kang. »Und das ...« Eine zweite, andersfarbige Linie legte sich über die erste. Sie war fast identisch – aber eben nur fast. »... ist das, was wir empfangen.«

John starrte die neu hinzugekommene Linie an. Er verstand ungefähr so viel davon wie von der Knotenschrift der Inka, aber er hatte die neun Monate vor dem Start fast ununterbrochen in der Gesellschaft der anderen verbracht, und man lebte kein dreiviertel Jahr mit einer Bande von Technik-Freaks zusammen, ohne zumindest ein paar rudimentäre Grundbegriffe mitzubekommen, ob man wollte oder nicht.

Außerdem hatte das, was er sah, nichts mit Elektronik zu tun, sondern mit ganz simpler Optik.

Die Amplituden hätten deckungsgleich sein müssen.

Aber sie waren es nicht. Jeder noch so winzige Ausschlag, jede Spitze, jeder Zacken war identisch, aber der *Abstand* stimmte nicht. Die beiden ersten Ausschläge waren deckungsgleich, der nächste wich schon um einen Millimeter ab, sodass die gezackte Gebirgssilhouette einen geisterhaften Schatten bekam. Der Effekt verstärkte sich, bis sich die Linien schnitten und es schließlich *zwei* nebeneinander liegende und identische, aber verschiedenfarbige Amplituden waren.

»Es ist ... zu schnell?«, meldete sich zaghaft Dr. Angelis zu Wort. Sie strich sich eine Strähne ihres kurz geschnittenen, haselnussbraunen Haares aus der Stirn, die aber sofort wieder zurückrutschte, als sie heftig mit dem Kopf schüttelte. »Aber das kann doch nicht sein. Woher kommt diese zeitliche Verschiebung?«

»Wenn wir das wüssten, hätten wir ein Problem weniger«, sagte Kang. »Zumal das Signal von einem Versorgungsmodul stammt, das im Orbit angehalten hat – einfach so.«

»Das ist doch Unsinn«, dachte John – und merkte eine Sekunde zu spät, dass er seinen Gedanken laut ausgesprochen hatte. Kangs Reaktion ließ nicht lange auf sich warten.

»Irgendetwas *ist* dort und sendet, *Mister Carter*«, antwortete er betont, als wolle er damit Johns Inkompetenz als Zivilist feststellen.

»Was denn? Kleine grüne Männchen, die das Signal nur nachahmen?«, schlug John vor. Die Worte taten ihm schon leid, bevor er sie ganz ausgesprochen hatte, denn Kangs ohnehin grimmige Miene verdüsterte sich noch weiter.

Saintdemar kam ihm zu Hilfe. »Was ist mit den anderen Modulen?«, fragte sie.

Und ich dachte schon, ihr fragt nie, sagte Kangs Blick. Laut erklärte er: »Modul I kommt in frühestens neunzehn Stunden in Sichtweite, die anderen noch deutlich später.« Er schüttelte den Kopf. »Aber wenn wir den Kurs geringfügig ändern, können wir uns Modul IV ansehen.« Er hob die Hand, um jedem möglichen Widerspruch zuvorzukommen. »Der Umweg ist nicht der Rede wert. Alles in allem erreichen wir unsere endgültige Parkposition knappe sechs Stunden später – das liegt durchaus in sicheren Toleranzen.« Er warf einen Blick auf seine Uhr. »Heute um nullneunhundertachtundzwanzig Bordzeit nehmen wir eine entsprechende Kurskorrektur vor.«

Nullneunhundertachtundzwanzig! John musste sich bremsen, um nicht die Augen zu verdrehen. *Großer Gott – Dr. Kang hatte in seinem ganzen Leben nie eine Militäruniform getragen – wieso musste er sich bei jeder Gelegenheit aufführen wie ein General?*

»Haben wir denn so viel Zeit?« Angelis deutete auf den Schirm. »Das ist ein Umweg von mindestens –«

»– acht Stunden«, unterbrach sie Kang. »Dazu weitere zehn oder elf, um auf unseren ursprünglichen Kurs zurückzukehren, plus die Zeit, die wir brauchen, um das Modul zu bergen; oder was immer wir dort draußen finden werden.« Kang hob die Schultern. »Die ganze Aktion kostet uns ungefähr einen Tag. Unser planmäßiges Rendezvous mit Modul I findet in vier Tagen statt. Das schaffen wir.«

»Sollte das Modul verschollen sein, wird es allmählich eng«, warf Estela Gonzales ein, ihres Zeichens Chemikerin und mit einem Meter neunundachtzig eine ausnehmend große Frau. »Haben wir dann überhaupt noch genügend Material für den Atmosphärenkonverter und neun Monate Aufenthalt?«

»Wir werden ein bisschen improvisieren müssen«, erwiderte Kang. »Seien Sie versichert, dass es nicht das letzte Mal sein wird.« Er winkte unwillig ab. »Gehen Sie jetzt wieder an Ihre Arbeit. Wir ändern in knapp anderthalb Stunden den Kurs. – Major Braxton, Doktor Batrikowa, Sie bleiben. Wir müssen die neuen Koordinaten errechnen.«

Irgendwie schien jedermann darauf zu warten, dass er noch mehr sagen würde, aber Kang trat wortlos von seiner Empore herunter. Mit Ausnahme von Dr. Gonzales überragte er noch immer jeden auf der Brücke um nahezu einen Kopf, aber er wirkte jetzt irgendwie weniger offiziell. Die Audienz war beendet, und alle außer Braxton und Batrikowa verließen die Brücke so gehorsam wie eine Schulklasse.

John blickte im Hinausgehen noch einmal über die Schulter zurück und sah, dass auch Angelis zurückgeblieben war, neben Kang trat und erregt auf ihn einsprach. Dann glitt die Tür mit einem scharfen Zischen zu und schnitt ihn von Kangs Reaktion ab.

Eigentlich schade, dachte John. Er hätte gern gewusst, ob das

»Küken« an Bord es mit dem Dienstältesten Kang aufnehmen konnte.

***

»Ich bin nicht sicher, wen ich mehr bedauern soll«, sagte Saintdemar hinter ihm. »Doktor Angelis oder unseren verehrten Kapitän.«

John war einen Moment lang verwirrt. Ein Dutzend Schritte hinter Saintdemar schlossen sich die Aufzugtüren und das Licht darüber wechselte von Grün zu Rot, als sich die Kabine in Bewegung setzte. Mit nur zwei Passagieren war sie längst nicht voll besetzt. Saintdemar hatte auf ihn gewartet.

»Wieso?«, fragte er unbeholfen.

»Ich hatte den Eindruck, dass sie über die geplante Kursänderung nicht gerade glücklich ist«, antwortete Saintdemar. »Und sie hält nicht hinter dem Berg, wenn ihr etwas nicht passt.«

»Wahrscheinlich liegt es daran, dass sie Deutsche ist«, meinte John scherzhaft. »Die hassen es, wenn irgendetwas nicht so funktioniert, wie es geplant war. Deutsche Gründlichkeit nennt man das wohl. Pünktlich, ordentlich, kleinlich ...«

»Dann muss sie ihre Geburtsurkunde gefälscht haben«, sagte Saintdemar ernsthaft.

»Wieso?«

»Sie waren noch nie in ihrer Kabine, stimmt's?«

»Nein«, antwortete John. »Warum?«

»Ich schon.« Saintdemar zog eine Grimasse. »Ich bin froh, den Ausgang wieder gefunden zu haben. Aber seitdem weiß ich genau, warum man sie in unser Team aufgenommen hat. Sie ist wirklich eine Spitzenkraft auf ihrem Gebiet. Sie muss ein paar Grundregeln der Physik außer Kraft gesetzt haben.«

»Und welche?«

»In ihrer Kabine ist definitiv mehr drin, als hineinpasst«, erklärte Saintdemar ernsthaft. »Ich kann es noch nicht beweisen, aber ich bin fast sicher, dass sie ein kleines Schwarzes Loch an Bord geschmuggelt hat, in dem sie den ganzen Krempel versteckt und nach Belieben wieder herausholt.«

»Das trifft auf mindestens die Hälfte aller Handtaschen zu, die ich jemals gesehen habe«, antwortete John ebenso ernst.

Saintdemar lachte und machte dann eine Kopfbewegung auf die geschlossene Tür zur Brücke. John sah ganz automatisch in dieselbe Richtung und stellte fest, dass das Licht darüber ebenfalls von Grün nach Rot gewechselt hatte. »Was halten Sie davon?«

»Ich bin kein Wissenschaftler«, antwortete John ausweichend. Die Tatsache, dass sie ganz offensichtlich hier auf ihn gewartet hatte, verwirrte ihn immer mehr, auch wenn er nicht einmal selbst sagen konnte, warum.

»Wenn ich eine wissenschaftliche Stellungnahme wollte, hätte ich einen Wissenschaftler gefragt«, antwortete sie mit sanftem, aber gutmütigem Spott. »Es sind genug an Bord.«

»Ich bin nicht sicher«, setzte er neu an. »Aber ich hatte das Gefühl, dass Kang uns nicht alles gesagt hat.«

»Das hatte ich auch«, sagte Saintdemar. Ihr Blick glitt noch einmal über die geschlossene Tür und blieb einen Sekundenbruchteil an dem roten Licht darüber hängen. Möglicherweise hatte Kang ihnen nichts verschwiegen, aber er wollte definitiv nicht, dass jemand hörte, was *jetzt* dort drinnen gesprochen wurde. »Aber ich schätze, früher oder später finden wir es schon heraus.« Sie machte eine flatternde Handbewegung in Richtung des Aufzugs. »Ich will noch einmal nach Bergmann sehen, bevor wir den Kurs wechseln.« Obwohl es überflüssig war, sah sie demonstrativ auf die Uhr. »Wir haben noch eine gute Stunde.«

»Stimmt etwas nicht?«, fragte John beunruhigt.

»Kaum«, antwortete sie. »Der Computer hätte längst Zeter und Mordio geschrien, wenn irgendetwas nicht in Ordnung wäre. Genau genommen«, fügte sie mit einem flüchtigen Verziehen der Lippen hinzu, »würde er ihn im Zweifelsfall auch zehnmal schneller und vermutlich sogar besser versorgen als ich.«

»Warum sind Sie dann überhaupt an Bord?«, fragte John scherzhaft.

»Ich reise gern«, antwortete Saintdemar. »Und es wird gut bezahlt.« Sie wiederholte ihre auffordernde Bewegung. »Kommen Sie nun mit oder nicht? Immerhin habe ich Ihretwegen unseren Kommandanten angelogen. Wir sind nicht zu spät gekommen, weil ich nach Bergmann gesehen habe.« Ihr Gesicht nahm einen betrübten Ausdruck an. »Wenn er es jemals erfährt, komme ich wahrscheinlich vor ein Kriegsgericht.«

»Die BRADBURY ist ein ziviles Raumschiff«, erinnerte John.

»Ich weiß«, antwortete Saintdemar. »Aber glauben Sie wirklich, das würde Kang daran hindern, mich mindestens auspeitschen zu lassen?«

»Wahrscheinlich nicht«, seufzte John. »Unter diesen Umständen bleibt mir ja gar keine andere Wahl. Auf zur Krankenstation.«

***

Obwohl er wusste, dass es nicht den Tatsachen entsprach, hatte Carter stets das Gefühl, dass es in der Krankenstation deutlich leiser war als im Rest des Schiffes. Vielleicht nicht einmal wirklich *leiser.* Alle Geräusche erschienen ihm hier ... gedämpft, auf eine ganz sonderbare, schwer zu greifende Art, als hätten sie nicht wirklich an Lautstärke oder Klangfarbe verloren, sehr wohl aber an *Präsenz.*

Das fast unmerkliche Flüstern des Schiffes, zusammengesetzt aus zahllosen, einzeln nicht mehr auszumachenden Geräuschen und Lauten, schien noch einmal abzunehmen, als sie durch die mit dem klassischen roten Kreuz auf weißem Grund gekennzeichnete Tür traten. Und obwohl der dahinter liegende Raum so gut wie nichts mit einem gängigen Krankenzimmer gemein hatte, überkam ihn praktisch sofort das typische Krankenhaus-Gefühl.

Anders als überall sonst an Bord der BRADBURY, wo mattgraues Titanaluminium, grauer Kunststoff und Glas vorherrschten, waren die Wände hier in freundlichen Pastelltönen gehalten, und statt der strengen Funktionalität, die den Rest des Schiffes dominierte, herrschten hier weiche Linien und sanfte Formen vor. Es gab keine harten Kanten, so gut wie keine rechten Winkel und nur indirektes sanftes Licht. Alles hier strahlte eine Wärme und Behaglichkeit aus, die der Rest des Schiffes manchmal fast schmerzhaft vermissen ließ.

Die Absicht war zweifellos gut, aber zumindest was John anbelangte, ging der Schuss gründlich nach hinten los.

Er hasste Krankenhäuser.

Seit er alt genug war, um selbst über sein Leben bestimmen zu können, hatte er keinen Fuß mehr in eines gesetzt, und wenn es nach ihm ging, würde das auch so bleiben, so lange er lebte und selbst über sich zu bestimmen imstande war.

Geboren und aufgewachsen in einer Welt, in der die meisten Seuchen besiegt waren, hatte John genügend Krankheit und Leid erlebt, um drei normale Lebensspannen damit zu füllen. Zu früh und aller hochgezüchteten pränatalen Medizin zum Trotz krank geboren, hatte er die ersten drei Jahre seines Lebens mit Ausnahme einiger weniger Monate in unterschiedlichen Kliniken aufsteigender Spezialisierung verbracht, und ganz gleich, was man über das Erinnerungsvermögen Neugeborener oder Kleinstkinder behauptete – er *erinnerte* sich daran, und zwar an jeden verdammten Tag und jede Minute voller Einsamkeit und Angst.

Aber das war erst der Anfang gewesen.

Irgendwann hatten die Ärzte die ultimative Lösung gefunden, und der dreieinhalbjährige John hatte die Klinik geheilt und gesund wie ein Fisch im Wasser verlassen.

Drei Jahre später war sein Vater bei einer Massenkarambolage auf dem Highway von Los Angeles verunglückt, die drei Tage lang die Schlagzeilen der Zeitungen gefüllt und die Nachrichtensendungen sämtlicher Fernsehsender beherrscht hatte. Die *Katastrophe,* wie es die Medien nannten, hatte fast ein Dutzend Todesopfer und ein Mehrfaches an Verletzten gefordert, aber Johns Vater hatte nicht so viel Glück gehabt. Seine Haut war bei dem Unfall zu neunzig Prozent verbrannt. Nahezu alle seine Organe – einschließlich des Gehirns – waren irreparabel geschädigt, und seine Überlebenschancen standen bei Null.

Jeder verantwortungsvolle Mediziner hätte die Maschinen, die den verkohlten Fast-Kadaver am Leben hielten, den John in dem aseptischen Krankenhausbett vorfand, zu dem seine Mutter ihn mitnahm, abgeschaltet. John, gerade einmal sechs Jahre alt, hätte es *selbst* getan, hätte er es gekonnt. Unglückseligerweise war seine Mutter eine zutiefst religiöse Frau gewesen (damals hatte John das geglaubt; heute wusste er, dass sie einfach nur verrückt gewesen war, eine fanatische Fundamentalistin, die aus einem Leben voller Enttäuschungen und unerfüllter Sehnsüchte in die Arme eines vermeintlich allmächtigen Gottes geflüchtet war). Und so hatte diese verhärmte, unglückliche Frau in bester Absicht eine Entscheidung mit grauenhaften Folgen gefällt und den Ärzten *verboten,* die lebenserhaltenden Geräte abzuschalten.

Sein Vater hatte elf Tage gebraucht, um zu sterben.

Aber auch das war noch nicht das Ende gewesen.

Neun Jahre später – John war fünfzehn und hatte schon seine ersten Geschichten in Fanzines und kleineren Zeitschriften veröffentlicht – erkrankte seine Mutter an Krebs. Der eingebildete Gott, auf dessen Altar sie die Menschenwürde seines Vaters geopfert hatte, präsentierte ihr die Rechnung, und er verlangte Wucherzinsen. Seine Mutter brauchte ein halbes Jahr, um zu sterben. Sie verbrachte fünf dieser sechs Monate in der Klinik, und John war den Großteil seiner Zeit bei ihr.

Seither hasste er Krankenhäuser fast so sehr, wie er sie fürchtete. Dass er sich hier so unwohl und beklommen fühlte wie bei der Besichtigung seines eigenen Mausoleums, lag also nicht an diesem Raum, sondern einzig und allein an ihm.

Mühsam schüttelte er die schmerzhaften Gedanken ab. Letzten Endes war diese Serie von Tiefschlägen, die ihm das Schicksal verpasst hatte, vermutlich der Grund für seinen späteren Erfolg. Er sollte dankbar sein, statt sich in Selbstmitleid zu üben.

»Vier«, sagte Saintdemar. Mit einem kaum hörbaren Summen fuhr ein Stück der pastellfarbenen Wandverkleidung beiseite und ein gläserner Schneewittchensarg glitt heraus. Verborgen in den Wänden gab es insgesamt zehn dieser High-Tech-Kammern – eine für jedes Besatzungsmitglied –, und John fragte sich nicht zum ersten Mal, wer eigentlich den *letzten* Verletzten in seinen Kryo-Sarg legen würde, sollte es sie tatsächlich alle erwischen. Unter dem gewölbten Glas lag die nackte Gestalt eines vielleicht vierzigjährigen Mannes, der einmal gut ausgesehen haben musste, aber das war lange her.

Als John ihn das letzte Mal nur in Shorts und Sandalen gesehen hatte, war ihm Rick Bergmann wie eine zum Leben erwachte griechische Götterstatue vorgekommen, und er war sicher nicht der Einzige, der diesen perfekt proportionierten Körper mit mehr oder weniger verstohlenen Blicken maß, in denen Bewunderung und Neid um die Vorherrschaft kämpften.

Jetzt empfand er nur noch Mitleid; und eine dumpfe Mischung aus Erleichterung und Schrecken bei dem Gedanken, dass es ebenso gut auch ihn hätte treffen können.

Als er Bergmann das letzte Mal gesehen hatte – ganz egal, was der Kalender und sein Verstand behaupteten, für ihn vor gerade einmal *zwei Monaten!* –, hatte er gute achtzig Kilo gewogen, und dabei war nicht ein einziges Gramm überflüssiges Fett gewesen. Jetzt waren von diesen achtzig Kilo weniger als fünfzig übrig, und seine Haut hatte da, wo sie nicht mit Geschwüren übersät und von Entzündungen gerötet war, den Farbton eines schmutzigen Putzlappens angenommen. Sein Gesicht war eingefallen, ein Totenschädel, über den sich rissiges graues Pergament spannte, und die Augen hatten sich so tief in ihre Höhlen zurückgezogen, dass John fast Angst vor dem Moment hatte, in dem er die Lider hob und er dahintersehen würde. Auch Bergmanns Unterkiefer hatte sich zurückgezogen. Er hatte nahezu alle Zähne verloren.

»Status«, befahl Saintdemar halblaut. In dem fast unsichtbaren Glas, das sich über Bergmanns Gesicht spannte, begannen sich leuchtende Zahlenkolonnen und Grafiken zu jagen, die John ebenso wenig sagten wie die sanfte Computerstimme, die ihren Kommentar dazu abgab und Madelaine mit zusätzlichen Informationen versorgte. Dafür war ihr Gesichtsausdruck umso beredter.

»Keine guten Neuigkeiten?«, vermutete er.

»Aber auch keine allzu schlechten«, antwortete sie. Wahrscheinlich, dachte Carter, konnte man von einer Ärztin nichts erwarten, was einem *Ja* näher kam. Sie hob die Schultern. »Ich könnte die Regeneration beschleunigen, aber ich bin nicht sicher, was ich damit anrichte. Hätten Sie mich vor einer Woche gefragt, hätte ich es gewusst – oder wenigstens behauptet, es zu wissen. Aber jetzt ...«

Ihre Stimme wurde leiser und versagte dann ganz, während sie die Hand ausstreckte und fast zärtlich mit den Fingerspitzen über das Glas über Bergmanns verwüstetem Gesicht strich. Sie hatte sich ausgezeichnet in der Gewalt. Ihr Gesicht zeigte einen professionell besorgten Ausdruck, nicht mehr und nicht weniger, aber ihre Augen behaupteten etwas anderes.

»Was ist schiefgegangen?«, fragte Carter mitfühlend.

»Wenn ich das wüsste, könnte ich ihm vielleicht besser helfen«, antwortete Saintdemar. »Wahrscheinlich wird er es uns selbst am besten sagen können, wenn er wach ist.«

»Aber auf der Erde hat man Tests mit Zombies durchgeführt, die –«, begann John, brach erschrocken ab und wusste einen Moment lang vor Verlegenheit nicht wohin mit seinem Blick. »Entschuldigung«, murmelte er.

Saintdemar zwang sich zu einem Lächeln. »Es gibt nichts zu entschuldigen. Den Namen haben wir Ärzte erfunden.«

»Ich dachte, es heißt –«

»Brechen Sie sich nicht die Zunge ab«, unterbrach ihn Saintdemar. »Außerdem trifft das Wort ›Zombie‹ den Nagel ziemlich genau auf den Kopf. Die Droge wird aus dem Gift der gleichen Kugelfische gewonnen, die die haitianischen Voodoopriester seit Jahrhunderten benutzen, um Menschen in so genannte Zombies zu verwandeln. Wir haben sie nur ein bisschen verfeinert und ihr einen hochtrabenden Namen verpasst, aber das Prinzip ist dasselbe.«

Die Folgen offensichtlich auch. Diesmal hatte sich John so in der Gewalt, um die Worte nicht laut auszusprechen, aber er war kein besonders guter Schauspieler. Saintdemar deutete den Blick, mit dem er den schlafenden Bergmann maß, richtig, aber der Moment ihrer Schwäche war vorbei.

Sie hob nur noch einmal die Schultern und trat demonstrativ einen halben Schritt von Heiltank Nummer Vier zurück. Ihre Stimme klang sachlich und zitterte nicht, als sie fortfuhr: »Und um Ihre Frage zu beantworten: Selbstverständlich hat es Langzeittests gegeben, sehr viele und über einen sehr viel längeren Zeitraum als zehn Monate. Wäre dabei auch nur das Geringste falsch gelaufen, wären wir das Risiko niemals eingegangen. Vielleicht lag es an den Bedingungen hier im All.«

»Vielleicht ist irgendetwas Unvorhergesehenes passiert«, sagte John hilflos. »Etwas, mit dem niemand rechnen konnte.«

»Kleine grüne Männchen?«, wiederholte Saintdemar seine Worte von vorhin, bei der Besprechung.

»Wer sagt, dass sie grün sind?«, gab John scheinbar ernst zurück.

»Wenn Sie das nicht wissen, wer dann?«, meinte Saintdemar. Dann zuckte sie mit den Achseln. Wieder glitt ihr Blick über die totengleichen Züge des schlafenden Mannes, und ihre Stimme wurde noch einmal leiser. »Vielleicht kann er es uns sagen, wenn er aufwacht.«

John musste nur einen flüchtigen Blick in Rick Bergmanns Gesicht werfen. »Und wenn nicht?«

»Plan B«, seufzte Saintdemar. »Die Ochsentour.«

John sah sie fragend an.

»Jede Minute, die er wach war, ist aufgezeichnet worden«, antwortete sie. »Mehr als dreihundert Tage Video. Haben Sie zufällig Lust, sich den einen oder anderen davon anzusehen?«

»Warum lassen Sie das nicht die Computer machen?«, fragte John.

»Weil die nicht wissen, wonach sie suchen sollen«, antwortete Saintdemar betrübt. »Ebenso wenig wie ich, nebenbei gesagt.«

Natürlich war es nicht machbar, sich zehn Monate Videoaufzeichnung anzusehen. Man musste sich stichprobenartig vom Augenblick ihres Abfluges bis zu jenem Moment herantasten, an dem ... *irgendetwas* mit Bergmann passiert war. *Falls* etwas passiert war. Aber selbst wenn es diesen bestimmten Moment gegeben hatte – was Saintdemar zu bezweifeln schien –, hatte sie Recht: Es *würde* eine Ochsentour werden.

Ein unbehagliches Schweigen begann sich zwischen ihnen auszubreiten. John wusste plötzlich nicht mehr, wohin mit seinen Händen, nein, er wusste nicht wohin mit *sich selbst,* und begann linkisch auf der Stelle zu treten.

Madelaine Saintdemar schien es nicht viel besser zu gehen. Sie sah für einen Moment mindestens genauso hilflos aus wie er, dann drehte sie sich mit einem Ruck um und aktivierte den Computer. Erneut begannen rote und orangefarbene Tabellen und Zahlenkolonnen über das Glas zu wandern. Saintdemars Finger huschten darüber, verschoben Zahlen und änderten Sinuskurven.

»Was tun Sie?«

»Nichts Dramatisches«, antwortete Saintdemar. »Ich habe nur seine Medikation geändert. Geringfügig«, schränkte sie nach einer Sekunde ein.

»Also sind Sie doch besser als der Computer.« Bildete er es sich ein oder klang seine Stimme erleichtert?

»Kein bisschen«, antwortete Saintdemar. »Zwei verschiedene Alternativen mit quasi demselben Ergebnis. Ich möchte nur mit dem Gefühl hier herausgehen, wenigstens eine gewisse Existenzberechtigung zu haben.«

»Wenn Sie wollen, hole ich einen Vorschlaghammer und wir erledigen die Konkurrenz«, sagte John, obwohl es an Bord natürlich keinen Vorschlaghammer gab.

Saintdemar sah einen Moment lang so aus, als würde sie ernsthaft über seinen Vorschlag nachdenken, aber schließlich schüttelte sie den Kopf. »So verlockend die Idee ist«, sagte sie, »aber wer behandelt mich dann, wenn *ich* krank werde?«

Sie ließ den Heiltank wieder in seinem Alkoven in der Wand verschwinden. Seltsamerweise schien der Raum jetzt, da ihr einziger Patient nicht mehr zu sehen war, wieder deutlich mehr von einem Krankenzimmer zu haben als zuvor.

* * *

Während sie die Krankenstation wieder verließen, fragte sich John, warum sie überhaupt hergekommen waren. Sicherlich nicht, um Bergmann zu versorgen. Selbst er wusste, dass die Computer das ungleich besser konnten als jeder menschliche Arzt; zumindest in dieser Phase des Heilungsprozesses. Vielleicht hatte sie ihn einfach nur sehen wollen.

»Wir haben noch Zeit«, sagte Saintdemar, als sie in Richtung des Aufzugs gingen. »Darf ich Sie zu einem Kaffee einladen?«

»Nur wenn ich bezahlen darf«, antwortete John überrascht. Er musste sich beherrschen, um die junge Französin nicht zu verwirrt anzusehen.

Es war nicht etwa so, dass Saintdemar ihn bisher geschnitten hätte – das tat niemand an Bord, nicht einmal Kang – oder auch nur abweisend ihm gegenüber gewesen wäre, aber sie hatte ihn auch noch nie aufgefordert, sich privat mit ihr zu treffen. Das Kostbarste, was es an Bord der BRADBURY gab, war Freizeit. Denn sie existierte praktisch nicht. Bis zur Landung auf dem Roten Planeten sah die Planung für jedes einzelne Besatzungsmitglied – ihn ausgenommen – ein Arbeitspensum vor, das selbst bei einem Zwölf-Stunden-Tag kaum zu schaffen war. Seine Freizeit mit jemandem zu teilen ...

John rief sich in Gedanken zur Ordnung. Saintdemar wollte *mit irgendjemandem* reden, und er war gerade bei der Hand, so einfach war das. Und ganz bestimmt nicht mehr.

Aber genau das – Reden – taten sie nicht, während sie mit dem Aufzug eine Etage nach oben fuhren und die Messe betraten. Saintdemars Gesicht blieb vollkommen ausdruckslos, und sie hatte selbst ihren Blick unter Kontrolle, aber John spürte trotzdem, wie es hinter dieser Maske aussah. Sie war krank vor Sorge, und sie machte sich schwere Vorwürfe.

Es spielte keine Rolle, ob sie das, was Bergmann zugestoßen war, hatte voraussehen können oder nicht; sie war die Ärztin an Bord, und ganz offensichtlich betrachtete sie jeden Angriff auf die Gesundheit der Mannschaft als einen persönlichen Affront. Und so ganz nebenbei, rief sich John in Erinnerung, waren

Bergmann und sie ein Paar; oder waren es zumindest gewesen, bis zu ihrem Abflug.

Er hatte erwartet, den Speise- und Aufenthaltsraum leer vorzufinden, aber als sie eintraten, saßen Khalid und Gonzales am Kopfende des großen Tisches und debattierten mit gesenkten Stimmen, aber unter heftigem Gestikulieren und ganz offensichtlich ziemlich aufgeregt.

Dr. Gonzales unterbrach ihren Redefluss, als sie das Geräusch der Tür hörte, und winkte sie aus der gleichen beidhändig wedelnden Geste zu sich heran, mit der sie zuvor auf Dr. Khalid eingeredet hatte, während der Inder Saintdemar und vor allem John mit einem eindeutig mürrischen Blick maß.

Sah man ihm seine Gefühle so deutlich an?, überlegte John. Er war nicht unbedingt begeistert, die beiden hier anzutreffen. Saintdemar wollte reden, und sie wollte es ganz offensichtlich unter vier Augen, und er hatte sich darauf gefreut, wenigstens ein paar Minuten allein mit ihr verbringen zu können. Ausgerechnet er, der Einzelgänger und Eigenbrötler, dessen Teamfähigkeit im Vorfeld der Expedition für zahllose, zum Teil hitzige und bisweilen auch alles andere als *fair* geführte Diskussionen gesorgt hatte! Manchmal legte das Schicksal schon einen absurden Sinn für Humor an den Tag.

Andererseits sah Khalid eigentlich immer irgendwie mürrisch aus.

John raffte sich zu einem (wie er hoffte) halbwegs überzeugenden Lächeln auf und steuerte den freien Platz neben Gonzales an, während Saintdemar bereits zum Getränkespender ging, um zwei mit Plastikhalmen bestückte Trinkbehälter des undefinierbaren Gebräus zu ziehen, von dem behauptet wurde, es handele sich um *Kaffee.*

»Setzen Sie sich, großer Meister«, begann Gonzales aufgekratzt. Was absolut überflüssig war – John *saß* bereits. »Was macht die Kunst?«

John verzog zur Antwort nur flüchtig die Lippen. Estela Gonzales hatte in ihrem ganzen Leben vermutlich keine einzige Zeile von ihm gelesen, und sie wollte auch gar keine Antwort auf seine Frage, sondern gestikulierte nun wieder in Khalids Richtung und fuhr im gleichen schwatzhaften Ton fort: »Doktor Khalid und ich reden uns gerade die Köpfe über die Entscheidung unseres geschätzten Kapitäns heiß, den Kurs zu wechseln. Was halten Sie davon?«

Allein Gonzales' Wortwahl machte John schon klar, was *sie* von Kangs Idee hielt, aber er hob nur vorsichtig die Schultern. Er würde den Teufel tun und irgendeine Partei ergreifen.

»Was ist daran so schlimm?«, erkundigte er sich in möglichst sachlichem Ton. »Wenn ich Kang richtig verstanden habe, ist es ein Umweg von nicht einmal einem Tag.«

Khalid schüttelte heftig den Kopf. »Aber darum geht es nicht. Das Manöver kostet uns nicht nur Zeit, sondern auch Treibstoff, von der Mühe, mit einem so großen Schiff wie der BRADBURY einen Haken zu schlagen, gar nicht zu reden.«

Womit er zweifellos Recht hat, dachte John. Die BRADBURY war über hundertfünfzig Meter lang und ungefähr so wendig wie ein überladener Güterzug. Mit so einem Ding flog man nicht mal eben einen Looping. Trotzdem hob er nur noch einmal andeutungsweise die Schultern. »Anscheinend bereitet ihm das Transportmodul großes Kopfzerbrechen.«

»Wem nicht?«, pflichtete ihm Gonzales bei. »Aber es gibt weiß Gott einfachere Wege, um nachzusehen, was da los ist. Wir könnten das große Teleskop ausfahren und auf die Position des Moduls ausrichten.«

»Sie haben Kang doch gehört: Es dauert drei Tage, es zu montieren und die Software hochzufahren.« Saintdemar balancierte mit zwei Trinkbehältern aus isolierendem Kunststoff zurück an den Tisch und stellte sie übertrieben vorsichtig ab, bevor sie neben Khalid Platz nahm.

»Ja«, antwortete Gonzales, »aber wir würden diese Zeit nicht verlieren. Sobald wir im Orbit angekommen sind, aktivieren wir das Ding sowieso!«

»Kang ist der Kapitän«, sagte Saintdemar und zuckte mit den Schultern. »Er wird schon seine Gründe haben.« Sie schob John einen der beiden Behälter zu, hob den Strohhalm des anderen an die Lippen und verzog das Gesicht, noch bevor sie richtig daran gesogen hatte. »Scheußlich! Doktor Gonzales, verdammt noch mal, Sie sind doch angeblich eine der besten Chemikerinnen der Welt! Können Sie nichts an diesem grauenhaften Gebräu ändern?«

»Das habe ich«, antwortete Gonzales ernst. »Was glauben Sie, warum es so schmeckt? Dieser Kaffee ist die Krönung meines Lebenswerks.«

»Jetzt verstehe ich auch, warum man Sie bis zum Mars davongejagt hat«, versetzte Saintdemar.

John griff zögernd nach dem für Schwerelosigkeit ausgelegten Gefäß und nippte daran. Der Kaffee war tatsächlich scheußlich, aber lange nicht so schlimm, wie Saintdemar behauptete.

»Eigentlich war das Zeug dazu gedacht, die Aufstände in den Slums niederzuschlagen«, sagte Gonzales sehr ernst, »aber dann hatte die Navy wohl Angst, damit gegen die Genfer Konvention zu verstoßen.« Sie trank an ihrem eigenen Kaffee. »Was wollt ihr? Schmeckt doch großartig.«

»Wie geht es Lieutenant Bergmann?«, fragte Khalid. Für einen Moment hasste ihn John für diese Frage fast, aber Saintdemar zuckte nur scheinbar gleichmütig mit den Schultern und kasteite sich selbst, indem sie einen weiteren Schluck Kaffee trank.

»Besser«, behauptete sie. John verkniff es sich, ihr den zweifelnden Blick zuzuwerfen, nach dem ihm zumute war, aber Saintdemar relativierte ihre Behauptung auch gleich selbst: »Hoffe ich.«

»Er kommt schon wieder auf die Beine«, sagte Khalid mit einem demonstrativ zuversichtlichen Lächeln. »Der Bursche ist zäh. Und außerdem haben wir die verdammt beste Ärztin an Bord, die ich kenne.«

»So?«, fragte Saintdemar. »Dann müssen Sie sie mir unbedingt vorstellen. Ich könnte ihren Rat gut gebrauchen.«

Khalids Lächeln erlosch wie abgeschaltet. »So schlimm?«, fragte er.

»Wenn ich wüsste, was schiefgegangen ist, könnte ich die Frage vielleicht sogar beantworten«, gestand sie.

Dr. Gonzales stand auf, trat an das schmale Computerpad, das in die gegenüberliegende Stirnseite des Tisches eingelassen war – Han Suo Kangs Platz, nicht nur, wenn sie alle anwesend und somit sämtliche Stühle besetzt waren; auch in Abwesenheit des Kapitäns wagte es niemand, an *diesem* Kopfende des Tisches Platz zu nehmen –, und drückte ein paar Tasten.

Sie hätte den Befehl ebenso gut mit ihrer Stimme geben können. An Bord eines Schiffes, das streng genommen ein einziger begehbarer Riesencomputer war, war eine Tastatur zur manuellen Eingabe von Befehlen ungefähr so notwendig wie ein Feuerlöscher auf dem Grund eines gefüllten Swimmingpools. Aber sie machte sich die kleine Mühe ganz bewusst. Sie diente demselben Zweck wie das, was sie den Computer tun ließ.

John warf ihr einen raschen dankbaren Blick zu. Im Moment war einfach alles besser, als weiter über Bergmann zu sprechen. Warum Khalid so unsensibel war, das einfach nicht zu verstehen, begriff er nicht.

* * *

Die rückwärtige Wand der Messe verschwand und machte der Schwärze des Weltraums Platz. Auf dem sternenübersäten Hintergrund war die rote Kugel des Mars zu sehen, eingerahmt von

Tausenden winziger und zwei oder drei etwas größerer Sterne. Es dauerte einen Moment, bis John begriff, dass es sich um zwei der inzwischen zahlreicher gewordenen künstlichen Trabanten handelte, die den Mars umkreisten.

Und plötzlich wurde ihm klar, wie unendlich *weit* sie sich von ihrer Heimat entfernt hatten. Weiter als jemals ein Mensch zuvor. Die drei anderen hier im Raum mochten das anders sehen, aber für ihn war es so, als hätten sie die Reise in eine andere Galaxis angetreten. Mit einem Mal überkam ihn ein Gefühl von Einsamkeit, das ihn mit seiner schieren Wucht zu überwältigen drohte.

»Es fällt mir immer noch schwer, es zu glauben«, sagte Khalid.

»Was?«

»Dass wir hier sind.« Sein Blick glitt bewundernd über den riesigen, in allen nur vorstellbaren Rot-, Braun- und Orangetönen gestreiften Planeten, der rund ein Drittel der holografisch anmutenden Darstellung einnahm, und seine Stimme wurde noch leiser und nahm zugleich einen fast ehrfürchtigen Ton an, der nicht gespielt war. »Das war immer mein großer Traum, wisst ihr? Eines Tages hier draußen zu sein und all das mit eigenen Augen zu sehen. Noch vor zwanzig Jahren hat man behauptet, es wäre unmöglich, dass Menschen unserer Generation so weit kommen.«

»Und vor gar nicht einmal so langer Zeit«, fügte Gonzales hinzu, »haben intelligente Menschen behauptet, die Erde wäre eine Scheibe.«

»Und Spanier wären intelligente Wesen«, versetzte Khalid, entschärfte seine Worte aber zugleich mit einem breiten Grinsen. Dennoch blieb der ehrfürchtige Ton in seiner Stimme, als er sich wieder der Darstellung zuwandte und fortfuhr: »Und bald werden wir leibhaftig auf der Oberfläche stehen und das alles mit eigenen Augen sehen.«

Gonzales lachte ganz leise. »Ja, ich schätze, die Augen würden Ihnen ganz schön aus den Höhlen quellen da unten.«

»Sie sind unmöglich«, sagte Khalid. Er grinste wieder, und selbst Saintdemar lachte kurz, aber John verspürte für einen winzigen Moment fast so etwas wie Trauer. Zumindest Wehmut. Gonzales war alles andere als unmöglich, und auch nicht unsensibel. Vielmehr hatte sie wohl endlich begriffen, dass Khalid das virtuelle Fenster nur geöffnet hatte, um von einem anderen, sehr viel unangenehmeren Thema abzulenken, und versuchte nun, das Ihre dazu beizutragen.

Wie Saintdemars Lachen bewies, hatte sie damit vielleicht sogar Erfolg. Dennoch hatten ihre Worte etwas zerstört, was John ihr übel nahm. Die Ehrfurcht, von Khalids Worten heraufbeschworen, hatte für ihn hier draußen einen ganz anderen Wert als zu Hause auf der Erde. Sie erschien ihm fast heilig; nicht womit man seine Scherze treiben durfte.

»Ich hatte eigentlich nicht vor, den Helm abzunehmen und die frische Marsluft zu schnuppern«, sagte Khalid gespielt eingeschnappt.

»Hoffen wir, dass wir überhaupt absteigen können«, sagte Saintdemar. »Ohne die beiden Module …« Sie ließ den Rest ihres Satzes offen.

»Keine Sorge«, erwiderte Khalid mit einem raschen, augenzwinkernden Blick in Johns Richtung. »Zur Not nehme ich mir ein paar Büroklammern und Heftstreifen und muss eben improvisieren. Darin war ich immer schon gut.« Er streckte die Hand nach der Tastatur aus, überlegte es sich dann aber anders und verließ die Messe, ohne den Bildschirm abgeschaltet zu haben.

Gonzales sah ihm stirnrunzelnd nach und wirkte für einen winzigen Moment fast enttäuscht; Khalid und sie alberten ständig herum, wobei die Grenze zwischen harmloser Flachserei und Ernst manchmal zu verschwimmen schien – es musste sich um irgendein sonderbares Zeremoniell zwischen ihnen handeln, dessen Sinn und Grund nicht nur John verborgen blieb. Er war fast davon überzeugt, dass Gonzales den Inder noch einmal zurückrufen würde, nur um irgendeine Beleidigung oder Spitze loszuwerden, aber schließlich beließ sie es bei einem Achselzucken und drehte sich so in ihrem Stuhl herum, dass sie den Bildschirm betrachten konnte, ohne sich den Hals zu verrenken.

»Vielleicht liegt er sogar richtig damit«, sagte sie.

»Womit?«, fragte John. Er vermied es bewusst, bei diesen Worten in Saintdemars Richtung zu blicken, obwohl ihr natürlich klar sein musste, dass sie dieses kleine Theaterstück nur um ihretwillen aufführten.

»Dass es sich allein schon deshalb gelohnt hat«, antwortete Gonzales, »um das hier zu sehen.«

Diesmal antwortete John nichts darauf. Gonzales hatte Recht. Das Bild, das sich ihnen bot, war nicht annähernd so farbenprächtig und kristallklar wie die vom Computer verbesserte Darstellung oben auf der Brücke, dafür aber realistischer.

John glaubte die unendliche Leere und die tödliche Kälte des Weltalls fast zu spüren, als hätte Gonzales tatsächlich ein Fenster geöffnet und nicht nur ein Bild in den Raum projiziert. Er kam sich ... *klein* vor.

»Wie nahe werden wir ihm kommen?«, murmelte er.

»Dem Mars?« Gonzales tat so, als müsste sie einen Moment über diese Frage nachdenken, was ganz bestimmt nicht der Fall war. Schließlich tätschelte sie die Tischplatte mit der Hand. »Unser tapferes Schiffchen hier ziemlich nahe. Die Umlaufbahn liegt bei dreihundert Kilometern. Hundert weniger, als die ISS von der Erde entfernt ist. Aber der Mars ist ja auch ein bisschen kleiner.«

Sie stand auf, trat einen Schritt vom Tisch zurück und beugte sich dann noch einmal vor, um nach ihrer Tasse zu greifen. Mit einem einzigen Schluck leerte sie sie, grinste Saintdemar und Carter an und fuhr sich genießerisch mit der Zungenspitze über die Lippen. »Hervorragend«, sagte sie. »Ich muss noch ein bisschen an der Mischung arbeiten, aber wenn ihr mir noch ein paar Tage Zeit lasst, brauchen wir den Treibstoffvorrat aus den Containern gar nicht mehr. Das Zeug ist schon fast genauso gut.«

Sie wartete vergeblich auf irgendeine Reaktion. John verzog zwar flüchtig die Lippen, aber Saintdemar drehte sich in ihrem Stuhl herum und schien ganz in die Betrachtung des Mars und seiner Trabanten zu versinken. Keinem von ihnen war im Augenblick nach Herumalbern zumute. Gonzales schürzte fast trotzig die Lippen und ging dann ebenfalls hinaus.

Wieder wurde es für eine Weile sehr still in dem großen Raum. Saintdemars Blick blieb starr auf die riesige Planetenscheibe gerichtet, aber obwohl John ihr Gesicht jetzt nur noch im Profil betrachten konnte, war ihm doch klar, dass sie in Wirklichkeit etwas ganz anderes sah. Vielleicht dasselbe, was auch er spürte.

Trotz seiner Erhabenheit und Größe hatte der Anblick des Roten Planeten für ihn plötzlich etwas Erschreckendes. Mit einem Male war es ihm, als hätte die Kälte irgendwie einen Weg hier herein gefunden, begänne den Raum auch diesseits der holografischen Darstellung zu erobern und mit einer Schwärze und einem Schweigen zu füllen, die jedes Leben erstickten. Er hielt dem Anblick noch eine gute Minute stand, dann sagte er: »Bildschirm aus.«

Der Mars, seine Trabanten und der Rest des Universums erloschen und machten wieder dem ernüchternden Anblick der vollautomatischen Küche Platz.

»Warum haben Sie das getan?«, fragte Saintdemar. Sie klang beinahe enttäuscht, auf jeden Fall aber verwirrt.

John hob die Schultern und war selbst überrascht, sich antworten zu hören: »Es macht mir Angst.«

Saintdemars Reaktion überraschte ihn. Sie lachte ihn nicht aus. Sie reagierte nicht einmal mit einer gutmütig-spöttischen Bemerkung, mit der er fest gerechnet hatte, sondern sah ihn nur für eine geraume Weile auf sehr sonderbare Weise an und nickte schließlich. »Vielleicht sollte es das auch«, sagte sie. »Wer weiß – vielleicht hat es uns allen bisher viel zu wenig Angst gemacht.«

»Wie?«

»Vielleicht war es das, was er *gesehen* hatte«, antwortete Saintdemar leise. Sie blickte immer noch in Richtung des mittlerweile erloschenen Schirmes, aber John war sicher, dass sie die matt verchromten Geräte und verschiedenfarbig markierten Schubladen und Auszüge ebenso wenig sah, wie sie gerade tatsächlich das Abbild des Roten Planeten und seiner Trabanten gesehen hatte. »Wissen Sie, je länger ich hier draußen bin, desto mehr frage ich mich, ob das alles richtig ist.«

»Was?«, fragte Carter verwirrt. Worauf wollte sie hinaus? In ihrer Stimme war plötzlich etwas, das ihn erschreckte. Weil es nicht hinein gehörte.

»Warum tun wir das alles?«, fragte sie. Die Frage galt nicht wirklich ihm, und sie erwartete so wenig eine Antwort, wie er imstande gewesen wäre, ihr eine zu geben.

»Es geht um Grundlagenforschung«, sagte er lahm. »Und natürlich darum, den Grundstein zu legen für eine spätere Besiedelung des Mars.«

»Sind Sie sicher, dass das der einzige Grund ist?«

»Es hört sich nach ein paar Milliarden Gründen an«, sagte John.

»Eher Billionen«, verbesserte ihn Saintdemar. »Vorsichtig geschätzt. Aber trotzdem ... was, wenn sie uns nicht nur deshalb hier herausgeschickt hätten?«

»Warum sonst?«

»Ich weiß es nicht«, gab sie zu. »Aber es ist schon seltsam, dass man eine Marsmission um glatte zehn Jahre vorverlegt und sich dabei auf private Sponsoren einlässt. – Ich weiß, das ist schon hundertfach diskutiert worden«, fügte sie schnell hinzu, bevor er genau diese Antwort geben konnte. »Aber mal ehrlich – eine wirklich befriedigende Antwort kam dabei nie heraus.«

»Vielleicht«, antwortete John, »können wir Menschen einfach nicht anders, als immer einen Schritt weiter zu gehen?« Er fühlte sich hilflos. Noch ein bisschen mehr, als er begriff, dass sie seine Worte gar nicht gehört hatte.

»Oder ist es vielleicht nur Gier?« Sie lachte leise; ein trockener, humorloser Laut, der fast wie ein Bellen klang. »Manchmal frage ich mich, ob unsere Ziele in Wahrheit nicht ganz so edel und uneigennützig sind, wie wir immer tun.«

»Man hat nie einen Hehl daraus gemacht, dass das hier ein wirtschaftliches Unternehmen ist«, gab John zu bedenken. Zugleich kam er sich fast albern vor. Was war in ihn gefahren, die übermächtigen Konzerne, die er verachtete, auch noch zu verteidigen?

»Ja, sicher« gestand Saintdemar, mit einem neuerlichen, kurzen Verziehen der Lippen. Sie drehte sich mit einem so unerwarteten Ruck zu ihm herum und starrte ihn an, dass er um ein Haar erschrocken zurückgeprallt wäre. »Ein hübsches Wort, um zu verharmlosen, dass sie ihre gierigen Krallen jetzt schon nach den anderen Planeten des Sonnensystems ausstrecken.«

Sie schüttelte heftig den Kopf, als wollte sie jeden denkbaren Widerspruch sofort im Keim ersticken. »Es ist einfach nur Gier, John. Verstehen Sie mich nicht falsch – ich gehöre nicht zu den Verrückten, die den Weg zurück zur Scholle predigen und uns weiszumachen versuchen, dass Maschinen und Wissenschaft unser Untergang sind. Ich weiß, was die Menschheit der Wissenschaft zu verdanken hat und wo sie ohne sie wäre. Ich habe auch nichts gegen die GC oder irgendeine andere der großen Corporations. Im Gegenteil – ich habe ihnen so ziemlich alles zu verdanken, was ich bin. Sie sind die Pest, aber eine Pest, die notwendig ist. Ich frage mich nur, ob wir nicht dabei sind, einen Schritt zu weit zu gehen.«

»Wie meinen Sie das?«, fragte John vorsichtig.

»Angeblich sind wir hier, um den Mars zu erforschen und urbar zu machen«, antwortete Saintdemar. »Aber ich glaube manchmal, eigentlich sind wir hier, weil sie ihn einfach nur *haben* wollen.«

»Ich glaube nicht, dass jemand etwas dagegen hat«, antwortete John mit einem neuerlichen, unsicheren Lächeln. Er verstand immer weniger, worauf sie überhaupt hinauswollte. »Ich meine: So viel ich weiß, gehört er niemandem.«

»Und vielleicht sollte das auch so bleiben«, antwortete Saintdemar. »Vielleicht ist die viel gerühmte Neugier und der unbezwingbare Forscherdrang der Menschen nichts anderes als der simple Wunsch, alles, was sie sehen, auch besitzen zu wollen. Haben Sie Kinder, John?«

Sie schüttelte den Kopf, um ihre eigene Frage gleich zu beantworten. Sie wusste, dass er weder Kinder hatte noch jemals hatte haben wollen. »Nein, Sie haben keine. Aber Sie haben doch bestimmt schon einmal ein kleines Kind beobachtet, das etwas Neues sieht. Es streckt sofort die Hand danach aus und will es haben – nicht, weil es weiß, was es ist, sondern einfach nur, weil es *da* ist.« Sie lachte. »Vielleicht ist das der einzige Grund, John, aus dem wir hier sind.«

»Wenn Sie das wirklich glauben«, fragte John, »warum sind Sie dann mitgekommen?«

»Warum sind *Sie* hier?«, fragte Saintdemar anstelle einer direkten Antwort. Sie hob die Hand, als er antworten wollte.

»Eigentlich hätte ich von jemandem wie Ihnen eher erwartet, dass er Pamphlete gegen die Großkonzerne schreibt, nicht dass er sich zur Galionsfigur ihrer bisher größten gemeinsamen Unternehmung machen lässt.«

Das war ein Tiefschlag, und er traf.

Warum er hier war? Nun, darauf gab es eine einfache und eine sehr komplizierte Antwort. Die komplizierte war, dass die USA seit anderthalb Jahren einen Präsidenten hatten, der als Bodybuilder aus Österreich ins Land gekommen und eine in der Geschichte der Politik vermutlich einmalige Karriere gestartet hatte, an deren Ende die mächtigste Nation der Welt sogar ihre *Verfassung* geändert hatte, um ihn zum Präsidenten wählen zu können. Unglückseligerweise konnte (und wollte) Präsident Schwarzenegger seine Actionstar-Vergangenheit weder vergessen noch verleugnen, und so war es nur konsequent gewesen, dass sich an Bord der ersten kommerziellen Marsexpedition auch ein Journalist und Science-Fiction-Autor befand (noch dazu einer, der auf den Namen *John Carter* hörte!), dessen einzige Daseinsberechtigung die war, als Chronist alle Ereignisse während der Reise und des neunmonatigen Aufenthalts auf Mars festzuhalten und nach ihrer Rückkehr Rupert Murdochs PR-Maschinerie damit zu füttern. So viel er wusste, waren die Film- und Buchrechte schon vor dem Start für eine dreistellige Millionensumme verkauft worden, aber das *Geld* hatte ihn nicht im Geringsten interessiert.

Weshalb er wirklich hier war?

Aus dem Grund, den Saintdemar eben genannt hatte: Weil der Mars *da* war und er ihn hatte haben wollen, so einfach war das.

***

John war für einen Moment nicht nur sprachlos, sondern beinahe entsetzt, und er hatte sich ganz offensichtlich nicht annähernd genug in der Gewalt, um sie seine Reaktion nicht sehen zu lassen.

Saintdemar sah betroffen aus und unangenehm berührt; allein das Wechselbad von Gefühlen, das sich in einer einzigen Sekunde im Blick ihrer dunklen Augen widerspiegelte, machte ihm klar, dass sie ihn nicht hatte verletzen wollen und nun voller Schrecken begriff, wie sehr sie es getan hatte.

»Ich kann Ihnen sagen, warum Sie dabei sind«, fuhr sie fort. »Vermutlich aus demselben Grund wie ich.«

»Und der wäre?«, fragte er. Er fühlte sich mit jeder Sekunde unsicherer, aber ihm war zugleich auch klar, wie schrecklich falsch er die Situation eingeschätzt hatte; und vor allem auch ihre möglichen Gründe, ihn zu diesem Gespräch einzuladen.

»Weil Sie die *Möglichkeit* dazu hatten«, antwortete sie, fast als hätte sie seine Gedanken gelesen. »Ganz einfach, weil Sie es konnten. Seien Sie ehrlich, John: Sie haben nicht gefragt, ob es einen Sinn macht oder wem sie damit zuarbeiten. Sie haben keine Sekunde lang wirklich darüber nachgedacht, ob es Ihnen etwas nutzt, hierher zu fliegen, oder irgendjemandem, der Ihnen etwas bedeutet. Sie haben danach gegriffen, weil sie es *haben wollten*, stimmt's?«

Er beantwortete ihre Frage nicht, weder laut, noch mit einem Nicken oder Kopfschütteln oder auch nur mit einem entsprechenden Blick, und er tat es ganz einfach deswegen nicht, weil er es nicht konnte. Saintdemars so vollkommen unerwarteter (und ungerechter) Angriff erschien ihm einfach absurd – und dennoch war irgendetwas in ihren Worten, das ihn vollkommen verunsicherte.

»Bei mir war es jedenfalls so«, fuhr sie fort. Ihre Hände begannen mit der Kaffeetasse zu spielen, schmiegten sich flach um das matte Metall und drückten so fest zu, dass die Knöchel weiß aus ihrer ohnehin schon hellen Haut hervorstachen. »Oh, natürlich habe ich andere Gründe gefunden. Gute Gründe. Aber tief in mir war es einfach so, dass ich es *wollte.* Alles andere waren nur willkommene Vorwände.«

»Selbst wenn«, antwortete er unsicher, »was wäre so schlimm daran, Doktor Saintdemar –«

»Madelaine«, unterbrach sie ihn. »Wir sollten uns endlich beim Vornamen nennen. Und lassen Sie vor allem den ›Doktor‹ weg.«

»Selbst wenn das der Grund wäre, Madelaine«, setzte er neu an, »handelt es sich doch nur um einen Teil unserer Natur, gegen den wir machtlos sind. Genauso wie es ein Teil unserer Natur ist, uns zu ernähren und dafür andere Lebewesen zu töten, um unser Leben zu kämpfen oder unsere Nachkommen zu verteidigen. *Warum* man etwas tut, spielt doch im Grunde gar keine Rolle. Die Frage ist nicht, was wir sind, sondern was wir daraus machen.«

»Ein interessanter Gedanke« antwortete Saintdemar. »Haben Sie ihn schon in einem Ihrer Bücher verarbeitet?«

»Unentwegt«, gestand er. »Auch wenn er nicht von mir ist.«

Sie lachte – diesmal klang es echt –, und als sie weitersprach, hatte etwas wie eine sanfte Resignation den Platz der Bitterkeit in ihrer Stimme eingenommen. »Aber was passiert, wenn wir eines Tages unsere Hand nach etwas ausstrecken, das uns nicht gehört, sondern jemand anderem?«

»Zum Beispiel kleinen grünen Männchen?«, gab John amüsiert zurück.

Saintdemar schüttelte heftig den Kopf. »Das habe ich nicht gemeint. Ich bin zwar nur Ärztin und keine Xenobiologin, aber ich kann Ihnen versichern, dass es hier draußen weder kleine grüne noch große blaue Männchen gibt.«

»Zumindest keine, die wir uns vorstellen können?«, fragte John.

Diesmal fiel ihr Kopfschütteln noch etwas heftiger aus. »Abgesehen von ein paar Mikroben – vielleicht! – gibt es in unserem Sonnensystem ganz bestimmt kein Leben«, wiederholte sie mit großem Ernst. »Zumindest keines, das diese Bezeichnung wirklich wert wäre. Warum denken Sie so eingleisig, John? Gerade Sie?«

»Ich verstehe nicht genau, worauf Sie hinauswollen.«

»Wer sagt, dass das Leben unbedingt das höchste Ziel der Schöpfung sein muss?«, gab sie zurück. Sie hob rasch einen Finger, als er widersprechen wollte. »Nein – fragen Sie mich nicht, was ich damit meine. Ich weiß es nicht. Ich kann mir nichts anderes vorstellen, aber das kann vermutlich keiner von uns. Das muss aber nicht zwangsläufig bedeuten, dass es nichts anderes gibt, oder?«

»Ich ... bin nicht sicher, ob ich Ihnen folgen kann, Madelaine«, sagte John zögernd.

»Oder ob Sie es überhaupt wollen?«, fragte sie. »Ich bin nicht einmal sicher, ob ich es will.« Plötzlich seufzte sie tief. »Vielleicht rede ich auch nur Unsinn.« Sie setzte die Kaffeetasse an und leerte sie in einem einzigen Zug. »Verzeihen Sie, wenn ich Ihnen mit meinem Gerede auf die Nerven gehe.«

»Das tun Sie keineswegs, Madelaine«, sagte er hastig. Für die Dauer eines Gedankens war er versucht, den Arm auszustrecken und über den Tisch hinweg nach ihrer Hand zu greifen. Aber er unterdrückte den Impuls, bevor er ihm nachgeben und sich damit womöglich in eine peinliche Situation manövrieren konnte. »Das tun Sie nicht, Madelaine«, sagte er noch einmal und machte sich in Gedanken eine Notiz, nach Möglichkeit nicht jeden einzelnen Satz mit ihrem Vornamen zu beenden, nur weil sie es ihm angebotenen hatte. »Ganz im Gegenteil. Ich war einfach nur überrascht.«

»Überrascht?«

»Ich dachte bis jetzt, ich wäre der einzige ...« Er suchte einen Moment vergeblich nach dem richtigen Wort.

»Nicht-Eierkopf hier an Bord?«, half sie ihm lächelnd aus.

»Der Einzige, der sich mit so unwissenschaftlichen Gedanken abgibt«, sagte er.

»Da irren Sie sich, John«, behauptete Saintdemar. »Was den Gedanken angeht, meine ich. Er ist nicht unwissenschaftlich. Ganz im Gegenteil. Die Wissenschaft fragt immer nach dem Dahinter. Vielleicht gibt es ja eine Wahrheit hinter der Wahrheit.«

Sie stand mit einem Ruck auf, trug ihre Tasse zurück zur Geschirraufnahme und sah zu, wie sie hineingezogen wurde. »Vielen Dank, dass Sie mir zugehört haben, John«, fuhr sie fort, ohne sich umzudrehen. »Und nehmen Sie Ihre Tabletten. Sie schaden nicht, aber danach geht es Ihnen bald besser.«

John sah ihr vollkommen verwirrt hinterher, während sie mit plötzlich sehr eiligen Schritten die Messe verließ. Er begriff nicht, was dieser Auftritt bedeutete, aber irgendetwas sagte ihm, dass er nicht so sinnlos gewesen war, wie es im Moment noch den Anschein haben mochte.

Saintdemar – Madelaine – hatte zweifellos einfach nur jemanden zum Reden gebraucht, und so wie die Dinge lagen, war er möglicherweise tatsächlich die erste Wahl gewesen; zumindest wenn es um ein solches Gespräch ging. Aber das war es nicht allein. Er war nahezu sicher, dass sie ihm irgendetwas Bestimmtes hatte mitteilen wollen und nur im letzten Moment einen Rückzieher gemacht hatte. Aber was?

Nachdem er allein war, schien sich der Raum verändert zu haben. Er kam ihm plötzlich kleiner vor, auf eine schwer greifbare Art abweisender und kälter. Mehr denn je fühlte er sich wie ein Fremder, der nicht hierher gehörte und eigentlich auch nicht hier sein wollte.

Was Saintdemar über seine Motivation gemutmaßt hatte, an

dieser Reise teilzunehmen, kam der Wahrheit näher, als er selbst jetzt noch zuzugeben bereit war. Als Murdoch vor einem subjektiven und gut zwei objektiven Jahren mit seinem Angebot an ihn herangetreten war, da hatte er sich eine Woche Bedenkzeit erbeten und sie auch genutzt, aber in Wahrheit – und das wurde ihm erst jetzt, aber mit unzweifelhafter Gewissheit klar – hatte er für die Entscheidung, von der er selbst geglaubt hatte, sie so sorgfältig und gewissenhaft abgewogen zu haben, nicht einmal den Bruchteil einer Sekunde gebraucht.

Selbst die Gefahr, die mit dieser Reise verbunden war und die er – wie alle anderen – bis zu diesem Moment erfolgreich verdrängt hatte, hatte bei seiner Entscheidung keine wirkliche Rolle gespielt. John hatte sich niemals ernsthaft eingestanden, sich mit der Teilnahme an diesem Flug auf ein lebensgefährliches Abenteuer einzulassen.

Seinem Verstand war das klar. Vielen seiner Freunde, die mit Engelszungen auf ihn eingeredet und versucht hatten, ihn von seinem Vorhaben abzubringen, war es ebenso klar gewesen, und selbst die größten Optimisten unter den Befürwortern dieser Expedition hatten zugegeben, dass die Chancen auf eine unversehrte Rückkehr der gesamten Mannschaft bestenfalls bei fünfzig Prozent lagen.

Aber das spielte keine Rolle. Ganz gleich, was geschah, ganz gleich, ob und wie er zurückkam, er gehörte zu den ersten Menschen, die jemals hier gewesen waren. Und es war nicht einmal der Ruhm oder das Wissen, dass sein Name noch in tausend Jahren in den Geschichtsbüchern stehen würde, die den Ausschlag gegeben hatten.

Es war tatsächlich so, wie Saintdemar gerade gesagt hatte: Da war etwas, das er haben wollte, und er hatte gierig danach gegriffen.

John schüttelte den Gedanken ärgerlich ab. Er hatte wahrlich schon genug Probleme, auch ohne dass er jetzt anfing, über den Sinn des Lebens nachzudenken.

Ganz automatisch wollte er, genau wie Saintdemar zuvor, nach seiner Tasse greifen, um sie zum Automaten zu tragen, aber dann tat er das Gegenteil; und sei es nur, weil Madelaine ihn an den anarchistischen Teil seiner Vergangenheit erinnert hatte: Er schob die Tasse mit dem Zeigefinger so weit über die Tischkante hinaus, dass eine kleine Erschütterung ausreichen musste, um sie die Balance verlieren und zu Boden fallen zu lassen.

Keine Sabotage, dachte er, sondern eine Art Test. Solange sich das Schiff so ruhig bewegte wie jetzt, würde nichts geschehen. Braxtons Pilotenkünste mussten eben darüber entscheiden, ob jemand die Sauerei würde wegwischen müssen …

John hatte noch keine zwei Schritte in Richtung der Tür gemacht, als die Tasse kippte und ihren Inhalt in den Raum ergoss. Die Tropfen schwebten sacht nieder, trennten und vereinigten sich dabei in der Luft, bevor die geringe Anziehungskraft sie zu Boden zog.

John grinste zufrieden in sich hinein und verließ die Messe. Als die Tür hinter ihm zuglitt, öffnete sich eine Klappe in der Wand. Ein kleiner flacher Reinigungsroboter schnurrte heraus und steuerte auf seinen Magnetketten zielsicher den Kaffeefleck an.

Noch bevor John den Lift erreichte, war von seinem Anschlag auf die Borddisziplin nichts mehr zu sehen.

***

John hätte den Moment, in dem die BRADBURY den Kurs wechselte, gerne auf der Brücke erlebt, aber selbstverständlich ließ Kang das nicht zu, sodass er den Zeitpunkt, in dem die gewaltigen Triebwerke des Schiffes zündeten, wie alle anderen Besatzungsmitglieder außer Kang selbst und Jenna Braxton in seiner Kabine verbrachte. Eine reine Vorsichtsmaßnahme, die sich – wie die meisten Vorsichtsmaßnahmen, aber eben nicht alle – im Nachhinein als überflüssig erwies.

Alles was er von dem Manöver mitbekam, war ein sanftes Erzittern des Bodens und ein halblautes, aber sehr machtvolles Grollen, mit dem die vier gewaltigen Triebwerke des Schiffes ihre Millionen Kilopond Leistung entfesselten, um das Schiff auf einen neuen Kurs zu reißen.

John war beinahe froh, weder von Astronavigation noch von der Physik des Schiffes allzu viel zu verstehen, aber das musste er auch nicht, um die ungeheure Belastung zu spüren, der die BRADBURY in diesen wenigen Augenblicken ausgesetzt war.

Im Prinzip bestand das Schiff aus wenig mehr als einer gewaltigen Gitterkonstruktion, die sich vom Heck bis zum einhundertfünfzig Meter entfernten Bug leicht verjüngte und Platz für zahlreiche, unterschiedlich große und unterschiedlich geformte Module bot, die nach einem ausgeklügelten System an und in dem gewaltigen Traggerüst angebracht waren. Weder ein aerodynamisches Äußeres noch Eleganz spielten bei der Konstruktion eines Schiffes eine Rolle, das im freien Weltraum gebaut worden war und niemals in die Atmosphäre eines Planeten eintauchen würde.

Auch die Flugmanöver, die ihr normaler Missionsplan vorsah, waren eher behäbig: Trotz aller Superlative, mit denen die BRADBURY schon vor ihrem Start bedacht worden war, war sie letzten Endes ein Schwertransporter, der sich auf einer größtenteils ballistischen Flugbahn seinem Ziel nähern und nur behutsame und vor allem *langsame* Kurskorrekturen vornehmen sollte.

Was Kang und Braxton nun von ihr verlangten, war ein brutaler Satz, der in etwa dem Versuch eines schwerfälligen Großraumflugzeuges nahekam, die Manöver eines modernen Kampfjets nachzuvollziehen.

Das dumpfe Grollen der Triebwerke verklang nach wenigen Sekunden wieder, aber durch die gesamte Konstruktion lief ein unheimliches Knistern und Ächzen. John konnte die ungeheuren Kräfte spüren, die für wenige Augenblicke auf die BRADBURY einwirkten; es war, als stöhne das Schiff wie ein riesiges lebendes Wesen unter Schmerzen. Und auch er selbst wurde für einige kurze, aber qualvolle Augenblicke mit dem gut Dreifachen des eigenen Körpergewichts in seine Andruckliege gepresst; nicht einmal die Hälfte dessen, was ein normaler Shuttlepilot praktisch tagtäglich auszuhalten hatte, aber eindeutig mehr, als er in diesem Moment aushalten *wollte.*

Es dauerte nur wenige Sekunden, aber die Körper aller Besatzungsmitglieder waren seit mehr als einem Jahr daran gewohnt, nur noch knappe vierzig Kilogramm zu wiegen. Und das, obwohl ihre Muskeln während des zehn Monate währenden Schlafes durch elektrische Impulse künstlich trainiert worden waren und sie seit dem Verlassen der Hibernationstanks regelmäßig isometrische Übungen und Trainingsstunden absolvierten.

Außerdem trugen sie spezielle Anzüge, die praktisch die Funktion eines Exoskeletts übernahmen. Nur dass die in den Bordanzug integrierten Netze aus Millionen mikroskopisch feiner Metallfäden die Bewegungen nicht unterstützten, sondern *hemmten.* Dieses permanente Training war notwendig, damit sie später auf dem Mars würden herumlaufen können, ohne in sich zusammenzufallen wie kraftlose Greise.

Jetzt hatte John das Gefühl, unversehens unter eine Hochleistungspresse geraten zu sein. Er hatte Probleme beim Atmen. Er bildete sich tatsächlich ein, spüren zu können, wie sein Herz und seine Lungen und alle anderen Organe langsam, aber unbarmherzig zusammengequetscht und sein Blut zur Zähflüssigkeit von Sirup verdickt wurde.

Es dauerte nur wenige Sekunden, aber diese wenigen Sekunden schleuderten ihn an den Rand der Bewusstlosigkeit. Ihm wurde schwarz vor Augen. Ein Gefühl entsetzlicher Übelkeit erwachte in seinem Leib, aber es kroch nicht nach oben, wie er es erwartet hätte, sondern schien ganz im Gegenteil immer tiefer in seinen Körper hineingedrückt zu werden; eine neue, grässliche Erfahrung, die ihn fast wünschen ließ, das Bewusstsein zu verlieren.

Gerade als er glaubte, nun wirklich in Ohnmacht fallen zu müssen, war es vorbei. Der Druck verschwand so plötzlich, wie er gekommen war. Das flüsternde Grollen der Triebwerke erlosch, und die Übelkeit sprang bis zu einem Punkt dicht unterhalb seines Adamsapfels hinauf und explodierte regelrecht.

John warf sich mit einer hastigen Bewegung herum, um sich wenigstens nicht auf seine Liege übergeben zu müssen, aber irgendwie gelang es ihm, den Brechreiz zu unterdrücken. Nach ein paar Sekunden kroch die Übelkeit widerwillig in seinen Magen zurück, um dort weiter zu rumoren, und auch das Dröhnen und Rauschen in seinen Ohren verklang.

Nach einigen weiteren Sekunden wagte er es, vorsichtig die Augen zu öffnen und sich umzusehen. Im allerersten Moment hatte er das Gefühl, der Boden wäre schräg. Alle Linien schienen ein wenig aus ihrer normalen Richtung herausgedrückt zu sein, und die Tür wirkte deformiert, wie zusammengestaucht; als hätte sich ein gestürzter Riese darauf abgestützt, um sich wieder in die Höhe zu stemmen.

Er blinzelte, und alles war wieder normal. Mit der Kabine und dem Schiff war alles in Ordnung, nur seine Sinne litten anscheinend noch ein wenig unter den Nachwirkungen des Kurswechsels.

Unendlich behutsam setzte er sich weiter auf, schwang die

Beine von der Andruckliege und wartete darauf, dass ihm schlecht wurde.

Nichts geschah. Der Bordcom begann zu blinken. Lautlos. John erinnerte sich mit schlechtem Gewissen daran, dass er den akustischen Alarm immer noch nicht wieder eingeschaltet hatte, und für eine oder zwei Sekunden schürte das hektische Blinzeln des winzigen roten Auges seine Übelkeit noch einmal, dann war auch das vorbei. Alles was blieb, war ein rhythmisch an- und abschwellendes Klingeln in seinen Ohren, das sicherlich nach ein paar Sekunden auch noch vergehen würde.

John ließ den Oberkörper nach vorne sinken und barg für einen Moment das Gesicht in den Händen, dann biss er die Zähne zusammen und stand auf.

Es ging besser, als er zu hoffen gewagt hatte. Er verspürte noch ein leichtes Schwindelgefühl, aber die Bewegung bereitete ihm keine Mühe. Nur das Klingeln in seinen Ohren war immer noch da. John hielt sich die Nase zu und versuchte zugleich Luft hindurchzupressen. In seinen Ohren knackte es lautstark, aber das Klingeln blieb. Na ja, einen Versuch war es wert gewesen.

Mit zwei wackeligen Schritten ging er zum Bordcom und betätigte die Rufannahme. Das Gesicht, das auf dem kaum handtellergroßen Bildschirm erschien, gehörte nicht Kang, wie er erwartet hatte, sondern Saintdemar. Die Übertragung war ungewöhnlich schlecht; das Bild flackerte und hatte blasse Farben, und seine Ohren spielten ihm einen weiteren Streich, denn er glaubte tatsächlich, das schrille Klingeln nun auch aus dem Lautsprecher heraus zu hören.

»Wie geht es Ihnen?«, fragte sie. John war nicht sicher, ob es an der schlechten Übertragung lag, aber er fand, dass sie selbst auch nicht besonders gut aussah. Ihr Gesicht wirkte eingefallen und ein bisschen grau, und das Haar hing ihr wirr in die Stirn.

»Alles bestens«, log er. »Und Ihnen?«

»Ärzten geht es immer gut«, antwortete sie lächelnd. »Und wenn nicht, dann geben sie es nicht zu. Wie sollten ihre Patienten sonst noch Vertrauen zu ihnen haben?«

»Wie gut, dass ich niemals zum Arzt gehe«, antwortete John. »Sie bestärken mich in meinen Vorurteilen, ist Ihnen das klar, Frau Doktor?«

»Wie gut, dass es hier an Bord gar nicht nötig ist, dass Sie zu mir kommen«, sagte sie gelassen. Ihr Blick konzentrierte sich für einen Moment auf einen Punkt irgendwo unterhalb der Kamera, bevor sie wieder zu ihm aufsah. »Möchten Sie, dass ich Ihnen Ihren Blutdruck nenne, oder Ihre Pulsfrequenz?«

»Nein«, antwortete John. »Aber ich schätze, Sie werden es trotzdem tun. Oder warum rufen Sie an?«

»Erwischt«, gestand Saintdemar. »Ihre Werte gefallen mir gar nicht.«

»So lange es nur meine *Werte* sind, kann ich damit leben«, antwortete Carter.

Saintdemar blieb ernst. »Wir müssen etwas tun – und keine Widerrede. Soll ich zu Ihnen kommen oder kommen Sie zu mir?«

»Ich mache mich gleich auf den Weg«, seufzte John und fügte hinzu: »Soll ich den Sekt mitbringen?«

»Bringen Sie *sich* mit, das reicht schon«, antwortete Saintdemar. Sie unterbrach die Verbindung und John starrte den dunkel gewordenen Schirm eine Sekunde lang verdattert an, machte sich aber dann gehorsam auf den Weg.

Seine Ohren klingelten immer noch, und es wurde nicht besser, als er die Kabine verließ, sondern im Gegenteil lauter. Erst als er Saintdemars Kabine schon fast erreicht hatte, wurde ihm klar, dass es nicht sein Gehör war, das ihm einen Streich spielte: Das Geräusch war real. Es war der Alarm, der durch das Schiff gellte.

Augenblicklich erwachte seine Besorgnis wieder. Eines der Hauptfächer in dem sechsmonatigen Astronauten-Crashkurs, den er absolviert hatte, war *Zweckoptimismus* gewesen, und es schien funktioniert zu haben, denn er hatte ganz selbstverständlich angenommen, dass mit dem Schiff einfach alles in Ordnung sein *musste.* Vielleicht stimmte das ja nicht.

Saintdemar zog gerade ein Injektionspflaster von Gonzales' linkem Bizeps ab, als er die Kabine betrat. Die hoch aufgeschossene Spanierin erhob sich in der gleichen Bewegung, in der sie den Ärmel ihres dunkelblauen Bordanzuges herunterrollte, und verzog schmerzhaft die Lippen, obwohl sie rein gar nichts gespürt haben konnte; John wusste, dass die Pflaster mit einem leichten Betäubungsmittel nicht nur dafür sorgten, dass die Injektion vollkommen schmerzlos war, sondern sich auch ohne das leiseste Ziepen wieder von der Haut lösten.

»Alles wieder in Ordnung«, sagte Saintdemar. Sie lächelte, aber es war etwas in diesem Lächeln, das es eher zu etwas Bedrohlichem werden ließ. »Aber die nächste Behandlung stelle ich Ihnen in Rechnung.«

Dr. Gonzales' Miene nach zu urteilen schien sie das auch jetzt schon getan zu haben. Sie sagte noch immer kein Wort, aber als sie sich herumdrehte und durch die Tür trat, fiel John auf, dass sie sichtbar humpelte.

»Was war los?«, fragte er verwirrt.

Saintdemar hob ärgerlich die Schultern. »Das kommt eben dabei heraus, wenn man die Heldin spielen muss«, sagte sie. »Estela war wohl der Meinung, dass sie keine Andruckliege bräuchte, um so einen *kleinen Ruck* zu verkraften. Spätestens morgen früh wird sie ihren Rücken nicht mehr von ihrer blauen Jacke unterscheiden können.«

Sie winkte ihn mit einer fast herrischen Geste heran, und er gehorchte; wenn auch langsam und erst nach einem bewussten Abwarten. Sowohl Gonzales' Miene als auch der strenge

Unterton in Saintdemars Stimme machten ihm klar, dass die beiden vielleicht nur haarscharf an einem Streit vorbeigeschrammt waren, und er hatte keine Lust, unter ihrem Unmut zu leiden; vor allem wenn er selbst nicht der Anlass dafür war.

»Ich nehme nicht an, dass Sie Ihre Tabletten genommen haben?«, fragte Madelaine, drehte den Kopf und sah auf einen winzigen virtuellen Bildschirm, der eine Handbreit über ihrem Tisch schwebte. Im nächsten Moment schüttelte sie ärgerlich den Kopf und beantwortete ihre Frage gleich selbst: »Nein, haben Sie nicht«, sagte sie. »Wie fühlen Sie sich sonst? Irgendwelche Beschwerden – Schwindelgefühl, Herzrasen, Kopfschmerzen?«

John war ziemlich sicher, dass sie die Antworten auf jede dieser Fragen von ihrem Computerpad ablesen konnte. »Nur so ein blödes Klingeln in den Ohren, das einfach nicht verschwinden will«, antwortete er. Madelaine Saintdemar sah ihn verständnislos an, und John fügte mit einem Schulterzucken hinzu: »Klingt wie der Schiffsalarm.«

Ohne eine Miene zu verziehen, tippte die Ärztin auf eine Taste des Bordcom. Dr. Kangs Gesicht erschien so unmittelbar auf dem Schirm, als hätte er auf ihren Anruf gewartet. »Ja?« Er klang gereizt.

»Was ist mit dem Alarm los?«, fragte Saintdemar.

»Sie sind die Fünfte, die fragt«, polterte Kang. »Eine Fehlfunktion. Kein Grund zur Sorge.«

»Eine Fehlfunktion? Welcher Art?«, wollte Saintdemar wissen.

Kang druckste einen Moment herum. »Eine Fehlfunktion des Alarms«, gestand er schließlich. »Doktor Khalid kümmert sich schon darum. Mir geht das Gewimmer auch auf die Nerven ... Wenn ich Sie schon mal dran habe, schauen Sie doch bitte auf der Brücke vorbei. Und bringen Sie Ihr Arztköfferchen mit.«

»Was ist passiert?«, fragte Saintdemar.

Im Hintergrund hörten sie Batrikowa protestieren, und Kang schüttelte abgehackt den Kopf. »Nichts Dramatisches«, behauptete er. »Aber ich möchte trotzdem, dass Sie es sich vorsichtshalber ansehen. Kang Ende.«

Der Bildschirm wurde schwarz, und John verzog die Lippen. »Kang Ende«, wiederholte er spöttisch. »Ich bin gespannt, wie lange es noch dauert, bis jemand *›Kapitän auf der Brücke!‹* brüllt und wir alle strammstehen müssen, sobald er hereinkommt.«

Saintdemar ignorierte ihn und wandte sich bereits wieder ihrem Bildschirm zu. »Batrikowa, Irena«, sagte sie. »Status.«

Der virtuelle Schirm verschwand und machte der handgroßen schematisierten Darstellung eines menschlichen Körpers Platz, neben dem blinkende Zahlen- und Buchstabenkolonnen erschienen. Die rechte Hand der Figur leuchtete in einem matten Rosa.

Saintdemar beugte sich vor und begutachtete die winzige Figur aufmerksam, und John tat dasselbe und runzelte plötzlich und überrascht die Stirn.

Es war nicht nur einfach die schematisierte Darstellung eines menschlichen Körpers. Die kleine holografische Figur hatte bei genauerem Hinsehen nicht nur exakt Batrikowas Körperbau und Proportionen, sondern auch ihr *Gesicht,* samt dem kurz geschnittenen blonden Haar. Er hatte nicht gewusst, dass die Gates Corporation schon derart perfekte Hologramme im Programm hatte. Vermutlich ein Prototyp, der die Spiele-Industrie revolutionieren würde. Oder bereits revolutioniert hatte ...

»Leichte Verbrennungen an der rechten Hand, ein geprellter Ellbogen und ein halbes Dutzend kleinerer Blessuren«, sagte Saintdemar. »Scheint auf der Brücke ganz schön hoch hergegangen zu sein.«

»Was hatte sie überhaupt dort zu suchen?«, warf John ein. »Ich dachte, alle außer Kang und Braxton sollten in ihren Kabinen warten.«

»Sie hält sich offenbar für unentbehrlich«, entgegnete Saintdemar. John wartete darauf, dass sie noch mehr sagte, aber sie beließ es dabei. Eine unangenehme Pause entstand.

Um das Schweigen zu brechen, deutete er auf die zwanzig Zentimeter große Holografie. »Haben Sie ... so etwas von jedem an Bord?«

»Selbstverständlich. Und in allen Details«, antwortete sie. »Ärzte sind verkappte Voyeure, wussten Sie das nicht?« Sie stand auf. »Batrikowa wird es überleben, aber ich sollte trotzdem besser nach ihr sehen.« Ihr Blick streifte das Durcheinander aus verschiedenfarbigen Injektionspflastern auf dem Tisch und kehrte dann wieder zu seinem Gesicht zurück, während sie sich bereits umwandte und in der gleichen Bewegung nach einer kleinen Tasche griff. »Scheint, als hätten Sie noch einmal Glück gehabt. Aber aufgeschoben ist nicht aufgehoben.«

John schloss sich ihr ungefragt an, als sie die Kabine verließ und den Lift ansteuerte. Er hatte beinahe Mühe, mit ihr Schritt zu halten. Sie rannte nicht, hatte aber den konsequent schnellen Schritt eines Arztes auf dem Weg zu seinem Patienten. Als sie in die Kabine traten, fragte er: »Warum hatten Sie es plötzlich so eilig, mich zu sehen?«

»Weil Ihre Werte wirklich nicht gut aussehen«, antwortete sie. »Ich weiß, was Sie sagen wollen; sparen Sie es sich. Solange Sie sich damit nur selber quälen, können Sie meinetwegen Gott und der Welt erzählen, dass Sie keine Chemie an und in Ihren Astralkörper lassen. Aber wenn Ihr Zustand bedrohlich wird, wird es zu Problemen kommen, und ich mag keine Probleme.«

»So schlimm?«, fragte John erschrocken.

»Nein«, antwortete sie. »Aber wir sind hier draußen ziemlich weit vom nächsten *richtigen* Krankenhaus weg, wissen Sie? Ich habe keine Lust, Sie eine Woche lang zu pflegen, nur weil Sie zu stur sind, ein paar Tabletten zu nehmen, deren Wirkung in nichts anderem besteht, als Ihrem Körper die Stoffe wieder zuzuführen, die er in den zurückliegenden Monaten aufgebraucht hat. Daran ist absolut nichts, was die Natur nicht ganz genau so täte. Es geht nur schneller.«

John hätte eine Menge dazu sagen können, aber er blickte sie nur wortlos an. Jetzt, da sie sich gezwungenermaßen durch die enge Liftkabine sehr nahe waren, fiel ihm auf, wie sehr er sich vorhin getäuscht hatte, als ihr Gesicht auf dem Monitor des Bordcom erschienen war. Sie sprühte geradezu vor Leben. Er konnte die Energie, die sie umgab, fast körperlich spüren.

Er sah ihr an, dass sie dabei war, sein Schweigen falsch zu deuten, und antwortete nun fast überhastet: »Ich habe ja nicht gerade vor, körperliche Schwerstarbeit zu leisten.«

»Doch«, widersprach Saintdemar, »das werden Sie. Sie haben es nur verdrängt.« Sie schnitt ihm mit einer Geste das Wort ab, bevor er überhaupt etwas sagen konnte. »Solange wir hier an Bord sind, wird die Schwerkraft kaum zunehmen. Selbst wenn wir in wenigen Tagen unsere endgültige Parkposition erreichen, werden Sie maximal die Hälfte Ihres eigentlichen Körpergewichts auf die Waage bringen, John. Aber in einer Woche landen wir auf dem Mars! Sind Sie dann scharf auf einen Herzinfarkt oder Schlaganfall?«

Der Lift hielt an und bewahrte ihn möglicherweise vor einer noch längeren Moralpredigt, aber nicht vor einem abschließenden, fast drohenden Blick, bevor sie sich herumdrehte und mit schnellen Schritten die Brücke ansteuerte. John folgte ihr dichtauf, aber es war kaum mehr als ein pawlowscher Reflex.

Er war verstört von Madelaines Aggressivität. Ihr Stimmungsumschwung hatte ihn vollkommen unerwartet getroffen. Nach den zahllosen Scherzen, die sie – gerade über dieses Thema – in den letzten Tagen miteinander getrieben hatten, erschien ihm dieser Angriff geradezu heimtückisch.

Das rote Licht über der Tür brannte, aber Saintdemar tippte den Zugangscode so schnell ein, dass ihre Finger regelrecht über die Tasten zu fliegen schienen, und John huschte rasch mit ihr hinein, bevor sich die Tür wieder schließen konnte.

***

Dr. Kang, der über ein Computerpult gebeugt dastand und sich mit gedämpfter Stimme mit Batrikowa unterhielt, runzelte ärgerlich die Stirn, als er John hinter der Ärztin hereinkommen sah, enthielt sich aber erstaunlicherweise jeden Kommentars und winkte Saintdemar nur mit einer ungeduldigen Geste herbei.

Die Ärztin beschleunigte ihre Schritte noch einmal und klappte ihre Tasche auf, während Batrikowa abwehrend mit beiden Händen zu gestikulieren begann.

»Das ist nun wirklich nicht –«, begann die Russin, aber Saintdemar unterbrach sie.

»Klappe halten, oder ich vergesse das Anästhesiemittel, wenn ich Sie behandle.«

John konnte nicht sagen, ob ihre Drohung Batrikowa tatsächlich einschüchterte oder sie einfach nur perplex war – das Ergebnis blieb dasselbe. Sie starrte Saintdemar aus großen Augen und fast hilflos an und streckte ihr sogar unaufgefordert die verletzte Hand entgegen, während Kang wortlos zurücktrat und sich Major Braxton im Pilotensitz zuwandte, wobei er sich alle Mühe gab, John weiter nach Kräften zu ignorieren.

John folgte Madelaine noch ein paar Schritte, wurde dann aber langsamer und blieb stehen. Es war zweifellos ein Fehler gewesen, mit ihr hierher zu kommen.

Dennoch sah er sich unverhohlen neugierig um. Letzten

Endes war er aus keinem anderen Grund an Bord, als genau das zu tun.

Obwohl die meisten Schaltpulte und Arbeitsplätze leer waren, herrschte doch eine Atmosphäre von hektischer, fast unangenehmer Betriebsamkeit. Überall blinkte und flackerte es, verlangten Computerprogramme und Monitore mit blinkenden Leuchtpunkten nach Aufmerksamkeit, summte und piepste es. John hätte nicht einmal bei einem einzigen Prozent all dieser Signale und Anzeigen sagen können, was sie bedeuteten, aber das brauchte er auch nicht, um zu erkennen, dass hier so etwas wie ein kleiner Ausnahmezustand herrschte. Bei Kangs *Routinemanöver* schien irgendetwas gründlich schiefgegangen zu sein.

Den ungewöhnlichsten Anblick bot der Bildschirm. Das virtuelle Fenster ins All war geöffnet, aber John hatte es noch nie so wie jetzt gesehen. Der Schirm nahm nicht die gesamte Vorderfront des Raumes ein wie gewöhnlich. Vielmehr schwammen fast ein halbes Dutzend einzelner, halb transparenter und an den Rändern zerfaserter Bilder unabhängig voneinander vor ihnen in der Luft, wie leuchtende Galaxien.

Zwei davon zeigten den Mars samt seinen Trabanten aus unterschiedlichen Blickrichtungen und in unterschiedlicher Auflösung. Auf einem dritten war nichts als samtene Schwärze zu erkennen, in die jemand mit einer spitzen Nadel einige wenige winzige Löcher gestochen hatte, durch die es hell schimmerte. Auf den anderen jagten sich mattgrüne Programmzeilen, Diagramme und Statusanzeigen. Alles wirkte hektisch, zusammenhanglos und – zumindest auf ihn – überaus bedrohlich.

Kang tat weiter so, als wäre er gar nicht da, sodass John beschloss, sein Verhalten als stillschweigendes Einverständnis zu interpretieren, sich weiter und in aller Ruhe hier umzusehen. Kang hatte ihm niemals untersagt, die Brücke zu betreten, aber er hatte auch niemals einen Hehl aus seiner Abneigung ihm gegenüber gemacht.

Langsam schlenderte er dorthin, wo die Russin saß, und zog überrascht die Augenbrauen hoch, als er das Pult sah, auf das sich Batrikowa mit dem Ellbogen abstützte, während Saintdemar ihre Hand behandelte.

Es war zerstört. In dem verchromten Metall gähnte ein faustgroßes Loch mit aufgeworfenen, von innen nach außen gewölbten messerscharfen Rändern, aus dem sich noch immer dünner hellgrauer Rauch kräuselte. Irgendetwas war im Inneren des Pultes explodiert, und das mit gewaltiger Wucht. Das Loch war groß genug, um eine geballte Faust hineinzustecken, ohne seine Ränder zu berühren; blitzende Glas- und Kunststoffsplitter waren in einem Umkreis von mehr als zwei Metern verstreut.

John sah fast ängstlich zu Batrikowas Hand hin. Saintdemar hatte die Wunde bereits gesäubert und einen aseptischen Sprühverband aufgetragen, der sich wie ein milchiger Handschuh um ihre Finger und bis hinunter zum Handgelenk zog. Trotzdem konnte er erkennen, dass die Verletzung nicht sehr schwer war: eine leichte Verbrennung an der Hand und ein winziger Schnitt auf ihrer Wange, aus dem ein einzelner Blutstropfen eine braunrote Spur über das Gesicht gemalt hatte.

Dr. Batrikowa hatte Glück gehabt. Offensichtlich hatte sie zwar an diesem Pult gesessen, sich aber nicht in unmittelbarer Nähe der Explosion befunden. Hätte sie es getan, wäre sie jetzt möglicherweise tot, mindestens aber schwer verletzt.

»Was ist passiert?«, fragte er ohne Umschweife.

Batrikowa setzte zu einer Antwort an, aber Kang kam ihr zuvor. »Etwas ist explodiert«, sagte er kühl. »Wir werden herausfinden, was. Khalid ist schon unterwegs hierher. Sobald er diesen verdammten Alarm abgeschaltet hat, heißt das.«

Die letzten Worte hatte er mit erhobener Stimme gesprochen, und auch nicht direkt in Johns Richtung. Die Antwort erfolgte fast augenblicklich. Khalids Stimme kam buchstäblich aus dem Nichts und irritierenderweise ohne dass John die Richtung ausmachen konnte.

»Ich bin praktisch schon auf dem Weg«, sagte der Ingenieur. »Noch ein paar Minuten. Ich hab's gleich.«

»Beeilen Sie sich«, knurrte Kang. »Dieses Geheule treibt einen ja in den Wahnsinn.«

Khalid war klug genug, nicht mehr darauf zu antworten, sondern die Verbindung zu unterbrechen, aber ein Teil von John musste sich wohl auf einem Selbstvernichtungstrip befinden, denn er hörte sich fast zu seinem eigenen Entsetzen fragen: »Etwas ist explodiert? Und das ist alles, was Sie dazu zu sagen haben? Einfach so?«

Kang riss ihm nicht den Kopf ab. Er wurde nicht einmal wirklich zornig oder gar laut, sondern hob nur beiläufig die Schultern. »Ja, einfach so«, antwortete er. »Irgendetwas ist schief gegangen, mehr weiß ich noch nicht. Ich kann natürlich ein bisschen herumraten, wenn Sie das möchten. Vielleicht nur ein harmloser Kurzschluss.« Sein Schulterzucken wirkte fast hilflos, und vielleicht war dieses Gefühl auch der Grund für die ungewöhnliche Sanftmut, mit der er Johns scharfen Ton hinnahm. John konnte sich nicht erinnern, den Chinesen jemals so unsicher erlebt zu haben.

Trotzdem gefiel ihm das Wort *vielleicht* in Kangs Antwort nicht, und er sagte es.

»Wir sind nicht in Gefahr, wenn es das ist, was Ihnen Angst macht«, antwortete der Kommandant leicht verächtlich. »Und das Schiff auch nicht.«

Ein Kurzschluss? Das war absurd. Kein *Kurzschluss* riss ein Instrumentenpult in Stücke, nicht mit der Wucht eines Granateinschlags. Darüber hinaus erkannte John noch mehr Spuren gewaltsamer Zerstörung: erloschene Monitore, Schmauchspuren und hier und da dünner Rauch, der sich aus einem Instrumentenpult kräuselte, bevor ihn der Luftstrom der Klimaanlage ergriff und davontrug. Kangs *kleiner Kurzschluss* schien kreuz und quer durch sämtliche Geräte der Brücke getobt zu sein.

»Ballen Sie die Hand zur Faust«, sagte Saintdemar an Batrikowa gewandt. Die Russin gehorchte. Der Sprühverband war mittlerweile zu einem hauteng anliegenden, fleischfarbenen Handschuh erstarrt, der ihre Bewegungen nicht im Mindesten zu behindern schien, und Saintdemar sah zwar alles andere als begeistert aus, nickte aber trotzdem, nachdem sie einen Blick auf ein Diagnosegerät geworfen hatte. Jedenfalls nahm John an, dass es sich um ein solches handelte.

»In Ordnung«, sagte sie. »Alles Weitere –«

»– hat Zeit bis später«, fiel ihr Kang ins Wort.

»Aber –«

»Sobald wir hier fertig sind, liefere ich die Erste Offizierin höchstpersönlich auf der Krankenstation ab, wenn Sie es wünschen«, sagte Kang. »Im Moment brauche ich sie hier.« Er warf seiner IO einen Blick zu. »Alles in Ordnung?«

»Geht schon.«

»Kann ich mich irgendwie nützlich machen?«, meldete sich John zu Wort.

Zum Beispiel Besen und Kehrblech nehmen und hier aufräumen?, fragte Kangs Blick. Doch er schüttelte den Kopf und sagte: »Suchen Sie Doktor Khalid und fragen Sie ihn, ob Sie ihm zur Hand gehen können. Er soll sich beeilen. Ich brauche ihn hier.«

John sparte sich die Frage, warum er es nicht einfach dem Computer überließ, Khalid zu lokalisieren. Er kannte die Antwort: Dr. Kang wollte ihn hier heraushaben. Mit einem wortlosen Nicken wandte er sich um und ging. Bevor die Tür vor ihm zuglitt, sah er noch, wie ein weiterer Bildschirm kurz flackerte und dann erlosch.

***

Er hatte nicht nach Khalid suchen müssen. Der Inder hatte vor dem Lift gewartet, als John ihn eine Etage weiter verließ. Seine Hände waren ölverschmiert, und sein Gesicht wirkte noch mürrischer als sonst, sodass John es nicht gewagt hatte, ihn auch nur anzusprechen, sondern nur hastig zur Seite getreten war, um ihn vorbeizulassen. Er hatte auch nicht kehrtgemacht, um ihm auf die Brücke zurück zu folgen; dort würde er ihm ohnehin nicht zur Hand gehen können, und unter Kangs sezierenden Blicken wollte er das auch gar nicht.

Stattdessen kehrte er in sein Quartier zurück und versuchte zu schreiben, aber es blieb bei dem Versuch. Eine gute halbe Stunde lang kasteite er sich selbst mit dem vergeblichen Bemühen, sich auch nur einen einzigen halbwegs brauchbaren Satz abzuquälen, bevor er es schließlich aufgab und sein Pad wieder ausschaltete; das mindestens zwanzigste Mal in Folge mit demselben Ergebnis. John hatte längst aufgehört zu zählen, wie oft er seit dem Erwachen aus dem Kälteschlaf vergeblich versucht hatte, seine Gedanken niederzuschreiben.

Er konnte es nicht mehr. Nicht mehr so leicht, wie er es gewohnt war, und vielleicht überhaupt nicht mehr. Die Worte waren da, kein Zweifel. Er konnte sie spüren. Er konnte sie regelrecht *hören*, und doch entzogen sie sich seinem Zugriff immer wieder, schlüpften geschickt im allerletzten Moment durch die Maschen des Netzes, das er nach ihnen auswarf, statt freiwillig zu ihm zu kommen. Früher hatte er sich nicht um sie bemühen, sie nicht einmal einladen müssen; sie waren einfach da gewesen, ungefragt und -aufgefordert, manchmal schon aufdringlich, und die einzige Möglichkeit, die Bilder und Formulierungen, die seinen Kopf füllten, loszuwerden, hatte darin bestanden, sie niederzuschreiben.

Diese Zeiten waren lange vorbei. Sie hatten schon Jahre zurückgelegen, noch bevor Murdoch mit seinem Angebot an ihn herangetreten war, und aus dem Zwang, sich zu artikulieren, war schon vor langer Zeit harte Arbeit geworden. War das, was er nun erlebte, vielleicht die nächste Stufe? War aus Besessenheit Vergnügen, aus Vergnügen harte Arbeit und aus harter Arbeit nun völlige Unfähigkeit geworden?

John wusste es nicht, und er hütete sich auch, allzu intensiv über diese Frage nachzudenken. Seine Logik sagte ihm, dass es vermutlich nicht so war. Es gab hundert andere, näher liegende und vor allem harmlosere Erklärungen für seine plötzliche Lähmung.

Eine davon war, dass er schlichtweg aus der Übung war – selbst wenn er die zehn Monate nicht mitzählte, die er im Tiefschlaf verbracht hatte, so hatte er doch seit guten neun Monaten keinen Text mehr formuliert, der länger als wenige Sätze gewesen war. Die Vorbereitungen auf den Flug, das Training, das öffentliche Interesse und der Abschied von allen, die er kannte, hatten fast seine gesamte Zeit in Beschlag genommen, und das Wenige, was ihm übrig geblieben war, hatte längst nicht ausgereicht, um auch nur einen Bruchteil der Informationsflut zu verarbeiten, von der er sich geradezu überrollt gesehen hatte. Genau genommen war es noch immer so.

Wenigstens hatte der verdammte Alarm zu jaulen aufgehört.

Mehrmals spielte er mit dem Gedanken, den Bordcom zu benutzen, um auf der Brücke anzurufen und zu fragen, was dort eigentlich vor sich ging, und einmal streckte er tatsächlich die Hand nach dem Gerät aus, zog sie dann aber im letzten Moment wieder zurück, als ihn der Mut verließ. Er begann unruhig in seiner Kabine auf und ab zu gehen, aber in einem

Raum, dessen längste Ausdehnung nicht einmal fünf Schritte betrug, stellte das auch keine besondere Erleichterung dar.

Er musste irgendetwas tun, und sei es nur, um seine Hände zu beschäftigen – und sich selbst von gewissen Fragen abzulenken, auf die er gar keine Antwort haben wollte. Er griff noch einmal nach seinem Schreibpad, zog den Daumen aber wieder zurück, noch bevor er den Einschaltknopf wirklich berührt hatte, und legte das Gerät aus der Hand.

Vielleicht gab es ja noch etwas anderes, das er tun konnte.

Der Gedanke erschien ihm im ersten Moment verrückt, und er wurde von einem Gefühl schlechten Gewissens begleitet, das er sich zwar nicht erklären konnte, das aber sehr intensiv war. Dennoch zögerte John nur noch einen kurzen Moment, bevor er sich wieder setzte und mit einem subvokalen Befehl den Computer einschaltete.

»John«, meldete sich eine weibliche Stimme. Sie klang sanft, zugleich aber auch sehr sicher und auf eine Art überlegen, die den Zuhörer sofort mit einem Gefühl von Vertrautheit und Behütetsein erfüllte. »Schön, deine Stimme wieder einmal zu hören. Du hast dich lange nicht mehr gemeldet.«

John runzelte die Stirn. Einer seiner zahllosen Instruktoren hatte ihm erzählt, dass der Computer mit jedem einzelnen Besatzungsmitglied auf individuelle Art und mit einer unterschiedlichen Stimme sprach, die von Psychologen auf sein ganz spezielles Persönlichkeitsprofil zugeschnitten worden war. Er wusste nicht, welcher Hintertreppenpsychologe bei GC für die Wahl *seiner* Computerstimme zuständig gewesen war, aber er hatte dabei ziemlich danebengegriffen.

Die Stimme klang durchaus angenehm; sie hatte jenes warme, rauchige Timbre, das wohl fast jeden Mann auf eine unterschwellig erotische Art ansprach, ohne dabei aufdringlich zu wirken. Eine Stimme, der er gerne zugehört hätte, wäre es die Stimme eines lebenden Menschen gewesen. John hasste es, mit

Maschinen zu sprechen, und er hasste es erst recht, mit Maschinen zu sprechen, die versuchten, so zu tun, als wären sie Menschen.

»Voicemodus neutral«, sagte er.

»Befehl ausgeführt«, antwortete der Computer. Seine Stimme klang immer noch wie die eines Menschen und immer noch angenehm, aber die ganze Palette unterschwelliger Botschaften, die sie zuvor transportiert hatte, war nicht mehr da. John hatte nun eindeutig das Gefühl, mit einem Computer zu sprechen.

»Ich möchte die Brückenaufzeichnungen sehen«, sagte er. »So weit sie freigegeben sind.«

»Welcher Zeitraum?«, erkundigte sich der Computer.

»Alles«, antwortete John. »Beginnend mit Tag eins unserer Reise.«

Täuschte er sich oder legte der Computer so etwas wie ein kurzes verblüfftes Schweigen ein, bevor er antwortete? »Das wären nahezu zwölf Monate«, sagte die Stimme schließlich.

»Ist das ein Problem?«

»Aber nein«, entgegnete der Computer. »Die Kapazität des MSC dieser Datenbank ermöglicht eine visuelle Speicherung von bis zu fünf Jahren bei einer Auflösung –«

»Schon gut«, unterbrach John den elektronischen Redefluss. »Zeig's mir einfach.« Seine Erfahrungen mit den neu entwickelten Speicherkristallen, die je nach Größe bis zu achthundert Terabytes fassen konnten, beschränkten sich auf den Vortrag eines Wissenschaftlers im Rahmen der Ausbildung. John hatte sich nur so viel davon gemerkt, dass sie bei einer Massenfertigung wohl der Tod der HDVD sein würden.

Ein virtueller Schirm von der doppelten Größe eines Schreibblocks erschien vor ihm in der Luft, der sich in rascher Folge mit Dutzenden winziger zweidimensionaler Bilder füllte.

John machte sich nicht die Mühe, sie zu zählen. Er wusste,

dass es zweiundfünfzig waren, eines für jede Woche ihrer Reise. Er sah genauer hin und erkannte gute drei Dutzend winziger farbiger Abbilder der Brücke, die aus verschiedenen Blickwinkeln aufgenommen und zum Teil bewegt, zum Teil statisch waren. Dünn wie leuchtende Bleistiftstriche und hoffnungslos unlesbar waren winzige Zeit- und Datumsangaben in jedes dieser Fenster eingeblendet. Als John die Hand nach dem Schirm ausstrecken wollte, wuchs das erste der achtunddreißig Bilder heran und breitete sich über den gesamten Schirm aus. 12. Juni 2009, 12:00:00 Bordzeit verkündete die Leuchtschrift am unteren Rand.

John war verblüfft. Er hatte tatsächlich vorgehabt, ganz genau mit diesem Bild zu beginnen, aber er war nicht einmal dazu gekommen, die Hand zu heben. Dieser verdammte Computer las entweder seine Gedanken oder deutete seine Körpersprache und seine Blicke so perfekt, dass es auf dasselbe hinauslief. Er setzte zu einer entsprechenden Bemerkung an, beließ es dann aber bei einem Verziehen der Lippen. Sollte der Computer doch *das* deuten.

Auf dem Bild war die Brücke zu sehen, wie sie sich einem hypothetischen Beobachter von ungefähr dreieinhalb Metern Größe dargeboten hätte. Der Raum war leer, und das würde er auch bleiben, so lange er die Aufnahme nicht startete. Die Uhr am unteren Bildschirmrand zeigte noch immer zwölf Uhr und null Sekunden.

Es war nicht wirklich der erste Tag ihrer Reise. Die BRADBURY hatte nach Fertigstellung noch gute vier Monate auf ihre Besatzung gewartet, und auch nach deren Eintreffen an Bord war noch eine gute Woche vergangen, bevor sich das Schiff aus seiner Umlaufbahn um die Erde gelöst und den Weg zum vierten Planeten des Sonnensystems angetreten hatte.

Es war der erste Tag ihres *Fluges*, nicht ihrer *Reise*, und genau das hatte er gemeint, obwohl er das Gegenteil gesagt hatte. Las dieses verdammte Ding tatsächlich seine Gedanken, oder kannte es ihn einfach so gut?

John war im ersten Moment irritiert, die Brücke ausgerechnet zur Mittagsstunde ihres ersten Tages leer zu sehen; dann erinnerte er sich, dass Kang sie wenige Minuten zuvor alle in die Messe gerufen hatte, um mit einem Glas Champagner auf ihren geglückten Start aus dem Erdorbit anzustoßen.

Eine Flasche für zehn Personen, erinnerte er sich, und das unwiderruflich letzte Mal, dass es an Bord Alkohol gegeben hatte. Vermutlich hatte die Aktion ohnehin nur dem Zweck gedient, das Etikett der Flasche in die Kamera zu halten, die die improvisierte Feier live auf nahezu jeden Bildschirm der Welt übertragen hatte, um die Sponsoren zufrieden zu stellen.

»Weiter«, befahl John. Das Bild flackerte kaum merklich, schien sich aber ansonsten nicht zu verändern. Hätte die Datumsanzeige jetzt nicht den 12. Juli angezeigt, wäre überhaupt kein Unterschied zu erkennen gewesen. Die Brücke blieb leer. Zu diesem Zeitpunkt hatten sie sich alle, mit Ausnahme Bergmanns, schon seit zweieinhalb Wochen in ihren Tiefschlaftanks befunden, aber auch von ihm war nichts zu sehen.

»Weiter«, befahl John.

Alles was sich änderte, war die Datumsanzeige, nur dass sie aus einem unerfindlichen Grund diesmal nicht um genau einen Monat vorsprang, sondern nun den neunten August zeigte. Bergmann war immer noch nicht da. Vielleicht lag es an der gewählten Uhrzeit?

»Parameter ändern«, sagte er. »Fünfzehn Uhr Bordzeit.«

Das Bild flackerte kurz. Sonst änderte sich nichts.

»Verdammt«, murmelte John.

»Wenn Sie mir sagen würden, an welchen Informationen Sie interessiert sind, Sir, könnte ich ein spezifisches Suchmuster erstellen.«

Ein kühles Sir *anstelle eines lasziven* John, dachte er. Das war immerhin schon ein gewisser Fortschritt. Auch wenn er fast sicher war, einen ganz leisen beleidigten Unterton in der Stimme des Computers zu hören.

»Ich interessiere mich für Lieutenant Bergmann«, sagte er. »Bitte Bilder von seinem Aufenthalt auf der Brücke. Zehn Sekunden-Clips, fortlaufend.«

»Spezifizieren Sie bitte den Grund«, gab der Computer zurück. Das Bild änderte sich nicht, und auch die Datumsanzeige blieb unverändert.

John war verblüfft. »Warum?«, fragte er.

»Weil der Computer darauf programmiert ist, die Privatsphäre der Mannschaft zu schützen«, sagte Saintdemar hinter ihm.

***

John fuhr so erschrocken herum, dass er fast vom Stuhl gefallen wäre. Vermutlich rettete ihn nur die halbierte Schwerkraft. Er hatte weder gehört, wie die Tür aufgegangen war, noch dass Madelaine hereingekommen und hinter ihn getreten war. Ihr Gesicht erinnerte immer noch an einen Frühlingstag, aber da war auch etwas von einem heraufziehenden Unwetter in ihren Augen.

»Habe ich schon wieder vergessen, das grüne Licht auszuschalten?«, fragte er unbeholfen.

Saintdemar ignorierte die Frage und deutete mit einer Kopfbewegung auf den Bildschirm. »Was tun Sie da?«

Johns schlechtes Gewissen explodierte regelrecht. »Ich wollte … Ich dachte, ich könnte Ihnen helfen«, gestand er schließlich.

»Helfen?«

»Bergmann«, antwortete John. Plötzlich war er so nervös und verlegen, dass er es kaum noch aushielt, still auf seinem

Stuhl sitzen zu bleiben. Aber sie stand so dicht hinter ihm, dass es ihm unmöglich gewesen wäre, aufzustehen, ohne sie dabei zu berühren. »Ich dachte, ich finde anhand der Videoaufzeichnungen heraus, was ihm zugestoßen ist. Sie erinnern sich? Wir hatten heute Morgen darüber gesprochen.«

»Richtig«, sagte Saintdemar. »Und wir waren übereingekommen, dass es viel zu viel Zeit in Anspruch nehmen würde.« Ihr Blick verharrte nun auf der Darstellung der Brücke, und ein eher nachdenklicher Ausdruck begann sich langsam auf ihrem Gesicht breitzumachen. »Aber vielleicht finden wir ja tatsächlich die Nadel im Heuhaufen. Machen Sie weiter.«

John riss verblüfft die Augen auf. Das war so ziemlich das Letzte, womit er gerechnet hatte.

Saintdemar ging zur Tür, schloss sie und berührte in der gleichen Bewegung die Taste daneben, die das Licht draußen von Grün auf Rot wechseln ließ und die Tür gleichzeitig verriegelte. »Eine zweite Sitzgelegenheit wäre vielleicht ganz praktisch«, sagte sie. Nichts geschah. Saintdemar runzelte die Stirn, sah sich eindeutig verwirrt um, und John sagte hastig:

»Computer. Ein zweiter Stuhl.«

Die vermeintlich fugenlose Wand neben dem Tisch öffnete sich, und das Hightech-Äquivalent eines Campingstuhls glitt heraus. Während Saintdemar das filigran anmutende Gespinst aus Memo-Metall auseinander faltete und sich unmittelbar neben ihm darauf niederließ, fragte sie: »Sie haben den Computer auf Standardmodus umgeschaltet? Warum?« Ohne seine Antwort abzuwarten, schüttelte sie den Kopf und fügte mit einem angedeuteten, nun eindeutig spöttischen Lächeln hinzu: »Weil Sie im Grunde Ihres Herzens ein Nostalgiker sind, stimmt's? Wenn Sie wollen, lege ich ein gutes Wort bei Khalid ein, damit er unsere Triebwerke so umbaut, dass wir sie mit Kohle befeuern können. Ein Job als Heizer wäre dann frei.«

»Bringen Sie King Kang nicht auf Ideen«, antwortete John.

»Außerdem haben Sie Unrecht. Computer – neuer Modus persönlich.«

»Und ich dachte schon, ich hätte etwas falsch gemacht und du wärst böse auf mich«, flötete der Computer.

Saintdemars Augenbrauen rutschten ein Stück nach oben, als sie den rauchigen Bass hörte. »Sexy«, sagte sie.

»Neuer Modus Standard«, sagte John hastig, bevor er mit einem verlegenen Schulterzucken in ihre Richtung fortfuhr. »Ich habe diese Stimme nicht programmiert, sondern irgendein Witzbold bei der GC.«

»Die Stimmen werden unserem psychologischen Profil genau angepasst«, gab Saintdemar süffisant zurück. »Sie entsprechen unseren geheimsten Wünschen. In Ihrem Fall lässt das tief blicken ...«

John setzte dazu an, sich abermals und noch vehementer zu verteidigen, aber dann sah er das spöttische Funkeln in ihren Augen. »Zurück zum Thema«, sagte er mit einer Kopfbewegung auf den Schirm. »Wie es aussieht, komme ich nicht weiter, ohne Bergmanns Privatsphäre zu verletzen. Haben Sie eine Idee?«

»Aber natürlich.« Sie wandte sich direkt in Richtung des Schirmes. »Computer – die Videoaufzeichnungen Enrico Bergmanns auf der Brücke in Zehn-Sekunden-Clips abspielen. Autorisation Saintdemar, Madelaine, Sicherheitscode ...« Sie nannte eine vierstellige Ziffernkombination, die John dank eines in seinem Hirn verankerten Hypnosebefehls im gleichen Moment wieder vergaß, und das Bild auf dem Monitor änderte sich nun sichtbar.

Es zeigte noch immer die Brücke, aber aus einem anderen Blickwinkel, und sie war auch nicht mehr leer. Hoch aufgerichtet und so reglos, als wäre er mit offenen Augen eingeschlafen, saß Bergmann in Kangs Kommandantensessel. Er trug eine tadellose, dunkelblaue Bordkombination, und in der linken

Hand hielt er etwas, das John für eine nicht angezündete Zigarette gehalten hätte, wäre es nicht ausgeschlossen gewesen, dass ein Besatzungsmitglied der BRADBURY irgendeiner Droge verfallen war.

»Medizinische Daten einblenden«, befahl Saintdemar.

Das Bild wechselte. Die Datumsanzeige zeigte nun September 2009, und das weiße Stäbchen, das John im Nachhinein als einen ganz gewöhnlichen Kugelschreiber identifizierte, war aus Bergmanns Hand verschwunden. Davon abgesehen saß er in so vollkommen unveränderter Haltung auf dem Stuhl, als hätte er sich in den dreißig Tagen, die zwischen den beiden Aufnahmen vergangen waren, nicht von seinem Platz gerührt. Rechts und links seines Abbildes schwebten die medizinischen Daten in der Luft, um die Saintdemar gebeten hatte. John rechnete damit, dass sie das Bild anhalten würde, um sie in aller Ruhe zu studieren, doch der kurze Blick, den sie darauf warf, schien ihr zu genügen.

Nach zehn Sekunden ging etwas wie ein leichter Ruck durch die Szene. Bergmann saß nun in einer anderen, aber nicht weniger stocksteifen Haltung auf dem Pilotensessel.

Insgesamt wechselte das Bild noch vier oder fünf Mal, bevor die Erkenntnis dessen, was er sah, endgültig in Johns Bewusstsein drang. Er verspürte ein rasches, aber eisiges Schaudern.

Jeder von ihnen – ihn eingeschlossen, obwohl er als einziges Besatzungsmitglied nicht auf der Liste der möglichen Aspiranten stand – hatte gewusst, was sich hinter dem harmlosen Begriff des *Wachhabenden* verbarg, aber es war eine Sache, einer trockenen wissenschaftlichen Erklärung zu lauschen und sich mit Fakten und Zahlen vollstopfen zu lassen, und eine ganz andere, es zu *sehen*.

Bergmanns Gesicht war leer. Obwohl es in diesem frühen Stadium des Fluges noch keinerlei Ähnlichkeit mit dem schrecklichen Totenkopfgesicht gehabt hatte, das ihn heute Morgen durch die Scheibe seiner High-Tech-Kammer hindurch angegrinst hatte, wirkte es dennoch nicht wie das eines lebenden Menschen.

Und eigentlich war es das auch nicht. Während der zehn Monate, die Lieutenant Bergmann als einziges waches Mitglied der Besatzung an Bord des Schiffes verbracht hatte, war er sicherlich in medizinischem Sinne am Leben gewesen, aber John fragte sich immer mehr, ob Bilder wie diese nicht ein triftiger Grund waren, die medizinische Definition des Wortes *Leben* neu zu überdenken.

Bergmanns Vitalfunktionen waren unverändert erhalten geblieben. Sein Körper hatte geatmet, sich bewegt, gegessen und geschlafen, und seine Konditionierung hatte dafür gesorgt – zumindest, solange sie noch richtig funktioniert hatte –, dass er diesem Körper auch das notwendige Maß an Pflege und Rücksicht angedeihen ließ.

Sein Geist aber war mehr oder weniger abgeschaltet gewesen. Ganz plötzlich wurde John klar, wie bitter ernst Saintdemar ihre Worte vorhin gemeint hatte, als sie sagte, dass die Zombie-Droge genau das war, was ihr Name behauptete. Aus einem Grund, den nur die Verantwortlichen bei der NASA kannten, war man der Meinung gewesen, die letzte Entscheidung über das Schicksal der Besatzung keiner künstlichen Intelligenz überlassen zu können, ganz egal, wie weit entwickelt sie auch sein mochte. Es hatte nie außer Frage gestanden, dass die allerletzte Entscheidung über das Schiff bei einem lebenden Menschen liegen würde.

Die Frage war nur, wie ein normaler Mensch die Flugzeit in vollkommener Einsamkeit und mit nahezu vollkommener Untätigkeit verbringen sollte, ohne den Verstand zu verlieren oder zumindest geistigen Schaden oder schwerwiegende Persönlichkeitsveränderungen zu erleiden.

Die Wissenschaft hatte die Antwort auf Haiti gefunden, in

den Ritualen und Zaubertränken eines jahrhundertealten, finsteren Kultes.

Schon gegen Ende des zurückliegenden Jahrhunderts hatten sich die Anzeichen gemehrt, dass zumindest Teile des Voodookultes nicht ganz so reißerisch waren, wie man es bis dahin gerne in Filmen und Romanen dargestellt hatte. Niemanden störte es tatsächlich, wenn ein Voodoopriester eine Puppe von ihm anfertigte und mit Nadeln hineinstach, und auch ein ausgesprochener Fluch hatte allerhöchstens psychosomatisch begründete Folgen.

Was sich aber als gruselige Wahrheit herausstellte, das waren die Zombies. Sie waren Realität, und das seit Jahrhunderten. Ohne es zu wissen, hatten sich die Voodoopriester seit Jahrhunderten als Biochemiker erwiesen, die mit lebenden Menschen experimentierten.

Die komplexe Droge, die sie aus Hunderten von Kräutern, geheimen Zutaten und dem Gift eines bestimmten Kugelfisches gewannen, versetzte die Opfer in einen todesähnlichen Schlaf, aus dem ein gewisser Prozentsatz nach Stunden oder Tagen wieder erwachte und somit den Ursprung unzähliger Geschichten über lebende Tote, Wiedergänger und Zombies gebildet hatte.

Nun hatten sich die alten Voodoopriester als zwar phantasievolle, aber nicht besonders talentierte Chemiker erwiesen; ihre Droge war stark verbesserungswürdig. Diejenigen ihrer Opfer, die nicht das Glück hatten zu sterben, erwachten tatsächlich als lebende Tote: Ihre Körper funktionierten noch mehr oder weniger, aber ihr Gehirn war irreparabel geschädigt.

Was die Gräber freigaben, waren körperliche und geistige Wracks, verkrüppelt an Leib und Seele und oft von einer mörderischen Aggressivität erfüllt, die ihren Ursprung in der Furcht und Verwirrung hatte, die sie einer ihnen unverständlich gewordenen Welt gegenüber empfanden.

Aber die Droge funktionierte, und nachdem sich die Wissenschaftler des weltweit führenden Chemiekonzerns mit all ihrer Begeisterungsfähigkeit und ihren schier unerschöpflichen Mitteln darauf gestürzt hatten, vergingen weniger als fünf Jahre, bis sie einer staunenden – und ziemlich erschrockenen – Weltöffentlichkeit eine verbesserte Version des Zombie-Pulvers präsentierten: ein Mittel, das Menschen für nahezu unbegrenzte Zeit in einen todesartigen Heilschlaf versetzen und gesund und ohne schwerwiegende Nachwirkungen wieder daraus erwecken konnte.

Der Traum vom ewigen Leben war ein Stück näher gekommen. Die Zombie-Droge vermochte das Leben nicht zu verlängern, aber es war nun möglich, sich für Jahre oder theoretisch auch Jahrzehnte aus dem normalen Zeitgefüge auszuklinken, um etwa abzuwarten, bis die Medizin imstande war, eine bestimmte Krankheit zu heilen, gegen die es noch kein Mittel gab, oder auch aus ganz anderen, manchmal höchst zweifelhaften Gründen.

Mütter konnten sich einfrieren lassen, um biologisch jünger als ihre Enkeltöchter wieder aufzuwachen; Firmengründer, um ihren Nachfahren ihr ins Wanken geratenes Imperium wieder zu entreißen; Abenteurer oder einfach nur Neugierige, die wissen wollten, wie die Zukunft aussah.

Generationenhopping war der neue Sport der Reichen und Exzentrischen geworden. Letzen Endes war es dieselbe Droge, die auch der Besatzung der BRADBURY zehn Monate traumlosen Schlaf auf dem Weg hierher beschert hatte.

Aber die Droge hatte noch eine weitere, viel dramatischere Wirkung, um die die Wissenschaftler nicht annähernd so viel Wirbel gemacht hatten, sondern die sie im Gegenteil eifersüchtig geheim hielten, und das aus gutem Grund.

Einmal darauf aufmerksam geworden, hatten sie sich nicht damit zufriedengegeben, nur den ersten Schritt zu tun. Während die Tiefschlafdroge seit 2007 weltweit vermarktet wurde und dem

Konzern weitere Milliarden einbrachte, waren ihre besten Köpfe insgeheim längst dabei gewesen, auch den zweiten, verbotenen Schritt zu tun.

Der Kugelfisch, dessen Drüsen die Grundsubstanz dieses neuen Wundermittels produzierten, war selten und in Gefangenschaft schwer zu züchten, aber es dauerte nur knappe drei Monate, bis die Molekularbiologen eine neue Abart zusammengebastelt hatten, die sich wie die Karnickel vermehrte. Nach weniger als einem Jahr konnten sie auf den Fisch ganz verzichten und nur noch die entsprechenden Drüsen in ihren Biolaboratorien züchten.

Das Ergebnis ihrer Forschung saß steif wie eine lebensgroße Holzpuppe auf dem Pilotensessel und starrte aus Augen auf die Kontrollen und Statusanzeigen, in denen kaum mehr Leben zu sein schien als in den Linsen der Bordkameras.

Es war möglich, nur einen Teil der höheren Hirnfunktionen der Schläfer wiederzuerwecken, ohne deren Bewusstsein aus dem todesnahen Schlaf zu reißen, in den es die Droge versetzt hatte; ein Super-Wachkoma, in dem sich der Schläfer bewegen konnte und zu durchaus komplizierten Tätigkeiten und Handlungsabläufen imstande war, so weit man sie ihm vorher auf biochemischem Wege einprogrammiert hatte. Der perfekte Aufseher, der keine Müdigkeit kannte, keine Gefühle und keinen Schmerz, keine Langeweile und keine Ablenkung, bei dem sich nie Routine einschlich und der keine Fehler machte, weil er es gar nicht *konnte*. Ein Roboter, der kein Roboter war, sondern ein Mensch, ohne die Fehler und Schwächen eines Menschen, aber mit allem, was den Menschen der Maschine immer überlegen machte.

Doch um welchen Preis ...

* * *

Obwohl Bergmanns Gesicht in der Aufnahme kaum größer als ein Fingernagel war, glaubte John die schreckliche Leere hinter seinem Blick zu spüren. Da war *nichts.*

»Wie konnten Sie sich nur auf so etwas einlassen?«, murmelte er. »Das ist entsetzlich.«

»Weil ich Ärztin bin?« Saintdemar antwortete, ohne den Blick von den im Zehn-Sekunden-Rhythmus wechselnden Bildern auf dem Schirm zu nehmen. »Haben Sie schon einmal eine Operation am offenen Herzen gesehen? Nicht auf dem Bildschirm, sondern real – mit den Gerüchen, den Geräuschen, der Nervosität und allem, was dazu gehört?« Sie zog eine Grimasse. »*Das* ist entsetzlich. Aber mich hat noch niemand gefragt, wieso ich mich darauf einlasse.«

»Sie wissen verdammt genau, was ich meine!«, antwortete John. »Das ist entwürdigend!«

»Das ist ein künstlicher Darmausgang auch«, antwortete Saintdemar, »trotzdem hat man ihn zehntausendfach angelegt, um Leben zu retten.« Sie machte eine unwillige Geste. »Wollen Sie herausfinden, was schiefgegangen ist, oder mir einen moralischen Vortrag halten?« Sie nickte zum Schirm hin. »Sehen Sie!«

John blickte gehorsam in die angegebene Richtung. Im ersten Moment fiel ihm kaum ein Unterschied auf – allenfalls, dass sich die Datumsanzeige deutlicher verändert hatte. Er musste seinen Gedanken länger nachgehangen haben, als ihm bisher klar gewesen war, denn das Bild zeigte nun die Brücke sieben Monate nach dem Tag ihres Abflugs. Bergmann saß noch immer in scheinbar unveränderter Haltung im Pilotensessel.

»Fällt Ihnen nichts auf?«, fragte Saintdemar.

John schüttelte den Kopf. »Nein.«

»Der Bildschirm«, sagte Saintdemar. »Er hat den Schirm eingeschaltet.«

Erst jetzt, da sie ihn darauf aufmerksam machte, sah John,

dass der Bereich über den verschiedenen Computerplätzen und Pulten an der Stirnwand der Brücke nicht mehr das monotone glatte Metallgrau zeigte, sondern sich in ein Fenster in die Unendlichkeit verwandelt hatte. Weder der Mars noch einer der anderen Planeten waren darauf auszumachen. Obwohl die BRADBURY zu diesem Zeitpunkt bereits zwei Drittel ihrer Reise hinter sich gebracht hatte, war der Planet dennoch nichts weiter als ein beliebiger Stern unter vielen, die auf dem tiefschwarzen Hintergrund schimmerten.

»Und?«, fragte er. »Was ist daran so ungewöhnlich?«

»Er hätte es nicht gedurft«, antwortete Saintdemar.

John blickte erneut auf den Schirm, der mittlerweile schon wieder um eine Woche weitergesprungen war. Das Bild auf dem virtuellen Fenster ins All hatte sich nicht verändert. »Wieso nicht?«, fragte er. »Ich meine – an diesen Sternen ist doch nichts geheim.«

»Sie verstehen nicht«, antwortete Saintdemar und schüttelte heftig den Kopf. »Computer – Bild einfrieren. Natürlich ist es nicht *verboten*. Aber er hatte keinen Grund, den Bildschirm einzuschalten. Nicht, solange alles an Bord planmäßig verlief. Das sah seine Programmierung nicht vor.«

Es gefiel John nicht, dass sie das Wort *Programmierung* im Zusammenhang mit einem Menschen benutzte. Dennoch sagte er: »Vielleicht *ist* ja irgendetwas nicht planmäßig verlaufen.«

Er bekam ein neuerliches Kopfschütteln zur Antwort. »Ich habe den Computer nach ungewöhnlichen Zwischenfällen gefragt«, antwortete sie, »aber laut der Datenbank ist nichts vorgefallen. Nein – Rick hat den Schirm ganz von allein eingeschaltet. Ich verstehe das nicht. Er hatte keinen Grund dazu.«

Ihre Worte verstörten John. Obwohl er in den letzten Minuten praktisch nichts anderes getan hatte, als über die schreckliche moralische Vergewaltigung nachzudenken, die Bergmann angetan worden war, hatte er gleichzeitig einfach *vergessen*, dass die Gestalt auf dem Pilotensitz nicht wirklich ein Mensch war, sondern etwas, das nur so aussah und in begrenztem Umfang in der Lage war, wie ein solcher zu handeln und zu reagieren.

Er selbst und jeder andere Mensch hätte selbstverständlich das Fenster geöffnet – sinnbildlich gesprochen –, um einen Blick hinaus in die Unendlichkeit zu werfen, in die sie unterwegs waren. Aber der *Restmensch*, in den sich Bergmann freiwillig hatte verwandeln lassen, kannte Begriffe wie Neugier und Langeweile nicht. Im herkömmlichen Sinne hatte er nicht *gedacht*, in all den Monaten, die er auf diesem Platz ausgeharrt hatte.

»Und was bedeutet das?«, fragte John schließlich.

»Ich weiß es nicht«, antwortete Madelaine. »Irgendetwas muss den normalen Ablauf gestört haben. Etwas, das der Computer nicht aufzeichnen konnte. Vielleicht, weil es in seinem Speicher keine Entsprechung dafür gab.«

John sah, wie sich ihr Kehlkopf ganz leicht bewegte, als sie dem Computer einige subvokale Befehle erteilte, und das Bild erwachte aus seiner Starre.

Er warf einen Blick auf die Statusanzeige und erkannte, dass Madelaine die Wiedergabe verlangsamt hatte. Eine Stunde in einer Minute – also Faktor 60.

Diesmal vergingen nur wenige Augenblicke, bis ihm etwas auffiel. »Halten Sie das Bild an!«, rief er so plötzlich, dass sie zusammenzuckte, bevor sie: »Computer – Bild einfrieren!«, sagte.

Im ersten Moment wollte John an einen Fehler in der Wiedergabe glauben. Aber die Unterschiede waren zu deutlich.

Sie sahen Bergmann doppelt.

Aber nicht als bläulich verschobenes Geisterbild, wie es bei atmosphärischen Störungen in Bildaufzeichnungen hin und wieder auftrat.

Bergmann saß nach wie vor auf seinem Stuhl.

Und hatte sich gleichzeitig daraus erhoben.

Was schlichtweg unmöglich war.

»Computer – Aufnahme mit normaler Geschwindigkeit abspielen«, befahl Saintdemar mit heiserer Stimme, und sie sahen, wie sich der zweite, stehende Bergmann vom sitzenden fortbewegte und zwei Schritte auf den Bildschirm zu machte.

»Was geht da vor?«, flüsterte Saintdemar. John antwortete nicht. Was hätte er auch sagen sollen? Stattdessen hob er den Arm und deutete auf den Bildschirm in der Aufnahme. »Sehen Sie!«

Auch der Sternenhintergrund des virtuellen Sichtfensters hatte sich verändert: Ein Teil des Weltraums verschwamm, als würde man durch fließendes Wasser schauen. Das Phänomen folgte einer klar abgegrenzten Linie, die sich immer weiter verjüngte, bis sie in der Ferne verschwand. Und sie zielte, wenn man ihr in die andere Richtung folgte, dicht an der linken Flanke der BRADBURY vorbei!

»Was zum Teufel ist das?«, hauchte Madelaine.

»Die kleinen grünen Männchen haben auf uns geschossen und knapp verfehlt«, antwortete Carter trocken.

»Das meinen Sie nicht im Ernst!«

»Natürlich nicht«, winkte er ab. »Ich bin zwar Science-Fiction-Autor, aber nicht verblödet. Was immer das ist, es wird einen natürlichen Ursprung haben. Aber ganz offensichtlich hatte es einen ... *Effekt* auf Bergmann.«

»Oder auf die Kameras«, schränkte Saintdemar ein. »Ich vermute eher, es handelt sich um einen technischen De...«

Defekt, hatte sie sagen wollen, doch in diesem Moment zerstörte Enrico Bergmann ihre Hoffnung auf eine einfache, rationale Lösung des Unfassbaren. Indem er sich umwandte – und sich selbst im Kommandosessel sitzen sah!

Sein Gesicht verzerrte sich zu einer Maske des Grauens. Der

Schock schien ihn aus seinem Dämmerzustand zu reißen; er taumelte, stützte sich mit der Rechten an einer Konsole ab, dann gaben seine Knie nach und er sank zu Boden.

Aber dort kam er nie an.

Denn im gleichen Augenblick erlosch der Strahl – oder was immer es gewesen war. Der Wasser-Effekt verschwand, und mit ihm der zweite Bergmann. Übrig blieb das sitzende Exemplar.

»Computer – Bild einfrieren und das Gesicht vergrößern!«, sagte Madelaine und beugte sich gleichzeitig vor. Sie schien etwas entdeckt zu haben. John folgte ihrem Beispiel.

Der Ausschnitt zoomte heran. Und zeigte einen schrecklich veränderten Rick Bergmann – mit jenen Zügen, die nach ihrem Erwachen aus dem Kälteschlaf für Entsetzen unter der Mannschaft gesorgt hatten: ein bleicher Schädel, über den sich die Haut wie rissiges graues Pergament spannte, tief in den Höhlen liegende Augen und ein nach hinten versetzter Unterkiefer mit Zähnen, die das zurückgebildete Zahnfleisch kaum mehr halten konnte. Als wäre Bergmann in den wenigen Sekunden um Jahrzehnte gealtert.

»O Gott«, entfuhr es Madelaine.

John wollte etwas sagen, doch in diesem Moment heulte der Alarm wieder los; wie es ihm vorkam, diesmal mit doppelter Lautstärke.

Und die BRADBURY erbebte unter einem so harten Schlag, dass sie beide von ihren Stühlen geschleudert wurden.

***

Die Luft auf der Brücke roch verbrannt. Ein Drittel der Instrumente und Bildschirme, deren geschäftiges Flackern und Blinken ihm in den letzten Wochen so vertraut geworden war, dass er es schon gar nicht mehr bewusst zur Kenntnis nahm, war erloschen, und inwieweit der Rest seine Arbeit noch zuverlässig tat, vermochte John nicht zu beurteilen. Selbst das Licht kam ihm dunkler vor, als hätte es an Leuchtkraft verloren.

Der Boden unter den Magnetsohlen ihrer Stiefel bebte ganz leicht, und John hatte das irrationale, aber dennoch unangenehme Gefühl, dass das ganze Schiff in einer leichten Schräglage dahinglitt. Der riesige virtuelle Schirm, den er vorhin noch in der Aufzeichnung gesehen hatte, funktionierte wundersamer Weise noch. Die rote Kugel des Mars füllte ihn zu zwei Dritteln aus. Ein majestätischer Anblick. Doch dafür hatte John momentan kein Auge.

Obwohl sich die wirklich sichtbaren Beschädigungen in Grenzen hielten, kam es ihm doch so vor, als befände er sich auf der Brücke eines antiken Kriegsschiffs, das stundenlang unter feindlichem Feuer gelegen hatte.

Die gesamte Mannschaft war versammelt, außer Bergmann natürlich. Khalid kniete vor einem aufgeklappten Pult und riss – halblaut in seiner Muttersprache vor sich hin fluchend – ein Motherboard nach dem anderen heraus, um es nach einem flüchtigen Blick achtlos auf einen größer werdenden Stapel aus Computerschrott neben sich zu werfen, während Batrikowa mit verbissenem Gesicht und solcher Kraft auf die Tastatur eines Computers einhämmerte, als wollte sie mit aller Gewalt herausfinden, was die Mechanik auszuhalten imstande war. Gonzales und Angelis redeten mit gedämpften Stimmen, aber offenkundig sehr aufgeregt miteinander, doch die Blicke, die die Physikerin Kang immer wieder zuwarf, ließen keinen Zweifel daran aufkommen, wem ihr Zorn in Wahrheit galt.

»Was zum Teufel ist passiert?«, fragte Saintdemar, noch bevor die Tür ganz zur Seite geglitten war und sie vor John in den Raum stürmte. Auch wenn Carter diese Art der Begrüßung angesichts ihres Kommandanten für nicht besonders geschickt hielt, konnte er ihre Erregung durchaus verstehen. Auf dem

Weg hier herauf hatten sie noch mehr Spuren der Zerstörung gesehen; ausgefallene Monitore, unsinnig flackernde Anzeigen und geborstene Wandvertäfelungen – nichts wirklich Dramatisches, sondern eher ein Sammelsurium von Kleinigkeiten. Äußerst *beunruhigender* Kleinigkeiten.

Kang reagierte jedoch vollkommen anders, als er erwartet hatte. »Es gibt Probleme«, sagte er sehr ruhig, »aber ich kann noch nicht sagen, wie groß die Gefahr ist.«

Probleme. Aha. Sehr aussagekräftig, dachte John säuerlich. »Wurden wir getroffen?«, hakte er nach. »Von einem Meteoriten vielleicht? Oder von etwas ... äh ...«, er wechselte einen kurzen, nervösen Blick mit Saintdemar, »... das vom Mars kam?«

Dr. Kang runzelte die Stirn. »Was? – Nein, Unsinn, wir wurden nicht getroffen. Die IO wird es Ihnen erklären.« Damit überließ er Batrikowa das Feld und trat zu Jenna Braxton, die im Pilotensitz hockte und bemüht war, mit höchstens fünfzig Prozent funktionierender Instrumente das Schiff auf Kurs zu halten oder wieder zu bringen. Die andere Hälfte der Anzeigen, Lämpchen und Bildschirme, die sie im Halbkreis umgaben, war erloschen oder blinkte hektisch.

John sah die Russin fragend an. Irena Batrikowa stand da wie ein Ausbilder bei der Army: breitbeinig, mit herausgedrückter Brust und die Arme hinter dem Rücken verschränkt. Vermutlich war das ihre Art, mit den *Neuigkeiten* umzugehen, über die Kang nicht einmal reden wollte.

»Wir haben jetzt die Ursache für die Explosion vor zwei Stunden ausmachen können. Und für die neuerlichen Ausfälle«, begann sie – und verstummte wieder. In ihren Augen war ein Ausdruck von Fassungslosigkeit, den sich John nicht erklären konnte.

»Und das wäre ...?«, fragte er, als die Pause zu lang wurde.

»Materialermüdung.«

Sie sagte nur dieses eine Wort, doch es genügte, den Anwesenden eine Mixtur aus Schrecken, Bestürzung und ungewisser Angst durch den Körper zu jagen.

»*Materialermüdung?*«, echote Saintdemar. »Aber ... wie kann das sein?«

»Das Schiff ist doch nagelneu!«, pflichtete ihr Akina Tsuyoshi bei, die Geologin des Teams. Bislang war John nicht einmal aufgefallen, dass sie sich auf der Brücke aufhielt, obwohl der Raum alles andere als groß war. Überhaupt hatte sie sich in den letzten beiden Wochen sehr rar gemacht, wie ihm jetzt erst bewusst wurde.

Batrikowa zuckte ratlos mit den Schultern. »Das ist korrekt«, gab sie zu. »Es gibt keine Erklärung dafür. Und es betrifft auch kein einzelnes Bauteil. Ganze Systeme sind betroffen. Leitungen sind plötzlich brüchig, Prozessoren oxidiert, Metallklammern spröde geworden. Und das Merkwürdigste ist ...«

»Ja?«, fragte John, als sie erneut verstummte und offensichtlich nach Worten suchte.

»Dass sich die Materialfehler auf die linke Seite der BRADBURY zu beschränken scheinen«, führte Kang den Satz zu Ende. »Was genauso unmöglich ist wie der Vorgang an sich.« Er stand noch immer bei Major Braxton, hatte sich halb aufgerichtet und sah über die Schulter zu ihnen zurück.

»Bitte?!« Marianne Angelis' Stimme hatte jenen schrillen Unterton, der bereits an der Grenze zur Panik kratzte.

»Heißt das ... das Schiff wird auseinanderbrechen?«, meldete sich Gonzales zu Wort. Auch sie klang alles andere als entspannt.

»Das heißt gar nichts.« Kang drehte sich mit einem Ruck vollends um und baute sich vor ihnen auf. Seine Augen blitzten. »Und es hilft gar nichts, jetzt den Kopf zu verlieren! Reißen Sie sich zusammen, verdammt noch mal! Jeder erledigt seinen

Job, und die anderen machen sich nützlich. Dann werden wir diese Krise überstehen.« Er blickte nacheinander die Frauen an. »Doktor Gonzales, Angelis und Tsuyoshi – Sie machen die LEM klar, für alle Fälle. Doktor Batrikowa – ich brauche eine Kursberechnung für eine mögliche Notlandung. Doktor Saintdemar – Sie bleiben bei mir. Und Sie, Carter ...«, er schien einen Moment zu überlegen, wofür sich ein *gottverdammter Schreiberling* überhaupt einsetzen ließ, »... Sie helfen Doktor Khalid. Los, Beeilung!«

John verkniff sich jeden Einwand, auch wenn er sich fragte, wobei um alles in der Welt er Khalid helfen sollte.

Der Inder hatte das Pult mittlerweile nahezu ausgeweidet. Der Stapel roh herausgerissener, halbtransparenter Schaltblöcke hatte bereits eine ansehnliche Höhe erreicht, und Khalid schien wild entschlossen zu sein, den Computer in Rekordzeit endgültig zu ruinieren.

»Kann ich helfen?«

Khalid drückte ihm unwillig einen der dünnen rechteckigen Kunststoffblöcke in die Hand. »Checken Sie die Synapsen«, sagte er. »Wir brauchen jedes verdammte Board, das noch funktioniert.«

John drehte den erstaunlich schweren Block in den Händen. Das Material sah glatt wie schimmerndes Glas aus, fühlte sich aber so rau an wie Bimsstein. »Synapsen?«, wiederholte er ratlos.

Khalid seufzte und deutete mit einer Kopfbewegung auf den Block, den er in den Fingern hielt. »Sehen Sie die kleinen ...«, er suchte einen Moment nach Worten, »... Zellen?«

John nickte.

»Sie sind miteinander verbunden«, erklärte Khalid. »Wenn man genau hinsieht, erkennt man die Synapsen. Wenn sie sich voneinander getrennt haben, sind sie inaktiv. Tot.«

»Tot?«

»In gewissem Sinne ist das, was Sie da in den Händen halten, ein künstliches Gehirn«, erklärte Dr. Khalid. »Wenn es altert, verliert es immer mehr an Effektivität, bis es schließlich abstirbt.«

»Und das ist mit den Bauteilen hier passiert?«, fragte John mit einem Blick auf den Haufen Computerschrott, der sich neben Khalid angesammelt hatte.

Der Inder sah ihn geradezu verzweifelt an. »Und ich kann mir nicht einmal erklären, warum. Normalerweise sollten diese Boards mindestens zwanzig Jahre halten.«

»Wie groß ist der Schaden?«, fragte Carter.

Khalid zuckte mit den Schultern. »Ein Vorteil dieser neuronalen Netze ist ihre Fähigkeit zu lernen. Sie können ausgefallene Elemente kompensieren, quasi Aufgaben übernehmen und eigenständig umverteilen. – Aber es gibt eine Grenze. Man kann nicht beliebig viele Teile abschalten, ohne schwerwiegende Schäden zu riskieren«, fuhr er fort. »Es ist, als würde man aus einem menschlichen Gehirn immer mehr und mehr Teile herausschneiden. Bis zu einem gewissen Punkt ist das sogar möglich. Aber sobald Sie eine bestimmte Schwelle überschreiten ...« Er machte eine eindeutige Geste mit dem Zeigefinger an der Kehle entlang.

John schluckte schwer. Er nahm das Bauteil in seinen Händen näher in Augenschein. Die Synapsen waren voneinander getrennt ... *tot*, wie Khalid es genannt hatte.

Ein dumpfer, wiederkehrender Summton aus Richtung der Navigationskonsole zog seine Aufmerksamkeit auf sich.

»Achtung!«, ließ sich Braxton vernehmen. »Wir nähern uns planmäßig der Position des Moduls! Sichtkontakt in zehn Sekunden!«

Abgesehen von der Verwegenheit, irgendeinen Vorgang an Bord noch als »planmäßig« zu bezeichnen, dauerte es einen Moment, bis John überhaupt begriff, wovon die Australierin sprach: Sie waren immer noch auf Kurs zu dem Frachtmodul, das im Orbit angehalten zu haben schien und seltsame Signale aussandte. Auch wenn sich inzwischen die Prioritäten an Bord dramatisch verschoben hatten.

John starrte auf den virtuellen Schirm. Auf den ersten Blick sah er nichts anderes als von Störungen und aufblitzenden Lichtreflexen durchzuckte Schwärze. Kang hatte auf maximalen Zoom gestellt, sodass die rostrote Kugel des Mars nur noch als schmaler, fast lotrechter Rand auf der rechten Seite zu sehen war. Dann kam ein winziges silbernes Funkeln in Sicht, das allmählich zum vertrauten Umriss eines Frachtcontainers heranwuchs.

Das Modul hatte tatsächlich gestoppt. Und nun sahen sie auch den Grund dafür ...

Johns Augen wurden groß. Er konnte hören, wie Khalid hinter ihm ungläubig die Luft zwischen den Zähnen einsog. Saintdemar schlug die Hand vor den Mund, um einen Schrei zu unterdrücken, und auf der anderen Seite der Brücke flüsterte Kang mit halb erstickter, bebender Stimme: »Großer Gott, was ist *das?*«

* * *

Der Anblick war so unglaublich, dass John sich nachdrücklich daran erinnern musste, auf dem Sichtschirm keinen Science-Fiction-Streifen, sondern die Wirklichkeit zu sehen.

Denn was mit Transportmodul IV geschah, hätten die Special-Effects-Leute von ILM kaum besser in Szene setzen können.

Das schlanke, lang gezogene Fahrzeug in Modulbauweise mit der Antriebseinheit am Heck stand in der Tat still im Raum, umgeben von einem unwirklichen bläulichen Licht. Es stammte von einem Strahl, der von der Oberfläche des Mars kam, in die

Unendlichkeit des Alls zielte – und dabei das Containerschiff wie ein Schaschlikspieß durchbohrte und festhielt!

Es handelte sich, davon war John Carter überzeugt, um denselben Strahl, den Saintdemar und er bereits in der Videoaufzeichnung der Brücke gesehen hatten. Er war kaum auszumachen, sichtbar nur in unmittelbarer Nähe des Moduls und ansonsten eher an eine Säule aus gekräuseltem Wasser erinnernd. Dahinter verschwammen die Sterne und die roten Wüsten des Mars.

Also doch ein Angriff der »kleinen grünen Männchen«? Denn dass das Phänomen seinen Ursprung auf dem Roten Planeten hatte, war nicht zu übersehen.

Unsinn!, rief John sich zur Ordnung. Dort unten gab es kein Leben! Aber was ging dann vor ...?

»Irgendwelche Messdaten?«, fand Han Suo Kang seine Stimme wieder. Seine Hände hatten sich so fest um ein Geländer verkrampft, dass die Knöchel weiß hervortraten.

Irena Batrikowa räusperte sich. »Nichts«, gab sie zurück. »Keine Daten – außer dem Signal des Moduls natürlich. Das allerdings ...« Sie las einige Anzeigen ab, zwei Mal sogar, als könne sie nicht glauben, was darauf zu sehen war. »Es hat sich noch weiter verschoben«, fuhr sie dann fort. »Die Abweichung der beiden Amplituden beträgt jetzt zwei Komma vier drei Sekunden.«

»Seht ihr das?«, ächzte Jenna Braxton. Die Pilotin wies auf den Punkt, wo der Strahl das Schiff in einer Breite von ungefähr zwei Metern durchquerte.

»Ich sehe es«, stimmte Saintdemar zu. »Nur glauben kann ich es nicht ...«

Der Strahl, der nicht aus Licht, sondern aus Wasser zu bestehen schien, hatte ein kreisrundes Loch in den Rumpf gestanzt. Trotzdem waren keine Zerstörungen zu sehen. Die Ränder waren weder geschwärzt noch verbogen. Und der Inhalt des Containers ...

John konnte die Gerätschaften teilweise sogar erkennen: Computer, Bauelemente, Pakete mit verschiedenster Nahrung, ein Mars-Rover ... Durch all das ging ein chirurgisch sauberer Schnitt, als hätte man die fehlenden Teile nicht entfernt, sondern *ausgeblendet!* Sogar ein Tank mit Wasser war halbiert worden, ohne dass die verbliebene Flüssigkeit in den luftleeren Raum entwichen war!

In dem andächtigen – oder geschockten – Schweigen, das sich über die Brückencrew gelegt hatte, war das Piepsen des Bordcom derart laut, dass sie alle zusammenfuhren.

»Angelis an Doktor Kang! Ich fürchte, wir haben schlechte Neuigkeiten«, klang die Stimme der Deutschen durch den Raum – und machte John klar, dass sie, Tsuyoshi und Gonzales noch gar nichts von ihrer Entdeckung wussten. »Die LEM ist okay, so weit wir das beurteilen können, aber einige der Halterungen sind gebrochen. Dasselbe Phänomen wie auf dem restlichen Schiff: Materialermüdung, aber nur auf der linken Seite!«

Kang antwortete nicht sofort, und nach einer Sekunde meldete sich Marianne Angelis noch einmal:

»Brücke, könnt ihr mich hören?! Wir haben Probleme mit der LEM! Sie ist nicht startklar; ich wiederhole, sie ist *nicht* –«

»Wir hören euch«, unterbrach Kang, über das Mikrofon gebeugt, ihren Redefluss. »Aber die LEM ist momentan unsere kleinste Sorge. Kommen Sie zurück zur Brücke, sofort! Kang Ende.« Er richtete sich halb auf, dann schien ihm noch etwas einzufallen, und er aktivierte den Bordcom erneut. »Kang an LEM. Eins noch: Bringt die Raumanzüge mit!«

Batrikowa sah ihn fragend an, und er nickte zu dem Transportmodul hinüber. »Solange wir nicht wissen, was da vorgeht, halten wir das Risiko möglichst klein.« Und an Jenna Braxton gewandt: »Bremstriebwerke zünden, Major. Keine weitere Annäherung. Versuchen Sie einen stabilen Abstand zu halten.«

Die Pilotin nickte, gab eine Befehlsfolge in die Tastatur vor sich ein, drückte auf eine rote Taste ... drückte erneut darauf, legte mehrere Schalter um, drückte ein drittes Mal und begann zu fluchen.

»Was ist los?«, fragte Kang alarmiert.

»Keine Reaktion«, presste Braxton zwischen zusammengebissenen Zähnen hervor. »Das Scheißtriebwerk zündet nicht!«

»Notstromkreislauf?«

»Habe ich eben versucht. Nichts.«

»Kurs?«

»Direkt darauf zu. Rendezvous in ... drei Minuten, dreiundzwanzig Sekunden.«

John Carter wurde Zeuge, wie Han Suo Kang, dessen Ego normalerweise einen Raum wie diesen problemlos zu füllen vermochte, für Sekunden die Beherrschung verlor. Wie seine Hände unkontrolliert zu zittern begannen und seine Gesichtszüge entgleisten. Doch der Moment der Schwäche währte nur kurz, dann hatte der Chinese sich wieder in der Gewalt.

»Doktor Khalid – überprüfen Sie alle Stromkreise!«, wies er den Inder an. »Basteln Sie irgendwas zusammen. Ich brauche eins der Triebwerke, egal welches. Und das innerhalb der nächsten ...« Er sah zu Braxton.

»Anderthalb Minuten«, kam deren Meldung. »Danach ist es für ein Ausweichmanöver zu spät.«

Die Schleuse zum Bug der BRADBURY glitt auf. Angelis, Gonzales und Tsuyoshi kamen hereingewankt, beladen mit je drei Raumanzügen samt Helmen. Als ihr Blick auf den Sichtschirm fiel, verharrten sie synchron im Schritt, und ihre Münder klappten auf.

Kang ließ ihnen keine Zeit, Fragen zu stellen. »Wer momentan nichts zu tun hat, steigt in seinen Anzug!«, befahl er. »Doktor Khalid, Bericht!«

Der Inder tauchte kurz hinter einem ausgeweideten Terminal auf. »Die meisten Verbindungsknoten sind tot. Ich kann versuchen –«

»Versuchen Sie nicht, tun Sie's!«, fuhr Kang ihn an. »Major?«

»Noch fünfundfünfzig Sekunden.«

John nahm seinen und Saintdemars Raumanzug von Akina Tsuyoshi entgegen. »Was ist los?«, flüsterte die Japanerin und sah ängstlich zu Kang hinüber, der wie ein Feldherr in ärgster Bedrängnis im Zentrum der Brücke stand.

John setzte zu einer Antwort an, entschied dann aber, dass eine ausreichende Erklärung zu lange dauern würde und beließ es bei einem »Fragen Sie mich das in zwei Minuten – wenn wir dann noch leben«. Was Akinas Mienenspiel von Angst zu Entsetzen verschob und das schlechte Gewissen in John weckte. Das passierte eben, wenn man zuerst redete und dann nachdachte.

Hastig wandte er sich ab und übergab der Ärztin ihren passgenau geschneiderten Raumanzug. Gegenseitig halfen sie sich dabei, die unförmigen Dinger anzulegen. Nur die Handschuhe zogen sie jetzt noch nicht über, denn das hätte sie bei aller noch notwendigen Feinmotorik zu sehr behindert.

»Fertig!«, klang Pramjib Khalids Stimme unter einer Konsole hervor. »Probieren Sie das obere Steuertriebwerk am Bug! Alpha vier!«

Jenna Braxtons Finger flogen über Tastatur und Schalter. Ein Ruck ging durch die BRADBURY. »Gezündet!«, schrie sie mit überkippender Stimme. »Voller Schub!«

Dicke Schweißtropfen rannen über Carters Stirn und Wangen und versickerten im Kragen des Raumanzugs, während er den Sichtschirm beobachtete. Das Transportmodul darauf war in den letzten zweieinhalb Minuten auf die doppelte Größe angewachsen. Nun schob es sich langsam – zentimeterweise, wie es ihm schien – zur Seite, und mit ihm der mysteriöse Strahl.

Gleichzeitig kam die rotbraune Kugel des Mars in Sicht, wanderte vom unteren Bildrand höher. Auch sie hatte an Größe gewonnen. Um ehrlich zu sein: Sie sah verdammt groß aus. Und verdammt *nah!*

»Kurskorrektur!«, brüllte Kang, als auch er die direkte Folge der Raketenzündung realisierte: Die BRADBURY schwenkte, vom linken oberen Bugtriebwerk geschoben, nach rechts unten – auf den Planeten zu. Und sie hatten keine weitere Steuerdüse zur Verfügung, um die Abwärtsbewegung zu stoppen!

Das schien auch Kang eine halbe Sekunde später klar zu werden. Er sah die Unsinnigkeit seines letzten Befehls ein und brüllte einen neuen: »Alle auf ihre Plätze! Anzüge schließen und anschnallen! Major Braxton, übergeben Sie an die IO und steigen Sie in den Anzug – schnell!«

Er selbst nahm seine Montur von Gonzales entgegen und legte sie mit hundertfach geübten Griffen in Rekordzeit an. Während Dr. Batrikowa kurzzeitig die Steuerung übernahm, machte sich auch Major Braxton fertig.

»Was haben Sie vor?!«, rief Angelis. »Wir *können* mit der BRADBURY nicht landen! Dafür ist sie nicht konstruiert!«

Kang hielt kurz inne und schoss einen vernichtenden Blick in ihre Richtung ab. »Darüber reden wir nach der Landung.«

John war sich sicher, dass es nicht so aberwitzig klingen sollte, wie er es empfand. Dr. Kang besaß keinen Sinn für schwarzen Humor. Oder doch ...?

»Was ist mit den Modulen?«, keuchte Khalid, der ebenfalls damit beschäftigt war, sich in seinen Raumanzug zu zwängen.

Carter durchfuhr es eiskalt. Der Ingenieur hatte Recht: Eigentlich war vorgesehen gewesen, die Transportschiffe erst zielgenau auf dem Mars zu landen und dann mit der LEM abzusteigen. Wenn sie jetzt landeten – was eh nicht gelingen würde, wenn alles, was er im Physikunterricht gelernt hatte, der Wahrheit entsprach –, dann würden sie dort unten buchstäblich auf dem Trockenen sitzen.

Kang sah zu Batrikowa hinüber. »Können wir die Programmabläufe noch übertragen?«

Die Russin, die eben die Flugkontrolle wieder an Jenna Braxton übergab, schüttelte den Kopf. »Dafür müsste ich aufwändige Berechnungen durchführen; eine halbe Stunde Minimum. – Aber wir können versuchen, die Module später von der Oberfläche aus zu steuern«, fügte sie hinzu. An ihrem Tonfall glaubte John zu erkennen, dass auch sie nicht wirklich an ein Später glaubte.

Der Kommandant nickte verbissen. »Dann setzen Sie jetzt das Notrufsignal an die Erde ab«, sagte er.

Sie alle wussten, dass dies nichts ändern würde. Es gehörte eben zum Procedere. Falls man das Signal überhaupt auffing, würde es mindestens anderthalb Jahre dauern, bis eine Rettungs-Expedition hier sein konnte. Vermutlich länger.

Kang ließ sich in seinen Kommandosessel fallen, zurrte die Gurte fest und setzte den Helm auf. »Wie stehen unsere Chancen, Major Braxton?«, fragte er – nach John Carters Meinung eine äußerst fatale Frage, deren Antwort nicht dazu beitragen würde, irgendwelche Hoffnungen zu wecken. Umso erstaunter war er, als Jenna nach einem Blick auf ihre Instrumente meldete:

»Der Eintauchwinkel ist flach genug; dazu die dünne Atmosphäre und die geringere Schwerkraft ... Wenn wir in einem Stück aufsetzen, könnten wir es packen.«

Tatsächlich regte sich in John Carter das irrationale Gefühl, dass vielleicht doch nicht alles vorbei wäre.

Für eine Sekunde zumindest.

Dann erreichte die BRADBURY den geheimnisvollen Strahl und passierte ihn in einer Entfernung von höchstens fünfhundert Metern. Und auf der linken Seite der Brücke begann ein Gewitter aus Funkenregen, zerberstenden Bildschirmen und reißendem Metall. Bevor die Außenhülle nachgab, die Luft schlagartig aus der Kabine entwich und alles mit sich riss, was nicht fest verankert oder angeschnallt war.

Innerhalb von fünf Sekunden war die Brücke so klinisch rein wie am ersten Tag ihrer Inbetriebnahme.

John Carter besaß durchaus Sinn für schwarzen Humor. Und so war sein letzter Gedanke: *Es hätte schlimmer kommen können. Wenigstens werden wir in einem* sauberen *Sarg krepieren …*

2

Gegrüßet seist du, Maria, voll der Gnade, der Herr ist mit dir.« Es war Estela Gonzales' zitternde Stimme, die über das Kreischen des Metalls und das Heulen des Alarms zu John Carter durchdrang.

Die Unterseite des Schiffes, nie für einen Atmosphäreneintritt konstruiert – auch wenn der Luftdruck auf dem Mars nur sieben Hektopascal betrug –, platzte mit dem Lärm von Feuerwerkskörpern auseinander. Noch wirkten die Kacheln des Landemoduls an der Spitze der BRADBURY als Hitzeschild, doch auf den Monitoren der Brücke konnte John bereits hellrote Flammen sehen, die über die Kameras leckten und sie schwärzten. Es wurde plötzlich heiß. Mit einem Knall erlosch die Notbeleuchtung.

»Heilige Maria, Mutter Gottes«, Estelas Stimme überschlug sich im Lautsprecher seines Raumanzugs, »bitte für uns Sünder, jetzt und in der Stunde unseres Todes.«

Unter seinen Füßen wölbten sich die Bodenplatten. Alles drehte sich, dehnte sich, wurde zusammengestaucht, verformt und vernichtet in dem hysterischen, wilden Tanz des Absturzes. John schloss die Augen.

»Amen.«

Der Aufprall hatte ihnen die Luft aus den Lungen gepresst, der Anblick der toten roten Landschaft raubte ihnen die Sprache. Stumm hockten sie am Boden und starrten auf die schwelenden Trümmer der BRADBURY.

Regeln! Aber diese Hilfe ist fast zwei Jahre entfernt! Zwei Jahre! Verstehen Sie überhaupt, was das bedeutet?!«

»Er versteht es nicht«, sagte John, ohne den Blick von Braxtons Schatten zu nehmen. »Aber Sie und ich und Major Braxton da vorne und all die anderen, die noch schweigen, verstehen es ebenfalls nicht. Wir können es auch nicht, weil kein Mensch je zuvor in dieser Situation gewesen ist. Wir sind die Ersten. Für uns gelten nur die Regeln, die wir uns selbst machen.«

»Und die wären?« Die Frage kam von der deutschen Astrophysikerin Marianne Angelis, dem jüngsten Besatzungsmitglied.

John setzte zu einer Antwort an, aber Braxton kam ihm zuvor. »Das ist ja wohl offensichtlich«, sagte sie. »Jede Regel, die unsere Überlebenschancen erhöht, ist eine gute Regel. Jede, die sie mindert, eine schlechte.«

»Haben wir denn eine Überlebenschance?«, fragte Angelis. Ihre Stimme war hoch und dünn. Sie klang eingeschüchtert.

»Ja, verdammt noch mal«, antwortete Braxton und stemmte die Hände in die Hüften. »Wenn wir den Arsch hochkriegen. Richtig, Sir?«

Im ersten Moment dachte John, sie habe ihn angesprochen, doch dann fiel ihm auf, wie sehr sie die Anrede betonte. Ihn und Khalid nannte sie zwar auch Sir, aber das war eine reine Höflichkeitsfloskel. Nur beim Kommandanten der BRADBURY, bei dem Biologen Han Suo Kang, meinte sie es ernst.

Kang blinzelte, als erwache er aus einem Traum. »Ja«, begann er heiser, hustete und stand auf. Die anderen hoben den Kopf und folgten seiner Bewegung mit Blicken. Sie wirkten wie Jünger, die sich von ihrem Meister die Erlösung erhofften.

John bemerkte, wie Kang sich unter ihren aufmerksamen Blicken straffte und aufrichtete. Er sah zu dem endlos weiten

Horizont auf der linken und zu dem Bergmassiv auf der rechten Seite, dann scharrte er mit seinem Stiefel roten Staub auf.

»Wir stehen hier am Ufer eines gefrorenen Ozeans«, sagte er in akzentfreiem Englisch. »Das heißt, wir haben Wasser. Der vordere Teil des Schiffes ist recht gut erhalten. Also haben wir Schutz vor der Strahlung und der Kälte. Nahrung, Fahrzeuge und Ausrüstung befinden sich in den vier Transportmodulen, die noch im Orbit kreisen. Wenn wir jenes abschreiben, das ... dort oben festgehalten wird.« Ihr Zögern kam nicht von ungefähr. Niemand von ihnen wusste, was das für ein Strahl war, der, vom Mars kommend, eines der Module durchbohrt und regelrecht festgenagelt hatte. Und momentan war das auch ihre kleinste Sorge. »Khalid, Ihre Meinung dazu?«

Der Ingenieur wischte sich nervös die Hände an den Oberschenkeln ab. »Nun, die Module bewegen sich wie Satelliten in einem tiefen geostationären Orbit. Alle Daten sind in den Computern der BRADBURY gespeichert. Ob die allerdings durch den Absturz beschädigt wurden, kann ich noch nicht sagen. Hinzu kommt, dass ich eine neue Antenne konstruieren muss, um die Landebefehle und Koordinaten an die Module zu übermitteln. Ich –«

Kang unterbrach ihn mit einem Kopfschütteln. »Fangen Sie gleich damit an. Doktor Batrikowa und Doktor Angelis werden Sie unterstützen.«

Die beiden Frauen standen auf und sahen sich unsicher an, während Khalid bereits auf die aufgerissene Seite des Schiffs zuging, durch die sie auch ausgestiegen waren. In der niedrigen Schwerkraft bewegte er sich langsam und schwerfällig.

»Haben Sie die Anweisung nicht verstanden?« Kangs Stimme klang schärfer, als er Batrikowa und Angelis ansprach. Einer monatelangen Gewohnheit folgend, wollte John ihn im ersten Moment auf sein mangelndes Einfühlungsvermögen hinweisen, schwieg dann jedoch. Der Kontakt zu den Modulen würde über Leben und Tod entscheiden. Da zählten ein paar verletzte Gefühle nicht.

Regel Nummer Eins, dachte er. *Wenn es ums Überleben geht, ist auch ein rauer Tonfall angemessen.*

»Jawohl, Kommandant.« Batrikowa zog Angelis mit sich.

Kang wandte sich von beiden ab und nickte Braxton zu. »Major, Sie, Doktor Gonzales, Doktor Saintdemar und Doktor Tsuyoshi machen eine komplette Bestandsaufnahme des Schiffs. Was können wir noch verwenden, was wurde vernichtet, was beschädigt?«

»Ja, Sir.«

John erhob sich. »Und was ist mit mir?«

»Wir beide, Mister Carter, sehen uns die Berge an«, antwortete Kang. »Kommen Sie mit.«

Er ging los, ohne seine Antwort abzuwarten. John drehte sich zu den anderen um, doch die kletterten bereits ins Schiff. Er hörte ihre angestrengten Atemzüge in seinem Mikrofon.

»Doktor Khalid«, sagte Kang. »Gehen Sie bitte mit Ihrem Team auf Frequenz Eins; Major Braxton, Sie nehmen die Zwei; Mister Carter, Sie und ich sind auf der Drei.«

John wechselte die Frequenz an dem kleinen Bordcomputer, der über seinem Handgelenk saß. Die Sauerstoffanzeige für seine Tanks stand bei beruhigenden zweiundneunzig Prozent. Laut Computer blieben ihm damit noch mehr als vier Stunden, bevor es kritisch wurde.

»Können Sie mich hören?«, fragte Kang.

»Laut und deutlich.«

»Gut.«

John folgte ihm langsam über den steinigen Untergrund und achtete sorgfältig darauf, nicht zu fallen. Die Techniker hatten zwar behauptet, die Anzüge wären so strapazierfähig, dass sie selbst spitzen Steinen widerstehen könnten, aber John wollte sein Leben nicht davon abhängig machen.

Er sah an Kangs Rücken vorbei nach vorn. Die Berge waren wesentlich näher, als er ursprünglich gedacht hatte. Die fremde Atmosphäre und das ungewohnte rötliche Licht verfälschten die Entfernungen.

»Sie müssen damit aufhören, meine Autorität zu untergraben«, sagte Kang unvermittelt. »Auf dem Schiff konnte ich das tolerieren, hier unten nicht.«

Seit Beginn der Reise war John immer wieder mit dem Kommandanten der Mission aneinandergeraten. Er mochte weder Kangs autoritären Führungsstil, noch dessen militärisches Auftreten. Bei Braxton und Bergmann, den einzigen beiden Offizieren an Bord, akzeptierte er das, aber nicht bei einem Wissenschaftler, der nur auf Drängen der chinesischen Regierung zum Kommandanten ernannt worden war. Diese Position hatte man als rein repräsentativ eingestuft, was Kang jedoch nicht zu verstehen schien – oder nicht verstehen wollte.

»Die Führungsstrukturen sind nur ein Thema, über das wir uns in der nächsten Zeit Gedanken machen müssen«, antwortete John nach einem Moment vorsichtig. »An dieser Diskussion sollten alle beteiligt sein.«

Kangs Schritte wurden langsamer, seine Bewegungen steifer. »Wir werden diese Diskussion führen, aber bis dahin brauchen die Menschen eine klare Hierarchie.«

»Mit Ihnen an der Spitze?«

»Fürs Erste.«

John hatte das ungute Gefühl, dass sich Kang nur schwer von seiner Macht trennen würde, wenn es dazu kommen sollte. Trotzdem forderte er ihn nicht heraus. Vielleicht war es in diesen ersten Tagen wirklich besser, wenn es klare Strukturen gab, an die sich jeder hielt.

Auch wenn ihm das widerstrebte.

»Okay«, sagte er. Kangs Nicken ließ sich durch den Raumanzug nur erahnen. »Aber eine Frage hätte ich noch«, fuhr er fort,

»falls Ihre Autorität zulässt, Fragen zu beantworten.« Wenigstens diese eine Spitze musste er sich gönnen.

»Fragen Sie.«

»Was war das für ein Strahl?«

Er musste es nicht spezifizieren; Kang wusste sofort, was John meinte. Er blieb stehen und drehte sich um. Im orangefarbenen Licht der Sonne wirkte sein Gesicht dunkler und noch verschlossener als sonst. Einen Augenblick lang zögerte er, dann sah er John an.

»Ich weiß es nicht«, sagte er leise. »Es gab keinerlei Messdaten. Den Instrumenten zufolge wäre dort *nichts* gewesen.«

»Aber wir haben ihn gesehen. Also war er da«, entgegnete John ohne Vorwurf.

Kang sah in den rostbraunen Abendhimmel. Aber natürlich konnte er den Strahl nicht entdecken. Sein ungefährer Ursprung lag zu weit entfernt, und sie hatten das Phänomen schon im Orbit mit bloßem Auge kaum wahrnehmen können; so als würde man durch eine kaum zwei Meter durchmessende Wassersäule blicken.

»Das war er wohl«, sagte Kang. »Aber ich weiß nicht, ob wir uns wirklich wünschen sollten, sein Geheimnis herauszufinden.«

Zum ersten Mal glaubte John Angst in seiner Stimme zu hören.

* * *

Unter blutrotem Himmel
Artikel 7 der Marsmission, Tag 3
von John Carter

Auf diesem Planeten, auf dem das Leben vor Jahrmilliarden zum Erliegen kam, ist es leicht, die Einsamkeit zu finden. Sie beginnt nur wenige Schritte von den Trümmern der BRADBURY *entfernt, jenseits der auf-*

geworfenen Dünen, die unsere Ankunft erschaffen hat. Hier liegen Sand und Felsen so locker, dass man bis zu den Knöcheln einsinkt und irdischer Stoff sich an marsianischen Steinen reibt. Hat man die Dünen hinter sich und den Funk abgeschaltet, ist man allein.

Wahrhaft allein.

Es gibt nur wenige Geräusche in der dünnen toten Luft des Mars. Der ständige Wind ist leicht und glättet die Falten des Raumanzugs mit einem kaum wahrnehmbaren Flüstern. Die Sandkörner, die er aufwirbelt, prasseln gegen die Schiffswände und die Plastikplanen, mit denen wir notdürftig die Lecks gestopft haben. Auf der Erde würden sie klingen wie Eisregen, hier sind sie beinahe lautlos.

Vielleicht ist es diese Stille, die uns dazu bringt, zu viel zu reden. Wenn wir wach sind, sprechen wir, unterhalten uns mit anderen oder mit uns selbst. Doktor Khalid hat begonnen, seine Arbeit an den Computern zu kommentieren, als wäre er Reporter bei einem Footballspiel. Ich höre seiner Stimme zu, während ich diesen Artikel schreibe. Unter mir ist ein Felsen, auf dem noch nie zuvor ein Mensch gesessen hat, vor mir ist eine Landschaft, die noch nie ein Mensch zuvor gesehen hat.

Alles ist fremd, alles ist tödlich. Wenn meine Augen zum Horizont blicken, scheint die Welt zu kurz zu sein, der Himmel zu rot, der Wind zu schwach. Ich weiß, dass meine Lungen die Luft nicht atmen können, mein Blut in der Kälte gefrieren und meine Haut unter der Strahlung verbrennen würde.

Ersticken, erfrieren, verbrennen; das sind die Methoden, mit denen Mars seine Verurteilten hinrichtet. Noch sind wir seine Gefangenen, sitzen in einer Art planetaren Untersuchungshaft und warten darauf, wie sein Urteil ausfällt.

Wir ahnen bereits, dass er ein harter Richter ist, doch unsere Verteidigung ist alles andere als gut vorbereitet. In den siebzig Stunden seit unserer Ankunft ist es uns noch nicht gelungen, die Transportmodule zu kontaktieren. Khalid wird mit jeder Stunde nervöser, denn eine Aufstellung der genießbaren Nahrungs- und Wasservorräte hat ergeben, dass wir selbst bei strenger Rationierung gerade mal zehn Tage überleben können.

Zehn Tage. Das ist kürzer als mein letzter Winterurlaub.

John speicherte den Text mit einem Fingertippen am Rand des Touchscreens ab und klappte das Tablet zu. Der Artikel drohte in dem Chaos seiner Gedanken und Sorgen unterzugehen. Ihm fehlte einfach die Konzentration, um so präzise zu schreiben, wie er es sich wünschte – und wie es sich seine Leser wünschen würden, sollten sie je die Gelegenheit bekommen, diese Worte zu lesen.

Wird der Pulitzerpreis auch posthum verliehen? Die Frage tauchte so plötzlich in seinen Gedanken auf, dass John beinahe laut gelacht hätte. Doch er unterdrückte den Drang, da sein Helmmikrofon eingeschaltet war. Aus Sicherheitsgründen hatten sie vereinbart, dass jeder, der sich außerhalb des Schiffs aufhielt, sein Funksystem aktivieren musste. Eigentlich hatte Kang es einfach so verkündet, aber alle hielten sich daran. Nach zwei schlaflosen Nächten brachte man nicht mehr die Energie auf, ihm zu widersprechen.

John steckte das Tablet in die Brusttasche seines Raumanzugs, stand auf und blickte zurück zu dem Trümmerfeld, an dessen Ende die BRADBURY aus dem Sand ragte. Eine Hälfte der Besatzung versuchte auf den Resten der Brücke Kontakt mit den Transportmodulen aufzunehmen, die andere Hälfte hatte begonnen, das Schiff auszuschlachten und die Höhlen, die er und Kang an den Ausläufern des Bergmassivs entdeckt hatten, zu vermessen.

Madelaine Saintdemar hatte ein spezielles Farbsystem entwickelt, das die Strahlungsgefährdung in den Höhlenbereichen darstellte. Rot kennzeichnete die höchste Gefährdung, grün die geringste. Da die Schiffsenergie für lebenswichtige Vorgänge reserviert worden war, hatten Saintdemar und Gonzales in einem der grünen Bereiche ein Gemeinschaftsbad mit Toilette eingerichtet. Dafür nutzten sie freigelegtes, aber nicht trinkbares Ozeanwasser. So weit John wusste, war Batrikowa die Einzige, die das Bad bisher für etwas anderes als dringende Geschäfte benutzt hatte.

»Meine Familie stammt aus Wladiwostok«, hatte sie auf seine Frage nach der Kälte geantwortet. »Minus zwanzig Grad ist Zimmertemperatur.«

»Mister Carter, Doktor Tsuyoshi«, sagte Kangs Stimme in seinem Lautsprecher. »Kommen Sie zurück zum Schiff. Es gibt etwas zu besprechen.«

»Verstanden«, antwortete John. Er streckte sich und ging durch den feinen Sand auf die Luftschleuse zu, die sich hinter einigen Plastikplanen verbarg. Das Außenschott war beim Aufprall abgerissen worden.

»Warten Sie auf mich. Ich bin direkt hinter Ihnen.«

John drehte sich um. Akina Tsuyoshi trug einen Korb mit Gesteinsproben in der einen Hand und einen Geologenhammer in der anderen. Ebenso wie er hatte sie sich einen ausladenden, kräftigen Gang angewöhnt, um die niedrige Schwerkraft auszunutzen.

John schob die Plane beiseite und öffnete die Behelfstür, die dahinter lag. Höflich trat er zurück und ließ Tsuyoshi vorbei.

»Danke«, sagte sie, während sie den Korb abstellte und die Schleuse aktivierte. »Wissen Sie, worum es geht?«

»Nein, ich –«

»Bitte spekulieren Sie nicht«, unterbrach ihn Kangs Stimme. »Wir werden gemeinsam darüber reden.«

John sah Tsuyoshi an und rollte mit den Augen. Sie lächelte.

Das Licht der Schleuse wechselte von Rot auf Grün. John stieß die innere Tür auf und öffnete dankbar seinen Helmverschluss. Kalte Luft schlug ihm entgegen. Da die Heizung zur

Energieersparnis mit minimaler Leistung betrieben wurde, herrschten an Bord Temperaturen knapp über dem Gefriergrad. Die Sauerstoffaufbereitung beschränkte man auf den bewohnten Bereich. Licht gab es nur in den Gängen und den Labors.

Akina Tsuyoshi legte ihren Helm neben der Tür ab und schüttelte den Kopf. Sie hatte lange schwarze Haare, die sie zu einem Zopf zusammengebunden trug, und eine zierliche Gestalt. Zu Beginn der Reise hatte John sie für unnahbar gehalten, doch seit dem Absturz hatte er seine Meinung geändert. Sie war zurückhaltend, nicht arrogant.

Seit dem Absturz, dachte er. *Diese Phrase ist zu einem Fixpunkt unseres Denkens geworden, zum Beginn einer neuen Zeitrechnung. Darüber sollte ich einen Artikel schreiben.*

John folgte Tsuyoshi durch den Gang zur Messe, wo man sich seit dem Absturz – da war die Phrase wieder – eingerichtet hatte. In den einzelnen Kabinen war die Energieversorgung komplett abgeschaltet. Gelebt wurde nur noch in der Messe, auf der Brücke und in den Labors.

Von den Vorräten hatte nur wenig den Aufprall überstanden. Die Frachträume befanden sich im Heck der BRADBURY und waren praktisch pulverisiert worden. In der Messe gab es nur noch ein paar Erdnüsse, Schokoriegel und Tütensuppen. Dramatischer als die Nahrungsmittellage war allerdings die Wasserversorgung. Die beiden großen Wassertanks existierten nicht mehr, und die Aufbereitungsanlage war so stark beschädigt, dass man sie ohne Reparaturen nicht in Betrieb nehmen konnte. Ersatzteile gab es zwar, doch die befanden sich in einem der Transportmodule. Solange die nicht gelandet waren, musste sich die Expedition von den Getränken ernähren, die in der Messe gelagert worden waren. Hauptsächlich Mineralwasser und Orangensaft. Und natürlich das braune Brausegesöff; schließlich war die Coca-Cola Company einer der Finanziers der Expedition gewesen. Allerdings, auf den Raumflug abgestimmt, ohne Kohlensäure. Was es wie eingeschlafene Füße schmecken ließ …

Es war ruhig in der Messe, als John und Tsuyoshi eintraten. Kang stand mit vor der Brust verschränkten Armen neben dem Süßigkeitenspender, die anderen saßen an zwei Tischen. Khalid und Batrikowa beugten sich über einen Laptop und sprachen leise miteinander, Gonzales, Angelis und Braxton sahen Kang aufmerksam an. Saintdemar hatte die Augen geschlossen. Sie kümmerte sich hauptsächlich um Lieutenant Enrico Bergmann, der nach wie vor im Koma lag. Nur wegen ihm wurde die Krankenstation noch mit Strom versorgt, denn verlegen konnte man ihn in seinem Zustand nicht. John war nicht entgangen, dass manche Besatzungsmitglieder das für Energieverschwendung hielten.

»Wir sind vollzählig, Sir«, sagte Braxton, als John und Akina sich an ihren Tisch setzten. Obwohl Batrikowa offiziell die stellvertretende Kommandantin war, hatte Braxton inoffiziell den Posten längst übernommen. Niemand machte ihn ihr streitig.

»Danke, Major.« Kang ließ die Arme sinken. Er wirkte erschöpft. »Wie Sie alle wissen, versuchen Doktor Khalid und sein Team seit dem Absturz Kontakt zu den Transportmodulen herzustellen. Dazu wurde eine neue Antenne hergestellt.«

John nickte. Sie alle hatten Khalid geholfen, die unförmige Konstruktion auf einer Anhöhe zu montieren und auszurichten.

»Die Schiffscomputer haben inzwischen die fünf verbliebenen Module lokalisiert«, fuhr Kang fort. »Allerdings ist das Signal so schwach, dass die Empfängersoftware die Befehle nicht entschlüsseln kann. Wir müssen also das Signal verstärken, indem wir Energie von einem anderen Punkt abziehen.«

Er machte eine Pause. Saintdemar öffnete die Augen. »Von welchem Punkt?«

Es war klar, dass sie an Bergmann dachte.

»Darüber haben wir nachgedacht. Unsere Versorgung ist sehr schlecht. Es gibt nur ein System, aus dem wir Energie abziehen können, ohne Leben zu gefährden.« Sein Blick glitt zu Saintdemar. »Egal welches Leben. Wir –«

»Die Langstreckenkommunikation«, unterbrach Angelis. »Sie wollen ihr den Saft abdrehen, um die Module zu erreichen. Das heißt, wir werden keinen Funkspruch mehr zur Erde senden können.«

Kang verzog das Gesicht, verärgert, dass sie ihm das Wort aus dem Mund genommen hatte. »Das ist richtig«, sagte er dann über das Gemurmel der anderen hinweg.

Angelis schüttelte den Kopf. »Wir müssen die Erde informieren, das hat höchste Priorität. Die Bodenstation muss erfahren, dass wir noch leben und Hilfe brauchen.«

»Doktor Batrikowa hat beim Absturz einen Notruf abgesetzt«, widersprach Kang. »Man weiß auf der Erde längst Bescheid.«

»Das weiß man nicht! Man weiß nur, dass wir abgestürzt sind, nicht, dass wir überlebt haben.«

»Sie werden trotzdem eine zweite Expedition aussenden«, sagte Khalid.

»Und woher wollen Sie das wissen?« Jetzt mischte sich auch Gonzales in die Diskussion ein. »Abgesehen davon brauchen wir den Informationsaustausch mit der Erde. Wir müssen der Bodenstation melden, welche Ressourcen wir zur Verfügung haben, damit die Experten einen Überlebensplan für die nächsten zwei Jahre ausarbeiten können. Ohne –«

»*Wir* sind die Experten!« Tsuyoshis sonst so feine Stimme setzte sich gegen die anderen durch. John sah sie überrascht an.

»Doktor Kang hat Recht«, sagte sie leiser. »Wir brauchen die Module, keine Ratschläge von der Erde.«

»Und wenn es eine dritte Alternative gibt?«, fragte Batrikowa. »Wenn wir die Erde *und* die Module kontaktieren könnten?«

Kang schüttelte den Kopf. »Dazu fehlt uns die Energie.«

»Das stimmt nicht«, sagte die IO. »Wir versorgen ein System mit Energie, das nicht lebenswichtig ist ... zumindest nicht für uns alle.« Sie hatte genügend Anstand, den Kopf zu senken, während sie das sagte.

»Bergmann?«, flüsterte Tsuyoshi fragend.

»Ja«, gab John ebenso leise zurück. »Ein Menschenleben gegen einen Funkspruch.«

Saintdemar stand auf, bevor Kang etwas dazu sagen konnte. »Ricos Zustand ist stabil. Ich werde nicht zulassen, dass man ihn ermordet.«

»Er ist seit Wochen stabil. Aber er wird nie wieder gesund werden.« Irena Batrikowa fuhr sich mit der Hand durch die Haare. »Wie lange soll er noch unsere Energiereserven auffressen? Wochen? Monate? Sollen wir wegen ihm hier verrecken?!«

Sie schrie den letzten Satz förmlich heraus. Saintdemar zuckte zusammen, wich aber nicht zurück.

»Besser du als er«, stieß sie hervor.

»Schluss.« Kang trat zwischen die beiden. »Die Entscheidung ist getroffen. Wir werden die Energieversorgung umleiten. Wir haben nur diese eine Chance. Sorgen Sie mit Ihrer Arbeit dafür, dass sie zählt.«

Die Diskussion erlosch so plötzlich, wie sie aufgeflammt war. Die Expeditionsteilnehmer sahen sich mit einer Mischung aus Ratlosigkeit und Angst an. Die meisten waren Akademiker und nicht daran gewöhnt, vor vollendete Tatsachen gestellt zu werden. Doch die Furcht vor dem Versagen und einem qualvollen Tod verdrängte ihren Widerstand.

Wenn wir es schaffen, dachte John, *werden sie über diese Situation noch einmal nachdenken. Und dann werden sie Kangs Autorität in Frage stellen.*

Wenn *wir es schaffen ...*

* * *

Um null zweihundertvierzig Stunden – die von Rolex gesponserten Uhren an Bord des Schiffs und an den Handgelenken der Besatzung ließen sich mit einem Knopfdruck zwischen irdischer und marsianischer Zeit umstellen – herrschte ängstliche Nervosität in dem kleinen Funkraum. Khalid und Angelis saßen mit gekreuzten Beinen am Boden, umgeben von Kabeln, Monitoren und Werkzeug. John hatte den Eindruck, dass es den Wissenschaftlern leichtgefallen war, die Energieversorgung umzuleiten, aber das Ausrichten der Antenne schien ihnen Probleme zu bereiten. Die Motoren reagierten manchmal nur zögernd auf Befehle, manchmal gar nicht.

»Sie sind wirklich Vollblutjournalist, oder?«, fragte Braxton, die neben John im Türrahmen lehnte.

Er hob die Augenbrauen. »Was meinen Sie damit?«

»Sie beobachten uns, als würden Sie nicht dazugehören, als würde Ihr Arsch nicht genauso von den Modulen abhängen wie unserer.«

Sie hatte Recht, das wusste er. Diese scheinbare Objektivität war seine Art, mit den Ereignissen umzugehen und die Angst vor dem Tod zu verarbeiten. Trotzdem hob er die Schultern.

»Jeder macht die Arbeit, die er kann«, entgegnete er. »Ich bin hier, um über die Expedition zu berichten.«

»Und wenn wir die Module nicht zur Landung bringen, was machen Sie dann?«, fragte Braxton, während ihr Blick zwischen den Wissenschaftlern und ihm hin und her zuckte.

»Dann werde ich über das Ende der Expedition berichten.«

Sie grinste breit und unerwartet. Für einen Moment war ihr herbes Gesicht beinahe hübsch.

»Seien Sie mir nicht böse, John«, sagte sie, »aber auf diesen Artikel kann ich verdammt noch mal verzichten.«

Sie hatte ihn noch nie John genannt. Im Angesicht des Todes schien sogar ihr militärisches Protokoll auszusetzen.

»Ich auch«, stimmte er zu. Einen Moment dachte er darüber nach, sie Jenna zu nennen, doch da er nicht wusste, wie sie das auffassen würde, schwieg er.

Vor ihnen auf dem Boden wischte sich Khalid den Schweiß von der Stirn. »Die Antenne ist ausgerichtet«, sagte er nervös. »Ich werde jetzt versuchen, Modul I zu kontaktieren.«

Seine Finger begannen über die Tastatur zu gleiten. Außer dem leisen Klicken der Tasten und dem Summen der Generatoren war es still im Funkraum.

Wenn John die Wissenschaftler richtig verstanden hatte, richtete sich das Signal der BRADBURY nur auf ein Modul, das dann als Relais für die restlichen dienen sollte. Die Befehle, die Khalid an das Modul schickte, würden wie ein Funke von einem Modul zum nächsten springen und sie zur Landung im Zielgebiet zwingen.

Sicherheitshalber hatte man die Markierungsboje einen halben Kilometer von der BRADBURY entfernt aufgestellt. Kang behauptete zwar, die Software arbeite zielgenau und verfüge über einen Kollisionsschutz, aber seit dem Absturz war man vorsichtig geworden.

Ping.

Das Geräusch war nicht laut, ließ aber trotzdem alle zusammenzucken.

»Wir haben Kontakt zu Modul I«, verkündete Khalid. Der Schweiß lief in langen Bahnen über sein Gesicht bis in den Kragen. »Ich sende jetzt den Aktivierungsbefehl.«

Auf dem Monitor seines Laptops blinkte ein einsamer grüner Punkt auf einer weißen Ellipsenbahn. Eine Sanduhr drehte sich daneben in einem langsamen Rhythmus. John biss sich auf die Unterlippe. Das Leben der Expedition hing jetzt ganz allein von der Software ab, die Hunderte Kilometer über ihnen schwebte.

Ping.

Ein zweiter grüner Punkt erschien neben dem ersten.

»Kontakt zu Modul II.« Khalid lächelte nervös, als ein weiteres, diesmal doppeltes *Ping* ihn unterbrach. »Und Modul V und VI.«

Das dritte Transportschiff war bereits auf dem Weg zum Mars verloren gegangen. Was noch kein Problem darstellte; das Minimum für eine erfolgreiche Expedition war von den Strategen auf vier der ursprünglich sechs Module veranschlagt worden.

Khalid runzelte die Stirn. »Modul IV wurde übersprungen.«

»Wie vermutet«, sagte Angelis. Die IV war ihr Sorgenkind, seit sie von jenem geheimnisvollen Strahl eingefangen worden war. Sie rechneten nicht wirklich damit, sie loseisen zu können. Die Astrophysikerin tippte etwas in ihre eigene Tastatur ein. »Modul IV wurde erkannt, verweigert aber die Passwortabfrage. Ich gehe durch die Hintertür.«

Sie tippte, zögerte, tippte erneut und sah zu Kang auf, der mit versteinertem Gesicht neben ihr stand. »Ich bin drin, aber das ist ein reines Leseverzeichnis. Wenn die Angaben hier stimmen, dann hat Modul IV noch alle Atombomben an Bord. Anscheinend wurde es gleich beim Eintritt in die Umlaufbahn … aufgehalten.«

»Ist das ein Problem für uns?«, fragte Braxton. Der Gedanke an die Atombomben, die dazu eingesetzt worden waren, in besonders lebensfeindlichen Gebieten des Mars die Atmosphäre aufzuheizen und das Terraforming zu begünstigen, schien auch sie nervös zu machen.

Angelis neigte den Kopf. »Nicht, solange es weiter festgehalten wird. Sollte dieser Strahl aber plötzlich ausfallen ... abgeschaltet werden ...« Sie ließ den Rest des Satzes offen.

»Und die anderen Module?«, fragte Kang.

»Sind befehlsbereit.« Khalids Finger schwebte über der Enter-Taste. »Wenn alle einverstanden sind, werde ich den Landebefehl jetzt senden.«

Der Moment war da. Wenn die Signalübermittlung jetzt nicht gelang, waren die Module für immer verloren. Für einen zweiten Anlauf reichte selbst die Energie der Krankenstation allein nicht aus.

Braxton ergriff Johns Hand. Er hielt sie fest, spürte den rasenden Puls in ihrem Handgelenk. Auf der anderen Seite des Raums bewegte Gonzales stumm die Lippen. Kang war reglos wie eine Statue. Alle blickten auf den Monitor auf Khalids Knien.

PLEASE WAIT

Die animierte Sanduhr drehte sich langsam. Braxtons Griff wurde fester, presste Johns Finger zusammen. Er zog seine Hand nicht weg. Er brauchte die Berührung ebenso wie sie.

COMMAND SUCCESSFUL

Die Schrift leuchtete auf dem dunklen Monitor. Angelis stieß einen spitzen Schrei aus, Khalid begann zu lachen. Braxton ließ Johns Hand so schnell los, als habe sie sich plötzlich verbrannt. Er grinste und umarmte sie trotzdem.

Wir haben es geschafft, dachte er. Euphorie schoss durch seinen Körper wie Strom. *Wir werden überleben.*

* * *

Interview Kang, Han Suo
04. 02. 2009 (Arbeitskopie von John Carter)

Ich treffe Han Suo Kang im siebenunddreißigsten Stockwerk eines Wolkenkratzers in Hongkong. Es ist ein schwüler, bewölkter Morgen, und von der spektakulären Aussicht, die ich mir erhofft hatte, ist nichts zu sehen. Nur eine graue Wand steht vor der breiten Glasfront, die vom Wohnzimmer aus zur Dachterrasse führt.

Ein philippinisches Dienstmädchen bringt mich zu einer Ledersitzgruppe und serviert chinesischen Tee mit englischem Gebäck. Ich danke ihr und frage, wie lange sie schon für Doktor Kang arbeitet, aber sie lächelt nur und huscht aus dem Raum.

Im Nebenzimmer höre ich Doktor Kang telefonieren. Er spricht das präzise Englisch eines BBC-Kommentators. Aus meinen Vorbereitungen weiß ich, dass er in Oxford, Cambridge und Osaka studiert hat. Bis er sich für die Teilnahme an der Marsmission bewarb, galt er als einer der nächsten Anwärter auf den Chemie-Nobelpreis.

Warum er sich so entschieden habe, möchte ich von ihm wissen, als er den Raum betritt und sich setzt.

Er lächelt, als habe er die Frage erwartet. »Weil es viele Nobelpreise gibt, aber nur einen Mars«, antwortet er.

Kang ist groß für einen Chinesen und kräftig. Die Bizepse, die sich unter seinem weißen Designer-T-Shirt spannen, sprechen für einen Menschen, der seine Zeit nicht nur im Labor verbringt.

»Ich habe keine Familie«, erklärt er auf meine Frage ohne Bedauern. »Die Hälfte meines Lebens widme ich dem Geist, die andere Hälfte dem Körper.«

Und wo bleibt das Vergnügen?

»Wer das Vergnügen sucht, hat seine Bestimmung noch nicht gefunden«, entgegnet er. »Nur ein undisziplinierter Geist benötigt Ablenkungen.«

Ich denke an das philippinische Dienstmädchen und frage mich, wie es wohl sein muss, für einen so disziplinierten Geist zu arbeiten.

Es ist kein langes Interview, das wir an diesem Morgen führen. Fünf Mal werden wir durch das Klingeln seines Handys unterbrochen, zwei Mal meldet sich das Bildtelefon. Doktor Kang scheint jedem den Vorzug vor einem Gespräch mit mir zu geben, eine Haltung, die mich anfangs überrascht, später sogar irritiert. Ob ihm mein Büro nicht gesagt hätte, dass ich eine halbe Stunde seiner Zeit für das Interview benötige, frage ich ihn schließlich.

»Doch«, sagt er zwischen zwei Schluck Tee. »Aber da Sie Teil der Besatzung und damit faktisch mein Untergebener sind, lasse ich mir von Ihnen die Länge dieses Gesprächs nicht vorschreiben. Daran hätten Sie denken sollen.«

Das Klingeln des Handys entbindet mich von einer Antwort. An der Tür zum Flur, wo das Dienstmädchen bereits mit meinem Regenschirm wartet, drehe ich mich noch einmal um. Die Medien in den USA hätten angefangen, ihn »Han Solo Kang« zu nennen, erzähle ich ihm. Das ist eine Lüge, niemand nennt ihn so, aber Kangs finsterer Blick belohnt mich für den vergeudeten Zwölfstundenflug.

Als ich dann endgültig Richtung Fahrstuhl gehe, höre ich ihn knurren: »*Was zum Teufel sollen wir mit einem gottverdammten Schreiberling an Bord?*« Ich bin mir nicht sicher, ob er es darauf angelegt hat, dass ich ihn höre.

Für einen Moment denke ich daran, ihm die Antwort gleich zu geben – bis mir bewusst wird, dass sie nicht überzeugend ausfallen wird. Ich bin dabei, weil Medienmogul Rupert Murdoch sich mit drei Milliarden Dollar an dem Mars-Projekt beteiligt hat. Und weil ich zufällig so heiße wie der Held aus Edgar Rice Burroughs' Romanzyklus um »John Carter vom Mars«. So was lässt sich gut vermarkten ...

Als ich nach unten fahre, greife ich zum Telefon und wähle die Nummer eines Nachrichtenredakteurs bei CNN.

»Die chinesischen Medien bezeichnen Han Suo Kang als Han *Solo* Kang«, erkläre ich ihm. »Ich denke, wir sollten das übernehmen.«

Er stimmt mir zu. Meine Laune steigt. Schon an diesem Abend wird eine ganze Nation von Han Solo Kang sprechen.

* * *

»Ich sehe drei Module, Doktor Khalid«, sagte Kang. »Wieso sehe ich nur drei?«

Die gesamte Besatzung hatte sich neben dem Schiff versammelt und starrte mit zusammengekniffenen Augen in den violetten Morgenhimmel. Kang war der Einzige, der ein Fernglas benutzte.

Khalid betrachtete den Monitor. In seiner Wange zuckte nervös ein Muskel. »Modul II scheint vom Kurs abgekommen zu sein«, antwortete er. »Könnte an einer Fehlfunktion der Steuerdüsen liegen.«

»Was ist mit den anderen?«, fragte John. Er legte den Kopf schief, um einen Blick auf den Monitor werfen zu können, aber die Linien und Zahlen ergaben für ihn keinen Sinn.

»Die sind auf Kurs.« Khalid tippte einige kurze Befehle ein. »Noch sechshundert Meter bis zum Boden. Wir müssten sie eigentlich bereits sehen.«

»Da sind sie!« Gonzales' Schrei war so laut, dass der Lautsprecher des Raumanzugs ihn automatisch dämpfte.

Sie streckte die Hand aus. John folgte der Richtung mit dem Blick. Im ersten Moment sah er nur den wolkenlosen Himmel, doch dann entdeckte er zwischen rötlichen Schlieren große schwarze Schemen, die langsam nach unten glitten.

»Was ist mit Nummer II?« Kangs Stimme klang vorwurfsvoll,

als habe Khalid das Fehlverhalten des Moduls zu verantworten. John verstand seine Sorge. Zwei Sechstel der Ausrüstung hatten sie bereits durch das verschollene und das im Orbit verbliebene Modul verloren. Wenn daraus drei Sechstel wurden, konnte es zu dramatischen Engpässen bei der Versorgung kommen.

Der Inder hob die Schultern. »Es lässt sich weiter anpeilen. Wenn es seinen Kurs nicht verändert, dürfte es knapp hundert Kilometer nördlich von hier landen.«

»Hundert Kilometer?« Major Braxton nickte, als habe sie die Antwort erwartet. »Aus einer solchen Entfernung können wir es bergen, Sir.«

»Ja.« Kang nahm das Fernglas nicht von den Augen. »Solange sonst nichts schiefgeht.«

Sein Pessimismus drückte auf die Stimmung. Die Gespräche erstarben. Schweigend beobachteten die Wissenschaftler neben John die Landung der Module. Eines nach dem anderen setzte sanft auf und blies feine rote Sandfontänen in den Himmel. Im Gegensatz zur BRADBURY *waren* sie dafür konstruiert worden.

Nach der dritten punktgenauen Landung nahm Kang das Fernglas herunter, steckte es ein und nickte dann dem Rest der Mannschaft zu.

»Entladen Sie die Module. Wir errichten unsere Unterkünfte am Fuß der Berge.«

»Ja, Sir!« Braxton war in der Lage, sogar mit der Stimme zu salutieren. Die anderen warfen sich kurze Blicke zu und zögerten einen Moment. Erst dann gingen sie los.

Es beginnt, dachte John, der stehen geblieben war. *Sie fangen an, über die Hierarchie nachzudenken und Kang in Frage zu stellen.*

»Das vierte Modul ist ebenfalls gelandet«, sagte Khalid und riss ihn aus seinen Gedanken. »Es befindet sich sechsundneunzig Kilometer nordwestlich von uns.«

»Gut.« Kang fuhr sich mit der Zunge über die Lippen. »Major Braxton, Doktor Tsuyoshi, Mister Carter – sobald wir die Rover entladen haben, möchte ich, dass Sie mich zu Modul II begleiten und bei der Bergung helfen. Die Dauer dieser Fahrt beträgt voraussichtlich sechzehn Stunden.«

»Was läuft denn im Bordkino für ein Film?«, fragte John. In seinem Helmlautsprecher lachte eine Frau. Er konnte nicht erkennen, wer es war.

»Es läuft kein Film, Mister Carter«, entgegnete Kang humorlos. Er klang verärgert. »Sie werden sich mit Major Braxton am Steuer abwechseln.«

Braxton. John hätte die lange Fahrt lieber mit Akina Tsuyoshi verbracht, aber es überraschte ihn nicht, dass man ihm die regimetreue Offizierin zugeteilt hatte. So musste sich Kang keine Gedanken über die Frage machen, welche Pläne jenseits seiner Kontrolle geschmiedet wurden.

»Ja, Sir«, sagte John und sorgte dafür, dass in seiner Stimme nicht der Hauch eines Saluts lag.

* * *

Man nannte sie Marsmobile, die von einer russischen Firma entwickelten Fahrzeuge. Es waren vierrädrige Geländewagen, deren Sitze sich unter durchsichtigen Plexiglaskuppeln befanden. Zwei Überrollbügel sorgten dafür, dass die Wagen selbst unter extremsten Bedingungen immer wieder auf die Räder fielen. Man konnte sie zu Zweisitzern, Dreisitzern und Viersitzern umbauen, Anhänger befestigen und die Hinterbank zur Ladefläche machen.

Nur bequem waren sie nicht. Die Sitze waren zu schmal, die Federung zu hart, der Motor zu laut. Dafür galten sie jedoch als nahezu unzerstörbar. Zumindest in den Tests auf der Erde hatten sie auch die größten Härten problemlos bewältigt.

John hatte der Australierin das Steuer für die erste Etappe überlassen, eine Tatsache, die er bereits nach wenigen Kilometern zu bereuen begann. Braxton prügelte das Marsmobil über die steinige Ebene, als ginge es darum, die Rallye Paris-Dakar zu gewinnen. Kang hatte sie über die Funkanlage der Fahrzeuge bereits zweimal ermahnt, aber sie war nicht wesentlich langsamer geworden.

»Sie wissen, dass der Tacho Meilen anzeigt, nicht Kilometer?«, fragte John, als der Wagen nach einer Bodenwelle besonders hart aufsetzte.

Braxton grinste. »Ist mir aufgefallen.« Sie schaltete einen Gang höher. »Meine Großeltern hatten eine Farm südlich von Alice Springs. Als Kinder mussten wir an jedem verdammten Wochenende dorthin, um bei der Arbeit zu helfen. Mit zwölf habe ich den Traktor gefahren, ein Jahr später Großvaters alten Jeep. Keine Sorge, ich weiß, was ich tue.«

»Ich wollte das nicht anzweifeln.«

»So wie Sie Doktor Kang anzweifeln?«

John hatte die Frage erwartet. Die Rover verfügten über eine eigene Sauerstoffversorgung, deshalb trugen sie keine Helme im Inneren und konnten sich ohne mögliche Mithörer unterhalten. Es hätte ihn gewundert, wenn Braxton die Möglichkeit dazu nicht genutzt hätte.

»Wer sich in eine Führungsposition begibt, muss mit Kritik rechnen«, sagte er. »Das gehört zum Job.«

»Er hat sich diesen Job nicht ausgesucht, man –«

»Das ist nicht richtig«, widersprach John, bevor sie fortfahren konnte. »Er hat sich die *Situation* nicht ausgesucht, den Job schon. Wenn er sich überfordert fühlt, soll er ihn aufgeben.«

Braxton drehte den Kopf und musterte ihn mit einem seltsam wissenden Lächeln. Er wünschte sich, sie würde auf die Landschaft vor ihnen achten.

»Wenn Kang nicht mehr Kommandant ist, werden die anderen von Ihnen wissen wollen, wie es weitergeht.«

»Von mir?« John hob die Augenbrauen. »Wohl kaum. Da kommen eher Sie in die engere Wahl.«

Braxton schüttelte den Kopf. »Ich glaube kaum, dass man einer Lesbe das Kommando überlassen würde. Nicht weil ich es nicht könnte. Mehr wegen des fehlenden Respekts.«

John saß wie erstarrt. Braxtons Offenheit kam überraschend wie ein Schmiedehammer. Sicher, er hatte von dem Gerücht an Bord gehört, dass Jenna Braxton mit Männern nichts anzufangen wusste – so weit er sich erinnerte, hatte Batrikowa es aufgebracht –, aber er hatte es nie für bare Münze genommen, sondern für eine kleine gemeine Intrige der Ersten Offizierin.

Braxton sah John an und grinste. »Seien Sie nicht so verdammt schockiert. Und sagen Sie nicht, dass Sie es nicht wussten!«

»Nun, äh ...« Er hob hilflos die Schultern.

»Ist ja auch egal.« Braxton wich einem größeren Felsen aus. »Worauf ich hinaus will, ist Folgendes: Denken Sie über die Verantwortung nach, die Sie auf sich laden, wenn Sie Kang abschießen. Das ist al-«

Der Rover kippte so plötzlich nach vorne, dass John in die Gurte geschleudert wurde. Roter Sand spritzte über die Kuppel.

»Fuck!« Braxton legte den Rückwärtsgang ein. Der Motor heulte auf. Der Wagen drehte sich, rutschte seitlich tiefer in den Sand hinein. John löste den Gurt mit einer Handbewegung und stützte sich am Armaturenbrett ab. Mit der anderen Hand griff er nach den beiden Helmen, die sie hinter sich auf die Rückbank gelegt hatten.

»Hier!«, rief er über das Heulen des Motors.

Es wurde dunkler. Sand fiel auf die Kuppel des Wagens wie

Erde in ein Grab. John spürte, wie klaustrophobische Panik in ihm aufstieg. Er erinnerte sich an die Warnungen einiger Wissenschaftler auf der Erde, wusste auf einmal, in was der Wagen geraten war.

Treibsand.

***

Interview Braxton, Jenna Elizabeth
06. 02. 2009 (Arbeitskopie von John Carter)

»Warum ich zum Mars fliegen will?«, fragt Major Jenna Braxton und lacht. »Weil ich ein paar hundert Jahre zu spät geboren wurde. Die Weltmeere kann ich nicht mehr erkunden, das haben andere vor mir getan, aber im Weltraum waren erst wenige und auf dem verdammten Mars noch keiner ... darf ich ›verdammt‹ sagen? Machen Sie das fürs Radio? Egal, Sie können's ja rausschneiden.«

Wir sitzen in einem schmucklosen Büro südlich von Adelaide. Draußen starten Abfangjäger im Minutentakt. Eigentlich hat Major Braxton von der Australian Royal Air Force keine Zeit, sich mit mir zu unterhalten. Sie muss einen simulierten Raketenangriff auf das Wasserreservoir vereiteln. Aber sie nimmt sich die Zeit trotzdem.

»Wir werden ja bald Kameraden sein«, sagt sie zur Begründung und grinst. Ein Lastwagen fährt vor dem Fenster vorbei und zieht eine lange Staubfahne hinter sich her. Es ist so heiß, dass selbst die Offiziere Shorts tragen. Eine Klimaanlage gibt es in dem alten Gebäude nicht.

Major Braxton scheint das nicht zu stören. Ich habe vielmehr den Eindruck, als lebe sie unter den widrigen Umständen auf. Ihre Ernennung zur Pilotin der Mission hat sie nach eigenen Angaben »aus den Socken gehauen«.

»Ich meine, wer rechnet schon mit so was«, erklärt sie. »Zweitausend Bewerber aus allen Nationen, die meisten wissenschaftlich qualifiziert, und die entscheiden sich für eine Australierin, die noch nie eine Scheißuniversität von innen gesehen hat. Was soll ich dazu sagen, außer dass ich verdammt froh bin, dass irgendwer anscheinend die eintausendneunhundertneunundneunzig anderen Bewerbungen verschlampt hat.«

Jenna Braxton ist tatsächlich die einzige Expeditionsteilnehmerin, die keine akademische Ausbildung absolviert hat. Sie stammt aus einfachen Verhältnissen, wuchs auf dem Land auf, wo »du dich entscheiden kannst, ob du ein Leben lang staatlich subventionierten Weizen anbaust, Stütze kassierst oder deinen Arsch in den Truck schwingst und zum Rekrutierungsbüro fährst.«

Ganz unten hat sie angefangen und es über das Bildungsprogramm der Air Force bis zum Major geschafft – und bald sogar bis zum Mars. Ist Jenna Braxton also eine australische Erfolgsstory?

Die Frage scheint ihr unangenehm zu sein. »Das sollen andere entscheiden«, sagt sie mit einem Blick auf die Uhr.

Bevor ich mich von ihr verabschiede, will ich noch eines wissen: Was wird sie am meisten vermissen, wenn sie zum Mars fliegt.

Sie lächelt und dreht ein Foto um, das auf ihrem Schreibtisch steht. Es zeigt sie zwischen zwei gewaltigen schwarzen Rottweilern. »Blade und Bullet.« Ein Ansatz von Traurigkeit schleicht sich in ihre Stimme. »Sie werden alt sein, wenn ich zurückkomme.« Doch dann lächelt sie wieder. »Aber wir –«

Der Rest ihres Satzes geht im Donnern eines Düsenjägers unter. Aus irgendeinem Grund glaube ich, dass sie gesagt hat: »Aber wir auch.«

Vielleicht ist das ein Irrtum.

* * *

»Verdammt!« Pramjib Khalid warf seinen Schraubenschlüssel frustriert in den Sand. »Diese Schraube will einfach nicht!«

»Nicht sehr schlau.« Gonzales bückte sich, was in dem schweren Raumanzug recht umständlich war, und hob das halb im Sand steckende Werkzeug wieder auf. Wegen der geringen Schwerkraft war es weiter geflogen, als Khalid erwartet hatte – beinahe der Länge nach am halben Modul entlang. Sie warf den Schraubenschlüssel zurück in Pramjibs Reichweite. »Sparen Sie die Energie lieber, mit der Sie sich aufregen. Wir werden sie noch brauchen, wenn wir ein Signal zur Erde schicken wollen.«

Khalid griff nach dem Schlüssel und nahm sich wieder die Ladeluke des Frachtmoduls vor.

»Sie sollten nicht so tun, als stünde das schon fest. Kang ist noch nicht wieder da.«

Gonzales drehte sich um und runzelte die Stirn. Khalid war etwa zehn Meter von ihr entfernt, und sein Kopf war völlig unter dem riesigen Frachtmodul verschwunden. Ein seltsames Gefühl, ihn trotzdem zu hören, als stünden sie direkt nebeneinander. Das lag natürlich am Sprechfunk, erinnerte aber an Telepathie. Und wenn es um Khalid ging, gefiel ihr der Gedanke sogar ein wenig. Er war sympathisch und gut aussehend, auch wenn sie sich in diesem Moment über seine Unsicherheit ärgerte. Sie hatten doch längst beschlossen, das Signal zu senden. Wieso machte er das jetzt wieder von Kangs Entscheidung abhängig?

»Was soll das?«, fragte sie dann auch. »Ich dachte, zumindest wir beide wären uns einig. Es ist völlig unsinnig, die Erde nicht über unseren Absturz zu informieren. Wie könnten sie von selbst darauf kommen, dass wir noch leben? Batrikowa denkt das auch, das weißt du doch.«

Khalid antwortete nicht, und Gonzales ließ es fürs Erste auf sich beruhen. Sie beschäftigte sich mit einer anderen Ladeklappe – ganz glatt war die Landung der Module nicht verlaufen und manche Metallteile hatten sich verzogen. Aber immerhin war das Modul mit der Terraforming-Ausrüstung weich gelandet. Es hätte auch schlimmer kommen können.

Gonzales stellte sich schaudernd vor, die Sonnenkollektoren und Trilithiumkristalle – Prototypen eines neuen synthetischen Energieträgers, so frisch aus den Labors von Exxon mobil, dass man es noch nicht gewagt hatte, sie als Stromversorgung der BRADBURY einzusetzen – hätten den Flug zum Boden nicht überstanden. Ohne die zusätzliche Energie hätte die Expedition keine Chance gehabt. Hinzu kam, dass man diese Energie brauchte, um die Schiffsbatterien bei der Übermittlung der Funknachricht zu unterstützen. So spannend das Abenteuer Mars auch war, Estela hatte keine Lust, auf diesem öden Planeten endgültig zu stranden.

Nachdem sie noch eine Weile vergeblich an der Ladeklappe herumgebastelt hatte, begann sie wieder von neuem.

»Ich weiß nicht, warum wir überhaupt darüber diskutieren. Wir haben das ganze Für und Wider doch schon durchgekaut. Wir müssen die Erde benachrichtigen, dass wir abgestürzt sind und hier festsitzen. Wenn man es ihnen nicht *sagt*, können sie es nicht *wissen*.«

Bevor Khalid antworten konnte, hörte Gonzales über ihr Helmmikro Madelaine Saintdemars Stimme.

»Wie weit sind Sie? Bergmann braucht den Sauerstoff.«

Als ob nur Bergmann den Sauerstoff nötig hätte, dachte Estela verärgert. Entsprechend scharf antwortete sie: »Wir tun, was wir können. Lassen Sie uns einfach in Ruhe arbeiten.« Damit drehte sie sich abrupt um und machte sich wieder an der Klappe zu schaffen, hinter der die Sauerstoffvorräte lagen. Saintdemar schwieg einen Moment, bevor sie sich wieder meldete.

»Gonzales, ich sehe angesichts des allgemeinen Stresspegels

über Ihren Tonfall hinweg. Was meinen Sie, wie lange es dauern wird, bis Sie an die Ladung herankommen?«

»Das dauert eben so lange, wie's dauert«, mischte sich Khalid ein.

Gonzales hörte, wie Saintdemar tief Luft holte. Sie war anscheinend nicht daran gewöhnt, dass man harte Worte mit ihr wechselte, oder vielleicht war sie es auch nur von Khalid nicht gewöhnt.

Der Mars beginnt uns zu verändern, dachte Gonzales. Es würde sich zeigen, ob es gute Veränderungen waren.

»Ich weiß, dass Sie alle angespannt sind«, sagte Saintdemar ruhiger. »Die Situation ist nicht einfach, weder für Sie, noch für mich. Trotzdem sollten wir alle versuchen –«

Estela platzte der Kragen. »Sparen Sie sich doch diese Phrasendrescherei, Doktor. Khalid und ich fallen nicht darauf herein! Stress gibt es nur, weil wir so schnell wie möglich die Erde von unserer Lage unterrichten müssen, sonst werden wir alle hier sterben. Und Sie kommen uns mit Sauerstoff für Bergmann – der ist doch längst tot. Sie wollen das nur nicht akzeptieren!«

Damit drehte sie sich wieder um und begann wie wild an den verbogenen Riegeln der Ladeluke herumzuschrauben. Und als würde die Wut ihr Recht geben, fiel ihr das Metall schon bald vor die Füße und grub sich halb in den orangeroten Staub.

Aus den Augenwinkeln sah sie, wie Saintdemar mit langen Schritten zu ihrem Modul herüberkam. Angelis legte ihr Werkzeug zur Seite und folgte ihr.

»Doktor Saintdemar«, begann sie. »Madelaine, warten Sie. Nehmen Sie das doch nicht ernst.«

»Ich soll das nicht ernst nehmen?«, antwortete Saintdemar wütend. »Gonzales maßt sich an, über Leben und Tod entscheiden zu wollen. Wer oder was hat ihr das Recht dazu gegeben?!«

Gonzales blieb ruhig stehen, während die Französin auf sie zu stürmte.

»Noch keiner«, entgegnete sie. »Aber wenn die Energie knapp wird und wir uns zwischen einem Funkspruch nach Hause und Bergmann entscheiden müssen, werden Sie schon sehen, wie Kang reagiert.«

Gemeinsam mit Khalid hatte sie ausgerechnet, dass die Energie, die sie durch die Kollektoren und Kristalle gewannen, vielleicht doch für einen Funkspruch reichen würde. Das Risiko, dass die Expedition danach nicht mehr ausreichend mit Energie versorgt werden konnte, lag bei siebenundzwanzig Prozent. Ohne Bergmann waren es gerade mal sechzehn Prozent.

»Mir ist egal, was Kang sagt!« Saintdemars ganzer Körper zitterte vor Wut. »Und ich bin sicher nicht die Einzige, die einen Mord verhindern wird, wenn es dazu kommen sollte.«

Gonzales wandte sich ab und stieg in das geöffnete Modulsegment. Batrikowa, die der Auseinandersetzung schweigend gefolgt war, schloss sich ihr an. Sie wollte offenbar nicht mit hineingezogen werden und zeigte ihre Solidarität mit Gonzales nur darin, dass sie ihr zur Hand ging. Saintdemar schien zu spüren, dass die Stimmung gegen sie war, denn sie hob beschwichtigend die Arme.

»Jetzt hört mal alle zu«, sagte sie. »Es hat doch keinen Sinn, wenn wir uns hier gegenseitig angiften. Wir sollten erst mal auspacken und die Unterkünfte aufbauen. Über unsere Energieprobleme und ein Signal zur Erde können wir später reden, wenn die anderen wieder da sind.«

»Was gibt es denn da zu reden?!« Der Funkspruch war Gonzales' wunder Punkt. »Es liegt doch auf der Hand: Je eher wir das Notruf absetzen, desto schneller kann die Bodenstation darauf reagieren.«

»Ganz einfach.« Madelaine verlor langsam die Geduld mit

Gonzales' Arroganz. »Ob Signal oder nicht, das haben alle zu entscheiden und nicht nur ein paar. Wenn Ihnen das nicht passt, dann können Sie das natürlich sagen, aber Sie entscheiden es eben nicht allein. Im Übrigen könnte die Hilfe von der Erde frühestens in anderthalb Jahren hier sein. Ein Grund mehr, sich darum zu kümmern, dass die Wiederaufbereitungsanlage für den Sauerstoff möglichst bald funktioniert, Gonzales!«

Jetzt war es um Estelas Geduld geschehen. Sie grub sich mit fahrigen Bewegungen aus dem Bauch des Moduls, baute sich vor Saintdemar auf und ließ sich auch nicht von Khalid zurückziehen. »Vielleicht sollten Sie sich als Ärztin zur Abwechslung mal um die Lebenden und ihre Belange kümmern? Verschwinden Sie zu Ihrem ... Ihrem *Zombie* und lassen Sie uns in Ruhe arbeiten!« Damit drehte sie sich abrupt um und wollte in den Laderaum des Moduls zurück. Doch da war Saintdemar schon vorgesprungen und zog Gonzales am Bein aus der Luke.

»So können Sie mit mir nicht reden! Sie kleine Schlampe!«

»Hey!« Gonzales versuchte sich aus dem Griff der Ärztin zu befreien. »Was soll denn das?«

»Das haben Sie nicht umsonst gesagt, Gonzales!« Saintdemar wütete wie eine Verrückte. Selbst Khalid und Batrikowa fiel es mit vereinten Kräften schwer, die Ärztin davon abzuhalten, auf Estela einzuschlagen, die sich mit beiden Händen in der Luke zu halten versuchte, um nicht mit dem Sichtschutz in den feinen Marsstaub zu fallen.

Saintdemars Wut endete so abrupt, wie sie begonnen hatte. Sie riss sich los, warf Gonzales noch einen verächtlichen Blick zu und ging. Schwer atmend starrte Estela hinter ihr her und wandte sich schließlich wieder einer neuen Frachtluke zu.

Dass sie beim ersten Angriff Saintdemars mit ihrem Schraubenschlüssel eine Leitung verletzt hatte, die aus dem Tank mit reinem Sauerstoff führte, ahnte sie nicht.

***

Acht Sekunden. Das war die Zeit, die John benötigte, um seinen Helm aufzusetzen und mit dem Raumanzug zu verbinden. Auf der Erde hatte man ihn auf alle denkbaren Notsituationen vorbereitet. Er wusste, was bei einem Feuer, einem Marsbeben, einem Strahlenunfall oder einem Anzugriss zu tun war. Nur über Treibsand hatte niemand ernsthaft mit ihm gesprochen. Das war ein Problem, das die Terraformer erst in einigen Jahren erwartet hatten.

Überraschung, dachte John. Sarkasmus half gegen Angst. Damit zumindest hatten die Ausbilder Recht gehabt.

Neben ihm hatte auch Braxton ihren Helm angelegt. Ihre Hand schwebte über dem Knopf, der die Notabsprengung der Kuppel auslöste, aber noch zögerte sie.

»Worauf warten Sie?«, fragte John über den prasselnden Sand und den stotternden, erstickenden Motor hinweg. »Wir müssen hier raus!«

Es war bereits so dunkel, dass nur noch das Licht der Instrumente das Innere des Wagens beleuchtete. Es verlieh Braxton eine merkwürdig grüne Gesichtsfarbe.

»Ich glaube nicht, dass es funktionieren wird«, sagte sie. Ihr Blick war auf die Kuppel gerichtet. Ihre Augen waren geweitet. Sie hatte Angst.

John spürte, wie der Wagen immer tiefer sank. Er fiel durch den Sand wie durch Wasser.

»Probieren Sie's!«

Braxton schlug auf den Knopf. Es knallte zweimal dumpf, als sich die Kuppel vom Rover löste, dann ergoss sich Sand an den Rändern ins Wageninnere.

»Scheiße!« John drückte mit beiden Händen gegen die Kuppel. Aus den Augenwinkeln sah er, dass Braxton auf dem Sitz hockte und sich mit den Schultern dagegenstemmte. Einige Zentimeter konnten sie das Plexiglas nach oben schieben, erreichten aber nur, dass noch mehr Sand von oben nachrutschte.

Die Kabine war bereits bis zu den Sitzflächen voll davon. Mit jeder Sekunde wurde der Wagen schwerer und sank schneller.

»Aufhören!«, rief John, während er sich den Sand vom Helm wischte. »Wir verschlimmern es nur.«

Braxton schlug mit der Faust gegen die Kuppel. »Dann machen Sie einen besseren Vorschlag!«

Der Motor erstarb mit einem letzten Gurgeln. Nur noch das Prasseln des Sandes war in der plötzlichen Stille zu hören.

John blickte auf das Display an seinem Handgelenk. »Mein Sauerstoff reicht noch für zwei Stunden«, sagte er.

»Meiner für eineinhalb«, antwortete Braxton. Sie warf einen hilflosen Blick nach oben. »Ich frage mich, wo Kang und Tsuyoshi sind. Sie müssen doch gesehen haben, was passiert ist.«

»Vielleicht stecken Sie auch fest.«

»Ich hoffe nicht.« Braxton wischte über das sandbedeckte Armaturenbrett. »Scheiße, die Sensoren werden blockiert. Ich kann nicht erkennen, wie tief wir gesunken sind.«

»Was schätzen Sie?«

Sie hob die Schultern. »Um die zwei, vielleicht drei Meter.«

»Könnte Kang uns orten?«, fragte John, um das Gespräch fortzuführen. Solange er redete, konnte er sich von dem Gedanken ablenken, lebendig begraben zu sein.

»Vielleicht.« Braxton klang zweifelnd. »Hängt davon ab, wie hoch der Hintern dieser Kiste noch ist. Wenn –«

Ein kratzendes Geräusch unterbrach sie. John zuckte zusammen, glaubte im ersten Moment, die Plexiglasscheibe sei unter dem Gewicht des Sandes gerissen. Doch dann sah er, wie etwas Längliches über die Kuppel schabte.

»Die Seilwinde!«, rief er. »Helfen Sie mir.«

Mit aller Kraft stemmte er sich gegen das Plexiglas. Braxton warf sich mit der Schulter dagegen, drückte mit solcher Intensität, dass ihr Gesicht rot anlief.

Der Haken der Seilwinde verschwand in der Dunkelheit. John ließ sich zurücksinken und fluchte.

»Komm schon, Kang«, presste er hervor. »Noch einmal.«

Bis zur Brust ging ihm der Sand mittlerweile. Es fiel ihm schwer, seine Beine zu bewegen.

»Da!«, sagte Braxton, Sekunden bevor auch John den Haken über der Kuppel sah. Jemand hatte einen Stein daran festgebunden, damit das Seil schneller einsank.

Ein zweites Mal warf sich John gegen die Kuppel. Neben ihm schrie Braxton vor Anstrengung und Frustration. Der Abstand zwischen Glas und Rover wurde größer, öffnete sich Zentimeter um Zentimeter, bis John seinen Arm durch den Sand schieben konnte.

»Lassen Sie jetzt nicht los«, sagte er und streckte die Hand noch weiter aus. Er spürte Steine und Sand an den behandschuhten Fingerkuppen, dann etwas Längliches und Gekrümmtes.

Er griff zu, zog daran. Ein Gegenzug antwortete ihm.

»Noch nicht«, murmelte er angestrengt. »Wartet.«

Wer auch immer an der Seilwinde stand, schien zu begreifen, was er wollte. Der Zug ließ nach. John zerrte den Haken ins Innere und wickelte das Stahlseil um seinen Arm.

Braxton schlang ihre Arme um seine Hüften. »Bilden Sie sich bloß nichts darauf ein«, sagte sie atemlos.

John antwortete nicht, sondern griff mit einer Hand nach ihrem Gürtel, um ihr einen besseren Halt zu geben. Mit der anderen zog er zweimal am Seil.

Ein plötzlicher Ruck riss ihn nach vorne. Sein Helm schlug gegen die Kuppel, seine Stirn gegen das Sichtfenster. Einen Augenblick lang sah er Sterne, dann spürte er, wie sein Körper gegen das Plexiglas gedrückt wurde. Er dachte an die Warnungen vor Rissen in Raumanzügen und stemmte sich instinktiv gegen das Glas.

»Bleiben Sie parallel zum Seil«, hörte er Braxton sagen. »Wehren Sie sich nicht dagegen.«

»Okay.« John schlang seinen Arm um das Stahlseil und ließ sich weiter nach oben ziehen. Der Druck auf seinen Helm wurde stärker. Die Kuppel öffnete sich.

Mit einem hohen quietschenden Geräusch kratzte das Plexiglas über seinen Helm und schlug schwer auf seinen Rücken. Er stöhnte durch zusammengebissene Zähne, ließ aber nicht los. Seine Finger verkrampften sich. Sand hüllte ihn ein. In der Dunkelheit war er völlig orientierungslos.

Hinter sich hörte er Braxton aufstöhnen, als auch sie durch die Kuppel gezogen wurde. »Nicht loslassen!«, keuchte er.

Er hörte keine Antwort, nur ihren raschen hektischen Atem in seinem Lautsprecher.

Und dann wurde es plötzlich hell. Geblendet kniff John die Augen zusammen und schüttelte den Kopf.

»Da sind sie!« Tsuyoshis Stimme.

»Halten Sie sich weiter fest. Wir ziehen Sie bis auf festen Boden.« Kangs Nervosität war trotz seiner ruhigen Ausdrucksweise nicht zu überhören.

John ließ sich von der Winde über den Sand ziehen. Jetzt, wo der Druck fehlte, fühlte er sich so schwerelos wie ein Schwimmer. Er warf einen Blick über seine Schulter. Braxton hing immer noch an ihm. Ihr Gesicht war schweißbedeckt, aber sie grinste. Von dem Rover, der sich nur wenige Meter hinter ihnen befinden musste, war nichts mehr zu sehen als eine flache Mulde, in die Sand träge rieselte.

* * *

Interview Batrikowa, Irena
09. 02. 2009 (Arbeitskopie von John Carter)

Es ist kalt in Wladiwostok. Im Februar fegt der Wind noch unerbittlich über das Land, und das Frühjahr scheint eine Ewigkeit entfernt zu sein. Die Glanzzeiten der Stadt sind längst vorbei. Heute, in der Post-Sowjetära, gibt es noch weniger Wohlstand als früher. Wenn man durch die Straßen fährt, ist man beinahe überwältigt von der Trostlosigkeit kommunistischer Plattenbau-Architektur, von der Armut und der eisigen Kälte.

Trotzdem hat es Irena Batrikowa und ihren Mann Boris nach dem Studium in Moskau zurück in die sibirische Heimat gezogen. Boris gehört zu den Ureinwohnern dieser Gegend, das sieht man an seinen Mandelaugen und der dunklen Haut. Irena ist so weiß wie die meisten Russinnen.

»Meine Großeltern kamen in den fünfziger Jahren als Ingenieure hierher«, erzählt sie, während ich mich am offenen Kaminfeuer aufwärme. »Sie haben uns dieses Haus hinterlassen.«

Es ist ein großes Haus, fast schon eine Villa, und es liegt etwas außerhalb der Stadt zwischen anderen, ebenso großen Häusern. Irenas Familie scheint es selbst unter Stalin an nichts gemangelt zu haben. Sie hebt nur die Schultern, als ich sie darauf anspreche: »In unserer Familie haben wir über Politik nie diskutiert.«

Aus gutem Grund, wie ich vermute.

Eine peinliche Stille legt sich über das typisch russische Wohnzimmer. An dunklen Holzwänden hängen Familienfotos und goldgerahmte Ikonen. Die Teppiche sind tief und rot, die Fenster klein. Wir trinken Tee, der in einem klassischen Samowar zubereitet wurde, und essen Blätterteigpasteten. Boris sagt nur wenig. Er sitzt neben Irena auf dem Sofa und hält ihre Hand. Ich frage ihn, was er von der Reise seiner Frau hält.

»Es ist ihr Traum«, antwortet er. Ihrer, nicht seiner.

Boris ist Physiker. Sie haben sich bereits als Kinder gekannt und sind zusammen nach Moskau gegangen, um zu studieren. Jetzt arbeitet Boris für ein großes französisches Unternehmen, das im Auftrag der russischen Regierung nach Bodenschätzen sucht. Irena hat ihren Job aufgegeben, um sich voll und ganz ihrer Ausbildung widmen zu können.

»Die Astrogation«, so erklärt sie stolz, »ist die schwierigste Aufgabe an Bord des Schiffs. Natürlich erledigen die Computer die eigentliche Aufgabe, aber sollten sie durch einen Meteoriteneinschlag oder etwas Ähnliches ausfallen, müsste ich unseren Kurs manuell programmieren.«

Wie wahrscheinlich das ist, frage ich mit einem gewissen Eigeninteresse.

»Nicht sehr«, gesteht sie ein.

»Null Komma vier Prozent«, fügt Boris hinzu.

»Aber es *könnte* passieren«, sagt Irena. Doch auch ohne diese Aufgabe ist sie ausgelastet, als Erste Offizierin des Kommandanten. Außerdem erwarten sie zahlreiche astronomische Studien an Bord des Raumschiffs und auf dem Mars.

»Astronomie war immer schon meine Leidenschaft«, sagt sie. »Es ist eine Wissenschaft der Beobachtung und Analyse. Wir experimentieren nicht, wir ziehen Schlussfolgerungen aus den Bildern und Tönen des Universums. Was könnte schöner und wichtiger sein, als das Universum zu enträtseln?«

Wenn ich in Boris' Gesicht blicke, weiß ich, was für ihn schöner und wichtiger wäre. Doch Irena hat den Kopf abgewandt und blickt durch das Fenster in den schwarzen Nachthimmel.

* * *

»Eine halbe Million Dollar.« Kangs Stimme hatte diesen anklagenden Tonfall, den John sonst nur aus Gesprächen zwischen dem Kommandanten und ihm kannte. Doch in diesem Fall richtete sich die Anklage an Braxton. »Eine halbe Million Dollar«, wiederholte Kang. »Und Sie vernichten dieses Geld in weniger als einer Stunde durch rücksichtslose Raserei.«

»Ja, Sir.« Braxton saß eingeklemmt zwischen Tsuyoshi und der Ausrüstung auf der Rückbank des Rovers. »Es tut mir leid, Sir.«

»Das sollte es auch, Major.«

Es war bereits die dritte Entschuldigung, die Kang ihr abverlangte. Und er schien noch nicht fertig zu sein, denn seine Finger trommelten ungeduldig auf dem Lenkrad, als erwarte er etwas, das Braxton ihm noch nicht gegeben hatte.

»Wissen Sie eigentlich –«, begann er, aber John unterbrach ihn, bevor es zu einer weiteren Anschuldigung kommen konnte. »Ich glaube, jeder im Wagen hat kapiert, dass wir zu schnell gefahren sind«, sagte er. »Könnten wir das Thema jetzt vielleicht wechseln?«

Kangs Trommelrhythmus brach abrupt ab. Seine Hände schlossen sich fest um das Lenkrad. John glaubte fast, sie an seinem Hals zu spüren.

»Mischen Sie sich nicht ein, Mister Carter. Ihnen wird kein Fehlverhalten angelastet.«

»Hören Sie doch auf mit diesem Blödsinn. Sie hätten ebenso in dieses Treibsandloch stürzen können, selbst wenn Sie nur ...« John sah kurz auf den Tacho des Rovers. »... fünfzehn Meilen die Stunde fahren. Es war Pech.«

Kang schüttelte den Kopf, ohne den Blick von der Umgebung zu nehmen. »Es gibt kein Pech. Man hatte uns vor möglichen Treibsandfeldern gewarnt. Diese Warnung zu ignorieren war ein Fehler. Und in einer so lebensfeindlichen Umgebung sind Fehler tödlich, Mister Carter.«

»Wie eine Menge anderer Sachen auch. Wir werden lernen müssen, das zu akzeptieren.« Er verstand Kangs Dilemma. Als Kommandant der Mission war das Schicksal der Besatzung seine Verantwortung. Sollte jemand ums Leben kommen – und John hoffte, dass ihnen das erspart blieb –, würde das auch auf ihn zurückfallen und auf seinen Führungsstil. Aber genau dort lag das Problem, denn Kang regierte über sein kleines Volk mit zu viel Strenge und falsch verstandener militärischer Disziplin.

»Ich werde entscheiden, was wir akzeptieren und was nicht«, sagte er dann auch. John hätte gewettet, dass seine Reaktion so ausfallen würde.

»Der Mars wird das entscheiden«, widersprach er. Im Rückspiegel sah er, dass Tsuyoshi die Diskussion mit gekrauster Stirn verfolgte. Braxton hatte sich abgewendet und blickte auf die rote Ebene hinaus, als ginge sie das alles nichts an.

»Was meinen Sie, Doktor Tsuyoshi?«, fragte Kang unvermittelt. »Müssen wir Fehler akzeptieren?«

Es war eine unfaire Frage. Die Geologin zögerte einen Moment, bevor sie antwortete. »Haben wir nicht andere Probleme als diese Diskussionen?«, fragte sie zurück. »Sie haben es vielleicht nicht bemerkt, Doktor Kang, aber die Gruppe droht auseinanderzubrechen.« Ihre Stimme wurde lauter, eindringlicher. Anscheinend beschäftigte sie sich schon länger mit diesem Problem. »Ein Teil will die Energie der Trilithiumkristalle verwenden, um eine Verbindung zur Erde herzustellen, ein anderer Teil hält das für zu riskant«, fuhr sie fort. Jetzt sah auch Braxton sie an. »Saintdemar kämpft um Bergmanns Leben, obwohl der Energieverbrauch seiner Maschinen uns alle gefährdet. Das sind Entscheidungen, die schon längst hätten gefällt werden müssen, und wenn Sie nicht in der Lage sind, dafür zu sorgen, muss das eben ein anderer tun.«

Kang blickte starr geradeaus. Die Knöchel seiner Finger traten weiß hervor. John war sicher, dass er es sich sehr genau überlegen würde, bevor er Tsuyoshi noch einmal nach ihrer Meinung fragte.

Der Rover rumpelte weiter über die felsbedeckte Ebene, eine

gewaltige Staubwolke hinter sich herziehend. In der Ferne glaubte John die Umrisse des Transportmoduls zu sehen, aber das konnte auch eine Täuschung sein.

»Ich habe über diese Entscheidungen nachgedacht«, sagte Kang nach einer Weile, »aber ich wollte damit warten, bis wir die Module geleert und die Ausrüstung gesichert haben. Dass Sie mit dieser Vorgehensweise nicht einverstanden sind, bedauere ich.«

John sah ihn überrascht an. Das war beinahe eine Entschuldigung, sehr ungewöhnlich für den Chinesen.

»Und zu welchem Ergebnis sind Sie gekommen?«, fragte er.

»Wir werden keine Verbindung zur Erde herstellen. Unsere Energieversorgung ist zu unsicher, um dieses Risiko einzugehen. Was Bergmann betrifft, möchte ich die nächsten Tage abwarten. Vielleicht stirbt er, bevor ich eine Entscheidung treffen muss.«

»Sie wollen das allein entscheiden?« Doktor Tsuyoshi klang überrascht. »Das halte ich für keine gute Idee.«

»Man wird mich als Kommandanten auf der Erde zur Verantwortung ziehen, nicht Sie. Also werde ich entscheiden.«

John spürte den Blick der Geologin in seinem Rücken, aber er ignorierte ihre Aufforderung, sich an der Diskussion zu beteiligen. Auch wenn er immer noch der Meinung war, dass Kang in seiner Position überfordert war, konnte er eines nicht leugnen: Der Chinese hatte Recht. Der Kontakt zur Erde war zu riskant, Bergmanns Versorgung zu aufwändig. Beide Unternehmungen waren ein Fehler.

Und Fehler, das hatte auch John längst erkannt, bestrafte der Mars mit dem Tod.

* * *

Seit dem großen Streit waren einige Stunden vergangen. Stunden, in denen das Frachtmodul systematisch auseinandergebaut und geleert worden war. Die Arbeit der fünf Besatzungsmitglieder der BRADBURY war schweigend weitergegangen, beschränkte sich auf das Notwendigste.

Was gab es auch schon zu sagen? Gonzales' Meinung war klar, die von Khalid ebenfalls – auch wenn er sie vielleicht nicht so deutlich kundtat wie die Chemikerin. Irena Batrikowa war ebenfalls der Ansicht, dass man lieber ein Signal zur Erde schicken sollte, bevor man sich hier auf dieser roten kalten Staubkugel auf unbestimmte Zeit niederließ. Aber letztendlich war allen klar: Das war keine Entscheidung, die ein Einzelner treffen sollte.

Die Astrogatorin sah zu Estela hinüber, die verbissen am zweiten Segment des beschädigten Moduls arbeitete. Man hatte versucht, sie und Saintdemar so weit wie möglich voneinander zu entfernen. Irena hatte sogar dafür gesorgt, dass sie auf zwei verschiedenen Frequenzen sprachen.

Nachdenklich wandte sie sich wieder der Wiederaufbereitungsanlage für die Atemluft zu. Die Spanierin hatte Recht, auch wenn Batrikowa Mitleid mit Bergmann und Madelaine hatte. Sauerstoff und Energie waren das Wichtigste auf dem Mars. Alles andere hing davon ab. Selbst wenn sie die Erde kontaktieren konnten, saßen sie für anderthalb Jahr hier fest. Wenn sie nichts taten, vielleicht für zwei. Die Rechte eines Zombies – und mehr war Rico Bergmann nicht mehr seit den mysteriösen Vorgängen während des Fluges – zählten im Vergleich dazu wenig.

Irena installierte die Tastatur für die Bedienung der Maschine, der man die eigentliche Funktion nicht ansah. Sie wirkte eher wie ein Chemielabor in einem überdimensionalen Glaskolben. Fasziniert betrachtete sie das beinahe fertige Werk, das sauber und klar im roten Sand stand. Noch ein Schlauch, und die Anlage konnte in Betrieb genommen werden.

Für eine Astrogatorin ist das doch gar nicht mal schlecht, dachte Irena stolz. Natürlich hatte man die Anlage so konzipiert, dass auch ein blutiger Laie sie richtig aufgebaut hätte, aber Batrikowa freute sich trotzdem über das erste Erfolgserlebnis auf dem Mars.

Und drückte die Starttaste der Anlage.

Sie spürte die Erschütterung, bevor sie den Knall hörte. Irena fuhr herum und stolperte erschrocken zurück, als sie den brennenden Sauerstofftank sah. Geistesgegenwärtig riss sie den Verbindungsschlauch aus der Muffe, damit die Flammen nicht auf die lebenswichtige Anlage übergreifen konnten. Aus den Augenwinkeln sah sie, dass das Feuer nur noch schwelte. Der Sauerstoff, der vermutlich durch ein Leck im Tank ausgetreten war, verpuffte schnell.

»Achtung, Irena!«

Sie drehte sich um, als sie ihren Namen hörte. Marianne Angelis kam aus ungefähr dreißig Metern Entfernung angerannt.

»Irena! Ihr Anzug!«

Überrascht drehte Batrikowa sich um und sah Marianne entgegen. »Was ist ... Ach du Scheiße!«

Rauch stieg neben ihr auf. Entsetzt bemerkte sie, dass die rechte Seite ihres Anzugs schwelte. Die Hitze war bereits am Bein zu spüren. Sie schlug danach, doch die glühende Stelle breitete sich weiter aus. Das Feuer fraß sich förmlich in ihren Anzug hinein. Irena ahnte, was passieren würde, wenn der Schwelbrand das Innere und damit den Sauerstoff erreichte. Sie würde in Flammen stehen wie eine Fackel.

Aus Angst wurde Panik. Sie warf sich in den Sand, doch die Hitze an ihrem Bein wurde nur noch stärker. Ins Schiff zurück konnte sie auch nicht. Der Sauerstoff hätte das Feuer weiter entfacht. Sie war gefangen in einem Anzug, der langsam verkohlte. Sie musste ihn loswerden, sonst würde sie selber brennen!

Wie besessen schlug Irena jetzt auf ihr Bein. »Verflucht! O verflucht! Das geht nicht aus!«

»Ich bin gleich bei Ihnen!« Angelis' Stimme drang kaum zu Irena durch. Ihr Herz raste, die Panik, lebendig zu verbrennen, beherrschte ihren Geist.

»Ich muss hier raus!«, schrie sie.

Irgendjemand brüllte »Nein!«, aber sie achtete nicht darauf. Mit zitternden Händen riss sie am Verschluss ihres Helms. Die Luft entwich mit lautem Zischen ...

Als die anderen hinzukamen, war es schon vorbei. Irena Batrikowa lag verkrümmt und mit blau verfärbten Lippen im roten Staub. Das Feuer in ihrem Anzug schwelte weiter. Eine dünne Rauchfahne stieg in die Luft.

Gonzales drängte sich an Saintdemar vorbei und ging neben der Russin in die Knie.

»Los, wir müssen sie reinbringen und wiederbeleben!« Sie griff nach einem leblosen Arm und versuchte Batrikowa hochzuziehen, doch Khalid schob sie sanft zurück.

»Es ist zu spät«, sagte er. »Du kannst nichts mehr tun.«

»Ich kann ...« Gonzales brach ab, als sie in Batrikowas verzerrtes Gesicht blickte. Darin gab es kein Leben mehr.

Schweigend standen die anderen um die Leiche herum, während der Wind heulte und sie langsam mit Sand bedeckte.

Es war Madelaine Saintdemar, die zuerst ihre Sprache wiederfand. »Bringt Irena ins Wrack. Wir werden sie beerdigen, wenn Kang und die anderen wieder hier sind.«

* * *

»Das Modul ist auf elf Uhr, Sir, direkt neben der Mulde dort vorn«, sagte Braxton von der Rückbank.

Kang nickte. »Ich sehe es. Legen Sie alle Ihre Helme an und überprüfen Sie die Anzüge.«

Niemand widersprach. Alle folgten dem Befehl, zogen die Helme über und ließen die Selbstdiagnose laufen. Erst als die Displays an ihren Handgelenken von Orange auf Grün sprangen, öffnete Kang die Kuppel.

Luft entwich zischend in die Atmosphäre. John entfernte den Verschluss seines Sicherheitsgurts, spannte die Beinmuskeln und flankte wie ein Barrenturner über den Metallrahmen des Rovers. So langsam begann er die niedrige Schwerkraft zu schätzen.

Kang sah ihn zwar mit deutlicher Missbilligung an, schwieg jedoch und stieg auf seiner Seite des Fahrzeugs aus.

Das Modul stand keine zehn Schritte entfernt. Die Fallschirme, an denen es nach unten geschwebt war, hingen über seine Seiten hinweg in den Sand. Die Metallarme, unter denen einmal die mitgeführten Atombomben gehangen hatten, standen vom Körper ab wie Spinnenbeine. Der Schriftzug *Handle With Care – Do Not Drop* war in die Seiten eingestanzt. John fragte sich, ob das ernst gemeint war.

Die Türen des Frachtmoduls FMBR 01–002, wie die offizielle Bezeichnung lautete, waren durch Metallscharniere und Riegel gesichert. Es gab keine elektronischen oder komplizierten mechanischen Vorrichtungen, nichts, das durch die lange Reise hätte zerstört werden können. Darauf hatten die Techniker geachtet. Die Frachtmodule mussten sich mit einfachsten Mitteln öffnen lassen.

Kang und Braxton erreichten das Modul als erste. Gemeinsam entriegelten sie die Tür und zogen sie auf. Das FMBR 01–002 war eines der drei großen Module, die so geschnitten waren, dass sie als Unterkünfte dienen konnten. Im Inneren waren sie in fünf verschiedene, abtrennbare Segmente unterteilt. Ein Rover stand darin, eine Wasseraufbereitungsanlage, Sonnenkollektoren, ein Trilithium-Generator, Nahrungskonzentrate, Pflanzensamen und Ausrüstungsgegenstände – alles, was man für den Aufbau einer Kolonie benötigte. Und natürlich die Bauteile für einen der beiden Terraformer, die sie zusammenschrauben sollten. Nach dem Verlust zweier Module konnten sie froh sein, wenigstens einen davon bauen zu können.

Die Grundsteinlegung hätte eine der Aufgaben der Expedition sein sollen, deshalb waren Braxton, Khalid und Bergmann hauptsächlich an Bord. Sie sollten den Inhalt der Frachtmodule auf Vollständigkeit und Funktionstüchtigkeit überprüfen und zusammen mit Tsuyoshi einen geeigneten Standort für die erste Siedlung erkunden. Die sollte zwar in frühestens zehn Jahren entstehen – mit der Ankunft der nächsten, planmäßigen Marsmission 2019 –, aber in der feuchtigkeitsarmen Atmosphäre des Mars hätten die Module problemlos so lange an der Oberfläche bleiben können.

Das setzte allerdings voraus, dass der Zeitplan des Terraformings den Vorstellungen der Wissenschaftler entsprach. Nach dem Sturz in das Treibsandloch war John jedoch nicht sicher, ob der Planet sich an Computersimulationen halten würde, denn man hatte die Expedition zwar vor möglichem Treibsand gewarnt, aber hinzugefügt, dass dies erst bei steigender Feuchtigkeit in fünf bis zehn Jahren wahrscheinlich werden würde.

Und doch waren sie schon bei ihrer ersten Fahrt darin gelandet. Vielleicht ging alles ein wenig schneller, als man gedacht hatte.

John betrat hinter Braxton und Kang das Innere des Moduls. Alles hatte man dreifach gesichert und nach logischen Gesetzmäßigkeiten angeordnet. Das Erste, was John im einfallenden Sonnenlicht sah, waren die Scheinwerfer des Rovers. Das Fahrzeug war mit Stahlseilen an Boden und Wänden befestigt. John wartete nicht auf Kangs Aufforderung, sondern bückte sich wortlos und begann die Haken zu lösen. Zuerst musste das Fahrzeug heraus, vorher kam man nicht weiter.

»Major, helfen Sie Mister Carter«, hörte er Kang zu seiner Überraschung über Funk sagen. »Doktor Tsuyoshi, füllen Sie den Treibstoff in den Tank.«

Es dauerte nur wenige Minuten, dann hatten sie das Fahrzeug von allen Seilen befreit und aufgetankt. Die Oberfläche des Rovers bestand zwar aus Sonnenkollektoren, doch zur Sicherheit gab es einen kleinen Tank für Flüssigtreibstoff. Redundanz war ein wichtiges Wort, wenn die nächste Pannenhilfe ein Jahr entfernt war.

John zwängte sich an einigen Ausrüstungsgegenständen vorbei ins Cockpit des Fahrzeugs. Er verzichtete darauf, die Kuppel zu schließen. Es würde ohnehin fast zwanzig Minuten dauern, bis sich die Kabine aufgeheizt und mit atembarer Luft gefüllt hatte.

»Fahren Sie den Rover bitte neben den anderen, Mister Carter. Doktor Tsuyoshi und Major Braxton werden Sie rauswinken.«

Irgendetwas ist seltsam, dachte John. Kangs Stimme klang freundlich, aber da gab es einen merkwürdigen Unterton, der seit ihrer Ankunft am Modul in jedem Wort mitschwang, fast so, als würde er lügen. Aber worüber? Gab es etwas, das er vor ihnen verbergen wollte?

John schüttelte den Gedanken ab. Er musste sich auf andere Dinge konzentrieren. Mit einem Knopfdruck ließ er den Rover an. Der Motor stotterte ein paar Sekunden in der Kälte, dann pendelte sich das Geräusch auf ein gleich bleibend lautes Brummen ein.

Tsuyoshi gab ihm zwar Handzeichen, aber auch ohne ihre Hilfe hätte John den Wagen problemlos aus dem Frachtmodul gefahren. Er ließ ihn ein paar Meter durch den Sand rollen und schaltete den Motor ab. Im Rückspiegel sah er, wie Kang im Modul verschwand.

»Wir müssen die Segmente voneinander trennen«, sagte Tsuyoshi, als John aus dem Wagen sprang. »Das ganze Modul können die Rover nicht ziehen.«

»Wissen wir, was sich in welchem Segment befindet?«

Tsuyoshi hob die Schultern, aber Braxton nickte. »Ja, Doktor Kang hat eine Liste. Er –«

»Major Braxton?«, sagte Kang über Funk. »Kommen Sie bitte zu mir.«

»Ja, Sir.« Die Australierin beendete ihren Satz nicht, sondern drehte sich direkt um und ging zum Modul. Kang stand in der Tür. Seine Hände waren hinter seinem Rücken verborgen. Das seltsame Gefühl, das John seit einigen Minuten hatte, wurde zu einem Stechen.

»Was ist los?«, fragte Tsuyoshi, aber er schüttelte nur den Kopf, konzentrierte sich weiter auf Kang und Braxton.

»Eine Kolonie braucht Disziplin, Recht und Ordnung«, hörte er den Chinesen sagen. »Nicht immer genügen Argumente, um das zu erreichen.« Er brachte seine Arme nach vorne. »Nehmen Sie das«, sagte er zu Braxton und reichte ihr eine Pistole. Eine zweite steckte er in seinen Gürtel.

»Nur zur Sicherheit«, fügte Kang hinzu. Er hob den Kopf. Sein Blick richtete sich auf John.

* * *

Interview Khalid, Pramjib
13. 02. 2009 (Arbeitskopie von John Carter)

Doktor Pramjib Khalid sieht nicht aus wie ein Mann, der einen Hang zum Abenteuer hat. Das Hemd spannt sich ein wenig über seinem Bauch, er hat ein weiches, freundliches Gesicht und eine leise Stimme. Doch sein Äußeres scheint zu täuschen, denn er trifft sich mit mir nicht etwa in seinem Universitätsbüro oder seinem Haus, sondern in einer Garküche auf den Straßen von Kalkutta.

»Ich mag den Lärm«, sagt er zwischen zwei Bissen eines unmenschlich scharfen Gemüsecurrys. »Und ich mag die Menschen. In meinem Beruf erlebe ich von beidem nicht viel.«

Warum es ihn dann ins All treibt, will ich wissen. Einen stilleren, menschenleereren Ort kann man sich kaum vorstellen.

Er denkt eine Weile darüber nach. »Vielleicht mag ich einfach das Extreme.«

Damit passt er zumindest zu einer Stadt wie Kalkutta, die ständig zwischen Ekstase und Verzweiflung zu schwanken scheint. Leben und Tod, Armut und Reichtum, Hoffnung und Resignation liegen hier dichter zusammen als an jedem anderen Ort der Welt.

Pramjib stammt aus einer wohlhabenden Familie von Großgrundbesitzern. Er ist auf dem Land aufgewachsen, hat zuerst in London, dann in Delhi und schließlich in Kalkutta studiert. Er kann von Städten nicht genug bekommen, sagt er, unterbricht sich jedoch, als zwei zerlumpte Kinder an unseren Tisch kommen und um die Reste unseres Currys betteln. Der Wirt will sie mit einem Stock davonjagen, aber Khalid kauft ihnen eine Schale Dal, das Linsengericht, das hier jeder isst.

»Meine Eltern wollten, dass ich Landwirtschaft studiere, damit ich sie bei der Arbeit unterstützen kann«, fährt er fort. »Sie haben mich sogar nach London geschickt, um mir die bestmögliche Ausbildung zu geben. Dort habe ich mich dann heimlich in Maschinenbau eingeschrieben.« Er lächelt. »Meine Familie hat erst davon erfahren, als ich mein Examen mit Auszeichnung abgeschlossen hatte.«

Waren sie enttäuscht?, frage ich.

Pramjib schüttelt den Kopf. »Nein, nur etwas überrascht. Sie müssen wissen, dass ich noch drei Brüder habe, die alle

Landwirtschaft studiert haben. Ich war der Erste, der sich widersetzt hat. Ich glaube, mein Vater war darauf sogar ein wenig stolz.«

Wird er seine Familie vermissen?

»Sehr. Wir sehen uns zwar nicht oft, aber ich telefoniere fast jeden Tag mit einem meiner Brüder oder meinen Eltern. Es wird schwer werden, darauf zu verzichten.«

Eine eigene Familie wird er erst gründen, wenn die Marsmission hinter ihm liegt, erzählt er. Seine Kinder sollen nicht ohne Vater aufwachsen.

Was er sich von seiner Zeit im All erwartet, weiß er selbst nicht so genau. »Neue Erfahrungen, neue Entdeckungen, vielleicht sogar etwas, das niemand je zuvor erlebt hat.« Er hebt die Schultern. »Wir werden sehen.«

***

Irena Batrikowa ist tot.

Die Nachricht hatte John getroffen wie ein Schlag ins Gesicht. Schon als die Rover auf das Wrack der BRADBURY zugefahren waren, hatte er geahnt, dass etwas nicht stimmte. Angelis, Saintdemar, Khalid und Gonzales hatten einfach nur vor den geöffneten Modulen im Sand gesessen. Batrikowa hatte er nicht gesehen.

Mittlerweile wusste er auch, warum.

Er stand neben Braxton und Khalid in der Krankenstation und starrte auf die Leiche der Russin, die in ihrem halb aufgerissenen, geschwärzten Anzug auf der Metallbahre lag. Im Hintergrund hörte man das Piepen der Instrumente, an die Bergmann angeschlossen war, und das Zischen der Beatmungsmaschine.

»Sie ist in Panik geraten«, sagte Saintdemar. »Wir konnten nichts tun.«

»Hatte sie Familie?«, fragte Kang.

»Ich weiß es nicht.« Die Ärztin warf einen Blick in die Runde. Schulterzucken antwortete ihr.

John räusperte sich. »Sie war verheiratet.«

Bereits vor der Reise hatte er die Besatzung über ihr Privatleben interviewt, um sie der Öffentlichkeit zugänglicher zu machen. *Human Interest Story* nannte man so etwas. Irenas Mann Boris saß jetzt irgendwo in Sankt Petersburg und ahnte nicht, dass er sie nie wiedersehen würde.

»Haben Sie alle gesehen, wie es passiert ist?«, fragte Kang nach einem Moment.

Khalid nickte. John bemerkte, dass sein Blick immer wieder zu der Pistole im Gürtel des Kommandanten glitt. »Jeder hat es gesehen«, sagte der Inder.

»Gut. Dann möchte ich Ihre Aussagen bis nullsiebenhundert Stunden vorliegen haben. Wir werden den Fall untersuchen.«

»Wer ist *wir?*«, fragte John. Die Blicke der anderen richteten sich auf ihn.

Kang verschränkte die Arme vor der Brust. »Major Braxton und ich natürlich. Nach dem Tod von Doktor Batrikowa ist sie nun meine IO.«

Die Antwort war so offensichtlich, dass sie fast schon komisch klang.

»Wollen Sie die Gruppe so aufteilen, Kang: in die mit Pistolen und die ohne?« Neben John begann Braxton unruhig zu werden. Er hatte den Eindruck, dass ihr die Situation unangenehm war. »Ist es das, was Ihnen für die nächsten ein, zwei Jahre vorschwebt? Ein Zwergen-Polizeistaat? Eine Diktatur des Stärkeren?«

»Sie sind hier nicht bei den Medien, Mister Carter. Es geht nicht um Einschaltquoten, sondern um unser Überleben.« Kangs Stimme wurde lauter, wütender. »Der Verlust des Rovers, Batrikowas Tod ... das ist doch der Anfang vom Ende! Wir werden sterben, wenn sich nicht alle dem primären Ziel des Überlebens unterordnen. Auch Sie, Mister Carter! Und wenn Sie weiter versuchen sollten, mich zu boykottieren, wird das Konsequenzen haben!«

»Und welche?« Madelaine Saintdemar stellte die Frage.

Kang sah sie ärgerlich an, als sei schon die Einmischung in diese Auseinandersetzung ein Ansatz zur Rebellion. Einen Moment sah es so aus, als würde er sich zu einer Antwort hinreißen lassen, die er sicherlich später bereut hätte, dann atmete er tief durch. »Die Diskussion ist beendet«, sagte er stattdessen.

Er schob sich an Angelis und Gonzales vorbei und drückte dabei die Metallbahre zur Seite, die mit quietschenden Rollen gegen die Wand prallte. Batrikowas Leiche bewegte sich unter den Erschütterungen. Es sah aus, als schüttele sie den Kopf. John spürte einen Stich des schlechten Gewissens, als ihm klar wurde, dass sie sich über ihre Leiche hinweg angeschrien hatten.

»Wir sollten sie begraben«, sagte er.

»Nein.« Kang blieb in der Tür stehen. »Ihr Körper kommt in die Rohstoffverwertung. Die Systeme müssen ohnehin getestet werden.«

Er schien die schockierten Blicke der anderen zu bemerken, denn er fügte direkt hinzu: »Wir können es uns nicht leisten, sentimental zu sein.«

Knapp nickte er Braxton zu, dann verließ er den Gang. Die Australierin folgte ihm nach kurzem Zögern.

»Aber wir können es uns auch nicht leisten, grausam zu sein«, sagte Gonzales leise, als die Schritte im Gang verhallten.

Keine zwei Stunden vergingen, bis Kang die Gruppe erneut zusammenrief. Sie alle waren erschöpft und standen noch unter

Schock, aber niemand hatte die Energie, sich mit ihm zu streiten. Gonzales spekulierte sogar, er könne seine Meinung über die Entsorgung der Leiche geändert haben, aber John glaubte das nicht. Menschen wie Kang sahen ihre eigenen Irrtümer nie ein, und sie entschuldigten sich nicht für Fehler.

»Es tut mir leid«, sagte der Kommandant, bevor John den Gedanken beendet hatte, »dass ich Sie noch einmal hierherbitte, aber ich muss einen Fehler korrigieren, den ich begangen habe.«

Die Müdigkeit verflog. Jetzt hatte Kang nicht nur Johns ungeteilte Aufmerksamkeit.

»Im Licht des heutigen Todesfalls habe ich beschlossen, Ihnen etwas mitzuteilen«, fuhr er fort. Braxton, die steif neben ihm stand, musterte ihn verstohlen aus den Augenwinkeln. Anscheinend wusste sie auch nicht, um was es ging.

»Wie Sie ja alle wissen, wurde die Mars-Mission um zehn Jahre vorverlegt. Ein Grund dafür wurde Ihnen und der Allgemeinheit nie genannt.« Kang machte eine Pause. Sein Mundwinkel zuckte nervös.

»Mir schon«, sagte er dann.

John beugte sich vor. Die Frage nach dem verfrühten Missionsbeginn war nicht nur an Bord oft diskutiert worden, aber eine wirklich befriedigende Antwort hatten weder sie noch die erstaunte Öffentlichkeit jemals gefunden. Dafür gab es jede Menge Gerüchte, wobei jenes allgemein favorisiert wurde, nach dem der frühe Start eine Initiative des neuen US-Präsidenten Arnold Schwarzenegger gewesen sei.

Aber wie gesagt: Auch dies war nur ein Gerücht.

Umso gebannter lauschten sie jetzt Kangs langwierigem und nüchternen Bericht – und erfuhren, dass die Ergebnisse der unbemannten Marsmission aus dem Jahr 2004 der Auslöser gewesen seien ... der *europäischen* Mission, die als Totalausfall in die Annalen der Raumfahrt eingegangen war.

»Was nicht ganz der Wahrheit entspricht«, erklärte Kang. »Entgegen den Verlautbarungen von NASA und ESA konnte die nUS-Sonde ›Mars Odyssey‹ am Ersten Weihnachtsfeiertag 2004 tatsächlich einen kurzen Kontakt zum ›Mars Express‹ herstellen. Dabei wurde eine Serie von Aufnahmen übermittelt, die das Landegerät ›Beagle 2‹ geschossen hatte, bevor es den Geist aufgab. Aber diese Fotos kamen nie ans Licht der Öffentlichkeit, und eins davon war der Grund dafür, einen Fehlschlag vorzutäuschen und unsere Mission anzusetzen. Erst kurz vor Start der BRADBURY wurde ich in die elitäre Gruppe der Geheimnisträger aufgenommen.

»Und?«, fragte John ungeduldig. »Machen Sie es nicht so spannend!«

Kang bedachte ihn mit einem finsteren Blick und legte sein Notebook auf den Tisch. Er drehte den Bildschirm, sodass jeder darauf blicken konnte. »Das Terraforming und der Aufbau der Siedlung sollten nicht im Zentrum unserer Arbeit stehen«, sagte er dann. »Sondern Ausgrabungen.«

John betrachtete das Bild, das er auf dem Monitor sah, stirnrunzelnd. Es zeigte eine typisch flache, felsübersäte Marslandschaft.

»Achten Sie auf die linke untere Seite«, sagte Kang.

Alle Blicke richteten sich darauf. Nach einem Moment räusperte sich Khalid, dann begann Gonzales zu kichern.

»Das ist ein Witz, oder?«, fragte sie.

Jetzt entdeckte auch John den Gegenstand, der um ihn herum für Überraschung und Heiterkeit sorgte.

Es war eine Flasche.

Eine eigentümlich geformte Flasche aus grünem Glas.

»Coca Cola war vor uns hier«, murmelte er.

Han Suo Kang schüttelte den Kopf. »Ich kann Ihnen versichern, dass dies nicht der Fall ist.« Er sah Gonzales an. »Und das ist auch kein Witz. Dieses Foto wurde mit allen zur Verfügung stehenden Analysemethoden überprüft und als absolut authentisch befunden. Das ist keine Spiegelung und kein seltsam geformter Stein, sondern eindeutig ein Zivilisationsgegenstand.«

Er trat einen Schritt zurück, als wollte er sichergehen, dass niemand seinem Blick entging. »Die Mission wurde vorverlegt, um diesen Gegenstand zu untersuchen und nach weiteren Hinweisen auf eine frühere Zivilisation auf dem Mars zu fahnden. Aus Gründen der Geheimhaltung wurde ich als Einziger der Besatzung darüber informiert. Daran habe ich mich gehalten, aber das war falsch. Jedes System an Bord verfügt über eine doppelte Redundanz. Das Gleiche sollte für Informationen gelten, vor allem in unserer Situation.«

John hörte ihm kaum zu. Er starrte nur stumm auf die staubige Flasche im roten Sand. Auf der Erde wäre man achtlos daran vorbeigefahren, aber hier auf dem Mars war es der Beweis dafür, dass der Mensch nicht allein war – beziehungsweise gewesen war.

Kein Wunder, dass man diese Erkenntnis der Öffentlichkeit vorenthalten hatte. Mikroben – okay. Auch primitive Pflanzen oder einen versteinerten Käfer hätte man als Jahrtausend-Sensation in sämtlichen Medien gefeiert. Aber das hier ... das war einfach um einige Nummern zu *groß*.

Auch die anderen verstanden jetzt. Sie schwiegen, wirkten beinahe ehrfürchtig.

»Wo liegt die Flasche?«, fragte John in die Stille hinein.

»In der Nähe unseres eigentlichen Landeplatzes, also viel zu weit von uns entfernt.« Kang hob die Schultern. »Sie wird ihr Geheimnis also noch einige Zeit bewahren.«

»Was ist mit dem Strahl?«, fragte Khalid. »Könnten diese beiden Dinge zusammenhängen?«

»Das habe ich mich auch gefragt, aber ohne weitere Daten lässt sich das nicht beantworten.«

Und die Daten bekommen wir nicht, weil wir zu weit weg sind, dachte John. Laut sagte er: »Wenn es hier eine Zivilisation gab, hat sie hoffentlich mehr als nur eine Flasche hinterlassen. Wir sollten auf Hinweise achten, wenn wir draußen sind.«

»Ein guter Vorschlag, Mister Carter.« Kang klang beinahe freundlich. »Achten Sie auf alles, was künstlichen Ursprungs sein könnte. Wenn Sie etwas finden, bringen Sie es mir.«

Die anderen nickten, aber John sah, dass die Müdigkeit bereits wieder in ihre Gesichter zurückkehrte. So aufregend die Entdeckung auch war, sie änderte nichts an dem Überlebenskampf, dem sie gegenüberstanden, und war somit in letzter Konsequenz unerheblich.

John riss seinen Blick mühsam von dem so vertraut wirkenden, außerirdischen Artefakt los. Es gab Wichtigeres.

* * *

In der Kälte des Nacht
Artikel 11 der Marsmission, Tag 30
von John Carter

Einen Monat liegt der Absturz der BRADBURY *jetzt zurück. In dieser Zeit haben wir ein Leben und ein Fahrzeug verloren, eine Siedlung gegründet, ihr einen Namen gegeben –* BRADBURY, *nicht sehr phantasievoll, aber treffend, wenn man bedenkt, dass ein Großteil der Baumaterialien einst Teil des Schiffs waren –, Unterkünfte errichtet und die Terraforming-Mission fortgesetzt, so wie es ursprünglich vorgesehen war.*

Es ist eine harte, schwierige Arbeit, auf einem Planeten zu überleben, der uns mit aller Macht umzubringen versucht. Manchmal, besonders nachts, wenn die Kälte am schlimmsten ist und unsere Finger so kalt sind, dass wir sie kaum bewegen können, verfluchen wir Mars, als wäre er ein sadistischer Gott, der sich an unserem Leiden ergötzt.

Und wir verfluchen Kang, der uns gnadenlos antreibt und jede Verfehlung mit Nahrungs- oder Ruheentzug bestraft. Er hat ein rotierendes Dreischichtensystem ausgearbeitet, an das wir uns strikt halten müssen. Sechzehn Stunden Arbeit, acht Stunden Ruhe. Geschlafen wird in einer winzigen Gemeinschaftsunterkunft, um die Energiebelastung so niedrig wie möglich zu halten. Außer den Labors ist dies der einzige beheizte Raum, abgesehen natürlich von dem Container, den wir hinter vorgehaltener Hand als den ›Eispalast‹ bezeichnen. Dort residieren Kang und Braxton. Unmittelbar dahinter und ständig von einem der beiden bewacht, steht das Modul, in dem sich all unsere Lebensmittel- und Wasservorräte befinden. Ebenso wie die Energie wird auch unsere Nahrung streng rationiert. Saintdemar hat den Kalorienbedarf unter den veränderten Umweltbedingungen genau ausgerechnet. Wir verhungern nicht, doch satt werden wir auch nicht mehr.

Man könnte jetzt annehmen, dass Kang und Braxton ihre Überlegenheit ausnutzen und uns schuften lassen, aber die beiden arbeiten ebenso hart wie alle anderen, Kang sogar noch härter. Er schläft wenig, vier, vielleicht fünf Stunden pro Nacht, und wenn er nicht schläft, arbeitet er. Ohne ihn, das wissen wir alle, hätten wir nicht die Hälfte von dem erreicht, was wir uns bis heute aufgebaut haben.

John sah von seinem Artikel auf.

Es war seltsam; die Schreibblockade, über der er an Bord der BRADBURY fast verzweifelt war, hatte sich mit der Notlandung gelöst. Und das – Ironie des Schicksals –, obwohl höchst zweifelhaft war, dass seine Artikel jemals die Erde erreichen würden.

Er saß im Eingang einer kleinen Höhle, in die er sich immer dann zurückzog, wenn ihm die Enge der Siedlung zu viel wurde. Auch darin, dass acht Menschen nicht genügend Platz auf einem ganzen Planeten finden konnten, lag eine merkwürdige Ironie. Doch so lange sie von den Generatoren abhängig waren, ließ sich daran nur wenig ändern.

Ein neutraler Betrachter von der Erde hätte nichts Schönes in der Ansammlung von Containern und Metallteilen sehen können, die sich ein Stück unterhalb der Höhle an die Bergwände schmiegten. Für John symbolisierte die Siedlung jedoch ihren eisernen Überlebenswillen – und Kangs beinahe fanatische Schinderei.

Sie hatten das Schiff fast vollständig ausgeschlachtet. Es war zu groß, um beheizt und mit Luft versorgt zu werden. Da es ohnehin aus Modulen bestand, hatte man die Labore, die Messe und die Krankenstation daraus entfernen können und sie am Fuße des Berges wieder aufgebaut. Das war auch der einzige Trakt, der ständig mit Sauerstoff versorgt wurde. In allen anderen Unterkünften musste man Atemmasken tragen.

Es war erstaunlich, wie rasch man sich daran gewöhnte. Nach gerade mal einem Monat fühlte John sich bereits unwohl, wenn er die Maske zum Essen absetzte.

Ein Grund für die Energierationierung waren die Sonnenkollektoren, die weit mehr unter dem feinen roten Sand litten, als man auf der Erde erwartet hatte. Trotz ständiger Reinigungsmaßnahmen lieferten sie gerade einmal dreißig Prozent der benötigten Energie. Der Rest stammte aus den beiden Trilithium-Generatoren. Kangs Ziel war es jedoch, einen der beiden abzuschalten, um einen Ersatz für den Notfall zu haben. Die Kristalle mochten Energie für mehr als fünfhundert Jahre liefern – so das Versprechen des Herstellers –, aber sie waren erst ein knappes halbes Jahr getestet worden, und das bereitete Kang Magenschmerzen. Deshalb suchte er geradezu verzweifelt nach Einsparungsmöglichkeiten. Nur an die offensichtlichste wagte er sich noch nicht heran.

Bergmann.

»Ist es falsch, für den Tod eines Menschen zu beten?«, hatte

Gonzales John vor einigen Tagen gefragt. Es hatte ihn gewundert, dass sie die Frage so deutlich über Funk aussprach. Vielleicht interessierte es sie nicht, ob Saintdemar gerade zufällig auf der gleichen Frequenz mithörte, vielleicht hoffte sie es sogar. Das Thema stand seit Wochen wie eine Wand zwischen ihr und der Ärztin.

John hatte nicht gewusst, was er darauf antworten sollte, doch jetzt in einer Höhle, die er sich nur mit seinem Computer und seinem imaginären Leser teilte, war er ehrlicher: Es interessierte ihn nicht. Es war ihm egal, ob es richtig oder falsch war, moralisch oder amoralisch, sündhaft oder rechtschaffen. Bergmann nahm ihnen im wahrsten Sinne des Wortes die Luft zum Atmen und die Wärme zum Leben. Sein Tod wäre für alle eine Erleichterung.

Und wenn er nicht einfach so stirbt?, fragte sich John. *Hätten wir auch das Recht, ihn zu töten?*

Das war die Frage, vor der sogar Kang zurückschreckte. Aber früher oder später würde man sie stellen müssen.

»Mister Carter?«

Carter zuckte zusammen, als er Saintdemars Stimme in seinem Lautsprecher hörte. Er speicherte den Text auf seinem Tablet ab. Für einen Moment fürchtete er, er habe die Worte vielleicht nicht nur gedacht, sondern geschrieben.

»Habe ich Sie erschreckt? Das wollte ich nicht.«

»Nein ...« Er verstaute den Computer in seiner Brusttasche. Warum redete sie ihn mit »Mister Carter« an? Auf der BRADBURY waren sie übereingekommen, sich beim Vornamen zu nennen. »Nein, ich war nur in Gedanken.«

Sie musste durch die Haupthöhle und die weit verzweigten Gänge hierhergekommen sein, sonst hätte er sie sehen müssen.

Madelaine zeigte auf das Display an ihrem Handgelenk und drückte eine Tastenkombination. John runzelte die Stirn, als er erkannte, dass sie den Funk abgeschaltet hatte. Das galt als Todsünde in Kangs Regime und wurde mit einem Tag ohne Nahrung bestraft.

Trotzdem folgte er ihrem Beispiel. Er war zu neugierig, um sie einfach stehen zu lassen.

Saintdemar ergriff seine Hand und zog ihn tiefer in die Höhle hinein. Dann presste sie ihren Helm gegen seinen.

»Ich muss allein mit Ihnen sprechen, John. Es ist wichtig.«

***

Interview Bergmann, Enrico/Saintdemar, Madelaine
20. 02. 2009 (Arbeitskopie von John Carter)

Es gibt wohl nur wenige Dinge, die Enrico Bergmann in seinem Leben noch nicht getan hat.

»Ich habe als Offiziersanwärter bei der schwedischen Luftwaffe gedient«, sagt er. »Eigentlich wollte ich mir so nur das Medizinstudium finanzieren, aber der Job hat mich fasziniert, also bin ich ein paar Jahre länger geblieben.« Er lacht. »Bis heute eigentlich.«

Wir sitzen in Enricos kleinem Pariser Appartement. Seit sechs Jahren lebt und arbeitet er in der französischen Metropole. Seiner großen Leidenschaft, dem Fliegen, kann er hier nur selten nachgehen.

»Dafür gibt es andere Vorzüge«, sagt er und legt seine Hand auf den Arm von Madelaine Saintdemar. Wegen ihr hat er einen Forschungsauftrag an einem renommierten Institut angenommen und sich vom Dienst freistellen lassen. »Und ich habe es noch nie bereut«, erklärt er.

Die Französin und der Schwede, dessen Vorname ein Erbe seiner italienischen Mutter ist, passen gut zusammen, wenn sie gemeinsam auf dem Sofa sitzen. In der Regenbogenpresse feiert man sie als Traumpaar. Es wird sogar offen darüber spekuliert, ob es eine Geburt während der Reise geben könnte.

Stört die beiden dieser plötzliche Rummel um ihr Privatleben?

»Manchmal«, gibt Enrico zu. »Wir sind doch keine Filmstars. Aber wenn es mir wirklich zu viel wird, denke ich daran, wie still es auf dem Mars sein wird, und dann geht es mir besser.«

Madelaine nickt. »Man muss die Presse nur zu nehmen wissen.«

Dass sie das weiß, ist kein Wunder, schließlich stammt Madelaine Saintdemar aus dem französischen Hochadel und ist an ein Leben unter Beobachtung gewöhnt. Sie hat es immer schon verstanden, die Medien zu polarisieren, sei es mit abfälligen Bemerkungen über prominente Politiker oder mit einer fast schon protzigen Zurschaustellung ihres Geldes.

Trotzdem treffen wir uns in Enricos Appartement, nicht in Madelaines Landhaus. Will sie ihr Image ändern?

»Ich habe es nicht nötig, irgendetwas zu ändern«, antwortet sie. »Aber das Geld lenkt von dem wirklich Wichtigen ab, von der Mission und unseren Forschungen. Ich möchte, dass Sie darüber schreiben, nicht über die drei Picassos im Treppenhaus.«

Doch das Geld lässt sich nicht so einfach aus dem Spiel nehmen, das weiß auch Madelaine, die erst vor wenigen Tagen gerichtlich gegen eine große Tageszeitung vorging, die behauptete, sie habe Enrico den Platz in der Besatzung erkauft.

»Das ist Blödsinn«, sagt er. »Wir forschen beide auf dem gleichen Gebiet, deshalb hat man uns zusammen ausgewählt.«

Als ich nach den Forschungen frage, wird die Stimmung deutlich lockerer.

»Es geht um die Fortpflanzungsfähigkeit von Spermien und Eizellen in nicht irdischen Umgebungen und unter Strahlenbelastung«, erklärt Madelaine. »Zu diesem Zweck haben wir im

Fernsehen zu Spenden aufgerufen. Sie können sich gar nicht vorstellen, wie viele Männer am nächsten Morgen vor dem Institut standen, damit ihr Sperma zum Mars fliegen kann. Wir schätzen, dass wir die Gene von fast zehntausend Männern an Bord haben werden.«

»Ich bin aber nicht eifersüchtig«, fügt Enrico hinzu. Beide lachen.

Aber Bergmann wurde noch aus einem anderen Grund für diese Mission ausgewählt, denn er gehört zu den wenigen qualifizierten Kandidaten, dessen Körper die so genannte »Zombie-Droge« verträgt. Diese als Nervengift geltende Substanz soll dafür sorgen, dass Enrico den gesamten Flug in einem Dämmerzustand verbringt, der gerade zur Bedienung der Instrumente ausreicht.

Einige Wissenschaftler haben vor dem Einsatz der Droge gewarnt, aber Enrico schüttelt nur den Kopf.

»Das macht mir überhaupt keine Sorgen«, sagt er. »Das Mittel wurde ausgiebig getestet. Es ist völlig sicher.« Er lächelt. »Wirklich völlig sicher.«

* * *

In ihren unförmigen Raumanzügen und mit aneinandergelehnten Köpfen standen sie sich gegenüber wie Sumo-Ringer. Es war dunkel im hinteren Teil der Höhle. Die Innenlampen der Helme beleuchteten ihre Gesichter, ließen sie blass und müde wirken. John sah, dass Madelaine dunkle Ringe unter den Augen hatte. Sie verbrachte einen Großteil ihrer Ruhephasen mit dem Versuch, Bergmann zu retten, bis jetzt allerdings erfolglos. Niemand glaubte, dass sich daran etwas ändern würde.

»Wir müssen etwas unternehmen«, sagte Saintdemar. »Wir können nicht mehr so weitermachen.«

Er ahnte, worauf sie hinauswollte, schwieg jedoch, als sie ihn auffordernd ansah. Er wollte, dass sie es aussprach,

»Glauben Sie das nicht auch?«, fragte Saintdemar nach einem Moment.

Er hob die Schultern. »Ich weiß nicht, was Sie meinen.«

In ihren Augen blitzte es. »Das wissen Sie genau, aber wenn Sie es unbedingt hören wollen: Kang und Braxton dürfen uns nicht länger beherrschen. Dagegen müssen wir etwas unternehmen.«

»Eine Rebellion?«

Sie nickte. »Wenn Sie es so nennen wollen.«

»Mit wem haben Sie sonst noch gesprochen?«

Saintdemar zögerte mit der Antwort. »Mit niemandem«, antwortete sie dann. »Sie sind der Erste. – Ich musste Sie als Ersten ansprechen«, fuhr sie rasch fort, bevor er etwas sagen konnte. »Bei den anderen bin ich mir nicht sicher, aber bei Ihnen weiß ich, dass Sie Kangs Diktatur ablehnen. Und ich weiß auch, dass Kang Angst vor Ihnen hat.«

»Das hat er nicht«, widersprach John.

Saintdemar schüttelte so heftig den Kopf, dass ihr Helm beinahe abgeglitten wäre. »Sie sehen seinen Blick nicht, wenn Sie hier heraufkommen. Er hat längst erkannt, dass er nicht kontrollieren kann, was Sie hier oben schreiben, und das macht ihm Angst. Die anderen merken das auch. Sie sind der Einzige, der sich gegen Kang durchsetzen kann. Wenn Sie mich nicht unterstützen, wird es auch kein anderer tun.«

Er hörte die Emotion in ihrer Stimme und die Nervosität. Kang hatte in den letzten Tagen mit einer Auflistung des Energieverbrauchs begonnen. Bergmanns Schicksal hing möglicherweise vom Ausgang dieser Schätzung ab. Kein Wunder also, dass Saintdemar die Rebellion vorantreiben wollte.

»Die beiden sind bewaffnet«, sagte er nachdenklich, »wir nicht.«

»Glauben Sie wirklich, dass einer von beiden schießen würde?« Sie wartete seine Antwort nicht ab. »Außerdem sind wir sechs gegen zwei.«

»Angelis wird nicht mitmachen, Khalid nur, wenn wir Gonzales auf unsere Seite ziehen. Bei Tsuyoshi bin ich mir nicht sicher.«

Saintdemar lächelte. »Unsere Seite? Sie sind also dabei?«

»Ich denke darüber nach.«

Sie wollte etwas sagen, aber John zog den Kopf zurück und beendete damit die Diskussion. Er hatte weitaus weniger zu verlieren als die Ärztin, egal wie sehr ihm Kangs Führungsstil missfiel.

Was wird passieren, wenn wir Erfolg haben?, fragte er sich. *Wer wird an Kangs Stelle treten?*

Saintdemar schien zu erwarten, dass er das tun würde, doch John war sich nicht sicher, ob er eine bessere Wahl als der Chinese war. Macht hatte ihn nie interessiert. Im Gegenteil, er war Journalist geworden, um die Mächtigen zu hinterfragen, nicht, um einer der ihren zu werden.

Doch was waren die Alternativen? Saintdemar? Sicherlich nicht, sie war zu emotional und egoistisch. Khalid? Nein, er ließ sich zu leicht beeinflussen. Angelis war nicht engagiert genug, Gonzales fehlte die Souveränität und Tsuyoshi das Durchsetzungsvermögen. Vielleicht war es tatsächlich besser, an den bestehenden Verhältnissen nichts zu ändern. Das Leben im Regime Kang war zwar alles andere als angenehm, aber die möglichen Alternativen erschienen John kaum erstrebenswerter.

Er setzte sich auf einen Felsen und zog das Tablet aus der Tasche. Sein Blick glitt über die Trümmer und Container, die für mindestens ein weiteres Jahr sein Zuhause sein würden.

Es gibt Schlimmeres, dachte er. *Ich könnte in der Rohstoffverwertung liegen, so wie Irena.*

Er wollte sich wieder seinem Artikel zuwenden, doch dann sah er aus den Augenwinkeln eine Gestalt, die neben dem Eispalast stand und zu ihm blickte. Obwohl die Entfernung recht groß war, erkannte John Kang sofort an seiner steifen Haltung und den vor der Brust verschränkten Armen.

Sein Herz begann schneller zu schlagen. Sein Mund wurde trocken.

Wie lange stand Kang wohl schon da, und wie viel hatte er gesehen?

Die Antwort auf diese Frage erhielt John nur wenige Stunden später, als sich alle zum gemeinsamen Essen versammelten. Das war der einzige Zeitpunkt des Tages, an dem die gesamte Besatzung zusammenkam. Je nach Schicht war es für manche Abendessen und für andere Frühstück, doch Kang hatte vom ersten Tag an darauf bestanden, dass es eine Mahlzeit gab, an der alle teilnahmen. Er behauptete, damit solle das Gemeinschaftsgefühl gestärkt werden; in Wirklichkeit nutzte er die Anwesenheit aller jedoch, um sie mit seinen Verhaltensmaßregeln und Rationierungsanordnungen zu langweilen. Längst schon regte sich niemand mehr darüber auf. Erschöpfung machte nun einmal gefügig.

Dieser Abend war keine Ausnahme. Während John und die anderen an einem langen Tisch saßen und Nahrungskonzentrate löffelten, die angeblich nach Bohnen, Kartoffeln und Hackfleisch schmecken sollten, stand Kang vor ihnen wie ein Animateur und verdeutlichte ihnen die Gefahren der Ablenkung. Seine Haltung erinnerte John an die Aufnahmen, die sein Kameramann vor ein paar Jahren in den kommunistischen Internaten Nordkoreas gemacht hatte.

Er lächelte, als er eine gelbe Paste schluckte, die nicht nach Kartoffeln schmeckte. Kang würde wahrscheinlich nicht sehr erfreut sein, wenn Johns Artikelserie je auf der Erde erscheinen sollte.

»Konzentration ist unser wichtigster Verbündeter«, referierte der Kommandant gerade, »Ablenkung unser größter Gegner. Niemand von uns darf das je vergessen. Unser zweitgrößter Gegner ist die Verschwendung.«

»Die Verschwendung von Worten«, murmelte Tsuyoshi, die so dicht neben John saß, dass ihre Schultern sich berührten. Er senkte den Kopf, um sein Grinsen zu verbergen.

»Aus Verschwendung entsteht Not«, fuhr Kang fort. »Aus Not wird Tod.«

Er machte eine Pause, wollte wohl sicherstellen, dass jeder das Gesagte begriffen hatte. John blickte jedoch nur in müde und hungrige Gesichter. Was hier gesagt wurde, interessierte niemanden.

»Aus diesem Grund erlasse ich folgende neue Regeln. Um die Energieverschwendung einzudämmen ...« Bei diesen Worten hob Saintdemar alarmiert den Kopf. »... werden alle privaten Forschungsprojekte mit sofortiger Wirkung gestoppt. Eine Liste dieser Projekte wird Major Braxton an der Pinnwand aufhängen.«

Jetzt sahen auch Khalid und Angelis auf.

Kang wich ihrem Blick aus. »Das Material, das diesen Forschungen dient, wird konfisziert und dem Allgemeinwohl zugeführt. Das Gleiche gilt für Privatbesitz, durch den wichtige Ressourcen verschwendet werden, zum Beispiel MPX-Player, Digitalkameras und Computer. Diese Dinge können bis morgen früh um nullachthundert Stunden bei mir oder bei Major Braxton abgegeben werden. Das ist alles.«

Es war eine lächerliche Anweisung, das musste auch Kang klar sein. Die Energie, die aufgewendet werden musste, um diese Dinge zu betreiben, machte weniger als ein Prozent des Gesamtverbrauchs aus. Gleichzeitig stellten sie die einzige Abwechslung dar, die die Besatzung in ihrem monotonen Leben hatte, und die einzige Flucht aus der Enge.

Es war ein Fehler, ihnen das zu nehmen.

Major Braxton hing den handgeschriebenen Zettel an der Pinnwand auf, dann folgte sie Kang wortlos nach draußen. Sie hatte die Tür noch nicht hinter sich geschlossen, da standen die Wissenschaftler bereits von ihren Stühlen auf und drängten sich um das Papier. John ging ebenfalls zur Wand. Er war so groß, dass er über Tsuyoshis Kopf hinwegblicken konnte.

Kangs Liste war nicht lang.

Gestoppte Projekte (sofort zu beenden), lautete die Überschrift. Darunter stand:

Fossiliensuche (Tsuyoshi)
Wasserexperimente (Gonzales)
Mondbeobachtungen (Angelis)
Artikelreihe (Carter)
Bergmann (Saintdemar)

Endlich wurde John klar, was Kang mit dieser Anordnung bezweckt hatte. Es ging ihm nicht um die Ersparnis, er hatte einfach nur die günstige Situation genutzt und die beiden Probleme, die ihm den meisten Ärger bereitet hatten, gelöst. Er wusste, wie Wissenschaftler dachten, und ging davon aus, dass jeder versuchen würde, sein eigenes Projekt zu retten, ohne einen Gedanken an die anderen zu verschwenden. Damit war Bergmann kein ethisches Problem mehr, sondern ein lästiger Konkurrent im Kampf um die Energie. Und Johns Artikel hatten sich damit ebenfalls erledigt. Solange sich die Wissenschaftler untereinander über ihre eigene Wichtigkeit stritten, interessierte sich niemand dafür.

Teile und herrsche, dachte John, während um ihn herum erste Streitigkeiten aufkamen. *So einfach ist das.*

Er spürte, wie sich eine Hand auf seinen Arm legte, und drehte den Kopf.

Saintdemar sah ihn an. In ihrem Blick lag eine verzweifelte Entschlossenheit.

John nickte langsam.

***

Es war eine Verschwörung mit Hindernissen.

John war sich sicher, dass es nicht einfach gewesen wäre, fünf gewöhnliche Menschen von einem gemeinsamen Plan zu überzeugen, doch bei fünf Wissenschaftlern war es fast unmöglich. Saintdemar überließ John ihren Teil der Verhandlungen und konzentrierte sich ganz darauf, Bergmann am Leben zu erhalten, bis man sich geeinigt hatte. Drei Tage lang hatte sie das Abschalten der Maschinen bereits hinausgezögert, doch es war absehbar, dass Kang dieses Spiel nicht mehr lange mitmachen würde.

Währenddessen verbrachte John seine Zeit damit, die anderen von der Richtigkeit des Putschversuchs zu überzeugen. Er baute darauf, dass die drei Wissenschaftler, deren Projekte gestrichen worden waren, am ehesten bereit sein würden, sich darauf einzulassen. Das waren Tsuyoshi, Angelis und Gonzales. Die Deutsche klammerte er direkt aus, die Japanerin nach kurzem Zögern ebenfalls. Es blieb nur noch die Spanierin.

John passte sie in einem der Labors ab. Draußen konnten sie nur auf komplizierten Umwegen reden, da die gesamte Kommunikation über Funk lief und es keine abgesicherten Kanäle gab. Bei der Konstruktion der Raumanzüge hatte offensichtlich niemand an Privatsphäre gedacht.

Gonzales begriff erstaunlich schnell, worauf John hinauswollte. Bereits nach seinen ersten vorsichtigen Ansätzen unterbrach sie ihn und sagte: »Sie wollen das Schwein absetzen? Erklären Sie mir, wie.«

John hatte den Eindruck, dass sie nur auf eine solche Aufforderung gewartet hatte. Er überließ es ihr, mit Khalid über die Idee zu sprechen, und ging stattdessen bei der ersten Gelegenheit mit Tsuyoshi auf eine Bodenüberprüfung. Die setzte Kang in regelmäßigen Abständen an, um die Aufwärmung des Bodens zu untersuchen und neue Treibsandlöcher aufzuspüren. Das war eine der wenigen Aufgaben, bei denen man sich so weit vom Camp entfernte, dass die Funkverbindung abriss.

»Wenn Sie Kang angreifen, wird sich Major Braxton auf seine Seite stellen«, war das Erste, was Tsuyoshi auf seine Andeutungen entgegnete. »Beide sind bewaffnet.«

»Glauben Sie wirklich, dass sie schießen würden?«, fragte John. Sie standen neben dem Rover und hämmerten mit einer hydraulischen Vorrichtung dünne Rohre in den gefrorenen Boden.

»Würden Sie Ihr Leben riskieren, um das herauszufinden?«, fragte Tsuyoshi zurück. Er konnte ihre leise Stimme über den Lärm der Maschine kaum verstehen.

»Wir werden es nicht dazu kommen lassen«, entgegnete er. »Es wird keine Schießerei geben.«

»Wer ist *wir?*«

»Saintdemar, Gonzales, Khalid und ich.«

Sie drückte auf einen Knopf. Das hämmernde Geräusch stoppte und wurde durch ein jaulendes ersetzt, als die Maschine das Rohr wieder aus dem Boden zog.

»Also alle außer mir und Angelis«, sagte Tsuyoshi. Sie schwieg einen Moment, während sie die Messergebnisse aus dem Inneren des Rohrs über ein Interface in ihren Computer übertrug. »Also gut. Ich bin dabei, aber wir sollten Angelis nicht verraten, was geplant wird. Sie ist zu nervös.«

John schüttelte den Kopf. »Es müssen alle einverstanden sein, sonst müssen wir Kang erst gar nicht absetzen. Wenn Angelis –«

»Eins Komma fünf Grad!«, unterbrach ihn Tsuyoshi aufgeregt. Sie drehte das Display ihres Computers so, dass John die Zahlen sehen konnte. »Das ist sensationell. Innerhalb von zwei Monaten hat sich der Boden doppelt so schnell erwärmt wie erwartet. Das bedeutet, dass wir alle Berechnungen deutlich nach unten korrigieren müssen.«

Sie stützte den Computer mit ihrem Handgelenk ab und begann mit der anderen Hand Befehle einzugeben. Die Verschwörung, über die sie gerade noch gesprochen hatte, schien bereits vergessen zu sein.

John lehnte sich gegen den Rover und seufzte.

Hätte Frankreich unter Ludwig dem Sechzehnten aus Wissenschaftlern bestanden, dachte er, *würde das Land heute noch von Königen regiert.*

***

Tsuyoshi behielt Recht: Angelis war nervös, aber sie war auch bereit, sich an der Revolution zu beteiligen – allerdings erst nachdem John ihr erklärte, dass alle außer ihr bereits die Seiten gewechselt hatten. Die Furcht, zum Außenseiter zu werden, schien größer zu sein als die, das eigene Leben zu verlieren.

»Kein Wunder«, sagte Gonzales, als er ihr davon berichtete. »Hier auf dem Mars kann man den Freundeskreis nicht einfach wechseln. Entweder man ist dabei, oder man ist allein.«

Er hatte noch nie darüber nachgedacht, erkannte aber sofort, dass das stimmte. Unbewusst gingen sie alle viel größere Kompromisse ein, als sie es auf der Erde getan hätten. Der Drang, Teil der Gemeinschaft zu bleiben, siegte über persönliche Wünsche.

Das war vielleicht auch der Grund, weshalb man sich schließlich doch auf einen gemeinsamen Plan einigen konnte. Die

Grundidee stammte von Saintdemar, aber ausgearbeitet hatten ihn Khalid und Gonzales.

Der Inder trug die Verantwortung für die Sauerstofftanks. Er füllte sie auf und wartete sie. Im Schnitt verbrauchte jeder zwischen zwei und drei Tanks am Tag, je nach Bewegungsaufkommen und körperlicher Leistung. Meistens war es Braxton, die für sich und Kang die alten Tanks zurückbrachte und die neuen holte. Nur würde sie an diesem speziellen Tag Tanks in den Eispalast bringen, die so viel Stickstoff enthielten, dass der Träger bereits nach den ersten Atemzügen einschlief. Die Software, die Fehler im Gemisch eigentlich erkennen sollte, hatte Khalid bereits heimlich mit einem Filter ausgestattet, der Werte akzeptierte, die bis zu neunzig Prozent unter normal lagen. Auch die Tanks hatte er vorbereitet. Sie waren durch eine unauffällige Kerbe gekennzeichnet worden.

Am Abend des vierten Tages seit Beginn der Verschwörung war es so weit. Die gesamte Besatzung – abgesehen von Braxton, die sich vermutlich im Eispalast aufhielt – saß schweigend beim Abendessen, als John das verabredete Zeichen gab.

»Sieht so aus, als würde es diese Nacht wieder einen Sandsturm geben«, sagte er. Khalid und Tsuyoshi zuckten zusammen, Angelis verschluckte sich an ihrem Wasser und begann zu husten.

Kang sah von seinem Computerschirm auf. »Haben Sie die Instrumente konsultiert?«

»Nein, ich bekomme nur langsam ein Gefühl dafür. Auf der Erde war ich nicht schlecht bei solchen Dingen.«

»Auf der Erde haben Ihnen mehrere Millionen Jahre Evolution geholfen, Mister Carter. Ich bezweifle, dass Ihre Vorhersagen auf dem Mars eintreffen werden.«

John hob die Schultern. »Darüber reden wir morgen früh noch mal.«

Er wollte einen Streit vermeiden, deshalb senkte er den Kopf und beschäftigte sich mit seinem Abendessen, einem seltsam aussehenden Brei, der wie Spaghetti Napoli schmecken sollte, aber nach Erdbeeren roch.

»Müssen Sie mir eigentlich immer widersprechen, Carter?« Kang sah ihn aus blutunterlaufenen Augen an. Der ständige Schlafmangel machte sich bei ihm langsam auch körperlich bemerkbar.

Shit, dachte John.

»Ich habe Ihnen nicht widersprochen«, sagte er ruhig, »sondern eine Behauptung aufgestellt. Ob ich Recht habe, wird sich in ein paar Stunden zeigen.«

»Sie können nicht Recht haben, das habe ich Ihnen doch gerade erklärt.« Kang war sichtlich gereizt. »Wenn es diese Nacht einen Sturm geben sollte, dann ist das ein Zufall, keine Bestätigung.«

»Apropos Sturm«, mischte sich Tsuyoshi ein. »Wir sollten uns Gedanken über die Schwere der Stürme machen. Die dürfte innerhalb des nächsten Jahres deutlich –«

»Ich war noch nicht fertig, Doktor Tsuyoshi.« Kangs Stimme war schneidend scharf. »Mister Carter und ich müssen uns unterhalten.«

Nicht heute, dachte John besorgt. Theoretisch musste die Revolution zwar nicht an diesem Abend stattfinden, praktisch zweifelte er jedoch daran, dass die Wissenschaftler noch einmal den Mut dazu finden würden, wenn er heute alles abblies. Er konnte sehen, wie nervös die meisten waren. Immer wieder glitten ihre Blicke zu der Pistole, die in Kangs Gürtel steckte.

Das Öffnen der Tür befreite ihn von einer Antwort. Im ersten Moment war er erleichtert, als Braxton eintrat, doch dann sah er die beiden Sauerstofftanks, die sie bei sich trug. Neben ihm zog Khalid scharf die Luft ein. Braxton ging sonst nie allein zur Luftaufbereitung. Warum musste sie das ausgerechnet heute tun?

»Ich habe die neuen Tanks, Sir«, sagte sie, als sie die weißen Behälter an die Wand lehnte. »Wir können sie austauschen, bevor wir die Messe verlassen. Dann kann Doktor Khalid die leeren direkt wieder mitnehmen.«

Deshalb also. Braxton hatte praktisch gedacht.

John stieß Khalid unter dem Tisch an. Wenn er sich nichts einfallen ließ, war der Abend verloren.

»Äh …«, begann der Inder. Die anderen sahen ihn voller Angst und Hoffnung an. »Äh … von welcher Seite haben Sie die Tanks genommen, Major?«, fragte er.

Braxton drehte sich zu ihm um. »Von rechts, da wo Sie die frischen Tanks immer lagern.«

»Normalerweise lagern«, korrigierte Khalid. »Ich … äh, räume um. Das System soll effizienter werden.« Er stand auf. »Ich tausche Ihnen die Tanks rasch aus.«

Braxton drehte sich zurück und runzelte die Stirn. »Aber die Druckanzeige steht auf hundert Prozent«, sagte sie. »Die Tanks sind voll.«

»Ja, aber nicht mit dem richtigen Gemisch.«

John fühlte, wie sein Mund trocken wurde. Khalid redete sich um Kopf und Kragen.

Jetzt sah auch Kang auf. »Was soll das heißen?«

Schweißperlen standen auf Khalids Stirn. »Wir … Doktor Saintdemar und ich … experimentieren mit einer niedrigeren Sauerstoffdosierung, um unsere Vorräte strecken zu können. Unter ihrer Aufsicht wollte ich das Gemisch am … äh, Morgen testen. Wir könnten bis zu zehn Prozent sparen.«

Braxton drehte den Tank und warf einen Blick auf das Display, das daran hing. »Hier gibt es keine Fehlermeldung.«

»Wirklich? Wie seltsam …« Khalids Blick zuckte zwischen Braxton und Kang hin und her. Es wurde still in der Messe. Niemand wagte es, einen anderen anzusehen. Alle starrten nur stumm auf die Plastikteller, die vor ihnen standen.

»Was ist hier los?«, fragte Kang plötzlich. »Wieso schwitzen Sie so?«

Khalid wischte sich mit der Hand über die Stirn. Seine Finger zitterten. »Es ist warm hier.«

»Das ist es *nicht*. Seit dem Absturz war es nirgendwo mehr warm!« Der Chinese stand auf. Braxton setzte den Tank ab.

»Major, Sie –«

John ließ ihn nicht ausreden. Er sprang auf, griff mit beiden Händen nach dem Stuhl, auf dem Khalid gesessen hatte, und schleuderte ihn Kang entgegen. Der Chinese schrie überrascht auf.

»Schnappt euch Braxton!«, schrie John, während er sich über den Tisch abrollte und Kang zu Boden riss. Zwei Faustschlägen konnte er ausweichen, der dritte traf ihn mitten ins Gesicht. Er schüttelte sich. Blut spritzte über Kangs graue Jacke. John sah, wie er nach seiner Pistole tastete, und rammte ihm mit einem Schrei die Ellbogen in den Magen.

Würgend und keuchend krümmte sich Kang zusammen. John riss die Pistole aus seinem Gürtel, entsicherte sie und fuhr herum.

Die anderen saßen wie erstarrt auf ihren Stühlen. Nur Saintdemar war aufgestanden, blieb jetzt aber verunsichert stehen. Aus den Augenwinkeln sah John, dass Braxton ihre Waffe gezogen hatte und sie auf ihn richtete.

Schwer atmend stand er vor ihr. Blut lief aus einem Riss in seiner Wange und tropfte auf den Boden.

»Und was jetzt?«, fragte er rau.

Braxton zögerte. Ihr Blick glitt zu dem stöhnend am Boden liegenden Kang, zu den schweigenden Wissenschaftlern und zu John. Dann sicherte sie mit einer knappen Bewegung ihre Waffe und legte sie auf den Tisch.

»Das werden verdammt noch mal Sie entscheiden«, sagte sie und trat von der Waffe zurück.

John nickte erleichtert. »Danke.«

Braxton ignorierte ihn.

* * *

Interview Gonzales, Estela/Angelis, Marianne/Tsuyoshi, Akina 26. 02. 2009 (Arbeitskopie von John Carter)

Die Medien nennen sie »Drei Engel für den Mars«: die Wissenschaftlerinnern Estela Gonzales, Marianne Angelis und Akina Tsuyoshi. Da alle drei ohne praktische Vorkenntnisse für die Mission ausgewählt wurden, haben sie ihr Training gemeinsam absolviert, zur Freude der Fotographen.

»Die letzte Phase findet hier im Deutschen Luft- und Raumfahrtzentrum Köln statt«, erklärt Akina und zeigt auf ein großes Gebäude, das im Fenster zu sehen ist. »Sogar zwei Parabelflüge haben wir schon hinter uns gebracht.«

Ob es ihr gefallen hat? »Natürlich, das ist fast so wie die großen Achterbahnen in Japan.«

Wir sitzen in einer kleinen, rustikal eingerichteten Gaststätte. Draußen schneit es. Akina Tsuyoshi sollte eigentlich Betriebswirtschaft studieren und in der gleichen Firma wie ihr Vater anfangen, doch das hat sie nicht gereizt.

»Steine und Erde sind der Stoff, aus dem Planeten entstehen«, sagt sie. »Das fasziniert mich. Schon als Kind habe ich Kristalle gesammelt und Bilder von Vulkanen. Zahlen sind mir egal.«

Ist sie dann nicht zu erdverbunden für einen Flug zum Mars? Sie lacht, als ich sie das frage: »Erde gibt es überall.«

Neben Akina sitzt die Spanierin Estela Gonzales. Sie hat die Beine übereinandergeschlagen und wippt mit dem Fuß auf und ab. »Pass auf die Gonzales auf«, hat ein Kollege von einer Tageszeitung vor ein paar Tagen gesagt. »Die hat Haare auf den Zähnen.«

Heute scheine ich sie aber in einer friedlichen Stimmung erwischt zu haben, denn sie beantwortet freundlich, sogar herzlich die Fragen, die ich ihr stelle.

»Ich habe wegen der Partys angefangen, Chemie zu studieren«, sagt sie. »Ich wusste nicht, was ich mit meinem Leben anfangen sollte, und irgendwer meinte, bei den Chemikern würde es nie langweilig. Erst nach einer Weile habe ich kapiert, dass er damit auf die ganzen Drogen anspielte, die dort natürlich im Umlauf sind.«

Akina unterbricht sie lachend. »Die Chemiker sind auch die reichsten Studenten an der Uni.«

»Aber nicht die bestaussehenden.«

Sind Äußerlichkeiten für sie wichtig? Estela denkt einen Moment nach. »Ja«, sagt sie dann. »Wenn du gut aussiehst, hast du's im Leben leichter.«

Es klingt wie etwas, das sie einmal gehört hat, aber nicht wirklich nachvollziehen kann. Dabei müsste sie es merken, denn sie ist die Hübscheste von den dreien. Doch sie ist auch die Schwierigste, das stellt sie unter Beweis, als der Wirt ihr einen Cappuccino bringt, der nicht ganz ihren Erwartungen entspricht.

Was erwartet sie auf dem Mars, frage ich, als sie das Getränk zurückgehen lässt.

»Erkenntnisse, viel Arbeit, viel Neues«, lautet ihre Antwort. »Es war zwar nicht mein Lebenswunsch, Chemikerin zu werden, aber ich bin gut darin, eine der Besten in ganz Spanien, und ich werde meine Aufgaben da oben meistern.«

Das klingt, als wäre der Mars eine Pflichtübung für sie, aber sie widerspricht vehement. »Ganz und gar nicht«, sagt sie, während sie den frischen Cappuccino abfällig betrachtet. »Es ist eine große Ehre, aus so vielen Bewerbern ausgesucht zu werden. Ich habe nur nicht mein ganzes Leben darauf ausgerichtet.«

Jemand, der genau das getan hat, ist die sechsundzwanzigjährige Astrophysikerin Marianne Angelis. Als hoch begabtes Wunderkind machte sie schon mit sechs Jahren in Deutschland Schlagzeilen; als erste Deutsche auf dem Mars feiern die Medien sie heute.

Doch Marianne ist kein dankbares Opfer. Während Estela eher zu viel sagt, sagt Marianne zu wenig. Sie beantwortet Fragen einsilbig, hält den Blick gesenkt und wirkt neben der extrovertierten Spanierin unsicher und gehemmt.

Ihr Beruf wurde Marianne praktisch in die Wiege gelegt, denn ihre Mutter ist Radioastronomin, ihr Vater Astrophysiker. Als Kind bereiste sie bereits die ganze Welt.

»Meine Eltern nahmen an vielen großen Projekten teil«, erklärt sie leise. »Ich ging in Chile zur Schule, in Sydney, in Kapstadt und in Santa Fe, bevor ich in Deutschland studierte.«

Wie alt war sie, als sie mit dem Studium begann? »Siebzehn«, antwortet sie, »aber das ist nicht so selten, wie viele glauben.«

Doch diese Erfahrungen haben vielleicht dazu beigetragen, dass sie zum Einzelgänger wurde.

»Ich bin nun mal gern mit mir und meiner Arbeit allein«, sagt Marianne. »Größere Gruppen liegen mir nicht.«

Ihre Arbeit, das sind die Sterne. »Seit meinem ersten Blick durch ein Teleskop wollte ich in den Weltraum.« Zum ersten Mal seit Beginn des Gesprächs sieht sie mich an. »Das werden vielleicht viele nicht verstehen, aber ich stehe im Moment vor dem Höhepunkt meines Lebens. Ich werde zum Mars fliegen. Was mehr könnte ein Mensch wollen?«

Ihre Augen leuchten. In diesem Moment ist Marianne Angelis glücklich.

* * *

Sie feierten ihren Sieg nicht. Saintdemar hatte zwar eine kleine Feier vorgeschlagen, aber die anderen hatten abgelehnt. Stattdessen zogen sich vier von ihnen in die Schlafunterkunft zurück, während John und Khalid die Pistolen nahmen und damit vor dem Eispalast Wache standen. Sie redeten weder mit Kang, noch mit Braxton. Es war Tsuyoshis Idee gewesen, bis zum nächsten Morgen mit allen Entscheidungen zu warten. John sah das genauso.

Mit einem rostbraunen Sonnenaufgang begann der neue Tag. Der Sandsturm, der schon die ganze Nacht über geweht hatte, wurde noch stärker und wirbelte den Sand meterhoch vom Boden auf. John sah kaum die Tür des Eispalasts.

»Wir werden heute Morgen über einige wichtige Dinge sprechen«, sagte er über Funk. »Ich möchte, dass Sie, Doktor Kang, und Sie, Major Braxton, daran teilnehmen. Sie sind Teil der Siedlung, auch wenn Sie sie nicht mehr leiten.«

»Und wer leitet sie jetzt?«, fragte Kang aus dem Inneren.

»Niemand.« John hatte geschworen, dass es seine erste und einzige alleinige Entscheidung sein würde, die Führungsposition abzulehnen. »Ab jetzt werden alle Entscheidungen gemeinsam getroffen.«

»Schwachsinn«, antwortete Kang vehement. »Das ist ineffizient und kostet zu viel Zeit.«

Das war ein Argument, mit dem John gerechnet hatte. »Doktor Kang, wenn es etwas gibt, von dem wir auf dem Mars mehr als genug haben, dann ist es Zeit.«

»Sand«, sagte Braxton zusammenhanglos.

John zog die Augenbrauen zusammen. »Bitte?«

»Sand«, wiederholte Braxton. »Davon haben wir auch mehr als genug.«

Er hörte Angelis über Funk lachen und grinste. Die Australierin schien den Machtwechsel gelassen zu sehen. »Das ist allerdings richtig, Major. Kommen Sie mit in die Messe?«

»Nein«, sagte sie nach einem Moment. »Doktor Kang und ich werden die Abstimmung per Funk verfolgen und daran teilnehmen.«

Kang widersprach nicht.

»Okay, einverstanden.« John nickte Khalid zu und ging mit ihm zurück zur Messe, wo sich die anderen bereits versammelt hatten. Es dauerte keine zwei Minuten, dann hatte der Inder den Schiffsfunk über die Messe geleitet und mit dem Helmfunk verbunden.

»Können Sie uns hören?«, fragte John.

»Laut und deutlich«, antwortete Braxton aus einem Lautsprecher in der Wand.

»Gut.« John setzte sich und nahm sein Tablet aus der Tasche. Er hatte es sich von Kang noch am Vorabend zurückgeholt. »Wir haben zwei wichtige Entscheidungen, die unbedingt getroffen werden müssen. Doktor Gonzales –«

Die Spanierin hob die Hand. »Ich möchte alle hier um etwas bitten«, unterbrach sie John, »bevor wir mit der Diskussion beginnen.«

»Und das wäre?«, fragte Tsuyoshi.

Gonzales holte tief Luft. »Können wir bitte mit der verdammten Siezerei aufhören? Wir sind doch hier nicht im Hörsaal.«

Khalid nickte spontan. »Ich bin dafür.«

»Jemand dagegen?« John blickte in die Runde. Selbst aus dem Lautsprecher meldete sich keine Gegenstimme.

»Okay«, sagte er dann, »angenommen.« Aus Rücksicht auf Kang fügte er hinzu: »Redet miteinander, wie ihr wollt. Wer sich weiter siezen will, soll das tun. Oder stört das jemanden?«

Kopfschütteln antwortete ihm.

John blickte auf sein Display. »Punkt Eins: die Nachricht zur Erde. Ihr alle kennt die Argumente dafür und dagegen. Wie sollen wir uns entscheiden?«

Er lehnte sich zurück, während um ihn herum die Diskussion

begann. Die einen hielten den Funkspruch für notwendig, weil sie sich nicht darauf verlassen wollten, dass der Notruf kurz vor dem Absturz der BRADBURY genügte, um eine Rettungsmission in Marsch zu setzen. Die anderen wogen die Notwendigkeit gegen den Energieverbrauch auf, den das Signal kosten würde. Was nutzte ein erfolgreicher Notruf, argumentierten sie, wenn es danach nichts mehr zu retten gab? Seit Monaten schwelte dieser Streit schon zwischen den beiden Lagern. Er musste endlich beendet werden.

Keine zwanzig Minuten dauerte es, bis alle zur Abstimmung bereit waren. John räusperte sich. »Wer ist dafür, eine Nachricht zur Erde zu schicken?«, fragte er.

Gonzales' Arm schoss nach oben, Angelis hob langsam die Hand. Nach einem Moment schloss sich auch Khalid der Gruppe an, obwohl John in seinem Gesicht ablesen konnte, dass ihm das schwerfiel.

»Wer ist dagegen?«

John hob die Hand, dann Saintdemar und Tsuyoshi.

»Doktor Kang und ich sind dagegen«, sagte Braxton aus dem Lautsprecher. Gonzales fluchte.

»Damit ist die Nachricht zur Erde abgelehnt.« Die Proteste, die er erwartet hatte, blieben aus. Die Gruppe hatte entschieden, und die Verlierer akzeptierten das Urteil. John ahnte jedoch, dass dies bei der nächsten Entscheidung anders sein würde. Er warf einen Blick auf das Display, obwohl er genau wusste, was dort stand.

»Punkt Zwei«, fuhr er dann fort. »Enrico Bergmann.«

Saintdemar richtete sich auf. Sie wirkte ruhig, aber ihre Hände waren unter dem Tisch zu Fäusten geballt.

»Sie alle ... ihr alle wisst, was von eurer Stimme abhängt«, sagte sie. »Es geht um ein Menschenleben!«

»Worüber genau werden wir abstimmen?«, fragte Braxton aus dem Lautsprecher. »Wie ist die Frage definiert?«

Es war offensichtlich, dass es in Wirklichkeit Kang war, der diese Frage stellte.

»Wir stimmen darüber ab«, erklärte John, »ob die Maschinen, die Enrico Bergmann momentan am Leben erhalten, weiter mit Energie versorgt werden sollen oder nicht. Sollten wir uns dagegen entscheiden, werden die Maschinen abgeschaltet.«

»Und Lieutenant Bergmanns Leben beendet?«, fragte Braxton.

John neigte den Kopf. »Wenn dies daraus resultieren sollte, ja.«

Er wandte sich wieder den anderen zu. Saintdemar war so angespannt, dass er sie nicht mehr länger warten lassen wollte. Eine Diskussion erübrigte sich. Jedem im Raum war klar, was die Entscheidung bedeutete.

»Wer ist dagegen, die Maschinen weiter mit Energie zu versorgen?«, fragte er.

Niemand reagierte. Alle blickten auf den Fußboden wie Schüler, denen man eine unlösbare Aufgabe gestellt hatte.

Keiner will der Erste sein, dachte John.

»Madelaine«, sagte er nach einem Moment zu Saintdemar. »Wofür stimmst du?«

»Ich bin dafür, Rico leben zu lassen.«

»Pramjib?

Khalid zuckte zusammen, als er seinen Namen hörte. Er räusperte sich, schluckte und räusperte sich noch einmal.

»Dagegen«, sagte er dann leise. Saintdemar zog scharf die Luft ein.

»Marianne?«

»Dafür.«

»Akina?«

»Dafür.« Das war eine Überraschung. Tsuyoshi hatte er eher auf der Seite der Gegner gesehen.

»Estela?«

»Dagegen.« Die Spanierin war die Einzige, die Saintdemar ins Gesicht sah, als sie ihre Antwort gab.

»Doktor Kang?«

»Sie sollten meine Antwort kennen«, sagte der Chinese.

John seufzte innerlich. »Ich möchte sie trotzdem hören, wenn es Ihnen nichts ausmacht.«

Einen Moment rauschten die Lautsprecher, dann antwortete Kang knapp: »Dagegen.«

»Major Braxton, Ihre Entscheidung bitte.«

»Ich möchte mich enthalten.«

Die Antwort überraschte John. Er hatte fest damit gerechnet, dass die Australierin sich der Meinung ihres Vorgesetzten anschließen würde.

»Damit hätten wir Gleichstand«, sagte Tsuyoshi. »Es fehlt nur noch deine Stimme, John.«

Ein Hauch der Erleichterung huschte über Saintdemars Gesicht.

John sah sie an.

»Ich bin dagegen«, sagte er.

* * *

Sie schrie nicht, sie weinte nicht, sie bettelte nicht.

Saintdemar saß nur stumm auf ihrem Stuhl und blickte ins Leere. Das Leben schien plötzlich aus ihr gewichen zu sein, so als wäre Bergmanns Todesurteil auch das ihre.

»Wer wird es tun?« Khalid war der Erste, der das Schweigen brach.

»Wir alle«, sagte John. Er hatte lange darüber nachgedacht, wie sie ihren Entschluss umsetzen sollten, wenn es dazu käme. »Wir sollten uns gemeinsam von ihm verabschieden.« Er stand auf. »Lasst uns gehen.«

»Jetzt?«, fragte Angelis entsetzt, aber Khalid und Gonzales nickten nur.

»Sofort«, stimmte die Spanierin zu. »Bevor es noch schwieriger wird.« Sie reichte Saintdemar die Hand. »Madelaine?«

John hätte gewettet, dass die Ärztin sie zurückweisen würde, aber sie tat es nicht, sondern ließ sich stumm mitziehen. Sie hatte nicht nur eine Abstimmung verloren, sondern ein Leben. Er hoffte, dass sie sich davon erholen würde.

Als er und die anderen die Krankenstation betraten, standen Kang und Braxton bereits neben dem *Schneewittchensarg,* wie John die High-Tech-Kammer bei sich nannte. Er war froh, dass sie gekommen waren. Es zeigte, dass sie sich trotz des Machtwechsels der Gruppe verbunden fühlten.

Schweigend gruppierten sich alle um die Kapsel herum und blickten in Bergmanns eingefallenes, zahnloses Gesicht. Schläuche steckten in seinem Mund und seiner Nase, Kanülen in seinen Armen. Er war so ausgemergelt, dass sein Körper beinahe mumifiziert wirkte. Sein Brustkorb hob und senkte sich im Rhythmus der elektrischen Pumpe, die an seiner Kammer befestigt war.

»Die Energieversorgung lässt sich rechts mit dem blauen Knopf abschalten«, sagte Khalid leise. »Du musst ihn zweimal drücken und dann mit dem roten bestätigen.«

Für ihn schien bereits klar zu sein, dass John den Entschluss umsetzen würde. Doch Kang kam ihm zuvor.

»Ich werde es tun.«

John schüttelte den Kopf. »Nein, wir –«

»Wollen Sie darüber abstimmen lassen?«

Das wollte niemand, nicht während Saintdemar im Raum war. Bergmann sollte so rasch und würdevoll wie möglich sterben. Die Belastung, der sie sich alle aussetzten, war auch ohne Streit schon groß genug.

Also nickte John. »Möchte jemand etwas sagen?«, fragte er,

während Kang neben die Kapsel trat und den Finger auf den Knopf legte.

Stumm und mit gesenktem Kopf standen die anderen da. Sie wirkten wie Trauergäste, die sich um einen Sarg versammelt hatten. In gewisser Weise waren sie das auch.

»Der Herr ist mein Hirte«, begann Estela schließlich leise. »Mir wird nichts mangeln. Er weidet mich auf grüner Aue und führet mich zum frischen Was-«

»Das ist Mord!« Saintdemars Schrei ließ alle zusammenzucken.

»Nein«, widersprach Estela ruhig. »Es ist eine Gnade.«

Im gleichen Moment schaltete Kang die Maschinen ab.

Ein rotes Licht leuchtete kurz an der Kapsel auf. Das Geräusch der elektrischen Pumpe erstarb. Das Summen, das den Raum die ganze Zeit über erfüllt hatte, brach ab, während die Statusanzeigen auf Null fielen.

Bergmanns Brustkorb senkte sich und erstarrte. Sonst veränderte sich nichts.

»Ihr seid Mörder.« Saintdemar wich mit einem lauten Schluchzen zurück.

»Madelaine ...« Angelis griff nach ihrem Arm, aber sie riss sich los und lief aus dem Raum. Ihre Schritte hallten einen Moment lang durch den Gang, dann wurde es still.

»Ist er tot?«, fragte Tsuyoshi mit einem nervösen Blick auf die Kapsel.

»Das ist er schon seit Monaten«, antwortete John. Da Saintdemar nicht mehr im Raum war, konnte er offener sprechen. »Estela hat Recht. Wir haben ihm einen Gefallen getan.« Er warf einen Blick in die Runde. »Was machen wir jetzt mit der Leiche?«

Khalid hob die Schultern. »Wir wissen nicht, wie sehr die Droge seinen Körper vergiftet hat, deshalb möchte ich ihn nicht der Rohstoffverwertung zuführen. Was meinen Sie, Doktor Kang?«

»Ich gebe Ihnen Recht. Bei ungeklärter Todesursache sollte ein Körper nicht verwertet werden. Begraben Sie ihn lieber.« Er strich mit einer Hand über die Kapsel. »Holen Sie ein großes Laken für die Leiche und Desinfektionsmittel für die Kammer, Doktor. Ich –« Kang stockte. Ihm schien erst jetzt bewusst zu werden, dass er niemandem mehr Befehle geben konnte. »Bitte«, fügte er mit zusammengebissenen Zähnen hinzu.

»Ich mache das schon, Sir«, sagte Braxton rasch. Auch sie schien kein Interesse daran zu haben, den Konflikt wieder aufkochen zu lassen und eine Spaltung der Gruppe zu riskieren.

Gut, dachte John. *Wir brauchen so viel Vernunft, wie wir kriegen können.*

Er blickte durch die offene Tür in den Gang, durch den Saintdemar verschwunden war.

Hoffentlich sieht sie das auch so.

* * *

Dr. Han Suo Kang, Tag 186 nach dem Absturz, um neunzehnhundert Stunden Bordzeit

Da man mich mittels einer Meuterei meines Kommandos enthoben hat, habe ich beschlossen, die Ereignisse in der Kolonie nicht mehr in das offizielle Bordlogbuch einzutragen, sondern in privaterem Rahmen zu kommentieren. Ich möchte natürlich auch weiterhin die Missionsleitung über das unterrichten, was hier geschieht. Diese Informationen könnten sich bei der Planung weiterer Langzeitmissionen als nützlich erweisen.

Ich habe die Verantwortung über diese Mission übernommen, und die werde ich wahrnehmen, ob die anderen das akzeptieren oder nicht. Es wäre wünschenswert, dass das Kontrollzentrum über unsere Lage informiert ist, aber wir sollten uns auf das Hier und Jetzt konzentrieren. Die Missionsleitung weiß, dass es Probleme gibt, und in spätestens einem Jahr werden wir eine

Sonde mit weiteren Anweisungen und vielleicht sogar mit neuen Vorräten entdecken. Ich stelle mir vor, wie auf der Erde gerade fieberhaft an unserer Rettung gearbeitet wird. Genauso fieberhaft sollten wir auch hier arbeiten.

Das Vernünftigste wird sein, wir tun, wozu wir hergekommen sind: um aus diesem öden und kalten Felsblock eine Welt zu machen, auf der die Menschheit sich frei bewegen kann – eine neue Welt mit neuen Chancen und Möglichkeiten. Eine Beschäftigung kann nicht schaden, und selbst wenn wir nicht bis zur Rettung überleben, wird man sich noch in tausend Jahren an uns erinnern ...

Schon jetzt zeigt sich, dass die Terraforming-Bemühungen und das Impfen des Planeten mit Atombomben und Pflanzensamen ein halbes Jahr vor unserer Ankunft unsere kühnsten Erwartungen übertreffen. Ob die genetisch veränderten Gräser Fuß gefasst haben, können wir von unserem Landeplatz aus nicht beurteilen, aber die Luft wird mit jedem Tag schwerer und wärmer und das Wasser im Boden beginnt zu tauen. Damit sind auch Gefahren verbunden, denn die Stürme werden stärker und die Treibsandlöcher häufiger. Doch wirklich gefährlich sollte es erst in ein paar Jahren werden. Dann werden wir hoffentlich längst zurück auf der Erde sein.

Dort wird sich auch klären, ob die von mir gefällte und von der Gruppe bestätigte Entscheidung über Lieutenant Bergmann rechtswidrig war. Ich bin sicher, dass Doktor Saintdemar auf einer Mordanklage bestehen wird. Sie hat sich von den anderen weitgehend zurückgezogen und pflegt nur noch Kontakt zu Doktor Angelis. Zum Glück wirkt sich ihre persönliche Antipathie jedoch nicht auf ihr fachliches Können aus. Sie forscht weiter auf medizinischem Sektor (besonders im Bereich der Fruchtbarkeit) und geht auch ihren Aufgaben als Bordärztin nach. Nur über private Dinge redet sie nicht.

Wir werden sehen, wie sich das weiterentwickelt.

Meine Berichte über die Geschehnisse hier werde ich regelmäßig formulieren. Jenna Braxton wird sie gegenzeichnen, damit klar ist, dass ich die Wahrheit aufzeichne und nichts beschönige.

gez: (Ex-)Kmdt. der BRADBURY, *Han Suo Kang*

gegengez. und bestätigt: Major Jenna Braxton

Tag 204 nach dem Absturz, sechzehnhundert Stunden Bordzeit

Unsere Arbeit hier geht voran. Im Wrack der BRADBURY haben wir heute die Energieversorgung der beiden Labors auf Sonnenkollektoren umgestellt, um die Generatoren zu schonen. Solange sich das Wetter hält, dürfte die Versorgung gewährleistet sein. Carter und Gonzales wollen als Nächstes neue Quartiere aus den Modulen errichten, damit jeder seinen eigenen Rückzugsbereich hat. Die meisten schlafen immer noch im Gemeinschaftsquartier, was am Anfang nur eine Frage der Organisation war, da wir in zwei Schichten gearbeitet haben. Mittlerweile ist in der Gruppe jedoch einiges geschehen, die Sozialisationen und Verkettungen haben sich verschoben. Durch eine räumliche Trennung können sich alle aus dem Weg gehen, was die Gemüter beruhigen sollte. Allerdings würde damit auch der Energieverbrauch sprunghaft ansteigen. Man wird Vor- und Nachteile sorgfältig abwägen müssen.

Über die sozialen Gefüge lässt sich Folgendes sagen: Dachte ich auf unserem Hinflug zunächst noch, Dr. Saintdemar hätte eine engere Beziehung zu John Carter geknüpft, so hat sich diese Verbindung nach Carters Entscheidung, Lt. Bergmanns Lebenserhaltungssysteme abzuschalten, in Nichts aufgelöst. Zwischen beiden herrscht seit Wochen eisiges Schweigen. Man muss ihnen zugute halten, dass sie dennoch die Form wahren, wenn sie sich begegnen und zumindest über anstehende Aufgaben miteinander reden.

Nach Batrikowas Tod hat sich rund um Dr. Gonzales eine neue Clique gebildet. Natürlich gehört Pramjib Khalid dazu, John Carter jedoch zu meinem großen Erstaunen nicht. Er ist weiterhin mehr Beobachter als Teilnehmer. Nur mit Tsuyoshi scheint er wirklich über private Dinge zu sprechen. Auf der Erde und in einer nicht-militärischen Institution würde man ihn einen Freigeist nennen, doch bei einer Unternehmung wie dieser hier kann eine Gruppe nur mit Anpassung funktionieren und nicht basisdemokratisch, so wie er und die anderen sich das vorstellen. Sie werden das früher oder später erkennen. Ich hoffe nur, dass es dann nicht zu spät ist.

Ansonsten kann man sagen, dass alle Geschehnisse sich so weit im Rahmen des Akzeptablen befinden.

Noch. Warten wir ab, wie lange eine Gruppe, in der jedes Problem zerredet wird, bestehen kann.

gez: Kmdt. der BRADBURY, *Han Suo Kang*
gegengez. und bestätigt: Major Jenna Braxton

Tag 217 nach dem Absturz, nullsiebenhundert Stunden Bordzeit

Wie ich prophezeit hatte, sind in letzter Zeit Schwierigkeiten aufgetreten, so wie sie bei dieser Disziplinlosigkeit zu erwarten waren: Offenbar stiehlt jemand Lebensmittelrationen. Jedenfalls mussten wir feststellen, dass mehr von den abgezählten Rationen fehlen, als es der Fall sein dürfte. Trotz der Anarchie, die um sich greift, hatte Mister Carter die Vernunft, jeden Tag die Rationen durchzuzählen.

Seit drei Tagen nun konnten wir feststellen, dass Rationen fehlen. Das Chaos und die gegenseitigen Beschuldigungen, die nun auftraten, spotten jeder Beschreibung. Als ich den nutzlosen Streit heute schlichten wollte, verbündeten sich die Beteiligten gegen mich und verwiesen mich des Raums, mit der Begründung, ich sei nicht mehr ihr Kommandant. Ich lehne mich also zurück und beobachte das Chaos. Sollen sie sich doch die Köpfe einschlagen.

Ich fühle mich sehr an die *Bounty* erinnert. Immer hatte ich für Captain Bligh nur Verachtung übrig – er hatte seine Leute nicht im Griff und versuchte dies mit übermäßiger Grausamkeit zu kompensieren, dachte ich. Jetzt bin ich auf seiner Seite und voller Verständnis für ihn. Er musste so hart durchgreifen, um die Disziplin aufrechtzuerhalten, die so weit weg von jeder Zivilisation notwendig ist.

Es ist nicht viel, was an Rationen fehlt; auf der Erde wäre dies nur ein Bagatelle-Delikt. Aber hier bedeutet jede Ration ein paar Tage mehr; Tage, an denen sich das Blatt wenden und aus unserer Hoffnung auf Rettung Wirklichkeit werden kann.

Das nimmt uns der Dieb mit seiner egoistischen und boshaften Tat. Es ist mir rätselhaft, wie sich ein Mensch so gehen lassen kann.

gez: Kmdt. der BRADBURY, *Han Suo Kang*
gegengez. und bestätigt: Major Jenna Braxton

Tag 230 nach dem Absturz, nulldreihundert Stunden Bordzeit

Carter hat herausgefunden, wer die Lebensmittelrationen gestohlen hat. Er ist dabei weitaus logischer vorgegangen, als ich von ihm erwartet hätte. Mit Khalids Hilfe hat er eine schwach radioaktive Paste an den Lebensmittelcontainern angebracht. Es hätten allein Khalids Handschuhe mit der Paste in Berührung kommen dürfen, doch als man nach einigen Tagen die Handschuhe der gesamten Gruppe untersuchte (ein Vorgang, gegen den ich mich natürlich nicht sträubte), entdeckte man, dass auch Doktor Tsuyoshis Kleidung betroffen war.

Dieses Ergebnis hätte ich nie erwartet – Akina Tsuyoshi, deren Verhalten stets tadellos war. Man hat sie vor wenigen

Minuten mit ihrer Tat konfrontiert. Sie brach weinend zusammen, stammelte etwas über ihren Hunger und die Leichtigkeit, andere zu bestehlen.

Es ist unglaublich – die Situation hier auf dem Mars erfordert, dass sich jeder auf seine Vernunft besinnt, Rücksicht auf den anderen nimmt und das Beste aus sich herausholt. Gefühle müssen zurückstehen und haben bei einer Mission auf einem fremden Planeten nichts verloren. Das sind Major Braxtons Worte, nicht meine.

Doch stattdessen brach in dem Moment, als Tsuyoshi gefasst wurde, erneut die Hölle los. Man beschloss sie zunächst auf die Krankenstation zu verbannen, damit ein Tribunal tagen kann, das ein Urteil über sie fällen soll. Eine lächerliche Veranstaltung, die natürlich wieder auf Carters Mist gewachsen ist. Gerade bei der Bestrafung von Expeditionsmitgliedern sollte es keine lange Diskussion geben. Derjenige muss arretiert werden und fertig. Ich bin dennoch gespannt, was diese »gruppendynamische Runde« ergeben wird.

gez: Kmdt. der BRADBURY, *Han Suo Kang*
gegengez. und bestätigt: Major Jenna Braxton

* * *

In der Offiziersmesse herrschte nach Estela Gonzales' Vorschlag eine Weile absolutes Schweigen. Ein Schweigen, das umso seltsamer wirkte, wenn man nur fünf Minuten zurückdachte – jeder war dem anderen ins Wort gefallen.

Bis Estela mit ihrem Vorschlag herausgeplatzt war. John Carter hielt die Luft an und überlegte, ob sie diese Idee ernst gemeint haben konnte. Ihrem entschlossenen Gesicht nach zu urteilen, ja. Er sah in die Runde. Was würden die anderen dazu sagen?

Marianne Angelis war die Erste, die sich wieder rührte.

»Wie könnt ihr das nur vorschlagen? Ihr habt sie doch nicht mehr alle. Das ist viel zu grausam!«

»O doch. Sie hat gestohlen, Doktor Angelis! Das ist unverzeihlich.« In Kangs Gesicht verzog sich kein Muskel, als er das sagte. John wusste, dass er bereits seit Monaten lange Berichte an das Missionskommando verfasste. Er fragte sich, was er wohl zu dem Diebstahl geschrieben hatte – oder noch über die Bestrafung schreiben würde.

»Ich stimme Ihnen zu, Sir«, sagte Braxton. »Wir können Doktor Tsuyoshi nicht verhaften oder ins Gefängnis stecken. Wir brauchen ihre Arbeitskraft. Aber es muss allen hier klar sein, dass Verbrechen trotzdem bestraft werden.«

Es war beinahe witzig, wie sie sich immer auf Kangs Seite stellte. Die beiden erinnerten Carter an das Offizierspaar aus *M*A*S*H*, Hotlips und ... der Name des Arztes fiel ihm nicht mehr ein.

Ich bin unkonzentriert, dachte er und zwang seine Gedanken, zu der Diskussion zurückzukehren.

»Wer ist noch dafür?« Estela hob die Hand und sah demonstrativ zu Pramjib, der neben ihr saß. Er erwiderte den Blick nicht, hob aber dennoch langsam die Hand.

»Ich bin dagegen.« Angelis schüttelte den Kopf. »Das ist eine unmenschliche und drakonische Strafe. Was hat sie denn gemacht? Ein paar Müsliriegel gestohlen? Na und, wir haben alle schon mal Hunger gehabt.«

»Aber keiner von uns hat gestohlen«, konterte Saintdemar.

John hob die Augenbrauen. Er mochte Akina, vielleicht sogar mehr als gut für ihn war, aber Estelas und auch Madclaines Argumente waren nicht von der Hand zu weisen. Sie *hatte* gestohlen und damit die Gemeinschaft gefährdet. Man musste der gesamten Gruppe deutlich machen, dass das nicht toleriert wurde.

Aber war die Bestrafung angemessen oder zu grausam? Es

war eine Frage, die nur die Praxis beantworten konnte. Langsam hob Carter die Hand. »Ich bin dafür.«

»Du auch?« Angelis' anklagender Blick traf ihn härter, als er gedacht hätte. Er setzte zu einer Rechtfertigung an, aber Estela war schneller.

»Sechs sind dafür, eine dagegen«, sagte sie. »Damit hat die Mehrheit entschieden. Wir werden vier Wochen lang mit Akina Tsuyoshi weder reden, noch ihre Anwesenheit zur Kenntnis nehmen. Wir werden ihr auch nicht mitteilen, wie lange diese Strafe dauern wird. Wenn uns das schwerfällt, umso besser. Dann wissen wenigstens alle, welche Last man der Gemeinschaft aufbürdet, wenn man sie bestiehlt.« Sie warf einen Blick in die Runde. »Wir müssen uns alle daran halten, okay?«

Kang drehte sich um und sah Carter an. Er sprach zwar nur wenig über persönliche Angelegenheiten, aber er schien genau zu wissen, wen jeder mochte oder nicht.

»Werden Sie sich auch daran halten, Mister Carter?«, fragte er. »Es kann nur funktionieren, wenn alle es tun, das muss ich noch einmal betonen. Sie wissen genauso gut wie wir alle, dass wir nicht zulassen können, dass so etwas an unsere Substanz geht. Lebensmitteldiebstähle sind in unserer Lage nicht tolerierbar – es ist ein Verbrechen, das uns alle das Leben kosten könnte.« Er zögerte einen Moment. Auf seinem Gesicht erschien ein Zug, den man dort selten zu sehen bekam: Menschlichkeit. »Ich werde es genauso sehr hassen wie Sie, aber es muss einfach sein.«

Carter nickte. »Ich werde mich daran halten.«

»Okay.« Estela ergriff wieder das Wort. »Marianne, wie steht es mit dir?«

»Ja«, sagte sie nach einer kurzen Pause. »Ich denke, wenn alle anderen dafür sind, werde ich mich nicht als Einzige dagegen sperren. Schließlich gehört auch das zur Demokratie.« Sie lächelte schief.

John stand auf und ging zur Tür. »Ich werde Akina holen.«

»Ich begleite Sie.« Braxton schloss sich ihm an. John fragte sich, ob sie ihn kontrollieren oder unterstützen wollte.

»Es wird schwer werden«, sagte sie, als sie die Krankenstation erreicht hatten. »Ein Monat ist eine scheißlange Zeit.«

»Ich weiß«, sagte er und entriegelte die Tür.

Akina sprang von dem Untersuchungstisch hoch, auf dem sie gesessen hatte. »Was ist los? Was werdet ihr mit mir machen? Es tut mir so leid. Ich hatte Hunger, und da lagen diese Riegel im Container. Ich weiß nicht, was in mich gefahren ist. Ich verspreche euch, dass es nie wieder vorkommt.«

John sah sie nicht an. Er drehte ihr den Rücken zu und verließ wortlos die Krankenstation. Braxton folgte ihm mit steinernem Gesichtsausdruck.

»Was ist los?«, rief Akina hinter ihnen her. »Wieso redet ihr nicht mit mir? Sagt doch was!«

Die Panik in ihrer Stimme fraß sich in ihn hinein. Er biss die Zähne zusammen.

Das wird ein harter Monat.

* * *

John hielt sich an die Abmachung, auch wenn es ihm mit jedem Tag schwerer fiel, das vor sich selbst zu rechtfertigen. Hier, Millionen Kilometer von der Erde entfernt, musste Akina der einsamste Mensch des Universums sein. Ab und zu, wenn niemand hinsah, versuchte er ihr aufmunternde Blicke zuzuwerfen, aber sie schien die Strafe verinnerlicht zu haben – sie sah ihrerseits keinen ihrer Expeditionskameraden mehr an und mied die Blicke, wo sie nur konnte. *Kein Wunder,* dachte John. *Wäre ich in ihrer Lage, würde ich auch nicht pausenlos mit ansehen wollen, wie die anderen sich wegdrehen und mich ignorieren.*

Die Kälte einiger Crewmitglieder verstörte John mehr noch als das offensichtliche Leiden Akinas. Er beobachtete, wie Kang und Gonzales ihr Schweigen hocherhobenen Hauptes durchzogen und ihre moralische Überlegenheit förmlich auszukosten schienen. Sie kommunizierten das Notwendigste wie neue Tagesaufgaben nur schriftlich und setzten sich beim Essen möglichst weit von der Japanerin entfernt. Saintdemar hatte sich noch mehr in ihre Krankenstation zurückgezogen, als das schon vorher der Fall gewesen war, ging dort ihren Experimenten nach und ließ sich kaum noch blicken. Ähnlich wie Khalid. Er beschäftigte sich mit der Optimierung der Energie- und Lebensmittelversorgung und hielt sich von allem fern.

Die Einzige, der die Umstände offenbar wirklich zu schaffen machten, war Marianne Angelis. John sah sie häufig mit verweinten Augen. Er wusste, dass sie ebenso wie er versuchte, Akina durch Blicke aufzumuntern, aber er bezweifelte, dass sie mehr Erfolg damit hatte.

Tsuyoshi schien nicht nur seelisch unter dem anhaltenden Schweigen zu leiden, sondern wurde auf seltsame Weise auch körperlich weniger. Sie ging nur noch mit hängenden Schultern und eingezogenem Kopf und schien irgendwie *durchsichtiger* zu werden, so als versuche sie in sich selbst zu verschwinden.

John drängte den Gedanken zurück und setzte sich auf einen Felsen. Nur noch ein paar Tage, dann war alles überstanden.

Er hatte sich einen Platz in der Nähe des Wracks ausgesucht, in der Hoffnung, etwas über den Mars zu schreiben, das in seiner Quintessenz anders war als all die Artikel, die er bisher verfasst hatte: nämlich positiv.

Er sah kleine rote Staubwirbel über der steinigen Wüste aufsteigen, die sich unter einem blassroten Himmel bis zum Horizont erstreckte. Die Sonne war nur ein heller, unnatürlich verwaschener Fleck auf dem Orangerot des wolkenlosen Himmels.

In ihrer Kargheit eigentlich eine ganz poetische Landschaft, dachte er und drehte sich zu den Laborgebäuden um. *Und wir mittendrin. Unsere Gebäude wirken wie Fremdkörper.* Ihm fiel ein alter Science-Fiction-Film ein, in dem Menschen von außerirdischen Lebensformen als Krankheit bezeichnet worden waren.

Recht haben sie, dachte er. *Was haben wir hier überhaupt verloren?*

Jetzt gerade war kein Expeditionsmitglied zu sehen, und als John auf seine Anzugsuhr blickte, wurde ihm klar, warum: Essenszeit. Er sah zum geologischen Container hinüber, dem einzigen Labor, das man außerhalb des Schiffs errichtet hatte. Damals war das ein Zufall gewesen, aber seit Akinas Bestrafung wirkte es beinahe wie eine Prophezeiung.

Ob Akina wohl heute auch nicht zum Essen erscheint und im Labor bleibt?, fragte er sich. *Wahrscheinlich.*

Und bevor er wusste, was er da eigentlich tat, war er schon am Geolabor und öffnete die Schleuse.

Er betrat das Labor und nahm seinen Helm ab. Die Luft roch nach Metall und Plastik. Es war so kalt, dass der Atem als Wolke vor seinem Gesicht stand.

»Akina?« Er ging ein paar Schritte zwischen all den Gesteinsproben und Computern, die sich an Wänden, auf Tischen und dem Fußboden stapelten.

Er bemerkte einen Schatten. Hinter dem letzten Server kauerte eine Gestalt.

»Akina!« Ein plötzliches mulmiges Gefühl ließ ihn schneller gehen. Die Japanerin achtete gar nicht auf ihn, sondern starrte nur geistesabwesend auf ein Stück Metall, das sie zwischen Daumen und Zeigefinger ihrer rechten Hand hielt.

Ein Skalpell!

Ihr linker Arm war ausgestreckt. Die Klinge schwebte über der weißen Haut.

»Nein!« John riss ihre Hand zurück. »Bist du wahnsinnig geworden?!«

Das Skalpell fiel zu Boden. John trat es mit dem Fuß zur Seite. Es rutschte klimpernd unter ein Regal voller Gesteinsproben.

Akina zog ihre Hand aus seinem Griff und drehte sich zur Wand. »Lass mich in Ruhe«, sagte sie leise.

»Was sollte das? Wolltest du dich umbringen?« Wut und Angst durchströmten ihn. »Wie kannst du so einen Scheiß machen?«

»Was interessiert dich das?!«, schrie sie zurück. Ihr langes schwarzes Haar fiel ihr ins Gesicht. Die Wangen waren tränennass. »Sei doch froh, dass du meinen Anblick nicht mehr ertragen musst.«

Er setzte sich schwerfällig neben sie. In seinem Raumanzug wirkte er wie ein Riese neben der zierlichen Akina. Vorsichtig legte er den Arm um sie. Sie ließ es geschehen.

»Ich wäre nicht froh«, sagte er, »und die anderen auch nicht. Wir wollten das Richtige tun: dir und uns allen klar machen, dass die Interessen der Gemeinschaft über denen des Einzelnen stehen. Aber das war falsch. Wir waren grausam, rachsüchtig und sadistisch. Es tut mir leid.«

Sie begann neben ihm zu zittern. Einen Moment lang verstand er nicht, was geschah, dann begriff er, dass sie schluchzte.

»Du verstehst nicht, wie das ist«, stieß sie hervor. »Ganz allein hier zu sein. Ihr seid doch die einzigen Menschen, die es noch gibt.«

Er hielt sie fest. »Es ist vorbei«, sagte er beruhigend. »Du wirst nie wieder allein sein.«

»Versprich mir das.«

»Ich verspreche es. Nie wieder, egal, was passiert. Ich lasse dich nie wieder im Stich.« Die Schuldgefühle der letzten Wochen überwältigten ihn beinahe. Wieso hatte er sich nur auf eine solche Grausamkeit eingelassen?

Sie legte ihren Kopf auf seine Brust. Er küsste ihre Stirn.

»Es tut mir so leid«, wiederholte er.

Sie sah auf. Ihre Lippen berührten seinen Hals, dann sein Kinn, seinen Mund.

»Schlaf mit mir«, flüsterte sie.

Er wich zurück. »Jetzt?«

»Jetzt.«

Instinktiv erwiderte John ihre Küsse. Vielleicht hatte es nichts mit Liebe zu tun, was sie hier taten, vielleicht ergaben sie sich einfach nur der Sehnsucht nach ein wenig Zuneigung und menschlicher Nähe. Aber vielleicht war es auch genau das, was man Liebe nannte.

John tastete nach den Verschlüssen seines Raumanzugs. »Das wird nicht ganz leicht werden.«

Akina lachte. Das war der schönste Laut, den er seit langem gehört hatte.

***

Leben auf dem Mars?
Artikel 22 der Marsserie von John Carter

Bereits David Bowie hat sich diese Frage gestellt, und wir, die hier seit über einem Jahr auf dem Roten Planeten leben, können sie jetzt endlich beantworten – und zwar auf mehr als eine Weise. Doch wie so oft greife ich den Ereignissen voraus, eine Unart, an die meine Leser sich werden gewöhnen müssen, egal ob ich diese Leser auf dem Mars gewinne oder auf der Erde.

Es ist windig geworden auf der Ebene, an die unsere kleine Siedlung grenzt. Die Stürme haben bereits so viel Kraft gewonnen, dass man sich gegen sie stemmen muss. Die Sandkörner, die sie mit sich tragen, reiben über die Sichtfenster unserer Helme und hinterlassen winzige Kratzer. Sogar die Abzeichen unserer Anzüge reiben sie ab.

Und noch etwas anderes hat der Wind getan: Er hat Bergmanns Leiche freigelegt. Wir hatten sie am Fuße des Bergmassivs begraben, offensichtlich jedoch nicht tief genug. Zum Glück war es nicht Saintdemar, die sie fand, sondern Kang. Er entdeckte auch sofort die Bedeutung, die sein Fund hatte, denn Bergmanns Leiche war nicht etwa mumifiziert, wie wir alle erwartet hatten, sondern von Mikroorganismen zerfressen. Kang begann sofort eine These über diesen Fund und über dessen Bedeutung für das Terraforming-Unterfangen zu schreiben. Wir anderen suchten Madelaine auf, um ihr davon zu erzählen.

Marianne sprach mit ihr. Ich weiß nicht, was sie ihr sagte, aber Madelaine bat uns schließlich, Bergmann noch einmal zu bestatten – dieses Mal in ihrer Anwesenheit. Mit mir redet sie immer noch nur das Nötigste. Ich habe den Eindruck, dass sie glaubt, ich hätte sie hintergangen.

In Wirklichkeit habe ich nicht nur sie hintergangen, sondern die ganze Gruppe. Tsuyoshis Bestrafung endete an jenem Nachmittag im Geolabor, auch wenn die anderen nichts davon ahnten. Jeden Tag trafen wir uns heimlich, redeten, lachten, liebten. Sie ist ein wundervoller Mensch, und ich bin glücklich, dass wir zusammengekommen sind.

Dass unsere Beziehung nicht lange geheim bleiben konnte, wurde uns in dem Moment klar, als Akina sich an zwei aufeinander folgenden Tagen in ihren Helm übergab. Madelaine war die erste, die begriff, was sich vor ihren Augen abspielte: Akina war schwanger.

Bei der hastig anberaumten Versammlung kam natürlich auch heraus, dass unsere Beziehung noch während Akinas Bestrafung begonnen hatte, ein klarer Verstoß gegen das gemeinschaftlich besprochene Urteil, auch wenn Jenna Braxton das nur mit einem »Seit wann muss man dabei reden?« kommentierte.

Man warf mir Prinzipienlosigkeit, Verrat und Verantwortungslosigkeit vor. Madelaine ging sogar so weit, dass sie eine Abtreibung forderte, um den Herrschaftsanspruch der Gruppe über den Einzelnen klarzumachen.

Ich weiß nicht, was wir getan hätten, wenn die anderen diesen Vorschlag unterstützt hätten, aber zum Glück mischte sich Kang ein.

Kang, mein persönlicher Feind, wurde zu unserem Retter. Er verteidigte unsere Beziehung und Akinas Schwangerschaft.

»Glauben Sie denn wirklich, dass uns noch jemand retten wird?«, fragte er. »Es sind fast zwölf Monate vergangen. Zumindest eine Sonde hätte mittlerweile eintreffen müssen. Wir haben genügend Energiequellen, die sich mühelos anpeilen lassen. So wie es aussieht, sind wir hier gestrandet. Entweder warten wir auf den Tod, oder wir bringen das Leben auf diesen Planeten, so wie Doktor Tsuyoshi und Mister Carter es gerade getan haben.«

Seine Rede löste heftige Diskussionen aus, die wochenlang unsere Unterhaltungen dominierten. Kang erläuterte, es sei unmöglich, aus fünf Frauen und drei Männern eine lebensfähige Population zu schaffen, ohne auf einen externen Genpool zuzugreifen.

Damit meinte er das Sperma, das – neben einigen hundert Eizellen – immer noch zu Forschungszwecken in flüssigem Stickstoff gelagert wurde.

»Damit sollen wir uns schwängern lassen?«, war dann auch Braxtons überraschte Reaktion. »Verdammt noch mal, Sir, das ist Sperma von Franzosen!«

Aber Kang beharrte auf seinem Standpunkt. Während Akina viel Zeit mit der Geburtsvorbereitung verbrachte, redete er ständig auf die restlichen drei Frauen ein. Schließlich war es jedoch Khalid, der die Situation entschied. Er setzte in wochenlanger Kleinarbeit die Schiffskommunikation so weit instand, dass man zumindest eingehende Signale empfangen konnte.

»Dann können wir wenigstens den Wetterbericht hören«, scherzte er, obwohl man ihm die Nervosität ansah.

Wir alle standen um den Lautsprecher herum, als er ihn schließlich einschaltete, doch wir hörten ... nichts.

Keine Radiosignale, keinen Funk, nur Stille.

»Wir *müssten* irgendetwas hören«, sagte Gonzales. »Du hast die Anlage nicht vernünftig repariert.« Doch nach weiteren drei Versuchen wurde auch sie ruhig. Mehr als eine Stunde lauschten wir der stillen Erde, bevor Khalid den Funk abschaltete.

Am nächsten Morgen ließen sich Estela und Marianne schwängern.

John stand von seinem Stuhl in der Messe auf und schritt den Gang zur Krankenstation hinab. Er wusste nicht, wie oft er diesen Weg in den letzten Stunden bereits gegangen war, aber er war zu nervös, um ruhig sitzen zu bleiben.

In der Station gebar Akina gerade ihr gemeinsames Kind. John hörte ihr Stöhnen und Madelaines ruhige Anweisungen durch die geschlossene Tür. Die anderen warteten vor dem Schiff. Madelaine fürchtete sich vor Keimen aus der fremden Atmosphäre und wollte so wenig Menschen wie möglich in der Nähe haben.

Auch die Ärztin war mittlerweile schwanger, ebenso wie Estela und Marianne. Bei Braxton hatte die Behandlung nicht angeschlagen, aber sie versuchte es weiterhin, schien plötzlich von dem Ehrgeiz ergriffen zu sein, mit den jüngeren Frauen gleichzuziehen. Vielleicht war es aber auch nur der Überlebensinstinkt, der sie alle beherrschte.

John lehnte sich an die Wand. Er versuchte nicht zu oft an die Erde zu denken, aber manchmal überwältigte ihn der Drang, eine Pflanze zu sehen oder ein Gesicht, das er nicht kannte.

Bald wirst du eines sehen, dachte er. *Wenn alles –*

Der Schrei eines Babys zerriss die Stille. Johns Herz setzte einen Schlag aus. Er presste die Handflächen gegen die kühle Wand des Schiffs und starrte nach draußen auf die rote Wüste und den braunen Himmel.

»Du hast uns nicht besiegt«, flüsterte er. »Es gibt Leben hier, ob es dir passt oder nicht. Es gibt *uns.*«

Er grinste, fühlte sich plötzlich, als könne er einen ganzen Planeten herausfordern.

»Wir sind die Marsianer.«

3

Da ist es wieder! Dieses Bild hast du schon so oft gesehen, doch es ängstigt dich jedes Mal mehr.

Es ist rot. Alles ist rot. Der Boden, der Sand auf deinem Anzug, der Himmel. Jedoch ... in der Ferne ein sanftes, grünes Schimmern, das auf- und abwogt wie ein träumendes Meer. (Das ist dein Ziel.) *Doch bevor du es erreichen kannst, siehst du dort einen Blitz ... gefolgt von einem zweiten. Ein Glutball bläht sich auf, zerbirst und stößt eine riesige schwarzrote Wolke aus, die von dem Leuchten der zweiten Explosion angestrahlt wird. Feuer rast auf dich zu.*

Bevor du fliehen kannst, stehst du auch schon im Zentrum des Glutballs. Dein Herz krampft sich zusammen, du möchtest schreien, aber du hast keine Stimme mehr. Der Mars hat sie dir genommen, ebenso wie deinen Atem, dein Augenlicht. Dein Körper hängt in Fetzen, dein Blut fängt an zu kochen ...

Akina Tsuyoshi erwachte mit einem erstickten Keuchen. Sie griff sich an die Kehle und rang nach Luft, bis sie merkte, dass sie nicht *dort* war, sondern in der Sicherheit der Höhle. Die Luft war ein wenig dünn, aber atembar, die Druckverhältnisse ausreichend. Vergleichbar dem Himalaya in fünftausend Metern Höhe.

Mars, Siedlung Bradbury, 2014 (Erdzeit)

Seit die Havarierten die Siedlung errichtet hatten, war es noch zu keinem Unfall gekommen. Dennoch ließ Akina Tsuyoshi der Albtraum nicht los, ganz im Gegenteil. Das erste Mal hatte sie ihn vor einem Jahr gehabt. Dann war ein paar Monate

Ruhe gewesen, bis er wiederkehrte. Inzwischen hatte sich das Intervall auf wenige Tage verkürzt.

Es war immer derselbe Traum, und die japanische Geologin wurde den Eindruck nicht los, dass es sich um mehr als nur einen schlechten Traum handelte. Vielmehr um eine Vorahnung. Das Bild war so präzise, die Wiederholung stets so exakt ... und sie hatte keinerlei Einfluss darauf, sie konnte sich nicht einmal vor Schreck abwenden oder sich selbst wecken, wenn es zu Angst einflößend wurde.

Das Empfinden des Todes in dem Moment, wenn sie von der Gluthölle eingehüllt wurde, war so real, dass Akina jedes Mal schweißgebadet erwachte, mit dem grausamen Empfinden, in Flammen zu stehen.

Wenn sie es endlich wagte, sich am Arm zu berühren, erwachte sie erst richtig. Ihre Haut war immer noch kühl und samtig, nicht heiß, nicht aufgeplatzt oder von eitrigen Brandmalen übersät. Der Schmerz ließ in diesem Moment schnell nach, wenn ihr Verstand die Oberhand gewann. Doch die Furcht blieb, und ihr Herzschlag beruhigte sich nur langsam.

Glücklicherweise hatte die eher zurückhaltende Frau noch nie laut geschrien, denn sie wollte niemanden beunruhigen, am wenigsten John Carter, ihren Lebenspartner. Er hatte genug Probleme. Und natürlich wollte sie auch nicht die Kinder wecken.

Akina Tsuyoshi hatte bisher mit niemandem über ihre nächtlichen Ängste gesprochen. Sie glaubte, man würde sie nur auslachen, wenn sie behauptete, dass sie diesen Traum als Warnung vor einem furchtbaren Ereignis ansah.

Glaubte sie es denn selbst? Als Wissenschaftlerin verlangte sie Fakten und Beweise für derartige Vermutungen. Konnte sie sich selbst trauen? Es war nun einmal nicht mehr – nur eine vage, diffuse Ahnung, die ihre Gefühle als »reale Vision« deuteten. Akina, sonst nüchtern-wissenschaftlich, kannte sich mit diesen intensiven Gefühlen nicht aus. Lag es an John, der sie so sehr verändert hatte? An den Kindern?

»Akina?«

Sie schreckte aus ihren Gedanken hoch. »Was ist?«

»Das wollte ich dich fragen. Du sitzt da wie eine Puppe, mit leerem Blick. Wenn du nicht geatmet hättest, hätte ich geglaubt, dass du eine Statue aus Stein bist.« Sie sah, wie John sich im Halbdunkel zu ihr beugte. Er strich ihre eine Strähne aus dem Gesicht. »Du glühst, dein Gesicht ist nass. Bist du krank?« Seine Stimme klang besorgt.

Sie schüttelte den Kopf. »Nein, mit mir ist alles in Ordnung. Es ist nur ... der Stress, weißt du. Ich habe Angst, dass etwas schiefgeht, dass wir unseren Kindern keine Zukunft bieten können ...«

Seine weißen Zähne blitzten kurz auf, als er lächelte. »Diese Angst haben wir alle. Doch wir haben schon so viel erreicht. Wir werden überleben.«

Sie hob die Schultern. »Solange die Technik uns nicht im Stich lässt.«

»Khalid hat sich als sehr geschickter Tüftler erwiesen«, erwiderte John. »Gonzales und Braxton sind ebenfalls talentiert im Umgang mit der Technik. Es gibt enorme Fortschritte in den vergangenen drei Jahren, vor allem beim Terraforming. Es wird wärmer, die Atmosphäre dichter ... zumindest *das* scheint wie geplant zu klappen.«

»Du denkst, ich bin die überbesorgte Mutter.« Sie lächelte schwach. »Meine Mutter sagte immer, ab dem zweiten Kind wird es leichter, weil man mehr Routine hat. Doch das Gegenteil ist der Fall. Bei Alan achte ich auf jedes Räuspern, jedes Zucken ... er ist so feingliedrig, so zerbrechlich. Und die Zeit verrinnt. Letzte Woche ist er schon ein Jahr alt geworden ...«

»Hm.« John machte Licht und musterte sie eindringlich. »Da ist doch noch etwas anderes, Akina. Sag es mir.«

Sie zog unbehaglich die Schultern hoch. »Da ist nichts mehr, John.«

»Vertraust du mir nicht?«

»Doch, natürlich! Ich schlafe momentan nur etwas schlecht, weil ich dauernd auf die Kinder horche. Das macht mich nervös.«

Er wirkte nicht überzeugt. Doch als sich Akina zum Zeichen, dass das Gespräch beendet war, hinlegte und die Augen schloss, löschte er schweigend das Licht.

Nach kurzer Zeit zeigten seine tiefen, ruhigen Atemzüge an, dass er wieder eingeschlafen war.

Akina wünschte, es ihm gleichtun zu können.

* * *

Zwei Stunden später stand Akina auf, um die Kinder zu versorgen und dann in den gemeinschaftlichen Hort zu bringen. Insgesamt neun Kinder gab es inzwischen, die in der Obhut der kleinen Gemeinschaft miteinander aufwuchsen und von allen erzogen wurden.

Akina, die mit Beginn des neuen Tages die Schrecken der Nacht abgeschüttelt hatte, war heute mit dem Kinder-Dienst dran, bei dem sich das Team der Reihe nach abwechselte. Die Japanerin übernahm diese Aufgabe gern, denn sie liebte ihre beiden Sprösslinge sehr und wollte so oft wie möglich mit ihnen zusammen sein. Sie hielt es immer noch für ein Wunder, dass sich auf dem Mars nun Leben entwickelte, und legte sich neben der Geologie ein zweites Fachgebiet zu: die Beobachtung der Entwicklung der ersten Mars-Kinder. Sie machte regelmäßig Notizen, die Dr. Saintdemar in ihrer Datenbank archivierte.

Der Rote Planet hatte über viele Jahrhunderte hinweg jede Menge Anlass zu Spekulationen geboten, ob er Leben barg oder nicht. Die Fantasie der »kleinen grünen Männchen« hatte jede Menge Stoff für Bücher und Filme geboten. Als die erste Sonde den Mars erreichte, gab es beides – Ernüchterung und Euphorie zugleich. Ernüchterung, weil die extremen Umweltbedingungen lebensfeindlich waren. Euphorie, weil man dennoch durch gezieltes Terraforming die Bedingungen für Leben schaffen konnte, denn es war alles vorhanden, was man für eine Lebensgrundlage benötigte – nur bisher größtenteils eingefroren oder gebunden. Seit Äonen lag der Mars in tiefem Schlummer, aus dem er nun erweckt werden sollte.

Aus diesem Grund war Akina Tsuyoshi mit Begeisterung Missionsmitglied geworden. Vor allem bot der Mars jede Menge Forschungsmöglichkeiten, die auch weiteren Aufschluss über die Entwicklung des Lebens auf der Erde geben konnten.

Und nun arbeiteten die Menschen am Terraforming »aktiv durch Vermehrung« mit. Mit Akina hatte es begonnen, allerdings durch einen Zufall. Es war keineswegs geplant gewesen, bei dem heimlichen Rendezvous mit John Carter ein Kind zu zeugen. Zuerst gab es Aufregung deswegen, da zu jener Zeit Akina wegen Nahrungsdiebstahls durch eine vierwöchige Missachtung bestraft werden sollte und John gegen diesen Beschluss der Gemeinschaft verstoßen hatte. Doch das Resultat war von viel größerer Bedeutung, sodass die »Schuld« rasch in Vergessen geriet: ein gesunder Nachkomme – Mensch und »Marsianer«.

Da es das erste geborene Mars-Kind war, gab Akina ihrer Tochter den Namen Ichíban, »die Erste«.

Han Suo Kang, Kommandant der havarierten BRADBURY und Biologe, erkannte schnell die Zeichen: Man war gestrandet, Aussicht auf Hilfe bestand vorerst nicht, also musste man sich aufs Überleben einrichten – und zwar langfristig. Das bedeutete auch den Aufbau einer ausreichenden Population.

Die Frauen des Teams waren zuerst nicht begeistert von der Aussicht gewesen, fortan quasi als Brutstätten für eine neue Menschheit auf dem Mars zu dienen. Aber schließlich diente es dem Fortschritt und der weiteren Evolution der Menschheit; auch der eigenen Unsterblichkeit als Gründer der Mars-Kolonie.

Und letztendlich: Wer wusste schon, ob die Gestrandeten jemals von hier wieder wegkamen – und dann noch in der Lage wären, Familien zu gründen!

Zu experimentellen Zwecken waren auf dem Raumflug sowohl Eizellen als auch eingefrorenes Sperma mitgeführt worden; eine Aussicht, die die lesbische Pilotin Jenna Braxton als Erste positiv aufnahm. Mit ihren vierzig Jahren konnte sie es sich nicht vorstellen, plötzlich eine sexuelle Beziehung mit einem Mann zu beginnen, nur um der Fortpflanzung zu dienen. Und die Auswahl für eine künstliche Befruchtung zu treffen, erschien ihr auch nicht angemessen – sie wollte von vornherein ausschließen, dass ein männliches Mannschaftsmitglied Vaterschaftsansprüche stellte oder sich Diskussionen über die Erziehung ergaben.

»Ein eigenes Kind hätte ich schon gern«, erklärte sie nach Ichíbans Geburt, als sie das kleine Bündel zum ersten Mal im Arm hielt und ihr herbes Gesicht plötzlich ganz neue, weichere Züge zeigte. »Dieser kleine Wurm hat offensichtlich meine Mutterinstinkte geweckt – spät, aber nicht *zu* spät.«

Einer künstlichen Befruchtung aus dem Depot der mitgeführten Samenbank – zwar wäre dank der mitgeführten Eizellen auch eine Leihmutterschaft möglich gewesen, aber dafür fehlte die medizinische Ausrüstung – stand damit nichts mehr im Wege. Sie wurde von Madelaine Saintdemar mit Erfolg durchgeführt. Der im September 2012 geborene Michael erwies sich als gesund und lebensfähig.

Akinas und Johns Sohn Alan folgte bald darauf, nämlich

schon Ende 2012. Die beiden lebten seit Ichís Geburt in einer festen Partnerschaft zusammen.

Estela Gonzales hatte in einer sehr melancholischen, sehr einsamen Nacht endlich Pramjib Khalids geduldiges Werben erhört – und war prompt schwanger geworden. Eineiige Zwillinge, Shalimar und Indira, waren die Folge, die Anfang 2013 zum ersten Mal ins rötliche Licht des Mars blinzelten. Nur zwölf Monate später gebar Gonzales Juan und Rodrigo, wiederum eineiige Zwillinge, diesmal aber von eingefrorenem Sperma. Um den Genpool zu vergrößern, hatte Gonzales dem Inder erklärt, dessen Liebe bis auf weiteres also unerfüllt bleiben sollte.

Marianne Angelis, die stille deutsche Physikerin, wollte nicht hintenanstehen. Ihrem persönlichen Logbuch vertraute sie an, dass sie lieber auf natürlichem Wege ein Kind gezeugt hätte, aber John Carter, der bevorzugte Kandidat, war fest vergeben, und Pramjib Khalid hatte zu viel Liebeskummer. »Vor Kang fürchte ich mich ein wenig«, notierte sie. Also blieb nur namenloses Sperma, das ihr allerdings zu einer entzückenden kleinen Leonie verhalf, die Mitte 2013 geboren wurde.

Blieb nur noch Madelaine Saintdemar, deren Tochter Désirée im September 2013 zur Welt kam. Von ihrer Schwangerschaft hatte bis zuletzt niemand etwas bemerkt, da sie so gut wie keinen Bauch und es sehr gut verstanden hatte, verräterische Zeichen zu kaschieren. Niemand wusste, wer der Vater des Kindes war, ob einer des Teams oder eine Spermaprobe. Die Ärztin schwieg darüber beharrlich.

Akina hatte versucht, in der Physiognomie des Kindes zu lesen, um mehr herauszufinden, aber es war einfach noch zu klein, und die Japanerin musste ihre Neugier noch längere Zeit bezähmen.

»Es ist bald zehn Uhr«, erklang Kangs harte Stimme aus dem Lautsprecher. »Nicht vergessen, heute ist Versammlung.«

Akina hätte es beinahe vergessen. Allerdings wäre es ihr schnell aufgefallen, denn die Versammlung fand in dem Raum neben der Kinderkrippe statt, mit einer gläsernen Wand dazwischen, damit die Kleinen nicht unbeaufsichtigt blieben. Sie drückte ihren beiden Kindern einen Kuss auf die Stirn und ging nach nebenan.

* * *

»Neun gesunde Kinder geben Anlass zur Hoffnung«, äußerte sich Kang bei der Versammlung. »Es beweist, dass der Mensch äußerst anpassungsfähig ist und dass wir auf dem richtigen Wege sind.«

»Und das ist die Einleitung zur Aufforderung, bitte die nächsten Bälger auszutragen«, bemerkte Jenna Braxton in ihrer trockenen, nicht selten derben australischen Art.

»Was dich ja nicht weiter betrifft, du bist ohnehin schon zu alt dafür«, gab der Chinese mit süffisantem Grinsen zurück.

Braxton lachte rau. »Schließe nicht von dir auf andere, Macho. Ich habe in meinen Eierstöcken zehnmal mehr Potenz als –«

»So genau wollen wir es nicht wissen«, unterbrach Carter hastig, bevor der übliche Disput zwischen den beiden ausbrach. Wenn man sie so hörte, mochte niemand vermuten, dass Kang und Braxton inzwischen so etwas wie ein Paar waren – zwar ohne sexuelle Verbindung (nahm man zumindest an), aber sie bewohnten gemeinsam ein Quartier und verstanden sich im trauten Miteinander offensichtlich bestens.

»Kang, ich weiß, dass Sie es im Grunde genommen gut meinen«, sagte Saintdemar kühl. »Aber Ihre blöde, überhebliche Art geht mir gewaltig auf die Nerven. Wir wissen selbst, was wir zu tun haben – und *wann*. Ich möchte darum bitten, auf solche Predigten in Zukunft zu verzichten, wenn Sie unser Wohlwollen weiterhin in Anspruch nehmen wollen. Sie sind abhängig von jeder von uns, wenn Sie Ihren Wunschtraum einer Marskolonie verwirklichen wollen.«

Zustimmendes Gemurmel der anderen Frauen, und Kang lehnte sich mit verbissenem Gesicht und vor der Brust verschränkten Armen zurück.

Es war nun einmal so: Er hatte sein Kommando schon kurz nach der Notlandung verloren. Vor allem mit der Androhung von Waffengewalt und dem Versuch, die Autorität an sich zu reißen, hatte er es bei nahezu allen verspielt, mit Ausnahme von Braxton, die kein Problem damit hatte, manche Dinge »nach Outback-Art« zu regeln. Allerdings hatte sie auch kein Problem, sich an augenblickliche Gegebenheiten anzupassen.

»Sie müssen einsehen, dass Ihr autoritäres patriarchisches Gehabe der Vergangenheit angehört«, schlug Estela Gonzales in dieselbe Kerbe. »Wir werden hier ein demokratisches Reich schaffen, in dem man Probleme mit Worten, nicht mit Fäusten löst.«

»Wir werden sehen, wie weit Sie damit kommen«, stieß Kang verächtlich hervor. »Menschen brauchen einen Anführer, der ihnen den Weg weist! Andernfalls zerfällt alles in Chaos, weil jeder das tut, was er will.«

»Wir haben hier nicht von Anarchie gesprochen«, erklang eine ungewohnte Stimme. Marianne Angelis wurde rot, als sich die Augen der Anwesenden auf sie richteten. Normalerweise schwieg sie bei den Versammlungen, und in Streitigkeiten mischte sie sich erst recht nicht ein. Die junge Astrophysikerin war eine ausgezeichnete Wissenschaftlerin, im normalen Leben eher still und in sich gekehrt. »Nun, ich – ich meinte nur, es muss nicht so schlimm enden«, stotterte sie, als niemand etwas sagte. »Wir sind doch nur eine Hand voll Leute, da sollten wir in der Lage sein, zivilisiert miteinander umzugehen. Vor allem müssen wir ein Vorbild für unsere Kinder sein – sie haben kein anderes. Wir sind Eltern, Lehrer, Freunde, alles zusammen. Ich kann mir nicht vorstellen, dass einer von uns nur egoistische Ziele verfolgt. Zu welchem Zweck denn? Bis der Mars normal bewohnbar ist, leben wir alle schon lange nicht mehr.«

»Wir wissen nicht, wie es mit uns weitergeht«, erwiderte Kang beharrlich. »Wir können Paranoia entwickeln, weil wir abgeschnitten von der Erde sind.«

»Es ist wie auf einer einsamen Insel«, warf John Carter ein. »Mit dem Unterschied, dass wir hierher *wollten*. Und wir *sind* nun hier. Also werden wir alle geplanten Ziele weiterverfolgen, genau nach den Prioritäten, wie es geplant war. Überlegen Sie doch mal, welche Möglichkeiten sich uns bieten! Wir können einen absoluten Neuanfang wagen und ein Paradies schaffen! Aber nicht auf der Basis einer Diktatur.«

»Davon spreche ich doch gar nicht!«, empörte sich der Chinese.

»Das sagt der Richtige«, murmelte Madelaine. »Befreien Sie sich erst mal von Ihren Mao-Doktrinen und lernen Sie wie ein vernünftiger Mensch zu denken!«

Bevor Kang aufbrausen konnte, hob Carter die Hände. »Bitte, wir wollen uns nicht gegenseitig angreifen. Üben wir Nachsicht und Toleranz, das sollten unsere obersten Prinzipien sein! Akzeptieren wir den anderen, wie er ist. Schließen wir Kompromisse, mit denen wir alle leben können. Dann können wir den Grundstein für eine große Gemeinschaft legen!«

»Es wird nicht funktionieren«, wiederholte Kang, der sich nicht so schnell geschlagen gab. »Ohne Disziplin und Regeln kann eine Gemeinschaft nicht lange überleben!«

»Das soll wohl heißen, dass Sie gern wieder zur Waffe greifen würden, um uns Ihre Disziplin und Regeln beizubringen, nicht wahr?«, fuhr Gonzales ihn an.

»Kann er nicht«, murmelte Pramjib Khalid.

Der freundliche, leicht dickliche Inder war wie Angelis meistens ein schweigender Zuhörer. Deshalb blinzelten einige überrascht, als er diese Aussage machte.

Kang runzelte die Stirn. »Was meinen Sie damit?«

Khalid richtete seinen Oberkörper leicht auf und erwiderte den stechenden Blick des Chinesen. »Es sind keine Waffen mehr da«, gab er schlicht Auskunft.

Da staunte selbst Carter. »Was haben Sie damit gemacht?«

»Weggebracht«, antwortete Khalid. »Unbrauchbar gemacht und verbuddelt. Die wird keiner mehr finden, geschweige denn benutzen können.«

»Sind Sie verrückt?« Kang sprang auf; er schien kurz davor, sich auf den kleineren Inder zu stürzen. »Womit sollen wir uns jetzt verteidigen?«

Carter lachte auf. »Gegen wen denn? Hier gibt es keine gefährlichen Tiere oder Außerirdische. Das einzig Gefährliche sind wir Menschen, wenn wir uns nicht in der Gewalt haben!« Er wandte sich Khalid zu. »Bravo! Taten, nicht nur Worte. Das hätten wir längst tun sollen!«

»Kang, gib endlich Ruhe!« Braxton machte eine ungeduldige Handbewegung, damit er sich wieder setzte. »Es hat keinen Sinn, ständig aus der Reihe zu tanzen. Wir haben auch ohne Waffen bis jetzt schon eine Menge erreicht!«

»Aber wenn ein Schiff von der Erde –«

»Himmel noch mal, willst du nicht endlich einsehen, dass keiner mehr kommt? Das zweite Zeitfenster für einen Flug hierher schließt sich bald, und kein Schiff ist in Sicht. Glaubst du, die schicken noch jemanden? Das wird nie geschehen! Die haben uns abgeschrieben!«

»Vielleicht nehmen sie an, dass wir tot sind«, meinte Saintdemar. »Vergesst nicht, wir haben nach der Bruchlandung keinen Funkruf zur Erde mehr geschickt –«

»Aus Energiemangel!«, warf Kang ein.

»– und falls unser letztes Signal vor dem Absturz aus irgendwelchen Gründen nicht angekommen ist«, fuhr Saintdemar ungerührt fort, »wissen sie nicht mal, dass wir überhaupt abgestürzt sind.«

»Und dann geben sie einfach die wichtigste Mission der Menschheit auf und kommen nicht mal nachsehen?« Carter schüttelte den Kopf. »Das ergibt für mich keinen Sinn. Ich glaube eher, dass da unten irgendetwas vorgefallen ist.«

Es hatte sich eingebürgert, von der Erde »da unten« zu sprechen, da man früher von der Erde aus zum Mars »da oben« geblickt hatte.

»Was meinen Sie?«, fragte Khalid.

»Der viel zitierte Dritte Weltkrieg, stimmt's?«, spottete Saintdemar, die keine Gelegenheit ausließ, Carter anzugreifen, seit er mit seiner entscheidenden Stimme den Tod ihres Geliebten, Enrico Bergmann, verantwortet hatte – nur wegen ein bisschen Energie, das dessen Lebenserhaltungssystem verbraucht hatte.

»Möglich«, erwiderte Carter prompt. »Die Glaubenskriege lagen so weit nicht zurück. Und vergessen Sie nicht, wie viele Länder inzwischen Atombomben besitzen. Die Dritte-Welt-Länder sind ein brodelnder Vulkan, dann haben wir islamische Fundamentalisten, verteilt auf Länder mit reichem Ölvorkommen ... mir fallen da jede Menge Möglichkeiten ein!«

»Angefangen beim amerikanischen Präsidenten«, brummte Braxton. »Da ist schon was dran, Carter.«

»Möglich wäre auch eine globale Katastrophe«, fügte Akina Tsuyoshi hinzu. »Denken Sie nur an die sich stetig verschlechternden klimatischen Bedingungen, die immer wieder verheerende Unwetter auslösten.«

»Warum nicht gleich der Einschlag eines riesigen Kometen?«, spottete Saintdemar. »Das hatten wir doch schon lange nicht mehr.«

»Selbst wenn wir den Grund wüssten, würde das nichts ändern«, meinte Carter ärgerlich; offensichtlich fand er ihren Scherz nicht komisch. »Wir werden uns damit abfinden müssen, dass wir auf uns allein gestellt sind.«

»Und wir stehen ja nicht mit leeren Händen da, womit ich den anfänglichen Faden wieder aufnehmen möchte«, setzte Tsuyoshi fort. »Wir und unsere Kinder sind gesund, und unsere Energie- und Nahrungsvorräte werden dank der mitgeführten Saaten noch lange genug reichen, bis wir die ersten Früchte des Terraformings ernten können und nicht mehr rationieren müssen.«

Damit sprach sie etwas sehr Wichtiges an. In speziell für den Mars konstruierten Gewächshäusern in Modulbauweise, die mit einigen Provisorien als Erstes einsetzbar gewesen waren, war es den neuen Kolonisten gelungen, Kartoffeln, Mais, Salat, Kürbisse, Erdbeeren und andere schnell wachsende Boden- und Staudenfrüchte erfolgreich anzubauen. Weizen, Hafer und Gerste waren eingegangen, aber die genügsamen Dinkel- und Hirsesaaten sprossen grün aus dem mit Dünger angereicherten Marsboden. Proteine waren in Form von pelletierter oder in Pulverform verpackter Nahrungsergänzung noch ausreichend vorhanden, ebenso Vitamine und Mineralien.

Zwei Gewächshäuser dienten als Baumschulen, um zuerst eine gute Atmosphäre innerhalb der Siedlung zu schaffen und sie dann später zur Unterstützung des Terraformings auszuwildern.

Das vordringlichste Problem stellte wie überall das Wasser dar. Aber Tsuyoshi hatte Untersuchungen an der einige Kilometer entfernten, im Osten gelegenen Eisfläche vorgenommen und festgestellt, dass es sich um einen gefrorenen Ozean handelte. Seine Größe betrug schätzungsweise achthundert mal sechshundert Kilometer, und er war fünfundvierzig Meter tief; das entsprach in etwa der irdischen Nordsee. Durch die zunehmende Erwärmung begann die Oberfläche bereits leicht zu tauen.

»Die einzige längerfristige Einschränkung gilt noch für das Wasser, aber das wird sich in einigen Jahren ändern«, berichtete Tsuyoshi. »Ich arbeite zusammen mit Khalid an einer Aufbereitungsanlage, die wir direkt vor Ort installieren werden. Zunächst müssen wir auf die mitgeführten chemischen Aufbereitungsmittel zurückgreifen, aber wir wollen auf Dauer mit natürlichen Filtersystemen arbeiten, je besser wir angepasst sind.«

Um weitere Fabriken aufzubauen, konnte man auf Trümmerteile und Rohstoffe aus der Umgebung zurückgreifen; Edelgase und Metalle wie Titan und Aluminium waren reichlich vorhanden.

»Wir haben trotz allem Glück im Unglück«, meinte Marianne Angelis mit leicht geistesabwesendem Gesichtsausdruck. Sie beobachtete ihre Tochter Leonie, die gerade Braxtons Sohn Michael kräftig eins mit der Plastikschaufel überbriet, weil er ihr Schmusetuch geklaut hatte. Ichíban mischte sich sofort ein, trat dabei aber versehentlich auf die gerade hinplumpsende Désirée, die daraufhin wütend zu schlägern anfing, was Ichíbans kleinen Bruder Alan auf den Plan brachte, und gleich darauf kreischten und heulten alle Kinder, rauften miteinander und ergriffen alles, was in Reichweite war, um es wild herumzuschleudern.

Tsuyoshi entschuldigte sich für einen Moment und verschwand nach nebenan; und da zeigte sich, dass sie bei aller Zurückhaltung sehr energisch werden konnte, wenn es darauf ankam. Innerhalb weniger Minuten sorgte sie für Ruhe, und Mitleid heischende Tränchen trockneten rasch, dafür wurden schuldbewusst Daumen in den Mund gesteckt.

Sämtliche Spielsachen und Bettchen für die Kinder waren handgefertigt, zusammengebastelt aus Trümmer- und Einrichtungsteilen. Aus den zwei Ersatzanzügen von Batrikowa und Bergmann waren kindgerechte Schutzanzüge geschneidert worden, die dem Alter entsprechend angepasst werden konnten.

»Das ist allerdings ein Problem«, brachte Kang ein neues Thema vor. »Wir müssen in den nächsten Jahren neue Anzüge herstellen, ansonsten werden unsere Kinder so lange in der Siedlung bleiben müssen, bis einer von uns stirbt – oder das Terraforming ein Leben draußen ermöglicht.«

»Das hat aber nicht Priorität«, wandte Saintdemar ein. »Die Kinder sind alle noch klein, sie haben genug Bewegungsmöglichkeit innerhalb der Siedlung und in den Höhlen. Ich denke, es besteht erst Handlungsbedarf, wenn sie zehn Jahre oder älter sind. Und dann können wir eben nur noch abwechselnd nach draußen.«

Kang nickte. »Aber es muss auf die Liste.« Er schien seine Autoritätsansprüche aufgegeben zu haben. Vielleicht hatte er endlich erkannt, dass er durch seine strenge Art die restliche Gemeinschaft nur gegen sich aufbrachte – und da würde er letztendlich verlieren. Und eine Isolation, wie sie Tsuyoshi widerfahren war, wollte er nicht riskieren. Das war die schlimmste aller möglichen Strafen.

»Da kommen wir gleich noch auf ein wichtiges Thema«, sagte Gonzales und nickte Tsuyoshi zu, die gerade wieder zurückkam.

Carter hob gespannt eine Braue.

»Wir haben uns darauf geeinigt, dass die Kinder die Nachnamen der Mütter tragen werden«, begann Akina.

»Der Grund dafür liegt auf der Hand«, mischte sich Saintdemar ein, bevor einer der Männer etwas sagen konnte. »Damit werden wir Inzucht vermeiden, und der Genpool ist eindeutig klassifiziert. Gegenstimmen?«

Carter und Khalid schüttelten die Köpfe. Kang nickte nach kurzem Zögern, ganz nach chinesischer Art.

Gonzales grinste. »Es wäre natürlich die spanische Variante möglich gewesen, männliche und weibliche Nachnamen mit ›y‹ zu verbinden, aber das ergibt irgendwann einen unübersichtlichen Rattenschwanz, also belassen wir es bei der einfachen Weise. Vor allem werden die künftigen Kinder ja so wie meine beiden Zwillingspärchen verschiedene Väter haben.«

»Es ist logisch«, sagte Carter freundlich. »Ich denke aber, das war nur die Einleitung.«

»Ja, jetzt kommt der schwierige Teil«, sagte Tsuyoshi mit einem Seufzen in der Stimme. »Die Frage ist: Wie wollen wir sie erziehen? Wir alle gehören verschiedenen Religionen an, also müssen wir für diese Regelung einen Konsens finden. Und dann geht es natürlich auch um die Bildung. Und unsere künftige Gesellschaftsform, wenn die Kolonie wächst.«

Marianne Angelis meldete sich zu Wort: »Ich würde gern so wenig Ballast wie möglich von der Erde mitnehmen. Wir haben hier tatsächlich die Chance, ganz von vorn anzufangen. Wenn wir von vornherein den richtigen Weg einschlagen, werden unsere Kinder und deren Kinder vielleicht nicht mehr in die Fehler verfallen, die uns auf der Erde Probleme bereitet haben.«

»Aber was ist der richtige Weg?«, fragte Kang stirnrunzelnd. »Auf der Erde wurden alle Gesellschaftsformen ausprobiert, und letztendlich funktioniert keine – oder die Diktatur am besten, wenn Sie so wollen, weil sie den Frieden erzwingt. Sie haben sich vorhin vehement gegen meine Vorschläge ausgesprochen. Also müssen Sie eine sehr gute Alternative haben, ansonsten ist alles zum Scheitern verurteilt – was ich nach wie vor prophezeie.«

»Das glaube ich eben nicht«, widersprach John Carter. »Unsere Kinder sind keine normalen Menschen, vergessen Sie das nicht. Sie wachsen unter außergewöhnlichen Umständen auf. Sie sehen einen ganz anderen Himmel, sie leben in einer bis jetzt noch feindlichen Umwelt, und sie sind sehr wenige. Ihre Prioritäten sind ganz anders als unsere. Wir könnten ähnlich wie bei den Amish-People ein Modell finden, das uns eine friedliche und zufriedene Lebensweise ermöglicht.«

»Bei Religion spiele ich nicht mit!«, erklärte Kang brüsk.

Carter machte eine beschwichtigende Geste. »Sie missverstehen mich. Ich rede vom *Modell.* Die Amish leben nach ihrer Religion, sie sind isoliert wie wir, halten aber Ordnung und Frieden aufrecht. Wir müssen etwas Alternatives finden, das den Kindern genauso Halt gibt wie einem Gläubigen seine Religion.«

»Das ist doch einfach«, meinte Braxton. »Wir haben einen ganzen Planeten aufzubauen, verdammt. Wenn das keine Aufgabe ist, die einem Halt gibt, dann weiß ich es nicht! Wir haben hier so viel zu tun, dass wir ohnehin kaum Zeit dazu finden werden, einmal müßig zu sein und auf dumme Gedanken zu kommen. Und die Kinder müssen alle notwendigen Wissenschaften lernen, um unser Werk fortzuführen. Sie werden von Anfang an mitarbeiten müssen und sich allmählich auf diesem roten Klumpen ausbreiten. Der Kapitalismus wird natürlich irgendwann Einzug halten und alle anderen Gesellschaftsformen wie einen Rattenschwanz hinter sich herziehen, da bin ich sicher. Aber bis dahin bin ich schon mindestens zweihundert Jahre verscharrt.«

Kang blickte auf seine Uhr – eine Rolex, die die Mars-Zeit anzeigte. »Ich finde, damit sollten wir die Versammlung beschließen. Denn das ist ein Punkt, über den wir in den nächsten Wochen, wenn nicht Monaten, noch genügend diskutieren werden. Wir haben alle etwas zu tun, und die Kinder haben noch eine unschuldige Zeit, bis sie mithelfen müssen.«

»Am besten in den Gärten, damit sie von Anfang an lernen, die zerbrechliche Ökologie zu schätzen und im Gleichgewicht zu halten«, fügte Tsuyoshi schnell hinzu. »Ich möchte gern bei der nächsten Zusammenkunft mein Modell hierzu unterbreiten.«

John Carter lächelte. »Ich denke, unsere Kinder werden in erster Linie Gärtner auf diesem erwachenden Planeten sein, und etwas Besseres kann ich mir eigentlich nicht vorstellen.«

***

2018 (Erdzeit)

»Sieh es dir an«, sagte Marianne Angelis zu ihrer Tochter Leonie und deutete vor sich.

Es sah fast so aus wie in der Sahara, die leicht ansteigenden Hügel, die steinige Ödnis. Es gab auch roten Sand dort in der irdischen Wüste, das wusste Marianne von einigen Reisen her. Der Sternenhimmel hatte sie schon immer fasziniert, noch bevor sie mit dem Studium der Astrophysik begonnen hatte. Einen großartigeren Himmel als in der Sahara hatte sie nirgends gefunden, deswegen hatte es sie immer wieder dorthin gezogen.

Diese grandiose Weite und Stille, die Erhabenheit des nächtlichen Firmaments, das sich wie eine Halbkugel über die Wüste wölbte; das alles hatte die Deutsche schon sehr früh auf ihren späteren Berufswunsch gebracht. Wenn sie dann allein in der Nacht vor dem Zelt saß, die schnarchenden Geräusche der Begleiter hinter sich ließ und den Himmel betrachtete, verging Stunde um Stunde, ohne dass es ihr langweilig wurde.

Manchmal hatte sie auch den Mars gesehen, wenn er der Erde nahe war, ein winziger rot glühender Punkt in der Ferne – und doch so nah, verglichen mit all den anderen Sternen und Galaxien dort oben.

»Und nun sind wir hier«, sagte Marianne zu ihrer fünfjährigen Tochter. »Ich hätte es nie für möglich gehalten, jemals den Boden eines fremden Planeten zu betreten – noch dazu den

Mars. Ich habe immer geglaubt, mein ganzes Leben nur durch ein Fernrohr blicken zu dürfen und auf Signale aus dem All zu warten.«

»Mami, der Anzug kratzt!«, beschwerte sich die Kleine, die noch keinen Sinn für erhabene Dinge hatte. Sie zappelte ungeduldig an Mariannes Hand. »Ich mag wieder zurück in meinen Garten!«

»Aber darum geht es doch, Schätzchen«, sagte die Mutter sanft. »Alles, was du in deinem Garten anbaust, ist dafür bestimmt, eines Tages den Mars grün zu machen. Und das ist eine großartige Leistung, wenn man bedenkt, dass wir es nie geschafft haben, die Wüste grün zu machen. Im Gegenteil, die Sahara breitet sich immer noch weiter aus ...«

»Genau, und Gingi hat bestimmt Durst!«, meckerte Leonie weiter. Sie hatte für jedes Pflänzchen, das sie gewissenhaft hegte und pflegte, einen Namen. Gingi sollte mal ein stattlicher Ginkgo werden, der mit Treibhausgasen wie aus der Frühzeit der Erde leicht fertig werden konnte. Die Atmosphäre des Mars bestand jetzt noch zu knapp achtzig Prozent aus Kohlendioxid, der Rest setzte sich aus Stickstoff und Argon zusammen. Unterstützend zum Terraforming sollten die Ginkgos das Kohlendioxid assimilieren und per Photosynthese in Glukose umwandeln, den Grundbaustein des Lebens. Der aufgenommene Stickstoff würde aufgespalten und zerlegt werden in Proteine und Nukleinsäuren, und Sauerstoff würde freigesetzt werden.

Man wollte zunächst wie in der Frühzeit der Erde vorgehen, mit Ginkgos, Farnen, Schachtelhalmen und so weiter, bis die Atmosphärenzusammensetzung höher entwickelte Pflanzen zuließ. Es wäre natürlich spannend gewesen zu erleben, zu welchen neuen Formen die Mutationen der Mars-Pflanzen führen würden. Aber das würde von den »Gründern« keiner mehr innerhalb seiner Lebensspanne schaffen, auch wenn hier die künstlich herbeigeführte Evolution im Zeitraffertempo stattfand.

Derzeit war Gingi etwa fünfzehn Zentimeter hoch, aber sie wuchs nach mehreren problematischen Ansätzen nunmehr rasant. Han Suo Kang rechnete damit, dass die Bäume spätestens nach dem nächsten Winter ausgesetzt werden konnten.

Marianne seufzte innerlich. Natürlich war Leonie noch zu klein, um zu begreifen, worum es ihrer Mutter ging. Aber sie konnte den Augenblick kaum mehr erwarten, mehr mit der Tochter teilen zu können – ihre Träume und Gedanken. Für Leonie war es ganz normal, auf dem Mars zu leben. Für Marianne war es immer noch wie ein Wunder.

Manches war so vertraut, und dann wieder vieles so fremd. Eine Mischung, die Marianne stets aufs Neue faszinierte und reizte. Vor allem machte ihr die trübselige Einöde überhaupt nichts aus. Han Suo Kang bekam zwischendurch seinen Koller, wenn er mit dem Rover zurückkam und über »Wüste, nichts als Wüste!« klagte. Marianne Angelis liebte die Wüste, sie passte zu ihrem Naturell – so still und gelassen, zurückgezogen, jedoch nicht schwach.

Die Sahara war einst der Probelauf gewesen, um sie auf ihre Zukunft vorzubereiten; so erschien es jedenfalls Marianne.

Der Mars war nun als Ziel, als Höhepunkt erreicht: die Wüste unendlich, weltumspannend; intensiver, tiefrot und körnig wie Rost, häufig überzogen von gewaltigen Sandstürmen. Dazu jede Menge beeindruckender Landschaft: Vulkanberge von über zwanzig Kilometern Höhe, die noch aus der Atmosphäre ragten, Schluchten von mehreren Tausend Kilometern Länge, Hunderten Kilometern Breite und mehreren Kilometern Tiefe, Krater mit einem Durchmesser von mehr als dreihundert Kilometern. Ein Planet der Superlative, obwohl gerade halb so groß wie die blaue Schwester.

Die Südhalbkugel war durch Millionen Einschläge zernarbt,

die Nordhalbkugel hingegen wies die eindrucksvollsten Landschaftstypen auf, auch jüngeren Datums. In weiter Ferne der Siedlung, nach Südosten gelegen, erhob sich als schmaler Strich die Elysium Planitia, eine Hochebene mit gewaltigen Bergen, darunter der Elysium Mons.

Nach einem extrem strengen Marswinter, der zusammen mit dem Herbst ein ganzes Erdenjahr dauerte, und einem wochenlangen Meteoritenhagel fing nun ein ganz besonderer Nord-Frühling an; und das war der Grund, weshalb Marianne Angelis ihre Tochter zum ersten Mal an der Hand mit hinaus nahm.

Nicht nur, um einmal dem »Gefängnis« der Siedlung zu entrinnen. Denn drinnen waren sie sicher, konnten ohne Schutzanzug herumlaufen und bei weitgehend angenehmen Temperaturen zwischen fünfzehn und zwanzig Grad frei atmen. Die Bewegung fiel durch die extrem niedrige Schwerkraft des Mars leicht – zu leicht, konnte man sagen.

Die Erwachsenen mussten Gewichte tragen, um sich ohne Verletzungen von einem Ort zum anderen zu bewegen; die Kinder hatten damit schon keine Probleme mehr, sie kannten nichts anderes. Sie waren leichtfüßig, hüpften wie Kängurus in gewaltigen Sätzen herum und empfanden das als größtes Vergnügen. Ihr Gewicht war im Gegensatz zu irdischen Kindern gleichen Alters bedeutend geringer, dafür waren sie länger aufgeschossen. Auffällig waren vor allem ihre vergrößerten Nasenflügel, die sich beim Atmen deutlich bewegten.

Durch die Gewächshäuser war es wenigstens nicht zu trist in der Siedlung, immerhin besser als eine sterile Forschungsstation auf einem der irdischen Pole. In den Gewächshäusern konnte man spazieren gehen und sich von Duft und Dampf der Pflanzen und Blüten ein wenig an die Erde erinnert fühlen.

Dennoch – Marianne wollte wenigstens einmal hinaus, die

grandiose Weite um sich herum sehen, auch wenn sie dazu einen Schutzanzug tragen musste.

Und sie wollte den Frühlingsanfang erleben, wenn die Sonne endlich wieder mehr an Kraft gewann.

Das Wunder war schon nach wenigen Tagen zu sehen: Ein Hauch von Moosen und Flechten, die sich an Felsbrocken klammerten, besetzt von winzigen Mikroben, Bakterien und Einzellern, die aus langem Schlaf erwachten. Die Evolution geschah selbst mit bloßem Auge sichtbar im Zeitraffer, das Terraforming schritt unermüdlich voran, unterstützt von dem außergewöhnlich langen Meteoritenschauer. Viele der Brocken waren beim Eintritt in die mittlerweile dichtere Atmosphäre verglüht und setzten Kohlendioxid frei, der zusätzlich den Treibhauseffekt unterstützte und notwendiger Bestandteil atembarer Luft war.

Es wurde deutlich wärmer, die Temperaturen lagen schon um null Grad herum, und es wurde feuchter, wie man am Wachstum der Moose und Flechten erkennen konnte, die zur Photosynthese angeregt wurden. Der Lebenskreislauf war damit ins Laufen gebracht worden. Der Sauerstoffgehalt stieg ebenfalls deutlich an, die Atmosphäre wurde dichter und dementsprechend der Himmel dunstiger. Er erlaubte morgens und abends sogar schon ein leichtes Farbenspiel – das zusätzlich an Reiz gewann, wenn Phobos und Deimos am Himmel vorüberzogen.

»Mir ist langweilig, Mama!«, beschwerte Leonie sich jetzt sehr eindringlich.

»Ist ja gut«, murmelte Marianne. »Ich dachte, du wolltest dir noch einen Platz für Gingi aussuchen.«

»Ja, kommt sie denn hier raus? Sie ist doch noch so klein!«

»Sie wird schnell größer. Und du wirst bestimmen, wo sie hin soll.«

Leonie blinzelte. »Zum See«, sagte sie dann. »Sie braucht doch Wasser!«

»Kluges Kind.« Marianne lächelte. Der Ozean begann zu tauen; bald würden seine Schmelzwasser das umliegende Land überschwemmen und eine gute Grundlage für die ersten Pflanzungen bieten. Ja, es ging gut voran.

Sie nahm die Kleine an die Hand. »Komm, gehen wir noch ein Stück.«

Leonie machte zuerst kein begeistertes Gesicht. Doch als sie merkte, dass ihre Mutter nicht gewillt war, nachzugeben, fügte sie sich. Nach einer Weile begann sie zu hopsen; anstrengend war so ein Spaziergang ja nicht. Es gab kaum Hindernisse, die Hügel waren sanft.

»Wonach schauen wir, Mama?«

»Was es hier so gibt.« Marianne drehte sich um. Hinter ihnen türmte sich das Felsmassiv eines weiteren erloschenen Vulkans auf; mit dreitausend Metern Höhe und dreißig Kilometern Durchmesser aber nur ein »Hügelchen« im Vergleich zu den anderen Riesenbergen. Sein ausgedehntes Höhlensystem war in die Siedlung eingepasst worden, die sich deutlich von den natürlichen Formationen abhob. In östlicher Richtung, in einer Senke, begann der gefrorene Ozean, der größtenteils aus Wassereis und nur einem geringen Anteil Trockeneis bestand. Die Wasseraufbereitungsanlage hatte schon erste gute Resultate gebracht. In den kommenden Jahren würde sich der Tauprozess beschleunigen und wiederum seinen Anteil zur Erhöhung der Atmosphärendichte beitragen.

»Schau, Leonie, dort ist der See. Kannst du dir vorstellen, wie es aussehen wird, wenn dort Wasser statt Eis ist, und viele Pflanzen?«

Die Kleine schüttelte den Kopf. Dann aber hellte sich ihr Gesicht auf. »So wie im Pflanzenhaus, oder?«

»Ja. Nur viel, viel größer. Und Gingi wird dabei sein, zusammen mit vielen anderen Bäumen, wenn du immer schön aufpasst.«

»Ist es wichtig, was ich tue?«

Marianne nickte. »Sehr, sehr wichtig. Ohne dich würde es hier immer so bleiben, und wir könnten nie ohne Anzug nach draußen gehen.«

Nun war das Kind doch beeindruckt. »Wann machen wir das?«

»Sobald Gingi und die anderen groß genug sind. Und du auch«, antwortete Marianne lächelnd.

»Ich will mal gucken, wo ein guter Platz ist!« Bevor Marianne sie zurückhalten konnte, lief Leonie den Hügel hinunter; sie achtete überhaupt nicht auf die Rufe ihrer Mutter.

Marianne blieb nichts anderes übrig, als hinterherzulaufen und zu hoffen, dass ihrem Kind bald die Luft ausgehen würde. Was leider ziemlich unwahrscheinlich war.

Da spürte sie es.

Der Boden unter ihren Füßen wurde weicher, nachgiebiger ... rutschiger. Marianne blieb sofort stehen. »Leonie!«, rief sie.

Etwas in der Stimme der Mutter veranlasste das Kind, anzuhalten und sich umzudrehen.

»Beweg dich nicht, Leonie, und warte, bis ich bei dir bin.«

Leonie zögerte. Dann nickte sie. Sie war kein dummes Kind, erkannte sofort den Ernst einer Situation.

Marianne setzte vorsichtig Fuß vor Fuß, jeden Moment darauf gefasst, in die Tiefe gezogen zu werden. Treibsandfelder waren eine negative Begleiterscheinung der Erwärmung. Diese Naturerscheinungen waren völlig unberechenbar, traten plötzlich auf und verschwanden wieder. Man konnte sie nicht sehen, und wenn man darauf trat, war es meistens schon zu spät.

Ohne fremde Hilfe konnte man sich nicht befreien. Ähnlich wie im Watt der Nordsee. Marianne kannte das Watt aus ihrer Heimat; es sah harmlos aus, einfach nur wie nasser Sand. Aber sobald man auch nur eine Sekunde zu lange verweilte, zog es einen hinein. Selbst der größte Muskelprotz würde es nicht schaffen, sich aus eigener Kraft aus dem irrsinnigen Sog zu befreien.

Die Treibsandfelder hier waren ganz ähnlich; doch nachdem Marianne es rechtzeitig erkannt hatte, bestand wenigstens Aussicht, hier wieder heil herauszukommen. Sie wusste, wie sie sich bewegen musste, das Gewicht verlagern, welche Geschwindigkeit erforderlich war.

Während sie sich zu ihrer Tochter tastete, beobachtete Marianne genau, ob Leonies Füße einsanken. Aber sie schien auf festem Boden zu stehen. Vielleicht war dieses Feld nicht so groß wie befürchtet.

Leonie wurde unruhig und begann zu zappeln. Marianne sah, dass sie jeden Moment explodieren und losrennen würde. »Ich bin gleich bei dir, so lange musst du noch warten!«, schärfte sie der Tochter ein. »Das gehört alles zum Lernen dazu, verstehst du? Es ist sehr wichtig.«

»Aber ich bin doch kein Baum!«, lachte das Mädchen. »Ich hab keine Wurzeln.«

»Dann tu einfach so. Denkst du, Gingi würde es hier gefallen?«

»Glaub schon.«

»Es ist ein großer See, eigentlich ein Meer.«

Leonie zuckte die Achseln. »Ist mir egal.«

»Es gibt ein ganz ähnliches Meer in dem Land, wo ich herkomme. Es heißt Nordsee. Was hältst du davon, das Meer hier *Aqua Norte* zu nennen?«

»Quak-quak!«, kicherte Leonie und klatschte in die Hände. »Klingt gut!«

Endlich hatte Marianne ihre Tochter erreicht. Der Boden hier war fest. Nun musste sie nur noch feststellen, welcher Weg zurück sicher war. Und das nächste Mal, nahm sie sich grimmig vor, würde sie einen langen Stab mitnehmen und stets vor sich tasten, bevor sie weiterging.

»Können wir jetzt endlich gehen?«, maulte das Kind.

»Also schön, gehen wir zurück.« Marianne bedauerte es zuerst, änderte aber ihre Meinung, als sie ein paar glühende Lichter über den Himmel ziehen sah – die ersten Vorboten eines weiteren Meteoritenhagels. Auch das noch!

»Komm, wir müssen uns beeilen!«

Was war das schlimmere Übel? Marianne wollte es nicht darauf ankommen lassen. Sie ergriff Leonies Hand und lief den Hügel wieder hinauf; schnell genug, so hoffte sie, bevor sie in den Treibsand einsinken konnten. Leonie mit ihrem leichtfüßigen Gewicht hatte die besten Chancen.

Marianne verfluchte die Gewichte des Anzugs, die ihr fast heimische Schwerkraft suggerierten. Schneller als es ihr lieb war, ging ihr die Puste aus, und sie war froh, als sie endlich wieder die krummen und schiefen Siedlungsbauten und die Gewächshauszelte vor sich sah. Das Glück hatte sie nicht im Stich gelassen. Sie würden rechtzeitig vor dem Meteoritenschauer daheim sein, und die Treibsandfelder hatten sie nicht einfangen können – dieses Mal nicht.

»Du bist einfach zu langsam, Mama!« Leonie riss sich von Mariannes Hand los und lief in Richtung Siedlung. »Wer zuerst da ist! Und der Letzte ist eine lahme Krücke!«

»Pass auf!«, rief Marianne, doch es war schon zu spät. Das Kind stolperte über einen Felsen und fiel hin. *Hoffentlich ist der Anzug nicht kaputt!*, dachte Marianne mit eisigem Schrecken.

Die speziell für den Mars entwickelten Anzüge, die so eng wie eine zweite Haut saßen, erzeugten den ausreichenden Druck durch die Oberflächenspannung der Haut. Sie waren zudem bedeutend leichter als die normalen Raumanzüge und behinderten kaum die Bewegung, sodass man stundenlang in ihnen arbeiten konnte.

Wenn nun ein Leck entstand, bedeutete das nicht den kompletten Druckausfall und den Tod des Trägers. Aber die Haut unter dem Loch erlitt lokal einen Gefrierbrand, der immer noch schmerzhaft genug war und das Gewebe so schädigen konnte, dass es abstarb.

Pramjib Khalid hatte inzwischen spezielle Anzüge für die Kinder entwickelt, doch so ganz traute Marianne Angelis ihnen noch nicht.

Leonie rappelte sich gerade auf, laut heulend, obwohl der Anzug den Sturz gedämpft haben musste und wegen der geringen Schwerkraft ohnehin nicht viel passieren konnte. Vielleicht war es der Schrecken.

Marianne erreichte ihre plärrende Tochter, klopfte ihr den Staub vom Anzug, begutachtete sie und tastete sie ab. »Ist schon gut, Schätzchen, hör auf zu weinen«, sagte sie.

Leonies Tränen versiegten, als die Mutter sie auf den Arm nahm. »Es ist ganz doof hier draußen!«, machte sie ihrem Ärger Luft. »Und ich mag den Anzug nicht!«

»Ich hab ja verstanden, Leonie. Das nächste Mal gehen wir erst wieder raus, wenn du es willst, okay?«

»Das wird nie passieren!«, behauptete die Kleine.

* * *

Madelaine Saintdemar war ungeduldig, als Marianne mit ihrer Tochter in der medizinischen Station neben dem Kindergarten eintraf. Es war wie alles ein Provisorium – Labor, Praxis und Krankenhaus in einem –, aber es reichte zumeist aus.

»Ich habe dich vor einer Stunde erwartet!«, sagte sie vorwurfsvoll. Die kleine Gemeinschaft hatte längst auf das distanzierte »Sie« verzichtet. Man war mit den Jahren zusammengewachsen. Trotz der so unterschiedlichen Charaktere gab es erstaunlich wenig Streit; es mochte auch daran liegen, dass sie alle so viel zu tun hatten und sich bei der Arbeit ausreichend verausgaben konnten.

»Tut mir leid, wir waren weiter weg, als ich dachte«, erwiderte Marianne. »Könntest du dir Leonie anschauen? Sie ist vorhin hingefallen. Der Anzug ist nicht beschädigt, aber ich will ganz sichergehen, dass nicht irgendeine Prellung innere Blutungen auslöst.«

Die Überbesorgnis war verständlich; man wusste einfach nicht genug über den veränderten Metabolismus der Kinder. Sie reagierten schon auf leichte Stöße mit blauen Flecken. Bisher war noch kein größerer genetischer Defekt zu erkennen, der auf die Strahlung zurückzuführen war, aber das konnte noch kommen. Dies war Neuland.

»Mache ich sofort.« Madelaine winkte Leonie, zu ihr zu kommen.

»Ich hab aber nichts«, meinte das Mädchen, das gar keine Lust hatte, untersucht zu werden. Doch es ließ sich das Abtasten, Horchen und Beleuchtetwerden gefallen. Routineuntersuchungen wurden jede Woche durchgeführt und ganz genau Buch darüber geführt.

An der Unterseite des Unterarms entdeckte die Ärztin einen kleinen roten Punkt mit geröteter Haut. »Was ist das, Leonie?«

»Weiß nicht«, antwortete das Kind. »Als ich den Anzug ausgezogen hab, hat's mich da kurz gepickt und dann gejuckt. Ich hab mich gekratzt.«

»Und jetzt?«

»Nix.« Leonie hob die Schultern. »Mama …«, quengelte sie und zappelte mit den Füßen.

Marianne sah die Ärztin fragend an, die nickte. »Also, ab mit dir!«

Erleichtert raste Leonie aus dem Raum, um ihren Freunden von dem Abenteuer zu berichten.

»Gibt es Neuigkeiten für mich?«, fragte Marianne. »Wenn du so ungeduldig gewartet hast, ist es ein gutes Zeichen, hoffe ich.«

Madelaine Saintdemar schüttelte den Kopf. »Tut mir leid, auch diesmal wieder negativ.«

Marianne stieß ein trockenes Geräusch aus. »Das ist zum Auswachsen! Zuerst wollte ich nicht schwanger werden, und jetzt klappt es nicht.«

»Nicht nur bei dir, falls dich das tröstet. Estela ist in ganz ähnlicher Situation«, sagte die Ärztin. »Die schnellen Schwangerschaften zu Beginn sind wohl auf die extreme Situation zurückzuführen gewesen. Doch jetzt, da wir länger hier sind, müssen unsere Körper sich allmählich anpassen. Ich schätze, daran liegt es, dass dein Zyklus bereits seit einiger Zeit ausgesetzt hat und sämtliche künstliche Befruchtungen misslingen.«

»Ich hoffe, das ist nur ein vorübergehender Zustand«, meinte Marianne. »Sonst sehe ich schwarz für unsere Kolonie.«

»Nun, auch unsere Töchter können von der mitgeführten Samenbank profitieren«, versetzte Madelaine. »Die Frage ist nur, wie lange das Sperma kompatibel ist.«

»Du meinst, dass irgendwann keine Vermischung mehr möglich wäre?«

»Oder genetische Defekte die Folge sind.«

Marianne seufzte. »Und was tun wir jetzt?«

»Keine Sorge. Ich habe da noch ein paar Ideen, wie ich deine Eierstöcke überreden kann, in Schwung zu kommen. Ich bin mir sicher, dass diese Art Menopause nur ein vorübergehender Zustand ist. Menschen sind äußerst anpassungs- und fortpflanzungsfähig. Es mag an der Strahlung liegen, aber wir wollen mal nicht alles auf den Mars schieben. Noch gibt es keine besorgniserregenden Blutwerte, vielleicht ist es einfach nur ein Signal deines Körpers, dass er gerade keine Schwangerschaft wünscht. Also hab noch etwas Geduld ...«

Nicht alle hatten Probleme mit der Fruchtbarkeit. Jenna Braxton hatte in den vergangenen Jahren zwei Kinder von Kang per künstlicher Befruchtung bekommen: Yana und Ben. Madelaine Saintdemar gebar ein zweieiiges Zwillingspärchen, den Jungen William und das Mädchen Heather. Da es ziemliche Komplikationen bei der Geburt gegeben hatte, sah Madelaine ihre »Vermehrungsrate« damit als abgeschlossen an; sie ging inzwischen auch schon auf Mitte vierzig zu. Ebenso verhielt es sich bei der um zwei Jahre älteren Braxton. Beide waren zwar noch nicht in den Wechseljahren, aber das Gesundheitsrisiko war der Ärztin zu hoch.

Marianne Angelis fühlte sich nun auf eine seltsame Weise verpflichtet, ihren weiteren Anteil an der Mars-Kolonie zu leisten. An eine Rückkehr zur Erde dachte niemand mehr. Sie hatten inzwischen ihre Heimat auf dem Mars gefunden, führten ein hartes, aber zufrieden stellendes Leben. Trotz berechtigter Befürchtungen hatte keiner von ihnen einen »Insel- oder Raumkoller« bekommen; dazu hatte der Planet sie viel zu sehr in seinen Bann geschlagen. Der Ehrgeiz trieb alle voran, eine zweite Erde zu erschaffen, und das mit eigenen Händen. Alles, was jeder Einzelne von ihnen tat, war ein Grundstein für die Zukunft – eine neue Menschheit.

Eine Verbindung zur Erde konnte nicht mehr hergestellt werden. Drei Jahre nach ihrer Notlandung hatte man es versucht – aber entweder hatte das Sendegerät nicht funktioniert oder die Energie war zu schwach gewesen. Jedenfalls kam keine Antwort. Seitdem steckten sie sämtliche Energiereserven in den Aufbau.

Aber jedem Kolonisten war klar, dass auf der Erde irgendetwas passiert sein musste, denn in all den Jahren war nicht einmal eine Sonde eingetroffen, die wenigstens eine einseitige

Relaisverbindung hätte herstellen können. Etwas, das schlimmer war als beispielsweise fehlende Geldgeber für eine neue Mars-Mission. Und zwar auf globaler Ebene, weil keine einzige Nation einen Kontaktversuch unternahm – obwohl man nicht sicher wissen konnte, dass bei dem Absturz alle umgekommen waren.

Im Gegenteil! Die Bildung einer Atmosphäre, das Abtauen der Pole und das Wachstum erster primitiver Pflanzen, die »grüne Flecken« auf jede CCD-Kameraaufnahme gezaubert hätten, hätte man mit Teleskopen wie Hubble II oder dem Very Large Telescope beobachten können.

Die wichtigste Mission der Menschheit konnte nicht einfach so vergessen oder aufgegeben worden sein.

Die Kolonisten vermuteten einen globalen Krieg mit verheerenden Folgen oder eine globale Katastrophe. Auf alle Fälle war es den Menschen in der alten Heimat derzeit unmöglich, dem Mars in irgendeiner Weise ein Zeichen zu geben oder zu versuchen, Kontakt aufzunehmen.

Sie nahmen es inzwischen hin, dass sie auf sich allein gestellt waren, sahen es sogar als ganz besondere Herausforderung, die sie bestehen würden. Alles, was nun zählte, war der Mars, die neue Heimat. Was trotz der Havarie gut begann, musste erfolgreich weitergeführt werden.

* * *

Marianne Angelis wurde in der Nacht vom Weinen ihrer Tochter geweckt.

»Was ist denn, Schatz?« Besorgt strich sie mit der Hand über die Stirn ihres Kindes und stellte erschrocken fest, dass sie glühend heiß war.

»Mir tut alles weh, Mami«, wimmerte Leonie. »Mir ist heiß, ich habe solchen Durst.«

Zum ersten Mal seit dem Aufprall gab es eine Krankheit. Marianne fackelte nicht lange, wickelte ihre Tochter in Decken und trug sie zu Madelaine Saintdemars Labor außerhalb der Höhlen. Die Ärztin hatte sich gleich neben ihrer medizinischen Station eingerichtet; die künstlichen sterilen Wände verschafften ihr ein besseres Gefühl der Sicherheit.

Dr. Saintdemar fuhr hoch, als Marianne sie an der Schulter rüttelte. Sie starrte die Astrophysikerin aus aufgerissenen Augen an und warf dann einen Blick auf die Uhr. »Was ist passiert?«, fragte sie alarmiert, während sie aus dem Bett sprang und ihren Nachtanzug mit der medizinischen Kombination vertauschte.

»Leonie ist krank«, antwortete Marianne. »Ich habe sie schon auf deine Station gebracht und auf eine Liege gelegt.«

In Bradbury mit der extrem geringen Einwohnerzahl wurde nichts abgeschlossen oder verriegelt. John Carter hatte eindringlich darauf hingewiesen, dass die Basis der neuen Kolonie auf Vertrauen gebaut werden müsste – und um weiteren Ballast von der Erde abzustreifen.

Nach dem Absturz hatte der Eine oder Andere etwas Dummes getan, aber so etwas sollte nie mehr vorkommen. Es gab also keinen Grund, misstrauisch zu bleiben. Selbst Han Suo Kang sah ein, dass Carter Recht hatte. Es galt umzudenken, und der chinesische Biologe war bereit dazu, auch wenn er sehr viel Zeit dafür brauchte. Aber Zeit war nun wirklich etwas, das sie im Überfluss hatten.

»Krank? Das ist doch nicht möglich!« Madelaine hastete nach nebenan auf die Station, wo Leonie ganz blass und winzig auf einer Liege ruhte. Ihr Haar war von Fieberschüben verschwitzt, und sie war kaum mehr bei sich. Unruhig warf sie sich hin und her, weinte und rief nach ihrer Mutter.

Kang, der zusammen mit Braxton ebenfalls in diesem Modul sein Quartier hatte, entging so leicht nichts. Er bemerkte die ungewöhnliche nächtliche Unruhe und kam angestapft, musste aber zu seinem Erstaunen feststellen, dass Dr. Saintdemar die gläserne Schleuse verschlossen hatte.

»Madelaine, was ist los?«, rief er über den Bordlautsprecher.

»Tut mir leid, Suo, ich muss Marianne, mich und Leonie unter Quarantäne stellen«, erklärte die Ärztin und nickte Braxton zu, die gerade völlig verschlafen im Pyjama hinzukam. »Leonie ist krank, sie hat hohes Fieber und Schüttelfrost. Solange ich die Ursache dafür nicht kenne, darf niemand zu uns herein.«

»Verstehe«, sagte Kang und nickte anerkennend. »Schnell und scharfsichtig gehandelt. Am besten informieren wir sofort die anderen, falls noch jemand ähnliche Symptome bei sich bemerkt und sie noch nicht gemeldet hat.«

Eine Viertelstunde später waren alle eingetroffen, einschließlich der Kinder, die teils maulten, teils hocherfreut über diese unerwartete Abwechslung waren.

Auf allen Gesichtern zeigte sich große Besorgnis, als sie informiert wurden. Jeder musste Bericht erstatten, was er den Tag über getan hatte und wie er sich fühlte.

Das Ergebnis war eindeutig: Leonie war bisher die Einzige mit diesen Symptomen. Da sie unerwartet, ohne vorherige Anzeichen, aufgetreten waren, befürchtete Dr. Saintdemar einen schnell mutierenden Virus.

»Wir müssen natürlich damit rechnen, dass durch das Terraforming eine Menge zum Leben erwacht, das besser für immer ruhen sollte«, erklang ihre Stimme aus dem Lautsprecher. »Mein Labor ist zwar mit den wichtigsten Antikörpern ausgestattet, die es für Viren auf der Erde gibt, aber hier sind wir völlig neuen Gefahren ausgesetzt. Ich kann nicht sagen, ob ich in der Lage bin, ein Serum zu entwickeln, falls Leonie tatsächlich an einem Virus erkrankt ist.«

»Vielleicht ist es ja nur Schnupfen?«, meinte Pramjib Khalid.

»Das wäre nicht minder eine Katastrophe, denn auch die

Bakterien hier auf dem Mars sind anders als auf der Erde. Selbst wenn wir sie mit eingeschleppt haben, sind sie inzwischen allein durch die Strahlung mutiert.« Madelaine seufzte. »Ich werde Leonie von oben bis unten durchleuchten. Leider kann ich keine Kernspin durchführen, weil die Maschine den Absturz nicht überstanden hat. Aber ich tue mein Bestes, das verspreche ich, und so schnell wie möglich.«

Marianne Angelis saß sehr blass und furchtsam an Leonies Liege und streichelte ihre kleine Hand. »Sie war heute tagsüber doch so munter ...«, flüsterte sie. »Auch abends war alles noch ganz normal ...«

»Das beunruhigt mich ja gerade«, erwiderte die Ärztin. »Ich mache jetzt ein großes Blutbild, dann ein paar Röntgenaufnahmen, Abtasten, was ich eben für Möglichkeiten habe. Marianne, du kannst bei Leonie bleiben, das wird sie beruhigen. Wir wollen sie nicht unnötig belasten.«

Die Kinder hatten Routine mit den wöchentlichen ärztlichen Untersuchungen. Das half Madelaine bei der Suche nach der Ursache für die Erkrankung.

Die anderen Kolonisten blieben den Rest der Nacht in dem Besprechungsraum neben der Schleuse, diskutierten und beobachteten jede Bewegung innerhalb der Station.

Eine einzige Umstellung hatte kaum Probleme bereitet – auf dem Mars war der Tag nur um ein Geringes länger als auf der Erde. So hatte der gewohnte Tag-Nacht-Rhythmus weitergeführt werden können. Eine komplette Umstellung hätte eine sehr lange Anpassungsphase verlangt und dem Körper eine Menge Stress bereitet.

Die Kinder wären allerdings von Anfang an kaum davon betroffen gewesen. Ihr Metabolismus fing bereits an, sich auf den Mars einzustellen. Und bisher war die Anpassung äußerst positiv gewesen. Noch nie war eines der Kinder krank gewesen oder hatte auch nur eine Magenverstimmung gehabt.

Eine Strahlenkrankheit hätte andere Auswirkungen gehabt, schleichender. Leonies Immunsystem hatte sehr schnell auf eine Gefahr reagiert und versuchte nun alles, einen unbekannten Eindringling in dem kleinen Körper auszumerzen. Fieber war im Grunde genommen etwas Gutes, als Abwehrreaktion gedacht, um Fremdkörper auszumerzen – doch leider konnte es auch zu viel des Guten werden. Und bei dem Kind war die Grenze mit 40,5 Grad Fieber schon fast erreicht.

Marianne litt mit ihrem Kind, das vor Fieber und Schmerz weinte, dessen kleiner Körper nur so von Hitze- und Kälteschauern geschüttelt wurde. Madelaine versuchte alles, um Linderung zu verschaffen; von einfachen Hausmitteln wie kühlenden Tüchern und warmen Decken über Kräuterverbände bis zu »chemischen Keulen«. Dazu verabreichte die Ärztin Infusionen, um einer Austrocknung und zu starker Schwächung durch verlorene Mineralien und Elektrolyte vorzubeugen.

Nichts half.

Ein schwarzer Tag für Bradbury begann.

***

Es konnte sich kaum jemand dazu aufraffen, an die Arbeit zu gehen; die Besorgnis, aber auch die Müdigkeit wegen des verpassten und dringend notwendigen Schlafes waren groß. Doch es durfte nichts liegen bleiben; vor allem die Kinder mussten versorgt und abgelenkt werden.

John Carter, der als »Hilfsarbeiter für alle Fälle« diente, übernahm die Obhut der Kinder. Die anderen gingen ihren gewohnten Tätigkeiten nach, nur mit dem Unterschied, dass sie stündlich nach Leonies Befinden fragten.

Der Tag verstrich. Saintdemar konnte das Fieber auf 39,8 Grad drücken, sodass Leonie momentan nicht in Lebensgefahr schwebte und einigermaßen stabil war. Aber eine Lösung war noch nicht in Sicht. Saintdemar hielt die Quarantäne weiterhin aufrecht, obwohl Leonies Blutwerte keine virulente Infektion aufwiesen. Es gab lediglich einen Hinweis auf einen Entzündungsherd, aber das konnte man sich bei diesen Symptomen auch denken. Und darüber, wo sich die Entzündung befand, gab es leider keinen Aufschluss.

Am Abend trafen sich alle wieder zum gemeinsamen kargen Essen. Die drei Eingesperrten wurden über die Schleuse versorgt, aber Leonie verweigerte die Nahrung, und Marianne brachte vor Kummer nichts hinunter.

»Keine Infektion«, berichtete Madelaine schließlich der Versammlung. Sie sah dünn und blass aus, ihre sonst so gepflegte und elegante Erscheinung wirkte abgespannt. »Keine allergische Reaktion, keine genetische Veränderung, die auf eine Strahlenkrankheit schließen lässt, keine inneren oder äußeren Verletzungen, nichts. Es ist zum Auswachsen!«

»Wie ist Leonies Zustand?«, fragte John Carter.

»Derzeit stabil, aber das Fieber ist immer noch sehr hoch und wird nur durch die Medikamente auf diesem Status gehalten, und sie bekommt Infusionen. Leonies Körper wehrt sich gegen etwas, und ich finde einfach nicht heraus, was es ist.« Madelaine fuhr sich durch ihre strähnig herabhängenden Haare. »Ich stehe vor einem Rätsel, und ich habe Angst. Ich bitte jeden von euch, auch die Kinder, sofort zu melden, wenn sich irgendetwas in eurem Befinden ändert. Und sei es auch nur ein Niesen oder Husten, worauf ihr normalerweise nicht achten würdet! Ich brauche jede Information, die ich bekommen kann.«

»Wir haben gewusst, dass so etwas passieren kann«, sagte Akina Tsuyoshi. »*Wird*«, korrigierte sie sich. »Es wäre ein Wunder, wenn die Anpassung an eine lebensfeindliche Umwelt so glatt verlaufen würde. Denkt nur daran, welche Krankheiten oder Gefahren auf der Erde in den amazonischen Wäldern lauern, die wir noch nicht einmal entdeckt haben. Viruserkrankungen, die wir nie in den Griff bekamen. Warum sollte es hier anders sein? Wir bringen Leben hierher, das irdisches Erbe in sich trägt und sich mit der marsianischen Umwelt verbindet.«

»Wäre ich nur nicht mit Leonie hinausgegangen!«, machte Marianne sich Vorwürfe. »Danach hat es angefangen! Vielleicht hatte der Anzug doch irgendwo ein Leck …«

»Ausgeschlossen!« Khalid schüttelte den Kopf. »Das würde man sofort als Gefrierbrand auf der Haut sehen. Der Atmungskreislauf ist ein absolut geschlossenes System, damit kein Kohlendioxid eindringen kann und ein Druckausgleich gewährleistet wird.«

»Ich sehe trotzdem einen Zusammenhang«, beharrte Marianne. »Warum geht es Leonie ausgerechnet nach unserem Ausflug schlecht?«

»Das halte ich für einen Zufall«, bemerkte John Carter. »Gräme dich nicht so, Marianne, du hast nichts Falsches getan. Eines Tages müssen wir unsere schützenden Mauern verlassen, um uns dem Mars zu stellen, sonst wäre das ganze Terraforming umsonst. Dann würde eine geschlossene Station genügen.«

»Wenn es nur so einfach wäre …«, flüsterte die Deutsche.

Man trennte sich zur Nachtruhe. Die Ärztin versprach, bei einer Veränderung sofort alle zu benachrichtigen.

Madelaine rieb sich die Augen. »Hör zu, Marianne, ich muss ein paar Stunden schlafen, sonst kann ich nicht mehr weitermachen. Sonst unterlaufen mir Fehler, und das darf nicht geschehen. Leonie ist stabil, und sie ist an Herz-Kreislaufgeräte angeschlossen, die jede Veränderung in den negativen Bereich sofort melden. Ich stelle eine Liege neben deiner Tochter auf, damit du bei ihr bist, aber du musst ebenfalls schlafen.«

»Ich weiß nicht, ob ich kann …«

»Dann verabreiche ich dir ein Schlafmittel. Tut mir leid,

aber wir haben eine extreme Situation, und du kannst niemandem helfen, indem du dein eigenes Immunsystem durch Überanstrengung schwächst und dem unbekannten Feind leichtes Spiel machst.«

Die Astrophysikerin nickte zögernd. »Ich werde es ohne Mittel versuchen, Madelaine. Ich habe Angst, dass ich Leonie sonst nicht höre.«

Gemeinsam richteten sie eine zweite Schlafstatt her. Leonie war inzwischen in einen unruhigen, einer Ohnmacht ähnlichen Schlaf gefallen, doch Saintdemar wertete das nicht als schlechtes Zeichen. Sie wollte gerade gehen, als sie Mariannes Zögern, ihren verzweifelten Gesichtsausdruck bemerkte.

»Was hast du auf dem Herzen?«, fragte sie geradeheraus.

»Ich denke darüber nach«, flüsterte Marianne, »wenn es irgendeine Erbkrankheit ist, die sie von mir bekommen hat und die nun ausbricht.«

»Rede keinen Unsinn«, versetzte die Ärztin. »Vor unserem Flug hierher sind wir so gründlich auf Herz und Nieren geprüft worden, die hätten den geringsten genetischen Defekt bemerkt. Die NASA hat die besten medizinischen Geräte, die du dir vorstellen kannst. Einige kenne ich nicht mal dem Namen nach. Nein, Leonies Unglück hat eine andere Ursache. Aber ich bin sicher, dass sie die Krankheit, oder was auch immer es ist, überstehen wird. Sie ist ein starkes Mädchen mit einer sehr guten Konstitution. Ihr Körper wehrt sich, und ich denke, erfolgreich. Was mir Probleme bereitet, ist die Ursache dieses Zustands. Das muss ich unter allen Umständen herausfinden.«

»Ich wünschte nur, ich könnte ihr dieses Leiden abnehmen«, stieß Marianne brüchig hervor.

»Das wünschen wir uns doch alle«, meinte Madelaine, und dann tat sie etwas sehr Ungewöhnliches: Sie legte Marianne tröstend eine Hand auf den Arm. Sonst gab sich Madelaine unnahbar, nicht selten unfreundlich. »Es ist nun einmal so, dass es dein Kind getroffen hat, keinen anderen. Hoffen wir, dass es dabei bleibt. Wenn es uns nicht selbst betrifft, können wir immer nur danebenstehen und hilflos zublicken, wie ein anderer leidet.«

»Das macht mich wahnsinnig ...«

»Ich denke trotzdem, dass es deiner Kleinen sehr hilft, wenn du einfach bei ihr bist, und ihr Mut zusprichst. Dann weiß sie, dass sie nicht allein ist, und das nimmt viel von ihrer Angst. Das ist das Wichtigste.«

Marianne nickte. »Ja. Wenigstens etwas, das ich tun kann.« Sie blickte zu der Liege, auf der Leonie lag. »Sie wirkt so zerbrechlich ...«

»Das täuscht«, sagte Madelaine mit dem Anflug eines Lächelns. »Menschenkinder halten eine ganze Menge aus, das kann ich dir versichern. Deshalb sind wir biologisch ja so erfolgreich.«

* * *

Die Nacht verlief ruhig. Die Menschen lagen in einem tiefen, bleiernen Schlaf, wie meistens. Der Mars forderte einen hohen Tribut. Im strengen Winter mit geringer Sonnenstrahlung waren die Kolonisten manchmal kaum zu sich gekommen und hatten ihre Arbeit im Halbschlaf verrichtet. Erhöhte Zugabe von Vitamin B und kurzzeitige Bestrahlung durch UV-B/A, ähnlich wie bei den Solarien, halfen die lange dunkle und vor allem eisige Zeit zu durchstehen. Das Wichtigste war es, die Temperaturen einigermaßen angenehm zu halten.

»Stellt euch vor, wir wären in Alaska«, sagte John Carter zu den Kindern; meistens war er für ihre Betreuung zuständig, weil er gleichzeitig alle Verwaltungs- und Organisationsaufgaben übernommen hatte und seine Tätigkeit auch vom Hort aus erfüllen konnte. Er kümmerte sich um die Einteilung der Rationen, überwachte die Statistiken der Gewächshäuser, und vieles mehr. Zum Schreiben kam er kaum noch.

»Alaska?«, fragte Michael Braxton. »Was ist das?«

»Ein Landstrich hoch im Norden, auf der Erde. Dort wird es im Winter auch bitterkalt, und trotzdem haben Menschen dort ihr Auskommen, schon seit Jahrhunderten.« Carter erzählte den Kindern von den Trappern, die dort Biber, Wölfe und Luchse jagten, die nach Gold schürften, und natürlich vom legendären Iditarod-Hundeschlittenrennen.

Der amerikanische Journalist und Science-Fiction-Autor machte dabei eine erstaunliche Lebenserfahrung durch: Er hatte stets seine Unabhängigkeit und Freiheit geliebt und jegliche Verantwortung für andere abgelehnt. Nun stellte er fest, dass er Kinder nicht nur gern hatte, sondern auch sehr gut mit ihnen umgehen konnte. Eine ganz neue Berufung, die ihm viel Freude bereitete.

Die Kinder lauschten ergriffen und vergaßen ganz, dass draußen im Freien Temperaturen von weit unter einhundert Grad Celsius herrschten, die nahezu jedes Leben sofort töteten. Aber sie fühlten sich anschließend selbst wie die Trapper, erfüllt mit Pioniergeist, und waren angespornt, mit ihren kleinen Aufgaben weiterzumachen.

Sie mussten beschäftigt werden. Und sie mussten von Anfang an lernen zu überleben. Sie mussten die neue Welt, in die sie geboren wurden, so genau wie möglich kennen, wollten sie je mit ihr fertig werden. Aber dies musste offen und spielerisch geschehen, damit sie nicht zu ernsten, in sich gekehrten Eigenbrötlern heranwuchsen, die nur die Strapazen des Lebens sahen, ohne sich an den schönen Dingen erfreuen zu wollen.

Zum Frühstück versammelten sich wieder alle neben der Quarantäne-Station. Leonies Fieber war weiter gesunken, und sie weinte nicht mehr. Sie winkte ihren Freunden durch die Scheibe zu und lächelte sogar. Vor allem, da sie ihr Lieblingsessen vorgesetzt bekam und sich wünschen durfte, was sie wollte. Eigentlich war es schon ein tolles Abenteuer, bei dem die anderen nur Zuschauer waren.

Man kam überein, dass Estela Gonzales mit ihrer chemischen Ausbildung Madelaine Saintdemar unterstützen sollte. »Vielleicht bin ich inzwischen betriebsblind«, meinte die Ärztin. »Ich kann jede Hilfe brauchen.«

»Ich werde alle Untersuchungen sorgfältig durchgehen. Wäre doch gelacht, wenn wir der Krankheit nicht auf die Spur kämen!«, gab sich Estela zuversichtlich.

Also arbeiteten sie Stunde um Stunde, während Marianne sich um ihr Kind kümmerte, das zusehends munterer wurde.

Und am nächsten Tag war die Krankheit fort. Kein Fieber, keine Schwäche, keine Blässe, nichts. Auch das Blutbild ergab keinen Hinweis auf eine Entzündung mehr. Es war, als wäre Leonie nie krank gewesen.

»Das kommt durchaus auch auf der Erde vor«, bekannte Madelaine zögernd vor der Versammlung. »Allerdings mehr im Säuglingsalter, beispielsweise wenn die Zähne zu schieben anfangen, oder einfach so. Aber wir leben hier unter extremen Umständen. Vielleicht war es tatsächlich nur eine vorübergehende Attacke, die nun vorüber ist.«

»Die Organe sind alle in Ordnung?«, fragte Kang.

»Herz, Kreislauf, Lungen, Nieren, Leber – es gibt keine Beanstandungen. Auch Mandeln und Blinddarm sind vollkommen okay. Estelas eingehende Analysen haben ebenfalls nichts ergeben.« Die Ärztin hob die Schultern. »Ich werde die Quarantäne jetzt aufheben. Leonie ist kaum mehr zu halten vor Tatendrang, und ich denke, es ist unbedenklich, wenn sie zuerst zu ihren Freunden darf, bevor sie wieder ins Bett gesteckt wird. Sollte sie vorzeitig ermüden, wird Marianne sie schlafen legen.«

Kang stimmte zu. »Kehren wir zum normalen Leben zurück und hoffen wir, dass es eine einmalige Sache war.«

Das hofften alle. Leonie durfte zu ihren Freunden in den Hort zurück, wo sie ihre Geschichte mehrmals erzählen musste, unter den wachsamen Augen von Akina Tsuyoshi.

Der Schrecken schien fürs Erste überwunden zu sein.

***

Als Marianne Angelis ihre Tochter am Abend zu Bett brachte, fiel ihr auf, dass die Kleine sich dauernd am Arm kratzte.

»Was ist denn?«

»Nix, das juckt nur so.«

»Hast du dich beim Spielen gestoßen?«

»Nein, ich hab gar nichts gemacht! Es juckt halt einfach.«

»Wann hat das angefangen?«

»Irgendwann.«

»Leonie!«

»Ich weiß doch nicht! Heut Nachmittag, glaub ich, im Kindergarten. Aber da ist gar nix! Ich hab doch schon geguckt.«

Marianne ließ sich nicht so einfach abspeisen. »Zeig mir deinen Arm!«

»Aber Mama ...« Verständlich, dass Leonie keine Lust auf eine weitere Untersuchung, womöglich eine weitere Nacht in der medizinischen Station, hatte. Aber ihre Mutter blieb eisern.

Sie packte Leonies Arm und untersuchte ihn. An der Unterseite fand sie eine geschwollene und gerötete Stelle, ähnlich einer entzündeten Talgdrüse. Sie war heiß und ziemlich hart, als sie mit dem Finger darüberstrich. In der Mitte war ein Punkt, wie ein kleiner Einstich.

Marianne dämmerte etwas. »Sag mal, ist das nicht dieselbe Stelle, wo dich nach unserem Ausflug etwas gepiekt hatte?«

Leonie hob die Schultern. »Weiß nicht mehr. Das hat ja nur kurz gejuckt, und dann war nichts weiter.«

»Komm.« Marianne ergriff ihre Hand. »Das muss sich Madelaine ansehen.«

»Och nööö«, sträubte sich das Kind und versuchte sich aus dem Griff zu befreien. »Ich mag da nicht wieder hin! Und ich hab doch meinen Schlafanzug schon an, und ...«

»Keine Widerrede!« Marianne zerrte ihre widerspenstige Tochter hinter sich her.

Madelaine Saintdemar staunte nicht schlecht, als sie Marianne so schnell wieder sah. Ihr Gesicht wechselte sofort zu Besorgnis, als sie Leonie an ihrer Hand sah. »Stimmt etwas nicht?«

»Ich weiß noch nicht. Sieh es dir selbst an.« Marianne hob Leonie auf die Untersuchungsliege und zeigte der Ärztin den Arm.

»Das war aber vorher nicht da!«, sagte Madelaine.

»Richtig«, antwortete Marianne. »Aber wenn du dich erinnerst, hat es Leonie da gejuckt, nach unserem Ausflug draußen. Möglicherweise ist bei dem Sturz irgendwas am Anzug haften geblieben, und Leonie hat es unbewusst mitgebracht. Ich hatte sie zwar gründlich abgeklopft, aber vielleicht trotzdem etwas übersehen. Ich dachte mir nichts dabei.«

Die Französin runzelte die Stirn. »Keiner von uns. Wir haben bisher nicht an eine Kontaminierungsschleuse gedacht ...«

»Ich glaube, das werden wir ändern müssen«, erwiderte die deutsche Astrophysikerin. »Durch meine Schuld ...«

»Fang nicht wieder damit an! Sehen wir erst mal, was es ist.« Madelaine beugte sich über die Hautstelle und tippte sie vorsichtig mit dem Fingernagel an. Dann fuhr sie mit einem Schrei zurück.

Leonie wollte sofort ihren Arm wegreißen, aber Marianne hielt ihn geistesgegenwärtig fest. »Was ist? Was hast du gesehen?«

Madelaine stellte sich so, dass Leonie ihren eigenen Arm

nicht sehen konnte. Sie presste die Lippen auffällig zusammen und deutete auf die bewusste Stelle.

Marianne Angelis musste sich zusammenreißen, um nicht ebenfalls einen Schrei auszustoßen und einen Satz nach rückwärts zu machen.

Der geschwollene kleine Punkt war aufgeplatzt, und in der Wunde *bewegte* sich etwas. Streckte seinen Kopf (oder was es auch war) heraus und wand sich hin und her.

Madelaine machte eine leichte Kopfbewegung zu Leonie. Marianne beherrschte sich, lächelte ihre Tochter an und sagte: »Leonie, du hast mir noch gar nicht erzählt, was im Kindergarten los war.«

»Was macht Maddy da?«, fragte Leonie misstrauisch. Sie war nicht dumm. Immer wieder versuchte sie einen Blick auf ihren Arm zu werfen. »Warum lasst ihr meinen Arm nicht los? Es juckt und brennt!«

»Madelaine will eine Salbe drauf tun, damit es nicht mehr juckt. Bis dahin darfst du dich nicht kratzen, damit es sich nicht noch weiter entzündet.«

»Ich kratze mich schon nicht.«

»Das geht manchmal ganz schnell, bevor du es selbst merkst! Also, erzähl mir, was los war!«

»Warum hat Maddy so geschrien?«

»Ich hab mich am Tisch gestoßen. Soll ich dich nun einreiben oder nicht?«

Leonie machte ein zweifelndes Gesicht, gab aber nach. »Na gut, meinetwegen. Aber nur, wenn Mama aufhört, mir doofe Fragen zu stellen!«

Marianne seufzte. »Okay, Kindchen. Ich wollte dich ablenken, dann geht es einfach schneller, verstehst du? Das macht man so, auch mit Erwachsenen.«

Leonie streckte ihrer Mutter die Zunge heraus, und die erwiderte die Geste ebenso.

Das war Ablenkung genug für Madelaine, nach einer Pinzette zu greifen und das nur wenige Millimeter lange Ding herauszuziehen.

»Hihi, das kitzelt!«, kicherte die Kleine.

»Ich hab es gleich.« Hastig verstaute die Ärztin das Wesen in einer Petrischale, griff nach dem Salbentopf und rieb die entzündete Stelle vorsichtig ein, darauf bedacht, nicht an die Wunde heranzukommen. Dann wickelte sie einen Verband darüber. »Leonie, du musst noch ein bisschen hierbleiben, damit ich sicher sein kann, dass es auch wirkt. Nur eine oder zwei Stunden, ja? Dann darfst du in dein eigenes Bett.«

»Na gut.« Leonie machte ein sauertöpfisches Gesicht, aber sie fügte sich. Ihre Mutter brachte sie in ein Ruhezimmer nebenan und kehrte hastig zu Madelaine zurück.

»Um Gottes willen, was ist das?«, flüsterte sie, heiser vor Schreck.

»Ich habe schon Estela angefunkt«, gab Madelaine murmelnd zurück. »Sie kommt gleich, dann nehmen wir das Ding auseinander.«

»Denkst du, Leonie hat es überstanden?«

Madelaine schüttelte den Kopf. »Die Beule ist immer noch prall und fest. Ich fürchte, da krabbeln in den nächsten Stunden noch weitere Parasiten heraus, deshalb muss ich sie hierbehalten. Wir müssen darauf achten, dass nicht ein einziger entkommt!«

Marianne schluckte. »Ich weiß schon, warum ich immer lieber in die Wüste als in den Dschungel gefahren bin«, wisperte sie. »Im Sand gibt es solche widerlichen Monster normalerweise nicht.«

Estela traf kurz darauf ein. Marianne sah nach Leonie; sie war inzwischen eingeschlafen. Als sie zurückkam, waren die beiden anderen Frauen schon am Werk.

Aus Leonies Arm krochen im Lauf der Nacht noch zwanzig

weitere Parasiten, die alle eingefangen und konserviert wurden. Nur einen ließ man am Leben, um sein Verhalten zu studieren. Das Mädchen bekam von all dem nichts mit, es schlief tief und ruhig.

Und gegen Morgen kehrte das Fieber zurück.

***

»Ich will euch nicht den Appetit auf das verdiente Frühstück verderben, aber leider muss ich diese Angelegenheit sofort zur Sprache bringen«, eröffnete Madelaine Saintdemar, kaum dass sie hereingekommen war. Mit einem Beamer projizierte sie die Aufnahmen der vergangenen Nacht an eine Wand, und schlagartig verging tatsächlich allen der Appetit.

Sprachlos starrten sie auf das eigenartige Geschöpf in der Vergrößerung. Es sah aus wie ein Wurm oder eine Made, weiß und dünn, mit mehreren Segmenten. Der winzige Kopf war schwarz und bestand nur aus Kauwerkzeugen, einem rüsselartigen, gewundenen Bohrer und einem Stachel.

»Wir haben ihn Schraubenwurm genannt, weil er sich wie eine Schraube in die Haut hineinbohrt«, erklärte die Ärztin. »Er ist gerade mal fünf Millimeter lang. Wir wissen, dass er sich mit den Mundwerkzeugen an seinen auserkorenen Wirt klammert, die betroffene Hautstelle mit einem Narkosemittel leicht betäubt, das aus seinem Stachel tropft – ähnlich wie bei einer Mücke. Dann bohrt er sich in die Haut hinein, bis zum Muskelgewebe, bohrt Blutgefäße an und saugt sich voll, bis er doppelt so groß wird. Im Verlauf einer Nacht legt er dann Eier und verlässt seinen Wirt wieder. Das ist der Zeitpunkt des ersten Fieberschubes, denn bei der Eiablage sondert er eine Substanz ab, die das Gewebe rings um die Eier absterben lässt, sodass sie praktisch wie in einem Kokon geschützt liegen. Leider spürt man das nicht, und es ist auch nicht sofort von außen sichtbar. Normalerweise ist diese Verletzung auch nicht weiter schlimm, da sich das Gewebe bald wieder regeneriert. Aber diese Substanz gelangt durch die benachbarte Saugwunde in die Blutbahn und löst im Nu eine heftige Abwehrreaktion aus. Sie wirkt also wie ein resorptives Gift.«

»Um was für ein Gift handelt es sich?«, fragte Kang. Die anderen machten entsetzte Gesichter.

»Ich bin nicht sicher, ob man überhaupt von einem Gift sprechen kann«, antwortete Saintdemar. »Auf uns wirkt es wohl giftig, das bedeutet aber nicht, dass es allgemein gefährlich ist. Es ist jedenfalls nichts Irdisches. Estela ist dabei, die Formel zu erstellen. Es war bisher nicht nachweisbar, erst …« Für einen Moment versagte ihr die Stimme. Das erschreckte die anderen umso mehr, denn Madelaine Saintdemar ging so schnell nichts nahe.

»Was ist geschehen?«, fragte John Carter mit möglichst behutsamer Stimme. »Leonie?«

Die Ärztin nickte. Ihre Augen waren tatsächlich feucht, als sie aufblickte. »Als die Hämolyse anfing … der Zerfall der roten Blutkörperchen …«

Ein Flüstern ging durch den Raum. »Kann man … kann man irgendetwas tun?«

Madelaine hob die Hände, eine hilflose, verzweifelte Geste. »Ein Antibiotikum könnte vielleicht helfen, um die Immunabwehr zu stärken. Aber ich weiß nicht, welches … Die Kleine hat jedenfalls wieder sehr hohes Fieber, und die Hämolyse schreitet schnell voran. Die Nieren arbeiten bereits schlecht, und ich habe sie vorsichtshalber an alle lebenserhaltenden Systeme gehängt, aber ich weiß nicht …« Wiederum sprach sie den Satz nicht zu Ende, wischte sich über die Augen und straffte ihre Haltung.

»Aber deswegen bin ich gar nicht hier«, fuhr sie mit trockener Stimme fort. »Wir können nicht sicher sein, dass der Parasit nach der Eiablage starb. Das bedeutet, er kann noch hier irgendwo sein ... in einem von euch, oder sogar bereits in mehreren. Das bedeutet, wir haben es zwar nicht mit einem Virus zu tun, aber dieser Feind ist nicht weniger gefährlich. Ich muss euch alle bitten, zur Untersuchung zu kommen. Schaut vorher euren Körper an, ihr kennt ihn besser als ich, ob sich irgendwo eine winzige Wunde befindet, oder ein kleiner roter Fleck. Eine Stelle, die juckt. All dies sind Anzeichen eines Befalls. Wir müssen sofort handeln.«

Mit diesen Worten verschwand sie. Die anderen blieben zunächst sprachlos vor Entsetzen zurück.

»Verdammt«, sagte Jenna Braxton schließlich. »Das hat uns gerade noch gefehlt. Unsere ganze Kolonie könnte bereits befallen sein ...«

»Mal nicht den Teufel an die Wand«, erwiderte John Carter. »Das Schlimmste wäre jetzt eine Panik. Bringen wir die Kinder zur Untersuchung, und dann sind wir dran.«

* * *

Den Kindern wurde zunächst vorenthalten, was los war. Aber sie fragten natürlich nach Leonie, die nur einen halben Tag bei ihnen gewesen war und nun schon wieder fehlte.

Madelaine begann mit sorgfältigen Untersuchungen; zuallererst hatte sie bei sich angefangen. Sie fand nichts; was sie zugleich erleichterte, aber auch weiterhin ängstigte. Sie zog den Marsanzug an, bevor sie mit den Untersuchungen fortfuhr. Jeder, der »freigesprochen« wurde, musste sofort seinen Anzug anlegen, auch die Kinder. Kang, Braxton, deren Kinder, Gonzales, Angelis, Carter ...

Es zog sich über viele Stunden hin, die ganze Nacht hindurch. Saintdemar musste jeden Quadratmillimeter der Haut untersuchen. Als schließlich Tsuyoshi an die Reihe kam, sagte die Japanerin leise: »Mich brauchst du nicht mehr zu untersuchen.« Sie zeigte der Ärztin ein Thermometer, das 39,8 Fieber anzeigte.

»Nein!«, rief John Carter, als er begriff.

»Tut mir leid, John«, sagte Akina erstickt. »Mich hat's auch erwischt ...«

Pramjib Khalids Temperatur war im Verlauf der letzten Stunden ebenfalls gestiegen, auf 38,5. Auch er wurde sofort in der »Schraubenwurm-Sektion« separiert, einem Behandlungsraum neben dem Labor. Hier wie überall waren die Wände gläsern.

Juan und Rodrigo waren ebenfalls befallen – und Désirée, Saintdemars eigene Tochter. Sie hatten zwar noch kein Fieber, aber das war nur eine Frage der Zeit.

»Wir sind in der Hölle, madre de dios«, murmelte Estela Gonzales.

***

Madelaine Saintdemar, mit Estela als Assistentin, operierte sofort die Gelege heraus; zum Glück war noch kein Wurm geschlüpft. Es konnte bei jedem Patienten alles restlos entfernt werden, doch das Wurmgift war bereits in den Blutbahnen.

Die Ärztin verabreichte ein Breitband-Antibiotikum und bereitete Blutplasma für Transfusionen vor; alles was sie eben präventiv tun konnte.

»Vielleicht brauchen wir doch ein Antidot, kein Antibiotikum«, meinte Estela, die fieberhaft an der Entschlüsselung des marsianischen Stoffes arbeitete.

»Die Symptome entsprechen einer schweren Infektion, ähnlich einer Grippe«, erwiderte die Ärztin. »Vielleicht kann ich wenigstens diese Reaktion eindämmen, um den Körper nicht zusätzlich zu schwächen. Das verschafft uns zumindest mehr Zeit, denn bis jetzt geht alles rasend schnell ...«

»Ja, ich verstehe. Ich hoffe nur, dass wenigstens der kleine Aufschub ausreicht.« Gonzales sah von ihrem Mikroskop auf. »Wie geht es Leonie?«

Statt einer Antwort schüttelte Saintdemar nur den Kopf.

»Was frage ich auch«, murmelte die Chemikerin und konzentrierte sich mit verbissenem Gesicht auf die Arbeit.

Zwei Tage lang kämpfte Madelaine um das Leben der kleinen Leonie. Marianne wich in der ganzen Zeit nicht von der Seite ihrer Tochter.

In der gesamten Kolonie war der normale Tagesablauf zum Erliegen gekommen. Kang und Braxton waren fast die ganze Zeit draußen, um nach Spuren der Würmer zu suchen, ihren Lebensraum zu finden – und welchen Wirt sie normalerweise anbohrten, wenn keine Menschen in der Nähe waren.

»Wir müssen mehr über ihre Lebensweise herausfinden, nur so kommen wir einem Gegenmittel auf die Spur«, hatte Kang deutlich gemacht.

Die beiden taten nun genau das, was sie am meisten hassten – im Marsstaub herumkriechen und nach Spuren suchen. Immerhin gab es atemberaubende Sonnenauf- und -untergänge, einen großartigen Himmelsausblick und eine schier endlose Weite. Eine Abwechslung zur Siedlung. Und sie ließen Kummer und Probleme zumindest für eine kurze Weile dort zurück.

»Wir müssen sie finden«, sagte Kang. »Das hat jetzt oberste Priorität.«

»Ich werde nicht aufhören, bis ich diese verflixten Biester zwischen meinen Fingern habe«, stimmte Braxton entschieden zu.

Sie hatten die Stelle von Leonies Sturz eingehend untersucht, aber nichts gefunden. Nun tasteten sie sich immer näher an Aqua Norte heran. Kang sammelte zusätzlich jede Menge

Gesteins- und Pflanzenproben, die er in seinem Labor untersuchen wollte. Trotz der Tragödie musste auch das normale Leben wenigstens zum Teil weitergehen, damit nicht alles verloren war.

Die Anzüge mussten nun Tag und Nacht getragen werden, da man nicht wissen konnte, wo die Schraubenwürmer überall versteckt waren. Wahrscheinlich bauten sie schon fröhlich eine fruchtbare Kultur in den Gewächshäusern auf. John Carter bemühte sich zwar um die Desinfektion, aber die Siedlung umfasste inzwischen doch erhebliche Kubikmeter, und alle Ecken konnte er nicht erreichen.

Pramjib Khalid wollte sich um eine Dekontaminierungsschleuse kümmern, aber er war bereits zu krank. Es musste aufgeschoben werden. Niemand mochte darüber nachdenken, was passieren würde, wenn der indische Ingenieur und Techniker es nicht schaffen sollte.

Am Morgen des dritten Tages starb Leonie. Sie war am Nachmittag zuvor ins Koma gefallen und nicht mehr zu sich gekommen. Sie starb ganz still und leise, ohne Kampf. Ihr Herz hatte nicht mehr die Kraft, das Blut durch den Kreislauf zu pumpen; die Hämolyse war weit fortgeschritten.

Den Erkrankten wurde es nicht mitgeteilt; sie brauchten Zuversicht und Hoffnung, damit nicht auch sie den Kampf verloren.

Marianne Angelis riss sich zusammen und ließ sich nichts anmerken. Sie ging Madelaine zur Hand, löste sie bei den Nachtwachen ab und kümmerte sich rührend um die kleine Désirée. Nur für wenige Augenblicke, wenn sie allein war, gestattete die stille Deutsche sich einen Weinkrampf. Sie hatte das Liebste verloren, das sie auf der Welt hatte, und gab sich die Schuld daran. Sie wusste, dass das Unsinn war, aber sie konnte nichts dagegen tun. Und sie sagte zu der Ärztin: »Jetzt muss ich erst recht schwanger werden, Madelaine, sonst bleibt von mir gar nichts mehr. Daran klammere ich mich, das ist mein Lebensziel. Leonies Tod darf nicht umsonst gewesen sein!«

Das kleine Mädchen wurde in der roten Erde des Mars begraben. Ein Marskind, das viel zu früh aus dem Leben gerissen worden war. John Carter, Marianne Angelis, Han Suo Kang und Jenna Braxton waren dabei. Niemand sagte etwas, schweigend schütteten sie Erde auf das kleine Grab und markierten es mit einem besonders ausgefallen geformten Stein. Ein Kreuz lehnte Marianne ab. »Wir haben neu angefangen«, sagte sie. »Kein Ballast.«

Als es Tsuyoshi zusehends schlechter ging, übernahm Marianne Angelis das »Ausräuchern« der Siedlung, damit John Carter bei seiner Frau sein konnte.

Madelaines schnelle Maßnahmen zeigten insofern Wirkung, als der Verfall nicht so rapide geschah wie bei der armen kleinen Leonie. Dennoch zehrte das Fieber an den Kräften, und Akina lag blass und dünn in den durchgeschwitzten Laken, die spätestens alle zwei Stunden gewechselt werden mussten.

»Wie geht es den Kindern?«, fragte sie als Erstes, als John sich zu ihr setzte und ihre Hand nahm.

»Es geht ihnen gut. Sie sind gesund. Marianne beschäftigt sie in den Gewächshäusern. Sie beschweren sich, weil sie die Anzüge tragen müssen, aber sie sind brav.« Er streichelte ihre Hand. »Und wie fühlst du dich?«

»Wie sehe ich aus?«

»Schön wie immer, mein Herz.«

»So fühle ich mich auch.« Sie lächelte und berührte seine Wange. »Du kannst schlecht lügen, mein Lieber, mit so vielen Sorgenfalten. Aber ich werde es schaffen, du wirst sehen. So ein lächerlicher Wurm bringt mich nicht um.«

»Natürlich nicht, Akina. Daran glaube ich fest. Du sollst dir nicht zu viele Gedanken machen, wir schaffen es schon. Unsere

Kinder werden gesund bleiben, und ich auch. Kümmere du dich nur um deine Gesundheit.« John fühlte eine Unruhe in sich. Er wollte Akina nicht verlassen, andererseits wollte er auch nicht untätig bleiben.

Sie merkte es sofort. »Geh nur. Ich bin hier gut aufgehoben.«

Er schüttelte den Kopf. »Zwei Minuten sind mir zu wenig.«

»Aber du kannst nichts tun. Und mir ist es gar nicht so recht, dass du mich in diesem Zustand siehst.«

»Ich kann dir erzählen, was bei uns los ist. Ich möchte bei dir sein.«

»Typisch.« Sie seufzte und schloss die Augen. »Ich weiß, dass Leonie tot ist«, sagte sie dann. »Ihr wollt es vor uns verheimlichen, um uns nicht den Mut zu nehmen. Aber wir wissen es alle. Sie starb gestern früh, nicht wahr?«

»Ja ...«

»Etwas war anders. Ich kann's dir nicht genau sagen. Aber wir wussten es alle, dass wir von einer Seele verlassen wurden. Es war, als hätte der Mars auf eine ganz besondere Weise ausgeatmet und eine Weile gewartet, bevor er den nächsten Atemzug tat.«

»He, für die Poesie bin ich zuständig!«, scherzte er.

Sie öffnete die Augen wieder und blickte ihn an. »Die arme Marianne, wie mag sie sich jetzt fühlen? Ich hoffe nur, dass Madelaine bald das Serum entwickelt. Sonst wird es uns allen so ergehen wie Leonie.«

»So darfst du nicht reden, Akina«, sagte John kummervoll.

»Es hat keinen Sinn, uns etwas vorzumachen. Wir müssen realistisch sein.«

»Mag sein, aber wir müssen nicht darüber sprechen. Jetzt noch nicht. Lass uns einfach so tun, als hätten wir bald Hoffnung. Dann weiß ich, dass du noch kämpfst und dich nicht aufgibst. Ich jedenfalls werde dich nicht aufgeben, sei dessen sicher.«

Sie nickte. »Ich weiß. Und ich will am Leben bleiben, schon wegen der Kinder. Und ... weil ich nicht so schnell gegen den Roten verlieren will. Die erste richtige Herausforderung, und wir geben klein bei! Das ist nicht die Art der Menschen. Wir müssen durchhalten.«

»Jetzt hast du *mich* getröstet, dabei wollte ich dir Kraft geben.« John schüttelte den Kopf. »Ich fühle mich so klein, Akina. Ich bin eigentlich nutzlos hier.«

Sie lachte, brach aber ab, als sie dadurch einen Hustenanfall bekam. »Wenn du so weitermachst, liegst du bald neben mir und musst auf deinen Geisteszustand hin behandelt werden! Aber jetzt geh ruhig, ich möchte gern ein bisschen schlafen. Ich bin sehr müde ...«

»Ich komme dann heute Abend wieder vorbei, das verspreche ich. Wenn du willst, bleibe ich auch über Nacht.«

»Nein, bleib bei den Kindern. Gerade jetzt ist es sehr schwer für sie, sie machen eine ganz neue Erfahrung durch. Es ist wichtig, dass sie Ablenkung finden und nicht zu sehr aus der Routine gerissen werden.«

John nickte. Auf dem Weg nach draußen ging er zu Saintdemar, die gerade ganz allein in einer kleinen Kaffeeküche einen Kräutertee trank.

»Gibt es überhaupt Hoffnung?«, fragte er ohne Umschweife.

»Es gibt immer Hoffnung«, antwortete sie. »Sonst wäre der Beruf des Arztes völlig sinnlos. Wir könnten uns gleich dem *fatum** ergeben und den Dingen ihren Lauf lassen.«

»Wird sie rechtzeitig genug sein ... für Akina?«

Madelaine musterte John prüfend. »Ich weiß, wie du dich jetzt fühlst, John Carter. Genau so habe ich mich vor einigen Jahren gefühlt, als die Systeme an Bergmanns Tank abgeschaltet wurden.«

---

* lat. »Schicksal«

Er stockte in der Bewegung, und für einen Moment nahm sein Gesicht einen tief betroffenen Ausdruck an. »Ja«, sagte er dann mit ruhiger, neutraler Stimme. »So wird es sein.« Er nickte Madelaine zu und ging.

***

Am Abend besuchte John Carter seine Frau. Er brachte kleine Bilder von den Kindern mit, die sie für ihre Mutter gemalt hatten. Sie zeigten einige skurrile Ausschnitte der Siedlung, davor die fröhlich lachende Tsuyoshi-Familie, und darüber eine leuchtend rote Sonne.

»Sie sind sehr schön«, freute sich Akina. »Das tut mir wirklich gut.«

»Ich soll dir auch viele Grüße bestellen. Und wenn du das nächste Mal die Aufsicht hast, wollen sie dir zu Ehren einem Baum deinen Namen geben, den du dir aussuchst. Er soll einen besonderen Platz bekommen, wenn er ausgewildert wird.«

John Carter sprach mit Stolz in der Stimme. Ichí und Alan hatten die Situation erfasst, soweit es ihr kindlicher Verstand zuließ, und gaben sich alle Mühe, dem Vater zu helfen, ihn zu trösten. Eigentlich lenkten sie ihn ab, nicht umgekehrt, und sie zweifelten keinen Moment daran, dass ihre Mutter bald wieder bei ihnen wäre.

Dass die kleine Leonie niemals mehr mit ihnen spielen würde, hatten sie ebenfalls begriffen. Darüber waren sie sehr traurig, aber John wusste, dass sie schnell darüber hinwegkommen würden. Der natürliche Schutz des schnellen Gedächtnisses, das keine langen Erinnerungen und andauerndes Grübeln zuließ, würde sie bald wieder fröhlich ans Spiel und an die Arbeit gehen lassen.

Immerhin gab es keine weiteren Infizierten. Die Würmer überlebten wohl nicht lange ohne Wirt, wie Saintdemar inzwischen festgestellt hatte. Sie beherrschten eine empfindliche Ökonische, die evolutionär sehr primitiv und noch sehr stark von Zufällen abhängig war. Wahrscheinlich war Bradbury bald wieder sicher. Man hatte übergangsweise eine primitive Dekontaminationskammer eingerichtet, die bei Betreten mit Ozon geflutet wurde; diese hohe Konzentration an Sauerstoff vertrugen die an Kohlendioxid gewöhnten Parasiten nicht und starben sehr schnell. Nicht, dass Kang und Braxton bei ihrer Suche noch aus Versehen neue Mörder einschleppten.

Saintdemar versuchte dies auch als Therapie bei den Patienten, jedoch sprachen sie kaum darauf an.

Das Fieber sank und stieg; eine Pause wie bei Leonie gab es nicht. Die Kranken siechten langsam dahin. Bald würde die Hämolyse einsetzen und ihnen die letzten Kräfte rauben.

Die Ärztin war völlig verzweifelt, weil sie kein geeignetes Mittel fand. Sie hatte inzwischen durchprobiert, was verfügbar war, doch es half alles nichts. Das menschliche Immunsystem besaß keine Abwehrkräfte gegen das außerirdische Gift. Bald würde es nichts mehr zu tun geben, wenn Kang und Braxton nicht endlich mehr über die Schraubenwürmer herausfanden.

Als John Carter auf dem Weg zu seiner Höhlenwohnung war, kehrten die beiden gerade von einer weiteren Fahrt zurück. Inzwischen hatten sie ein so großes Gebiet abgesucht, dass sie weitere Plätze mit dem Rover anfahren mussten.

»John, ich muss dich sprechen.« Der Chinese war stets ein ernster, humorloser Mann. Aber sein jetziger Gesichtsausdruck gefiel Carter ganz und gar nicht.

Er folgte dem Biologen zum Arbeitsraum neben Kangs Quartier; dort befand sich Kangs Archiv, eine noch nicht funktionierende Funkstation, Aufzeichnungsgeräte, Kamera und Beamer. Kang schob eine Mini-CD in den Recorder und drückte auf *Play*.

»Das habe ich heute gefilmt«, erklärte Kang. »Marianne bat mich darum, weil sie wissen wollte, ob die Meteoritenschauer endgültig vorbei sind, und um die derzeitigen Himmelserscheinungen zu analysieren.«

John Carter sah einen glühenden Streifen hoch oben über den Himmel ziehen, Richtung Nordpol.

»Ein größerer Meteor?«, fragte er beunruhigt. »Hoffentlich schwenkt er nicht in die Umlaufbahn ...«

»Leider ist es etwas ganz anders«, antwortete der Chinese. »Du wirst es gleich sehen.«

Die digitale Kamera zoomte. Das Bild wurde unscharf und verwackelt, da die Kamera nicht auf einem Stativ fixiert war. Aber der Journalist kannte sich mit solchen Bildern aus. Und wusste, was er sehen sollte.

»Was ist das ...«, flüsterte er, obwohl er es bereits ahnte. Aber er wollte sich noch für einen Augenblick der trügerischen Hoffnung hingeben, dass er sich irrte. Das durfte nicht jetzt passieren, ausgerechnet jetzt ...

»Keine Idee?«, fragte Kang. Er lehnte sich zurück.

»Weißt du denn, was es ist?«

»Ich habe eine Vermutung, die ich von dir bestätigt bekommen möchte.«

Carter rieb sich den Nacken. Er fühlte durch den Anzug die Halsschlagader an seinem Hals pochen. »Es ist Modul IV«, stieß er schließlich kraftlos hervor. »Das letzte Transportmodul, das von dem Strahl eingefangen wurde und in der Umlaufbahn geblieben ist. Es kommt runter ...«

Wie lange hatte er keinen Gedanken mehr auf den geheimnisvollen Strahl verschwendet, der vom Mars aus ins All zielte und den Transporter durchbohrt und festgehalten hatte? Ein Strahl wie aus Wasser, der alles, was er durchquerte, nicht zerstört, sondern *ausgeblendet* hatte. Und der letztlich wohl auch die Schuld getragen hatte an Bergmanns Zustand.

Natürlich hatten sie in den letzten acht Jahren versucht, die Quelle des Strahls zu finden, aber sie lag zu weit entfernt, als dass sie sie mit den Rovern hätten erreichen können.

»So sehe ich das auch«, unterbrach der Chinese Johns abschweifenden Gedanken. »Dieser verdammte Strahl scheint ausgefallen zu sein, oder er hat sich in all den Jahren weiter durch das Modul geschnitten. Und jetzt stürzt es ab. Ich denke, morgen früh wird es so weit sein, dann ist der Winkel so steil, dass es kein Halten mehr gibt. Und in seinem Bauch trägt es dreißig nicht gezündete Atombomben.«

»Dreißig ...«, keuchte Carter.

Khalid hatte seinerzeit mehrmals versucht, das Modul zur Landung zu bewegen oder wenigstens die Bomben zu zünden, aber es hatte nicht funktioniert.

»Dieser verdammte Sarg da oben hat sich dazu entschieden, uns das Licht endgültig auszublasen«, fuhr Kang fort. »Wenn die Landekoordinaten damals übermittelt worden sind, wird sich unser Problem bald von selbst erledigen.«

Carter fuhr zu Kang herum. »Schweig!« Er hob die Hand, streckte mahnend den Zeigefinger. »Diese ... defätistischen Äußerungen sind hier fehl am Platz!«

Der Chinese blieb gelassen. »Sei kein Narr, John. Indem du es leugnest, wird es nicht unwahr. Wir können nichts, aber auch gar nichts tun. Außer zusehen, wie das Ding runterkommt und uns seine geballte atomare Sprengkraft um die Ohren haut. Wenn wir Glück haben, bleibt von uns noch ein Schlackehaufen übrig, oder ein Schatten an einer Höhlenwand. Wenn wir Pech haben, nicht einmal das. Dann kümmern uns auch die Schraubenwürmer nicht mehr weiter.«

»Verdammt!« Carter ballte die Faust zusammen, bis die Finger taub wurden. »Das darf doch nicht wahr sein ... hat sich denn alles gegen uns verschworen?«

»Ja, ich gebe zu, das ist eine Menge auf einmal. Aber wie es aussieht, stellt uns der Mars jede Menge Prüfungsaufgaben, bevor wir seine Gastfreundschaft in Anspruch nehmen dürfen.« Kang lockerte seine Haltung. »Mir gefällt das auch nicht, John. Als ich da draußen filmte, dachte ich für einen Moment, mein Verstand setzt aus. Aber inzwischen … ich kann mich nicht einmal mehr darüber aufregen oder Angst empfinden. Nur Bedauern. Wegen der Kinder …«

»Aber es kann doch damit nicht zu Ende sein …«, flüsterte der Journalist und starrte auf das gestoppte Bild. »Nach allem, was wir schon erreicht haben … was wir durchgemacht haben …«

»Ich weiß es nicht, John«, sagte Kang ruhig. »Ich weiß nicht, was passiert. Vielleicht gehen diese verdammten Dinger ja gar nicht hoch, oder sie haben keine so große Sprengkraft wie angenommen, was auch immer. Allerdings ist die Wahrscheinlichkeit sehr hoch, dass dies unsere letzte Nacht auf dem Roten Planeten sein wird. Und morgen früh betrachten wir die Oberfläche des Mars von anderer Warte aus.«

John schloss die Augen und atmete ein paar Mal tief ein und aus. Dann blickte er zu Han Suo Kang. »Sagen wir es den anderen?«

»Ich würde sagen, nein.« Der Chinese deutete auf das Standbild. »Es nützt niemandem, da wir absolut nichts dagegen tun können. Warum sollen wir sie beunruhigen, ihnen Angst machen? Sollen sie lieber friedlich schlafen. Vielleicht geschieht es ja noch im Schlaf, wer weiß. Aber wir haben so viele Sorgen, die möglicherweise bald erledigt sind, dass ich lieber darüber schweigen würde.«

John nickte. »Und Jenna?«

»Ich habe ihr nichts gesagt, und ich werde es auch nicht. Ich habe nur mit dir darüber geredet, weil ich dein geschultes Reporterauge als Bestätigung haben wollte. Und weil ich mit jemandem darüber reden *musste.*«

»Ich wünschte, du hättest es nicht getan. Aber ich verstehe dich. Nun gut, verschweigen wir es also und warten ab, ob wir uns morgen noch darüber Gedanken machen müssen.«

Zweifelsohne verbrachte John Carter die längste Nacht seines Lebens.

***

Kurz vor Sonnenaufgang bebte der Boden. Diejenigen, die schliefen, bekamen es nicht mit. Aber John war wach. Er saß mit seinem Anzug außerhalb von Bradbury. Die ganze Nacht war er dort gewesen und hatte den Himmel und die fernen Stürme beobachtet. Ein Streifen am Horizont im Norden glühte, dann erzitterte der Boden für einige Sekunden.

Nicht unsere Koordinaten, dachte John, aber Erleichterung wollte sich noch nicht einstellen. *Irgendwo nördlich von hier. Wahrscheinlich aufgrund der ursprünglichen Programmierung.*

Er kannte sich mit diesen Dingen nicht aus, aber er wusste, dass sämtliche andere Module ihre Bombenlast über den lebensfeindlichsten Orten des Planeten abgeworfen hatten, um ein Treibhausklima zu provozieren. Dieses war vielleicht für einen Kurs programmiert, der über die Polarregionen führte.

Das Glühen wurde diffus, der nördliche Himmel überzog sich mit einer riesigen roten Staubwolke. Sie würde bald näher kommen, einen gewaltigen Sturm mit sich bringen und möglicherweise die ganze Arbeit der vergangenen Jahre zunichte machen.

Nein. John korrigierte sich. Der Einschlag war gewaltig gewesen, aber die Atombomben waren nicht hochgegangen; das hätte ganz anders ausgesehen. Der Sturm wurde durch den Aufprall aufgelöst, aber er konnte sich in der dünnen Atmosphäre nicht lange halten. Es würde vielleicht ein paar Wochen schlechtes Wetter geben, aber mehr nicht. Anders als auf der

Erde hatte es keine schweren Brandwolken gegeben, die jede Menge Schlacke und Rußteile mit sich führten und die Luft vergifteten.

»Sie sind nicht hochgegangen«, flüsterte John Carter. »Ich bin immer noch hier. Akina, die Kinder ... wir sind noch mal davongekommen ...«

Er erhob sich und kehrte in die Siedlung zurück, plötzlich in besserer Stimmung. Vielleicht war dies ein gutes Zeichen in all dem Unglück, dass es nun wieder aufwärtsgehen würde.

»... alle sofort in den Versammlungsraum kommen«, hörte der Journalist aus den Lautsprechern Kangs Stimme und schlug den Weg dorthin ein.

Die anderen folgten bald darauf.

»Ich wusste doch, dass dich was beschäftigt«, bemerkte Jenna Braxton und warf sich auf ihren Pilotensessel, den sie aus dem Wrack gerettet hatte.

»Wir haben euch etwas zu sagen«, eröffnete Kang und nickte John zu, der sich an seine Seite stellte. »Wie ihr euch vielleicht erinnert, blieb eines der Transportmodule in der Atmosphäre hängen ... wortwörtlich.«

Braxtons Augen weiteten sich. »Sag bloß, das Beben vorhin ...«

Carter nickte. »Ja, Modul IV hat sich offensichtlich aus dem Strahl gelöst und ist soeben auf dem Mars gelandet. Nach meinen Berechnungen dummerweise ausgerechnet auf halber Strecke zum Nordpol, wo das Terraforming wegen der Eisflächen am weitesten vorangeschritten sein dürfte.«

»Das Problem ist folgendes«, fuhr Kang fort. »Im Inneren des Moduls befinden sich immer noch dreißig Atombomben, die glücklicherweise nicht hochgegangen sind. Aber das könnte jederzeit passieren. Was dann hier los ist, darüber wollen wir liebe nicht spekulieren.«

»Das bedeutet, wir leben in einem ständigen unkalkulierbaren Risiko«, sagte Marianne Angelis.

»Richtig.« Carter faltete die Hände zusammen. »Deshalb müssen wir hin und sie entschärfen.«

Er hatte mit Kang nicht darüber gesprochen. Aber beiden waren die Konsequenzen klar gewesen, wenn der Aufprall ohne Zündung erfolgte. Sie konnten keine Kolonie auf der Basis scharfer Atombomben aufbauen. Auf der Erde wäre das bei genügender Entfernung vielleicht noch möglich gewesen, aber nicht auf dem viel kleineren Mars, dessen Ökologie ohnehin erst im Entstehen war.

»Dann werde ich gehen«, erklärte Marianne Angelis sofort.

»Rede keinen Unsinn«, fuhr ihr Braxton in die Parade. »Das muss ganz sachlich durchdacht werden, nicht emotional. Du hast dein Kind verloren, das ist eine Tragödie.

Aber kein Grund, sich umzubringen. Du kannst weitere Kinder haben. Deshalb komme dafür ich in Frage.«

Kang sah sie an.

»Natürlich, was denn sonst?« Sie breitete die Arme aus. »Wer braucht schon eine Pilotin auf dem Mars? Außerdem bin ich eine alte Schickse, die keine Kinder mehr kriegen kann. Ich habe meinen Beitrag geleistet und meine Gene ausreichend weitergegeben. Ich bin entbehrlich.«

»Genauso wie ich«, sagte Carter überraschend.

Alle übrigen protestierten. Sie waren längst daran gewöhnt, auf Carters Rat zu hören, sich auf seine Organisation zu verlassen. Seine besonnene Art, sein Willen, sich gegen Kangs Marotten durchzusetzen, wurden sehr geschätzt. Er war so etwas wie der stille Anführer der Kolonisten.

John schüttelte den Kopf. »Einen Journalisten braucht man genauso wenig auf dem Mars. Ich werde Jenna begleiten, das ist die einzige logische Konsequenz. Denn allein kann sie es nicht schaffen. Und irgendjemand muss gehen, also genau die Leute, auf die man am leichtesten verzichten kann.«

»Allerdings muss ich auch mit«, mischte sich Kang ein. »Als ehemaliger Kommandant kenne ich mich mit den Modulen am besten aus, das war Bestandteil meiner Schulungen. Ich weiß, wie die Bomben angeordnet sind, wie man sie entschärfen muss. Normalerweise müsste ich allein gehen, aber bei dreißig Bomben habe ich die Sorge, dass ich es zeitlich nicht schaffe oder womöglich eine Kettenreaktion auslöse. Deswegen bin ich einverstanden mit Carters und Braxtons Vorschlag.«

»Und wer braucht eine Astrophysikerin?«, fragte Angelis leise.

»Unbedingt«, erwiderte Carter. »Eines Tages werden wir auch wieder eine Pilotin brauchen. Aber nicht heute und nicht in den nächsten Jahren.«

Die anderen schwiegen eine Weile, doch schließlich stimmten sie zu. Dass gleich drei Gefährten auf einmal sich in solche Gefahr begeben sollten, war eine schwierige Situation für die kleine Kolonie. Zwei Erwachsene krank, drei unterwegs zu einer Mission, die wahrscheinlich keine Wiederkehr erlaubte – da blieben nur noch drei übrig, eine Ärztin, eine Astrophysikerin und eine Chemikerin. Keine rosigen Aussichten.

»Ich muss an die Arbeit zurück«, sagte Saintdemar, als ihr dies bewusst wurde. »Es gilt, ein paar Leben zu retten.«

»Wann brecht ihr auf?«, fragte Gonzales.

»Sofort«, antwortete Kang. »Jede Minute Verzögerung kann uns das Leben kosten.«

»Ich verabschiede mich noch von Akina«, sagte Carter. »Dann bin ich so weit, meine Sachen sind schon geordnet.«

* * *

Akina war wach, als John kam. Sie hatte eine schlimme Nacht hinter sich. Ihre dunklen Mandelaugen lagen tief in den Höhlen, die Wangen waren eingefallen. Sie war so bleich wie das

Laken, auf dem sie lag. Die blauschwarzen Haare klebten auf ihrem schweißnassen Gesicht.

Es schmerzte ihn, sie so zu sehen und nichts für sie tun zu können. Umso entschlossener war er, auf diese Mission zu gehen. Hier sitzen und zusehen, wie Akina dahinsiechte und womöglich starb, wäre ihm unerträglich.

»Ich muss dir etwas sagen«, begann er.

»Was quält dich?«, flüsterte sie. »Vor mir kannst du nichts verbergen, John Carter.«

»Es ist … nicht einfach. Du wirst nicht einverstanden sein.«

»Sag es einfach. Dann werden wir sehen.«

Er setzte sich an den Bettrand, nahm wie gewohnt ihre Hand. Eine Weile streichelte er sie nur und suchte schweigend nach den richtigen Worten. Schließlich fasste er sich ein Herz und berichtete von dem abgestürzten Modul.

»Ich habe gespürt, wie mein Bett leicht wackelte«, sagte Akina. »Das also war es. Und … du willst mit Kang gehen?«

»Wollen … nein. Aber ich muss.« Carter fuhr sich durch die Haare. Anzüge waren jetzt nicht mehr notwendig, es gab keine Anzeichen für weiteren Wurmbefall.

»Was du *musst*, ist hierbleiben. Bei mir und den Kindern«, erwiderte Akina und kämpfte sich aus den Kissen hoch. »Du trägst Verantwortung für diese Kolonie. Du kannst sie nicht einfach im Stich lassen!«

»Aber ich tue doch das Gegenteil«, verteidigte er sich. »Wir können nicht einfach einen Mann allein da raus schicken! Niemand weiß, was uns dort erwartet, und unsere Notfallausrüstung ist mehr als dürftig. Ich habe keine Wahl, Akina.«

»Man hat immer eine Wahl, John.«

»Na schön, dann habe ich meine eben getroffen. Es ist die richtige Entscheidung, Akina.«

Ihre Augen füllten sich mit Tränen. »Die Kinder brauchen einen Vater«, flüsterte sie.

Er sagte traurig: »Was nützt den Kindern ein Vater, wenn es keine Welt mehr dazu gibt?«

Sie nickte verzagt. »Ich weiß, ich bin egoistisch. Ich ... habe Angst um dich und möchte dich nicht verlieren. Wenn du sagst, dass du mitgehen musst, weil die beiden anderen es nicht allein schaffen, dann wird es so sein. Du bist immer ein verantwortungsbewusster Mann gewesen und hast dich bisher vorwiegend von der Vernunft leiten lassen. Ich denke, du tust es nicht, weil du plötzlich ein heroisches Fieber hast.«

Nun musste John lächeln. »Ganz bestimmt nicht. Ich wäre der Letzte, der sich für irgendwas opfern will, dafür hänge ich viel zu sehr am Leben, außerdem bin ich feige.«

»Feige? Das glaube ich nicht.«

»Aber es ist so, Akina. Ich bin früher jedem Konflikt so weit wie möglich ausgewichen. Hier auf dem Mars blieb mir aber gar nichts anderes übrig, als Verantwortung zu übernehmen, und ich habe es gern getan. Nicht zuletzt auch wegen meiner Liebe zu dir. An meinem Charakter hat sich trotzdem nichts geändert.«

Sie entspannte sich und sank in das Kissen zurück. »Das hast du nun oft genug gesagt, John. Es kommt mir so vor, als wolltest du dich für eine logische Entscheidung rechtfertigen.«

»Weil du mir ein schlechtes Gewissen einreden willst«, versetzte er. »Ich habe eine Scheißangst, dort rauszugehen und an hochgefährlichen Atombomben herumzufummeln. Aber hier herumzusitzen und auf den großen Knall zu warten macht mich noch verrückter, als bei diesem ... Kamikaze-Unternehmen mitzumachen.«

»Uuhh, pass auf, was du sagst! Kamikaze ist –«

»Ich weiß, eigentlich müsste ich *Jibaku* sagen. Kamikaze heißt *Götterwind* und ist lediglich die Bezeichnung für einen japanischen Kampfflieger. Ich plappere eben Redewendungen gedankenlos nach. Aber du solltest stolz auf mich sein, dass ich das richtige Wort für *Selbstopfer* kenne!«

»Was verstehst du denn von Japanern?«, fragte sie.

»Ich hoffe, ich verstehe *dich*«, erwiderte er. Und lächelte. »Ich kann dir hier nicht helfen, Akina, und dein Leiden macht mich halb wahnsinnig. Deswegen dachte ich mir, wir schließen einen Handel: Ich komme heil zurück, und du wirst inzwischen gesund. Dann war nichts umsonst. Einverstanden?«

Akina Tsuyoshi lächelte unter Tränen. »John Carter, mir ist stets bewusst, warum du ein Wortjongleur geworden bist. Du verstehst dein Handwerk wirklich. Also werde ich tun, was du sagst, und warte hier auf dich.«

John hätte geglaubt, dass sie ihm ein Versprechen abnahm. Aber sie tat es nicht. Möglicherweise entsprach das nicht ihrer japanischen Art. Er nestelte in einer Tasche und zog einen kleinen Schlüssel hervor. »Ich habe ein Andenken für dich. Sozusagen der Schlüssel zu meinem Herzen.«

Sie nahm den Schlüssel mit verwundertem Gesicht.

»Ja, ich habe ein kleines Geheimnis vor dir gehütet, all die Jahre«, rückte er mit der Sprache heraus. »Es ist der Schlüssel zu meiner Ausrüstung. Verwahre ihn gut für mich, das soll unser Pfand für meine Rückkehr und deine Gesundung sein.«

Er beugte sich über sie, nahm ihren zarten, zerbrechlichen Körper in die Arme und küsste sie. »Ich liebe dich«, wisperte er in ihr Ohr.

»Ich liebe dich auch«, gab sie zärtlich zurück.

* * *

»John ... einen Augenblick, bitte.« Madelaine Saintdemar passte John Carter ab, als er gerade die Station verlassen wollte.

»Bitte keine Abschiedsszene, das funktioniert nur in *Casablanca*!«, versuchte er schwach zu scherzen, doch bei ihrem Gesicht blieben ihm die Worte im Hals stecken.

»Es ist …«, begann die Ärztin zögernd. Dann gab sie sich einen Ruck. »Ich glaube, Akina wird es nicht schaffen.«

»Ich weiß«, antwortete der Journalist. »Und Akina weiß es auch. Deswegen gehe ich ja.«

»Das verstehe ich nicht«, sagte Madelaine verwirrt.

»Du denkst, ich würde bleiben und ihre Hand halten, bis es zu Ende geht?« John schüttelte den Kopf. »Ich kann nicht, Madelaine. Allein der Gedanke, dass ich sie bald verliere, kostet mich fast den Verstand.«

»Dann läufst du also davon?«

»Wie ich immer davongelaufen bin, sobald es brenzlig wurde. Ja, ich setze mich lieber bewusst einer Gefahr aus, als darüber nachdenken zu müssen, wie mein Leben ohne Akina sein wird, und zuzusehen, wie sie elend verreckt.«

Die Französin zuckte zusammen.

»Hart gesagt?« John hob die Schultern. »Aber so ist es nun mal. Ich bürde mir etwas auf, weil ich etwas Sinnvolles tun will, etwas, das Akina das Sterben erleichtert, wenn sie weiß, dass die Kolonie gerettet sein wird. Ist das nicht der bessere Weg als ein langer, schmerzvoller Abschied? Sie kann nicht gehen, weil sie mir Leid ersparen will. Und ich kann sie nicht gehen lassen, weil ich sie liebe. So hat das keinen Sinn. Wir haben beide Abschied genommen, und das wird jeder von uns im Herzen tragen, bis es zu Ende ist. So oder so. Es mag für dich herzlos erscheinen, aber es ist leichter so, für uns beide.«

»Es tut mir leid«, sagte sie.

»Ich weiß«, meinte John leichthin und wandte sich erneut zum Gehen.

»John …«, hielt Madelaine ihn erneut auf. »Wir waren nie Freunde, du und ich, hatten immer unsere Differenzen. Aber ich wünschte mir wirklich, du würdest nicht gehen. Diese Kolonie braucht dich. Deinen Verstand, dein soziales Bewusstsein. Wissenschaft ist nicht alles. Und ich sehe es jetzt keineswegs mehr so, dass du überflüssig auf dieser Mission warst. Ganz im Gegenteil.«

»Das ist nett von dir, Madelaine«, bedankte sich John aufrichtig. »Das gerade von dir zu hören, spornt mich an, das einzig Richtige zu tun.«

»Dann versprich mir wenigstens, dass du zurückkommst.«

»Da bleibt mir ja nichts anderes übrig, oder?«

Ausgerechnet von Madelaine Saintdemar letztendlich doch noch das Versprechen abgenommen zu bekommen, war bizarr. John fühlte sich allmählich in Hochstimmung. Alles war seltsam an diesem Tag, alles verändert, als stünde die Welt auf dem Kopf. Oder als befände er sich auf dem Mars.

»Außerdem möchte ich mich entschuldigen«, fuhr Madelaine fort. »Für das, was ich gestern zu dir sagte. Wegen Bergmann und so. Das war ... unter jedem Niveau, selbst für mich, und ich bedaure es wirklich. Ich weiß nicht, was mich geritten hat. Ich habe geredet, bevor es mir richtig bewusst wurde, was ich da sagte.«

John lächelte. »Ich denke, dein lang gehegter Groll hat sich Luft gemacht. Du stehst seit Tagen unter enormer Anspannung. Irgendwann braucht man ein Ventil, bevor man platzt. Und hinzu kommt natürlich die Sorge um Désirée. Es ist schwer, das eigene Kind behandeln zu müssen.«

»In diesen Tagen ist alles schwer, ich kann gar keine Abstufung mehr machen«, entgegnete die Ärztin und strich sich mit einer müden Geste eine Strähne aus dem Gesicht.

»Aber jetzt gehe ich wirklich«, sagte John, »bevor wir uns noch rührselig in den Armen liegen und Humphrey Bogart und Ingrid Bergman Konkurrenz machen.«

Die Ärztin lächelte schwach. »Ich mag deine Witze immer noch nicht«, meinte sie.

* * *

Der mit einem Methan-/Sauerstoffgemisch angetriebene Rover – eine russische Entwicklung – hatte eine Reichweite von etwa fünfhundert Kilometern. Er besaß eine Druckzelle, die ein Arbeiten unter normalen irdischen Bedingungen ermöglichte, und einen beweglichen Arm, um Proben zu sammeln. Dazu war er mit allen technischen Notwendigkeiten wie Ortung, Peilung, Radar und so weiter ausgestattet, dazu ein Funkgerät, das den Kontakt mit Bradbury erlaubte.

Bei einer Durchschnittsgeschwindigkeit von etwa dreißig Kilometern pro Stunde erreichten sie die Absturzstelle in etwa zwei Tagen bei abwechselndem Fahren ohne Pause.

Über eine Rückkehr machten sich die drei Gefährten keine Illusionen. Die Chancen waren mehr als gering, denn bei dreißig Atombomben lag die Wahrscheinlichkeit nahe, dass bei mindestens einer der Strahlenschutz nicht mehr funktionierte.

Es wurde auch knapp mit der Reichweite des Rovers, denn fünfhundert Kilometer galten eigentlich nur bei ebenem Gelände. Aber sie hatten sicherlich einige Hindernisse zu überwinden, die den Verbrauch erhöhten.

Kang war dennoch Zweckoptimist; er stopfte das Marsvehikel bis oben hin voll mit Notvorräten und Ausrüstung, sodass sie drei gerade noch Platz darin fanden. Auch die Taschen der Druckanzüge waren vollgepfropft mit Energieriegeln, Wasser, Taschenwerkzeug und medizinischer Erstversorgung.

John Carter stellte zu seiner Überraschung fest, dass ihn das beruhigte. Ein kleiner Funke Hoffnung bestand doch immer, nicht wahr? Genauso klammerte er sich zäh wie ein eigensinniges Kind an den Wunsch, dass Akina wieder gesund wurde.

Von den Kindern hatte er sich ebenfalls verabschiedet und es so kurz wie möglich gemacht, damit sie gar nicht erst zum Nachdenken kamen. Alan mochte es sowieso nicht, wenn man ihn zu lange beschmuste, er war schließlich schon ein »großer Junge«.

Ohne einen Blick zurück startete Jenna Braxton das Gefährt, und sie rollten langsam in die rote Wüste hinaus.

»Ich fühle mich hier schon bald heimischer als in der Siedlung«, bemerkte die australische Pilotin brummend. »In den letzten Tagen haben wir hier jeden Zentimeter abgegrast. Hoffentlich haben wir mit unserem Vorhaben mehr Erfolg.«

»Das werden wir. Ein abgestürztes Transportmodul ist leichter zu finden als winzige Schraubenwürmer«, meinte Kang. Er beobachtete die Kontrollen, überprüfte zum wiederholten Mal die Ausrüstung und gab Braxton Ratschläge, wie sie fahren sollte.

»Es reicht!«, rief sie schließlich. »Ich bin zwar Pilotin, aber Fahren ist nicht viel anders – ich halte mich an die Koordinaten und suche den sichersten Weg!«

»Das fängt ja heiter an«, bemerkte John Carter, der hinten eingekeilt zwischen Kisten kauerte. »Schon in der ersten Viertelstunde sind wir gereizt.«

»Ach Unsinn, das ist bei uns immer so.« Braxton lachte rau. »Wir haben beide zu viel Temperament, und jeder will die Hosen anhaben.«

»Jenna kann einem furchtbar auf den Wecker fallen«, stimmte Kang zu.

»Und was in aller Welt treibt euch dazu, jede freie Minute und auch noch die Arbeit miteinander zu teilen?«, fragte John entgeistert.

»Weil er mir gewachsen ist«, bekannte Braxton freimütig.

»Weil sie die Einzige ist, die meine wahren inneren Werte erkennt und zu schätzen weiß«, erklärte Kang.

»Ich will raus hier!«, schrie Carter. »Der Chinese entwickelt Humor, wenn auch der grauenvollsten Sorte!«

Nach einem kurzen verblüfften Schweigen mussten alle drei lachen, was die Anspannung löste und den Abschied erleichterte.

Ruhig und gefasst rollten sie weiter hinaus in die Einöde. Bradbury war längst hinter Hügeln verschwunden; vom Berg sah man noch einen dunstigen Schimmer.

Gegen Mittag gerieten sie in einen Sandsturm, der ihnen von Norden entgegenblies. Kang vermutete eine Auswirkung des Aufschlags.

Braxton hielt an und schaltete auf Notsysteme. Der rote Staub war so hauchfein, dass das Risiko des Weiterfahrens zu hoch war. Irgendwo wackelte in der Bewegung immer etwas und bot kleine Angriffsflächen. Bei Stillstand hatten sie eher Chancen, ohne Schaden davonzukommen.

John Carter lauschte, ob er den Sturm hören konnte, aber der Rover war gut abgeschirmt, es drang kein Geräusch von draußen herein. Dabei mochte der Journalist Wind und Sturm, wenn er ums Haus fegte, rüttelte und fauchte, weil er nicht hineinkam. Er hatte dann gern zum Fenster hinausgesehen, früher, mit einem Glas Scotch in der Hand, und sich über sein heimeliges Zuhause gefreut, während draußen die Welt in Blitz und Donner unterging, der Regen schwer niederpeitschte und der Wind Blätter vor sich hertrieb.

Ein paar Mal war er schon nahe daran gewesen, bei einem Marssturm hinauszulaufen und sich im Anzug mitten hineinzustellen. Aber die Sorge, dass das Material Schaden nahm oder der Wind so stark wurde, dass er ihn hochheben und durch die geringe Schwerkraft in die Höhe schleudern könnte, hatte ihn doch jedes Mal davon abgehalten.

»Was wird uns in Polnähe erwarten?«, fragte er ins Dämmerlicht hinein. »Wie weit wird die Evolution schon vorangeschritten sein?« Er wusste, dass die Module neben den Bomben den Mars auch mit Sporen und Algen »geimpft« hatten, überall dort, wo Wasser vermutet wurde.

»Menschenaffen werden wohl noch nicht da sein«, erwiderte Kang. »Aber einige niedere Pflanzen sicherlich. Wofür die Erde eine Milliarde Jahre gebraucht hat, werden wir in weniger als drei Jahrhunderten schaffen.«

»Gott hat sogar nur sechs Tage gebraucht«, murmelte Braxton und grinste breit. Sie steckte sich einen Kaugummi in den Mund und begann lautstark zu schmatzen. »Eine Zigarre wäre mir ja lieber, aber zum Tabakanbau reicht es noch nicht.«

»Und hier drin sowieso nicht!«, sagte Kang wütend.

John lehnte sich mit verschränkten Armen zurück, schloss die Augen und konzentrierte sich auf sein inneres Sein, damit auch die Ohren nichts von dem neuerlich ausbrechenden Disput zwischen den beiden mitbekamen.

Schlimmer als ein debiles altes Ehepaar, dachte er seufzend.

Eine halbe Stunde später, John war tatsächlich eingenickt, rumpelte der Rover weiter auf staubiger Piste. Das Gelände war hier gut befahrbar, Jenna musste nur selten größeren Felsbrocken ausweichen. Sie legten sehr viel mehr Weg zurück, als ursprünglich angenommen, und konnten nachts tatsächlich eine Pause einlegen. Auf dem Mars waren alle Aktivitäten doch bedeutend anstrengender als auf der Erde, und sie konnten alle ein paar Stunden Schlaf brauchen.

Braxton baute das Zelt auf, befestigte es mehrfach, falls ein weiterer Sturm kommen sollte, setzte die Schleuse davor und machte dann eine einladende Geste. »Wenn ich bitten darf – ein Zelt für Drei!«

Im Rover war es zu eng zum Schlafen, und das Zelt war eine Spezialanfertigung, die bereits mehrfach erfolgreich getestet worden war. Kang stellte die Weckzeit auf drei Stunden ein. Kurz darauf fielen alle in den üblichen tiefen, ohnmachtähnlichen Schlaf.

Nach drei Stunden schreckten sie hoch und brauchten eine Weile, bis sie sich zurechtfanden. Hastig nahmen sie ein karges Frühstück zu sich, bestehend aus Tütensuppe, einem Riegel Schokolade und einem Becher Wasser. Dann ging die Fahrt weiter.

Plötzlich begann der Rover zu schwanken und zu schaukeln, und Braxton fing in bester *Down Under*-Manier zu fluchen an.

»Was ist?«, fragte Carter.

»Treibsand!«, gab die Pilotin Auskunft. »Durch die Erwärmung blubbert überall Wasser hervor und schafft tückische Felder, die man nicht mal auf dem Radar erkennt.«

»Und wenn ich mit einem Stock vorausgehe?«, fragte Kang.

»Ein falscher Schritt, und du bist weg, bevor wir aus dem Rover raus sind, um dich festzuhalten.« Braxton schüttelte den Kopf. »Es gibt nur eine Methode, um da durchzukommen: Vollgas und mit geschlossenen Augen.«

Carter spürte ein unangenehmes Kribbeln im Nacken. »Du bist eine gute Pilotin, ich vertraue auf deinen Spürsinn«, meinte er gezielt optimistisch.

Sie lachte. »Angst nützt uns auch nichts, Carter.«

Sie gab Gas. Und der Rover preschte durch den Treibsand, unterstützt von der geringen Schwerkraft und der gut ausbalancierten Verteilung seines Gewichts.

»He, du hebst ja gleich ab!«, bemerkte Kang und hielt sich an einem Griff fest.

Schlamm klatschte gegen die Sichtscheibe des Rovers, der zwar über einen Scheibenwischer verfügte, aber keinen sehr leistungsfähigen. In staubtrockener Wüste, hatten die russischen Konstrukteure wohl gedacht, benötigte man so etwas nicht.

Also fuhr Braxton halb blind weiter; anhalten und saubermachen ging nicht, dann würden sie sofort einsinken.

Das Feld schien kein Ende zu nehmen. Carter war froh, dass er kein üppiges Frühstück zu sich genommen hatte. Von dem ewigen Geschaukel und Gerüttel wurde ihm allmählich schwummrig im Magen.

Und dann drehten plötzlich die Räder durch, obwohl sie aus

einer Lochmetall-Speziallegierung bestanden und normalerweise jedes Hindernis überwanden. Sie konnten sich an jeden Bodenuntergrund anpassen, dämpften Stöße, indem sie nachgaben und kaum in Schwingungen gerieten, und fanden selbst auf eisglattem Boden noch Halt. Jedes Rad wurde einzeln angetrieben.

Braxton schaltete mehrmals, versuchte es durch Schaukeln, vergebens. Irgendwo hingen sie fest.

Beunruhigt sah Carter, als er an Kangs breiter Schulter vorbei aus dem verdreckten Sichtfenster schielte, dass der Himmel kleiner wurde und die Bodenlinie immer näher rückte. »Wir sinken«, meldete er überflüssigerweise nach vorn.

»Ja, danke, ist mir aufgefallen«, antwortete Braxton.

»Soll ich aussteigen und schieben?«, fragte Kang sarkastisch.

John konnte sich nur immer mehr über den Chinesen wundern. Er hatte ihn noch nie so erlebt. Allmählich wurde ihm klar, weswegen er und Braxton ein Paar waren.

»Ja, gute Idee, aber vergiss den Schnorchel nicht«, erwiderte die Pilotin mit verbissenem Gesicht.

Sie ging auf Einzelradantrieb, schaltete der Reihe nach durch, versuchte es immer wieder.

»John, du bist zu schwer, komm nach vorn!«, rief sie, als der Rover hinten schneller einsank. »Wir müssen das Gewicht anders verteilen! Die Vorderräder brauchen mehr Haftung.«

John quetschte sich mühsam zwischen Braxton und Kang. »Kann kaum noch atmen«, ächzte er.

»Mehr zu Suo hin!«

Es war John mehr als unangenehm, mit dem Chinesen so auf Tuchfühlung gehen zu müssen, und das beruhte sicher auf Gegenseitigkeit. Doch dieses Opfer war für etwas gut – plötzlich erstarb das Heulen des Motors, der Rover machte einen Satz nach vorn und schoss mit voller Beschleunigung über das Feld.

John Carter kehrte erleichtert auf seinen Platz zurück und nahm sich vor, sich nie mehr über den Katzensitz zu beschweren.

»Das war knapp.« Braxton wischte sich den Schweiß von der Stirn. »Ein paar Minuten mehr, und wir hätten keine Chance mehr gehabt. Man hätte uns in zehntausend Jahren gut konserviert ausgegraben und interessante Spekulationen über uns angestellt.«

Wie bei einer Gletscherleiche, dachte Carter.

Weiter ging es nach Norden. Rechts im Osten erschien der erste helle Streifen am Horizont, wenige Minuten später war es schon taghell. Eine lange Dämmerung gab es hier, so nahe dem Pol, nicht mehr. Schließlich hielt Braxton an, um die Scheibe zu reinigen. John Carter nutzte dankbar die Gelegenheit, um seinen Rücken zu strecken und sich die Beine zu vertreten. Sie nahmen wiederum eine schnelle Mahlzeit zu sich, dann übernahm Han Suo Kang das Steuer.

»Täusche ich mich, oder wird es hier grüner?«, fragte Carter am Nachmittag.

»Du täuschst dich nicht«, antwortete der Biologe. »Diese Nacht noch, und morgen sind wir am Modul. Wir haben uns in der Kalkulation getäuscht, es geht alles sehr viel schneller als gedacht. Der Planet ist eben kleiner als die Erde. Vielleicht reicht der Treibstoff doch noch für den Rückweg.«

»Wir werden sehen. Ich schlage vor, dass wir auch heute Nacht ein paar Stunden schlafen; für die Entschärfung müssen wir konzentriert sein.« Jenna streckte die Arme einzeln und gähnte. Sie war zwischendurch immer mal eingenickt, wie Carter auch und zuvor Kang. Die Reise war anstrengend, und die eintönige Landschaft forderte ihren Tribut. »Außerdem wirst du uns genau erklären, was wir zu tun haben.«

»Das wollte ich heute Abend mit euch besprechen«, sagte Kang. »Ich werde allein zum Modul gehen.«

»Quatsch«, lehnten Carter und Braxton unisono ab.

»Das dauert viel zu lange«, fügte Carter hinzu. »Jeder von uns zehn Bomben in, sagen wir, einer knappen Stunde? Mehr Zeit dürfen wir uns nicht geben.« Er rieb sich den schmerzenden Nacken. »Ist mir nur so, oder wird es wärmer?«

Braxton fuhr herum. »Hast du etwa Fieber?«

»Nein, mir ist nur warm. Bin nicht wurmverseucht, falls das deine Sorge ist. Stimmt irgendwas mit der Umwälzanlage nicht?«

»Mir wird auch warm. Wir sollten besser anhalten und alle Systeme überprüfen, bevor wir weiterfahren.« Kang stoppte und sie stiegen aus.

»Wow«, sagte John.

Er stand mitten in einem Feld aus niedrigem Farngewächs.

* * *

»Madelaine!« Die Ärztin wandte sich um. Marianne Angelis stand völlig aufgelöst vor ihr und hielt ihr einen verschlossenen Insektenbehälter unter die Nase. »Schau!«

Madelaine sah einige sich windende Schraubenwürmer. »Du hast eine Kolonie gefunden!«

»Nicht nur das«, antwortete die Deutsche mit vor Stolz und Freude gerötetem Gesicht. »Auch ihren Wirt.«

Die französische Ärztin stutzte und betrachtete das Glas genauer. Tatsächlich, da bewegte sich noch etwas unter den Würmern, etwas nahezu Durchsichtiges. Winzige pulsierende Adergeflechte waren sichtbar, in einem halbkugelförmigen Körper mit mindestens zwanzig Tentakeln als Extremitäten. »Ähnlich wie eine Qualle«, stellte Madelaine fest.

»Ich habe sie sinnigerweise Sandqualle getauft«, versetzte Marianne. »Es war interessant, zuerst entdeckte ich nämlich die Quallen. Sie bevorzugen eine bestimmte Algenart in der Nähe des Sees, die auf porösem Felsen wächst. Zumindest fand ich sie nur dort. Und die Würmer waren nur dort, wo auch die Quallen waren. Also muss das irgendwie zusammenhängen.«

Jetzt dämmerte es Madelaine erst. »Du warst ganz allein dort draußen? Bis zum See bist du gelaufen?«

»Die Vorwürfe kannst du dir sparen. Mir ist nichts passiert, wie du siehst, und wir haben endlich einen kleinen Erfolg!«

Madelaine verzog den Mund, ging aber nicht darauf ein. »Jetzt müssen wir herausfinden, wie der Kreislauf funktioniert – und ob die Quallen daran sterben.«

Sie hastete in ihr Labor und untersuchte die Quallen, nachdem sie die Würmer separiert hatte. Tatsächlich war eine der Sandquallen bereits befallen und trug ein Gelege in sich. Wenn sie Glück hatten, schlüpften die Würmer bald. Madelaine rief Estela an und bat sie zu kommen – es gab Arbeit. Viel Arbeit.

»Hoffentlich haben wir noch genug Zeit«, murmelte Madelaine mit sorgengefurchter Stirn.

»Akina ...?«, fragte Marianne vorsichtig.

Die Ärztin nickte stumm.

* * *

Während Braxton und Kang sich um den Rover kümmerten, wanderte John Carter mit der Kamera umher und kommentierte unaufhörlich seine Beobachtungen.

Es war wirklich der Beginn neuen Lebens. In weiten Bereichen waren Felsen und Boden mit ersten Pflanzen bedeckt: Algen, Flechten, kleinen Farnen. Die Luft war hier gleich ganz anders, wärmer und feuchter. In Bodennähe war der Kohlendioxidgehalt noch am höchsten, da es ein sehr schweres Gas war. Doch die Pflanzen wussten damit umzugehen, es zu assimilieren und im Prozess der Licht- und Dunkelreaktion umzuwandeln. In den höheren Luftschichten war der Sauerstoffgehalt deutlich angestiegen.

Tierisches Leben war dagegen noch nicht zu entdecken. Aber die Pflanzen waren der beste Beweis, dass das Terraforming gelang.

Die Strahlenwerte der Luft lagen im annehmbaren Bereich; dass der Geigerzähler überhaupt ausschlug, bewies, dass auch hier mindestens eine Explosion stattgefunden hatte. Allerdings nicht vorletzte Nacht, sondern bereits Jahre zuvor. Der Zerfallswert der radioaktiven Elemente ging bereits deutlich voran.

»Uns muss natürlich klar sein, dass die Strahlung intensiver wird, je weiter wir nach Norden vordringen«, sagte Kang. »Unsere Anzüge bieten zwar Schutz, aber natürlich nicht so ausreichend wie ein schwerer Strahlenanzug. Das bedeutet, wir werden vermutlich Schaden davontragen.«

»Mir ist es gleich«, sagte Braxton. »Ich werde eh keine Kinder mehr bekommen, und wenn es mein Leben um ein paar Jahre verkürzt, ist es eben so. Aber John sollte besser nicht mehr weitergehen ... und du auch nicht, Kang.«

»Fang diese Diskussion nicht schon wieder an!«, erwiderte der Chinese.

»Ich werde auch keinesfalls zurückbleiben«, machte John Carter deutlich. »Seht euch um! Wenn mein Beruf auf dem Mars jemals von Nutzen ist, dann hier und jetzt. Ich will alles genau dokumentieren, für unsere Historie, und für Analysen. Ich habe auch schon einige Proben für dich gesammelt, Kang.« Er wies auf die klappernden Behälter an seinem Gürtel.

»Gute Arbeit«, sagte Kang anerkennend. »Das wird fürs Erste reichen.« Er nahm dem Journalisten die Boxen ab und verstaute sie im Rover.

Braxton wandte sich ihm zu. »Weißt du, Carter, für einen so gut aussehenden Mann mit einem so miesen Beruf bist du eigentlich ganz in Ordnung.« Sie grinste, und John grinste zurück.

»Aus deinem Mund werte ich das als Kompliment. Vielen Dank.«

»Wirklich, wenn ich mit Männern was am Hut hätte, wärst du der erste Kandidat!«

»Das klingt seltsam für jemanden, der mit Kang zusammenlebt!«

»Das ist was anderes. Kang ist ... ich meine ... ah, vergiss es, das geht dich gar nichts an.« Sie klopfte ihm auf die Schulter. »Fahren wir weiter. Die Sicht ist wieder gut, und das Kühlsystem funktioniert auch wieder. Es war nur ein Filter verstopft.«

***

»Sie sterben nicht«, stellte Madelaine fest.

»Nein, sie sterben nicht«, stimmte Estela Gonzales zu. »Jetzt müssen wir nur noch herausfinden, warum nicht. Denn diese Quallen haben einen Blutkreislauf genau wie wir. Also müsste ich irgendetwas finden können ...«

»Wir müssen uns beeilen«, flüsterte die Ärztin. Um Estela nicht zu stören, machte sie ihre Runde an den Krankenlagern vorbei.

Alle Patienten waren inzwischen ins Koma gefallen. Es ging zu Ende. Akina Tsuyoshi war am schlimmsten dran, ihr Körper stark geschwächt, und das Fieber lag bei über vierzig Grad. Sie war wahrscheinlich die Erste, die sterben musste.

Madelaine ballte die Fäuste. »Das darf nicht passieren!«, stieß sie zwischen den Zähnen hervor. »Hörst du, Akina, du musst noch eine Weile durchhalten! Wir sind fast so weit, ich *weiß* es. Wir schaffen den Durchbruch. Gib noch nicht auf!«

Als hätte die Japanerin sie gehört, atmete sie auf einmal ruhiger, und ihr Gesicht nahm einen entspannteren Ausdruck an.

»Halte durch, um Johns willen«, fuhr Madelaine fort. »Er zählt auf dich. Und wir brauchen dich. Wir brauchen jeden von euch.«

Zuletzt setzte sich die Französin ans Bett ihrer Tochter. Das eigene Kind leiden sehen zu müssen und nicht helfen zu können, war immer am schlimmsten. Ein Arzt konnte und musste stets Distanz zu seinen Patienten halten. Es durfte ihm nichts zu nahegehen, sonst konnte er seinen Beruf nicht lange ausüben. Aber wie sollte ihr das bei Désirée gelingen?

»Das darf nicht geschehen«, flüsterte sie. »Wenn du überlebst, dann verspreche ich dir, gibt es keine Geheimnisse mehr. Ich werde dir alles über deinen Vater erzählen …«

Die Kleine atmete in kurzen, hastigen Zügen. Ihre Augen bewegten sich unruhig, vielleicht durchlebte sie gerade eine REM-Phase. Hoffentlich war es ein schöner Traum. Vielleicht rannte Désirée über grüne Wiesen, die sie nur aus Erzählungen kannte, und spielte mit anderen Kindern in der Sonne.

»Alles wird gut«, wisperte die Ärztin und wischte verstohlen eine Träne aus dem Augenwinkel.

Der Lautsprecher knackte. »Madelaine, komm bitte ins Labor«, erscholl Estelas Stimme.

Madelaine saß für einen Moment wie erstarrt, alles krampfte sich in ihr zusammen. Dann rannte sie los.

Atemlos kam sie an. »Sag bloß, du hast es schon …«, keuchte sie. »Nach …« Sie blickte auf die Uhr. »Vier Stunden? Das ist Rekord!«

»Immer langsam«, beschwichtigte Estela. »Ich *glaube*, ich habe es. Ein körpereigenes Polypeptid, das wie ein Antibiotikum wirkt. Das macht diese Quallen immun gegen das Wurmgift. Ich vermute aber auch, dass wir hier ein Universalmittel für den Mars gefunden haben, zumindest zum derzeitigen Stand. Ich habe die Quallen einigen unangenehmen Dingen ausgesetzt – Giften, Bakterien, Viren –, die sie alle weggesteckt haben wie nichts.«

»Du hast *was?*«

»Wozu führen wir diese Proben wohl mit? Und da alles sehr schnell geht auf diesem Planeten, nahm ich an, dass auch die Quallen eine sehr kurze Reaktions- und Inkubationszeit haben. Aber das kümmert die nicht. Die Aminosäureketten sind sofort aktiv geworden; sie merzen alles aus, was nicht ins Blut gehört.«

»Hoffentlich sind sie für Menschen verträglich ...«, äußerte Madelaine eine Befürchtung. »Immerhin handelt es sich um eine außerirdische Substanz ...«

»Das werden wir bald feststellen«, meinte Estela gelassen. »Es spielt sowieso keine Rolle, nicht wahr? Im Verlauf der nächsten Tage würden ohnehin alle sterben. Du hast sie lange am Leben gehalten, aber ohne Heilmittel ist es nun mal nur ein Aufschub.«

Madelaine nickte. »Mach dich daran, den Stoff zu synthetisieren. Hoffen wir, dass es keine allzu heftige Abwehrreaktion gibt. Ich möchte meinen Patienten zusätzliches Leid ersparen.«

»Und wer wird der oder die Glückliche sein?«, fragte Estela.

»Akina«, entschied Madelaine. »Sie ist am Schlimmsten dran.«

»Alles klar.« Gonzales machte sich an die Arbeit.

Als es so weit war, spritzte Madelaine Saintdemar das Serum der Japanerin. Nun konnten sie nur noch warten.

Eine halbe Stunde später begannen die ersten Abwehrreaktionen. Akinas Blut kochte förmlich, ihr ohnehin geschwächter Körper wurde auf der Liege hin und her geworfen. Madelaine unternahm alles, um sie zu stabilisieren. Estela stand ihr zur Seite, leichenblass und voller Selbstvorwürfe. Sie hatte wissenschaftlich gedacht, aber die Umsetzung war eben doch etwas anderes. Akina nun so leiden zu sehen, brachte sie fast um den Verstand.

»Ich habe sie umgebracht ...«, flüsterte sie tonlos.

»Der *Mars* bringt sie um, nicht du«, erwiderte Madelaine, die nun als Ärztin voll gefordert war und keine Zeit für Emotionsausbrüche hatte. Verbissen und entschlossen kämpfte sie um Akinas Leben.

Doch tief im Innersten wusste sie, dass es aussichtslos war.

Wie es aussah, hatten die Menschen gegen den Roten Planeten verloren.

* * *

Kurz vor Einbruch der Nacht erreichten sie das Zielgebiet. Die radioaktive Verseuchung hatte hier den Grenzwert erreicht. Es würde noch einige Jahre dauern, bis man gefahrlos das Gebiet betreten konnte.

Ein weiteres Vordringen jetzt würde mit großer Sicherheit irreversible Zellschäden hervorrufen. Aber ihnen blieb keine andere Wahl.

In der Ferne erhob sich der immer noch rauchende und stellenweise glühende Trümmerberg des Transportmoduls. Es hatte einen beachtlichen Krater geschlagen. Noch weiter entfernt schimmerte das Land weiß: die Ausläufer des Nordpols, dessen Eis unter den steigenden Temperaturen langsam schmolz. Eines Tages würde auch das Wasser benutzbar sein.

»Wir verbringen die Nacht hier«, sagte Kang. »Wir brauchen Schlaf …«

»Und wir beide werden gründlich darin eingewiesen, wie man die Atombomben entschärft«, fügte Braxton hinzu.

Die Pilotin stellte wieder das Druckzelt auf, Carter kümmerte sich derweil um eine »Henkersmahlzeit«, wie er es bezeichnete. Anschließend gab ihnen Kang die Unterweisung, die er selbst auch nur aus einer acht Jahre alten Erinnerung hervorkramte.

»Morgen ist der alles entscheidende Tag«, sagte Jenna Braxton, während sie es sich auf der Matte bequem machte. »Sollten wir uns nicht Gedanken um ein paar abschließende Worte machen? Immerhin könnte es sein, dass keiner von uns den morgigen Tag überlebt.«

»Ruhe jetzt!«, mahnte Kang. »Wir müssen schlafen.«

Kurz darauf begann er zu schnarchen.

Als Kang und Braxton kurz vor Sonnenaufgang erwachten, waren Carter und der Rover fort.

»Verdammter Bastard!«, brüllte Braxton und schien drauf und dran, zu Fuß hinterherzulaufen. »Wenn ich dich in die Finger kriege, ich ...«

Kang hielt sie am Arm fest. »Jenna, sei nicht dumm. Wir können ihn niemals einholen, und die Strahlung würde uns vermutlich zu Fuß bald den Garaus machen.« Er kniff die Augen zusammen und glaubte weit entfernt einen dunklen Fleck zu sehen, der auf das riesige Wrack zusteuerte. »Verdammter Narr«, murmelte er. »Ich ahnte, dass er etwas Dummes tun wollte, aber ich hatte geglaubt, er hätte nicht genug Mumm dafür.«

»Er ist ein bescheuerter Idiot!«, schrie Jenna, den Tränen nahe. »Es ist einfach unfair! Wir hatten vereinbart, dass wir es alle gemeinsam machen! Was denkt er sich nur? Und wenn die ganze Kiste hochgeht, weil er sich zu blöd anstellt?«

»Dann wird unsere Heimreise beschleunigt«, erwiderte Kang.

»Und was tun wir jetzt?« Jenna wandte sich ihrem Partner zu. »Däumchendrehen?«

»Ja. Ich warte, bis die Zeit verstrichen ist, die Carter für die Entschärfung braucht. Vielleicht kommt er sogar zurück. Mit dem Rover könnte er es schaffen.«

»Und wenn nicht?«

»Dann machen wir uns zu Fuß auf den Heimweg. Was bleibt uns anderes übrig? John hat die Ausrüstung dagelassen. Wir können das Zelt zu einem Trageschlitten zusammenfalten, Schnüre dranbinden und alles hinter uns herziehen. Mit dem Zelt können wir die Nächte überstehen, und die Vorräte könnten gerade so reichen.«

Sie ließ sich kraftlos zu Boden sinken. »Okay, wir warten hier. Ich will ihn in die Finger kriegen, wenn er zurückkommt ...«

* * *

John fühlte sich alles andere als heldenhaft, als er den Rover auf das Wrack zusteuerte. Im Gegenteil, er hatte das große Hosenflattern und wünschte sich, niemals zum Mars geflogen zu sein.

Andererseits ... diesen Anbruch eines neuen Zeitalters zu sehen und mitzuerleben, das war einfach alles wert. Eine Erfahrung, die niemand sonst machen konnte. Es war das, wonach sein Journalistenherz sich immer gesehnt hatte. Die absolute Reportage. Nicht zu toppen ...

Seinen Recorder besprach er noch immer. Nicht für die Nachwelt, sondern für sich selbst.

Es war dumm, was er da tat, richtig. Die Hilfe der anderen wäre eigentlich notwendig gewesen.

Aber Kang wurde als Wissenschaftler gebraucht. Und Braxton hatte zwei gesunde, geschickte Hände, sie war zäh und ausdauernd. Er selbst aber war überflüssig. Sicher, er hatte eine Familie. Aber sie konnte ohne ihn überleben. Mehr Nutzen als jetzt konnte er der Gemeinschaft nicht bringen.

Und er wollte es sich nicht nehmen lassen, den Planeten zu retten, indem er ein paar Atombomben entschärfte.

John Carter lachte. »Du bist ganz schön pathetisch, mein Alter«, sagte er zu sich selbst. »Es ging dir wohl immer nur um Ruhm und Ehre, wie? Der rote Teppich, der Pulitzer, glitzernd im Rampenlicht? Millionenseller, eine Villa auf Hawaii? Ein Film über dein Leben?«

So legte er munter den Weg zurück; es war seine Art, sich Mut zu machen und die Entscheidung nicht zu bereuen.

Die Messanzeigen überschlugen sich inzwischen, und der Alarm blinkte pausenlos. Die Strahlungswerte hatten eine für Menschen gefährliche Konzentration erreicht. Aber hier gab es kein Zurück mehr.

»Auch tödlich Verstrahlte halten noch ein paar Tage durch«, murmelte John. »Und es soll gar nicht wehtun.«

Er hatte das Wrack erreicht, das wie eine düster drohende, rauchende, bizarre Skulptur hoch über ihm aufragte. John verließ den Rover, nahm das benötigte Werkzeug und machte sich auf den Weg ins Innere. Er sah den Weg bildlich vor sich, ließ sich nicht von Trümmerteilen irritieren.

Sein Peilsender zeigte ihm die Position der Bomben an. Eine nach der anderen.

John ließ sich bei der ersten nieder, machte mit einigen Übungen die Finger geschmeidig, sortierte das Werkzeug und begab sich an die Arbeit. Unter großem Herzklopfen und mit Unsicherheit. Lampenfieber. Die Premiere; eine Generalprobe gab es nicht.

Doch es ging gut. Das machte ihm Mut, und er wusste, dass er es schaffen konnte. Es war eine schwierige Arbeit, aber bald Routine, da immer dieselben Handgriffe notwendig waren. Er musste lediglich darauf achten, sich zu konzentrieren und aus der Routine heraus keine Flüchtigkeitsfehler zu begehen.

Dreißig Mal kein einziger Fehler.

Dreißig Mal dieselben Griffe.

Ab der achten Bombe war John Carter schweißüberströmt. Seine Hände begannen zu zittern. Die Strahlenanzeige an seinem Anzug war bereits ins Koma gefallen. Er begann die Auswirkungen zu *spüren.*

Es war kein richtiger Schmerz. Eher ein … Auszehren der Kräfte, als würde das Leben langsam aus ihm herauslaufen, aus allen Poren der Haut sickern und verdunsten.

Seine Kräfte ließen merklich nach, und John begriff, weshalb sie eigentlich zu dritt unterwegs gewesen waren und jeder zehn Bomben übernehmen sollte. Er war erst bei der zwölften Bombe und bereits so erschöpft, dass er sich am liebsten auf der Stelle hingelegt und zwanzig Stunden lang geschlafen hätte.

Aber dafür war es zu spät. Er konnte nicht mehr zurück und die anderen holen.

Immer wieder drohten Schwäche und Müdigkeit ihn zu übermannen. Die Pausen zwischen den einzelnen Schritten wurden immer länger, weil die Hände so stark zitterten. Er war kurz davor, aufzugeben. Begann zu singen, um sich abzulenken und wachzuhalten. Sprach Briefe an Akina und die Kinder. Erzählte ihnen, was er tat.

Schließlich musste John sich laut vorsagen, was er zu tun hatte, welche Schritte notwendig waren.

Die zwanzigste Bombe. Zwei Drittel geschafft. Und er fühlte sich dem Tode schon so nah …

Kurz vor dem Blackout kam die Euphorie. John Carters Gehirn wurde plötzlich mit Glückshormonen überschüttet, die ihn beflügelten und ihm neue Kräfte schenkten. Es war das letzte Aufbäumen vor dem Ende, ein helles Aufflackern der niedergebrannten Kerze, ein Licht in der Dunkelheit.

Auf einmal ging ihm alles leichter von der Hand. Fröhlich pfeifend setzte John Carter seine Arbeit fort.

Erstens: Kappe des Zünders aufschrauben. Zweitens: Zünder herausnehmen. Drittens: Code eingeben. Viertens …

Wie ein Uhrwerk, wie eine Wanderung um die Welt. Fuß vor Fuß, Schritt für Schritt. Mechanisch, manisch, unaufhaltsam.

»Ich schaffe es«, sagte John Carter. »Ich schaffe es. A... Aki ... sie wird stolz auf mich sein. Und ... unniekinner. Ischtititi und Alaaannnn, ja. Unann nehm ichn heißes Baaat un leg mich unner die Palmen un ...«

Fünfundzwanzig.

Ein Außenstehender hätte es nicht für möglich gehalten. John Carter war sich dessen nicht mehr bewusst. Er tat, aber er wusste nicht mehr, was er tat. Sein Verstand konnte es nicht mehr vernünftig ausdrücken. Wie eine Maschine setzte er sein Werk fort, weil irgendetwas tief in ihm befahl, das zu tun, bis es vorbei war.

»Hänssschen klaiiin ... ging allaiiiin«, sang John Carter. »Innie ... inniee ... waiiite ...«

Wie ein Betrunkener torkelte er dahin, fiel hin und krabbelte auf allen Vieren weiter. »Na, du klaines bbböses Dingg, jetz machich dich allle ...«

Achtundzwanzig.

»Auf der grienen Wiiiese ... morgen machich der Gönigin ein Gind ...«

John Carter trällerte heiter vor sich hin. Sein sterbender Verstand schützte seinen todgeweihten Körper in diesen letzten Augenblicken vor dem Zusammenbruch, vor dem Schmerz und der Erkenntnis, was mit ihm geschah. Er schüttete Glückshormone ohne Ende aus. Es spielte keine Rolle mehr, ob sie den Gehirnzellen durch die Überdosis noch Schaden zufügen konnten – es waren sowieso schon annähernd zwanzig Prozent abgestorben.

Neunundzwanzig.

Die letzte Bombe lag vor ihm, dahinter begann das schwarze Nichts. »Ufff«, machte John Carter. »Dassis' aber mal 'n harddes Stück Arbeit ... dafür verlang ich Zulache ...«

Er ging ein letztes Mal ans Werk. Gedanken darüber, ob er den Weg zum Rover schaffte und ihn womöglich auch noch fahren konnte, konnte er sich keine mehr machen. Nur noch diese letzte Aufgabe brannte wie ein Fanal in seinem Gehirn. Das musste er unbedingt noch tun, wenn er auch längst nicht mehr wusste, warum.

Abschrauben, herausnehmen, Code tippen, dann ... Draht ...

Gelber Draht.

Grüner?

War er nicht blau?

John Carter blinzelte. Trotz der hell brennenden Lampe konnte er es nicht mehr erkennen. In seinem Verstand wurde es immer dunkler, seine Augen trübten sich. Bald würde er blind sein. Hören konnte er schon lange nichts mehr, seine eigene Stimme hallte lediglich in seinem Verstand nach.

Grüner Draht.

Nein, gelber!

»Hupps«, sagte John Carter.

Und es ward Licht.

* * *

»Ein Wunder ...«, hauchte Madelaine, als Akina Tsuyoshi plötzlich die Augen öffnete und sie staunend ansah.

»Was ...«, begann sie. »Ich ... ich fühle mich auf einmal viel besser ...«

»Es wirkt!«, brüllte Gonzales. »Ich hole die Spritzen für die anderen, und dann gebe ich einen Rundspruch durch! Santa Maria, Akina, du bist unglaublich!«

Jubelnd rannte die Frau davon. Madelaine hielt Akinas Hand, und die Tränen liefen ihr übers Gesicht.

»Verdammt noch mal, Tsuyoshi, du hast dir ganz schön Zeit gelassen! Wir haben nicht mehr geglaubt, dass du es schaffst ... wir rechneten jeden Moment mit deinem Tod ...«

»Ich wollte es eben genau wissen«, flüsterte Akina und entspannte sich, zum ersten Mal ohne Fieber und Schmerzen. »Wir haben ihm ein Schnippchen geschlagen, was? Der rote Mistkerl kriegt uns nicht so leicht. Geh, Madelaine, kümmere dich um die anderen, ich schaff es jetzt schon. Um mich brauchst du dir keine Sorgen mehr zu machen ...«

EPILOG

A*us John Carters Aufzeichnungen*

24. Dezember 2011, Ort: Mars – und das ist kein Traum

Geliebtes Wesen, mein *ténshi,* auf ewig mein japanischer Engel, ein neuer Morgen bricht an auf diesem fantastischen, grausamen Planeten. Ich nehme das heutige Datum zum Anlass, mit dieser Aufzeichnung zu beginnen. Ich habe lange überlegt, ob ich in mein Diktiergerät sprechen soll. Aber dies ist ganz persönlich für dich, deshalb habe ich mich dazu entschieden, zu schreiben – und mit der Hand. Zumindest diese Zeilen an dich, damit ich in diesem Moment, wenn du sie liest, ganz nahe bei dir bin. Ja, sieh es ruhig als Liebesbrief an. Gleichzeitig ist es auch ein Bekenntnis, eine Offenbarung über mich.

Das Datum mag dich irritieren. Natürlich feiern wir kein Weihnachten mehr, und ich bin auch nicht in der Stimmung dazu. Dir bedeutet dieses christliche Fest sowieso nichts. Trotzdem – irgendwann sollte man anfangen, und mir gefällt es gerade heute. Es geht schließlich um Emotionen. Und ich nehme an, wenn du diese Zeilen liest, bin ich nicht mehr am Leben. Ich hoffe, dass ich als alter Tattergreis in deinen Armen gestorben bin.

Aber wenn nicht, wenn es unerwartet kam, dann möchte ich, dass du weißt, dass selbst ein kurzer Moment mit dir wie ein Leben für mich war, jeder einzelne Augenblick.

Nun sind wir also hier auf dem Mars.

Obwohl das Terraforming gut anschlägt, haben wir im Winter immer noch Temperaturen von nahezu minus hundert Grad Celsius zu erwarten. Aber immerhin gibt es schon Schnee, feinen CO^2-Dampf, der sich als zarte Flöckchen auf dem roten Staub niederlässt. Im Sommer haben wir tolle zwanzig Grad zu erwarten! Das ist mehr als an manchen anderen Orten der Erde und eine gute Aussicht. Es wird eines Tages erträglich sein, und die Jahreszeiten tun ihr Übriges, das Terraforming zu beschleunigen.

Es kann Einbildung sein, aber ich finde es schon recht verändert seit unserer Landung. Der Luftdruck steigt stetig an, wir haben schon fast zweihundert Hektopascal erreicht, und die Mikroorganismen leisten prächtige Arbeit; vor allem diejenigen, die sich an Bergmanns Leiche gütlich taten. (Ich weiß, das ist ein wenig makaber. Aber so leistet eben jeder von uns seinen Beitrag in diesem großartigen Projekt.)

Ja, sogar der Himmel scheint ein bisschen rosafarbener geworden zu sein.

So fern sind wir der Heimat, und doch vermisse ich sie nicht. Wahrscheinlich würdest du jetzt sagen: Natürlich nicht, schließlich sind wir erst vor kurzem hier angekommen, es sind noch nicht mal zwei Erdjahre vergangen. Dennoch: Es mag dich erstaunen, aber ich habe keine Angst, dass niemals Rettung kommen wird. Sicher, die meisten von uns erwarten die Rettungsmission 2012, dem nächsten Zeitfenster, wenn wir der Erde nah genug sind. Doch irgendein Gefühl sagt mir, dass es nicht dazu kommen wird. Nenne mich Schwarzseher oder verurteile meine Fantasien, die du wegen meines Berufes immer etwas belächelst – es wäre zu einfach. Ich kann mir nicht vorstellen, dass alles so glatt laufen soll, denn wozu wäre der Absturz sonst gut gewesen?

Okay, ich will dich nicht mit existenzialistischen Überlegungen langweilen. Doch ich möchte ein Zeichen geben, dass ich voller Hoffnung bin.

Ich weiß, dass wir es hier schaffen werden, auch ohne die Hilfe von der Erde. Im Grunde genommen haben wir doch alle auf den Fall der Havarie vorbereitet sein müssen. Schließlich ist das unser erster »richtiger« Vorstoß ins All. Es wäre ja zu schön gewesen, um wahr zu sein, dass es auf Anhieb klappt. Murphy's Law ist unschlagbar und hat immer Recht: Wenn etwas schief gehen kann, geht es auch schief.

Doch ich glaube auch an die Gesetze des Chaos, das letztendlich ein Gleichgewicht herbeiführt. Das bedeutet, dass nicht alles schief gehen wird, sondern, um die Harmonie wiederherzustellen, auch etwas klappen muss.

Ich spinne den Gedanken also frohgemut weiter. Denn die größte Not ist schon gelindert. Nachdem die zum Überleben notwendige Technik uns nicht im Stich gelassen hat, ist es wohl unser Schicksal, hier eine Kolonie zu gründen und zu überleben.

Eine ganz neue Marsgeneration wird entstehen. Aus den Containermodulen und den Trümmerteilen sind wir dabei, eine ganz ansehnliche Siedlung zu erschaffen, angeschmiegt an den großen Berg mit seinen vielen Höhlen, die uns den ersten Schutz boten – vor der nahezu ungehindert aufprallenden Strahlung der Sonne, den zumeist lebensfeindlichen Temperaturen und der praktisch fehlenden Sauerstoff-Atmosphäre. Das grüne Marsglas, das die Höhlen abdichtete, verträgliches Licht einließ und drinnen für ein erträgliches Klima sorgte, war das erste Produkt unserer neuen Fabrik. Seit die Luftschleusen der Siedlung in den umgebauten Containern fertig gestellt sind, können wir uns dort ungehindert und ohne Anzug bewegen. Was für ein aussichtsreicher Gedanke!

Wir werden uns also anpassen und überleben. Doch nun stelle dir mal folgendes Szenario vor: In zwei oder drei Jahrzehnten kommt tatsächlich Hilfe. Was dann?

Könnten wir so mir nichts, dir nichts zur Erde zurückkehren und einfach dort weitermachen, wo wir aufgehört haben? Was würde wohl aus uns beiden? Möglicherweise wäre alles zu Ende, weil du wieder deiner Arbeit nachgehst und ich meiner. Immerhin sind wir durch die extreme Situation hier zusammengekommen.

Hier sind wir andere Menschen als auf der Erde. Ich weiß nicht, ob bessere – nein, du sicherlich nicht. Du kannst nicht besser werden, als du bist. Aber ich ... nun, ich hoffe es zumindest. Ich war als Journalist eigentlich immer auf zynischer Distanz. Ich wollte nichts zu nahe an mich heranlassen. Du weißt, wie das ist – Berichterstattung muss weitgehend objektiv sein. Wenn du dich zu sehr einbinden lässt, verlierst du den Sinn für die Realität und verrennst dich unter Umständen, was dich vielleicht berühmt, aber kaum satt macht. Und ich lebe eigentlich gern gemütlich, ich bin weder opferbereit noch radikal, und Führungsansprüche lehne ich von vornherein ab.

Mein Beruf macht mir Spaß, auch wenn ich hier kaum die Gelegenheit bekommen werde, ihn jemals wieder richtig auszuüben.

Trotzdem möchte ich nicht zurück, ich sage es hier und jetzt ganz deutlich. Wir haben eine Kolonie auf dem Mars gegründet, und unsere kleine Ichí ist der Beginn von allem. Sie ist das allererste Mars-Kind und damit etwas ganz Besonderes, nie Dagewesenes. Sie wird die Gründerin einer neuen Menschenrasse sein.

Ich wollte eigentlich nie Kinder haben, weil ich die Unabhängigkeit und Freiheit liebte. Aber dieses rotgesichtige, energische kleine Würmchen hat mir überhaupt keine Chance gelassen, mich zurückzuziehen. Als sie mich das erste Mal aus ihren noch leicht milchigblauen Babyaugen anblinzelte, war ich verloren. Fast jede Nacht stehe ich auf und sehe nach ihr, wie sie daliegt in ihrer Wiege, ein so winziges, hilfloses Wesen, und doch stark genug, dem grausamen Mars zu trotzen.

Ist dir aufgefallen, wie ungewöhnlich hell und zart ihre Haut ist? Und ihre Augen haben einen ganz besonderen Schimmer, fast ein wenig ins Rötliche. Ich glaube, die Marsstrahlung und die besonderen Umweltbedingungen haben schon jetzt erste Auswirkungen gezeigt.

Und die nächste Generation wird noch mehr verändert sein.

Verstehst du, was ich damit sagen will? Wenn nicht 2012 Hilfe kommt, wird es zu spät sein. Unsere Kinder und Kindeskinder werden dann Mars-Geborene sein, der extremen Umwelt angepasst. Die Erde wäre für sie nur noch ein weit entfernter Mythos, den sie hin und wieder über den Himmel ziehen sehen, eine weiß und blau leuchtende Kugel, begleitet von einem winzigen braunen Sandkorn.

Sie würden erschrecken, würden sie den Himmel jemals von der Erde aus betrachten. Er wäre leer für sie. Kein Phobos, der zweimal am Tag über den rötlichen Himmel zieht, kein Deimos, der lange verweilt. Und der Sternenhimmel so klar und nah, so unendlich schwarz und glitzernd!

Geliebte, ich sehe schon, wie du lächelst und den Kopf schüttelst über mich Fantasten, der die Welt auf lyrische Weise sieht und nicht wissenschaftlich. Aber vielleicht ist das ja meine Bestimmung? Ich möchte, dass die Marskinder nicht nur im Dienste der klaren, nüchternen Wissenschaft aufwachsen, geplant und gezeugt aus Verstandesgründen. Ich möchte, dass sie auch von den Schönen Künsten erfahren, von Musik und Malerei, und von Literatur. Dass sie wissen, was Liebe und Leidenschaft, Vertrauen und Freundschaft bedeuten.

Mit diesen Aufzeichnungen möchte ich meinen Kindern – denn ich hoffe doch, dass unsere kleine Ichí nicht unser einziger Abendstern sein wird – und auch den Kindern der anderen ein Vermächtnis hinterlassen. Ich habe in meinem Gepäck statt Kleidung und nützlichem Kram einiges mitgeschleppt, das ich immer vor euch verheimlicht habe und glücklicherweise aus dem Wrack retten konnte. Datenträger, die hoffentlich die

Strahlung überstehen werden, kleine leistungsfähige Speicherkristalle, auf denen so viel Wissenswertes gespeichert ist: Lexika aller Arten, Historie, Literatur, Bilder, Grafiken, eben alles, auch Filme. Ich weiß, das enthält der Schiffscomputer auch zum Teil. Aber doppelt hält besser, nicht wahr? Ich werde nach und nach versuchen, ein Archiv anzulegen, das über die Jahrhunderte hinaus erhalten bleibt und genutzt werden kann. Damit die Marsgeborenen die Erde nie vergessen und wissen, woher sie kamen.

So werde ich entgegen der herrschenden Meinung einiger Teammitglieder vielleicht doch auf dieser Mission einen Nutzen bringen – mal abgesehen von ein paar gewissen angenehmen Pflichten, die ich nur zu gern erfülle.

Ich muss jetzt Schluss machen, du kommst jeden Moment nach Hause – ja, das klingt gut, nicht wahr? –, und ich möchte noch nicht, dass du hiervon erfährst. Außerdem tut mir mein Handgelenk weh. Ich bin es nicht mehr gewohnt, ohne Tastatur zu schreiben. Vielleicht bereue ich meinen Entschluss, mit der Hand zu schreiben, doch noch – und du wahrscheinlich jetzt schon, wenn du mein Gekrakel entziffern musst.

Bis bald wieder, mein Liebes. Ich küsse dich und unseren kleinen Sonnenschein.

***

Akina Tsuyoshi ließ das Tagebuch kraftlos in den Schoß sinken. Sie rieb sich die Augen, aber sie konnte die Tränen nicht zurückhalten. »John«, flüsterte sie erstickt in rauem Schmerz. »John ...«

Ihre Finger tasteten über die Speicherkristalle, die Johns Bücher, Filme, alles Wissen enthielten. Sein Vermächtnis. Ein unschätzbares Erbe für die Marskinder. Akina würde dafür sorgen, dass ihnen dieses Wissen zuteil wurde, dass sie dieses Wissen weitergaben und niemals vergaßen, wem sie all dies verdankten.

»Mama!«, rief Ichíban aufgeregt.

»Nicht jetzt, Schatz«, gab Akina brüchig zur Antwort. »Ich komme gleich, nur noch einen Moment ...«

»Aber Mama!«, rief auch Alan und stolperte aufgeregt herein. »Guck!«

Hinter ihm drängelte sich die bald siebenjährige Ichí herein, schob ihn einfach beiseite. »Mama, das musst du unbedingt sehen!«, drängte Ichí, packte die Hand ihrer Mutter und zerrte daran. Alan hing an der anderen Seite.

»Also gut«, seufzte Akina. Der Alltag holte sie nur zu schnell wieder ein. Andererseits waren ihre Kinder ungewöhnlich aufgeregt, das musste schon einen Grund haben. In ihrem Alter entdeckten sie zwar jeden Tag etwas Neues, Spannendes, aber ihre Reaktionen waren selten so überschäumend.

Sie hob Alan auf den Arm, nahm Ichí an der Hand. »Wohin?«

»In die große Halle!«, antwortete die Kleine. »Schau durchs Fenster! Es ist toll!«

In eine Höhlenwand war ein Panoramafenster eingelassen worden; der mit einigermaßen bequemen Möbeln ausgestattete und mit Stoffen dekorierte Raum dahinter diente als gemeinsamer Aufenthaltsort, zum Unterhalten und Entspannen. Die Wände waren mit blühenden Landschaften bemalt, als Abwechslung zum staubigen, kahlen, steinigen Rot dort draußen.

Akinas Schritt stockte, als ihr Blick durch das grüne Glas nach draußen fiel. Sie drückte fest Ichís Hand und gab Alan einen Kuss auf die Wange, der strampelte, weil er hinunter wollte. Akina ließ ihn los, und er rannte zur Scheibe, drückte seine Nase daran platt, als hätte er die leckersten Sachen vor Augen.

»Schön, nicht wahr?«, flüsterte Ichí hingerissen. Ihre rötlichen Mandelaugen leuchteten wie ein ferner, strahlender Stern.

Es war ein Wunder.

Akinas kummervolles Gesicht glättete sich und nahm einen andächtigen Glanz an, als sie zusammen mit ihren Kindern und mit einem Lächeln auf den Lippen die Regentropfen betrachtete, die fast zögerlich und zeitlupenhaft aus einer einzelnen Wolke am Himmel herabfielen. Dass diese Wolke ihren Ursprung in der Hitzewelle einer Atombombenexplosion hatte und dass es so bald auch keinen weiteren Regen geben würde, spielte in diesen Momenten keine Rolle.

Akinas Hand legte sich auf ihren leicht gerundeten Bauch, in dem sich sanft Johns Kind regte, seine Tochter, die ihr Vater nie mehr im Arm halten konnte, den sie aber trotzdem kennen würde durch sein Erbe. Ein Abschnitt war zu Ende gegangen, und nun begann etwas ganz Neues.

Akina wählte in diesem Moment den Namen für das Ungeborene: Kaishí, der Beginn. Sie sollte etwas Besonderes werden, denn sie lebte zweifach durch ihren Vater – einmal durch die Zeugung, und ein zweites Mal durch sein Opfer.

Und die wenigen Tropfen fielen auf den roten Staub, schufen winzige Krater darin und färbten ihn dunkel.

Sie konnten es jetzt aus eigener Kraft schaffen.

»Ja«, wisperte Akina träumend, »es ist wunderschön.«

4

Mars, 2092, Siedlung Bradbury

Michael Tsuyoshi war ein Marsianer.

Der rote Planet war seine Heimat, und darauf war er stolz. Er war hier geboren, und aller Voraussicht nach würde er hier auch irgendwann sterben.

Die Erde, von der seine Vorfahren vor beinahe einem Jahrhundert gekommen waren, war für ihn nur noch ein vager Mythos; eine ferne Welt, die Interesse, Neugier und Forschungsdrang in ihm weckte; mehr jedoch nicht. Dennoch kannte er sich in terranischer Geschichte immerhin gut genug aus, um zu wissen, dass es dort durchaus Parallelen gegeben hatte.

Ähnlich wie er – und auch die meisten anderen Bewohner Bradburys – mochten sich einst die Menschen gefühlt haben, die den amerikanischen Kontinent besiedelt hatten, nachdem dieser vor genau sechshundert Jahren entdeckt worden war. Schon ihre dort geborenen Kinder und Enkelkinder hatten sich als Amerikaner gefühlt, nicht mehr als Europäer. Wenn ihre Eltern oder Großeltern von der *Alten Welt* erzählten, dann mochte sie dies fasziniert haben, doch irgendeine intensivere Beziehung dazu hatten sie wohl kaum verspürt.

Ebenso empfand Michael. Nach allem, was er darüber gehört hatte, würde er Terra gerne einmal besuchen, aber heimisch würde er sich dort wohl kaum jemals fühlen. Schon die Vorstellung, mit Milliarden anderen Menschen zusammenzuleben, erschreckte ihn, ebenso wie der Gedanke an die gigantischen Städte, die unvorstellbar vielfältige Fauna und Flora, die Hektik, die das Leben dort prägen musste …

Alles das eben, was er nur aus weitervererbten Schilderungen und dem Informationsmaterial des Zentralcomputers kannte. Auf dem Mars gab es keinen dieser Schrecken. Das Leben hier war keineswegs einfach, manchmal gefährlich, aber grundsätzlich von einer Ruhe und Ausgeglichenheit geprägt, die man auf der Erde vermutlich vergeblich suchte.

Wenn er allein daran dachte, wie viele Familien es dort gab! Hier auf dem Mars stellten fünf Häuser, die auf den Nachnamen der Mütter zurückgingen, die gesamte Bevölkerung. Der zwanzigjährige Michael war der Sohn von Melanie Tsuyoshi; er hatte noch einen älteren Bruder mit Namen Sato und drei jüngere Schwestern.

Das Haus Tsuyoshi ging auf die legendären Gründer Akina Tsuyoshi – Mutter von Ichíban, dem erstgeborenen Marskind und zugleich auch der ersten Präsidentin – und John Carter zurück, dessen heroisches Opfer und literarisches Erbe Legende waren.

Außerdem gab es noch das Haus Gonzales – temperamentvolle Leute mit einem feinen Sinn für Wissenschaft –, das Haus Saintdemar – das sich der Heilkunde und Forschung verschrieben hatte –, das Haus Angelis – federführend in Sachen Ökologie, Botanik und Astrophysik –, und das sehr vielseitige Haus Braxton, bei deren Mitgliedern oft das chinesische Temperament des Gründers Han Suo Kang durchschlug.

Natürlich waren nicht alle Kinder reinblütige Nachkommen jener fünf Mütter; das hätte den Genpool zu sehr eingeschränkt und zwangsläufig zu inzestuösen Fehlentwicklungen geführt.

Glücklicherweise hatte die BRADBURY, das Raumschiff, mit dem die ersten Siedler auf dem Mars notgelandet waren, sowohl Spermaproben als auch Eizellen zu Forschungszwecken an Bord gehabt. Die ersten zwei Generationen waren ausschließlich durch natürliche oder künstliche Befruchtung entstanden; danach waren die medizinischen Vorrichtungen so weit entwickelt gewesen, dass die Frauen auch *in vitro* gebären konnten, also fremde Eizellen mit fremdem Sperma in ihrem Leib heranreifen ließen.

Auf diese Weise war die Gefahr der Inzucht minimiert worden. Trotzdem führten die obersten Mütter der Häuser Listen über jede einzelne Geburt. Wer laut diesen Listen ein »Invitro« oder ein natürlich Gezeugter war, wurde geheim gehalten, um keine Zwei-Klassen-Gesellschaft entstehen zu lassen.

Mehr als achtzig Jahre waren seit dem Absturz der BRADBURY vergangen. Während der ersten Jahre hatten die Überlebenden gehofft, dass eine Rettungsmission von der Erde eintreffen und sie abholen würde, doch diese Hoffnung war von Jahr zu Jahr, von Jahrzehnt zu Jahrzehnt, von Generation zu Generation geschrumpft. Inzwischen gab es nur noch wenige Unverbesserliche, die nach wie vor unbeirrt daran glaubten, dass einst ein Raumschiff von der Erde am Himmel erscheinen würde.

Unverbesserliche, zu denen Michael sich nicht zählte.

Und er war sich auch nicht sicher, ob er sich wünschen sollte, dass es so käme. Sicherlich könnten sie viele nützliche Dinge, die ihnen das Leben hier vereinfachen würden, von der Erde beziehen. Doch ein solcher Kontakt würde zugleich das Leben, wie sie es kannten, grundlegend verändern.

Es war nicht einmal sicher, ob man sie auf der Erde als rechtmäßige Siedler mit einem Besitzanspruch auf dieses Territorium anerkennen oder ihnen einfach vorschreiben würde, was sie zu tun oder zu lassen hätten. Möglicherweise würde man sie sogar zwangsweise zur Erde deportieren ... die bloße Vorstellung trieb ihm eine Gänsehaut über den Rücken.

»Hi, Michael! Wieder mal damit beschäftigt, dir Schreckensbilder einer Erdinvasion auszumalen?«

Michael blickte auf und direkt in die tiefbraunen Augen von Sharice Angelis. Ein freudiges Lächeln glitt über sein Gesicht, während er sie betrachtete. Glattes schwarzes Haar fiel ihr über die Schultern bis fast auf das Essenstablett, das sie in den Händen trug, und rahmte ein von breiten Nasenflügeln beherrschtes Gesicht ein – das typische Merkmal aller Marsgeborenen. So wie jeder hier eine blasse, fast albinotische Haut besaß, da sie praktisch keine Sonnenstrahlung abbekamen. Sharice war eine direkte Nachfahrin der Astrophysikerin Marianne Angelis.

»Ich, ähm …« Michael brach ab. Erst jetzt wurde ihm bewusst, dass er wohl tatsächlich mit offenen Augen geträumt hatte, was häufig genug Anlass für gutmütige Sticheleien bot. Nicht einmal die unbequemen Stühle in der Mensa, dem gemeinsamen Speisesaal aller Bewohner von Bradbury, hatten ihn davon abhalten können. Glücklicherweise war es schon spät und außer ihm aßen nur noch wenige, von denen niemand auf ihn zu achten schien. »Setz dich doch«, forderte er Sharice auf, aber sie nahm bereits unaufgefordert ihm gegenüber Platz.

»Magst du dein Essen lieber kalt?«, spöttelte sie und deutete auf seinen noch fast halb vollen Teller. »Selbst warm ist das Zeug für meinen Geschmack kaum genießbar.«

»Für meinen auch«, stimmte Michael ihr zu. Trotz der hydrophonischen Gärten musste ein Teil der Lebensmittel künstlich hergestellt werden, hauptsächlich durch Recycling. Und dementsprechend schmeckte das meiste auch. Es gab einige sehr gut genießbare Gerichte, aber die schon unappetitlich aussehende Pampe, die heute serviert wurde, gehörte auf keinen Fall dazu. Er schob den Teller zur Seite. »Ich habe ohnehin keinen Appetit.«

»Der Hunger treibt es rein«, entgegnete Sharice und begann lustlos zu essen. »Aber anscheinend macht es nicht besonders hungrig, davon zu träumen, den Kampf gegen finstere Invasoren von der Erde zu führen, die kommen, um uns zu versklaven und unsere Lebensweise zerstören.«

Der Hieb traf. Michael musste schlucken.

»Erstens habe ich den ganzen Vormittag über Berichte verfasst, und zweitens ist diese Gefahr für mich durchaus real«, verteidigte er sich. »Irgendwas muss auf der Erde passiert sein, sonst hätte man längst ein Schiff geschickt. Wahrscheinlich hielt man die Besatzung der BRADBURY für tot und hat das Mars-Projekt gestoppt. Aber irgendwann wird man es wieder aufnehmen. Und ich möchte nicht, dass von irgendwelchen hochnäsigen Erdmenschen alles zerstört wird, was wir uns hier aufgebaut haben. Glaubst du, dass sie uns einfach so unsere Freiheit lassen werden? Dann hättest du in terranischer Geschichte besser aufpassen sollen. Sie werden alles als ihren Besitz deklamieren und –«

»Genug, genug!« Abwehrend hob Sharice die Hände. »Das Thema hatten wir doch schon oft genug, ich kann es nicht mehr hören.«

»Ja, genau wie die meisten anderen«, murmelte Michael bitter. »Ich kann nur hoffen, dass wir nicht irgendwann eine böse Überraschung erleben werden.«

Sie schwiegen eine Weile. Michael bedauerte seinen Gefühlsausbruch inzwischen schon wieder, aber er konnte einfach nicht begreifen, dass so viele ihre Augen vor diesem Problem verschlossen. Das machte ihn immer wieder rasend.

Trotzdem wollte er sich das Essen mit Sharice nicht verderben lassen. Es kam selten genug vor, dass sie Gelegenheit hatten, ungestört miteinander zu sprechen. Unsicher strich er sich über das leicht gelockte braune Haar.

»Was machen eure Grabungen?«, fragte Sharice schließlich.

»Ein völliger Fehlschlag. Sieht nicht so aus, als ob wir noch etwas finden würden.« Er zuckte die Achseln. »Morgen ziehen wir wohl weiter. Und bei euch?«

Zu Michaels Bedauern gehörte sie nicht zu seinem Team und schien sich unter ihren Kollegen zudem recht wohl zu fühlen. Jeder Versuch, sie zu einem Wechsel zu überreden, war jedenfalls bislang gescheitert.

»Ähnlich«, antwortete Sharice kauend. »Ich habe heute Morgen etwas gefunden, das künstlich bearbeitet aussah. Bis gerade eben habe ich es im Labor untersucht, aber offenbar Fehlanzeige. Nur ein gewöhnlicher, vom Sand geschliffener Felsbrocken.« Sie seufzte. »Die Alten machen es uns wirklich nicht leicht.«

Die Alten – das war die Bezeichnung, die sich mittlerweile für die unbekannte Rasse eingebürgert hatte, die vor ihnen einst auf dem Mars gelebt haben musste. Bislang war praktisch nichts über sie bekannt, und ihre Existenz war auch nur theoretisch zu beweisen. Man wusste nicht einmal, ob es sich wirklich um eine Zivilisation handelte, die sich auf diesem Planeten entwickelt hatte, oder ob es Reisende aus dem All gewesen waren, die vor Millionen oder Milliarden Jahren vielleicht auch nur für kurze Zeit hier Zwischenstation gemacht hatten.

Zugleich war diese Rasse der Grund, weshalb man den ersten bemannten, ursprünglich erst zehn Jahre später geplanten Flug zum Mars vorgezogen hatte. Während einer unbemannten Expedition im Jahre 2004 hatte der europäische Mars-Lander »Beagle 2« vor seinem Ausfall ein einziges, aber sensationelles Foto geschossen: Es zeigte eine Flasche aus grünem Glas, die unzweifelhaft künstlich hergestellt worden war! Neben den Vorbereitungen für ein umfangreiches Terraforming war die Suche nach weiteren Spuren der fremden Rasse die Hauptaufgabe der Expedition gewesen.

Leider war der Absturz unkontrolliert verlaufen und man hatte den vorgesehenen Landeplatz um Zehntausende von Kilometern verfehlt. So war, in Anbetracht der Tatsache, dass schnelle Ergebnisse nicht zu erwarten waren, das Projekt erst rund vierzig Jahre später wiederaufgenommen worden. Während der ersten Jahrzehnte hatten andere Aufgaben im Vordergrund gestanden, zum Beispiel die Kleinigkeit, irgendwie zu überleben. Nachdem die dringendsten Grundlagen dafür geschaffen waren, begann die Phase des Aufbaus, wie die Anlage der hydrophonischen Gärten sowie der Fabrikanlagen zur Produktion der am dringendsten benötigten Güter und der Minen, in denen der größte Teil der Rohstoffe dafür gewonnen wurde.

Auch während dieser Zeit hatte es per Rover freilich immer wieder Ausflüge in die nähere Umgebung gegeben, doch systematische Grabungen nach Hinterlassenschaften der Alten wurden erst seit knapp vier Jahrzehnten unternommen.

So wie auch immer noch Ausschau nach der Quelle des geheimnisvollen Strahls gehalten wurde, der, vom Mars kommend, eines der Transportmodule im Orbit festgehalten hatte. Sie war nie entdeckt worden, und mittlerweile fragten sich sogar schon die führenden Köpfe, ob das Ganze nicht vielleicht nur eine optische Täuschung oder ein Defekt des Moduls selbst gewesen sein konnte …

»Manchmal frage ich mich, ob unsere Arbeit überhaupt Sinn macht«, murmelte Sharice, als hätte sie seine Gedanken gelesen. »Vielleicht haben diejenigen doch Recht, die unsere Aufgabe als eine Verschwendung von Ressourcen und Arbeitszeit bezeichnen.«

Solche Stimmen hatte es gerade zu Beginn des Projekts viele gegeben. Mittlerweile häuften sie sich wieder, nachdem sich einige wenige, völlig unnütze Artefakte als die bisher einzige Ausbeute der jahrelangen Bemühungen erwiesen hatten.

»So solltest du nicht denken«, widersprach Michael. Verdammt, warum fielen ihm ausgerechnet bei Sharice nie die richtigen Worte ein, sodass er nur dummes Zeug von sich gab oder gar hilflos herumstammelte? Er holte tief Luft. »Ich kann dich verstehen, und wenn sich wieder einmal eine Hoffnung zerschlagen hat, geht es mir manchmal genauso. Vielleicht jagen wir wirklich einem Phantom nach. Niemand weiß es. Aber vielleicht finden wir auch etwas, das uns hilft, unsere Lage entscheidend zu verbessern.«

»Vielleicht«, wiederholte Sharice. »Aber es ist auf jeden Fall wie die Suche nach einem bestimmten Sandkorn in der Wüste. Und selbst wenn wir eine Stadt oder zumindest eine Station der Alten finden – ihre Technik mag für uns so fremdartig sein, dass wir sie überhaupt nicht begreifen.«

»Irgendwie wird es uns schon gelingen. Viel wichtiger ist für mich die Frage, ob sie nach der langen Zeit noch funktioniert. Das ist der entscheidende Punkt. Unsere Fundstücke haben ein Alter von mehreren Milliarden Jahren. Wir wären jedenfalls nicht in der Lage, eine Maschine zu bauen, die auch nur annähernd so lange funktioniert.«

»Das kommt noch hinzu.« Sharice hatte ihren Teller inzwischen geleert und legte das Besteck darauf. »Weißt du, am Anfang hat mich die Aussicht, noch immer funktionsfähige Hinterlassenschaften der Alten zu entdecken, ungeheuer fasziniert. Deshalb habe ich mich ja für die archäologische Forschung entschieden. In letzter Zeit kommen mir jedoch immer mehr Zweifel. Wir haben einfach nicht die Möglichkeiten zu einer systematischen Suche und sind auf ein viel zu enges Terrain beschränkt.«

»Wir werden es ausdehnen«, behauptete Michael. »Wir beide werden es wohl nicht mehr erleben, aber eines Tages können sich die Menschen auf dem Mars so frei bewegen wie auf der Erde. Auf dem *ganzen* Mars, nicht nur auf dem begrenzten Gebiet, das wir von hier aus erreichen können! Selbst wenn wir nichts finden sollten, was uns konkret weiterhilft, werden sie auf unserer Arbeit aufbauen und davon profitieren können.«

»Wahrscheinlich hast du Recht.« Sharice lächelte und strich

sich eine Haarsträhne aus dem Gesicht. »Es ist nur so frustrierend, einen Fehlschlag nach dem anderen zu erleben. Da kann man leicht ...«

Sie wurde unterbrochen, als ein elektronischer Gong aus den Lautsprechern drang, die im Speiseraum wie auch sonst überall in der Basis angebracht waren, um in wichtigen Fällen alle Bewohner sofort erreichen zu können.

»Alle Mitarbeiter der archäologischen Forschung bitte unverzüglich in Konferenzraum eins kommen«, ertönte die Stimme von Jeffrey Saintdemar, dem Leiter des Forschungsstabes und Mitglied des Rates. »Ich wiederhole, alle Mitarbeiter der archäologischen Forschung bitte unverzüglich in Konferenzraum eins kommen.«

»Ende der Mittagspause«, kommentierte Sharice. »Was kann das zu bedeuten haben?«

»Werden wir wohl gleich erfahren. Muss jedenfalls irgendwas Wichtiges sein.«

Sie standen auf, stellten ihre Tabletts in die dafür vorgesehenen Fächer neben der Essensausgabe und verließen die Mensa.

Die Konferenzräume lagen wie alle Gemeinschaftseinrichtungen im selben Block wie der Speiseraum, gerade einmal fünfzig Meter entfernt. Nummer eins war der älteste und kleinste von ihnen. Er bot für höchstens vierzig Leute Platz und wurde deshalb fast nur noch für Besprechungen spezieller Forschungs- oder Produktionsgruppen benutzt.

Während sie den Korridor entlanggingen, warf Michael fast automatisch einen Blick durch eines der kleinen Fenster in den Innenhof des Gebäudekomplexes auf das noch immer dort liegende Wrack der BRADBURY.

Viel war davon nicht übrig geblieben. Das Innere war ohnehin ausgeschlachtet worden; der Bordcomputer und all die anderen unersetzbaren elektronischen Teile, die sie trotz aller Fortschritte selbst heute noch nicht in der Lage waren selbst anzufertigen, waren in die Basis integriert worden. Aber aufgrund der Knappheit an Baumaterialien vor allem in den ersten Jahren waren auch viele der Zwischenwände und der größte Teil der Außenhülle entfernt worden. Zuletzt waren auch der Hitzeschild der LEM und die Triebwerke beim Bau der Erzschmelze benötigt worden. Geblieben war eine Art stählernes Skelett.

Manche hatten sich bereits dagegen ausgesprochen, die traurigen Überreste weiterhin als Denkmal zu erhalten. Angesichts der lebensfeindlichen Bedingungen waren alle Gebäude der Siedlung, die den Namen des Schiffs trug, in kompakter, bunkerähnlicher Form errichtet worden. Eine so große Fläche direkt im Zentrum des Gemeinschaftstraktes frei zu lassen, galt ihnen als Platzverschwendung. Ein nostalgischer Luxus, den sie sich in ihrer Lage nicht leisten konnten, gerade da ihre Bevölkerungszahl nun immer schneller anwuchs und die Stadt ständig vergrößert werden musste.

Michael selbst hatte sich bislang keine feste Meinung zu dem Thema gebildet. Der Anblick der Überreste des einst fortschrittlichsten Wunderwerks menschlicher Technik bedrückte ihn. Andererseits war es aber auch ein Symbol dafür, was sie zu leisten vermochten, und insofern bildete das Wrack einen ständigen Ansporn für ihn.

Sie erreichten den Konferenzraum und traten ein. Außer ihnen war bislang lediglich Jeffrey Saintdemar anwesend. Der grauhaarige, hagere Mann, ein Urenkel von Madelaine Saintdemar, dem die Gesamtleitung des archäologischen Projekts unterstand, ging unruhig im Raum auf und ab und machte einen so aufgeregten Eindruck, wie Michael es bei ihm noch nie erlebt hatte. Es musste *wirklich* etwas Wichtiges passiert sein.

Sharice eilte direkt auf ihn zu und bestürmte ihn mit Fragen, ohne eine Antwort zu bekommen. Schließlich setzte sie sich neben Michael an einen der Tische.

Sie brauchten nicht lange zu warten. Bereits nach wenigen Minuten waren die Letzten eingetroffen. Insgesamt waren sie nun sieben, ungefähr gleichmäßig aus beiden Teams gemischt. Die anderen Mitglieder des archäologischen Stabes befanden sich im Außeneinsatz an den Ausgrabungsstellen.

Jeffrey klopfte mit der Hand auf den Tisch und das Tuscheln erstarb.

»Also gut, ich will euch nicht länger auf die Folter spannen«, begann er. »Ich habe euch hier zusammengerufen, weil sich etwas Bedeutsames ereignet hat. Die Meldung kam unmittelbar vor meiner Durchsage über Funk. Team Nummer eins ist am Rand der Hochebene Elysium Planitia auf einen ziemlich großen Gegenstand gestoßen, der unzweifelhaft künstlich bearbeitet wurde.«

Team eins war die Gruppe, in der Sharice arbeitete.

»Verdammt, natürlich ausgerechnet dann, wenn ich gerade nicht dabei bin!«, stieß sie leise hervor, doch ihre Worte wären ohnehin in dem allgemeinen Raunen untergegangen, das bei der Ankündigung aufklang. Um sich Gehör zu verschaffen, musste Jeffrey erneut auf den Tisch klopfen.

»Noch ist es zu früh, um von einem Durchbruch unserer Forschungen zu sprechen, und ich will keine allzu großen Hoffnungen wecken. So weit man bislang sagen kann, handelt es sich offenbar um eine steinerne Säule, deren oberer Teil mittlerweile freigelegt wurde. Die Gesamtgröße kann man noch nicht schätzen. Vielleicht handelt es sich um eine Art Stele, vielleicht eine Statue, vielleicht auch etwas völlig anderes. Das werden die weiteren Untersuchungen ergeben. Ob das Objekt irgendeine praktische Funktion besitzt oder völlig wertlos für uns ist, muss sich erst noch zeigen, deshalb meine Warnung vor zu großen Erwartungen. Auf jeden Fall habe ich beschlossen, alle Grabungen an dieser Fundstelle zu konzentrieren. Team Nummer zwei hätte sich ohnehin morgen oder übermorgen an einen anderen Ort begeben. Stattdessen werden nun beide Teams zusammenarbeiten. Wir werden vorerst alle Anstrengungen auf die Säule selbst und das umliegende Gebiet richten. Team zwei wird dem anderen Team unter der Leitung von Akiro Braxton angegliedert und untersteht dadurch ab sofort ebenfalls seinem Befehl.«

Michael verzog das Gesicht. Einerseits elektrisierte ihn der Bericht über den Fund, andererseits mochte er Akiro nicht sonderlich. Er war bislang froh gewesen, nicht in seinem Team zu sein, obwohl dies gleichzeitig bedeutete, dass er auch nicht mit Sharice hatte zusammenarbeiten können. Ihm nun unterstellt zu werden, gefiel ihm ganz und gar nicht.

Dabei war rein beruflich gegen Akiro absolut nichts einzuwenden. Er besaß ein hervorragendes Fachwissen und fast schon eine Art sechsten Sinn, wo es sich lohnte zu graben und welche Fundstücke einer näheren Untersuchung wert waren.

Auch seine Fähigkeiten als Teamleiter waren kaum bestreitbar. Einerseits besaß er genügend Autorität, die ihm vermutlich schon in die Wiege gelegt worden war, da er in direkter Linie von Han Suo Kang abstammte, dem resoluten Kommandanten der Mars-Expedition. Andererseits jedoch hielt Akiro nichts davon, seine Leute zu sehr einzuschränken, sondern führte sie an der langen Leine und ließ ihnen genügend Freiheiten, was sich auf ihren Arbeitseifer niederschlug.

Dass Kang Chinese gewesen war, der Name Akiro jedoch aus einem Land namens Japan stammte, war ein unbedeutender Fehler, der seinen Eltern unterlaufen war. Michael hatte es selbst nur bei Studien der Erdkultur durch Zufall entdeckt, aber er hatte festgestellt, dass Akiro jedes Mal ziemlich ungehalten reagierte, wenn man eine Bemerkung darüber machte –

was Michael schon des Öfteren mit klammheimlicher Freude ausgenutzt hatte.

Was er an Akiro nicht mochte, waren hauptsächlich seine Einstellungen zu verschiedenen Themen. Beispielsweise der Erde. Akiro hatte nie einen Hehl daraus gemacht, dass er sich nicht als Marsianer fühlte, sondern die Erde als seine Heimat betrachtete, obwohl auch er hier geboren war.

In seinen Augen waren sie keine Siedler und dies keine eigenständige Kolonie, sondern nichts anderes als die Nachkommen Schiffbrüchiger, die sich eine Zeitlang hier einrichten mussten, um zu überleben. Ihre Expedition war von der Erde gestartet und dort finanziert worden, also gehörte auch alles der Erde, und sie hatten sich sämtlichen Anordnungen von dort zu fügen, wenn eines Tages tatsächlich ein Schiff landen würde.

Eine Einstellung, die vermutlich ein über Generationen erhaltenes Erbe seines Ururgroßvaters darstellte, der laut den alten Aufzeichnungen John Carters ein Wissenschaftler mit militaristischen Neigungen gewesen war.

»Wir werden so schnell wie möglich zur Grabungsstelle aufbrechen«, beendete Jeffrey seinen Bericht. »Die Rover befinden sich bereits auf dem Weg hierher und werden in etwa einer Viertelstunde eintreffen. Ich erwarte euch pünktlich in fünfzehn Minuten in Schleuse zwei.«

»Sieht so aus, als würden wir nun doch noch zusammenarbeiten«, sagte Sharice, während sie den korrekten Sitz ihres Schutzanzuges überprüfte. Die lebenswichtigen Handgriffe waren ihnen allen in Fleisch und Blut übergegangen. Immerhin arbeiteten sie fast täglich außerhalb von Bradbury, und ihr Leben hing vom einwandfreien Zustand ihres Anzugs ab. »Zumindest für eine Weile.«

Ein Aufenthalt ohne entsprechenden Schutz im Freien war noch immer völlig unmöglich. Nicht nur herrschte innerhalb von Bradbury ein deutlich höherer Luftdruck, auch war die Atmosphäre des Mars für Menschen nicht atembar. Es würde noch lange dauern, bis sich das änderte, voraussichtlich noch etliche Generationen. Gegenwärtig lag der Kohlendioxyd-Gehalt bei gut neunzig Prozent und war somit unbedingt tödlich. Auch wäre keiner von ihnen in der Lage gewesen, die mörderisch kalten Außentemperaturen von im Schnitt minus dreißig Grad Celsius ungeschützt über einen längeren Zeitraum zu ertragen. Im Winter sank die Temperatur sogar auf bis zu minus achtzig Grad, dafür überstieg sie im Sommer die Fünfundzwanzig-Grad-Marke, allerdings nur in der prallen Sonne.

»Ja«, brummte Michael. »Unter dem Kommando von Akiro. So hatte ich mir eine Zusammenarbeit eigentlich nicht vorgestellt.«

»Du bist auch nie zufrieden.« Sharice schlug ihm auf die Schulter. »Ihr werdet jetzt wohl oder übel eine Zeitlang miteinander auskommen müssen. Warum also versuchst du nicht für eine Weile eure unterschiedlichen Einstellungen zur Erde zu vergessen? Mit der Arbeit hat das doch ohnehin nichts zu tun, und du wirst sehen, dass Akiro als Chef gar nicht so übel ist.«

Michael antwortete nicht. Mehr als einmal hatte er mit Sharice darüber diskutiert, und sie war stets voll des Lobes über Akiros Führungsqualitäten gewesen, was Michael wiederum jedes Mal einen Stich versetzte. Vermutlich war das einer der Hauptgründe, weshalb er Akiro nicht leiden konnte. Der Kerl scharwenzelte für seinen Geschmack einfach zu viel um sie herum. Michael missfiel die Art, wie sie sich anblickten und miteinander sprachen. Und besonders missfiel ihm, dass sie seinen Vorschlag, in Team Nummer zwei zu wechseln, bislang stets abgelehnt hatte.

Es ging nicht nur um ihre unterschiedlichen Ansichten. Zwar war Michael Tsuyoshi ein feuriger Verfechter einer freien und unabhängigen Marskolonie, die der Erde in keiner Form verpflichtet war, aber es gab auch andere, die eher wie Akiro dachten, und mit denen er dennoch gut auskam. Seine Abneigung gegenüber Akiro ging weiter und hatte ganz persönliche Gründe, aber das konnte er gerade Sharice nicht erklären.

Glücklicherweise war in diesem Moment auch der zweite Rover fertig gewartet und aufgetankt, nachdem der erste sich bereits vor wenigen Minuten auf den Weg zur Ausgrabungsstelle gemacht hatte. Sie gingen auf das klobig wirkende Fahrzeug mit den großen Reifen zu.

Gewöhnlich wurden die kompletten Teams vom »Pferch« zu den Ausgrabungsstellen gebracht, wie irgendein Witzbold den selbst konstruierten Transporter wegen der darin herrschenden Enge getauft hatte. Er bestand aus nicht viel mehr als einem großen leeren Behälter mit Reifen und wurde nach dem Vorbild der Rover von einem Methan- und Sauerstoffverbrennungsmotor angetrieben. Ansonsten wären zu viele Touren nötig gewesen. Derzeit wurden jedoch die Mitglieder des zweiten Teams mit dem Pferch von ihrer Grabungsstelle zum Fundort gebracht, sodass sie auf die Rover ausweichen mussten.

Diese Gefährte hatten nichts mehr mit den gleichnamigen, kleinen Dreisitzern der alten Mars-Expedition gemein, von denen noch ein Exemplar im Museum der Kolonie stand. Sie waren wesentlich besser ausgerüstet als der Transporter und ursprünglich für längere Expeditionen entworfen worden. Deshalb gab es nicht nur behelfsmäßige Labore zur direkten Untersuchung etwaiger Funde, sondern auch eine eigene Luftversorgung an Bord. Die Fahrzeuge besaßen eine Reichweite von immerhin gut fünfhundert Kilometern und entwickelten je nach Gelände eine beachtliche Geschwindigkeit von bis zu fünfzig Stundenkilometern, nachdem findige Techniker an den Motoren einige Veränderungen vorgenommen hatten.

Neben dem Fahrer boten sie Platz für weitere drei Personen. Jetzt waren sie zu viert, wodurch der Platz zwar ziemlich beengt war und die Reichweite durch den höheren Sauerstoffverbrauch sank, doch ihr Ziel lag nur knapp hundert Kilometer entfernt und die Enge würden sie eine Weile schon aushalten. Bei den beiden anderen handelte es sich um Michelle Saintdemar und Roberto Gonzales, beide aus Akiros Team. Jeder von ihnen wäre in der Lage gewesen, den Rover selbst zu steuern, doch wegen der Unersetzlichkeit der beiden Gefährte übernahmen diese Aufgabe grundsätzlich speziell ausgebildete Fahrer.

Kaum hatten sie Platz genommen und die Einstiegsluke geschlossen, setzte sich der Rover in Bewegung, kam aber gleich darauf wieder zum Stehen. Sie befanden sich jetzt in der eigentlichen Schleusenkammer. Dort wurde zunächst der Sauerstoff abgepumpt, ehe sich das Außentor öffnete und sie ihre Fahrt fortsetzten.

Der Untergrund war ziemlich holprig, was nicht einmal die dicken Räder und die Federn ganz auffangen konnten, sodass sie ordentlich durchgeschüttelt wurden. Michael saß direkt neben Sharice. Bei jeder Erschütterung wurden sie gegeneinander gepresst, bis sie nach einigen Minuten plötzlich aufstand und sich kurz entschlossen auf seinen Schoß setzte.

»So dürfte es etwas bequemer sein. Oder hast du was dagegen?«

»Ganz und gar nicht«, behauptete Michael, obwohl er nicht sicher war, dass dies wirklich der Wahrheit entsprach. Er mochte Sharice Angelis nicht nur, sondern hatte sich ein bisschen in sie verliebt, wenn er sich selbst gegenüber ehrlich war. Ihre kühle, oft spöttische Art irritierte ihn jedoch. Auf freundschaftlicher Ebene kamen sie sehr gut miteinander aus, aber ob ihre

Gefühle für ihn darüber hinausgingen, dessen war er sich völlig unsicher. Es schien ihr geradezu Vergnügen zu bereiten, ihn zu reizen, um jeden entstehenden Flirt kurz darauf wieder abzuwürgen.

Und dann war da schließlich noch Akiro ...

»Sag Bescheid, wenn ich dir zu schwer werde. Ich will ja nicht, dass du durch mich zum Krüppel wirst.«

Michael verkniff sich eine Antwort. Er trieb viel Sport und war trotz seines hoch gewachsenen, schlanken Körperbaus ziemlich athletisch. Ein Fliegengewicht wie Sharice machte ihm kräftemäßig nicht das Geringste aus, was sie genau wusste.

»Sieht so aus, als hätte unser Team den Wettlauf gewonnen«, versuchte Michelle ein Gespräch in Gang zu bringen. »Oder habt ihr irgendwas Vergleichbares vorzuweisen?«

»Noch ist nicht gesagt, dass euer Fund wirklich etwas zu bedeuten hat«, konterte Michael. »Jeffrey hat nicht umsonst vor verfrühten Hoffnungen gewarnt.«

»Jeffrey warnt ständig davor«, warf Roberto abfällig ein. »Selbst wenn wir mitten in einer Stadt der Alten stünden, würde er noch behaupten, es könnte sich alles als eine Illusion erweisen.«

»Außerdem sollten wir nicht so tun, als würden wir uns ein Wettrennen liefern«, erhielt Michael überraschend Unterstützung von Sharice. »Beide Teams ziehen an einem Strang.«

»Die Aufteilung der Gebiete erfolgte rein zufällig. Es ist nicht euer Verdienst, dass ihr gerade dort gegraben habt«, ergänzte Michael. »Wir hätten diese Stelle ebenso gut bekommen können.«

Michelle grinste. »Nur würdet ihr dort wahrscheinlich immer noch den Sand um die Statue herum sieben, ohne etwas zu entdecken«, stichelte sie.

»Schluss jetzt«, sagte Sharice scharf. »Es ist völlig egal, wer die Entdeckung gemacht hat. Wichtig ist nur, dass es nicht wieder ein Fehlalarm ist. Aber ich denke schon, dass an der Sache etwas dran ist. Die Hinweise müssen schon ziemlich deutlich sein, sonst hätte Jeffrey nicht den sofortigen Aufbruch angeordnet.«

»Vielleicht liegt dort wirklich eine Stadt der Alten.« Michelles Gesicht nahm einen verträumten Ausdruck an. »Stellt euch mal vor, dass wir nach all den Jahren endlich Erfolg hätten.«

»Und dass vor allem mehr als nur ein paar Steinsäulen erhalten geblieben sind«, schränkte Roberto ein. »Wir brauchen endlich greifbare Ergebnisse. Am besten irgendwelche technischen Hinterlassenschaften.«

Sharice nickte. »Ich habe vorhin mit Michael darüber gesprochen. Er bezweifelt, dass irgendwelche Geräte nach so langer Zeit noch funktionieren können.«

»Auf der Erde bestimmt nicht, aber hier ... Ohne Sauerstoff kein Rost – oder was immer Metall sonst angreift«, entgegnete Roberto.

»Aber zumindest früher hat es eine Atmosphäre gegeben«, wandte Michael ein. »Wir sprechen immerhin von Milliarden von Jahren. Wenn irgendein Gerät vor dem Verlust der Sauerstoffatmosphäre auch nur ein paar tausend Jahre auf dem Mars gelegen hat, dürfte das mehr als ausgereicht haben, ihm den Garaus zu machen.«

»Wir werden ja sehen«, stellte Roberto fest. »Das hoffe ich zumindest. Deine Schwarzmalerei bringt uns jedenfalls nicht weiter.«

»Und blinder Optimismus auch nicht.«

Das Gespräch verebbte allmählich, da sie ohnehin nur Spekulationen anstellen konnten. Weitgehend schweigend verbrachten sie den Rest der Fahrt und hingen ihren Gedanken nach, während sie voller Ungeduld darauf warteten, dass sie ihr Ziel endlich erreichten.

Im Grunde seines Herzens hoffte auch Michael voller Inbrunst, dass seine Zweifel und Warnungen unbegründet waren. Auch wenn sie bislang kaum etwas über die Alten wussten, stand immerhin fest, dass es sich nicht um eine primitive Kultur gehandelt haben konnte. Einige Fundstücke waren eindeutig maschinell gefertigt worden.

Nach einiger Zeit verlangsamte der Rover endlich sein Tempo, und sie wurden vom Fahrer aufgefordert, ihre Schutzhelme aufzusetzen, was nichts anderes bedeutete, als dass sie ihr Ziel erreicht hatten.

Leider waren die Helme genau wie die Anzüge selbst ein zwar lästiges, aber unabdingbares Übel. In wenigen Jahrzehnten, wenn der jetzt bei nur rund vierhundert Hektopascal liegende Luftdruck sich weiter erhöht hatte, würde es möglich sein, auf bloße Atemmasken umzusteigen. Aber derzeit war das noch bloße Utopie. Die Dekompression wäre einfach zu groß.

Immerhin hatten sowohl die Helme wie auch die Anzüge kaum noch etwas mit der klobigen Schutzkleidung aus der Anfangszeit des irdischen Raumprogramms, von der Michael Bilder gesehen hatte, gemein. Bei ihren elastischen, hauteng sitzenden Modellen wurde der Druck nicht durch Gas, sondern durch Oberflächenspannung erzeugt. Das verringerte nicht nur das Gewicht erheblich, sondern bewirkte auch, dass sie sich fast ungehindert bewegen konnten.

Gleichzeitig übten die Anzüge noch eine weitere Schutzfunktion aus. In der dünnen Marsatmosphäre gab es kein Ozon. So gelangte die UV-Strahlung der Sonne fast ungefiltert bis zur Oberfläche und würde innerhalb kurzer Zeit zu schweren Verbrennungen und Hautkrebs führen.

Mit einem letzten Ruck kam der Rover zum Stehen. Sharice erhob sich als Erste, öffnete das Außenluk und sprang ins Freie. Michelle, Michael und Roberto folgten ihr gleich darauf, auch der Fahrer stieg aus.

Michael war mehr als nur gespannt, was sie erwarten würde.

Der andere Rover und auch der Pferch mit den Mitgliedern von Michaels Team waren bereits eingetroffen, sodass sich fast dreißig Menschen an der Grabungsstelle aufhielten. Aufgeregt miteinander redend standen die meisten in einem Pulk zusammen und versperrten den Blick auf das Objekt ihres Interesses.

Erst als Michael und die anderen näher herangingen, entdeckten sie das, was Jeffrey Saintdemar als eine Statue oder Stele bezeichnet hatte. Sie erhob sich inmitten einer kreisförmigen, mehrere Meter durchmessenden Senke, die inzwischen bis in eine Tiefe von gut drei Metern ausgehoben worden war.

Bereits auf den ersten Blick war zu erkennen, dass es sich in der Tat ohne jeden Zweifel um ein künstlich geschaffenes Objekt handelte. Es bestand aus Stein und war unregelmäßig geformt, als wäre es in sich selbst gedreht. An verschiedenen Stellen waren deutlich sichtbar unbekannte Schriftzeichen zu erkennen.

Akiro Braxton kam mit weiten Schritten auf Sharice zugeeilt. Sein Gesicht zeigte deutliche asiatische Züge, vor allem was die Augen betraf. Sein pechschwarzes Haar trug er zu einer Stoppelfrisur geschoren.

»Da bist du ja endlich«, erklang seine Stimme aus dem Außenlautsprecher des Helms. »Schade, dass du nicht da warst, als wir das Ding entdeckt haben. Du kannst dir nicht vorstellen, was hier für eine Stimmung herrschte.« Erst jetzt entdeckte er Michael. Für einen Moment verdüsterte sich sein Gesicht. »Hallo Michael«, sagte er kühl und nickte ihm zu, ehe er sich wieder Sharice zuwandte. »Komm mit, das musst du dir aus der Nähe ansehen.«

Besitz ergreifend legte er ihr den Arm um die Hüfte und führte sie fort. Sie sträubte sich nicht dagegen. Der Anblick versetzte Michael einen Stich und er ballte die Fäuste.

Mit seinen sechsundzwanzig Jahren war Akiro zwar extrem jung für einen Teamleiter, gleichzeitig aber war er acht Jahre älter als Sharice. Was fand sie bloß an ihm?

Ein paar Sekunden lang überlegte er, ob er sich den beiden einfach anschließen sollte, doch dann sah er José Gonzales, den Leiter seines Teams, ein Stück entfernt winken und ging stattdessen zu ihm hinüber.

»Es ist unglaublich, Michael«, stieß José aufgeregt hervor. Er war vierundvierzig, ein leicht dicklicher Mann mit angegrautem Haar, der mehr mit Händen und Füßen als mit dem Mund redete, wie jemand mal spöttisch behauptet hatte. Auch jetzt unterstrich er seine Worte durch wildes Gestikulieren. »Die größte Entdeckung, die wir bislang gemacht haben!«

»Ja, und Akiro führt sich auf, als ob sie allein sein Verdienst wäre.«

»Sei nicht so hart zu ihm. Er freut sich eben und ist aufgeregt wie wir alle.«

»Kein Grund, sich so aufzuspielen. Und wenn ich daran denke, dass wir für die nächste Zeit nun ihm unterstellt sind ... Du bist älter und erfahrener und hättest wesentlich mehr Anspruch auf die Leitung gehabt.«

»Aber sein Team hat nun mal die Entdeckung gemacht und wir sind nur zur Unterstützung hier.«

»Trotzdem ist er ein Angeber, der sich gerne aufspielt und wichtigtut. Wenn man mir die Leitung eines Teams anvertrauen würde, könnte ich es ebenso gut führen. Nicht, dass ich mich darum reißen würde, nur grundsätzlich. Jeder könnte das.«

José seufzte. »Ist es das: Neid? Deine Zeit wird kommen, Michael, aber nicht jetzt. Und täusche dich nicht in Akiro. Ich habe schon mit ihm gearbeitet, als du noch zur Schule gingst, und als unser Team gesplittet wurde, habe ich mich dafür eingesetzt, dass er seine Führungsposition bekommt. Er ist ein fähiger Mann und er erledigt seine Aufgaben sehr gut. Jetzt sind wir ihm für einige Zeit unterstellt – na und? Akiro hat mir bereits zugesichert, dass wir auch weiterhin weitgehend eigenständig arbeiten können. Wenn ich mich damit abfinden kann, warum du nicht auch?«

»Weil ich wahrscheinlich die nächsten Wochen krank im Bett verbringen werde«, stieß Michael hervor. »Mir wird nämlich schon schlecht, wenn ich ihn nur sehe.«

»Du kannst ihn nicht leiden, okay, das ist dein gutes Recht.« Josés Stimme wurde scharf. »Aber das ist kein Grund, dich wie ein trotziges Kind aufzuführen. Jetzt zählt nur, dass wir womöglich endlich an der Schwelle eines Erfolges stehen. Da bleibt keine Zeit für persönliche Streitereien. Also benimm dich gefälligst entsprechend, wenn du nicht willst, dass ich meine bislang recht hohe Meinung über dich ändere.«

Michael senkte den Kopf. Widerstrebend musste er zugeben, dass José völlig Recht hatte. Sein Verhalten war alles andere als professionell. Er schluckte und gab sich einen inneren Ruck.

»Die Kopfwäsche habe ich wohl verdient«, räumte er ein. »Also gut, ich werde alles in meiner Kraft Stehende tun, mit ihm zurechtzukommen und meine Arbeit nicht von Vorbehalten beeinflussen zu lassen. Auch wenn es nicht ganz einfach werden wird.«

»So gefällst du mir schon besser, Junge.« José schlug ihm auf die Schulter. »Komm, sehen wir mal nach, ob wir uns irgendwie nützlich machen können.«

Danach sah es im Moment allerdings nicht aus. Die Grabungen erstreckten sich auf ein gut zweihundert Meter durchmessendes Gebiet, doch waren sie außer an der Stele überall unterbrochen. Stattdessen standen die Leute nur in kleineren oder größeren Grüppchen zusammen und unterhielten sich.

Michael war versucht, diese Untätigkeit Akiro als Führungsschwäche anzukreiden, begriff dann aber, dass es so einfach nicht war. Im Augenblick waren alle viel zu aufgeregt, um ganz normal ihrer Arbeit nachzugehen. Alle Aufmerksamkeit galt der Stele. Es war besser, ihnen jetzt eine Weile Gelegenheit zu geben, ihre Gedanken auszutauschen. Schon bald würden sie ihre eigene Arbeit mit umso größerem Eifer von selbst wieder aufnehmen, in der Hoffnung, eine ähnliche Entdeckung zu machen.

Außerdem mussten ohnehin erst einmal neue Arbeitspläne für das nun doppelt so große Team erstellt werden, damit nicht alles im Chaos versank. Diese würden sicherlich nicht vor dem nächsten Tag fertig sein, dafür war alles zu überraschend gekommen.

»Alle scheinen fest zu glauben, dass die Stele zu einer Stadt gehört«, murmelte Michael.

»Warum sollte jemand so ein Gebilde mitten in der Einöde errichten?«, konterte José mit einer Gegenfrage. »Aber *du* scheinst nicht davon überzeugt zu sein.«

Michael Tsuyoshi zuckte die Achseln.

»Sie kann wer weiß was darstellen. Die Markierung für einen besonderen Platz – vielleicht wurde hier irgendwann eine Heldentat verübt, die auf diese Weise gewürdigt wurde. Oder es war eine heilige Stätte. Die müssen nicht immer unbedingt in der Nähe von Ansiedlungen liegen.«

»Wie ich sehe, hast du im Unterricht gut aufgepasst.« José lächelte. »Sicher, ist alles vorstellbar. Darüber kann uns erst die Untersuchung der Umgebung Aufschluss geben. Oder es gelingt uns, die Symbole zu entschlüsseln. Sie sind ziemlich gut erhalten. Das ist meiner Meinung nach der wichtigste Aspekt dieses ...«

Er brach ab, als plötzlich ein gellender Schrei ertönte. Panhu aus dem Haus Gonzales – einer der Männer, die damit beschäftigt waren, die Stele weiter freizulegen – hatte ihn ausgestoßen.

Der Boden unter ihm war plötzlich ins Rutschen geraten. Gerade noch hatte er auf fest erscheinendem Sand gestanden, nun schien dieser sich von einem Augenblick zum nächsten in Treibsand verwandelt zu haben.

Erschrocken begriff Michael, was geschehen war. Unter dieser Schicht musste sich ein Hohlraum befinden, dessen Decke beim Graben oder aufgrund der dabei entstandenen Erschütterungen durchstoßen worden war. Nun strömte der Sand wie in einer Sanduhr durch die Öffnung in die Tiefe. Dabei erzeugte er einen regelrechten Sog und riss alles mit sich.

Und wenn Panhu erst einmal in der Höhlung verschwunden war, würde es fast unmöglich sein, ihn in der begrenzten Zeit, die ihm durch den Sauerstoffvorrat blieb, wiederzufinden und zu retten.

Schon jetzt war er bis fast zur Hüfte eingesunken und rutschte immer tiefer. Gleichzeitig breitete der Effekt sich aus. Auch unter Pierre Saintdemar, der ihm am nächsten stand, schien sich der Untergrund in Gelee zu verwandeln.

Entsetzt kletterten die anderen in wilder Hast aus der Senke heraus, bevor auch sie von dem Sog erfasst werden konnten.

Alle übrigen wichen von dem Krater zurück, da von den Kanten immer neuer Sand in die Tiefe nachrutschte.

»Ein Seil!«, brüllte Michael, doch niemand reagierte auf seinen Ruf. Alle starrten wie gebannt auf das grausame Schauspiel.

Um sich in Felshöhlen herunterlassen zu können, gehörten einige Seile zur Standardausrüstung der Teams, doch Michael blieb keine Zeit, jetzt danach zu suchen. Er wusste, wo sich noch eines befand, und gleichzeitig kam ihm eine Idee.

So schnell er konnte, eilte er mit weiten Sprüngen auf einen der Rover zu, startete das Fahrzeug und fuhr es bis auf wenige Meter an den Krater heran. Auch die Rover führten stets ein Seil mit sich. Mehrfach hatten sie sich nur damit wieder befreien können, wenn der Boden unter ihnen plötzlich nachgab oder sie in weichem Untergrund zu versinken drohten.

Michael packte das mehr als fingerdicke Tau, sprang ins Freie und verknotete es an einem Haken an der Spitze des Rovers, ehe er das andere Ende sich selbst um die Brust schlang.

So abgesichert, sprang er mit einem entschlossenen Satz in die Senke hinunter.

Sofort ergriff auch ihn der Sog. Der Boden schien keinerlei Halt mehr zu bieten. Fast augenblicklich sank Michael bis zu den Knien ein und fühlte sich wie von gierigen Händen weiter in die Tiefe gezogen.

Panhu, der bereits bis zur Brust eingesunken war, schlug in wilder Panik um sich, beruhigte sich jedoch, als Michael ihn packte und er ihn erkannte. Auch Pierre kam wie durch zähen Schlamm mühsam zu ihnen herübergewatet und klammerte sich an ihm fest.

Durch das zusätzliche Gewicht sank Michael selbst in immer schnellerem Tempo ein. Der Sand reichte ihm bereits bis zur Brust, dann bis zum Hals. Nur noch Sekunden, und er würde in der weichen Masse untertauchen.

»Zieht uns mit dem Rover raus!«, brüllte er, aber irgendjemand war bereits in das Fahrzeug gestiegen und fuhr es langsam rückwärts.

Stück für Stück wurden sie aus der tödlichen Falle gezogen. Als ob der Sand seine bereits sicher geglaubten Opfer nicht mehr frei geben wolle, schien er sich noch fester an sie zu klammern. Ein weiteres Stück des Bodens brach ein, wodurch der Sog noch verstärkt wurde. Immer mehr gerade erst weggeschaufelter Sand rutschte von den Wänden nach.

Wenn jetzt das Seil riss ... Mühsam verdrängte Michael die schreckliche Vorstellung.

Er keuchte. Durch den Widerstand des Bodens und das Gewicht von insgesamt drei kräftigen Männern schnitt das Seil schmerzhaft unter den Achseln und um die Brust ein. Er bekam kaum noch Luft.

Mit den Beinen versuchte er sich abzustützen und den Aufstieg zu beschleunigen, aber er trat nur weiteren Sand los, der unter seinen Füßen wegrutschte. Vor seinen Augen begann sich alles zu drehen.

Obwohl es in Wahrheit ziemlich schnell ging, kam es ihm vor, als würden sie sich dem Kraterrand nur wie in Zeitlupe nähern. Schließlich jedoch befanden sie sich wieder auf festem Boden. Der Rover stoppte.

Am Ende ihrer Kraft blieben Michael und die anderen Männern liegen. Undeutlich sah er besorgte Gesichter, die sich über ihn beugten, und hörte Stimmen wie aus weiter Ferne. Irgendjemand löste den Knoten des Seils. Der schreckliche Druck auf seiner Brust verschwand. Endlich konnte er wieder atmen und sog keuchend die Luft ein.

Erst nach mehreren Versuchen gelang es ihm dank Sharice, die ihm hilfreich die Hand entgegenstreckte, sich aufzurichten.

»Das war eine sehr schnelle und mutige Reaktion«, lobte Jeffrey Saintdemar ihn, und José nickte bestätigend.

Auch Akiro trat zu ihm. Nachdem sie sich einige Sekunden lang gemustert hatten, streckte er ihm die Hand entgegen.

»Gut gemacht, Michael. Wir sind dir alle zu Dank verpflichtet.«

***

An diesem Abend feierte der gesamte archäologische Stab in der Mensa, doch auch viele der anderen Bewohner hatten sich eingefunden.

Mit Billigung von Jeffrey Saintdemar wurde an jeden sogar ein Glas Schnaps ausgeschenkt. Alkohol war in ihrer kleinen Gemeinschaft besonderen Anlässen vorbehalten. Das Obst, das die hydrophonischen Gärten lieferten, war streng limitiert und zu kostbar, um es dafür zu verwenden.

So wenig Michael von der Erde und den dortigen Gebräuchen hielt, aber was das Feiern anging, hatten die Terraner eindeutig mehr drauf. Den historischen Berichten zufolge gab es dort Alkohol in allen Geschmacksrichtungen (die meisten davon sicherlich sehr viel wohlschmeckender als das hier hergestellte Zeug) und unzählige Bars, die jeden Abend zum Feiern einluden. Hier hingegen …

Sicher, an diesem Abend war die an sich sehr kühl wirkende Mensa ein wenig geschmückt worden. Es gab Musik, doch die meisten Lieder aus den Archiven kannte Michael schon seit seiner Kindheit, und wirkliche Musiktalente hatte es unter den Marsianern bislang nicht gegeben. Ein paar hatten sich am Komponieren versucht, doch die Ergebnisse fielen … nun, recht gewöhnungsbedürftig aus.

Trotzdem wurde vereinzelt getanzt, doch die meiste Zeit stand oder saß man in Gruppen zusammen und unterhielt sich. Das häufigste Gesprächsthema waren freilich die Stelen, doch wurde Michael auch immer wieder auf seine Rettungsaktion angesprochen und dafür gelobt, bis es ihm geradezu peinlich wurde. Panhu wollte ihm sogar seinen Schnaps spendieren, doch das lehnte Michael entschieden ab.

Er fühlte sich keineswegs als Held, sondern hatte ohne groß nachzudenken einfach gehandelt. Hätte er ein paar Sekunden langsamer reagiert, wäre ein anderer wahrscheinlich auf dieselbe Idee gekommen.

»Ich habe dir doch gesagt, dass deine Zeit noch kommen wird«, sprach José ihn an, dem wohl nicht entgangen war, wie unwohl Michael sich zu fühlen begann. »Sei nicht so bescheiden, sondern freu dich über die Achtung, die man dir entgegenbringt. Das ist dein Hauptproblem: Einerseits möchtest du eine verantwortungsvollere Aufgabe, andererseits aber stehst du am liebsten unbemerkt in zweiter Reihe und spielst alles herunter, was du getan hast. So wird man nie auf dich aufmerksam. Wohl aber durch solche Taten wie heute Mittag. Mach so weiter und niemand wird dich mehr übersehen können, wenn es um irgendwelche Spezialeinsätze oder dergleichen geht.«

»Im Moment wäre ich schon zufrieden, wenn jemand Akiro zu einem Spezialeinsatz wegschicken würde«, brummte Michael und warf einen Blick zu dem Tisch hinüber, an dem dieser zusammen mit Sharice saß. Schon den ganzen Abend war er kaum von ihrer Seite gewichen und Michael nicht dazu gekommen, mehr als ein Dutzend Worte ungestört mit ihr zu wechseln.

José lachte. »Ich denke, dabei kann ich dir helfen. Sieh es als kleine Belohnung meinerseits für deine Heldentat. Es wird ein bisschen dauern, aber halte dich für ein schnelles Eingreifen bereit, sobald der richtige Moment gekommen ist. Ich kann ihn höchstens für ein paar Minuten ablenken.«

»Danke, José, das werde ich dir nie vergessen.«

»Schon gut Junge. Sieh lieber zu, dass du das Beste aus der Situation machst. Übrigens, die hydrophonischen Gärten bieten bei Nacht eine herrliche Aussicht auf den Sternenhimmel. Aber du weißt ja, dass es verboten ist, sie um diese Zeit zu besuchen, also hast du den Tipp auf keinen Fall von mir, klar?«

Bevor Michael noch etwas sagen konnte, ging der Teamleiter bereits zu Jeffrey hinüber. Stattdessen kam Michelle auf Michael zu und versuchte ihn in ein Gespräch zu verwickeln. Während er Sharice und Akiro immer wieder aus den Augenwinkeln beobachtete, gab er nur knappe, ausweichende Antworten. Nach kurzer Zeit verlor Michelle zu seiner Erleichterung das Interesse und zog weiter.

Wenige Minuten später war es so weit. Jeffrey winkte Akiro zu, der sofort aufstand, sich bei Sharice entschuldigte und zu ihm hinüberging.

Michael trat auf Sharice zu. »Sieht so aus, als wärst du versetzt worden.«

»Sieht so aus, als ob du nicht mal jemanden hättest, der dich versetzen könnte«, gab sie schlagfertig zurück.

»Nur ein paar Dutzend Verehrerinnen an jeder Hand, die dem angeblichen Helden des Tages gratulieren wollen. Du musst mich vor ihnen retten, sonst bin ich verloren.«

Sharice musste lachen und verschluckte sich prompt an dem Wasser, das sie gerade trank. Michael klopfte ihr auf den Rücken.

»Wenn du mir deine Hilfe verweigerst, erzähle ich ab jetzt jedes Mal einen Witz, sobald du trinken willst«, drohte er grinsend.

»Und wenn ich einverstanden bin, verwandelst du dich stattdessen wieder in einen lieben, braven Langeweiler? Unter den Umständen muss ich wohl ablehnen.«

»Wie meinst ...« Michael brach ab, als er erkannte, dass er genau das zu tun begann, wovon sie sprach. Sharice wollte sich amüsieren und Spaß haben, keine ernsthaften Gespräche führen. Genau diesen Spaß hatte Akiro ihr offenbar bislang nicht bieten können. Er witterte seine Chance.

»Das Alternativprogramm ist noch besser«, versprach er. »Mir schwebt eine Entführung an einen garantiert verbotenen Ort vor, wo wir allein im Licht der zwei Monde einen Spaziergang machen.«

»Etwas Verbotenes? Hm, klingt verlockend.« Genießerisch leckte sie sich über die Lippen. Michael begriff, dass sie von dem ungewohnten Alkohol so aufgekratzt war. Zwar hatte sie wie er selbst und alle anderen nicht viel getrunken, doch auch die geringe Menge zeigte schon Wirkung. »Aber du bist so ziemlich der Letzte, von dem ich so einen Vorschlag erwartet hätte. Seit wann tust du etwas Unerlaubtes?«

»Da sieht man es wieder: Du schätzt mich eben völlig falsch ein«, behauptete er. »Was ist nun, kommst du mit?«

»Natürlich. Ich lasse es mir doch nicht entgehen, mal entführt zu werden. Ich sage nur schnell Akiro Bescheid, dann –«

»Von wegen, dann ist es ja keine Entführung mehr«, fiel Michael ihr ins Wort, ergriff ihre Hand und zog Sharice von ihrem Stuhl hoch. »Er wird schon merken, dass du verschwunden bist. Seine Schuld, wenn er auch in seiner Freizeit Jeffrey und José für wichtiger hält als dich.«

»Stimmt eigentlich.« Sharice gab ihren Widerstand auf, hakte sich bei ihm unter und verließ zusammen mit ihm die Mensa. Ein paar verwunderte Blicke folgten ihnen. »So, und wohin jetzt?«, fragte sie, als die Tür hinter ihnen zugefallen war.

»Lass dich einfach überraschen.«

»Du machst mich richtig neugierig. Von dieser Seite kenne ich dich ja gar nicht.«

Vorbei an den Konferenzräumen und anderen Gemeinschaftseinrichtungen führte Michael sie in den Forschungstrakt mit den verschiedenen Laboren, in denen sie beide schon beträchtliche Zeit verbracht hatten, wenn sie nicht gerade auf irgendwelchen Ausgrabungsstellen arbeiteten. Niemand begegnete ihnen.

»Michael, du bist verrückt.« Angesichts der lastenden Stille um sie her flüsterte Sharice unwillkürlich. Sie klang nervös. »Wir haben um diese Zeit hier nichts mehr verloren. Ich dachte, du machst nur Spaß.«

»Mache ich ja auch.« Michael genoss es, dass sie plötzlich unsicher wurde, nachdem sie sich gerade von der Aussicht, etwas Verbotenes zu tun, so angesprochen gefühlt hatte. Ein wenig mulmig fühlte er sich allerdings auch. »Oder macht es dir plötzlich keinen Spaß mehr?«

Sharice antwortete nicht, und kurz darauf erreichten sie den Durchgang zu einem der hydrophonischen Gärten, der sich an den Forschungstrakt anschloss. Insgesamt gab es drei davon, so weit wie möglich voneinander entfernt an drei Seiten von Bradbury errichtet. Die vierte Seite musste frei bleiben, damit die Stadt weiter expandieren konnte.

Obwohl sie über hervorragende Anlagen zur Lufterneuerung und auch zum Recyceln von Lebensmitteln verfügten, waren sie auf Nachschub, den nur die Pflanzen liefern konnten, dringend angewiesen. Selbst wenn eine der Kuppeln durch irgendein Unglück beschädigt oder gar zerstört wurde, blieben die anderen durch diese Bauweise weiterhin intakt und konnten die Stadt mit Nahrung und vor allem Sauerstoff versorgen. Es sei denn, das Unglück wäre eine so gewaltige Katastrophe, dass voraussichtlich ohnehin niemand von ihnen überleben würde.

»Das also meintest du mit einem Spaziergang im Schein der zwei Monde. Michael, das ist wirklich lieb von dir, aber jetzt lass uns hier verschwinden. Wir werden eine Menge Ärger kriegen, wenn uns jemand erwischt.«

»Wer soll uns schon erwischen?« Michael öffnete die Außentür der Schleuse. Genau wie alle anderen war sie nicht verschlossen, aber obwohl frisches Obst ein äußerst begehrtes Gut war, hatte es noch nie einen Fall von Diebstahl gegeben. Ihre Gemeinschaft war auf Ehrlichkeit aufgebaut, anders wäre ein Zusammenleben auf so engem Raum überhaupt nicht möglich gewesen. Es kursierte die Legende von einem der Ursiedler, der wegen eines solchen Diebstahls ein Jahr lang von allen anderen ignoriert worden war. Eine grausame Strafe; Michael war sicher, dass die Geschichte nur als Allegorie erdacht worden war.

»Du wirst doch nicht plötzlich Angst vor der eigenen Courage bekommen?«, stichelte er. »Wo bleibt deine Abenteuerlust? Aber wenn du dich nicht mehr traust …«

»Hey, ich bin kein Feigling, falls du das damit sagen willst«, protestierte Sharice. »Was du dich traust, traue ich mich schon lange.«

Mit erhobenem Kopf schritt sie an ihm vorbei. Michael folgte ihr, schloss die äußere Schleusentür hinter sich und öffnete die innere. Staunend blickte er sich um.

Er hatte alle drei hydrophonischen Gärten schon oft besucht, doch das war bei Tage gewesen, während der offiziellen Öffnungszeiten. Jetzt aber hatte er das Gefühl, eine völlig fremde Welt zu betreten.

Die Kuppel aus speziellem Glas und Kunststoff, die sich hoch über ihm spannte, war kaum wahrzunehmen, sodass man das Gefühl hatte, im Freien zu stehen. Der Himmel war mit unzähligen winzigen Lichtpunkten gesprenkelt, wie man sie aufgrund der Atmosphäre wahrscheinlich nicht einmal in den wolkenfreisten Nächten auf der Erde sehen konnte. Phobos hing als unregelmäßig runde Scheibe am Firmament, Deimos war zurzeit leider nicht zu sehen.

Vor allem aber trugen zu dem fremdartigen Eindruck die zahlreichen Pflanzen bei. Schon bei Tage boten sie einen phantastischen Anblick, aber jetzt wirkten sie fast schon unheimlich. Nur vom Licht des Mondes beschienen, sahen sie wie düstere Scherenschnitte aus, die sich im künstlichen Wind, der von der Luftumwälzanlage erzeugt wurde, sanft bewegten. Bis auf das leise Wispern und Rascheln der Blätter war es totenstill.

»Das ist … wunderschön«, stieß Sharice hervor. »Wow, ich hätte nicht geglaubt, dass es hier so toll wäre. Viel beeindruckender als am Tage. Ich wünschte, wir wären schon so weit, dass es überall auf dem Mars so aussieht.«

»Das wird es eines Tages. Die Pflanzen passen sich an und mutieren. In nicht mehr allzu ferner Zukunft wird der Mars eine Welt mit einer Sauerstoffatmosphäre sein, in der es Wälder und Meere gibt, in der Tiere und Menschen sich frei bewegen können, ohne auf den Schutz von Gebäuden oder Anzügen angewiesen zu sein.«

»Für uns viel zu fern«, erwiderte Sharice. »Keiner von uns wird es mehr erleben, und du glaubst nicht, wie sehr ich das bedauere.«

»Aber unsere Nachkommen werden es«, sagte Michael. »Komm, lass uns ein Stück gehen.«

Hand in Hand schlenderten sie die Wege entlang bis zu einer Bank, auf der er auch tagsüber schon oft gesessen hatte. Sie nahmen darauf Platz und legten beide den Kopf in den Nacken, um zum Himmel hinaufzublicken.

»So viele Sterne«, murmelte Sharice versonnen. »Wenn man sich das anschaut und überlegt, welche gewaltigen Entfernungen uns von ihnen trennen, merkt man erst richtig, wie klein und unbedeutend man ist.«

»Nicht mehr ganz so klein und unbedeutend, wie es die menschliche Rasse noch vor hundert Jahren war«, widersprach Michael. »Wir selbst sind der Beweis dafür. Wir haben angefangen, den Weltraum zu besiedeln.«

»Sicher. Trotzdem dürfen wir nicht vergessen, wie zerbrechlich unsere Situation ist. Wir haben in den letzten Jahrzehnten mit viel Improvisationstalent überlebt, aber wir sind von so vielen Schutzvorkehrungen abhängig. Wenn nur ein paar davon ausfallen, können wir alle sterben. Das wird sich erst ändern, wenn wir klimatische Bedingungen geschaffen haben, in denen wir ohne Schutzanzüge und Sauerstoffflaschen überleben können.«

Als wären ihre Worte ein düsteres Omen gewesen, begannen die Alarmsirenen zu heulen, kaum dass Sharice geendet hatte.

* * *

Michael Tsuyoshi und Sharice Angelis schraken zusammen, als der Alarm ertönte, und sprangen auf. Zweimal kurz, einmal lang – das bedeutete Meteoritenwarnung und eine Aufforderung an alle Bewohner, sofort die unterirdischen Schutzbunker aufzusuchen.

»Los, raus hier!«, zischte Michael. Gemeinsam rannten sie auf den Ausgang zu.

Meteoriten bildeten eine der größten Gefahren für ihre kleine Siedlung. Die Atmosphäre des Mars war um ein Vielfaches dünner als die der Erde. Selbst kleine Splitter von Kieselgröße, die dort schon in den obersten Luftschichten verglüht wären, schlugen hier oft bis zum Boden durch.

Dabei drohte gerade von ihnen Gefahr. Die Wahrscheinlichkeit, dass ein wirklich großer Brocken auf Bradbury niederging, war glücklicherweise gering. Sollte es aber doch geschehen, würden auch Bunker sie nicht mehr schützen können; sie wären alle verloren.

Schauer kleinerer Asteroiden hingegen kamen immer wieder vor, auch in unmittelbarer Nähe. Und auch sie konnten schlimme Schäden anrichten, wenn sie Bradbury direkt trafen. Obwohl die Mauern so dick wie möglich gebaut waren, hielten die hauptsächlich als Baumaterial verwendeten Ziegelsteine einem direkten Einschlag nicht stand. Nicht einmal der recht minderwertige Stahl, den sie hier herstellen konnten, wäre dazu in der Lage gewesen.

Bereits mehrfach hatte es in den vergangenen Jahrzehnten direkte Treffer gegeben. Am schlimmsten waren dabei nicht einmal die unmittelbaren Verwüstungen, sondern der Verlust des Sauerstoffs, der durch das Leck sofort ins Freie entwich. Aus diesem Grund gab es zahlreiche Sicherheitsschotts, die die verschiedenen Bereiche Bradburys im Alarmfall sofort luftdicht abriegelten.

Michael erreichte die Schleuse als Erster und zerrte an dem Griff, um sie zu öffnen.

Nichts geschah.

Er zog mit aller Kraft, aber vergeblich. Die Tür aus Panzerglas bewegte sich kein bisschen.

»Verdammt!«, keuchte er, als ihm dämmerte, was das zu bedeuten hatte.

»Was ist los? Mach endlich auf«, drängte Sharice.

»Würde ich ja gerne, aber es geht nicht. Begreifst du nicht? Die Sicherheitsautomatik wurde durch den Alarm aktiviert. Offiziell ist niemand hier, da wir uns beim Eintreten nicht beim Zentralcomputer angemeldet haben. Und jetzt sind die Sicherheitsschotts und auch die Schleusen gesperrt.«

»Heißt das ... wir sitzen hier fest?« Mit weit aufgerissenen Augen starrte Sharice ihn an. »Aber ... hier gibt es keinen Schutzraum!«

»Das ist es ja gerade.« Mit aller Kraft kämpfte Michael gegen die Angst an, die auch von ihm Besitz ergriff, und zwang sich zur Ruhe.

Sharice gelang dies wesentlich schlechter als ihm. »So tu doch etwas!«, brüllte sie ihn an und packte ihn an den Schultern. »Du hast mich zu diesem bescheuerten Ausflug überredet, jetzt sieh zu, dass du uns hier wieder raus bringst! Wir müssen dem Computer irgendwie mitteilen, dass wir hier drin sind.«

»Aber das ist unmöglich«, erwiderte Michael. Das kleine Terminal befand sich auf der anderen Seite der Schleuse. Hätten sie sich vor ihrem Eintreten dort ordnungsgemäß angemeldet, würden sie jetzt nicht in diesen Schwierigkeiten stecken. Aber natürlich hatten sie darauf verzichtet, um Ärger zu vermeiden. »Beruhige dich erst mal.«

»Ich will mich aber nicht beruhigen, ich will hier raus! Hier gibt es weder einen Bunker noch Schutzanzüge. Wir werden verrecken, wenn irgendwas die Kuppel trifft und auch nur ein kleines Leck schlägt! Wir –«

Er nahm sie bei den Händen und sah ihr fest in die Augen. »Erinnere dich, Sharice! Was hat man uns als oberste Regel beigebracht? Panik führt zu nichts außer zu falschen Entscheidungen. Also beruhige dich!«

Sie nickte, atmete tief durch, dann hatte sie sich wieder unter Kontrolle. »Tut mir leid, mir sind die Nerven durchgegangen. Du hast ja Recht, Michael. Aber trotzdem müssen wir irgendwie hier raus.«

Die Gefahr, die sie beschwor, war durchaus real. Die drei gewaltigen Kuppeln machten flächenmäßig fast die Hälfte von Bradbury aus und überragten die übrigen Gebäude, weshalb sie besonders anfällig waren. Mehrfach schon waren sie getroffen worden, und obwohl die Lecks so schnell wie möglich abgedichtet worden waren, hatte es sich vor allem für die Fauna des Ökosystems verheerend ausgewirkt, während die meisten Pflanzen sich erstaunlich widerstandsfähig zeigten.

Ein Mensch hätte ohne künstliche Sauerstoffversorgung keinerlei Überlebenschance.

»Da!«, stieß Sharice hervor und deutete nach oben. Mehrere feurige Streifen waren am Himmel zu sehen, die sich rasch näherten.

Sie presste sich an Michael, so wie er sich an sie klammerte. Wenn sie sterben würden, dann gemeinsam. Ein eisiger Schauer durchlief ihn, und er hatte das Gefühl, die Furcht würde ihm die Luft abschnüren.

Er bedauerte zutiefst, dass Sharice durch ihn in diese Lage geraten war. Es hatte ein harmloses Vergnügen werden sollen, ein bisschen Romantik und Nervenkitzel, doch jetzt war tödlicher Ernst daraus geworden.

Gebannt verfolgte er die Bahn der Feuerstreifen. Es waren vier, doch keiner von ihnen kam direkt auf die Kuppel zu. Michael konnte nicht sehen, wo sie einschlugen, die Bäume und Büsche versperrten ihm die Sicht, aber es konnte nur wenige hundert Meter entfernt sein. Er spürte die Erschütterungen des Bodens.

Zwei weitere Feuerstreifen tauchten am Horizont auf, gleichzeitig nahm er aus den Augenwinkeln eine Bewegung wahr und fuhr herum. Wie ein Gespenst war José Gonzales aus dem dämmrig erleuchteten Korridor vor der Schleuse aufgetaucht und tippte einen Code in das Terminal.

Michael griff noch einmal nach der Schleusentür, und diesmal ließ sie sich mühelos öffnen. Hastig eilte er mit Sharice in die kleine Kammer, zog die Tür hinter sich zu und öffnete die andere. Weitere Erschütterungen brachten den Boden zum Beben.

»José, dich schickt der Himmel!«, rief Sharice. »Wie –«

»Kommt schon, wir müssen in den Bunker«, fiel ihr José ins Wort.

Gemeinsam liefen sie los. Die Forschungslabors besaßen einen eigenen Schutzraum, dessen Eingang nicht weit entfernt war.

»Ich … hatte mir schon gedacht, wo ihr seid«, erklärte José keuchend, während sie die Treppe hinunterhetzten. Michael war ihm dankbar, dass er Sharice nicht verriet, dass die Idee zu dem Mondscheintreffen eigentlich von ihm stammte. »Und mir fiel ein, dass die Sicherheitsautomatik wahrscheinlich den Ausgang verriegeln würde. In dieser Patsche konnte ich euch doch nicht stecken lassen.«

Während der Boden vor einem neuerlichen, diesmal deutlich heftigeren Einschlag erschüttert wurde, erreichten sie den Bunker, der ebenfalls durch eine Schleuse gesichert war. Sharice öffnete die Tür und wenige Sekunden später befanden sie sich in zumindest relativer Sicherheit.

Aufatmend lehnten sie sich gegen die Wand.

* * *

Die Bunker besaßen meterdicke, mit mehreren Schichten Stahl verstärkte Wände, in denen es außerdem dünne Hohlräume gab, die die Stabilität noch weiter förderten, sogar bei Erdbeben. Auch die Decke war mit dicken Schichten aus Stahl gesichert. Ein Meteorit, der hier durchdrang, müsste schon so groß sein und mit solcher Wucht aufschlagen, dass er ohnehin große Teile Bradburys vernichten und sie somit ihrer Lebensgrundlage berauben würde.

»Von dir hatte Michael also die Idee mit dem hydrophonischen Garten«, nahm Sharice das Gespräch wieder auf und bewies, dass sie José durchschaut hatte. »Ich habe mir gleich gedacht, dass er nicht selbst darauf gekommen ist, aber dass ausgerechnet du dahintersteckst, hätte ich nicht vermutet.«

»Wieso hätte ich denn nicht selbst auf die Idee kommen können?«, protestierte Michael und bemühte sich, die gelegentlich bis hier durchdringenden Erschütterungen zu ignorieren.

»Dafür kenne ich dich zu gut«, behauptete Sharice. »Du hältst dich viel zu sehr an die Regeln. Nicht aus Angst, sondern weil du zu vernünftig bist, um nur aus Abenteuerlust zu handeln.«

Michael antwortete nicht. Wahrscheinlich hatte Sharice sogar Recht, und obwohl sie wohl nicht so gemeint waren, empfand er ihre Worte dennoch als Vorwürfe. Auf jeden Fall hatte der Abend, der sich so hoffnungsvoll entwickelt hatte, in einer mittleren Katastrophe geendet. Er hoffte nur noch, dass der Alarm rasch aufgehoben würde, damit er sich schlafen legen und alles vergessen konnte.

»Auf jeden Fall war es sehr mutig von dir, dass du uns befreit hast«, wandte sich Sharice wieder an José und gab ihm einen Kuss auf die Wange. »Danke.«

»Ich bin dir zwar genauso dankbar, aber einen Kuss bekommst du von mir nicht«, sagte Michael mit einem verkniffenen Grinsen.

»Den würde ich auch gar nicht …« José brach ab, als eine ungeheuer harte Erschütterung durch den Boden lief. Obwohl sie sich im Schutzraum befanden, schoss die Angst erneut in ihnen hoch.

»Das … muss verdammt nahe gewesen sein«, sagte Sharice nach ein paar Sekunden. Sie war sichtbar blasser geworden und hatte die Fäuste geballt.

Michael nickte nur stumm und presste die Zähne zusammen. Der Einschlag war nicht nur in unmittelbarer Nähe erfolgt, er war sich fast sicher, dass Bradbury selbst getroffen worden war. Egal, welche Sektion davon betroffen war, es bedeutete eine Katastrophe. In jedem Fall gab es Verwüstungen, möglicherweise sogar Verletzte oder Tote, denn auch die Schutzräume vermochten keinen absoluten Schutz zu bieten.

Eine knappe Minute später wurde seine Befürchtung zur Gewissheit. Ein weiterer Sirenenton verkündete das Ende des Alarmzustandes, doch gab es nur eine teilweise Entwarnung: Es drohte keine unmittelbare Gefahr mehr, doch die Bunker durften nur in Schutzkleidung verlassen werden. Demzufolge musste es Schäden gegeben haben und mindestens ein Abschnitt ohne Sauerstoff sein. Eine Lautsprecherdurchsage verkündete, dass es sich um den Laborbereich handelte.

Sharice zuckte zusammen.

»Das ist direkt über uns! Davon sind wir betroffen!«

»Allerdings. Deshalb schlage ich vor, dass Michael und ich erst mal allein nachschauen gehen«, erklärte José. Er wollte noch mehr sagen, doch Sharice funkelte ihn zornig an.

»Kommt überhaupt nicht in Frage. Wozu haben wir drei Anzüge?«, protestierte sie und öffnete einen Wandschrank. Zur Ausstattung jedes Bunkers gehörten drei Schutzanzüge komplett mit Sauerstofftanks. Lediglich in dem größeren Bunker unter dem Wohnbereich befand sich die dreifache Menge. »Wir sind zusammen in diese Lage geraten, und ich werde ganz bestimmt nicht hier herumsitzen und warten, während ihr nachseht, wie schlimm die Verwüstungen sind.«

»Lass sie«, riet Michael, während er einen Schutzanzug auffing, den sie ihm zuwarf. »Wenn sich Sharice etwas in den Kopf gesetzt hat, gibt es nichts, das sie davon abbringen könnte.«

José gab sich geschlagen. Ohne weitere Diskussion zogen sie sich aus und schlüpften in die hautengen, elastischen Anzüge. Prüderie war in einer so kleinen Notgemeinschaft wie ihrer Siedlung fehl am Platze. Obwohl er sie schon mehrfach nackt gesehen hatte, warf Michael einen Seitenblick zu Sharice und bewunderte einen Moment lang ihren schlanken, makellosen Körper, sah aber rasch wieder weg, als sie seinen Blick bemerkte.

Schließlich schnallten sie sich die Flaschen mit dem Atemgemisch um und kontrollierten, ob alles richtig saß, ehe sie mit bangen Gefühlen den Bunker durch die Schleuse verließen.

Michaels Furcht, dass der Ausgang durch herabgebrochene Trümmer blockiert sein könnte, erwies sich glücklicherweise als unbegründet. Es war schon vorgekommen, dass nach einem Treffer der Aufstieg versperrt gewesen war und die Eingeschlossenen stundenlang auf ihre Befreiung hatten warten müssen.

Die elektrische Beleuchtung war ausgefallen, sodass sie ihre Helmscheinwerfer einschalteten.

Unbeschadet erreichten sie das Erdgeschoss. Auch hier sah auf den ersten Blick alles unversehrt aus. Das Gebäude hatte also immerhin keinen schweren Volltreffer abbekommen. Das Messgerät an seinem Handgelenk zeigte Michael jedoch, dass die Luft um sie herum nicht atembar war, also musste es irgendwo zumindest ein Leck geben.

Sie entdeckten es, als sie dem Gang folgten, der um die im Zentrum des Gebäudes angeordneten Labors herum führte. Auf der anderen Seite war das Bild ein völlig anderes.

Ein Teil des Daches war herabgebrochen und die Außenwand auf einer Breite von mehreren Metern vollständig verschwunden. Überall lagen Trümmer herum, doch der Schaden sah weitaus schlimmer aus, als er tatsächlich war. Der Meteorit musste das Gebäude zwar mit ungeheurer Wucht getroffen haben, sodass das Dach und die Wand explosionsartig zerborsten waren, aber er hatte es anscheinend nur in ziemlich flachem Winkel gestreift und war erst ein gutes Stück entfernt in den Boden eingeschlagen.

Über Funk gab José Informationen über den Schaden an die Zentrale weiter. Kurze Zeit später trafen weitere Teams ein.

Schaudernd dachte Michael daran, was passiert wäre, wenn der Meteorit nicht das Flachdach des Forschungstraktes, sondern die direkt angrenzende, ungleich höhere Kuppel des hydrophonischen Gartens getroffen hätte. Bei dem Aufprallwinkel hätte er die Kuppel vermutlich nicht glatt durchschlagen, sondern sie komplett auseinandergerissen. Die gesamte Anlage wäre verloren gewesen, denn eine Reparatur hätte sich über Monate hingezogen. So lange vermochte nicht eine der dort gezüchteten Erdpflanzen ungeschützt in der Marsatmosphäre zu überleben.

Trotz allem hatten sie noch einmal unwahrscheinliches Glück im Unglück gehabt.

* * *

Michael blieb nur noch so lange, bis die Entscheidung getroffen wurde, mit der Ausbesserung der Schäden erst bei Tagesanbruch zu beginnen, da keine direkte Gefahr drohte. Der Entschluss kam ihm sehr gelegen, denn er verspürte nicht die geringste Lust auf eine zusätzliche Nachtschicht. Nach der überstandenen Aufregung verspürte er nur noch den Wunsch, sich in seine Koje zu verziehen.

Wegen der Reparaturen am Forschungstrakt, bei denen alle mithalfen und die deshalb bereits am selben Abend abgeschlossen werden konnten, ruhten die Ausgrabungsarbeiten am nächsten Tag. Dafür wurden sie während der folgenden Tage mit Hochdruck vorangetrieben.

Der Hohlraum dicht neben der Stele erwies sich leider nicht, wie mancher bereits gehofft hatte, als der Einstieg in ein verschüttetes Gebäude oder dergleichen, sondern als eine ganz normale unterirdische Höhle.

Immerhin hatte der Unfall ihnen allen die ständigen Gefahren der Grabungen wieder drastisch vor Augen geführt. Entsprechend vorsichtiger wurde nun vorgegangen.

Mittlerweile war die Stele vollständig frei gelegt. Auch der untere Teil war mit Symbolen bedeckt, deren Entschlüsselung allerdings in weiter Ferne lag. Mehr noch: Insgesamt vier weitere gleichartige Stelen waren entdeckt und ausgegraben worden. Aber das war bislang ihre einzige Ausbeute gewesen. Behausungen oder gar Maschinen hatten sie nicht entdeckt, was die anfängliche Euphorie beträchtlich dämpfte. Längst herrschte schon wieder eine ganz normale nüchterne Arbeitsatmosphäre.

Immerhin hatte die Zusammenlegung der Teams selbst Michael deutlich weniger Probleme bereitet als ursprünglich befürchtet. Widerstrebend musste er anerkennen, dass Akiro seine Aufgabe wirklich auf eine Art erfüllte, die wenig Anlass für Klagen bot. Obwohl beide Teams seiner Leitung unterstanden, konnten sie in der Tat weitgehend unabhängig arbeiten. Natürlich mussten ihre Aktionen koordiniert werden, aber jede Gruppe hatte grundsätzlich ihren eigenen Bereich und grub an anderen Stellen.

Lediglich während der Pausen war diese Trennung vollständig aufgehoben. An jedem Tag fand Michael mehr Gelegenheit, Sharice zu sehen und zu sprechen, als sonst manchmal in einer ganzen Woche. Doch er war sich nicht sicher, ob er darüber wirklich glücklich sein sollte. Stets hielt sich Akiro in ihrer Nähe auf, und selbst wenn Michael mit ihr allein war, fühlte er sich von diesem beobachtet. Der nächtliche Ausflug in den hydrophonischen Garten wurde von ihr nicht mehr erwähnt, und auch Michael hütete sich, dieses Thema zur Sprache zu bringen.

Schon vorher war unverkennbar gewesen, dass Akiro sich für Sharice interessierte, aber jetzt bekam Michael es hautnah mit, und das versetzte ihm einen Stich nach dem anderen.

Noch vor einer Generation wäre eine solche Verbindung wegen des Altersunterschiedes auf allgemeine Ablehnung gestoßen, da Kinder neben der Arbeitskraft das Wertvollste waren, was jeder von ihnen in die Gemeinschaft einbringen konnte. Mittlerweile jedoch hatte ihre Kolonie eine Größe erreicht, die ein weiteres forciertes Wachstum nicht mehr überlebensnotwendig machte. Vieles sah man inzwischen sehr viel gelassener.

Anfangs war Michael entschlossen gewesen, nicht einfach zurückzustecken, sondern um Sharice zu kämpfen, doch er fand keinen Erfolg versprechenden Weg dafür. Schließlich konnte er Akiro schlecht zu einem Faustkampf herausfordern, und er würde sich höchstens lächerlich machen, wenn er nun seinerseits ebenfalls bei jeder Gelegenheit wie ein verliebter Gockel um Sharice herumstrich. Akiro saß momentan einfach am längeren Hebel.

Stattdessen stürzte er sich wie ein Besessener in die Arbeit. Die anstrengenden Grabungen lenkten ihn nicht nur ab, sondern verschafften ihm auch ein Ventil für seinen Zorn und Frust. Gegen Abend war er meist so erschöpft, dass er schon während der Rückfahrt nach Bradbury fast einschlief.

Acht Tage nach der Entdeckung der ersten Stele war nicht nur seine persönliche Laune, sondern die Stimmung allgemein auf den Tiefpunkt gesunken. Die Funde hatten Begeisterung und Hoffnungen geweckt, die sich nun nach und nach in Enttäuschung verwandelt hatten.

Während der Fahrt hatte Michael miterleben müssen, wie Akiro wieder einmal ganz offen mit Sharice geflirtet hatte, und sich nach der Ankunft sofort an die Grabungen in dem ihm für diesen Tag zugewiesenen Abschnitt gemacht. Mit einer Mordswut im Bauch legte er eine Anhäufung von Felsbrocken immer weiter frei, fast ohne darauf zu achten, was genau er tat.

Es dauerte eine ganze Weile, bis er bemerkte, dass sich neben ihm nicht mehr nur Fels befand. Er hatte den bogenförmigen oberen Teil einer Höhlung im Fels freigelegt, die zumindest ein, zwei Meter tief sein musste, da beständig Sand aus der Öffnung nachsickerte.

Verblüfft hielt Michael inne. Er ließ die Schaufel sinken und strich mit der Hand über die Rundung. Sand rieselte herab, und plötzlich spürte er eine Unebenheit unter seinen Fingern. Aufgeregt wischte er mehr von dem zu einer dünnen Kruste zusammengepappten Sand beiseite. Mehrere Symbole ähnlich denen, die sich auf den Stelen befanden, kamen darunter zum Vorschein.

Hastig kletterte Michael aus der Grube, die er gegraben hatte.

»Kommt alle her!«, rief er. »Ich habe etwas gefunden!«

Erst dann begriff er, dass die meisten anderen viel zu weit entfernt waren, als dass sie ihn hören konnten. Er aktivierte das kleine in seinen Helm integrierte Funkgerät und wiederholte seinen Ruf.

José Gonzales war einer der Ersten, die bei ihm eintrafen. Obwohl er und die anderen Michael mit Fragen löcherten, antwortete er auf keine davon, sondern wartete, bis auch die letzten erschienen. Dabei stand er so weit von der Grube entfernt, dass man die Höhlenöffnung und die Schriftzeichen von hier aus nicht sehen konnte.

»Jetzt rück schon mit der Sprache raus: Was hast du entdeckt?«, verlangte Akiro, der als einer der Letzten eintraf, zusammen mit Sharice, wie Michael sehr wohl registrierte. Aber nicht einmal das konnte ihm im Moment die Hochstimmung verderben.

Er ging zu der Grube hinüber; die anderen folgten ihm.

»Wie wär's mit einer durch Schriftzeichen gekennzeichneten Höhle, vielleicht sogar einem Stollen?«, sagte er grinsend und genoss für einen Moment Akiros verblüfftes Gesicht, ehe er zur Seite trat und den Blick auf seinen Fund frei gab.

Gemurmel klang auf, und alle drängten herbei, um die Entdeckung genauer betrachten zu können.

»In der Tat, das könnte *wirklich* bedeutsam sein«, räumte Akiro ein. »Ohne Zweifel Schriftzeichen derselben Art wie auf den Stelen. Viele der Symbole sind identisch, ich erkenne sie wieder.«

José griff nach Michaels Schaufel und stieß sie ein paar Mal kräftig in den Sand des Stollens. Immer mehr davon rutschte heraus, aber es war kein Ende abzusehen.

»Anscheinend völlig verschüttet«, stellte er fest. »So hat das keinen Sinn. Wir werden eine größere Grube ausheben und sie absichern müssen.«

Akiro nickte. »In Ordnung, veranlasse alles Nötige. Du hast meine volle Unterstützung. Wenn es Schwierigkeiten gibt, wende dich an mich.«

Diese Worte nötigten selbst Michael Respekt ab. Er hatte erwartet, Akiro würde alles in die eigenen Hände nehmen, sich als Chef aufspielen und auf diese Art versuchen, sich selbst möglichst viel Anteil an dieser Entdeckung zuzuschieben.

Es war beachtlich, dass er José und dessen Team stattdessen weiterhin die Verantwortung überließ und sich zurückhielt.

Allerdings war die Organisation bei José auch in hervorragenden Händen.

Drei Mann halfen Michael beim Graben, während gleichzeitig Stahlbleche und Träger herbeigeschafft wurden, um die rasch tiefer werdende Grube abzusichern, damit nachrutschendes Erdreich die Arbeiten nicht behinderte.

Binnen weniger Stunden hatten sie den Eingang schließlich komplett freigelegt. Er besaß die Form eines Halbbogens und maß in der Höhe wie der Breite knapp zweieinhalb Meter.

Nun stand auch fest, dass es sich tatsächlich um den Einstieg eines Stollens von gleichem Durchmesser handelte. Die Wände bestanden aus so glatt geschliffenem Gestein, dass sie nur künstlich bearbeitet sein konnten. In sanfter Neigung führte der Stollen in die Tiefe, doch hatte er sich anscheinend komplett mit Sand gefüllt, den sie nun mühsam abtragen mussten.

Was mit jedem Meter, den sie weiter vordrangen, schwieriger wurde. Schwitzend und keuchend schafften sie das Erdreich mit Eimern ins Freie, wo sie außerhalb der Grube ausgeleert wurden.

Bis zum Abend, als das Signal für die allgemeine Rückkehr nach Bradbury gegeben wurde, waren sie rund zwanzig Meter weit vorgedrungen. Die Hoffnung, dass nur der vordere Teil des Stollens verstopft wäre, hatte sich nicht erfüllt. An einer Stelle hatten sie weitere Symbole an einer Wand entdeckt, ansonsten wies der Stollen keinerlei Besonderheiten auf.

An diesem Abend hörte Michael nur äußerst ungern mit der Arbeit auf. Er spürte, dass sie einer wirklich bedeutsamen Entdeckung auf der Spur waren; einer Entdeckung, die den Fund der Stelen weit in den Schatten stellen würde. Möglicherweise erwartete sie am Ende des Stollens wirklich der Eingang zu einer Station der Alten.

Am liebsten hätte er die ganze Nacht weitergegraben, aber

er sah ein, dass das unsinnig gewesen wäre. Seine Kräfte waren erschöpft. In spätestens ein paar Stunden würde er vor Erschöpfung einfach nicht mehr können und vermutlich auch den gesamten nächsten Tag über ausfallen, wenn er sich nicht etwas Ruhe und Schlaf gönnte.

Noch konnte niemand abschätzen, wie lang der Stollen war. Vielleicht befanden sie sich bereits dicht vor seinem Ende oder zumindest dem Ende des mit Sand gefüllten Teils – ebenso gut aber konnte er sich auch noch Dutzende oder gar Hunderte Meter weiter fortsetzen. Vielleicht würde der kommende Tag ihnen endgültig Klarheit verschaffen …

* * *

Genau wie die anderen, die mit ihm im Stollen arbeiteten, gehörte Michael der ersten Gruppe an, die am nächsten Morgen zur Ausgrabungsstätte fuhr. Alle Mitglieder beider Teams auf einmal zu transportieren, hätte auch die Kapazität des Pferchs überstiegen.

Obwohl ihn die Neugier antrieb und ihn, genau wie die anderen, die Hoffnung aufs Höchste motivierte, dem Ziel ihrer jahrelangen Bemühungen endlich ein entscheidendes Stück näher zu kommen, fiel Michael die Arbeit an diesem Morgen zunächst ziemlich schwer. Offenbar hatte er sich am Vortag doch übernommen. Ein heftiger Muskelkater plagte ihn und machte jede Bewegung zu einer Qual. Dennoch ließ er nicht locker, sondern mühte sich verbissen ab, bis die Schmerzen schließlich verschwanden.

Um die Mittagsstunde, als er gerade zwei weitere Eimer mit Sand ins Freie bringen wollte, hörte er hinter sich plötzlich ein fremdartiges, dumpfes Geräusch.

»Ich glaube, hier ist etwas«, stieß Kim Gonzales aufgeregt hervor. Er rammte seinen Spaten noch ein paar Mal in das Erdreich vor sich und jedes Mal ertönte aufs Neue das Geräusch. »Klingt nicht wie Stein, eher wie Metall.«

Michael ließ die Eimer fallen und griff wieder nach seiner eigenen Schaufel. Gemeinsam trugen sie die Spitze des Sandhügels so weit ab, bis im Lichtstrahl des Scheinwerfers deutlich ein metallenes Hindernis zu erkennen war.

»Geh und benachrichtige José und Akiro«, wies Michael einen seiner Mitarbeiter an, da die Funkwellen ihrer schwachen Helmsender nicht durch die Tonnen von Gestein um sie herum dringen würden.

Zusammen mit Kim schaufelte er den Sand nun einfach beiseite. Um den Abtransport konnten sie sich später kümmern.

Bis José und Akiro bei ihnen eintrafen, hatten sie das Hindernis vollständig freigelegt. Es handelte sich tatsächlich um eine Wand aus Metall, wie die Tür eines Tresors. Allerdings war nirgends ein Handrad oder irgendein anderer Öffnungsmechanismus zu entdecken.

Vor allem aber war das Metall noch in tadellosem Zustand. Es zeigte nicht die geringsten Witterungseinflüsse oder Verfallsspuren, als wäre es erst vor wenigen Wochen und nicht vor Urzeiten eingebaut worden.

Als Michael jetzt noch einmal mit der Schaufel dagegenklopfte, gab es einen Widerhall. Dahinter musste sich also ein Hohlraum befinden.

Sie standen an der Türschwelle zur Hinterlassenschaft der Alten, daran gab es für Michael keinerlei Zweifel. Sein Herz schlug wie wild.

»Die Wände. Sucht die Wände ab!«, befahl Akiro, nachdem er den Fund ausgiebig betrachtet und abgetastet hatte, ohne auch nur eine feine Unebenheit zu entdecken. »Es *muss* irgendwie zu öffnen sein, welchen Sinn hätte so ein Schott sonst? Haltet Ausschau nach einem Hebel, einem Knopf, meinetwegen einem Schlitz für eine Datenkarte oder einer Konsole zum Eintippen eines Codes.«

Ihre Bemühungen waren vergeblich. Obwohl sie jeden Quadratzentimeter sorgsam abtasteten, darauf drückten und an jedem noch so winzigen Vorsprung zu ziehen oder ihn sonst wie zu bewegen versuchten, passierte nichts. Mit einer kleinen Handschaufel klopfte Michael die Wände sogar systematisch ab, um irgendwelche verborgenen Hohlräume zu entdecken, doch es half nichts.

»Verdammt!«, knurrte er und trat kräftig gegen das Schott. »So dicht vor dem Ziel und nun bekommen wir diese verfluchte Tür nicht auf. Es kann doch nicht alles umsonst gewesen sein!«

»So weit ist es noch lange nicht«, widersprach José. »Irgendwie werden wir das Ding aufbekommen, und sei es mit Gewalt.«

»Es muss noch andere Möglichkeiten geben.« Nachdenklich kratzte Akiro sich am Kopf. »Dieses Ding ist offenbar ziemlich massiv. Aber ich bin überzeugt, dass die Alten es auf ziemlich einfache Weise öffnen konnten.«

»Vielleicht durch ein Codewort oder sonst irgendein akustisches Signal«, warf Kim ein und stützte sich auf seinen Spaten. »Oder durch einen magnetischen Impulsgeber oder irgendetwas in der Art, das die Alten bei sich trugen. Es gibt viele Möglichkeiten. Ein solches Schloss kann im Inneren des Schotts verborgen sein. So lange wir den Schlüssel nicht kennen, können wir herumexperimentieren, bis wir schwarz werden. Oder es lässt sich überhaupt nur von innen öffnen. Vielleicht sollten wir es aufsprengen.«

»Davon will ich nichts hören«, erklärte Akiro. »Gewalt wenden wir erst als letztes Mittel an. Wir können nicht wissen, was hinter dem Tor liegt, welche Schäden wir anrichten und welche Gegenmaßnahmen wir damit womöglich auslösen.«

»Gegenmaßnahmen?« Verblüfft starrte Michael ihn an.

»Für eine einfache Haustür kommt mir das Ding ein bisschen *zu* massiv vor«, entgegnete Akiro gedehnt. »Es könnte sich auch um eine militärische Station oder irgendetwas in dieser Art handeln. Und wir können nicht ausschließen, dass sie dann entsprechend gegen unbefugtes Eindringen geschützt wurde. Selbstschussanlagen, verborgene Fallen, möglicherweise sogar eine Selbstvernichtungsautomatik ... Alles Weitere überlasse ich eurer Fantasie.«

Erschrockenes Schweigen folgte seinen Worten. Auch Michael musste zugeben, dass diese Gefahr nicht völlig von der Hand zu weisen war. Er glaubte spüren zu können, wie er eine Spur blasser wurde.

Bislang waren sie stets davon ausgegangen, dass das Erbe der Alten irgendwo unter Sand und Gestein verborgen lag und nur darauf wartete, dass sie es entdeckten und analysierten. Dass noch irgendwelche Schutzvorkehrungen existieren könnten, um genau dies zu verhindern, daran hatte zumindest er bislang keinen Gedanken verschwendet.

Außer Schwarzpulver, das sie für die Ausgrabungen zusammenmischten, besaßen sie selbst keinerlei Waffen. Schließlich waren ihre Vorfahren auf einer reinen Forschungsmission zu einem unbewohnten öden Planeten gewesen.

Sicherlich wären sie in der Lage, irgendwelche einfachen Projektilwaffen selbst herzustellen, aber das würde Zeit erfordern, und es bliebe mehr als fraglich, ob sie damit eventuelle hochmoderne Sicherheitsvorkehrungen ausschalten könnten.

Spätestens die Existenz dieses Schotts, dem selbst die Jahrmilliarden nichts hatten anhaben können, bewies, dass die Alten eine höhere Zivilisationsstufe erreicht haben mussten.

Ihnen blieb nur zu hoffen, dass sich Akiros düstere Befürchtungen nicht bewahrheiten würden.

***

In den folgenden Tagen versuchten sie mit den unterschiedlichsten Mitteln, dem Tor zu Leibe zu rücken.

Damit nicht die Gefahr bestand, dass sie irgendetwas übersahen, wurde zunächst der Stollen so gründlich von allem noch verbliebenen Sand gereinigt, dass man vom Boden hätte essen können. Anschließend hatten sie Boden, Decke und Wände des gesamten Stollens mehrfach Zentimeter für Zentimeter genauestens abgesucht, ohne irgendetwas zu finden.

Es war wie verhext.

Selbst einige wahrlich verrückt klingende Ideen probierten sie aus, solange diese auch nur die kleinste Hoffnung auf Erfolg versprachen. So hatten sie die Tür mit Licht von Infrarot bis Ultraviolett bestrahlt, mit Schallwellen jedweder Frequenz und schließlich mit jeder Art von Strahlung, die sie künstlich erzeugen konnten.

Nichts davon hatte auch nur die geringste Wirkung gezeitigt.

Schließlich hatte Jeffrey Saintdemar widerstrebend die Erlaubnis zu einem gewaltsameren Vorgehen gegeben, doch selbst dieses stieß auf Schwierigkeiten. Sie hatten versucht, Proben des Schotts zu entnehmen, um sie im Labor zu untersuchen, aber das Material, aus dem das Tor bestand, erwies sich als so unglaublich hart, dass es all ihren Bemühungen trotzte. Es gelang ihnen nicht einmal, auch nur einen kleinen Span davon abzukratzen.

Eigenmächtig hatte Michael schließlich mit einem großen Hammer und sogar mit einer Hacke so fest er konnte mehrfach gegen das Schott geschlagen. Es widerstand seiner Brachialgewalt, ohne auch nur eine kleine Delle oder wenigstens einen Kratzer davonzutragen.

Auch der Versuch, es aufzuschweißen, scheiterte. Unter der Hitze ihres stärksten Schneidbrenners verfärbte sich das Metall ein wenig dunkler, das war der einzige Effekt.

All ihre Bemühungen schienen vergeblich. Das Schott stellte ein Hindernis dar, an dem sie sich die Zähne auszubeißen drohten.

Der Gedanke, dass sie so dicht vor einem Erfolg scheitern könnten, nur weil die Alten bei der Metallverarbeitung einfach ein bisschen *zu* gut gewesen waren und ihre Geheimnisse *zu* gut abgesichert hatten, trieb vor allem Michael fast in den Wahnsinn, aber er war mit Sicherheit nicht der Einzige, dem es so erging. Überall war die Stimmung gedrückt; sogar außerhalb des archäologischen Teams war dies zu bemerken. Viele hatten große Hoffnungen für eine Verbesserung der Lebensumstände in Bradbury an die Entdeckung von Hinterlassenschaften der Alten geknüpft.

Am Abend des fünften Tages, seit er den Stollen entdeckt hatte, wurde Michael, als er niedergeschlagen von der Ausgrabungsstelle zurückkehrte, überraschend in den Konferenzraum gerufen. Seine Überraschung vergrößerte sich noch, als er feststellte, dass außer Akiro, José und Jeffrey Saintdemar, der dem Rat angehörte, auch die vier restlichen Ratsmitglieder ihn dort erwarteten. Der Rat, der sich aus Vertretern aller fünf Familien zusammensetzte, war das oberste Gremium, das über alle Belange von Bradbury entschied.

Ben Braxton war bereits Mitte siebzig und übte sein Amt als Vorsitzender des Rates seit mehr als fünfzehn Jahren aus. Körperlich merkte man ihm das hohe Alter an – er ging gebeugt und musste sich seit einiger Zeit sogar auf einen Stock stützen –, doch geistig war er immer noch hellwach. Wenn Michael jemals jemanden getroffen hatte, auf den der Begriff *weise* in jeglicher Form zutraf, dann handelte es sich um Ben.

Rechts von ihm saß Shao Tsuyoshi. Auch sie war bereits über sechzig und gehörte dem Rat seit vielen Jahren an. Trotz ihres Alters und ihrer ziemlich streng zusammengesteckten grauen Haare war sie noch immer eine attraktive Frau. Während Ben als Pragmatiker bekannt war, der alle Argumente sorgsam gegeneinander abwog und auf ihre Durchführbarkeit überprüfte, galt sie eher als Visionärin. Insofern ergänzten die beiden sich hervorragend.

Auch Maria Gonzales war in einem bereits gesetzten Alter. Mit ihren achtundfünfzig Jahren hatte sie aber – bedingt durch ihre Leibesfülle, die hier auf dem Mars ungewöhnlich und auf eine Drüsenerkrankung zurückzuführen war – noch immer ein straffes, jugendlich wirkendes Gesicht mit einem herzlichen Lächeln.

Abgerundet wurde das Trio durch Natasha Angelis. Mit ihren gerade erst sechsundzwanzig Jahren gehörte sie dem Rat erst seit dieser Wahlperiode an. Ihre Zugehörigkeit zu dem verantwortungsvollen Gremium war gerade wegen ihrer Jugend umstritten. Sie war angetreten mit dem Motto, neue Ideen und frischen Wind in den Rat zu bringen, und hatte damit vor allem die Stimmen vieler jüngerer Siedler des Hauses Gonzales gewonnen. Genau wie Michael betrachtete sie Bradbury nicht als eine Kolonie der Erde – sollte es irgendwann wieder zu einem Kontakt kommen –, sondern als ein völlig eigenständiges Staatswesen.

Entsprechend wenig schätzten sie und Akiro sich gegenseitig, was sie Michael wiederum noch sympathischer machte. Ihr Gesicht mit den schmalen Lippen und dem energischen Kinn verriet Energie und Tatkraft. Manche hatten sie bereits als kalten Engel bezeichnet, doch wurden ihre strengen Gesichtszüge durch die blonden, in sanften Locken bis zu ihren Schultern fallenden Haare etwas gemildert.

»Setz dich«, forderte Jeffrey ihn auf und wartete, bis er Platz genommen hatte. »Wie du dir denken kannst, sind wir zusammengekommen, um zu beratschlagen, was wir im Hinblick auf das Metallschott noch unternehmen können, nachdem alle unsere bisherigen Bemühungen fehlgeschlagen sind. Wir dachten, als Entdecker des Stollens solltest du an dieser Beratung teilnehmen.«

»Wenn ich kurz zusammenfassen darf, dann besteht dieses Tor also aus einem Metall, das härter als jedes andere ist, das wir bislang kennen«, ergriff Natasha das Wort. »Und damit auch härter als jeder Gegenstand, den wir herstellen können, um es doch noch zu knacken. Dieser Weg scheidet also aus. Und da auch alle anderen Versuche, es ohne Gewaltanwendung zu öffnen, gescheitert sind – wie sieht es mit einer Sprengung aus? Wäre das eine Option, es zu zerstören?«

Es dauerte einen Moment, bis Michael begriff, dass die Frage an ihn gerichtet war. Er hatte angenommen, es wäre eine rein formale Geste, dass man ihn zu diesem Treffen eingeladen hatte. Deshalb hatte er sich eigentlich zurückhalten und anhören wollen, was die anderen zu sagen hatten, um selbst nur dann das Wort zu ergreifen, wenn man ihm keine andere Wahl ließ.

Dass dieser Zeitpunkt schon gleich zu Beginn kommen würde, hatte er nicht erwartet. Offenbar wollte man jedoch, dass er sich völlig gleichberechtigt an der Diskussion beteiligte. Vermutlich hatte Natasha genau deshalb die Frage gerade an ihn gerichtet, obwohl auch José oder Akiro sie ebenso gut hätten beantworten können.

»Nun, was ist?«, erkundigte sie sich. »Michael, du hast die meiste Zeit in dem Stollen verbracht und dürftest ihn am besten kennen.«

»Ich glaube nicht, dass Sprengen eine diskutable Möglichkeit darstellt«, erwiderte er zögernd. »Das Gestein ist von zahlreichen Rissen durchzogen. Es besteht zwar keine akute Einsturzgefahr, aber eine so heftige Explosion, wie sie nötig wäre, würde mit Sicherheit alles zusammenbrechen lassen.«

»Die Trümmer ließen sich anschließend wegräumen«, warf Maria Gonzales ein. »So weit ich informiert bin, handelt es sich doch nur um einen kleinen Hügel.«

»Wir gehen davon aus, dass die Ebene früher wesentlich tiefer lag und sich erst im Laufe der Zeit mit Sand und Geröll gefüllt hat«, erklärte Akiro, der sich wohl zurückgesetzt fühlte. »Vermutlich war die gesamte Ebene sogar mit Wasser bedeckt, Teil eines Meeres, das ausgetrocknet ist. Es könnte sich also um eine unterseeische Anlage gehandelt haben.«

»Vielen Dank für die Belehrung, aber uns interessiert eigentlich weniger, wie es damals war, sondern wie es heute aussieht«, entgegnete Natasha spitz.

Michael lächelte flüchtig. »Vergessen wir nicht, dass der Stollen abwärts geneigt ist. Das Schott befindet sich in fast dreißig Meter Tiefe. Eine Sprengung würde es unter so vielen Tonnen Gestein begraben, dass unsere Enkel noch beschäftigt wären, sie zu beseitigen.« Er schüttelte den Kopf. »Nein, über diese Option sollten wir erst nachdenken, wenn wirklich alles andere gescheitert ist.«

»An diesem Punkt sind wir doch wohl inzwischen, deshalb sitzen wir ja hier zusammen«, behauptete Akiro.

»So pauschal kann man das nicht sagen«, widersprach Ben bedächtig. »Wir sind hier, um über eventuelle neue Strategien zu beraten. Es gibt mehr Wege, ein Haus zu betreten, als durch die Tür. Jeffrey, du bist mit einer entsprechenden Idee an mich herangetreten.«

Der Leiter des archäologischen Stabes räusperte sich.

»Meine Idee beruht darauf, die Tür gewissermaßen aus den Angeln zu heben«, berichtete er. »Läge unser Ziel nicht in solcher Tiefe, könnten wir versuchen, es von einer anderen Seite aus zu erreichen, wo es vielleicht nicht so gesichert ist. Aber mit unseren Mitteln würde es viele Jahre dauern, uns durch diese Mengen von Gestein einen zweiten Stollen zu graben. Aber wir könnten versuchen, das Gestein abzutragen, in das das Tor eingebettet liegt. Es ist deutlich weicher als das Metall des Schotts.«

Einen Moment herrschte Stille.

»Alternativ könnten wir auch versuchen, das Hindernis zu umgehen«, ergänzte Jeffrey. »Wir bohren eine Abzweigung um das Schott herum, die uns direkt in den dahinter liegenden Raum führt.«

»Eine ähnliche Idee kam mir auch schon«, sagte José. »Wenn man nicht mit dem Kopf durch die Wand kommt, muss man versuchen, die Wand zu umrunden. Die Frage ist nur, ob die Statik innerhalb des Stollens so etwas aushält. Michael, dazu kannst du uns wohl am ehesten etwas sagen.«

Michael hatte befürchtet, dass die Frage an ihn weitergereicht würde, und er fühlte sich ziemlich unbehaglich dabei. Zwar musste er letztlich nicht die Entscheidungen treffen, aber was er sagte, würde diese beeinflussen. Der Druck der Verantwortung war unangenehm hoch. Es ging nicht nur um den Erfolg ihrer Arbeit, sondern möglicherweise sogar um Leben und Tod.

»Ich kann nicht besonders viel dazu sagen«, gestand er. »Sicher, in den letzten Tagen habe ich mehr Zeit in dem Stollen als sonst irgendwo verbracht, aber das bedeutet nicht, dass ich ihn wirklich kenne. Wir haben keine Experten für Statik. Der Fels sieht recht stabil aus, aber das muss nicht viel besagen. Es kann alles gut gehen, aber jede Erschütterung kann auch einen Zusammenbruch bedeuten.«

»Wenn es der einzige Weg ist, müssen wir das Risiko eingehen.« Akiro beugte sich auf seinem Stuhl vor und stützte die Ellbogen auf den Tisch. »Selbst im schlimmsten Fall wird wohl kaum der ganze Berg einstürzen, sodass wir die Trümmer später immer noch wegräumen können.«

Fassungslos starrte Michael ihn an. Was seine berufliche Qualifikation betraf, so hatte Akiro in den letzten Tagen bei ihm eine Reihe von Pluspunkten gesammelt, die er jedoch durch seine leichtfertige Bemerkung jetzt auf einen Schlag wieder verspielt hatte. Sicherlich waren ihm die Worte nur so herausgerutscht, ohne dass er die Konsequenzen bedacht hatte, aber ein solcher Fehltritt durfte gerade einem Teamleiter nicht passieren.

»Zusammen mit den Leichen der Menschen, die darunter begraben liegen?«, fragte Natasha Angelis scharf. »Denn irgendwer muss die Grabungen ja durchführen. Leider haben wir keine Maschinen, die das für uns erledigen.«

An Akiros erschrockenem Gesichtsausdruck war abzulesen, dass er daran tatsächlich nicht gedacht hatte. Gleichzeitig verrieten die bestürzten Gesichter der anderen, dass er in ihrer Achtung gesunken war.

»Von dieser Seite habe ich dich bislang noch nie erlebt, Akiro«, sagte Shao in einem Tonfall, der einer verbalen Ohrfeige gleichkam. »Liegt dir so viel daran, dass ausgerechnet unter deiner Leitung die Hinterlassenschaften der Alten gefunden werden? Ist es dieser Ruhm, auf den es dir so sehr ankommt, dass du dafür alles andere vergisst?«

»Nein, ich ...«, setzte Akiro zu einer Verteidigung an, doch mit einer knappen Geste schnitt Shao ihm das Wort ab.

»Ich glaube, es hat wenig Sinn, wenn wir jetzt weiter darüber diskutieren, solange uns keine genaueren Informationen vorliegen. Ich schlage deshalb vor, dass der Stollen morgen erst einmal möglichst genau auf seine Stabilität hin untersucht wird, dann sehen wir weiter.«

Die anderen Ratsmitglieder stimmten ihrem Vorschlag zu, womit die Sitzung beendet war. Akiro war der Erste, der fast fluchtartig den Raum verließ.

* * *

Am nächsten Vormittag ruhten die Arbeiten im Stollen, dennoch herrschte dort rege Aktivität. Michael hielt sich zusammen mit Kim Gonzales darin auf.

Er hatte Kim ausgewählt, weil der seines Erachtens das beste Gespür für die Statik von Gestein besaß. Schon mehrfach, wenn sie in unterirdische Grotten vorgedrungen waren, hatte er sie vor Einsturzgefahr gewarnt und bislang fast immer Recht behalten. Es schien fast, als besäße der drahtige, kleinwüchsige Eurasier mit der Stoppelfrisur eine Art sechsten Sinn dafür.

Sie untersuchten jeden Riss, klopften immer wieder die Wände und die Decke ab und lauschten genau auf die entstehenden Geräusche. So primitiv ihr Vorgehen auch war, andere Möglichkeiten standen ihnen nicht zur Verfügung.

Schließlich hatten sie drei Stellen gefunden und markiert, an denen die Gefahr eines Einsturzes ihnen besonders groß erschien. Diese sollten durch Träger abgestützt werden. Die größte Sorge bereitete Michael, dass eine der kritischen Stellen ziemlich nahe bei dem Schott lag, also genau dort, wo sie arbeiten würden. Vor allem hier mussten besondere Sicherheitsvorkehrungen getroffen werden.

Er berichtete José, Akiro und Jeffrey vom Ergebnis ihrer Untersuchungen, die sofort zustimmten, alles seiner Meinung nach Notwendige in die Wege zu leiten.

Akiro verhielt sich an diesem Tag außergewöhnlich still. Ihm steckte offenkundig noch in den Knochen, was für einen schlechten Eindruck er am vergangenen Abend bei den Mitgliedern des Rates hinterlassen hatte.

Während des Nachmittags und den gesamten folgenden Tag hindurch beaufsichtigten Michael und Kim die Maßnahmen, die zur Sicherung der besonders gefährdeten Stellen unternommen wurden.

Glücklicherweise hatte sich der Marsboden als ziemlich reich an Rohstoffen erwiesen, und in direkter Nähe von Bradbury waren mehrere ergiebige Erzadern entdeckt worden. Gerade da sie kein Holz besaßen, hatte sich Metall in nahezu allen Bereichen als einer der wichtigsten Grundstoffe für sie erwiesen.

Zwar lag die Produktivität des mit notdürftigen Mitteln errichteten Stahlwerkes nicht besonders hoch, und fast alles Material wurde zum Ausbau der Siedlung benötigt, aber speziell für Fälle wie diesen waren in den vergangenen Jahren eine ganze Reihe von Trägern und Stützen vorproduziert worden, sodass ihnen genug davon zur Verfügung standen. Am liebsten hätte Michael sogar den gesamten Stollen abgestützt, doch dafür wiederum reichten ihre Ressourcen bei weitem nicht aus.

»Nun, was meinst du?«, erkundigte er sich, als er nach Abschluss der Arbeiten alle anderen hinausgeschickt hatte und den Stollen zusammen mit Kim ein letztes Mal inspizierte.

»Sieht alles korrekt aus. Besser bekommen wir es wohl nicht hin.«

Michael musterte ihn. »Das klingt nicht gerade begeistert.«

»Da hast du wohl Recht. Unsere Möglichkeiten sind einfach zu begrenzt. Das Risiko bleibt trotz allem hoch. Sieh es dir doch nur mal an: Ein paar Träger, Stützen und Platten, um die Decke zu stabilisieren. Im Grunde ist das doch alles nur Flickwerk. Es wird ein bisschen sich lösendes Geröll abfangen, aber glaubst du ernsthaft, es würde viel bringen, wenn das Gestein wirklich ins Rutschen gerät? Wir sprechen von einigen tausend Tonnen Fels über unseren Köpfen.«

»Du hältst es also für zu gefährlich?«

»Ob *zu* gefährlich, das will ich nicht sagen, aber zumindest können wir die Gefahr nicht ausschließen, und sie ist nicht nennenswert kleiner geworden.« Kim zuckte die Achseln. »Auf der Erde würde wahrscheinlich niemand in einem solchen Stollen auch nur laut zu husten wagen. Wir aber wollen hier ganze Wände durchbrechen! Es ist und bleibt Wahnsinn, ganz egal, wie viele Schönheitskorrekturen wir noch vornehmen.«

Zögernd nickte Michael. »Vermutlich hast du Recht, und ich werde deine Bedenken weitergeben. Glaub mir, auch ich würde vieles lieber tun, als ausgerechnet in diesem verdammten Stollen an einem Durchbruch zu arbeiten. Aber ich fürchte, es ist der einzige Weg. Unser ganzes Leben hier besteht aus Risiken, und was sich hinter dem Schott befindet, könnte so wichtig für uns sein, dass es sich lohnt, dafür jedes Wagnis einzugehen.«

»Was sich hinter dem Schott befindet ...«, wiederholte Kim gedehnt und ließ seinen Blick zu der Metallwand hinüberschweifen. »Im Grunde denke ich genauso wie du, aber schon vor ein paar Tagen ist mir eine Idee gekommen, die mich seither nicht mehr loslässt.«

»Dann spuck sie schon aus, spann mich nicht auf die Folter.«

»Wir gehen die ganze Zeit davon aus, dass die Alten das Schott eingebaut haben, um ihre dahinterliegenden Hinterlassenschaften vor unbefugten Eindringlingen zu schützen«, erklärte Kim und machte eine Pause. »Aber was ist, wenn es in Wahrheit dazu diente, *sie* vor etwas zu schützen, das sich dahinter befindet und nicht wieder herauskommen soll?«

Michael fühlte, wie eine Gänsehaut über seinen Rücken rann. Erschrocken blickte er Kim an, dann ließ auch er seinen Blick instinktiv zu dem Schott hinüberwandern.

»Brrr, du hast vielleicht Ideen«, sagte er. »Aber das ist wohl doch ziemlich weit hergeholt. Und außerdem – selbst wenn es damals irgendwelche Ungeheuer gab, die die Alten dort eingesperrt haben, sind sie nach all der Zeit mit Sicherheit tot und zu Staub zerfallen.«

»Ist wohl anzunehmen«, bestätigte Kim. Etwas leiser fügte er hinzu: »Jedenfalls hoffe ich es.«

* * *

»Geh kein zu großes Risiko ein, hörst du«, sagte Sharice so leise, dass es außer Michael niemand hören konnte. Sie zögerte einen Moment, dann umarmte sie ihn und küsste ihn auf die Wange. »Komm unverletzt wieder zurück und bring mir ein hübsches Souvenir der Alten mit.«

Michael lächelte. Ihn freute nicht nur Sharices Sorge um ihn, sondern auch das wie versteinert wirkende Gesicht Akiros, der die Umarmung beobachtet hatte.

»Ich werd mich bemühen. Und jetzt benehmt euch nicht alle so, als ob wir zu einem Himmelfahrtskommando unterwegs wären.«

Abrupt wandte er sich um, stieg die Leiter in die Grube am Fuß des Hügels hinunter und betrat zusammen mit Kim den Stollen.

»So was macht einem wirklich Mut: Die verabschieden uns, als wäre es ein Wunder, wenn wir wieder herauskämen«, brummte er. »Letzte Gelegenheit für dich, wenn du es dir doch noch anders überlegen willst.«

»Ich habe gesagt, dass wir das zusammen durchziehen, und dazu stehe ich auch«, erwiderte Kim.

Am vergangenen Abend hatte Michael noch einmal mit den Leitern der Teams und den Ratsmitgliedern gesprochen. Er hatte berichtet, dass alles vorbereitet wäre, aber auch die Bedenken nicht verschwiegen, die sowohl Kim wie auch er selbst bezüglich der Gefahren hegten.

Schließlich hatte der Rat entschieden, dass man das Risiko eingehen wolle, und es ihm freigestellt, ob er es selbst tun wolle. Anderenfalls würde man andere Freiwillige suchen.

Michael hatte zugesagt. Um nicht mehr Leben als unbedingt nötig in Gefahr zu bringen, wollte er nur einen Begleiter mitnehmen, und er hatte Kim gefragt, ob dieser bereit wäre, ihm zu helfen.

»Denkst du, ich überlasse einem anderen den ganzen Ruhm?«,

hatte der Eurasier geantwortet. »Außerdem kann man dich ja sowieso nicht allein lassen.«

Mittlerweile war Michael nicht mehr sicher, ob es wirklich richtig gewesen war, ausgerechnet Kim zu fragen. Sie hatten die gesamte Absicherung des Stollens gemeinsam geplant, weshalb dies nahegelegen hatte. Wahrscheinlich wäre Kim sogar beleidigt gewesen, wäre er übergangen worden. Aber er lebte fest mit einer Frau zusammen und hatte zwei Kinder im Alter von zwei und drei Jahren. Wenn ihm etwas zustieß, würde Michael sich das nicht verzeihen können.

Aber jetzt war es ohnehin zu spät. Kim hatte seine Entscheidung getroffen, und jeder Versuch, ihn jetzt noch umzustimmen, wäre vergeblich. Dafür kannte Michael ihn mittlerweile gut genug.

Sämtliche Werkzeuge, die sie benötigten, hatten sie am Vortag schon bereitgelegt. Ohne weitere Worte ergriffen sie jeder einen Hammer und einen Meißel und begannen damit, beiderseits des Tores auf das Gestein einzuschlagen.

Es handelte sich um ziemlich harten Fels, der ihren Bemühungen starken Widerstand entgegensetzte und ihnen viel Kraft abverlangte. Dabei wollten sie zunächst nur herausfinden, wie tief der Rahmen des Schotts im Felsen verankert war.

Mit dem Meißel einen kleinen Gesteinsbrocken nach dem anderen wegzuschlagen, erwies sich als eine höllische Plackerei. Michaels Plan, das Werkzeug wie einen Keil in den Zwischenraum zwischen Metall und Fels zu treiben, um dann größere Stücke herausbrechen zu können, erwies sich als undurchführbar.

Er warf einen fast sehnsüchtigen Blick zu der Spitzhacke, die ein Stück entfernt an der Wand lehnte. »Mit dem Ding ginge es wesentlich schneller, und dem Schott würde es auch nichts ausmachen.«

»Ich habe auch schon daran gedacht«, gab Kim zu. »Aber es

würde die Gefahr erhöhen. Wir sollten nicht jetzt schon Brachialgewalt anwenden, so lange es auch anders geht.«

»Ja, anstrengender und wie in Zeitlupe«, brummte Michael, sah aber ein, dass Kim Recht hatte. Abgesehen von einer Sprengung würde kaum etwas die Stabilität des Stollens mehr erschüttern, als der Einsatz einer Spitzhacke oder eines Vorschlaghammers. Die Schläge würden sich durch das gesamte Gestein fortpflanzen.

Mühsam schlugen sie also weiterhin kleine Brocken, meist kaum größer als ein Fingernagel, aus der Felswand. So sehr sie sich auch abmühten, die Arbeit schien einfach nicht voranzugehen. Als Michael nach Stunden ein paar Minuten Pause einlegte, hatte er erst eine Fläche des Torrahmens frei gelegt, die ungefähr so groß wie ein Teller war.

»Ich glaube, ich bin durch!«, stieß Kim plötzlich hervor.

Mit zwei großen Schritten war Michael bei ihm. Auch Kim hatte noch nicht viel mehr als er geschafft, sich aber auf einen schmaleren Streifen beschränkt, der entsprechend länger war.

Er schlug noch einige lockere Felsstückchen heraus, dann war deutlich die Abschlusskante des Schotts zu erkennen, an die sich nur noch Gestein anschloss.

»Etwa ein halber Meter«, schätzte Michael die Länge, bis zu der das Schott in den Fels ragte. »Okay, also machen wir auf deiner Seite weiter. Wenn wir Glück haben, müssen wir nur eine verhältnismäßig dünne Gesteinsschicht durchstoßen.«

»*Wenn* wir Glück haben«, erwiderte Kim. »Aber sie kann auch ebenso gut ein, zwei Meter dick sein oder womöglich sogar auf der Innenseite mit Metall ausgekleidet. Dann können wir uns die Zähne daran ausbeißen.«

»Das liebe ich so an dir: deinen stets aufmunternden Optimismus«, brummte Michael. »Also los, machen wir weiter.«

* * *

In den vergangenen Tagen waren drei weitere Stelen entdeckt worden, eine davon nur knapp hundert Meter vom Eingang des Stollens entfernt. Zusammen mit mehreren Kollegen war Sharice damit beschäftigt, sie vollständig freizulegen, obwohl sie sich insgeheim fragte, welchen Sinn das noch haben sollte.

Anfangs hatten sie alle die Stelen als bedeutenden Fund betrachtet, doch im Prinzip waren sie nutzlos. Abgesehen von variierenden Schriftzeichen glichen sie einander völlig.

Ihre bislang einzige Bedeutung bestand in dem Beweis, dass die Alten einst an dieser Stelle gewesen waren. Ohne die Stelen und die erheblich intensivierten Grabungen in diesem Gebiet wäre der Stollen womöglich nie entdeckt worden.

Damit hatten sie ihre Aufgabe aber im Grunde schon erfüllt. Bis man die Schriftzeichen entschlüsselt hatte – an denen sich die Wissenschaftler bislang vergeblich versucht hatten –, spielte es keine Rolle, ob sie unter dem Wüstensand noch weitere Stelen fanden. Wichtig war jetzt allein der Stollen.

Genau wie die anderen verrichtete Sharice ihre Arbeit deshalb entsprechend lustlos. Fast mechanisch half sie mit, die Grube rund um die Stele zu vertiefen und den Sand an die Oberfläche zu befördern. In Gedanken war sie jedoch ganz woanders.

Sie gönnte Michael aus vollem Herzen den Erfolg und beneidete ihn gleichzeitig darum, doch sie machte sich auch Sorgen. Wenn er hinter dem Schott wirklich eine noch intakte Station der Alten fand, würde dies ihrer aller Leben von Grund auf verändern.

Sharice wünschte, sie könnte dabei mithelfen, in das Schott einzudringen, anstatt hier blödsinnig Sand zu schippen. Sicher, die Arbeiten im Stollen waren extrem gefährlich, aber das schreckte sie nicht. Sie wünschte, Michael hätte sie anstelle von Kim ausgewählt, doch sie wusste, dass seine Entscheidung nicht anders hatte ausfallen können. Mit seinem Gespür für die

Belastbarkeit von Gestein war Kim genau der Richtige für diese Aufgabe.

Sharice gönnte sich eine kurze Pause, als sie eine weitere Wanne mit Sand und Geröll gefüllt hatte, die nun an die Oberfläche gezogen und dort ausgeleert wurde. Die Bedingungen, unter denen sie arbeiteten, und die Hilfsmittel, die ihnen zur Verfügung standen, waren erbärmlich primitiv. Mit Baggern und anderen Maschinen, wie es sie den Datenbänken im Computerarchiv zufolge auf der Erde gab, hätten sie die Arbeiten binnen weniger Stunden erledigen können.

Umso stolzer war sie jedoch darauf, dass sie sich auch so zu helfen wussten – und das mit nicht geringem Erfolg. Ein altes irdisches Sprichwort besagte, dass Not erfinderisch machte, und das galt hier auf dem Mars mehr als sonst irgendwo. Seit ihre Vorfahren zum ersten Mal ihren Fuß auf den Boden des Roten Planeten gesetzt hatten, war ihr Leben von Improvisation und dem Kampf gegen lebensfeindliche Bedingungen geprägt gewesen, unter denen viele ein Überleben für schlichtweg unmöglich gehalten hätten.

Das war in ihren Augen ein berechtigter Grund, stolz auf das Erreichte zu sein. In dieser Hinsicht dachte sie nicht anders als Michael, wenn auch nicht ganz so radikal.

Überhaupt mochte sie ihn, und es war mehr als offensichtlich, dass dies auf Gegenseitigkeit beruhte. Sie wünschte nur, er würde auch in anderer Hinsicht so viel Begeisterungsfähigkeit und Energie an den Tag legen wie bei den rein hypothetischen Überlegungen, wie sie sich verhalten sollten, wenn es doch noch einmal zu einem Kontakt mit der Erde käme.

Genau das aber war das Problem.

Er war inzwischen zwanzig Jahre alt, verhielt sich aber in vielerlei Hinsicht noch immer, als wäre er höchstens vierzehn oder fünfzehn. Vermutlich traute er sich einfach selbst zu wenig zu und stand deshalb meist nur irgendwo in zweiter Reihe. Er war zurückhaltend und scheute sich davor, Verantwortung zu übernehmen, aus Angst, einen Fehler zu begehen.

Und genauso verhielt er sich auch ihr gegenüber. Manchmal schätzte sie seine freundliche Art, aber sie vermisste wirkliche Leidenschaft bei ihm. Sie brauchte keinen Mann, der sie verliebt anhimmelte und sich bemühte, alles zu tun und zu sagen, was ihr gefiel, sondern jemanden mit einer echten Persönlichkeit.

Er hatte noch schwer an sich zu arbeiten, um das Kribbeln in ihrem Bauch zu entfachen, das er manchmal gerade dann hervorrief, wenn es ihm am wenigsten bewusst war. Vor allem seine Eifersucht gegenüber Akiro, bei der er endlich einmal echte Gefühle zeigte, wirkte anziehender auf sie, als er selbst ahnen mochte.

Mit Akiro verhielt es sich wieder ganz anders. Anfangs hatte Sharice ihn bewundert, weil er genau die Eigenschaften besaß, die sie an Michael vermisste. Er besaß innere Stärke, wusste genau, was er wollte, und arbeitete energisch darauf hin, ohne sich verbiegen zu lassen. Er scheute nicht davor zurück, seine Standpunkte zu vertreten und ihr zu widersprechen, wenn er bei einem Thema anderer Meinung war, was ein Grund war, weshalb sie gerne mit ihm diskutierte.

Nur leider war er eine Spur *zu* sehr von sich eingenommen, wie sie mittlerweile festgestellt hatte. Im Mittelpunkt seines Denkens stand erst einmal er selbst, und danach kam eine ganze Weile gar nichts. Sie war sich nicht einmal sicher, ob er überhaupt zu wahrer Liebe einem anderen Menschen gegenüber fähig war.

Könnte man die besten Eigenschaften der beiden in einer Person kombinieren, käme das Ergebnis ihrem Ideal ziemlich nahe. Aber das blieb Wunschdenken.

Sharice seufzte und fuhr darin fort, Sand in die Wanne zu schaufeln, die inzwischen wieder zu ihr heruntergelassen worden war. Ihr blieb wohl nur die Hoffnung, dass Michael es endlich schaffte, über seinen eigenen Schatten zu springen und mehr Selbstbewusstsein, Eigenständigkeit und Charakterstärke zu entwickeln.

Immerhin schien er gerade in den letzten Tagen auf dem besten Weg dorthin zu sein. Die Entdeckung des Stollens hatte ihm Auftrieb verliehen. Vor allem aber hatte er mit einer Selbstverständlichkeit, die sie überraschte, Verantwortung für alles übernommen, was damit zu tun hatte. Er hatte seine Ansichten dem Rat vorgetragen und übte mit dessen Billigung seither weitgehend das Kommando über alle damit im Zusammenhang stehenden Arbeiten aus, wobei er eine Energie und sogar Autorität entwickelte, die Sharice ihm kaum zugetraut hätte.

Sie hatte die Wanne bereits wieder zur Hälfte gefüllt, als sich der Funkempfänger ihres Helms plötzlich mit einem leisen Knacken einschaltete.

»Achtung, an alle«, tönte es aus dem kleinen Lautsprecher. »Bradbury meldet gerade, dass man tektonische Erschütterung angemessen hat, deren Ausläufer auch uns erreichen werden. Alle gefährdeten Grabungsstätten sind sofort zu verlassen!«

Genau wie die anderen kletterte Sharice eilig aus dem Krater um die Stele.

Erdbeben waren in dieser Gegend des Mars keine Seltenheit, wie sich schon vor langem herausgestellt hatte. Manchmal herrschte monatelang Ruhe, dann wieder kam es im Abstand von nur wenigen Wochen oder sogar Tagen zu Erdstößen, die jedoch nicht besonders stark waren und normalerweise keine Zerstörungen anrichteten.

Trotzdem konnte es unangenehm werden, innerhalb einer Grube von einem solchen Beben überrascht zu werden. Vor mehreren Jahren hatte es sogar einen Todesfall ...

Sharice spürte, wie ihr Herzschlag einen Moment lang aussetzte und dann mit doppelter Geschwindigkeit zu rasen begann.

Sie selbst und die anderen hier draußen waren durch das Beben kaum gefährdet, aber Michael und Kim befanden sich tief unter der Erde! Und sie ahnten nicht einmal etwas von der Gefahr, da die Funknachricht sie dort nicht erreichen konnte!

Jemand musste sie warnen!

Ohne weiter nachzudenken, rannte Sharice los. Ihre mit Gewichten beschwerten Schuhe und die Sauerstoffflaschen auf ihrem Rücken halfen ihr, zwar größere Schritte als unter der höheren Schwerkraft der Erde zu machen, diese aber nicht in unkontrollierte Hopser ausarten zu lassen. Sie war unter diesen Gravitationsverhältnissen, die ihren Vorfahren noch weitaus mehr zu schaffen gemacht hatten, geboren worden und aufgewachsen, sodass ihre Bewegungen perfekt darauf abgestimmt waren.

Dennoch waren es keine idealen Bedingungen für den auf höhere Schwerkraft ausgerichteten menschlichen Körperbau. Die Evolution begann bereits mit der Umgestaltung des Knochengerüstes, doch es würde noch viele Generationen dauern, bis sie auch physisch dem Leben auf dem Mars optimal angepasst waren.

Jetzt auf jeden Fall half ihr die geringere Schwerkraft, trotz der Gewichte so schnell zu sein wie kein Mensch in der alten Heimat.

Sharice verzichtete darauf, die Leiter zu benutzen, sondern sprang in den durch Stahlbleche abgesicherten Schacht vor dem Stollen hinunter, kämpfte in dem lockeren Sand einen Moment lang um ihr Gleichgewicht und stürmte in den Tunnel hinein. Aufgeregte Stimmen drangen aus ihrem Funkempfänger, doch sie hörte nicht darauf. Es war ihr egal, dass sie sich selbst in höchste Gefahr brachte. Sie konnte die beiden Männer nicht einfach ahnungslos ihrem Schicksal überlassen.

Die Funkrufe verstummten und eine fast unheimliche Stille umfing sie.

»Michael! Kim!«, brüllte sie so laut sie konnte. Verdammt, musste der Stollen auch so lang sein?

* * *

Michael wollte gerade zu einem neuen Schlag mit dem Hammer ansetzen, verharrte dann aber. »Warte mal«, forderte er Kim auf und lauschte. »War da nicht was?«

Tatsächlich konnten sie nun Laute hören. Jemand rief ihren Namen und kam offenbar schnell näher. Um wen es sich handelte, konnte Michael bei der verzerrten Akustik im Inneren des Stollens nicht erkennen.

»Da muss was passiert sein. Komm!«

Er ließ Hammer und Meißel fallen und lief los, doch bereits nach zwei Schritten tauchte eine Gestalt vor ihnen aus der Dunkelheit des Ganges auf und rief dabei noch immer ihre Namen. Jetzt erkannte Michael sowohl ihre Stimme, als auch das von schwarzen Haaren eingerahmte Gesicht unter dem Helm.

»Erdbebenwarnung!«, keuchte Sharice nur, fuhr herum und rannte wieder in die Richtung zurück, aus der sie gekommen war, aber dieses eine Wort reichte.

Michael und Kim sahen sich erschrocken an, dann rannten auch sie los, als wäre der Leibhaftige hinter ihnen her.

Sie kamen nicht weit.

Ein Rumoren ertönte, als wäre irgendwo in direkter Nähe eine starke Maschine angesprungen. Boden und Wände begannen zu vibrieren, dann schien der Hammerschlag eines Titanen den Hügel über ihnen zu treffen.

Ein dumpfes Knirschen und Grollen war zu hören. Staub rieselte von der Decke und kleinere Steinchen fielen zu Boden.

Immer noch wurde das Beben stärker. Was ihnen auf dem weichen Boden im Freien vermutlich wirklich nur wie leichte Erdstöße vorgekommen wäre, entfaltete hier eine furchtbare Wirkung, indem es das Gestein des gesamten Hügels zum Schwingen brachte.

Wie in Zeitlupe sah Michael, wie einer der Träger, die sie zur Befestigung der Decke eingezogen hatten, wegknickte, Sharice an der Schulter traf und sie zu Boden schleuderte. Ihr Schrei hallte durch den Stollen. Gleich darauf begrub sie der Träger unter sich, verkantete aber glücklicherweise mit der Wand, sodass er nicht mit seinem ganzen Gewicht auf sie stürzte, sondern nur ihr rechtes Bein am Oberschenkel einklemmte.

»Lauft weiter!«, keuchte Sharice. Durch den Helm konnte Michael ihre angsterfüllten Augen sehen. »Bringt euch in Sicherheit!«

Weder er noch Kim beachteten ihre Aufforderung.

»Versuch sie vorzuziehen. Ich hebe den Balken hoch«, stieß der Eurasier hervor, während er bereits nach dem Träger griff und ihn ein Stück in die Höhe stemmte.

Michael packte Sharice unter den Schultern und begann zu ziehen. Sie stieß sich selbst mit den Füßen ab; offenbar war ihr Bein also nicht gebrochen. Auch ihr Anzug war unversehrt.

Gleich darauf glitt sie unter dem Träger hervor und Michael zerrte sie in die Höhe. Alles hatte kaum länger als zwanzig Sekunden gedauert.

»Kannst du laufen?«

Sharice kam nicht mehr zum Antworten.

Noch immer bebte die Erde. Auch die übrigen Träger, die die Deckenbalken und -bleche bislang gehalten hatten, waren diesen Gewalten nicht länger gewachsen und brachen mit lautem Krachen weg.

Kim versetzte Sharice und Michael einen heftigen Stoß, der sie meterweit zurücktaumeln ließ, dann ging das Krachen in ein ohrenbetäubendes Poltern über, als die gesamte Stützkonstruktion in sich zusammenbrach – zusammen mit einem Teil der Decke. Mehr als kopfgroße Gesteinsbrocken stürzten herab. Es klang, als würde der ganze Berg einstürzen. Staub wirbelte auf und nahm ihnen die Sicht.

»Kim!«, brüllte Michael, während sie blindlings weiter zurückwichen, weg von der Einsturzstelle. Sharice klammerte sich an ihn. Sie hinkte ein wenig, konnte aber aus eigener Kraft gehen.

Das Poltern und Krachen der Felsen ebbte ab, und auch die Erde kam allmählich wieder zur Ruhe.

»Kim!«, stieß Michael noch einmal hervor. »Was ist mit Kim?«

Es gab keinen Zweifel, dass der Eurasier ihnen mit seinem Stoß, der sie aus der unmittelbaren Gefahrenzone beförderte, das Leben gerettet hatte. Aber wo steckte er selbst?

Vorsichtig gingen sie wieder ein Stück vor.

Langsam legte sich der dichte Staub, der ihnen jegliche Sicht nahm, und damit wurde allmählich auch das ganze Ausmaß der Katastrophe sichtbar.

Der Gang war in seiner gesamten Breite und Höhe von Geröll und Felsen versperrt, zum Teil richtig große Brocken. Es war unmöglich zu schatzen, auf welcher Länge der Stollen verschüttet war.

Plötzlich stieß Sharice ein unterdrücktes Stöhnen aus, klammerte sich mit der einen Hand noch fester an Michaels Arm und deutete mit der anderen nach vorne, aber er hatte es im gleichen Moment auch schon gesehen.

Kim lag am Boden. Sein Oberkörper war frei, doch abwärts der Hüfte ruhte ein gewaltiger Felsbrocken auf ihm, der mindestens eine Tonne wiegen musste.

Anklagend schienen seine gebrochenen Augen sie anzublicken.

***

»Eingestürzt?« Erschrocken fuhr Akiro herum, als Roberto Gonzales auf ihn zugestürmt kam und ihm die Nachricht überbrachte. »Aber wie ... Es war doch nur ein leichtes Beben!«

»Hier oben vielleicht, aber unter der Erde –«

»Was ist mit Kim und Michael?«, fiel Akiro ihm ins Wort. »Sind sie noch rechtzeitig rausgekommen?«

Roberto schüttelte den Kopf. »Sie haben die Erdbebenwarnung über Funk wahrscheinlich nicht einmal empfangen. Sie sind noch im Stollen.«

»Verdammt!« Akiro ballte die Fäuste. In diesem Moment verschwendete er keinen Gedanken daran, was dieses Unglück für das gesamte Projekt bedeuten mochte; dass unter Umständen das Schott und alle vermutlich dahinter liegenden Geheimnisse der Alten für sie unerreichbar geworden waren.

Er dachte auch nicht daran, dass es sich bei Michael um seinen alten Rivalen handelte. Für ihn zählte nur, dass zwei Leute, die unter seinem Kommando standen und für die er deshalb auch verantwortlich war, in Schwierigkeiten steckten.

Möglicherweise waren sie bereits tot, von dem herabstürzenden Gestein erschlagen. Wenn nicht, waren sie eingeschlossen und benötigten schnellstmöglich Hilfe, da ihr Sauerstoffvorrat begrenzt war.

»Da ist noch etwas«, ergänzte Roberto und biss sich auf die Lippe. Es war ihm sichtlich unangenehm, darüber zu sprechen. »Es betrifft Sharice.«

»Sharice? Was ist mit ihr?« Akiro packte ihn an den Schultern. »Na los, rede schon!«

»Man hat gesehen, wie sie unmittelbar vor dem Beben in den

Stollen gelaufen ist. Wahrscheinlich wollte sie Michael und Kim warnen. Sie ist ebenfalls nicht wieder herausgekommen. Ich dachte, ich sage es dir lieber selbst, bevor du es über Funk erfährst.«

»Das …« Akiro verstummte. Die Nachricht traf ihn wie ein Schlag. Einige Sekunden stand er nur regungslos da, nicht einmal fähig, einen klaren Gedanken zu fassen. Dann ließ er langsam die Arme sinken, ehe er wie von Furien gehetzt losrannte, auf den Hügel zu, unter dem sich der Stollen befand.

Zahlreiche Mitglieder der Teams hatten sich bereits an der Unglücksstelle versammelt. Respektvoll machte man ihm Platz. Die Nachricht, dass Sharice versucht hatte, Michael und Kim zu warnen, hatte sich längst verbreitet, und man wusste, wie er zu ihr stand.

Entsetzt starrte Akiro auf das, was ursprünglich der fast fünf Meter tiefe Schacht vor dem Eingang des Stollens gewesen war.

Er war zum größten Teil verschwunden. Das gesamte Erdreich musste ins Rutschen geraten sein, hatte die Metallbleche, die die Seitenwände abstützten, eingedrückt und die Grube zu mehr als der Hälfte wieder gefüllt. Nicht einmal der obere Rand des Stollens mit den Schriftzeichen war mehr zu sehen.

»Worauf wartet ihr denn noch? Wir müssen den Eingang wieder freilegen!«, herrschte Akiro die Umstehenden an, dann erst bemerkte er, dass José Gonzales bereits dabei war, Leute für diese Aufgabe einzuteilen, die sofort mit der Arbeit begannen.

Akiro trat neben den Teamleiter. »Kann man schon sagen, ob nur der Eingang betroffen ist oder auch der Stollen selbst?«, erkundigte er sich so ruhig wie möglich. Wichtiger denn je war es, dass er einen kühlen Kopf behielt, so schwer es ihm auch fiel.

»Wir fürchten, dass es auch den Stollen selbst getroffen hat«, erwiderte José. Ihm stand der Schrecken ins Gesicht geschrieben. »Alle, die sich in der Nähe befunden haben, berichten von einem lauten Krachen und Poltern, bevor die Wände des Schachtes nachgaben, was fast lautlos geschah, da es sich nur um Sand handelte.«

»Vielleicht nur einige wenige Steinbrocken, die heruntergebrochen sind.«

»Vielleicht«, sagte José, doch seinem Gesicht war anzusehen, dass er nicht wirklich an diese Hoffnung glaubte, so gern er es wohl auch getan hätte. »Sie haben den Stollen in den vergangenen Tagen so gut es ging abgestützt und gesichert. Ob und wie viel es genützt hat, werden wir erst wissen, wenn wir den Eingang wieder freigelegt haben.«

Akiro wandte seinen Blick wieder den Überresten des Schachts zu. Er musste sich beherrschen, die Leute nicht anzuschreien, schneller zu graben. Die Männer und Frauen wussten, um was es ging, und taten bereits ihr Bestes.

Sorge und Angst rumorten in ihm. Er fühlte sich hilflos wie selten zuvor und wollte *irgendetwas* tun, um zu helfen, doch im Moment war er ebenso wie die meisten anderen zur Tatenlosigkeit verurteilt.

Sie konnten nur warten und hoffen.

***

»Zur Hölle, das bringt alles nichts!«, stieß Michael hervor und schleuderte einen Felsbrocken, den er mühsam aus der Geröllwand vor ihnen herausgelöst hatte, zur Seite. Sand und kleinere Steine waren sofort nachgerutscht und hatten die Lücke wieder gefüllt.

Erst hatten sie geglaubt, von beiden Seiten eingeschlossen zu sein, doch dann stellten sie fest, dass der Tunnel hinab bis zum Schott noch immer passierbar war.

Was ihnen wenig nutzte, denn der rettende Weg an die Oberfläche war versperrt.

Niedergeschlagen ließ Michael sich auf einen Felsen sinken und lehnte sich gegen die Wand. »Wir wissen nicht einmal, ob die Decke nur an dieser Stelle eingebrochen ist oder auf ihrer ganzen Länge.«

»Und was schlägst du stattdessen vor? Rumsitzen und einfach aufgeben?«, fauchte Sharice ihn an und zerrte weiterhin erfolglos an einem Brocken, der wie einbetoniert zwischen anderen festsaß. »Tatenlos auf unser Ende warten? Falls es dir noch nicht aufgefallen ist, unser Vorrat an Sauerstoff ist begrenzt. Wie viel haben wir überhaupt noch?«

»Kim und ich haben uns je einen Ersatzpack mitgenommen, um nicht zwischendurch Nachschub holen zu müssen. Die Flaschen, die ich momentan dran habe, sind noch etwa halb voll.«

»Genau wie bei mir. Also bleiben uns etwa je zehn Stunden. Ich bin sicher, dass man von draußen alles nur Menschenmögliche tun wird, um zu uns vorzustoßen. Also müssen wir versuchen, uns ihnen entgegen zu arbeiten.«

»Ich habe auch nicht von Aufgeben gesprochen«, stellte Michael richtig. »Aber es bringt nichts, wenn wir blindlings Steine wegräumen und sofort andere nachrutschen. Damit vergeuden wir nur unsere Kräfte und verbrauchen mehr kostbaren Sauerstoff als nötig.«

»Und was schlägst du also vor? Diese Steine versperren uns nun mal den Weg nach draußen, falls dir das entgangen ist.«

»Du wiederholst dich mit deiner Ironie«, sagte Michael ruhig. Er konnte sie verstehen. Sich in Sarkasmus zu flüchten, war einfach ihre Art, mit der Angst und Anspannung fertig zu werden.

Sharice ließ endlich von dem Felsen ab und fuhr zu ihm herum. Einen Moment lang fürchtete er, dass die Nerven endgültig mit ihr durchgehen würden und sie sich auf ihn stürzte, doch dann entspannte sie sich wieder.

»Vielleicht hast du ja Recht«, murmelte sie und ließ die Schultern hängen. Sie setzte sich neben ihn auf den Felsen. »Was wir bislang getan haben, hat wirklich nicht viel gebracht. Aber wir können doch trotzdem nicht nur tatenlos abwarten, ob Hilfe von außen kommt.«

»Wir müssen unsere Kräfte sorgfältiger einteilen«, sagte Michael. »Wenn wir uns ruhig verhalten und jede unnötige Anstrengung vermeiden, reicht der Sauerstoffvorrat zwischen einer und zwei Stunden länger. Also flach atmen und immer wieder Pausen einlegen.« Er sah sie an. »Warum bist du bloß hierhergekommen und hast dich in eine solche Gefahr begeben?«

»Ich ... konnte euch doch nicht einfach im Stich lassen«, erklärte sie stockend. »Als ich die Warnung hörte –«

»– bist du einfach losgerannt um uns zu warnen.« Michael legte den Arm um sie. »Das war sehr tapfer von dir. Und gleichzeitig sehr dumm. Oh, verdammt, du könntest jetzt da oben in Sicherheit sein, statt hier mit mir gefangen zu sein. Ich wünschte nur, ich könnte das alles ungeschehen machen. Am liebsten würde ich dich gleichzeitig küssen und dir den Hosenboden versohlen.«

»Versuch es nur mal«, funkelte Sharice ihn an. Sie versuchte seinen Arm wegzuschieben, doch Michael hielt sie unbeirrt fest. Nach einigen Sekunden erlahmte ihr Widerstand plötzlich und sie begann zu schluchzen. Im Lichtschein seines Helmscheinwerfers sah Michael Tränen über ihre Wangen laufen.

»Fast wären wir ja auch alle rausgekommen«, stieß sie hervor. »Zumindest ihr beide hättet euch in Sicherheit bringen können, wenn ihr mich nicht unter dem Balken hervorgezogen hättet. Also erzähl mir nicht, ich wäre dumm gewesen. Du bist mindestens genauso ein Hornochse.«

»Also gut, sagen wir, wir sind quitt. Und deshalb stecken wir jetzt beide in der Patsche. Aber wenigstens kannst du wieder lächeln.«

»Kann ich nicht, das war nur eine Grimasse«, behauptete sie und hob die Hand, um sich die Tränen abzuwischen, bis ihr mitten in der Bewegung einfiel, dass sie ja einen Helm trug.

»Noch leben wir!«, sagte Michael mit fester Stimme. »Kim hat uns beide gerettet. Damit sein Opfer nicht umsonst war, dürfen wir nicht aufgeben.«

»Er war mit Jennifer Braxton zusammen.« Sharice senkte den Kopf. »Die beiden haben zwei Kinder.«

»Ich weiß.« Michael schluckte schwer. »Es wäre besser gewesen, wenn ich an seiner Stelle –«

»Red keinen Unsinn!«, fuhr Sharice ihn an. »Du hast Recht: Noch leben wir, und wir sollten zusehen, dass das auch so bleibt!«

Er stand auf. »Okay, machen wir weiter. Aber diesmal räumen wir nicht mehr wahllos *irgendwelche* Steine weg. Wir müssen uns genau ansehen, wie sie liegen, damit sie sich gegenseitig stützen und von oben nichts nachrutschen kann. Und denk daran: Nicht zu sehr anstrengen und flach und gleichmäßig atmen.«

Auch Sharice erhob sich. »Zu Befehl, Boss.« Sie hielt ihn am Arm fest, als er sich wieder der Geröllwand zuwenden wollte. »Michael ...«

»Ja?«

»Du hast vorhin gesagt, du wüsstest nicht, ob du mich lieber küssen oder mir den Hosenboden versohlen würdest. Wenn wir nicht diese dämlichen Helme tragen müssten ... würde ich dir am liebsten auch einen Kuss geben.«

* * *

Da der Sand bereits durch die vorhergehenden Grabungen und den Erdrutsch besonders locker geworden war und ständig nachrutschte, dauerte es gut zwei Stunden, bis sie den Schacht so weit neu ausgehoben hatten, dass der Stolleneingang wieder freilag. Jede Sekunde davon kam Akiro wie eine Ewigkeit vor.

Da er sonst ohnehin nichts machen konnte, hatte er den Fahrer des Pferchs angewiesen, nach Bradbury zu fahren und von dort sämtliches verfügbare Material, das ihnen nützlich werden könnte, zu holen. Bleche, Träger, Stützen – mit allem, was nun nahe der Einbruchstelle lagerte, wären sie vermutlich in der Lage gewesen, den Rohbau einer kompletten Station zu erstellen. Aber besser jetzt zu viel Material zu haben, als später, wenn es vielleicht auf jede Minute ankam, erst auf Nachschub warten zu müssen.

Akiro und José gehörten zu den ersten, die den Stollen betraten, aber sie waren nicht allein. Aus Bradbury war Jeffrey Saintdemar eingetroffen, und bei ihm befand sich auch Natasha Angelis, was Akiro ganz und gar nicht gefiel. Er hatte nicht vergessen, wie sie ihn bei der Beratung vor den anderen abgekanzelt hatte.

Zwar behauptete sie, sie wäre nur aus Sorge um das Leben der Verschütteten hier und um sich persönlich ein Bild vom Fortgang der Bergungsarbeiten zu machen, doch Akiro wertete ihre Anwesenheit anders. Es geschah äußerst selten, dass ein Ratsmitglied Bradbury verließ. Dass Jeffrey gekommen war, lag an seiner Position als Leiter des Forschungsstabes, aber wenn sich Natasha Angelis herbemühte, musste es einen Grund dafür geben, über den es für ihn keinen Zweifel gab.

In seinen Augen war sie gekommen, um *ihm* persönlich auf die Finger zu sehen. Sie misstraute ihm und seinen Fähigkeiten, mit der Situation fertig zu werden. Dadurch untergrub Natasha nicht nur seine Autorität, sondern hatte ihm in aller Öffentlichkeit eine schallende Ohrfeige versetzt.

Irgendwann, das wusste Akiro, würde sich für ihn eine Gelegenheit bieten, es ihr zurückzuzahlen. Im Moment jedoch blieb ihm nichts anderes übrig, als gute Miene zum bösen Spiel zu machen und so zu tun, als nähme er ihr ab, dass nur die Sorge um die Verschütteten sie hergetrieben hätte.

Die ersten Meter im Stollen boten durchaus Anlass zur Hoffnung. Zwar hatten sich einige Steinbrocken von der Decke gelöst und waren herabgestürzt, doch war der Tunnel begehbar.

Das änderte sich erst nach etwa dreißig Metern, wo sich ihre schlimmsten Befürchtungen bewahrheiteten.

Der Lichtschein ihrer Helmscheinwerfer riss eine massive, schräg ansteigende Wand aus Geröll und Felsen aus der Dunkelheit, die bis zur Decke reichte und den Gang vollständig versperrte. Überreste der eingeknickten Träger und Stützbalken ragten daraus hervor wie Knochen aus dem Kadaver eines bizarren, urzeitlichen Tieres.

»Verdammter Mist!«, stieß Natasha völlig undamenhaft hervor, und ausnahmsweise war sogar Akiro mit ihr einmal einer Meinung.

Wie gebannt starrte er auf die Geröllwand, als wolle er sie mit der puren Kraft seines Willens zwingen, sich in Luft aufzulösen.

Irgendwo dahinter befand sich Sharice, sofern sie überhaupt noch am Leben war. Und er war entschlossen, alles in seiner Kraft Stehende zu tun, um sie zu retten.

* * *

»Sinnlos«, behauptete Michael. Er kroch rückwärts aus dem engen Hohlraum hervor, den Sharice und er in mehr als einstündiger Arbeit rechts neben dem Felsen, der Kim getötet hatte, in die Geröllwand gegraben hatten. Sie hatten den Abraum dafür verwendet, ein provisorisches Grab aus Steinen und Sand über den Toten zu breiten. »Ein massiver Block versperrt den Weg. An dem kommen wir nicht vorbei.«

»Verdammt!« Sharice schlug sich mit einer Faust auf den Oberschenkel. »Demnach war alles umsonst?«

»An dieser Stelle jedenfalls. Diesen Brocken könnten wir weder zertrümmern, noch aus dem Weg räumen.«

»Und dabei waren wir schon so weit gekommen«, murmelte Sharice. Ihre Stimme zitterte leicht. »Haben wir überhaupt noch eine Chance?

»Selbstverständlich!« Michael nickte entschieden. »Wir werden es auf der linken Seite erneut versuchen, vielleicht kommen wir dort weiter. Aber erst mal brauche ich ein paar Minuten Pause.«

Auch Sharice machte keine Anstalten, gleich wieder mit der Arbeit zu beginnen. Die Enttäuschung saß noch zu tief, und der Gedanke, nun an anderer Stelle noch einmal ganz von vorn beginnen zu müssen, wirkte lähmend.

So setzte sich Michael neben ihr auf den Boden und lehnte sich mit dem Rücken gegen die Wand. Das Arbeiten in dem schmalen Schlauch, den sie geschaffen hatten, war extrem anstrengend gewesen, da man sich nur stark eingeschränkt bewegen konnte und in verkrampfter Haltung hatte graben müssen. Nicht nur seine Muskeln, sein ganzer Körper schmerzte.

»Warum musste dieser verfluchte Stollen ausgerechnet jetzt einstürzen?«, fragte Sharice, nachdem sie ein paar Sekunden geschwiegen hatten. »Er existiert doch wahrscheinlich schon seit Milliarden von Jahren!«

Michael entgegnete nichts, da es eine rein rhetorische Frage war, auf die sie die Antwort ebenso gut wie er kannte.

Bis vor wenigen Tagen war der Stollen mit Sand gefüllt gewesen, der ihm eine beachtliche Stabilität verliehen hatte. Nun jedoch hatten sie diese Füllung selbst entfernt und ihn dadurch erst empfindlich für die Erdstöße gemacht. Ohne ihre Grabungen wäre vermutlich gar nichts passiert.

»Vielleicht ist die Einsturzstelle wirklich nur ein paar Meter lang«, sagte er tröstend und versuchte sich auch selbst Hoffnung zu machen. »Der größte Teil des Stollens wirkte eigentlich recht stabil, und hinter uns ist er ja auch fast unbeschädigt geblieben. Von außen wird man alles unternehmen, um uns zu befreien. Solange wir Sauerstoff haben, ist nichts verloren.«

»Meiner geht allmählich zur Neige«, bemerkte Sharice nach einem Blick auf die Anzeige an ihrem Handgelenk. »Ich gehe mir schon mal einen Ersatzpack holen.«

»Sie liegen direkt vor dem Schott. Soll ich mitkommen?«

»Keine Sorge, ich werd sie schon finden. Ich ... ich muss einfach mal für ein paar Minuten allein sein.«

Sharice stand auf und verschwand mit raschen Schritten im hinteren Teil des Tunnels.

Michael ließ sie gehen. Er konnte ihren Wunsch nach etwas Abstand gut verstehen. Ihm ging es genauso. Seit dem Einsturz hatten sie sich durch Arbeit oder Gespräche abgelenkt und keine Gelegenheit gehabt, das Geschehene geistig wirklich zu verarbeiten.

Im Prinzip befand er sich in der Situation eines Menschen, der gerade erfahren hatte, dass er an Krebs im Endstadium litt und nur noch wenige Stunden zu leben hätte. Obwohl er sich bemüht hatte, Optimismus vorzutäuschen, wusste er, dass die Chancen auf Rettung in der kurzen Zeit minimal waren.

Sie waren gegeben, sicher, aber nur dann, wenn es sich tatsächlich nur um eine einzige kleine Einsturzstelle handelte. Wesentlich wahrscheinlicher war, dass sie beide in wenigen Stunden sterben würden.

Zum wiederholten Male versuchte er über Funk Kontakt nach draußen aufzunehmen, doch auch diesmal vergeblich. Das massive, quarzhaltige Gestein blockierte seinen ohnehin nur schwachen Helmsender. Michael schaltete ihn wieder aus.

Er verspürte kaum Angst, wenn er an seine eigene Lage dachte oder daran, dass er höchstwahrscheinlich sterben würde. Nur ein unangenehmes Kribbeln im Magen, das sich manchmal blitzartig wie eine Faust um seinen Brustkorb zu schließen schien und ihm den Atem abzuschnüren drohte.

Eine wesentlich größere Verzweiflung überkam ihn, wenn er an Sharice dachte. Ein Teil von ihm war froh, dass er wenigstens noch ein paar Stunden zusammen mit ihr verbringen durfte, doch wenn es einen Menschen gab, dem er am wenigsten wünschte, mit ihm in dieser Lage zu sein, dann sie. Warum nur war sie in den Stollen gekommen und hatte sich in Lebensgefahr gebracht?

Natürlich kannte er die Antwort. Er selbst hätte sich nicht anders verhalten.

Wenn er gewusst hätte, dass die zusätzliche Zeit die Rettung für sie bedeuten würde, wäre Michael sofort bereit gewesen, Sharice seinen restlichen Sauerstoff zu überlassen. Aber abgesehen davon, dass sie ein solches Opfer auf keinen Fall annehmen würde, war auch mehr als fraglich, ob er ihr damit wirklich half. Wenn es überhaupt Überlebenschancen gab, erhöhten sie diese am meisten, wenn sie sich dem Rettungsteam von ihrer Seite aus so weit wie möglich entgegenarbeiteten.

Er schreckte aus seinen Grübeleien auf, als er plötzlich sich nähernde, hastige Schritte hörte. Sharice kam auf ihn zugelaufen.

»Komm mit, schnell!«, rief sie. »Das musst du dir ansehen!«

* * *

»Wir sind durch!«, drang ein aufgeregter Ruf an Akiros Ohren und riss ihn aus seinen Gedanken.

Er stand mit Natasha, Jeffrey und José zusammen ein Stück von der Grabungsstelle entfernt und unterhielt sich mit ihnen. Das heißt, hauptsächlich unterhielten die drei sich. Er hörte nicht einmal richtig zu.

Es war nicht nur die Sorge um die drei Verschütteten, besonders um Sharice, die dafür verantwortlich war. Er war sich auch sicher, dass Natasha jedes seiner Worte auf die Goldwaage legen und versuchen würde, ihm einen Strick daraus zu drehen. Nur weil er während der Lagebesprechung im Übereifer ein paar unbedachte Äußerungen gemacht hatte, schien sie ihm persönlich das Unglück anzulasten. Da war es schon besser, wenn er gar nichts sagte.

Nun brach das Gespräch schlagartig ab. Akiro war der Erste, der seine Überraschung überwand. Mit wenigen Schritten erreichte er Jefferson Angelis, der den Ruf ausgestoßen hatte. »Bist du sicher?«

»Hier, kein Widerstand.« Er stieß seine Schaufel in ein gut doppelt kopfgroßes Loch an der Spitze des Schuttberges. Sie ließ sich frei hin und her bewegen, ohne auf Widerstand zu treffen.

Akiro beugte seinen Kopf bis direkt vor die Öffnung. Sie war etwa einen Meter tief, doch das Licht seines Helmscheinwerfers war nicht stark genug, um irgendetwas zu erkennen, das sich dahinter befand. Schon wollte er einen stärkeren Scheinwerfer verlangen, doch dann wurde ihm bewusst, dass das auch nichts brachte. Das Licht strahlte vor allem die Seitenwände des Durchbruchs an und beleuchtete diese so stark, dass eine hellere Lampe ihn nur noch mehr blenden würde.

»Sharice!«, brüllte er in das Loch. »Michael! Kim!«

Im Gestein über ihm knackte es bedrohlich. Ein Staubfaden

rieselte auf ihn herab und ein paar kleine Steinchen trafen seinen Helm.

»Vorsicht!«, warnte Jefferson hastig und zog ihn zurück. »Nicht so laut! Oder willst du, dass noch einmal alles zusammenbricht?« Er deutete nach oben. »Zwar ist die Bruchstelle durch einige Felsen verkeilt und sieht einigermaßen massiv aus, aber wir sollten es nicht herausfordern. Wenn wir sie neu abgestützt haben, müssten wir den Stollen wieder freilegen können.«

»Das dauert viel zu lange«, widersprach Akiro. »Im Moment brauchen wir lediglich einen Durchgang, der groß genug ist, dass jemand hindurchkriechen und nachsehen kann, wie es dahinter aussieht. Wir müssen wissen, ob es noch weitere Hindernisse gibt.«

»Ich fürchte, es ist nicht die einzige Einsturzstelle«, stimmte Jeffrey ihm zu. »Sonst hätten Michael und die anderen sich längst bemerkbar gemacht. Durch diesen Einsturz hätten sie sich sogar allein durchgraben können.«

Akiro biss die Zähne so fest zusammen, dass sein Kiefer zu schmerzen begann. Seine Hoffnung, Sharice und die anderen durch eine schnelle Rettungsaktion befreien zu können, erfüllte sich offenbar nicht.

»Wir verlieren nur Zeit, wenn wir die Decke hier umständlich abstützen«, meldete sich José zu Wort.

»Hast du eine andere Idee?«

»Vielleicht«, antwortete er. »Bei dem herangeschafften Stützmaterial habe ich mehrere Röhrenabschnitte aus massivem Stahl gesehen. Die dürften eine hohe Belastungsgrenze haben und sind groß genug, dass ein Mensch auf dem Bauch durchkriechen kann. Wenn wir –«

»Ich verstehe schon«, fiel Jeffrey ihm ins Wort. Die Augen des grauhaarigen Mannes leuchteten. »Wenn wir den Durchbruch gerade groß genug machen, dass wir eine Röhre hineinschieben können, haben wir eine sichere Passage.«

»Genau so habe ich mir das gedacht.« José fuhr bereits herum und eilte aus dem Stollen, um entsprechende Anweisungen zu erteilen.

»Also los!«, rief Akiro. »Ihr habt gehört, um was es geht. Wir müssen den Durchbruch vergrößern!« Und er griff selbst zu einem der Spaten.

***

»Was hast du?« Michael sprang auf und eilte Sharice entgegen. »Was ist passiert?«

»Komm mit, sieh es dir selber an«, beharrte sie.

Sie wartete, bis er sie erreicht hatte, dann packte sie seine Hand und zog ihn mit sich, als hätte sie Angst, dass er zurückbleiben würde. Michael fragte sich, was sie entdeckt haben könnte, das sie derart erregt hatte.

Sie führte ihn bis ans hinterste Ende des Stollens, direkt zu dem Schott. Michael warf einen besorgten Blick zur Decke, doch hier schien alles in Ordnung zu sein. Alle Träger und Stützen befanden sich noch an ihrem Platz, waren nicht einmal verrutscht.

Er musste daran denken, dass Kim noch leben würde, wenn sie hier gewartet hätten. Aber schließlich hatten sie gehofft, alle unversehrt den Stollen noch rechtzeitig verlassen zu können. Niemand hatte ahnen können, was passieren würde.

»Was willst du mir denn nun zeigen?«, fragte er, als er nichts Auffälliges bemerkte.

»Meine Güte, bist du blind?« Sharice trat an die linke Seite des Schotts, an der Kim gearbeitet hatte. »Hier, siehst du es jetzt?«

In der Tat erkannte Michael, was sie meinte. Ausgehend von der Stelle, an der Kim das Gestein weggeschlagen hatte, klaffte ein knapp fingerbreiter Riss im Gestein, der sich bis hinunter zum Boden zog.

»Meine Güte!« Michael stürzte auf den Spalt zu und untersuchte ihn genauer. Trotz aller Gefahr brach wieder der alte Forscherdrang in ihm durch. »Unglaublich!«, stieß er hervor. »Sieh dir das an! Die Wand ist kaum dicker als eine Handlänge! Hätte es diesen Riss vorher schon gegeben, wäre es überhaupt kein Problem gewesen, einen Durchbruch zur anderen Seite zu schaffen.«

Ohne weiter zu überlegen, wollte er nach dem Werkzeug greifen, ließ die Hände dann aber wieder sinken.

»Was ist los? Worauf wartest du noch?«, fragte Sharice.

»Darauf, dass Jeffrey hereinkommt und uns erklärt, dass der Stollen wieder frei begehbar ist.« Michael konnte seinen Sarkasmus nicht unterdrücken. »Dann wäre ich der Erste, der damit beginnt, den Riss zu verbreitern. Aber unter diesen Umständen? Natürlich brenne ich darauf zu erfahren, was hinter dem Schott liegt, aber im Moment haben wir wohl andere Probleme. Wir müssen den Ausgang freischaufeln und können es uns nicht leisten, hier unsere Kräfte zu vergeuden.«

»Ach, meinst du?« Zornig funkelte Sharice ihn an. Im Licht des Helmscheinwerfers schienen ihre Augen fast zu glühen. »Du weißt so gut wie ich, dass wir kaum eine Chance haben, uns durch die Einsturzstelle zu wühlen. Der Felsen, der unseren ersten Vorstoß zunichtegemacht hat, wird nicht der einzige bleiben. Alles andere ist nur Wunschdenken. Und dafür ist erst recht nicht die Zeit.«

»Und was schlägst du stattdessen vor?«, gab Michael in nicht minder aggressivem Tonfall zurück. »Dass wir vor unserem Tod wenigstens noch unsere Neugier stillen?

»Sieh mal einer an, du kannst ja richtig energisch werden, wenn dir etwas wichtig ist. Schade nur, dass du das so selten zeigst«, erwiderte sie mit plötzlich wieder weicherer Stimme. Ein Lächeln vertrieb den zornigen Ausdruck von ihrem Gesicht. Noch bevor Michael sich darüber klar werden konnte, was sie mit ihren Worten meinte, sprach sie bereits weiter: »Was ich vorschlage, ist, dass wir nicht einseitig denken sollten. Es geht nicht allein um Neugier. Vielleicht gibt es da drinnen noch einen zweiten Ausgang. Oder wir finden etwas, das uns sonst irgendwie weiterhilft.«

»Sicher, am besten eine Strahlenkanone, mit der wir uns den Weg nach draußen freischießen können.«

»Waffen, Werkzeuge, Maschinen …«, erwiderte Sharice ungerührt. »Da bin ich nicht wählerisch.«

Zögernd blickte Michael zu dem Riss. Schließlich bückte er sich und versuchte hindurchzublicken, was ihm jedoch nicht gelang.

Sharices Idee hatte etwas für sich. Doch ebenso wenig war von der Hand zu weisen, dass der Einsturz die besseren Chancen bot, während hinter dem Schott unbekanntes Terrain war, ohne jede Garantie, dort etwas Brauchbares zu finden.

»Ich mache dir einen Vorschlag«, sagte er. »Wir probieren erst wie geplant aus, uns auf der linken Gangseite an dem Felsblock vorbeizugraben. Sobald wir merken, dass wir dort nicht weiterkommen, versuchen wir das Schott zu überwinden. Einverstanden?«

Sharice wirkte nicht gerade glücklich über seinen Plan. »Wenn es kein Durchkommen gibt, verschwenden wir noch einmal Stunden kostbarer Zeit«, wandte sie ein.

»Das tun wir auch, wenn wir den Spalt vergrößern und dann feststellen, dass dahinter nichts ist, was uns etwas nützt. Komm schon, eine Stunde dürfte uns reichen. Danach müssten wir zumindest wissen, ob es überhaupt Sinn macht, an der Einsturzstelle weiterzuarbeiten.«

»Also gut«, stimmte Sharice zögernd zu. »Aber wenn –«

Sie wurde durch ein schrilles Piepsen unterbrochen. Es warnte davor, dass ihr Luftvorrat zur Neige ging. Die Notreserve würde nur noch für wenige Minuten reichen.

»Verflixt, das hätte ich doch fast vergessen, dabei bin ich extra deswegen hergekommen.«

Michael half ihr, die beiden leeren Flaschen durch volle zu ersetzen. Die Handgriffe waren ihnen so in Fleisch und Blut übergegangen, dass der Austausch kaum eine Minute dauerte.

Mit einem letzten bedauernden Blick in Richtung des Risses folgte Sharice Michael zurück zur Einsturzstelle.

***

»Und? Wie sieht es aus?«

Am liebsten wäre Akiro selbst in die enge Röhre geklettert, die sie in mühevoller Arbeit durch den Schuttberg getrieben hatten. Dies war weitaus schwieriger und vor allem zeitraubender gewesen, als sie zunächst geglaubt hatten. Jede einzelne auch nur geringfügig vorstehende Steinkante hatte einzeln abgeschlagen werden müssen, damit die Röhre hindurchpasste.

Endlich befand sich das Rohr an Ort und Stelle. Michelle Saintdemar war unter den Freiwilligen ausgewählt worden, um hineinzukriechen, da sie besonders schlank und gelenkig war.

»Zumindest auf dem ersten Stück ist alles frei«, antwortete sie auf Akiros Frage. »Nur vereinzelte Trümmerstücke auf dem Boden. Ich gehe jetzt weiter.«

Noch war Funkverkehr möglich, und Michelle hielt sie auf dem Laufenden.

»In bin jetzt zwanzig Schritte gegangen ... vor mir ist eine leichte Biegung«, berichtete sie. »Oh-oh! Dahinter sieht es absolut übel aus. Der Stollen ist völlig verschüttet, und anscheinend wesentlich schlimmer als vorn am Eingang. Nicht nur Geröll und Steine, sondern richtig große Felsen.«

Akiro senkte den Kopf. Seine Hoffnungen, Sharice lebend wiederzusehen, brachen immer mehr zusammen.

»Wird ein hartes Stück Arbeit, das wegzuschaffen«, sprach Michelle weiter. »Ob wir überhaupt eine Chance haben, hängt von den großen Brocken ab. Ich glaube nicht, dass wir die bewegen können. Also müssten wir versuchen, irgendwie an ihnen vorbeizukommen. Zumindest zwischen den beiden Einsturzstellen sieht es ziemlich stabil aus.«

»Das sehe ich mir selbst an«, erklärte Akiro und zwängte sich in das Rohr hinein.

***

»Endstation«, verkündete Sharice. Rückwärts kroch sie wieder aus dem Loch heraus, das sie auf der anderen Seite des großen Felsbrockens in den Schuttberg gegraben hatten. Mit dem Rücken zu Michael richtete sie sich auf und klopfte sich den Dreck vom Schutzanzug. »Eine bestimmt zwanzig Zentimeter lange und ebenso dicke Felszacke ragt in den Weg. Keine Chance, daran vorbeizukommen. Wir müssten schon direkt durch die Wand.«

Erst jetzt drehte Sharice sich zu ihm herum. Ihr Gesicht war wie aus Stein gehauen. »Bist du jetzt endlich zufrieden? Wir haben fast zwei Stunden vergeudet, genau wie ich es vorausgesagt habe«, stieß sie hervor. »Aber du musstest ja unbedingt deinen Dickkopf durchsetzen. In dieser Zeit hätten wir die Wand neben dem Schott vielleicht schon durchstoßen.«

»Das wird uns auch jetzt noch gelingen«, sagte Michael mit erzwungener Ruhe. Er glaubte nach wie vor, dass seine Entscheidung als solche richtig gewesen war, aber die Vorwürfe schmerzten. »Wir haben noch für gut vier Stunden Atemluft und –« Er brach ab, als er auf das Multifunktionsmessgerät an seinem linken Handgelenk blickte. Rasch hob er den Arm vor die Augen und überprüfte ungläubig die Anzeigen.

»Sieh dir das an«, stieß er hervor. »Das ist doch nicht möglich!«

Auch Sharice blickte auf ihr Messgerät und erkannte sofort, was er meinte. Ihre Augen weiteten sich. Vergessen war der Streit, den sie gerade noch ausgetragen hatten.

»Der Sauerstoffgehalt der Luft hat sich erhöht«, keuchte sie. »Und das um fast fünf Prozent! Ebenso der Stickstoffgehalt. Er beträgt sogar fast fünfzig Prozent, während der Anteil an Kohlendioxid entsprechend abgenommen hat. Aber wie kann das sein?«

»Frag mich was Leichteres.« Michael blickte zu dem Erdhügel hinüber, unter dem Kim begraben lag. »Vielleicht sind seine Tanks beschädigt worden.«

»Dann hätte seine Ausrüstung Alarm gegeben«, widersprach Sharice. »Außerdem sagtest du, eure Flaschen wären schon mehr als halb leer gewesen. Der Rest hätte niemals ausgereicht, die Luft im gesamten Stollen so stark zu verändern.«

»Vermutlich nicht. Vielleicht eine unterirdische Luftblase im Gestein, die durch das Erdbeben freigelegt wurde?«

»Ziemlich unwahrscheinlich. Meines Erachtens gibt es nur eine logische Erklärung«, behauptete Sharice. Ihre Augen begannen zu leuchten.

»Und die wäre?«, hakte Michael nach, als sie nicht von selbst weitersprach.

»Kommst du wirklich nicht von selbst drauf, oder *willst* du es nicht erkennen? In der Station der Alten gibt es noch Atemluft! Nur von dort können der Sauerstoff und der Stickstoff kommen. Anscheinend existiert durch den Riss eine Verbindung zu den Räumen dahinter. Michael, begreifst du, was das heißt? Wir sind gerettet!«

Hoffnung wallte in ihm auf, doch noch war er nicht bereit, sich ihr völlig hinzugeben. »Langsam, langsam«, dämpfte er deshalb. »Erst müssen wir herausfinden, ob du wirklich Recht hast. Und dann können wir nur hoffen, dass der Sauerstoffgehalt weit genug zunimmt, wenn wir den Riss vergrößern. Ist die

Konzentration nicht hoch genug, um sie zu atmen, nutzt es uns gar nichts.«

»Wenigstens ist der Stollen durch den Einsturz hermetisch abgeriegelt, also kann die Luft nicht nach draußen entweichen«, meinte Sharice. »Also los, sehen wir nach!«

Gemeinsam eilten sie zum Ende des Tunnels. Zwischendurch blickten sie beide immer wieder auf ihre Messgeräte am Handgelenk. Die Sauerstoffanzeige stieg nicht übermäßig, aber doch leicht an. Als sie das Schott erreichten, lag sie dort bei fast fünfzehn Prozent, die des Stickstoffs bei gut sechzig.

Sharice trat zu dem Riss und bewegte ihren Unterarm davor auf und ab, bis sie eine Stelle gefunden hatte, an der die Werte sprunghaft nach oben schnellten. »An dieser Stelle muss der Durchbruch sein«, erklärte sie aufgeregt. »Sauerstoff rund zwanzig Prozent. Ohne den Anzug könnte ich wahrscheinlich einen deutlichen Luftzug spüren. Hier müssen wir ansetzen.«

Sie blickte sich einen Moment lang suchend um, dann ergriff sie eine Spitzhacke, die an der Wand lehnte. Michael griff hastig zu und hielt das Werkzeug fest, bevor sie damit auf den Riss einschlagen konnte.

»Bist du verrückt geworden?«, herrschte er sie an. »Was glaubst du, warum Kim und ich vorhin nicht blindlings mit schwerem Gerät auf die Wand eingeschlagen haben?« Er deutete zur Decke hinauf. »Hier ist die Statik alles andere als sicher. Eine zu starke Erschütterung und alles bricht zusammen!«

»Oh, das habe ich nicht gewusst ... tut mir leid«, sagte sie erschrocken und stellte die Spitzhacke so schnell an ihren Platz zurück, als hätte sie sich daran verbrannt. »Und was nehmen wir stattdessen?«

»Das hier.« Michael hob Kims Hammer und Meißel vom Boden auf und drückte sie Sharice in die Hände. Dann bückte er sich nach seinem eigenen Werkzeug.

»Damit brauchen wir ja eine Ewigkeit!«

»Besser das, als für alle Ewigkeit tot unter dem Gestein begraben zu liegen«, konterte Michael.

* * *

»Keine Chance«, lautete das niederschmetternde Urteil aller, die durch die Röhre in den Zwischenraum gekrochen waren und sich die zweite Einsturzstelle angesehen hatten. »Zumindest nicht in der kurzen Zeit.«

So sehr er sich auch innerlich dagegen sträubte, wusste Akiro, dass sie Recht hatten. Natürlich konnten sie mit sorgfältiger Abstützung der Decke beide Schuttberge nach und nach abtragen. Aber das würde Zeit erfordern. Tage, vielleicht Wochen.

Zeit, die den Eingeschlossenen nicht blieb. Falls sie überhaupt noch am Leben waren, würden ihre Sauerstoffvorräte schon in wenigen Stunden aufgebraucht sein.

»Und wenn wir einen schmalen Schacht von sagen wir zehn bis zwanzig Zentimetern an den Felsen vorbei bohren?«, erkundigte sich Natasha. Auch sie hatte es sich nicht nehmen lassen, durch das Rohr zu kriechen und sich die Einsturzstelle persönlich anzusehen.

»Was soll das bringen?«, wollte Akiro wissen. »Niemand könnte durch so ein kleines Loch kriechen.«

»Nun, das größte Problem für die Eingeschlossenen ist doch die Versorgung mit Atemluft«, erklärte Natasha. »Durch eine kleinere Röhre könnten wir ihnen Sauerstoffflaschen und später auch Nahrungsmittel auf die andere Seite schicken. Und überhaupt erst einmal mit ihnen Kontakt aufnehmen.«

»Wir haben wohl nicht viele Alternativmöglichkeiten«, meinte Jeffrey nach kurzem Nachdenken. »Versuchen wir es also.«

* * *

Die Arbeit erwies sich als einfacher, als Michael nach den bisherigen Erfahrungen befürchtet hatte. Das Gestein um den Riss herum war von zahlreichen Sprüngen durchzogen, sodass es sich ohne größere Anstrengungen wegschlagen ließ.

Der Sauerstoffgehalt der Luft um sie herum stieg beständig weiter an. Der Verlust an Atemluft in den Räumen hinter dem Schott wurde offenbar ausgeglichen, denn der Nachschub riss nicht ab.

Schon nach einer Viertelstunde hatte Michael ein gut faustgroßes Loch geschlagen. Er versuchte hindurchzublicken, doch der Abstand zwischen dem Helmscheinwerfer und seinen Augen war zu groß; entweder strahlte er nur die Wand an oder seine Augen waren zu weit von dem Loch entfernt, als dass er erkennen konnte, was sich dahinter befand.

»Die Zusammensetzung der Luft hat jetzt ein atembares Maß erreicht«, teilte Sharice ihm mit. »Sauerstoff bei rund dreiundzwanzig Prozent, Stickstoff bei über siebzig. Außerdem gibt es noch verschiedene Edelgase in geringer Konzentration. Der Luftdruck liegt sogar ein wenig über dem in Bradbury. Eigentlich müssten wir die Helme abnehmen können.«

Michael zögerte. »Die Messgeräte zeigen nur ein paar Werte an«, gab er zu bedenken. »Die Luft könnte für uns giftige Stoffe oder gefährliche Keime enthalten. Aber auf eine gründliche Laboranalyse müssen wir wohl verzichten.«

»Du sagst es.« Sie kontrollierte den Inhalt der Flaschen. »Unser eigener Sauerstoff reicht noch für knapp drei Stunden. Danach wird uns ohnehin nichts anderes übrig bleiben, als die Helme zu öffnen.«

»Ich denke, wir sollten so lange wie möglich warten. Vielleicht finden wir bis dahin tatsächlich einen anderen Ausgang und –«

»– und der liegt womöglich so weit vom Lager entfernt, dass wir auf dem Weg dorthin doch noch im letzten Moment ersticken«, fiel Sharice ihm ins Wort. »Nein, eine Notreserve sollten wir uns auf alle Fälle aufbewahren.«

Das war ein Argument, dem auch Michael nichts entgegenzusetzen hatte. Kurz entschlossen griff er an seinen Helm, löste die Verschlüsse und nahm ihn ab. Er zögerte noch einen Moment, dann atmete er vorsichtig durch die Nase ein.

Die Luft roch steril, gleichzeitig aber auch ein wenig modrig. Er nahm einen tieferen Atemzug, dann begann er im ganz normalen Rhythmus zu atmen.

»Alles in Ordnung!«, rief er. »Ich ...«

Ihm wurde schwindlig und er musste sich gegen die Wand lehnen.

»Was ist los?«, fragte Sharice erschrocken.

»Nichts, es ist nur ...« Michael schüttelte den Kopf. »Nur die Aufregung«, sprach er nach ein paar Sekunden weiter. »Mir wird jetzt erst richtig klar, was unser Fund bedeutet. Nicht nur unsere Rettung, sondern eine Chance für die ganze Kolonie!«

Auch Sharice nahm ihren Helm ab, legte ihn zu Boden und atmete tief ein. Ihre Augen schienen wie unter einem inneren Licht zu strahlen.

»Mir geht es genauso«, stieß sie hervor. »Ich kann es noch gar nicht glauben – wir atmen Luft, die vielleicht Milliarden Jahre alt ist! Das ist ... *phantastisch!*«

»Aber wir sind noch nicht gerettet«, dämpfte Michael ihre Euphorie. »Gehen wir weiter. Schauen wir nach, was uns die Alten außer atembarer Luft noch hinterlassen haben.«

Beflügelt von dem Gedanken, vergrößerte er das Loch, bis er endlich gleichzeitig mit dem Scheinwerfer hineinleuchten und hindurchblicken konnte.

Der Anblick war so unspektakulär, dass er fast enttäuschend wirkte.

Hinter dem Loch lag eine Felskammer von nur wenigen

Metern Durchmesser. In der gegenüberliegenden Wand gab es ein weiteres, allerdings deutlich schmaleres Metallschott. Direkt daneben prangte ein großer roter Knopf in der Wand.

Und auf dem Boden …

Für einen kurzen Moment glaubte Michael etwas wie ein grünliches Huschen wahrzunehmen, das jedoch gleich wieder verschwunden war. Er blinzelte, aber das Phänomen wiederholte sich nicht.

»Was ist los? Was siehst du? Komm, lass mich auch mal«, drängte Sharice.

Michael trat einen Schritt zurück und machte ihr Platz.

»Nicht gerade eine Schatzkammer«, kommentierte sie und richtete sich wieder auf. »Ob dieser rote Knopf ein Öffnungsmechanismus ist? Wenn ja, dann hoffen wir, dass er nach all der Zeit noch funktioniert. Ansonsten sitzen wir wieder fest.«

»Finden wir es heraus«, sagte Michael.

Sie brauchten mehr als drei Stunden, bis sie endlich eine Öffnung geschaffen hatten, die groß genug war, dass sie sich hindurchzwängen konnten.

Beim letzten Schritt rutschte etwas lockeres Geröll unter Michaels Füßen weg. Er geriet aus dem Gleichgewicht und stolperte mehr in den Raum, als dass er ging. Dabei überdehnte er wohl seine Halsmuskulatur, denn im gleichen Moment zuckte ein heftiger Schmerz durch seinen Nacken.

Sharice schüttelte den Kopf über sein Missgeschick, verkniff sich aber wenigstens einen spöttischen Kommentar. »Die Klimaanlage«, sagte sie stattdessen und deutete auf ein Gitter dicht unter der Decke. »Jetzt wissen wir jedenfalls, woher die Luft kommt.«

Sie traten auf das zweite Schott zu. Noch zögerte Michael, auf den Knopf zu drücken. »Da wir nicht wissen, was uns dahinter erwartet, sollten wir die Helme sicherheitshalber wieder aufsetzen«, schlug er vor.

»Einverstanden.«

Sie stülpten die Kunststoffkugeln wieder über und arretieren sie. Erst dann streckte Michael die Hand aus und presste den Zeigefinger entschlossen auf den Knopf.

Einige Sekunden lang geschah gar nichts. Dann ertönte ein leises Summen.

Langsam glitt das Schott zur Seite …

5

Pascal Saintdemar hatte die wohl wichtigste und zugleich langweiligste Aufgabe, die es auf dem Mars zu erledigen gab. Im Normalfall bestand sie darin, *nichts* zu tun, und so sehr diese Untätigkeit über Stunden hinweg ihn oftmals anödete, so froh war er doch, wenn sich daran nichts änderte.

Mit dieser Einstellung war er nicht allein. Sie wurde von mehr als dreihundert Menschen geteilt, die seiner Obhut anvertraut waren, denn *wenn* er einmal etwas zu tun bekam, bedeutete dies für sie alle meist höchste Gefahr.

Pascal war ein Wächter in der Zentrale von Bradbury, der ersten und bislang einzigen menschlichen Siedlung auf dem Roten Planeten, gegründet von den Schiffbrüchigen des gleichnamigen Raumschiffs, das im Jahre 2010 – also vor 82 Jahren – auf dem Roten Planeten notgelandet war.

Die Zentrale war so etwas wie das Gehirn der Siedlung; hier liefen alle wichtigen Fäden und Informationen zusammen. Solange nichts geschah, konnte Pascal ausgiebig der Nichtstuerei frönen, denn dann lief alles in korrekten Bahnen. Wenn er hingegen an manchen Tagen oder Nächten aus seiner Ruhe aufgeschreckt wurde, dann für gewöhnlich, weil irgendetwas das gewohnte Gefüge bedrohte.

Möglichkeiten dafür gab es viele. Es konnten Kleinigkeiten sein, irgendein Gerät, das nicht ordnungsgemäß funktionierte, aber auch ein Erdbeben, ein Sandsturm, ein Meteoritenhagel oder dergleichen mehr.

Die allerwenigsten Störungen seiner Routine waren angenehmer Art.

Die größte Herausforderung für Pascal bestand darin, nicht einzuschlafen. Zwar gaben die meisten Sensoren bei Unregelmäßigkeiten nicht nur ein optisches, sondern auch ein akustisches Warnsignal, aber zu viel hing davon ab, dass er im Fall der Fälle blitzschnell reagierte und sich nicht erst im Halbschlaf orientieren musste.

Auf das, was ihn an diesem Nachmittag erwartete, war er jedoch in keiner Form vorbereitet.

Schon der ganze Tag war hektisch gewesen, doch hatte Pascal geschlafen und war erst kurz vor Antritt seines Dienstes über alles informiert worden.

Das wichtigste Ereignis der vergangenen Tage – sah man von einem Meteoritenhagel ab, der zum Glück keine schweren Schäden verursacht hatte – war die Entdeckung einer Station der Alten gewesen. Zumindest glaubte man, dass es eine Station jener fremden Rasse war, die vermutlich vor Milliarden von Jahren auf dem Mars gelebt hatte, als dieser noch Wasser führte.

Michael Tsuyoshi, einer der Archäologen, war bei Ausgrabungsarbeiten auf einen Stollen gestoßen, der tief in einen niedrigen Berg hineinführte und an einem Metallschott endete, das sich als unglaublich massiv erwiesen und bislang allen Bemühungen, es aufzubrechen, getrotzt hatte.

Bei dem Versuch, es durch Grabungen zu umgehen, hatte am späten Vormittag ein an sich nur leichtes Erdbeben den Stollen zum Einsturz gebracht. Michael und zwei weitere Mitglieder des archäologischen Stabes – Kim Gonzales und Sharice Angelis – waren dabei verschüttet worden, und seither gab es keine Lebenszeichen mehr von ihnen, obwohl die Bergung auf Hochtouren lief.

Mittlerweile sanken die Hoffnungen immer mehr. Der Sauerstoffvorrat der Eingeschlossenen musste fast erschöpft sein. Pascal bedauerte, dass er nichts tun konnte, um zu ihrer Rettung beizutragen, aber sein Aufgabenbereich erstreckte sich ausschließlich auf die Zentrale. Er konnte nur zusammen mit vielen anderen hoffen und bangen.

Um exakt siebzehn Uhr dreiundfünfzig, etwas mehr als eine Stunde nach Beginn seiner Schicht, wurde Pascal plötzlich abrupt aus seiner Ruhe gerissen, als mehrere Warnlämpchen auf dem Pult vor ihm plötzlich zu blinken begannen.

»Energieabfall im Beleuchtungssystem«, plärrte eine Computerstimme; ein Überbleibsel der ausgeschlachteten BRADBURY. Eine Skala zeigte an, dass die Leistung des entsprechenden Stromkreislaufs wild zwischen fünfzig und achtzig Prozent schwankte.

Die Auswirkungen konnte er sogar auf den Monitoren beobachten. An verschiedenen, besonders wichtigen Stellen der Siedlung waren Kameras installiert, deren Bild in die Zentrale übertragen wurde. Deutlich war zu erkennen, dass das Licht in raschem Wechsel heller und dunkler wurde. Lediglich die Zentrale selbst blieb davon verschont, weil sie von einem separaten, noch einmal zusätzlich abgesicherten Stromkreislauf mit Energie versorgt wurde.

Die Schwankungen dauerten etwa zwanzig Sekunden lang an, dann hörten sie von selbst wieder auf. Die Skala zeigte wieder einhundert Prozent an.

Pascal atmete auf. Offenbar war es nur eine kurzfristige Störung gewesen, dennoch gab sie Anlass zur Besorgnis. In einer für Menschen so lebensfeindlichen Umwelt hing ihrer aller Leben davon ab, dass die Geräte störungsfrei funktionierten. Zwischenfälle wie dieser *durften* einfach nicht vorkommen. Der nächste Defekt könnte ein lebensnotwendigeres System als nur die Beleuchtung betreffen.

Pascal gehörte selbst dem technischen Stab an und kannte die Einrichtungen der Zentrale in- und auswendig, aber für eine solche Überprüfung wurden absolute Spezialisten gebraucht.

Gerade als er die Hand ausstreckte, um ein Technikerteam zur Überprüfung anzufordern, erloschen die Überwachungsmonitore vor ihm.

Zwei, drei Sekunden saß er wie gelähmt. Eine Störung in einem einzelnen System, so gefährlich jede von ihnen auch werden könnte, ließ sich nie ganz ausschließen. Aber gleich zwei davon, unmittelbar hintereinander und in verschiedenen Systemen, bedeutete, dass es sich um ein ernstes Problem handelte. Und damit potenzierte sich auch die Gefahr.

Pascal führte die angefangene Bewegung zu Ende und griff nach dem Mikrofon, um die Techniker zu benachrichtigen – als er bemerkte, dass auch die Kommunikationsanlage vollständig ausgefallen war.

»Unbekannte Störung im Belüftungssystem«, meldete die Computerstimme gleich darauf mit seelenloser maschineller Gleichgültigkeit, obwohl es sich um einen der schlimmstmöglichen Defekte handelte. Die künstliche Belüftungsanlage, die Bradbury mit Atemluft versorgte, war der Lebensnerv der Siedlung. Wenn sie völlig ausfiel, wäre höchstens noch für einige Zeit ein Überleben in den hydrophonischen Gärten möglich.

Über den Monitor des Zentralcomputers huschten in rasender Folge irgendwelche Ziffern- und Buchstabenkolonnen, zu schnell, um sie einzeln zu erkennen. Offenbar gingen die Störungen von diesem Herzstück der gesamten Anlage aus.

Pascal hieb auf einen besonders dicken roten Knopf und löste damit Großalarm für ganz Bradbury aus. Zumindest versuchte er es.

Nicht einmal mehr der Alarm funktionierte!

Fassungslos starrte Pascal den Knopf an. Einen Fall wie diesen hatte es noch nie gegeben. Verzweifelt überlegte er, was er tun sollte. Er musste Hilfe holen, bevor womöglich noch das gesamte Lebenserhaltungssystem zusammenbrach. Dafür jedoch musste er seinen Platz verlassen, was bedeutete, dass er auf eingehende Nachrichten oder Alarmmeldungen nicht mehr reagieren konnte.

Trotzdem entschloss er sich, das Risiko einzugehen. Zu groß war die Gefahr, und wie es aussah, gehorchte ihm ein Großteil des Systems ohnehin nicht mehr. Er sprang von seinem Stuhl auf und eilte zur Tür.

»Alle Störungen beseitigt. System läuft wieder einwandfrei«, verkündete die Computerstimme, als er sich auf halbem Weg befand.

Zögernd blieb Pascal stehen und kehrte wieder an seinen Platz zurück.

Die Zeichenkolonnen auf dem Hauptmonitor waren verschwunden, alle Warnlämpchen erloschen. Er überprüfte die Anzeichen mehrerer Skalen und stellte fest, dass sie alle wieder ganz normale Werte anzeigten.

Aufatmend lehnte Pascal Saintdemar sich auf seinem Stuhl zurück. Er verzichtete auf einen Großalarm. Stattdessen forderte er wie ursprünglich geplant ein Team von Technikern an, die die Anlage überprüfen sollten. Sie würden den Fehler schon finden.

Hoffte er jedenfalls.

* * *

Gut zwei Stunden lang hatten die Techniker die Zentrale auf den Kopf gestellt, ohne irgendetwas zu finden, was die Fehlfunktionen verursacht haben könnte. Dabei hatten sie nicht nur die verschiedenen Computer und Energiekreisläufe einer gründlichen Prüfung unterzogen, sondern auch sämtliche Software.

Alles funktionierte einwandfrei. Die kurzzeitigen Störungen und Ausfälle waren nicht einmal im Computer dokumentiert, obwohl sämtliche Vorfälle dieser Art normalerweise in einer

Protokolldatei aufgezeichnet wurden. Diesmal jedoch gab es nicht die geringsten Spuren, was eigentlich unmöglich war.

Einer der Techniker hatte zu Pascals Empörung sogar angedeutet, er könnte sich alles nur eingebildet haben, eine Art Koller, ausgelöst durch die vielen einsamen Stunden hier in der Zentrale.

Es gab jedoch eins, was dagegen sprach: Zumindest die Störung im Beleuchtungssystem, das flackernde Licht, war von zahlreichen Menschen beobachtet worden – doch auch sie war nicht im Computer verzeichnet.

Schließlich waren die Techniker zu dem Schluss gekommen, dass der Ursprung der Störungen auf keinen Fall hier liegen könnte. Sie hatten die Zentrale wieder verlassen, um vor allem das Belüftungssystem genau zu überprüfen.

Pascal war wieder allein. Noch immer verspürte er Nervosität, doch die schlimmste Anspannung fiel allmählich von ihm ab. Die Routine kehrte wieder ein, bis er nach einiger Zeit erneut aufgeschreckt wurde.

Die Funkanlage war ebenfalls in der Zentrale untergebracht, und an diesem Tag hatte so reger Funkverkehr wie sonst selten geherrscht. Alle Fortschritte oder Rückschläge während der Rettungsarbeiten waren sofort nach Bradbury gemeldet worden, oder man hatte benötigtes Material angefordert; allerdings war das hauptsächlich im früheren Verlauf des Tages geschehen.

Als die Funkanlage gegen halb acht erneut ansprach, erwartete Pascal Saintdemar deshalb wieder eine Meldung von der Unglücksstelle.

Er täuschte sich.

»Hier spricht die USSF CLARKE der Vereinten Erdföderation«, drang es lautstark aus dem Empfänger, als er das Empfangsteil einschaltete. »Wir rufen die Marskolonie! Bitte melden Sie sich. Wir senden auf der Bordfrequenz der BRADBURY und hoffen, dass Sie uns empfangen können. Hier spricht die USSF CLARKE der Vereinten Erdföderation. Wir rufen –«

Pascal schaltete den Lautsprecher aus. Es war eine Instinktreaktion. Er bemerkte, dass seine Finger zitterten, und er war kaum in der Lage, einen klaren Gedanken zu fassen.

Im ersten Moment glaubte er noch an einen schlechten Scherz, aber dann fiel ihm die ungeheure Sendeintensität auf, mit der der Funkspruch einging. Höchstens der ehemalige Bordsender der BRADBURY wäre dazu in der Lage gewesen, doch vor diesem – genauer gesagt vor dessen Überresten – saß er selbst. Sonst gab es auf dem Mars kein Funkgerät, das eine solche Leistung besaß.

Auch eine erneute Fehlfunktion schied aus. Durch eine Störung hätte vielleicht fälschlich der Eingang einer Nachricht angezeigt werden, aber kein exakter und sinnvoller Inhalt simuliert werden können.

Sollte es sich tatsächlich um ein Raumschiff der Erde handeln, das erst jetzt, zweiundachtzig Jahre nach dem Scheitern der ersten Expedition, eintraf, um nach den Nachkommen der Überlebenden zu sehen?

Pascals Herz hämmerte so schnell, dass er fürchtete, es könnte jeden Moment in seiner Brust explodieren. Er schaltete den Lautsprecher wieder ein, diesmal allerdings nur leise. Noch immer wurde der Funkspruch mit gleichem Wortlaut wiederholt.

Verzweifelt überlegte er, was er tun sollte. Für einen Fall wie diesen gab es keinen Verhaltenskodex.

Ein Raumschiff von der Erde!

Pascal war bewusst, dass die Ruhe und relative Beschaulichkeit ihres Lebens damit vorüber war. Von nun an würde nichts mehr sein wie bisher, mochten die Änderungen nun zum Positiven oder Negativen hin ausfallen.

Er brachte nicht den Mut auf, selbst auf den Funkspruch zu

antworten. Das Ereignis war zu bedeutsam, als dass er selbst die Verantwortung für die Reaktion darauf übernehmen wollte. Es war Angelegenheit des Siedlerrates, sich damit auseinanderzusetzen.

Er drückte eine Taste auf dem Schaltpult vor sich.

»Hier spricht Pascal Saintdemar, derzeitiger Zentralwächter. Ich bitte die Mitglieder des Rates, so schnell wie möglich in die Zentrale zu kommen«, sprach er in eines der Mikrophone vor sich. Seine Durchsage würde in jedem Raum der Station zu hören sein. Obwohl er sich gezwungen hatte, mit möglichst ruhiger Stimme zu sprechen und sich seine Aufregung nicht anmerken zu lassen, würde seine Aufforderung mit Sicherheit Unruhe und Gerüchte auslösen, aber das ließ sich nicht vermeiden. Vermutlich würde man annehmen, sie hätte etwas mit den Bergungsarbeiten zu tun.

Ungeduldig wartete er auf das Eintreffen der Ratsmitglieder, während er weiter auf den stets gleichen Funkspruch lauschte.

Die Erde!

Die Zeit ihrer Isolation, in der sie mit teilweise extrem primitiven Mitteln um ihr Leben kämpfen mussten, war vorbei. Alles, was sie benötigten, ließ sich in der alten Heimat weitaus besser herstellen. Das bedeutete auch das Ende allen Mangels.

Und – Pascal wagte kaum daran zu denken – möglicherweise würde sich ihnen schon bald die Gelegenheit bieten, selbst einmal die Erde aufzusuchen, die Wiege der Menschheit, die sie nur aus den Erzählungen ihrer Vorväter und -mütter kannten.

Von nun an würde alles besser werden, davon war er überzeugt.

* * *

»Unglaublich, dass nach dieser langen Zeit alles noch so reibungslos funktioniert«, stieß Sharice Angelis fast andächtig hervor, während das metallische Schott vor ihnen fast lautlos zur Seite glitt.

Michael brachte kein Wort heraus, so gebannt war er, doch im Stillen musste er ihr Recht geben. Schon das offenbar völlig verwitterungsfreie Metall des Außenschotts, auf das sie zuerst gestoßen waren, hatte ihnen gezeigt, wie fortgeschritten die Technik der Alten gewesen sein musste.

Nun erwies sich, dass selbst ihre elektrischen Anlagen die Zeit unbeschadet überdauert zu haben schienen, denn das leise Summen wies auf einen Motor hin, der das Schott vor ihnen öffnete, nachdem er auf einen Knopf in der Wand gedrückt hatte. Allerdings bewegte es sich ziemlich langsam.

Nachdem Teile des Stollens durch das Erdbeben eingestürzt waren, hatten sie die Flucht nach vorne angetreten. Das Beben hatte auch einen Riss in der Wand neben dem Außenschott hinterlassen, den sie vergrößert hatten, sodass sie auf diesem Weg in eine kleine Felsenkammer gelangt waren, von der aus sie nun weiter vordringen wollten.

Zu seinem Bedauern waren sie nur noch zu zweit. Kim Gonzales, der sich mit ihnen im Stollen befunden hatte, war von einem herabstürzenden Felsbrocken erschlagen worden.

Gespannt beugte Michael sich vor und leuchtete mit dem Lichtkegel seines Helmscheinwerfers durch die Öffnung. Ein mehrere Meter langer Gang erstreckte sich dahinter. In den Wänden gab es weitere schmale Schotts.

Gleich darauf kniff Michael geblendet die Augen zusammen. Ein helles, dennoch indirektes Licht, das direkt aus den Wänden und der Decke zu kommen schien, flammte im Korridor auf. Nun war zu erkennen, dass er deutlich länger war, als es im schwachen Scheinwerferlicht zuvor ausgesehen hatte.

»Was ist passiert?« Auch Sharice beugte sich vor, sodass sie in den Gang blicken konnte.

»Sieht so aus, als hätte jemand das Licht für uns eingeschaltet.«

»Glaubst du, dass ...« Sie sprach nicht weiter, aber Michael verstand auch so, was sie meinte. Der erschrockene Ausdruck in ihrem Gesicht sprach Bände.

»Nein, bestimmt nicht«, erwiderte er. »War nur ein dummer Scherz. Irgendwelche Detektoren haben unsere Anwesenheit registriert und deshalb die Beleuchtung aktiviert. Du glaubst doch nicht ernsthaft, dass nach dieser unglaublich langen Zeit noch jemand am Leben ist?«

»Es wäre theoretisch möglich«, beharrte sie. Obwohl sich das Schott inzwischen vollständig geöffnet hatte, betrat keiner von ihnen den Gang. »Auch an Bord der BRADBURY gab es Tiefschlaftanks, und wenn die Alten uns technisch überlegen waren ... Wir wissen schließlich nicht, was aus ihnen geworden ist.«

»Du meinst, sie hätten sich in Tiefschlaf begeben, als der Mars austrocknete?« Michael runzelte die Stirn. »Das halte ich für ziemlich unwahrscheinlich.«

»Vielleicht nicht das ganze Volk, aber einige von ihnen. So etwas wie Wächter, die durch unsere Ankunft jetzt aus ihrem Schlaf erweckt wurden. Ausschließen können wir es nicht.«

»Nein«, gab Michael zu. »Ausschließen können wir das nicht ...« Der Gedanke, dass sich wirklich noch einige der Alten in dieser Station befinden könnten und sie ihnen vielleicht schon bald gegenüberstehen würden, jagte ihm einen eisigen Schauder über den Rücken.

Um sich abzulenken, warf er einen Blick auf das Messgerät an seinem Handgelenk. Obwohl sie schon in der kleinen Felsenkammer zwischen den Schotts eine Sauerstoffatmosphäre vorgefunden hatten, wussten sie nicht, was sie in der eigentlichen

Station erwartete, und hatten deshalb ihre Helme sicherheitshalber wieder aufgesetzt.

»Alles in Ordnung, die Luft ist atembar«, verkündete er. Genau wie Sharice schaltete er den Scheinwerfer aus und nahm seinen Helm ab. Sie schüttelte ihre langen schwarzen Haare. »Ich glaube nicht, dass uns irgendjemand hier erwartet oder uns sonst eine Gefahr droht«, fuhr er fort. »Trotzdem sollten wir zunächst einmal nur nach einem zweiten Ausgang suchen. Später können wir dann mit Verstärkung zurückkommen und uns alles genau ansehen.«

»Kein Widerspruch«, stimmte Sharice ihm zu. »Mein Forscherdrang ist in den letzten Minuten ziemlich abgekühlt. Ich möchte nur so schnell wie möglich hier raus.«

Gemeinsam überschritten sie die Schwelle und drangen in den Korridor vor. Hinter ihnen ertönte erneut das elektrische Summen. Michael fuhr herum. Das Schott begann sich wieder zu schließen, doch zu seiner Erleichterung gab es auch auf der Innenseite der Wand einen gleichartigen Knopf, mit dem es sich wieder öffnen lassen würde.

»Der Gedanke ist mir noch nie in meinem Leben gekommen, aber im Moment würde ich mich sehr viel wohler fühlen, wenn ich eine Waffe in der Hand hätte«, raunte Sharice, während sie langsam weiter vordrangen.

* * *

»Das ist … unglaublich«, stieß Ben Braxton hervor. Der greise Vorsitzende des Rates schien um mindestens ein Jahrzehnt jünger geworden zu sein, seit er die Funkbotschaft gehört hatte. In seinen Augen brannte ein fast jugendliches Feuer. »Ein Irrtum ist ausgeschlossen?«

Bereits wenige Minuten nach Pascals Durchsage waren er, Shao Tsuyoshi und Maria Gonzales in der Zentrale eingetroffen. Jeffrey Saintdemar und Natasha Angelis, die Vertreter der beiden restlichen Häuser, befanden sich nicht in Bradbury, sondern an der Ausgrabungsstätte, um die Bergungsarbeiten persönlich zu überwachen.

»Völlig ausgeschlossen«, bestätigte Pascal.

»*Unglaublich* in der Tat«, sagte Shao mit sonderbarer Betonung. Auch sie wirkte aufgeregt, aber bei weitem nicht so enthusiastisch wie Ben. »Vor allem nach dieser langen Zeit. Aber ob es wirklich vorteilhaft für uns sein wird, muss sich erst noch erweisen.«

»Wie meinst du das?«, fragte Pascal verwirrt.

»Nun, achtzig Jahre lang hat man sich nicht um uns gekümmert, und wir alle wissen, dass es achtzig extrem harte Jahre waren, vor allem am Anfang. Und jetzt taucht ganz plötzlich ein Schiff von der Erde auf, als wäre nichts gewesen? Es ist bekannt, dass ich die Meinung derer, die die Erde mittlerweile als eine Art Schreckgespenst betrachten, nicht teile, aber ich denke, ein bisschen Misstrauen wäre in diesem Fall schon angebracht.«

»Mir geht es ebenso«, stimmte Maria ihr zu. »Aber wir müssen uns davor hüten, dieses Misstrauen in Feindschaft ausarten zu lassen.«

»Richtig«, stimmte Ben ihr zu. »Viele Mitglieder unserer Gemeinschaft hegen Vorbehalte. Diese Situation darf nicht eskalieren. Zwar sind wir nicht mehr so stark auf Unterstützung von der Erde angewiesen wie unsere Vorfahren es einst geglaubt haben, trotzdem können wir von einem Kontakt extrem profitieren.«

Shao nickte. »Man wird uns eine Menge Fragen beantworten müssen, vor allem die, warum man uns über Jahrzehnte hinweg unserem Schicksal überließ. Bis diese Fragen zu unserer Zufriedenheit geklärt sind, sollten wir Zurückhaltung üben.«

»Heißt das, dass wir auf die Funksprüche nicht antworten

werden?«, fragte Pascal. Ungläubig starrte er die drei Ratsmitglieder an. Er begriff nicht mehr, was diese Diskussion überhaupt zu bedeuten hatte. Die Ankunft eines Erdraumschiffs war in seinen Augen das bedeutsamste Ereignis, seit ihre Vorfahren zum ersten Mal den Marsboden betreten hatten. Aber statt sich zu freuen und alles zu tun, um so schnell wie möglich einen Kontakt herzustellen, diskutierten die gewählten Vertreter ihrer Gemeinschaft über Misstrauen und Zurückhaltung.

»Sicher werden wir antworten müssen«, entgegnete Shao. »Aber ich denke, wir sollten zuvor Natasha und Jeffrey verständigen und warten, bis sie hier eintreffen. Immerhin gehören sie ebenfalls dem Rat an. Wäre es theoretisch möglich, dass das Schiff etwas mit den vorangegangenen Störungen zu tun hat?«

»Wie?« Einen Moment war Pascal verwirrt über den abrupten Themenwechsel, dann machte er eine ratlose Geste. »Dafür verstehe ich nicht genug von der Materie. Das können höchstens die Techniker beantworten.«

»Du hast bislang noch nicht auf die Funksprüche reagiert, auch kein Bestätigungssignal für den Empfang gesendet?«, wandte Ben sich an ihn.

»Nein, nichts. Ich wollte den ersten Kontakt dem Rat überlassen.«

»Gut, dann stelle sofort eine Verbindung mit der Ausgrabungsstelle her und –«

Eine dumpfe Erschütterung, die bis in die von allen Einrichtungen am besten abgeschirmte Zentrale spürbar war, durchlief den Boden. Gleichzeitig begannen zahlreiche Warnlämpchen hektisch zu blinken.

»Was ist passiert?«, fragte Shao.

»Das ... das war eine Explosion!«, stieß Pascal hervor. Hastig überflog er die Warnmeldungen und Analysen auf mehreren Monitoren. »Kein Zweifel, ein künstlicher Sprengsatz, knapp eineinhalb Kilometer von Bradbury entfernt eingeschlagen.« Er schluckte und schüttelte fassungslos den Kopf. Panik funkelte in seinen Augen. »Wir … wir werden angegriffen!«, keuchte er mit sich überschlagender Stimme. »Wir werden aus dem All beschossen!«

* * *

»Meine Güte, sieh dir das an«, sagte Sharice ehrfürchtig.

Sie hatten eine der vom Korridor abzweigenden Türen geöffnet. Dahinter erstreckte sich ein kleiner länglicher Raum, in dem bei ihrem Eintreten ebenfalls automatisch das Licht anging. Die Wände waren bis zur Decke mit fremdartig anmutenden Geräten voller Skalen, Knöpfe, Monitore, Schalter und Leuchtdioden bedeckt, die jedoch ausgeschaltet waren.

Auch Michael war beeindruckt. Der Anblick erinnerte ihn an einige Passagen aus den Romanen seines Urahns John Carter, eines Schriftstellers und Journalisten, der an der Marsexpedition teilgenommen hatte. Er hatte seine Werke als *Science Fiction* bezeichnet, weil sie von Dingen handelten, die es nicht gab. In mehreren seiner Geschichten war es um den Kontakt zwischen Menschen und außerirdischen, technisch hoch stehenden Zivilisationen gegangen. Beim Betreten eines fremden Raumschiffs hatten seine Hauptpersonen ähnlich staunend vor den Errungenschaften der Alien-Rasse gestanden.

Spätestens jetzt gab es keinen Zweifel mehr, dass die Technik der Alten der ihren weit überlegen gewesen war.

»Wozu mögen all diese Apparaturen gedient haben?«, überlegte Sharice laut. »Ob wir es wohl schaffen, einige davon wieder in Betrieb zu nehmen und ihre Funktionsweise zu ergründen?«

»Komm bloß nicht auf dumme Gedanken«, ermahnte Michael sie. »Wir werden uns schön davor hüten, irgendwas anzufassen. Wer weiß schon, was wir damit auslösen? Wir bleiben bei unserem Vorsatz, nur nach einem zweiten Ausgang zu suchen. Wenn wir einen finden, können sich später unsere Wissenschaftler mit dieser Station beschäftigen.«

»Als ob die mehr mit dieser fremden Technik anfangen könnten als wir oder sonst jemand«, sagte Sharice spöttisch. »Die werden auch nur auf ein paar Knöpfe drücken und abwarten, was passiert.«

»Hast du nicht vor wenigen Minuten erst behauptet, dein Forschungsdrang wäre plötzlich stark abgekühlt?«

»Na ja, das war vor wenigen Minuten.« Sharice zuckte mit den Schultern. »Komm schon, war nicht ganz ernst gemeint. Natürlich habe ich nicht vor, blindlings an den Schaltpulten herumzufummeln.«

»Bei dir weiß man nie genau, woran man ist. Komm, suchen wir weiter.«

Mit einem letzten bedauernden Blick auf die zahlreichen Geräte folgte Sharice ihm zurück auf den Gang. Das Schott schloss sich hinter ihnen automatisch wieder. Um sie herum lastete Totenstille, nur ihre Schritte hallten dumpf auf dem kunststoffartigen Fußbodenbelag.

Hinter den nächsten Türen auf beiden Seiten des Korridors erwartete sie ein ähnlicher Anblick. Auch wenn es in den Räumen nicht mehr ganz so viele Geräte und Apparaturen gab, stellte jeder von ihnen die Zentrale von Bradbury weit in den Schatten.

»Ich möchte nur wissen, was die Alten hier gemacht haben«, murmelte Sharice. »Um Labore scheint es sich nicht zu handeln, dort würde man auch Arbeitsflächen benötigen, um irgendetwas zu untersuchen. Das hier scheint alles eher Kontroll- oder Überwachungszwecken zu dienen. Eine Art Beobachtungsstation. Aber was können sie beobachtet haben, was so einen technischen Aufwand erfordert?«

»Da bin ich überfragt. Ich möchte eigentlich nur wissen, wie sie hier herein- oder hinausgekommen sind. Ist dir aufgefallen, dass das große Schott zum Stollen hin als einziges keinen Knopf zum Öffnen hatte, weder an der Außen- noch der Innenseite?«

»Und was folgerst du daraus?«

»Keine Ahnung. Vielleicht haben wir uns getäuscht und es ist gar kein Schott, sondern eine massive Wand, die die Station zu dieser Seite hin abschließt. Dann müsste es auf jeden Fall irgendwo noch einen Ausgang geben.«

Sie erreichten das Ende des Korridors. Der Gang teilte sich hier nach links und rechts, außerdem gab es direkt an der Gabelung noch zwei direkt nebeneinanderliegende Türen in der Wand. Michael öffnete eine von ihnen.

»Eine Treppe«, murmelte er und blickte verblüfft auf die metallenen Stufen, die innerhalb eines Schachts in die Höhe führten. »Offenbar ist die Station um einiges größer, als wir gedacht haben. Es muss mindestens noch eine zweite Etage geben.«

»Reichlich antiquiert, so eine Treppe, nicht wahr? Bei dem technischen Stand der Alten hätte ich zumindest einen Fahrstuhl erwartet.«

»Vielleicht waren sie Fitnessfanatiker?« Michael grinste flüchtig, wurde aber sofort wieder ernst. Er drückte auf den Öffnungsknopf für die zweite Tür. »Ich nehme an, die Treppe dient nur für Notfälle. Ich möchte wetten ...« Er brauchte nicht weiter zu sprechen. Die Tür glitt auf, und dahinter kam eine Kabine zum Vorscheine, die Platz für gut zwanzig Personen bot. »Na also, da hast du deinen Fahrstuhl.«

»Trotzdem sollten wir uns erst hier auf diesem Stockwerk alles ansehen, ehe wir uns das nächste vornehmen«, schlug Sharice vor. »Sonst laufen wir blindlings umher und wissen hinterher nicht mehr, wo wir schon gewesen sind.«

»Ich glaube nicht, dass diese Gefahr besteht.« Michael deutete ins Innere des Lifts. »Keine Armaturen, also dürfte es nur zwei Etagen geben, zwischen denen der Aufzug pendelt. Trotzdem ist es wohl tatsächlich besser, wenn wir systematisch vorgehen. Trennen wir uns, dann sparen wir Zeit. Ich nehme mir die rechte Seite vor, du die linke. Die Korridore sind nicht lang, wir bleiben also in Sicht- und Rufweite.«

Sharice wirkte von der Idee nicht sehr begeistert, nickte aber schließlich und wandte sich nach links, während Michael in die entgegengesetzte Richtung ging.

Schon hinter der ersten Tür, die er öffnete, erwartete ihn eine Überraschung. Hier war nichts mehr von der hoch technisierten Einrichtung der bisherigen Räume zu entdecken. Stattdessen hatte er das Gefühl, eine verkleinerte Ausgabe der Mensa von Bradbury betreten zu haben. Um genau das handelte es sich anscheinend auch: einen Speise- und Aufenthaltsraum.

Mehrere Tische und Stühle, die Platz für insgesamt etwa zwanzig Personen boten, standen darin. Obwohl die Formen etwas geschwungener waren, glichen die Einrichtungsstücke weitgehend denen, die sie selbst benutzten. Demzufolge mussten die Alten ihnen in puncto Körperbau sehr ähnlich gewesen sein.

»Und? Was ist dort?«, rief Sharice.

»Ein ganz simpler Speisesaal. Und bei dir?«

»Quartiere. Jeweils drei Betten pro Raum, außerdem je ein Tisch mit Stühlen. Ansonsten völlig kahl.« Sie trat an die den Türen gegenüberliegende Wand und öffnete eine fast türgroße Klappe. »Das hier scheinen Wandschränke zu sein. Ja, hier sind Fächer. Leider auch völlig leer. Schade, wäre schön gewesen, wenn die Alten uns ein paar Erinnerungsfotos oder so etwas hinterlassen hätten.«

Michael hatte derweil die nächste Tür geöffnet. Es überraschte ihn nicht, dass er dahinter etwas vorfand, dessen Ähnlichkeit mit einer Küche unverkennbar war. Es gab mehrere Arbeitsplatten, Bottiche unterschiedlicher Größe, Schränke und auch zahlreiche elektrische Geräte.

»Sieh trotzdem überall nach«, forderte er Sharice auf. »Vielleicht findest du doch noch etwas.«

Der nächste Raum gab ihm im ersten Moment Rätsel auf. Zahlreiche merkwürdig geformte Metallgebilde standen wie Skulpturen eines geisteskranken Künstlers darin verstreut. Erst als er zwei trapezartige Gebilde sah, die von der Decke herabhingen, begriff Michael, dass es sich offenbar um eine Art Fitnessraum handelte.

Hinter der letzten Tür in diesem Teil des Ganges schließlich entdeckte er sanitäre Einrichtungen, die zwar etwas anders geformt waren, als er sie von Bradbury her kannte, offenbar jedoch die gleiche Funktion erfüllten.

»Komm her, Michael, schnell, sieh dir das an!«, hörte er Sharice rufen und trat wieder auf den Korridor hinaus. Auch sie hatte ihre Inspektion fast beendet und stand vor einem geöffneten Wandschrank an der Stirnseite des Ganges.

Michael eilte zu ihr. Als er sie erreichte, wich sie ein Stück zur Seite, sodass er ebenfalls in den Schrank blicken konnte.

In Halterungen ruhten zahlreiche rötliche Metallrohre, etwa armdick und ungefähr einen halben Meter lang. Auf halber Länge zweigte ein handlanges Metallstück davon ab, und eines der Enden war nach unten gebogen.

»Was ist das?«, fragte Michael beklommen, obwohl er es ahnte. Er wollte es sich nur nicht eingestehen.

»Waffen, vermute ich«, unterstützte Sharice seinen Verdacht. Sie bückte sich und legte ihren Helm auf den Boden. So vorsichtig, als handele es sich um filigranes Glas, griff sie nach einem der Stäbe und nahm ihn von seiner Halterung. Dabei fasste sie ihn an dem abgewinkelten Ende und dem herausragenden Metallstück an.

»He, was soll das? Bist du verrückt geworden? Leg es sofort wieder zurück!«, verlangte Michael, doch Sharice ignorierte ihn schlichtweg.

»Ob es nach all der Zeit wohl noch funktioniert? Hier am Griff ist ein kleiner Knopf, vermutlich der Abzug.«

»Komm bloß nicht auf die Idee, es auszuprobieren!«, stieß Michael hervor. »Wir haben keine Ahnung von seiner Funktionsweise und wissen auch nicht, ob der Stationscomputer einen Schuss hier drin als feindliche –«

Noch bevor er aussprechen konnte, hatte Sharice den Auslöser bereits betätigt.

Ein unglaublich scharf gebündelter, dünner Lichtstrahl schoss aus dem Lauf der Waffe, traf eine der offen stehenden Schranktüren und brannte binnen Sekundenbruchteilen ein Loch hinein, noch ehe Sharice den Finger wieder vom Abzug nehmen konnte.

»Ich ... es tut mir leid«, stammelte sie erschrocken und wurde blass. »Ich wollte das nicht, wirklich. Ich habe den Knopf nur ganz leicht berührt, da ging das Ding schon los!«

Auch Michael war der Schreck in die Knochen gefahren. »Hast du völlig den Verstand verloren?«, blaffte er sie an. »Ich sollte dir ...«

Er brach ab, als sich ein Stück entfernt in der Wand eine Klappe öffnete, die sie zuvor nicht einmal entdeckt hatten. Leise rasselnd kamen nacheinander zwei kastenförmige, schwarze Fahrzeuge aus der Luke hervor. Sie bewegten sich auf Raupenketten und kamen auf sie zu.

»Weg hier!«, keuchte Michael. Anscheinend traf seine Befürchtung zu, dass die Station den Schuss registriert hatte und als feindlichen Angriff wertete, auf den sie nun reagierte.

Hastig blickte er sich um, doch es gab keinen Fluchtweg. Sie befanden sich ganz am Ende des Korridors. So schnell, wie die beiden Gefährte sich bewegten, hatten sie nicht einmal eine

Chance, die nächstliegende Tür zu erreichen, um in den Raum dahinter zu flüchten. »Wir müssen drüber springen! Vielleicht schaffen wir es bis zu ...«

Er sprach nicht weiter, denn es war nicht mehr nötig. Vor der beschädigten Schranktür verharrten die beiden Fahrzeuge und entwickelten eine hektische Aktivität. Ihre Oberseite klappte auf und hydraulische Greifarme schoben sich ins Freie.

Einer der Roboter presste ein kleines, hauchdünnes Metallplättchen auf das Loch in der Tür. Der zweite schoss aus einem seiner Arme in blitzschnellem Abstand grelle dünne Lichtblitze auf die Ränder ab. Anschließend sprühte er aus einem zweiten einen feinen Farbfilm auf, dann sah die Schranktür wieder so unversehrt wie zuvor aus.

Die beiden Mini-Fahrzeuge zogen sich wieder zurück, die Klappe schloss sich hinter ihnen. Alles hatte nicht einmal eine halbe Minute gedauert.

»Reparatureinheiten«, krächzte Sharice. Noch immer hielt sie die fremde Waffe in der Hand. »Wartungsroboter, die jeden kleinen Schaden sofort reparieren. Und ich dachte schon ...«

»Ja, ich auch«, fiel Michael ihr grimmig ins Wort. »Was du getan hast, war bodenloser Leichtsinn! Wie konntest du bloß hier drin rumschießen? Als diese beiden ... *Dinger* auf uns zu kamen, war ich mir sicher, sie würden uns angreifen.«

»Ich hab doch schon gesagt, dass es mir leid tut«, murmelte Sharice kleinlaut. Fast angeekelt betrachtete sie die Waffe in ihren Händen. »Was ist das überhaupt für ein Ding?«

»Eine Art Lasergewehr, vermute ich«, erklärte Michael. Sein Zorn verflog allmählich. »Ich habe davon gelesen, dass es auch auf der Erde Entwicklungen in dieser Richtung gab, aber sie endeten wohl in einer Sackgasse. Um einen Laserstrahl zu erzeugen, der auch auf Distanzen von mehreren Metern noch scharf gebündelt und kräftig genug ist, um als Waffe zu dienen, sind gewaltige Energiemengen nötig.«

»Offensichtlich haben die Alten dieses Problem gelöst.« Noch vorsichtiger, als sie sie herausgenommen hatte, legte Sharice die Waffe wieder auf die Halterung im Schrank zurück. »So ein Teufelsding.«

Michael nickte zustimmend. Auch wenn er noch nicht wusste, wie er es bewerkstelligen sollte, stand für ihn jetzt schon fest, dass die Lasergewehre auf keinen Fall nach Bradbury gelangen durften.

Sie würden ihnen als Werkzeuge ohne Zweifel hervorragende Dienste leisten können, aber die damit verbundenen Gefahren waren viel zu groß. Sie waren nicht zuletzt deshalb eine friedliche Gemeinschaft, in der Konflikte ohne Gewalt gelöst wurden – sah man von vereinzelten, aber zum Glück sehr selten vorkommenden Schlägereien oder sonstigen Handgreiflichkeiten ab –, weil keiner von ihnen über Waffen verfügte. Natürlich ließen sich auch verschiedene Werkzeuge als solche benutzen, aber es hatte noch nie einen derartigen Zwischenfall gegeben.

Die Lasergewehre könnten dies ändern, und das würde dann bestimmt keine Veränderung zum Positiven sein.

Nein, die Gewehre durften auf keinen Fall nach Bradbury gelangen. Eher würde er sie vernichten!

***

»Eine Funkverbindung zu dem Erdschiff, schnell!«, brüllte Shao. »Nun mach schon, verdammt!«

Pascal hatte das Gefühl, in einem besonders schlimmen Albtraum gefangen zu sein. War es wirklich möglich, dass das Schiff von der Erde Bradbury angegriffen hatte? Die Instrumente jedenfalls behaupteten es. Aber welchen Sinn sollte so ein Verhalten haben? Es konnte sich nur um ein Missverständnis handeln.

Rasch legte er mehrere Schalter um und schob der Ratsherrin Shao ein an einem schwenkbaren Arm befestigtes Mikrofon zu. »Du kannst reden.«

»Hier ist Shao Tsuyoshi vom Rat der Marssiedlung Bradbury«, sprach sie mit mühsam beherrschter Stimme in das Mikro. »Ich rufe das Erdschiff USSF CLARKE und fordere euch auf, den ungerechtfertigten Angriff sofort einzustellen!«

Ein leises Lachen drang aus dem Lautsprecher.

»Ah, seid ihr Schlafmützen da unten endlich aufgewacht? Hier spricht Commander David Jefferson. Ich grüße Sie, Shao Tsuyoshi.«

»Ich grüße dich ... grüße Sie ebenfalls«, erwiderte Shao und benutzte nach kurzem Zögern ebenfalls die förmliche Anrede, die auf dem Mars seit langem nicht mehr gebräuchlich war. »Warum haben Sie uns angegriffen?«

»Welchen Angriff meinen Sie? Wir dachten, ihr schlaft schon alle da unten, weil ihr auf unsere Funkrufe nicht reagiert habt, deshalb haben wir einen kleinen Knallfrosch abgeworfen, um euch aufzuwecken. Ein Begrüßungsfeuerwerk sozusagen. Tut mir leid, wenn wir euch einen Schrecken eingejagt haben.«

»Amüsant war Ihre Aktion jedenfalls bestimmt nicht. Bitte warten Sie einen Moment.« Shao schaltete das Mikrofon aus und knirschte vernehmlich mit den Zähnen. »Arroganter Idiot«, stieß sie hervor. Ihr Gesicht war vor Zorn gerötet. Sie wandte sich an Pascal. »Irgendwelche Schäden?«

Pascal schüttelte den Kopf.

»Gut, dann gib eine Entwarnungsmeldung über Lautsprecher durch, bevor womöglich noch eine Panik ausbricht. Es dürfte nicht nötig sein, die Schutzräume aufzusuchen, aber sag nichts über den Grund des Vorfalls.« Sie schaltete das Mikrofon wieder ein. »Hören Sie, Commander Jefferson?«

»Laut und deutlich. Ihr Sender ist zwar recht schwach, aber

unsere Empfangsanlage ist umso besser. Echte terranische Wertarbeit eben.«

»Dafür scheinen die Kalender auf der Erde nicht mehr besonders gut zu funktionieren«, entgegnete Shao spitz. »Sie kommen spät, wenn ich so sagen darf. Eigentlich hatten wir – genauer gesagt unsere Vorfahren – nach unserer Notlandung mit einer rascheren Rettungsaktion gerechnet. Hat man uns auf der Erde vergessen?«

»Man hielt Sie für tot«, gab Jefferson unumwunden zu. »Niemand konnte ahnen, wie groß die Schäden an Ihrem Schiff waren, und hielt selbst im besten Falle Ihre Chancen für kaum existent.«

»Nun, wir *haben* es geschafft, zunächst vor allem von der Hoffnung angetrieben, dass bald eine weitere Expedition eintreffen würde, die jedoch nie kam.« Shaos Gesicht verdüsterte sich immer mehr; man sah ihr an, dass sie sich nur noch mit Mühe beherrschen konnte.

»Auf der Erde hat es in den Jahren nach Ihrem Start … Umwälzungen gegeben. Das Raumfahrtprogramm musste geraume Zeit auf Eis gelegt werden.« Jefferson zögerte einen Moment. »Es wäre zu kompliziert, Ihnen jetzt mit wenigen Worten alles zu erklären. Wer ist der ranghöchste Offizier bei Ihnen? Der Kommandant Ihres Stützpunktes?«

Hilflos blickte Shao sich um.

»Lass mich mit ihm reden«, verlangte Ben. Sie schob ihm das Mikrofon hin.

»Hier spricht Ben Braxton, Commander Jefferson. Wir haben weder Offiziere noch einen Kommandanten. Genau wie Shao Tsuyoshi gehöre ich dem Siedlerrat an, einem fünfköpfigen Gremium, das von den Einwohnern demokratisch gewählt wird und über alle Belange Bradburys entscheidet.«

Für fast eine Minute herrschte Stille. Offenbar beriet Jefferson sich mit jemandem.

»Ein demokratisch gewählter Rat, das erinnert mich an die guten alten Zeiten auf der Erde«, meldete er sich schließlich wieder zu Wort. Der spöttische Unterton in seiner Stimme war nicht zu überhören. »Nun, als Gestrandete auf einem fremden Planeten stand es Ihren Vorfahren natürlich frei, über ihre Verwaltungsstruktur selbst zu entscheiden. Dementsprechend werde ich also Ihren Rat als bevollmächtigten Verhandlungspartner anerkennen. Alles Weitere können wir nach unserer Landung besprechen.«

»Ihre Landung?«

»Sicher. Oder dachten Sie, wir haben nur vor, uns hier ein Weilchen auf unserer gemütlichen Umlaufbahn auszuruhen und dann wieder zurückzufliegen? Ich werde morgen Vormittag, genauer gesagt in ziemlich genau zwölf Stunden mit einem unserer Landemodule auf dem Mars aufsetzen; auf ein paar Minuten mehr oder weniger kommt es wohl nicht an. Es wäre sehr angenehm, wenn Sie bis dahin alles für unseren Empfang vorbereitet hätten. Nach mehreren Monaten an Bord dieses Schiffes freuen meine Männer und ich uns schon auf ordentliche Quartiere und ein anständiges Essen. Gibt es irgendetwas, das Sie im Moment besonders dringend benötigen und das wir Ihnen vielleicht mitbringen können?«

Ben brauchte nur kurz zu überlegen. Es gab unzählige Güter, die sie benötigten, aber keines davon so dringend, dass es nicht noch zumindest ein paar Tage Zeit hatte. Außerdem glaubte er nicht, dass die Frage nur auf selbstloser Hilfsbereitschaft beruhte.

»Nein, im Moment nicht«, antwortete er. »Aber –«

»Ganz wie Sie meinen. Dann sehen wir uns in zwölf Stunden. Ich freue mich schon darauf, Sie persönlich begrüßen zu können.«

Ehe Ben eine der zahlreichen Fragen stellen konnte, die ihm noch auf der Zunge lagen, beendete Commander Jefferson die Verbindung.

Shao ließ die Faust in ihre Handfläche klatschen. Sie gab sich nun keinerlei Mühe mehr, ihren Zorn zu zügeln. »Zum Teufel, was bildet dieser Kerl sich eigentlich ein?«, stieß sie hervor. »Hält er sich für den großen Retter und uns für hilflose Bittsteller? Vor achtzig Jahren wären unsere Vorfahren wahrscheinlich bereitwillig vor jeder Rettungsexpedition auf die Knie gesunken, nur damit man sie von hier wegholte, aber das gilt wohl kaum für uns. Was wir in den letzten Jahrzehnten hier aufgebaut haben, ist wahrscheinlich mehr, als sämtliche Kerle wie dieser Jefferson auf der Erde jemals zustande bringen.«

»Nur ruhig, warten wir erst einmal das Treffen morgen ab«, versuchte Maria Gonzales ihren Ärger zu beschwichtigen. »Seine Art gefällt mir auch nicht, trotzdem sollten wir uns vor vorschnellen Schlüssen hüten.«

»Hier geht es nicht um vorschnelle Schlüsse, sondern darum, dass wir es nicht nötig haben, uns in dieser Form herumkommandieren zu lassen«, fauchte Shao. »*Ordentliche Quartiere und ein anständiges Essen!* Sicher, wie gut, dass wir alles im Überfluss haben. Sollen wir vielleicht die hydrophonischen Gärten plündern, um ihm und seinen Leuten vorzusetzen, was für uns monatelang reichen müsste? Und woher sollen wir zusätzliche Quartiere nehmen? Wir leiden jetzt schon an Platzmangel und der Ausbau des Südflügels wird erst in frühestens zwei Monaten abgeschlossen sein. Außerdem hat er sich nicht mal geruht uns mitzuteilen, mit wie vielen Leuten er überhaupt eintrifft.«

»Soll ich versuchen, noch einmal eine Verbindung zu ihm herzustellen?«, bot Pascal an.

»Nein, das hätte keinen Zweck.« Ben schüttelte den Kopf. »Ich bin sicher, er würde auf unsere Funksprüche nicht reagieren. Er hat nicht nur versehentlich vergessen, uns die Zahl seiner Begleiter zu nennen, sondern sie aus voller Absicht verschwiegen.«

»Aber welchen Grund sollte er dafür haben?«, hakte Shao

nach. »Außerdem lässt sich die Zahl seiner Leute abschätzen. Er sagte, dass er mit einem Landemodul eintreffen wird. Wie viele Männer können da schon hineinpassen? Acht? Maximal zehn, würde ich sagen.«

Ben lachte leise, doch es klang nicht sehr humorvoll.

»Da übst du dein Amt genau wie ich schon so viele Jahre aus, aber du hast es anscheinend immer noch nicht gelernt, die Feinheiten der Diplomatie zu beachten. Ja, der Commander hat gesagt, dass *er* mit einem Landemodul eintreffen würde. In mehreren gleichzeitig könnte er auch kaum reisen. Aber er hat mit keinem Wort erwähnt, dass *nur* dieses eine Modul landen würde. Du verstehst den Unterschied?«

»Ich verstehe.« Shao wurde noch eine Spur blasser im Gesicht und presste die Lippen aufeinander. »Aber ich verstehe immer noch nicht, was er damit bezweckt.«

»Das ist die große Frage. Aber ich habe das dumpfe Gefühl, dass es uns nicht besonders gut gefallen wird.« Ben wandte sich an Pascal. »Haben unsere Außenteams die Funksprüche mitgehört?«

»Nein, ihre Funkgeräte sind auf eine andere Frequenz eingestellt.«

»Gut. Dann nimm jetzt Kontakt mit der Ausgrabungsstelle auf. Wir brauchen Jeffrey Saintdemar und Natasha Angelis so schnell wie möglich hier, aber sie soll Stillschweigen bewahren. Ich will nicht, dass die Rettungsarbeiten dadurch beeinträchtigt werden; die anderen sollen mit aller Kraft weiterarbeiten. In ein paar Stunden werden sie ohnehin alles erfahren.« Er räusperte sich. »Sobald die beiden eingetroffen sind, werden wir die Neuigkeiten zumindest hier wohl bekannt geben müssen.«

***

»Treppe oder Fahrstuhl?«, erkundigte sich Sharice und blieb vor den beiden direkt nebeneinander liegenden Türen stehen.

»Treppe«, erwiderte Michael ohne zu zögern. »Ich habe keine Lust, womöglich stecken zu bleiben. Zwar scheint alles noch zu funktionieren, aber solange wir allein sind, sollten wir kein Risiko eingehen. Im Notfall ist niemand da, der uns helfen kann.«

»Also gut.« Sharice streckte die Hand nach dem Öffnungsmechanismus aus, doch Michael hielt ihren Arm fest.

»Warte einen Moment«, bat er und blickte sich noch einmal aufmerksam um.

»Was ist los?«, fragte Sharice.

»Ich weiß nicht recht. Irgendetwas an dieser Station ist merkwürdig, findest du nicht auch? Ich meine, sie ist Milliarden von Jahren alt, aber alles sieht so aus, als wäre es erst vor ein paar Tagen oder Wochen verlassen worden.«

»Die Alten wussten eben, wie man im wahrsten Sinne des Wortes für die Ewigkeit baut. Sie hatten wesentlich dauerhaftere Materialien, und außerdem herrschte hier wahrscheinlich die ganze Zeit über ein Vakuum.«

»Das ist auch eine der vielen Merkwürdigkeiten. Ich denke ebenfalls, dass die Station in völligem Vakuum lag, sonst würde es irgendwelche Verfallserscheinungen geben. Aber kaum dass wir hier eindringen, wird alles mit einer für uns idealen Sauerstoffatmosphäre gefüllt. Kommt dir das nicht auch seltsam vor?«

»Eigentlich nicht«, behauptete Sharice. »Ich denke, irgendeine Automatik hat unser Eindringen registriert, ohne zu unterscheiden, ob wir dazu befugt sind oder nicht. Deshalb hat sie Bedingungen hergestellt, wie sie für die Alten ideal waren. Und wie wir nun wissen, scheinen diese uns sehr ähnlich gewesen zu sein. *Das* ist etwas, was mir viel mehr zu denken gibt. Immerhin sprechen wir von einer Rasse, die vor Milliarden Jahren ausgestorben ist. Unter diesen Umständen erscheint mir die Ähnlichkeit geradezu beängstigend. Sieht man von dem technischen Fortschritt der Alten ab, könnte diese Station ebenso gut von Menschen erbaut worden sein.«

»Bis hin zu den Toiletten und anderen Details.« Michael deutete auf die Tür zu den sanitären Anlagen. »Aber diese Ähnlichkeit lässt sich noch mit der Theorie erklären, dass sich Leben unter vergleichbaren Umständen auch stets ähnlich entwickelt, nämlich hin zu der zweckmäßigsten Form. Abgesehen von der geringeren Schwerkraft waren die Bedingungen auf dem Mars damals wohl ähnlich wie später auf der Erde.«

»Möglich, aber das allein meine ich nicht.« Sharice machte eine weit ausholende Geste. »Dies alles hier – irgendwie kommt es mir fast wie eine Kulisse vor. Verstehst du, was ich meine? Wenn wir alle Bewohner von Bradbury eine Skizze anfertigen ließen, wie sie sich eine Station der Alten vorstellen – meinst du nicht, das Ergebnis hätte große Ähnlichkeit mit dem hier?«

»Weil es einfach zweckmäßig ist.« Michael nickte. »Vielleicht ist es genau das, was mich auch stört: die ungeheure Ähnlichkeit. Irgendwie habe ich etwas Fremdartigeres erwartet, etwas ... na ja, irgendwie Phantastischeres von einer fremden, uralten Rasse.« Er klopfte mit den Knöcheln gegen die Wand. »Wie dem auch sei, Kulissen sind das jedenfalls nicht. Alles ist massiv und wohl kaum extra für uns von irgendeinem mysteriösen Unbekannten errichtet worden.«

Sharice lächelte. »Wohl kaum. Komm, lass uns endlich weitergehen.« Sie drückte auf den Türöffner. Sie betraten das Treppenhaus und stiegen die Stufen, die genau wie die Wände aus Metall bestanden, hinauf. Auch am oberen Ende gab es eine Plattform mit einer Tür, die sich ebenfalls problemlos öffnen ließ. Ein Gang erwartete sie dahinter, von dem – zusätzlich zu der Fahrstuhltür und jener, aus der sie gerade getreten waren – zwei weitere Türen abzweigten, eine direkt auf der gegenüberliegenden Seite und eine am Ende des Ganges.

Sie öffneten die ihnen gegenüberliegende Tür. Im gleichen Moment stieß Sharice einen Schrei aus und auch Michael prallte zu Tode erschrocken einen Schritt zurück.

Voller Entsetzen starrte er auf den Sternenhimmel, der sich in unglaublicher Klarheit anstelle einer Decke über dem Raum vor ihnen ausbreitete. Instinktiv hielt er den Atem an, obwohl er wusste, dass es nicht viel nutzen würde. Wenn nicht der fehlende Sauerstoff, dann würden die abrupte Dekompression und die Kälte von bis zu minus achtzig Grad, die nachts auf dem Mars herrschte, sie töten.

Es dauerte ein, zwei Sekunden, bis ihm bewusst wurde, dass weder der Sauerstoff im Gang schlagartig entwichen, noch Kälte zu spüren war, also konnten sie sich nicht im Freien befinden. Als er probehalber einatmete, hatte die Luft sich nicht verändert.

Er sah, dass Sharice sich neben ihm hastig bemühte, ihren Helm aufzusetzen.

»Nicht nötig«, sagte er mit rauer Stimme und atmete voller Erleichterung noch ein paar Mal tief durch. »Es ist nur eine Illusion.«

Sharice ließ ihren Helm wieder sinken und lachte, aber es klang sehr gekünstelt.

»Meine Güte, habe ich mich erschrocken. Dabei war eigentlich klar, dass die Tür nicht nach draußen führen konnte. Jedes vernunftbegabte Wesen würde einen solchen Ausgang durch eine Schleuse absichern.«

»Du vergisst, dass es damals durchaus eine Atmosphäre auf dem Mars gab«, widersprach Michael. »Probleme hätten sie nur bekommen, wenn die Station, wie wir vermuten, unter dem Grund des Meeres lag.«

Sharice trat einen Schritt in den Raum hinein. »Sieh nur die vielen Sterne und wie nah sie einem erscheinen! Das erinnert mich an unsere Nachtwanderung in dem hydrophonischen Garten.«

»Nur kann es sich hier nicht um eine durchsichtige Kuppel handeln«, warf Michael ein. »Die hätten wir von außen längst entdeckt. Es muss so etwas wie ein Observatorium sein. Darüber habe ich schon gelesen. Deshalb kommen uns die Sterne auch so nah vor. Durch Linsen oder eine ähnliche Vorrichtung wird der Nachthimmel auf die Decke projiziert. Wahrscheinlich lassen sich einzelne Bereiche auch gezielt näher heranzoomen.«

»Was ist das da vorne, fast direkt über uns?« Sharice trat ein paar Schritte vor und legte den Kopf in den Nacken.

Auch Michael trat ein Stück vor. Er sah sofort, was sie meinte. Ein längliches dunkles Gebilde mit zahlreichen seitlichen Auswüchsen schwebte scheinbar regungslos an dem simulierten Nachthimmel.

»Wenn es nicht völlig unmöglich wäre, würde ich sagen –« Er unterbrach sich, als die Tür sich hinter ihnen schloss. Im gleichen Moment umfasste die Projektion auch die Wände, sodass die Illusion, im Freien zu stehen, perfekt wurde. Hastig drehte Michael sich um. Zu seiner Erleichterung entdeckte er sofort den roten Öffnungsknopf, der sich deutlich vom Sternenhintergrund abhob.

»Was würdest du sagen?«, hakte Sharice nach.

»Ach, vergiss es, ich sagte ja schon, es ist unmöglich. Obwohl …« Michael betrachtete das unbekannte Objekt noch einmal genauer. Leider war es auf die große Entfernung nur vage zu erkennen. Er wünschte sich, die Ansicht vergrößern zu können. »Es sieht fast wie ein Raumschiff aus. Erinnert mich an die Abbildungen der BRADBURY.«

»Genau daran musste ich auch denken«, bestätigte Sharice aufgeregt. »Ein Raumschiff in einer Umlaufbahn, vermutlich in mehreren hundert Kilometern Höhe. Es klingt wirklich phantastisch, aber was, wenn wir uns nicht täuschen? Wenn es sich *wirklich* um ein Schiff handelt?«

»Wenn es ein Raumschiff der Erde wäre, hätte es doch längst mit Bradbury Kontakt aufgenommen«, wandte Michael ein.

»Vielleicht ist es heute erst eingetroffen. Oder es möchte aus irgendeinem Grund noch warten, möglicherweise um Informationen über uns zu sammeln. Wenn es sich in einer entsprechend hohen Umlaufbahn befindet, hätten wir mit unseren Mitteln keine Chance, es zu entdecken.«

So intensiv Michael auch zu dem Gebilde hinaufstarrte, es war nicht deutlicher zu erkennen. Aber die Ähnlichkeit mit einem Raumschiff der Erde war unverkennbar. Die Triebwerke, die Wohneinheiten – nichts davon war klar zu identifizieren, aber zumindest die Umrisse stimmten.

»Nehmen wir an, es wäre wirklich ein Schiff«, sagte er gedehnt. »Wir wissen nicht, ob uns dieses Planetarium die Gegenwart zeigt. Möglicherweise handelt es sich tatsächlich um die BRADBURY, kurz vor ihrem Absturz, und das Bild wurde hier gewissermaßen konserviert.«

»Warum gerade dieses Bild, warum gerade dieser Zeitpunkt?« Sharice schüttelte entschieden den Kopf. »So ein Zufall kommt mir zu unwahrscheinlich vor. Aber du hast mich auf eine andere Idee gebracht.«

»Und welche?«, erkundigte sich Michael, als sie nicht von sich aus weitersprach.

»Wir haben immer gerätselt, warum die Erde nichts zur Rettung der damaligen Expedition unternommen hat. Was, wenn sie *doch* ein Raumschiff geschickt haben, aber auch bei dieser Mission etwas schiefgelaufen ist? Etwas, bei dem die Besatzung ums Leben kam? Dann hätte die automatische Kurssteuerung das Schiff wie vorgesehen in eine Umlaufbahn gebracht, und es würde dort für alle Zeiten als Geisterschiff treiben.«

»Hm«, machte Michael. »Das würde auch erklären, warum die Erde nach zwei solchen Fehlschlägen nicht noch eine Expedition auf den Weg gebracht hat. Eine interessante Theorie, aber ebenfalls reichlich phantastisch. Zerbrechen wir uns nicht den Kopf darüber, wir kommen ohnehin zu keinem Ergebnis. Lass uns lieber zusehen, dass wir endlich nach Hause kommen. Vielleicht erfahren wir in Bradbury mehr.«

Mit einem letzten bedauernden Blick auf den prächtigen Sternenhimmel, der ihnen hier so nah wie niemals zuvor zu sein schien, verließen sie das Planetarium.

»Mittlerweile dürfte draußen die Nacht hereingebrochen sein«, sagte Sharice, während sie den Korridor entlang in Richtung der Tür an seinem Ende gingen. »Ist schon merkwürdig. Ohne den Sauerstoff hier wären wir bereits tot. Ich glaube kaum, dass die Alten geplant hatten, einmal zwei Pionieren einer neuen Marsbevölkerung das Leben zu retten.«

»Zumindest haben sie unser Leben verlängert. Von Rettung können wir erst sprechen, wenn wir wieder draußen sind«, korrigierte Michael. »Uns bleibt nur noch diese eine Tür, falls wir nicht irgendetwas übersehen haben. Falls es sich auch dabei nicht um einen Ausgang handelt, sind wir aufgeschmissen. Und da man draußen inzwischen auch davon ausgehen wird, dass wir tot sind«, malte Michael das Schreckensbild weiter aus, »bleibt uns nur die Hoffnung, dass sie die Bergungsarbeiten trotzdem nicht aufgeben und irgendwann zu uns vorstoßen.«

»Vielleicht könnten uns die Lasergewehre dabei helfen, ihnen entgegenzukommen.«

»Wäre möglich«, gab Michael zu. »Aber setzen wir unsere Hoffnungen erst einmal in dieses Schott. Es liegt ziemlich abseits von den anderen und ist deutlich größer. Es könnte sich also um einen Ausgang handeln.«

Zur Sicherheit setzten sie die Helme auf und schalteten Außenlautsprecher und -mikrofone ein, damit sie sich auch weiterhin gegenseitig hören konnten. Erst dann betätigte Sharice den Öffnungsmechanismus. Das Schott glitt zur Seite und gab den Blick auf eine kleine Kammer frei, die auf der gegenüberliegenden Seite von einem gleichartigen Schott begrenzt wurde. Und im Gegensatz zu dem, das ihnen so lange den Zugang zur Station versperrt hatte, besaß dieses einen Öffnungsknopf.

»Ja!«, stieß Michael triumphierend hervor und stieß in Siegespose eine Faust in die Luft. »Geschafft!«

»Erst wenn wir wirklich draußen sind. Ich will ja kein Spielverderber sein, aber möglicherweise erwartet uns hinter dem Schott nur ein weiterer verschütteter Stollen«, wandte Sharice ein.

»Du bist kein Spielverderber, sondern ein unverbesserlicher Schwarzseher«, warf Michael ihr vor, musste aber zugeben, dass ihr Einwand nicht unberechtigt war. Sorge mischte sich in seine Euphorie, doch erwies diese sich als unbegründet.

Sie traten in die Schleusenkammer und das Innenschott schloss sich. Sekunden später öffnete sich auf einen Knopfdruck hin das äußere und gab den Blick auf die vom Licht des Mondes Phobos beschienene Marsoberfläche frei.

»Frei!«, jubelte Sharice. »Jetzt haben wir es wirklich geschafft!« Sie wollte loslaufen, doch Michael griff rasch zu und hielt sie zurück.

»Warte!«, verlangte er. »Wir müssen sicherstellen, dass wir die Station jederzeit wieder betreten können. Wenn wir jetzt losgehen und sich das Schott hinter uns schließt, können wir es womöglich nie mehr öffnen. Bleib du hier, ich sehe mich draußen erst mal um.«

Er trat aus der Schleuse und untersuchte die Felswände auf beiden Seiten. Wie er befürchtet hatte, gab es hier keinen großen roten Knopf, mit dem sich der Eingang öffnen ließ. Probehalber drückte er auf sämtliche vorstehenden Felszacken.

Nach zwei oder drei Dutzend Versuchen hatte er schließlich Erfolg. Einer der Zacken ließ sich eindrücken, und für einen kurzen Moment ertönte ein elektrisches Summen, verstummte aber gleich darauf wieder, da das Schott ja bereits geöffnet war.

»Und?«, erkundigte sich Sharice.

»Ich glaube, ich hab's. Ganz sicher werden wir es wohl erst wissen, wenn wir es ausprobiert haben, aber darauf müssen wir es wohl ankommen lassen.«

Auch Sharice verließ nun die Schleuse. Hinter ihr schloss sich das Schott. Dabei erkannten sie, dass es auf der Außenseite eine Art Tarnanstrich besaß, der es perfekt mit den Felsen, in die es eingebettet war, verschmelzen ließ. Selbst wenn man direkt davor stand, war kaum ein Unterschied zu erkennen.

Als es sich vollständig geschlossen hatte, drückte Michael erneut auf den Felsen. Augenblicklich glitt das Schott zu ihrer Erleichterung wieder auf.

Sharice nahm einen Stein und schlug damit auf die Felsen neben dem Tor ein, bis sie einige deutlich sichtbare Kratzer darauf hinterlassen hatte.

»Damit wir die Stelle auch wirklich wiederfinden«, erklärte sie. »Und jetzt komm. Wir brauchen nur das Felsmassiv zu umrunden, dann müssten wir das Lager sehen können.«

»Da ist noch etwas, das ich unbedingt mit dir besprechen muss«, sagte Michael, während sie sich auf den Weg machten. »Es betrifft die Lasergewehre. Pass auf, ich habe mir das so gedacht ...«

***

Natasha Angelis war zutiefst deprimiert. Trotz stundenlanger Bemühungen waren sie noch immer weit davon entfernt, zu den Verschütteten vorzudringen. An zu vielen Stellen waren die Einstürze im Stollen erfolgt.

Das erste Hindernis dicht hinter dem Eingang hatten sie ohne größere Schwierigkeiten überwinden können. Es erstreckte sich nur auf eine Länge von kaum drei Metern und bestand hauptsächlich aus lockerem Geröll und kleineren Steinbrocken.

Sie hatten sich darauf beschränkt, nur den obersten Teil des Schuttberges abzutragen, das darüberliegende Gestein notdürftig abzustützen und dann eine massive Stahlröhre einzuführen, durch die sie kriechen und das freie Stück des Stollens dahinter erreichen konnten. Dieses Vorgehen hatte es ihnen erspart, das gesamte Geröll umständlich abzutragen und den Stollen gegen neue Einstürze zu sichern.

Dennoch hatten sie schon hier viel Zeit verloren, und Zeit war bei dieser Rettungsaktion kostbarer als alles andere.

Noch viel schlimmer war die zweite Einsturzstelle, kaum ein Dutzend Meter hinter der ersten gelegen. Hier schien der Stollen über eine weitaus größere Distanz zusammengebrochen zu sein. Zwischen dem Geröll befanden sich hier auch zahlreiche große Felsbrocken, die sicherlich Zentner wogen und sich unmöglich bewegen ließen.

Vor allem jedoch war die Decke an dieser Stelle extrem brüchig. Ständig drohte neues Gestein nachzurutschen. Dadurch wurden ihre Bemühungen, die größeren Felsen so weit zu zertrümmern, dass sie sich daran vorbei einen Weg bahnen konnten, extrem behindert.

Inzwischen gab es so gut wie keine Hoffnungen mehr, die Vermissten noch lebend bergen zu können. Niemand wusste genau, wie viel Sauerstoff ihnen zur Verfügung stand. Zwar war beobachtet worden, dass Michael und Kim je ein Ersatzpack mit jeweils zwei Flaschen mit in den Stollen genommen hatten, aber zumindest Sharice verfügte über keine Reserven. Und selbst mit den Ersatzflaschen mussten die Vorräte inzwischen aufgebraucht sein.

Es fiel Natasha schwer, sich die Wahrheit einzugestehen, aber es hatte auch keinen Sinn, die Augen davor zu verschließen.

Dennoch gingen die Bergungsarbeiten mit unverminderter

Anstrengung weiter. Sie würden den Tunnel ohnehin freilegen müssen, um erneut zu versuchen, den Eingang zur Station der Alten zu öffnen, und solange sie noch die geringste Hoffnung sahen, wenigstens einen der Vermissten doch noch zu retten, schufteten die Männer und Frauen mit mindestens doppeltem Arbeitseifer.

»Achtung! Zurück!«, ertönte ein lauter Warnruf.

Sofort fuhren die Arbeiter herum und rannten von der Einsturzstelle weg.

Ein etwas mehr als kopfgroßer Felsen, den sie bislang nicht hatten entfernen können, löste sich aus seiner Verankerung an der Spitze des Schuttberges und polterte herunter. Weiteres Gestein, das bislang durch ihn gestützt worden war, löste sich und stürzte mit ohrenbetäubend widerhallendem Krachen herab. Zum größten Teil füllte es eine Lücke, die sie gerade erst mühsam geschaffen hatten, und machte die Arbeit von mehr als einer halben Stunde zunichte.

Sand und Staub rieselten auf Natashas Helm. Erschrocken hob sie den Kopf und blickte nach oben. Dieser Teil des Stollens war durch Stützen und Träger so gut abgesichert worden wie nur irgend möglich. Vollkommene Sicherheit gab es trotzdem nicht.

Sie sah, dass einer der Träger sich immer weiter durchbog. Ein Riss bildete sich in dem Stahl und schien sich wie in Zeitlupe weiter auszubreiten.

Einen Moment lang war Natasha vor Schrecken wie gelähmt, dann stieß sie einen gellenden Schrei aus und warf sich nach vorne – im gleichen Moment, in dem der Träger über ihr vollends brach und herabstürzte.

Noch im Sprung wurde sie von dem massiven Stahlteil an der Hüfte gestreift. Sie wurde herumgewirbelt und stürzte, während der Träger hinter ihr donnernd dort auf den Boden schlug, wo sie gerade noch gestanden hatte. Eine kleinere Gerölllawine folgte ihm. Noch mehr Staub und Schutt wirbelten auf, sodass man kaum noch etwas sehen konnte, aber glücklicherweise brachen keine größeren Felsteile herab.

Erschreckte Stimmen klangen auf. Natasha betastete ihre Hüfte. Vermutlich würde sie einen ordentlichen Bluterguss davontragen, doch schien ihr Raumanzug unversehrt zu sein.

»Ist schon in Ordnung«, presste sie hervor, ergriff eine hilfreich entgegengestreckte Hand und quälte sich auf die Beine. Mit einer Hand wischte sie den Schmutzfilm von ihrem Helm, um wieder klar sehen zu können. »Mir fehlt nichts.«

Einige der Arbeiter musterten sie besorgt und skeptisch, aber ihnen blieb keine Zeit, sich intensiver um das Ratsmitglied zu kümmern. Der gebrochene Stahlträger musste ersetzt werden, bevor noch mehr Unheil geschah.

Natasha trat ein paar Schritte zur Seite. Zu gerne hätte sie den Stollen verlassen und wäre nach Bradbury oder wenigstens in das große Aufenthaltszelt draußen zurückgekehrt.

Niemand verlangte von ihr, dass sie sich hier aufhielt. Aktiv helfen konnte sie ohnehin nicht. Jeffrey Saintdemar, der Chef des archäologischen Stabes und im Fünf-Häuser-Rat wie sie, der sich selbst mit den beiden Teamleitern schon vor mehr als einer Stunde in das Aufenthaltszelt zurückgezogen hatte, hatte sie sogar ausdrücklich aufgefordert, sich nicht unnötig in Gefahr zu bringen.

Sie blieb trotzdem. Auch wenn sie kaum etwas tun konnte, um zu helfen, besaß ihre Anwesenheit zumindest symbolische Bedeutung. Sie war sicher, dass es den Arbeitern ein zusätzlicher Ansporn sein würde, dass sie und Jeffrey sich an vorderster Front aufhielten und dadurch Solidarität demonstrierten.

Niemand hätte es ihr verübelt, wenn sie sich spätestens jetzt zurückgezogen hätte. Aber die Männer und Frauen um sie herum konnten auch nicht einfach gehen; deshalb würde sie mit ihnen zusammen ausharren.

Zusätzlich gab es noch einen weiteren, ganz persönlichen Grund für ihr Verhalten, den jedoch keiner der anderen ahnen konnte. Der Rat hatte sich in den vergangenen Tagen in mehreren Sitzungen mit den Gefahren und der Sicherheitslage des Projekts befasst. An einer dieser Sitzungen hatte auch Michael Tsuyoshi, der den Stollen überhaupt erst entdeckt hatte, teilgenommen und ihr durch seine ruhige, abschätzende Art imponiert.

Natürlich hatte Natasha ihn schon vorher gekannt. In einer so kleinen Gemeinschaft blieb es nicht aus, dass jeder jeden kannte oder zumindest schon häufiger gesehen hatte. Allerdings war es eine nur äußerst flüchtige Bekanntschaft gewesen und er hatte keinen sonderlichen Eindruck bei ihr hinterlassen. Mittlerweile jedoch hätte sie ihn gerne näher kennen gelernt. Sie konnte sich nicht einfach damit abfinden, dass er vermutlich bereits tot war, und zur Tagesordnung übergehen.

»Natasha?«

Sie blickte sich um, als sie hinter sich jemanden ihren Namen rufen hörte. Einer der Männer, die als Reserve warteten, um diejenigen abzulösen, die jetzt an der Beseitigung des Gerölls arbeiteten, hatte sich halb durch das Rohr gezwängt. Seinen Namen hatte sie vergessen.

»Was gibt es?«

»Du wirst über Funk verlangt. Es soll sehr dringend sein.«

Im ersten Moment lag ihr selbst die Frage auf der Zunge, warum man sie nicht auf gleichem Wege benachrichtigt hatte, statt nach ihr zu schicken. Dann fiel ihr wieder ein, dass die quarzhaltige Erdschicht über dem Stollen alle Funkwellen verschluckte. Deshalb war es auch nicht möglich gewesen, auf diese Art Verbindung mit den Vermissten aufzunehmen.

»In Ordnung, ich komme.«

Sehr viel länger hätte sie ohnehin nicht mehr bleiben können, ohne sich zumindest neue Sauerstoffflaschen zu holen. Ihre Vorräte waren fast erschöpft. So wartete sie, bis der Mann rückwärts wieder aus der Röhre gekrochen war, und folgte ihm. Draußen wandte sie sich dem silberfarbenen Aufenthaltszelt zu und betrat es durch die Schleuse.

Im Inneren herrschte eine atembare Atmosphäre. So war es möglich, dass die mit den Ausgrabungen beschäftigten Männer und Frauen des archäologischen Stabes hier unbehindert ihre Mahlzeiten einnehmen, ihre Sauerstoffflaschen wechseln oder sich einfach mal für eine Weile entspannen konnten, ohne ständig Schutzanzüge und Helme tragen zu müssen.

Derzeit hielten sich nur wenige Personen im Inneren auf. Zwar waren ungeachtet der Rettungsarbeiten den ganzen Tag über auch die normalen Ausgrabungsarbeiten weitergegangen, aber inzwischen war die Nacht angebrochen und die meisten waren mit dem *Pferch*, wie das große Transportfahrzeug genannt wurde, nach Bradbury zurückgekehrt.

Mehr als ein halbes Dutzend Menschen konnten ohnehin nicht gleichzeitig im Stollen arbeiten, ohne sich gegenseitig zu behindern. So war lediglich das Reserveteam, das die Schicht in knapp einer halben Stunde übernehmen sollte, zurückgeblieben. Außerdem saß Jeffrey Saintdemar, ihr Ratskollege, mit José Gonzales und Akiro Braxton, den Leitern der beiden archäologischen Teams, an einem Tisch und diskutierte mit ihnen. Als er sie sah, erhob er sich und kam zu ihr.

»Natasha! Ein dringender Funkruf aus Bradbury«, sagte er und sah sie merkwürdig an. Als sie eine Frage stellen wollte, schüttelte er unmerklich den Kopf. »Wir müssen zurück, beide. Hör dir an, worum es geht. Aber nimm die Kopfhörer.« Damit wies er auf das Funkgerät. Einigermaßen verwirrt nahm sie davor Platz, setzte die Kopfhörer auf und deaktivierte den Lautsprecher. Dann erst drückte sie die Sendetaste.

»Hier Natasha Angelis. Ich rufe Bradbury.«

»Hier ist Ben. Ich habe schon erfahren, dass eure Rettungsaktion bislang noch keinen Erfolg hatte.«

»Leider nein. Und es sieht auch nicht gut aus. Unsere Hoffnungen sinken immer mehr.« Schon die Tatsache, dass Ben selbst am Funkgerät war, zeigte ihr, dass es um etwas wirklich Wichtiges gehen musste. »Aber du wolltest mich sicherlich nicht nur deshalb sprechen.«

»Du hast Recht. Bist du allein?«

»Nein. Aber ich habe die Kopfhörer auf.«

»Gut. Was ich zu sagen habe, betrifft vorerst nur dich und Jeffrey als Mitglieder des Rates ...«

Fassungslos lauschte Natasha, während Ben ihr einen Kurzbericht über den Funkkontakt mit dem Raumschiff der Erde gab. Sie glaubte spüren zu können, wie ihre Augen größer und größer wurden. Zu unglaublich war das, was er berichtete. Kein Wunder, dass Jeffrey ihr das nicht vor versammelter Mannschaft hatte sagen wollen. Die Gedanken überschlugen sich in ihrem Kopf. Sie hatte zahlreiche Fragen, unterdrückte sie jedoch.

»Wir kommen so schnell es geht«, versicherte sie und schaltete das Mikrofon aus. Sie streifte die Kopfhörer ab und stand auf.

Am Tisch verabschiedete sich Jeffrey von José und Akiro. »Wie ich schon sagte – der Rat ruft. Haltet hier die Stellung.« Er kam auf sie zu. »Wenn du bereit bist, fahren wir sofort ...«

Die weiteren Worte blieben ihm im Halse stecken, als sich in diesem Moment die Schleuse öffnete und Sharice und Michael ins Zelt traten.

***

Das Felsmassiv, in dem sich die Basis der Alten verbarg, war zwar nicht einmal zweihundert Meter hoch und insofern nicht viel mehr als ein Hügel, doch es zog sich ziemlich in die Breite. Der

Ausgang lag dem Stolleneingang und damit der Ebene, in der sich das Camp befand, genau gegenüber, sodass Michael und Sharice das Massiv einmal zur Hälfte umrunden mussten, was eine Strecke von mehr als einem Kilometer bedeutete.

Nach allem, was sie erlebt hatten, machte dieser Weg ihnen jedoch nichts mehr aus. Die Aussicht, sich schon bald wieder bei den anderen und damit endgültig in Sicherheit zu befinden, verlieh ihnen noch einmal frische Kraft und trieb sie voran, vor allem, als sie nach rund der Hälfte des Weges endlich das Aufenthaltszelt sehen konnten.

»Da stehen der Pferch und einer der Rover«, rief Sharice und deutete nach vorne. »Es ist also noch jemand da.«

Ihre größte Befürchtung war gewesen, dass man die Rettungsarbeiten inzwischen abgebrochen hatte und nach Bradbury zurückgekehrt war.

Das letzte Stück Weg schien kein Ende zu nehmen. Niemand war im Camp zu sehen. Michael warf einen flüchtigen Blick zu dem Schacht hinüber, wo der Stollen begann und alles Unglück seinen Anfang genommen hatte, sah aber rasch wieder nach vorn. Er wollte jetzt nicht daran denken, dass sie die Rückkehr nur zu zweit geschafft hatten, dass Kim von Felsbrocken erschlagen noch immer im Stollen lag. Es würde schwer genug werden, seiner Frau die traurige Nachricht zu überbringen.

»Auf die Gesichter bin ich gespannt«, sagte Sharice mit glänzenden Augen, als sie die Schleuse betraten und die Innentür zum Aufenthaltszelt öffneten.

Sie wurde nicht enttäuscht. Jeffrey Saintdemar, der bei Natasha Angelis stand, entdeckte sie als Erster und verstummte mitten im Satz. Ungläubig weiteten sich seine Augen.

Auch die anderen merkten nun, dass etwas nicht stimmte, und wandten die Köpfe. Ein, zwei Sekunden lang herrschte völlige Stille, dann brach Tumult aus, als alle gleichzeitig aufsprangen, auf Michael und Sharice zustürmten und sie mit Fragen bedrängten.

»Vorsichtig, oder wollt ihr uns erdrücken?«, rief Michael. Schützend stellte er sich vor Sharice und wehrte so gut es ging die Hände der Männer und Frauen ab, die ihnen begeistert auf die Schultern klopfen wollten. Ein diebisches Vergnügen bereitete es ihm, Akiro daran zu hindern, Sharice zu umarmen.

»Dann hatten die Bergungsarbeiten doch noch Erfolg!«, rief Jeffrey. »Wir waren schon nahe dran, die Hoffnung aufzugeben. Wo ist Kim?«

Sie nahmen ihre Helme ab.

»Kim hat es leider nicht geschafft«, berichtete Michael bedrückt. »Ein herabstürzender Felsblock hat ihn erschlagen. Und was die Art unserer Rückkehr betrifft ... ihr werdet alles erfahren, aber erst später. Wir werden erst mit dem Rat darüber sprechen.«

»In Ordnung«, ergriff Jeffrey das Wort, bevor sich Widerspruch regen konnte. »Natasha und ich wollten ohnehin gerade nach Bradbury zurückkehren. Ihr beide fahrt bei uns im Rover mit. Die anderen kommen mit dem Pferch nach.«

* * *

»Ihr könnt euch nicht vorstellen, wie froh ich bin, wenigstens euch beide wohlbehalten wiederzusehen«, sagte Natasha Angelis, als sie im Rover Platz genommen hatten und er sich in Bewegung setzte. Eigentlich handelte es sich um ein Erkundungsfahrzeug, das zu diesem Zweck sogar mit einem eigenen Mini-Labor ausgestattet wurde, doch obwohl es außer dem Fahrer nur vier Personen Platz bot, wurde es häufig auch zur Beförderung kleinerer Gruppen eingesetzt.

Jeffrey hatte das Steuer übernommen, damit sie sich ungestört unterhalten konnten. »Ist alles in Ordnung mit euch?«, fragte er nach hinten.

»Sieht man davon ab, dass ich zu Tode erschöpft bin – ja«, antwortete Sharice lachend. »Wir hatten schon fast mit dem Leben abgeschlossen. Jetzt fühle ich mich, als hätte ich ein neues Leben geschenkt bekommen.«

Der Weg zum Rover hatte einem Spießrutenlauf geglichen. Natürlich hatte man sie nicht ohne eine Erklärung weglassen wollen, vor allem nicht, nachdem man begriffen hatte, dass der Stollen keineswegs freigelegt war und sie nicht auf diesem Weg zurückgekehrt waren. Unzählige Fragen waren auf sie eingeprasselt, wobei sich José und Akiro als besonders hartnäckig erwiesen hatten, doch Michael und Sharice blieben stumm.

»Mir geht es ebenso«, ergänzte Michael. »Und wir haben einige äußerst wichtige Entdeckungen gemacht.«

»Wir gehören zum Rat«, erinnerte Natasha lächelnd. »Ich hoffe, ihr wollt uns nicht auch auf die Folter spannen, bis wir Bradbury erreichen.«

»Nicht, wenn ihr uns vorher eine Frage beantwortet«, entgegnete Michael ernst. »Sie wird euch vielleicht seltsam vorkommen ... aber ist in den vergangenen Stunden irgendetwas Bedeutsames geschehen? Irgendwelche Funksprüche ... aus dem All?«

Natasha zuckte zusammen und verriet ihm allein dadurch schon, dass er ins Schwarze getroffen hatte. Und auch Jeffrey am Steuer drehte verblüfft den Kopf zu ihnen. Der Rover machte einen Schlenker und sie wurden durchgeschüttelt, doch er hatte das Fahrzeug sofort wieder unter Kontrolle.

»Ich denke, ihr beide solltet es schon jetzt erfahren«, sagte Natasha, nachdem sie sich durch einen Blick mit Jeffrey verständigt und dieser genickt hatte. »Unmittelbar vor eurer Ankunft hat Ben Braxton uns über Funk informiert, dass es Funkkontakt mit einem Schiff von der Erde gegeben hat.«

Für Michael war die Nachricht ein Schock. Bis zuletzt hatte er nicht an einen Kontakt mit der Erde geglaubt. Selbst die Theorie, dass es sich bei der Projektion im Planetarium um ein seit Jahrzehnten im Orbit kreisendes Geisterschiff handeln könnte, war ihm glaubwürdiger erschienen als eine neue Expedition von der Erde zum Mars nach so vielen Jahren.

Und sie wäre ihm vor allem sehr viel lieber gewesen!

Michael zählte sich zur Speerspitze einer Bewegung, die in den letzten zwei Jahrzehnten immer mehr an Zuspruch gewonnen hatte. Auch wenn seine Vorfahren einst auf der Erde gelebt hatten, betrachtete er sich als Marsianer und war stolz darauf; stolz auf das, was sie sich unter denkbar ungünstigen Bedingungen hier aufgebaut hatten.

Die Erde – das war für ihn nicht viel mehr als ein Mythos, noch dazu einer, der ihn nach allem, was er darüber wusste, eher mit Schrecken als mit Faszination erfüllte.

Dabei empfand er der Erde gegenüber keine grundsätzliche Ablehnung oder gar Feindseligkeit. Sollten die Menschen dort leben, wie sie wollten, solange man ihnen hier dasselbe Recht zugestand. Er wollte, dass man sie nicht als eine Art Kolonie betrachtete, sondern als unabhängige Siedler, quasi als autonomen Staat.

Unter diesen Umständen mochte ein erneuter Kontakt zur Erde viele Vorteile bieten, vor allem im Hinblick auf den Handel. Viel konnten sie zwar nicht anbieten, aber der Mars besaß reiche Bodenschätze, die sie gegen andere Waren eintauschen konnten.

Allerdings befürchtete Michael, dass dies eine Utopie bleiben würde. Es widerspräche allem, was er aus dem Studium aller verfügbaren Daten über die Geschichte der Erde wusste. Egal um welchen Staat oder Völkerbund es sich handelte – Terraner pflegten freiwillig auf nichts zu verzichten, was sie sich unter den Nagel reißen konnten.

Es gab keinerlei ersichtlichen Grund, warum sie auf dem Mars anders verfahren sollten. Wenn sie Rohstoffe oder irgendetwas anderes haben wollten, würden sie es sich einfach nehmen, ohne sich um ein paar hundert Menschen zu kümmern, die nichts anderes wollten, als hier in Frieden weiterhin ihr karges Leben zu führen.

Und nun war es also so weit. Der Kontakt war hergestellt.

Michael konnte nicht verhindern, dass auch ihn eine ungeheure Erregung packte. Egal ob zum Guten oder zum Schlechten – was Natasha gerade berichtet hatte, würde für ihrer aller Zukunft vermutlich von noch weitaus größerer Bedeutung sein als die Entdeckungen in der Station der Alten.

Noch wesentlich aufgeregter jedoch reagierte Sharice. Sie geriet fast aus dem Häuschen. Ihre Augen strahlten und ihre Wangen schienen vor Aufregung geradezu zu glühen.

»Was haben sie gesagt?«, begann sie eine ganze Kaskade von Fragen auf Natasha abzuschießen. »Warum hat man sich nicht früher um uns gekümmert? Werden sie landen? Werden –«

»Halt, warte!« Abwehrend hob Natasha die Hände. »Schön der Reihe nach. »Zunächst mal: Ja, sie werden landen, jedenfalls haben sie es für morgen Vormittag angekündigt. Aber ob wir uns wirklich darauf freuen sollten, scheint mir noch ziemlich ungewiss, nach allem, was ich gehört habe.«

»Was soll das bedeuten? Es ...«

»*Was* hast du gehört?«, fiel Michael ihr ins Wort. Genau wie er selbst vertrat auch Natasha eine Unabhängigkeitspolitik, einer der Gründe, weshalb sie trotz ihrer Jugend in den Rat gewählt worden war. Ihre Andeutung gerade schien jedoch nicht nur ihrem generellen Misstrauen gegenüber der Erde zu entstammen, sondern einen konkreteren Anlass zu haben.

»Ben hat sich ziemlich zurückgehalten und mir nur die wichtigsten Fakten geliefert, aber er schien ziemlich aufgebracht über die Art zu sein, wie der Kommandant des Raumschiffs über Funk mit ihm und Shao gesprochen hat. Offenbar ziemlich arrogant und herablassend.«

»Im Prinzip also genau das, was wir für den schlimmsten Fall befürchtet haben.« Michael seufzte. »Genau aus diesem Grund habe ich mich vor diesem Moment gefürchtet. Es war abzusehen, dass man uns nicht ernst nehmen und uns schon gar nicht irgendwelche Herrschaftsrechte über den Mars zugestehen würde.«

»Warten wir erst einmal ab, bis wir mit Ben gesprochen und eine Aufzeichnung des Gesprächs gehört haben«, sagte Natasha. »Aber jetzt seid ihr erst einmal dran. Woher wusstet ihr von dem Schiff? Es hat etwas mit der Station der Alten zu tun, nicht wahr? Es *ist* doch eine Station, und auf diesem Weg seid ihr aus dem Stollen entkommen, oder?«

»So ist es«, bestätigte Michael. Er schilderte, wie sie in die Station vorgedrungen waren und was sie dort vorgefunden hatten, bis hin zu ihrer Entdeckung des Schiffes im Planetarium. Lediglich von den Laserwaffen erwähnte er nichts. Zwar hatten Sharice und er abgesprochen, zumindest dem Rat davon zu berichten, damit dieser entscheiden könnte, was mit den Gewehren passieren sollte, doch angesichts der neuesten Entwicklung erschien es ihm ratsamer, sie völlig zu verschweigen.

Normalerweise wäre die Entdeckung einer völlig unbeschädigten Station der Alten, vollgestopft mit noch immer funktionierender Technik, eine absolute Sensation gewesen, doch angesichts der aktuellen Entwicklung trat sie zunächst einmal in den Hintergrund.

»Ich bin der Meinung, dass wir dieses Wissen vor der Erde geheim halten sollten«, beendete Michael seinen Bericht. »Sollte es tatsächlich zu irgendwelchen Spannungen kommen, könnte das Erbe der Alten unser einziger Trumpf sein.«

»Ich stimme zu, solange unser Verhältnis zur Erde nicht eindeutig geklärt ist«, ließ sich Jeffrey vernehmen. »Um jedes

Risiko auszuschalten, müssten wir es aber generell geheim halten.«

Natasha nickte. »Unter den Siedlern gibt es viele, die die Erde als eine Art gelobtes Land betrachten. Bei Meinungsverschiedenheiten könnten sie die Partei der Terraner ergreifen, und wie groß ihre Loyalität uns gegenüber dann noch wäre, lässt sich schwer abschätzen. Schon ein Einziger, der unter Druck oder als Gegenleistung für ein paar Versprechen zum Verräter würde, brächte uns in Teufels Küche.«

»Wenn man euch hört, könnte man denken, ihr geht wirklich davon aus, dass es zu Spannungen kommt, vielleicht sogar zu gewaltsamen Auseinandersetzungen«, ergriff Sharice das Wort, die in den vergangenen Minuten auffallend still gewesen war. »Ich will das einfach nicht glauben. Vielleicht seht ihr die Situation einfach zu düster.«

»Es gibt niemanden, der sich das mehr wünschen würde als ich«, entgegnete Natasha ernst. »Aber es fällt mir schwer, daran zu glauben.«

* * *

Nach und nach versiegte das Gespräch. Es gab zu viel, worüber sie nachdenken und womit sie selbst erst einmal fertig werden mussten. Nach einiger Zeit bemerkte Michael, dass Sharice trotz ihrer Aufregung und der alarmierenden Neuigkeiten eingeschlafen war. Ihr Kopf sank an seine Schulter.

Auch seine eigenen Gedanken verwirrten sich immer mehr. Müdigkeit ergriff Besitz von ihm, und mehrfach ertappte er sich dabei, wie er aus einem kurzen Sekundenschlaf hochschreckte.

Verwunderlich war diese Reaktion nicht. Sowohl Sharice wie auch er hatten den ganzen Tag hindurch körperlich geschuftet, um sich einen Weg in die Freiheit zu bahnen. Hinzu kamen die

Todesängste, die sie ausgestanden hatten. Über viele Stunden hinweg hatten sie unter höchster nervlicher Anspannung gestanden und ihr Körper hatte sich mit Adrenalin regelrecht vollgepumpt. Nun, da diese Anspannung allmählich abklang, machte sich die Erschöpfung bemerkbar.

Obwohl Michael gerne mit Natasha darüber diskutiert hätte, wie sie den Terranern am besten gegenübertraten, brachte er nicht die Energie zum Reden auf.

Schließlich schlief auch er im Sitzen ein und wurde erst unsanft geweckt, als Jeffrey plötzlich scharf bremste und den Rover zum Stehen brachte.

»Was ist passiert?«, fragte Natasha alarmiert.

»Das ... das glaube ich einfach nicht!« Der Leiter des Forschungsstabes war fassungslos. »Wenn das kein Landemodul ist ... Aber Ben sagte doch, dass die Landung erst für morgen geplant sei!«

Seine Worte elektrisierten Michael und wischten die Benommenheit, die dem kurzen Schlaf gefolgt war, hinweg. Mit einem Schlag war er hellwach. Genau wie Sharice und Natasha drängte er nach vorne, um über die Schultern des grauhaarigen, hageren Mannes hinweg einen Blick durch die Frontscheibe zu werfen.

Sie befanden sich nicht mehr weit von Bradbury entfernt, wie er jedoch nur beiläufig registrierte. Seine Aufmerksamkeit war auf einen hellen, länglichen Fleck am Himmel gerichtet. Ein wenig erinnerte der Anblick an einen Meteoriten mit Feuerschweif, doch dafür war er viel zu langsam.

»Könnte tatsächlich ein Landemodul sein«, bestätigte Natasha. »Zum Teufel, was hat das nun wieder zu bedeuten?«

»Wir sollten uns das von draußen ansehen«, schlug Michael vor. Er wandte sich um, griff nach seinem Helm und setzte ihn auf. Nachdem auch alle anderen ihre Helme geschlossen hatten und Jeffrey den Druckausgleich im Inneren des Rovers hergestellt hatte, öffnete er die Tür. Nacheinander stiegen sie aus.

Das Landemodul war inzwischen deutlich näher gekommen. Nun bestand kein Zweifel mehr daran, dass es sich bei dem Lichtfleck um den Feuerschweif des Antriebs handelte.

»Da ist noch eins!«, rief Sharice plötzlich und deutete auf einen weiteren Fleck, der jedoch noch weiter entfernt war und deshalb erst jetzt sichtbar wurde. »Und da – noch eins!«

»Drei Landemodule«, keuchte Natasha. Der Schrecken in ihrer Stimme war nicht zu überhören. »Das ... das ist kein Besuch mehr – das ist eine Invasion!«

* * *

»Ich bleibe dabei – es ist eine Invasion. Vielleicht nicht im genauen Sinne des Wortes, aber zumindest hat es ganz den Charakter«, beharrte Natasha. »Wir sollten uns das nicht gefallen lassen.«

»Und was sollen wir deiner Meinung nach dagegen tun?«, erkundigte sich Shao. »Die Tore unserer Burg verrammeln, damit die angreifende Armee nicht hereinkann? So ein Verhalten wäre nicht nur kindisch, wir würden damit erst recht eine Konfrontation provozieren.«

»Und genau das sollten wir unter allen Umständen vermeiden«, schloss sich Ben ihr an. »Selbst wenn wir nicht öffnen würden – glaubst du, sie würden unverrichteter Dinge wieder in ihre Module steigen und abfliegen? Ihnen bliebe kaum etwas anderes übrig, als den Eingang gewaltsam zu öffnen, und das wäre ein denkbar ungünstiger Start für Verhandlungen.« Mit etwas sanfterer Stimme fügte er hinzu: »Ich verstehe ja, dass du wütend bist, Natasha. Es fällt auch mir schwer, mich zu beherrschen. Doch ein offener Konfrontationskurs würde uns mit Sicherheit mehr schaden als nützen.«

»Aber wollt ihr das denn einfach so hinnehmen?«, ereiferte

sich Natasha. »Damit zeigen wir höchstens, dass man alles mit uns machen kann. Hältst du das für das richtige Signal?«

Es hatte fast zwei Stunden gedauert, bis auch das letzte der drei Module auf der freien Fläche westlich von Bradbury niedergegangen war, wo sie nun ein perfektes gleichschenkeliges Dreieck bildeten.

In der Zwischenzeit hatte der Rover die Siedlung erreicht. Da die Hauptschleuse direkt am Landefeld der Module lag, hatten sie die Station von der entgegengesetzten Seite aus angesteuert und waren durch eine der Ausweichschleusen ins Innere gefahren, genau wie wenig später auch der Pferch, der die restlichen Leute von der Ausgrabungsstelle zurückbrachte.

Natürlich waren die Landemodule auch von der Station aus entdeckt worden, woraufhin Ben Braxton nichts anderes übrig geblieben war, als die Siedler schnellstmöglich über das Eintreffen der USSF CLARKE zu informieren. Statt dies, wie geplant, auf einer großen Versammlung zu tun, hatte er auf die Lautsprecheranlage zurückgreifen müssen, da viele bereits die Lichter am Himmel entdeckt hatten. Nur durch sein rasches Handeln hatten größere Unruhen vermieden werden können.

Obwohl – *beruhigend* hatte seine Bekanntmachung auch nicht gerade gewirkt. Wie angesichts dieser Umstände kaum anders zu erwarten, hatte Michael Bradbury bei seiner Rückkehr in Aufruhr vorgefunden. Alle Einwohner – abgesehen vielleicht von ein paar Kindern, die noch zu klein waren, um zu begreifen, was das alles zu bedeuten hatte – waren auf den Beinen und standen an irgendeinem Fenster in westlicher Richtung, von wo aus sie Ausblick auf die sich nähernden Lichter hatten.

Manche starrten nur schweigend hinaus, völlig in ihre Gedanken versunken, aber die meisten diskutierten aufgeregt miteinander. Einige Gesichter schienen vor Freude zu strahlen, andere zeigten einen eher besorgten, in manchen Fällen sogar fast ängstlichen Ausdruck. Niemanden ließ das Geschehen kalt.

Alle wussten, dass ihr Leben von nun an nicht mehr sein würde wie zuvor.

Kaum jemand nahm von Michael und Sharice und ihrer Rettung Notiz, was den beiden im Grunde genommen ganz Recht war. Keiner von ihnen hatte Lust, jetzt im Mittelpunkt der Aufmerksamkeit zu stehen und unzählige Fragen zu beantworten. Man hatte Jeffrey und Natasha lediglich mitgeteilt, dass die übrigen Mitglieder des Rates sie in der Zentrale erwarteten, und sie hatten Michael und Sharice angeboten, sie zu begleiten, nachdem sie sich ihrer Schutzanzüge entledigt hatten und endlich wieder in normale Kleidung schlüpfen konnten.

Von hier aus hatten sie auf einem Bildschirm die Landung beobachtet. Erst als auch das letzte Modul aufgesetzt hatte, öffnete sich bei allen drei gleichzeitig der Ausstieg und jeweils zehn Besatzungsmitglieder verließen die Lander. Sie trugen wesentlich klobigere Raumanzüge, als sie in Bradbury mittlerweile üblich waren. In militärischer Marschformation bewegten sich die Gruppen schräg aufeinander zu, verschmolzen miteinander und näherten sich nun – noch immer im Marschschritt, der unter der geringeren Schwerkraft recht unbeholfen wirkte – der Westschleuse der Station.

»Das Abkoppeln der Landemodule vom Mutterschiff muss bereits wenige Minuten nach dem Funkgespräch erfolgt sein«, unternahm Natasha einen neuen Anlauf. »Commander Jefferson hat zu diesem Zeitpunkt also bereits gewusst, dass er sehr viel früher als angekündigt landen würde. Er hat nicht nur ganz bewusst gelogen, ich sehe sein Verhalten auch als eine Provokation, die wir uns auf keinen Fall gefallen lassen dürfen. Die Bombe diente mit Sicherheit nicht dazu, uns aufzuwecken, wie er behauptete, sondern zu unserer Einschüchterung. Jefferson wollte uns demonstrieren, wie sehr wir ihm ausgeliefert sind, dass er die nächste Bombe auch direkt auf die Siedlung werfen kann. Und die geheimnisvollen Störungen – ich bin überzeugt davon, dass sie auf einen Versuch zurückzuführen sind, irgendwie in unseren Zentralrechner einzudringen, um möglichst viele Daten über uns zu erhalten, ihn vielleicht sogar zu manipulieren. Jefferson testet ganz offensichtlich aus, wie weit er gehen kann, ohne auf Widerstand zu stoßen.«

Mit ihrem Protest sprach sie Michael aus der Seele. Für ihn stellte das Verhalten des Kommandanten der CLARKE nicht nur eine Provokation, sondern eine glatte Unverschämtheit dar. Das begann bereits mit dem Funkgespräch, dessen Aufzeichnung sie inzwischen gehört hatten, setzte sich über die Lüge bezüglich des vorgesehenen Landetermins fort und gipfelte in der Zahl der Leute, mit denen er eintraf.

Dies war, wie Natasha schon gesagt hatte, in der Tat keine Begrüßungsdelegation mehr, sondern schon fast eine Invasionstruppe.

Und er war sich fast sicher, dass sie auch genau das sein sollte.

»Wir werden ihnen unmissverständlich deutlich machen, was wir von diesem Vorgehen halten, darauf kannst du dich verlassen«, erklärte Shao. »Aber selbst wenn du mit allem Recht hast – was können wir dagegen tun? Das Schlimme ist, dass wir ihnen *wirklich* ausgeliefert sind. Dir dürfte auch bewusst sein, dass gerade wir als Mitglieder des Rates eine besondere Verantwortung haben. Es steht mir nicht zu, dich zu belehren. Ich kann dich nur bitten, trotz deiner Erregung dein Temperament zu zügeln, wenn wir gleich mit ihnen sprechen. Wir sind der Erde in jeglicher Hinsicht unterlegen. Dies sind keine theoretischen Planspiele über Unabhängigkeit und Autonomie mehr. Von dem, was in der nächsten Stunde passiert, hängt möglicherweise das Schicksal unserer ganzen Siedlung ab. Bitte denke bei allem, was du sagst, stets daran.«

Natasha schluckte. Einen Moment schien es, als wollte sie erneut aufbrausen, doch dann nickte sie.

»Ich werde es nicht vergessen«, versprach sie.

»Gut«, sagte Ben. »Und jetzt sollten wir gehen, um unsere *Gäste* in der Schleuse zu begrüßen.«

Schon die Art, wie er das Wort »Gäste« betonte, machte deutlich, welchen Ärger auch er empfand. Commander Jefferson hatte sich und seiner Mission durch sein arrogantes Verhalten keinen guten Dienst erwiesen, wenn er selbst gemäßigte Leute wie Ben, der stets große Sympathien für die Erde empfunden hatte, in solchem Maße gegen sich aufbrachte.

Sie verließen die Zentrale und machten sich auf den Weg zur Schleuse, als Michael auf halbem Weg plötzlich etwas einfiel.

»Ich komme später nach«, sagte er, obwohl er die Begrüßung der Terraner zu gerne miterlebt hätte. »Vorher muss ich mit Jennifer Braxton sprechen, Kims Frau. Ich kann es nicht hinausschieben, ihr die traurige Nachricht zu überbringen. Jede Minute der Ungewissheit ist für sie mit Sicherheit eine schreckliche Qual.«

»Genau das habe ich mir auch gedacht, vor allem, da sie fast den ganzen Tag an der Ausgrabungsstelle verbracht hat«, erklärte Maria Gonzales. »Deshalb habe ich schon mit ihr gesprochen, direkt nachdem wir die Nachricht über Funk erhalten haben.«

Michael fiel ein Stein vom Herzen. Er hatte sich zu dieser Aufgabe verpflichtet gefühlt, aber es wäre ihm ein beispielloses Gräuel gewesen, Jennifer jetzt noch die Todesnachricht überbringen zu müssen. »Ich ... weiß nicht, was ich sagen soll.«

»Sag am besten gar nichts«, entgegnete Maria mit einem traurigen Lächeln auf ihrem breiten Gesicht. »Allerdings solltest du morgen zu ihr gehen und selbst mit ihr sprechen. Sie wird wissen wollen, was genau passiert ist.«

»Ich werde sie gleich morgen früh aufsuchen«, versprach Michael. Er ahnte nicht, dass dies ein Versprechen war, das er nicht mehr würde halten können ...

***

Im Grunde trug die Schleuse ihren Namen zu Unrecht. Zwar gab es eine Schleusenkammer, doch nahm diese nur einen relativ kleinen Teil des großen Raumes ein. Hier versammelten sich morgens die Außenteams, hier lagerte ein Großteil des von ihnen benötigten Materials inklusive der Schutzkleidung, und hier waren gewöhnlich der Pferch und die beiden Rover geparkt. Aber so wie irgendein Witzbold einst dem Transportfahrzeug wegen der darin herrschenden Enge den Namen »Pferch« verliehen hatte, so hatte sich die Bezeichnung Schleuse für diesen Gesamtbereich eingebürgert.

Anfangs hatte Michael sich gewundert, dass keines der Ratsmitglieder Widerspruch erhob, als sie sich ihnen einfach anschlossen, als wäre es die selbstverständlichste Sache der Welt. Dann jedoch hatte er erfahren, dass Ben die Leiter sämtlicher Bereiche aufgefordert hatte, zur Begrüßung zu erscheinen. Sofern die Bereiche noch in verschiedene Teams aufgeteilt waren, hatten diese außerdem noch ihre Teamleiter mitgebracht, sodass sich bereits eine Menge Leute in der Schleuse versammelt hatten, als sie dort eintrafen. Zwar gehörten Michael und Sharice nicht zum leitenden Stab, doch schien man der Meinung zu sein, dass es auf zwei Leute mehr auch nicht mehr ankam.

Im Gegenteil war Michael sogar überzeugt, dass es Ben im Grunde ganz Recht war, dass so viele Leute gekommen waren. Anderenfalls wäre es kein Problem für ihn gewesen, alle diejenigen, die nicht unmittelbar zum Führungsstab gehörten, zum Gehen aufzufordern. Aber eine entsprechend große Zahl an Siedlern ließ Jeffersons gewaltige Eskorte etwas weniger bedrohlich erscheinen.

»Sharice, da bist du ja endlich!« Akiro kam mit weit ausgreifenden Schritten auf sie zu. Als Leiter eines der beiden archäologischen Teams hatte auch er Zutritt erhalten. »Ich bin ja so froh, dass dir nichts passiert ist. Du musst mir alles genau erzählen. Wart ihr wirklich in einer Station der Alten? Habt ihr –«

»Jetzt nicht«, fiel Sharice ihm mit einer Barschheit ins Wort, die Michael gegenüber Akiro bei ihr noch nie erlebt hatte.

»Aber ...«

Sharice beachtete ihn nicht weiter, da sich in diesem Moment das äußere Schleusentor öffnete. Die militärische Formation geriet durcheinander, als sich die dreißig Terraner zusammendrängen mussten, um alle in der kleinen Kammer Platz zu finden.

»Noch eines. Jeder von euch wird nur reden, wenn er von uns oder unseren Gästen ausdrücklich dazu aufgefordert wird«, erteilte Ben mit lauter Stimme letzte Verhaltensanweisungen. »Ich möchte keine Schmährufe oder sonstige Störungen hören.«

Nur Sekunden später öffnete sich das innere Schleusentor. Die Soldaten kamen herausmarschiert und bildeten ein Spalier. Beeindrucktes Raunen wurde unter den Siedlern laut. Es lag nahe zu vermuten, dass dieser psychologische Effekt völlig beabsichtigt war.

Nur einer der Männer öffnete seinen Helm. Darunter kam ein kantiges, fast viereckiges Gesicht mit wässrigen blauen Augen und rostroten, zu einem Bürstenschnitt frisierten Haaren zum Vorschein.

Als Letzter verließ der Mann die Schleuse und ging durch das Spalier auf die fünf Ratsmitglieder zu, die ihrerseits ein paar Schritte vorgetreten waren. Vor Ben blieb er stehen, klemmte sich den Helm unter den linken Arm und salutierte mit der anderen Hand.

»Commander David Jefferson, Kommandant des Erdraumschiffes USSF CLARKE«, schnarrte er. »Ich überbringe Ihnen die Grüße der Erde und speziell die Grüße von Präsident Edgars.«

»Ben Braxton, Seniorsprecher des Rates der Marssiedlung Bradbury.« Ben streckte ihm die Hand entgegen. »Ich grüße Sie ebenfalls.«

Einen Moment lang wirkte Jefferson verärgert, dass seine militärische Ehrenbezeugung nicht erwidert wurde, aber dann ergriff er die ausgestreckte Hand und drückte sie so fest, dass Ben seinen Schmerz nicht völlig verbergen konnte.

»Demnach haben wir bereits über Funk miteinander gesprochen, Mister Braxton. Ich freue mich, Sie nun auch persönlich kennen zu lernen.«

»Die Freude ist ganz auf meiner Seite, Mister Jefferson. Das sind Shao Tsuyoshi, mit der Sie ebenfalls schon gesprochen haben, Jeffrey Saintdemar, Maria Gonzales – und Natasha Angelis, das jüngste Mitglied unseres Rates.«

»Ich würde es vorziehen, wenn Sie mich Commander nennen, nicht Mister.« Jefferson gab auch den anderen die Hand, ohne allerdings so fest zuzudrücken.

»Sie kommen ziemlich früh«, stellte Natasha fest. »Es ist zwar fast schon zu einem Sprichwort bei uns geworden, dass die Uhren hier anders gehen als auf der Erde, aber ich glaube nicht, dass der Unterschied so gewaltig ist. Wollten Sie nicht eigentlich erst morgen eintreffen?«

»Wollte ich«, bestätigte Jefferson ungerührt. »Aber dann haben wir aus dem Orbit einen Sandsturm entdeckt, der sich diesem Gebiet nähert und es in wenigen Stunden erreichen dürfte. Deshalb beschlossen wir unsere Landung vorzuverlegen.«

»Und da hatten Sie es so eilig, dass Ihnen nicht einmal mehr die Zeit blieb, uns über Funk zu informieren?«

»Wir haben es versucht, aber anscheinend gab es atmosphärische Störungen, die einen erneuten Kontakt verhinderten. Möglicherweise wurden sie bereits durch den Sturm ausgelöst.« Er lachte kurz und humorlos, während er auf Shao deutete. »Ihre Kollegin hier hat mir vorhin vorgeworfen, wir kämen um rund achtzig Jahre zu spät. Nun, da haben wir uns jetzt eben besonders beeilt, um Sie nicht noch länger warten zu lassen.«

»Klar, auf *den* haben wir schon die ganze Zeit gewartet. Diese angebliche Funkstörung ist doch von vorne bis hinten erlogen«, raunte Michael Sharice leise zu. »Der Kontakt zwischen Bradbury und der Ausgrabungsstelle funktionierte jedenfalls ohne Probleme. Wahrscheinlich existiert auch dieser Sandsturm überhaupt nicht.«

»Vielleicht waren nur höhere Schichten der Atmosphäre betroffen«, gab Sharice ebenso leise zurück. Es klang nicht so, als ob sie selbst daran glauben würde. »Wir sollten keine vorschnellen Mutmaßungen anstellen.«

»Sie sind mit einer ziemlich großen Eskorte angekommen«, ergriff Shao das Wort. »Einer weitaus größeren, als wir erwartet haben. Ich fürchte, es wird unmöglich sein, in der kurzen Zeit ausreichend viele Quartiere für sie bereitzustellen.«

»Oh, ich bin überzeugt davon, dass es mit entsprechender Anstrengung durchaus möglich wäre«, entgegnete Jefferson eine Spur schärfer. »Aber bemühen Sie sich nicht. Es sind Soldaten. Sie sind es gewöhnt, auf Luxus zu verzichten. Ein Aufenthaltsraum oder etwas in der Art wird völlig genügen. Über so etwas werden Sie doch sicher verfügen?«

Man sah Shao an, dass sie auch diese so süffisant vorgetragene Frage am liebsten verneint hätte.

»Sicher, das wird sich schon einrichten lassen«, antwortete Ben rasch an ihrer Stelle. »Sie möchten sicherlich gerne unsere Siedlung besichtigen. Zuvor jedoch würde ich Ihnen gerne die Leiter der verschiedenen Aufgabenbereiche vorstellen.«

»Später«, erwiderte Jefferson und hob abwehrend die Hand. »Wen ich gerne kennen lernen möchte, ist lediglich Ihr Sicherheitschef.«

»Sicherheitschef?«, wiederholte Ben und hob fragend eine Augenbraue.

»Genau. Sie werden doch irgendeine Form von Sicherheitsdienst hier haben, der Sie gegen Bedrohungen schützt. Bewaffnete Schutztruppen eben. Das, was wir unter Militär verstehen.«

»Sie irren sich«, entgegnete Ben. Seine Haltung versteifte sich ein wenig. »Weder verfügen wir über irgendwelche Waffen, noch über ... *Schutztruppen*, wie Sie es nennen. Wozu auch? Es gibt keine Feinde hier, gegen die wir uns zur Wehr setzen müssen. Was uns bedroht, sind höchstens Naturereignisse oder technische Pannen.«

»Jede Gesellschaft hat Feinde«, behauptete Jefferson. »Wenn nicht von außen, dann von innen. Unzufriedene, Querulanten, Aufrührer, radikale Elemente ... Ich könnte die Liste beliebig fortsetzen.«

»Das mag auf die Erde zutreffen, aber nicht auf uns«, widersprach Natasha mühsam beherrscht. »Wenn wir irgendwelche Feinde hätten, dann müsste es sich schon um Außerirdische handeln. Und von denen sind wir bislang verschont geblieben. Ganz abgesehen davon, dass uns gegen solche Gegner sicherlich auch keine primitiven Waffen helfen würden, nicht wahr?«

»Nein, ohne jeden Zweifel nicht.« Jeffersons nun wieder arroganter Tonfall zeigte deutlich, dass er die Spitze sehr wohl verstanden hatte. Er wandte sich wieder an Ben. »Sie haben sicherlich viele Fragen darüber, was in den vergangenen Jahrzehnten auf der Erde passiert ist und wie es kommt, dass nun doch noch eine Expedition hergeschickt wurde. Aber ich denke, die Antworten darauf dürften für alle Bewohner der Kolonie interessant sein. Insofern wäre es wohl das Beste, wenn Sie eine Versammlung einberufen, auf der ich eine kurze Erklärung abgeben werde und anschließend für Fragen zur Verfügung stehe. Sagen wir in einer halben Stunde?«

* * *

»Ich wünschte, ich könnte diesen Kerl mit einem Fußtritt in seinen Allerwertesten auf direktem Weg zur Erde zurückschicken«, stieß Michael hervor. »Und den Rest der Bande gleich hinterher.«

Es gehörte normalerweise nicht zu seinen Angewohnheiten, Selbstgespräche zu führen, aber irgendwie musste er seinem Zorn Luft verschaffen. Während er in frische Kleidung schlüpfte, warf er einen Blick zu seinem Bett hinüber. Es schien ihn fast magisch anzulocken und eine Schwerkraft zu entwickeln, neben der sogar die eines Schwarzen Loches verblasste. Selbst eine eiskalte Dusche hatte seine Müdigkeit nur zum Teil vertreiben können.

Schon nachdem Sharice und er aus der Station der Alten entkommen waren, hatte er nur noch den Wunsch gehabt, sich hinzulegen und ein paar Stunden zu schlafen, aber daran war im Moment nicht zu denken. Schuld daran war allein Jefferson mit seiner verfrühten Landung, und schon deshalb hasste Michael ihn. Andererseits wollte er aber unter keinen Umständen die Ansprache verpassen, so erschöpft er sich auch fühlte. Dafür stand zu viel auf dem Spiel.

Mit einem letzten bedauernden Blick in Richtung seines Bettes verließ er sein Quartier. Immerhin war es eine Wohltat, endlich wieder bequeme Kleidung tragen zu können, nachdem er seit dem frühen Morgen in seinem Schutzanzug gesteckt hatte. Obwohl er daran gewöhnt war, wurde die ständige Spannung, die das elastische Material auf der Haut erzeugte, mit der Zeit unangenehm.

Michael machte sich auf den Weg zur Mensa, wo die Versammlung stattfinden sollte. Es war der einzige Raum, der groß genug war, um allen Siedlern zumindest stehend Platz zu bieten. Mehr als die Hälfte der halben Stunde war bereits vorüber und Michael beeilte sich, um nicht erst im letzten Moment einzutreffen, sondern einen halbwegs guten Platz zu ergattern.

Leider schienen alle anderen auf dieselbe Idee gekommen zu sein, denn die Mensa war bereits so gut wie voll. Die Stühle und Tische standen draußen im Gang aufgestapelt, sonst hätte der Platz nicht gereicht. Michael blickte sich nach Sharice um, konnte sie aber nicht entdecken. Sie hatte ebenfalls duschen wollen und war offenbar noch nicht fertig.

Dafür war jedoch bereits ein Teil von Jeffersons Begleitern eingetroffen. Etwa zwanzig Soldaten hatten sich entlang der Seitenwände postiert. Sie hatten sich ihrer Raumanzüge entledigt und trugen nun Uniformen. Da keiner von ihnen Gepäck bei sich gehabt hatte, mussten sie sie bereits unter den Anzügen angehabt haben, weshalb diese wohl auch so klobig gewirkt hatten.

Die Uniformen bestanden aus nachtschwarzem Stoff und waren mit silbernen Rangabzeichen und Zierstreifen versehen. Von den Gesichtern der Soldaten war nur das untere Drittel zu erkennen, da sie Helme mit spiegelnden Kunststoffvisieren trugen, die ihnen ein ausgesprochen martialisches Aussehen verliehen. Es handelte sich ausschließlich um Männer, wie Michael registrierte.

Ihre Anwesenheit gefiel ihm immer weniger, vor allem als er entdeckte, dass sie Pistolenholster trugen. Außerdem waren Schlagstöcke an ihren Gürteln befestigt.

Michael war nicht der Einzige, der sich an der Anwesenheit der Fremden störte. Immer wieder wurden die Soldaten misstrauisch und ablehnend beäugt. Die Stimmung im Saal war gereizt; er konnte nur hoffen, dass sie nicht explodieren würde.

Schließlich trat auch Sharice ein. Michael ging direkt auf sie zu und fing sie ab.

»Wir sollten besser hier hinten bleiben«, sagte er.

»Klar, die guten Plätze, auf denen man so viel sieht«, entgegnete sie mit einem sarkastischen Grinsen. »Ich habe nicht vor, mich durch die Menge bis nach vorne zu drängeln, aber ein bisschen was möchte ich schon sehen.«

»Dann sieh dir als Erstes mal die Typen in den hübschen schwarzen Uniformen an. Sie tragen Waffen, auch wenn man das von hier aus schlecht sehen kann.«

Sharice erschrak sichtlich. »Das ist doch eine ganz unverhohlene Machtdemonstration«, empörte sie sich. »Was haben die vor? Befürchtest du Schwierigkeiten?«

»Ich weiß es nicht«, gab Michael ehrlich zu. »Ich hoffe nicht. Aber die Atmosphäre ist schon jetzt sehr aufgeheizt. Auch die Soldaten sind nervös, weil sie spüren, dass ihre Anwesenheit Feindseligkeit hervorruft. Wenn irgendetwas passiert, wenn irgendjemand die Nerven verliert, kann es eine Katastrophe geben. Deshalb sollten wir lieber in der Nähe der Türen bleiben. Sollte etwas passieren, können wir so wenigstens schnell verschwinden.«

»Unter diesen Umständen hast du vermutlich Recht«, gab Sharice zu. »Aber ich begreife das alles einfach nicht. Sicher, die Erde war in ihrer ganzen Geschichte nie ein Hort des Friedens, aber das sieht doch fast nach einem Militärregime aus.«

»Ich frage mich allmählich, was die CLARKE überhaupt für ein Schiff ist«, brummte Michael. »Wer schickt dreißig Soldaten mit auf eine solche Reise, wenn es sich nicht um ein rein militärisches Unternehmen handelt? Und das einzige Ziel können nach Lage der Dinge ja wohl nur wir sein.«

Sharice schüttelte ratlos den Kopf. »Noch vor ein paar Tagen habe ich deine diesbezüglichen Phantasien für übertriebene Paranoia gehalten, aber jetzt ... Ich weiß einfach nicht mehr, was ich denken soll.«

»Geh vom Schlimmsten aus«, riet Michael ihr. »Wer eine solche Militärstreitmacht aussendet, der hat etwas vor, bei dem er mit Widerstand rechnet. Widerstand, der notfalls gewaltsam gebrochen werden soll.«

* * *

Pünktlich nach Ablauf der halben Stunde betrat Jefferson zusammen mit den fünf Mitgliedern des Rates und den übrigen Soldaten die Mensa. Sie kamen nicht durch die normalen Türen, sondern durch die Küche, sodass sie durch den Schalter für die Essensausgabe direkt die Stirnseite des Raumes erreichten, wo ein langer Tisch für sie bereitstand, an dem sie Platz nahmen. Die Soldaten, die mit ihnen gekommen waren, postierten sich in einer Reihe hinter ihnen.

»Ich freue mich, dass Sie meiner Bitte gefolgt und zu dieser Versammlung erschienen sind«, sprach Jefferson in ein vor ihm auf dem Tisch stehendes Mikrofon, das seine Stimme über Lautsprecher bis in den letzten Winkel des Saales übertrug. Auch er war nun in eine schwarze Uniform gekleidet. »Gestatten Sie, dass ich mich zunächst vorstelle: Ich bin Commander David Jefferson, Kommandant des Kreuzers USSF CLARKE der Vereinten Erdstreitkräfte.«

War es mit Beginn seiner Rede totenstill im Raum geworden, klang nun wieder Gemurmel auf. Auch Michael war überrascht. *Kreuzer? Vereinte Erdstreitkräfte?*

»Wie Sie meinen Worten bereits entnehmen können, hat es auf der Erde in den vergangenen Jahrzehnten erhebliche Veränderungen gegeben. Das ist auch einer der Gründe, warum es bislang keine weitere Mars-Expedition gab. Zum einen hielt man die Besatzung der BRADBURY nach dem Absturz für tot, und zweitens –«

»Im Klartext: Man hat unsere Vorfahren einfach abgeschrieben und im Stich gelassen!«, rief jemand aus der Menge dazwischen.

»Ein Irrtum, wie wir nun wissen und wie Ihre Anwesenheit beweist«, erwiderte Jefferson. »Aber es gab noch andere Gründe. Schon während der Reise der BRADBURY spitzte sich die politische Situation auf der Erde immer mehr zu. Nahrungsmittel und Trinkwasser wurden in zahlreichen Ländern immer knapper, auch der wachsende Energiebedarf konnte nicht mehr ausreichend gedeckt werden. Es gab Unruhen. Extremisten ergriffen in immer mehr Ländern die Macht und überzogen die reichen Industrienationen, die sie für ihre Misere verantwortlich machten, mit wachsendem Terror. Gleichzeitig setzte eine regelrechte Völkerwanderung in Richtung der reichen Länder ein, die diese an den Rand des Untergangs geführt hätte. Anarchie und Chaos begannen sich auszubreiten.

Schließlich sahen die mächtigsten Staaten sich zum Handeln gezwungen. Unter Vormacht der USA und ihres damaligen Präsidenten Clarke, dem zu Ehren auch unser Schiff benannt wurde, riefen die Industrienationen das allgemeine Kriegsrecht aus und bildeten eine gemeinsame Verteidigungsfront. Ich will Ihnen die Einzelheiten ersparen, aber es war eine finstere Zeit, die sich über mehr als fünf Jahrzehnte erstreckte, bis unter Einsatz aller militärischen Mittel schließlich wieder Ruhe und Ordnung hergestellt werden konnten.«

Jefferson machte eine kurze Pause und ließ sich ein Glas Wasser bringen. Im Saal herrschte völlige Stille. Alle waren gebannt von dem, was sie gerade gehört hatten, und mussten seine Worte erst einmal verdauen.

»Anschließend begann eine Phase der Neuordnung und des Wiederaufbaus, während der auch die bemannte Weltraumfahrt neu aufgenommen wurde«, fuhr der Commander schließlich fort. »Die bisherigen Nationalstaaten besaßen keine Bedeutung mehr und wurden durch neu geschaffene Verwaltungsbezirke ersetzt, die einer institutionellen Weltregierung unterstehen. Leider konnten immer noch nicht alle Unruheherde vollständig befriedet werden. Es gibt immer Leute, die mit den bestehenden Verhältnissen unzufrieden sind und gewaltsam eine Änderung herbeizuführen versuchen. Aus diesem Grund konnte das Kriegsrecht noch nicht beendet werden, und deshalb kommt unseren verdienstvollen Streitkräften, in denen zu dienen mir eine große Ehre ist, auch nach wie vor eine besondere Rolle als Garant von Stabilität, Sicherheit und Ordnung zu.«

»Ich hatte Recht!«, ächzte Michael leise. »Was der Kerl da schildert, ist nichts anderes als eine erdumspannende Militärdiktatur!«

»Wir brauchen wohl auch nicht mehr groß zu raten, was er mitsamt seinen Soldaten hier will«, ergänzte Sharice düster. Sie wirkte zutiefst bestürzt. »Und wir haben keine Chance, uns dagegen zu wehren, sonst gibt es ein Blutbad.«

»Selbst wenn aus nahe liegenden Gründen keiner von Ihnen bislang ein aktives Mitglied der Streitkräfte ist, so bilden Sie doch eine Art von militärischem Außenposten«, sprach Jefferson weiter. »Sie haben allen Grund, stolz auf das zu sein, was Sie bislang erreicht haben. Stellvertretend für den derzeit amtierenden Präsidenten Edgars möchte ich Ihnen für Ihre Tapferkeit und Ihre Leistungen das ausdrückliche Lob der gesamten Erde aussprechen. Sie haben hervorragende Arbeit geleistet und höchste Ehre erworben, was Ihnen gebührend honoriert werden soll.«

Vereinzelt klang Applaus auf, doch der Beifall war ziemlich dünn. Michael blickte sich um. Wie nicht anders zu erwarten, gehörte Akiro, der nur wenige Meter entfernt stand, zu denen, die klatschten. Er hatte nie einen Hehl daraus gemacht, dass er Terra für so etwas wie das gelobte Land hielt und sich als Erdenbürger fühlte, auch wenn er hier geboren war. Nun witterten Leute wie er Oberwasser.

Dass der Applaus so dünn ausfiel, schien Jefferson für einen Moment zu irritieren. Auch wenn er sich bewusst sein musste, dass nicht alle seine Ankunft begrüßten, schien er doch mit mehr Zustimmung gerechnet zu haben.

»Die Zeiten der Entbehrung sind für Sie alle nun vorbei«,

behauptete er pathetisch. »Die Erde wird Sie im Rahmen ihrer Möglichkeiten von nun an mit allem versorgen, was Sie benötigen – vorausgesetzt, Sie möchten überhaupt hier bleiben. Denn auch das ist eine Option, die ich Ihnen anbieten kann. Die Kapazitäten der USSF CLARKE sind freilich begrenzt, sodass ich Sie unmöglich alle an Bord nehmen kann. Ich versichere Ihnen jedoch, dass jeder von Ihnen, der dies wünscht, in absehbarer Zeit zur Erde reisen und dort in Wohlstand und hohem Ansehen wird leben können.«

Wiederum fiel der Beifall ziemlich verhalten aus. Michael schätzte, dass nicht mehr als zwanzig bis dreißig Siedler klatschten. Auch Akiro bemerkte allmählich, dass die Begeisterung sich in engen Grenzen hielt.

»Was ist los, Leute?«, rief er. »Habt ihr nicht gehört, was der Commander gesagt hat? Das ist es doch, was wir alle uns gewünscht haben!«

Niemand antwortete ihm, doch die Blicke, die ihn trafen, drückten deutliche Verachtung aus.

»Nun, für viele von Ihnen kommt dieses Angebot sicher sehr überraschend, und Sie brauchen Zeit, um darüber nachzudenken«, ergriff Jefferson wieder das Wort. »Aber auch jene unter Ihnen, die sich entschließen sollten, ihr weiteres Leben hier zu verbringen, werden durch den von nun an engen Kontakt zur Erde zahlreiche Vorteile haben. Allerdings, das will ich gar nicht erst verhehlen, wird es auch einige Änderungen geben. Trotz privater finanzieller Beteiligung war die Expedition der BRADBURY das Projekt eines Staatenkonsortiums, dessen konstitutioneller Nachfolger die jetzige Weltregierung ist. Alles, was Sie hier haben, stammt entweder von der Erde oder wurde Ihnen erst aufgrund der von dort stammenden Ausrüstung ermöglicht. Insofern ist auch die Gründung dieser Station grundsätzlich ein erdgebundenes Projekt. Ich sprach bereits von einem Außenposten, und als genau das betrachtet Präsident Edgars diese Station: als einen vorgeschobenen militärischen Außenposten in fremdem Territorium. Das bedeutet, dass Bradbury von nun an unserer militärischen Kontrolle untersteht.«

Damit war die Katze aus dem Sack. Murren und sogar vereinzelte Buh-Rufe klangen auf. Besorgt sah Michael, dass die an den Wänden postierten Soldaten nervös zu werden begannen.

»Also doch«, stieß er hervor. »Dabei habe nicht mal ich bis vor einer Stunde geglaubt, dass er so weit gehen würde. Ich habe damit gerechnet, dass man unsere Autonomie und unsere Hoheitsrechte über den Mars ignorieren oder uns mehr oder weniger mit Handelswaren erpressen würde, aber nicht, dass die Erde im Handstreich die Herrschaft über Bradbury fordern würde.« Er ballte vor Wut die Hände zu Fäusten.

»Das dürfen wir uns nicht gefallen lassen«, zischte Sharice. »Wenn diese Kerle keine Waffen hätten, wäre alles viel leichter. Wir sind in der Übermacht und könnten sie blitzschnell zum Teufel schicken.«

»Aber sie haben nun mal Waffen, und das bedeutet, dass wir uns auch welche besorgen und um unsere Freiheit kämpfen müssen«, sagte Michael hart. »Unsere einzige Chance sind die Lasergewehre der Alten.«

»Kämpfen?« Erschrocken sog Sharice die Luft ein, und ihre Augen weiteten sich. »Wir sollen auf die Soldaten schießen? Aber ... noch nie hat einer von uns eine Waffe auf einen anderen gerichtet! Ich glaube nicht, dass ich überhaupt in der Lage wäre, einen Menschen zu töten.« Sie atmete noch einmal tief durch. »Und selbst wenn wir Jefferson und seine Bande vertreiben könnten, würde bald das nächste Raumschiff kommen. Gegen die materielle Übermacht der Erde haben wir keine Chance!«

»Wir sind freie Siedler und lassen uns von niemandem Befehle erteilen!«, tönte über den Tumult hinweg ein lauter

Zwischenruf durch den Raum. »Schert euch dahin zurück, woher ihr gekommen seid! Wir brauchen euch hier nicht!«

Diesmal gab es zustimmende Rufe und Applaus, der wesentlich lauter ausfiel als zuvor. Ohne die drohend aufmarschierten Wachen, die viele zur Zurückhaltung veranlassten, wäre der Beifall vermutlich noch wesentlich stürmischer gewesen. Bis auf einige Unverbesserliche schienen die meisten Siedler mittlerweile begriffen zu haben, was ihnen bevorstand.

»Ruhe!«, donnerte Jefferson. Sein Gesicht hatte sich gerötet. Seine Augen wirkten nicht länger wässrig, sondern wie aus Stahl. »Sofort Ruhe, oder ich lasse andere Saiten aufziehen!« Wie Sturmgetöse hallten seine Worte aus den Lautsprechern durch den Raum. Auf seinen Wink hin zogen die Soldaten ihre Schlagstöcke.

Hastig beugte sich Shao Tsuyoshi zu dem Mikrofon vor. Bislang hatte sie genau wie die vier anderen Mitglieder des Rates den Ausführungen des Commanders mit so regungsloser Miene gelauscht, dass Michael sicher war, dass Jefferson dem Rat bereits vorher seine Pläne mitgeteilt hatte. Zumindest die impulsive Natasha hätte sich sonst sicherlich nicht so eisern beherrschen können.

»Bitte, Leute, bewahrt Ruhe«, beschwor Shao die Siedler. »Wir müssen versuchen, gemeinsam eine Lösung zu finden. Auch für uns kommt das alles völlig überraschend.«

»Ihr steckt mit denen unter einer Decke!«, brüllte jemand. »Was hat man euch dafür versprochen, dass ihr uns verkauft?«

Natasha sprang auf. Sie war blass im Gesicht und zitterte vor Zorn.

»Ihr alle kennt mich gut!«, rief sie mit schneidender Stimme, die auch ohne technische Unterstützung im ganzen Saal zu verstehen war. »Ihr wisst, dass ich mich nicht verkaufe, und dass ich auch eure Interessen niemals verkaufen würde. Dasselbe gilt für Ben, Jeffrey, Shao und Maria. Aber wir wissen auch, wann wir in einer so schwachen Position sind, dass wir nicht mit dem Kopf durch die Wand können. Also seid still und hört euch an, was der Commander zu sagen hat!«

Zwar kehrte keine völlige Stille ein, aber als sie sich wieder setzte, sank die Lautstärke zumindest erheblich.

»Ich danke Ihnen, Miss Angelis«, sagte Jefferson. »Es ist unverkennbar, dass den meisten von Ihnen die Vorstellung nicht gefällt, unter militärischem Oberkommando zu stehen, weil Sie sich vermutlich völlig falsche Vorstellungen davon machen. Die Änderungen werden geringfügiger sein, als Sie denken. Wir haben kein Interesse daran, uns in Ihre persönlichen Belange einzumischen. Für alle Verwaltungsfragen werden auch weiterhin Sie selbst beziehungsweise der von Ihnen gewählte Rat zuständig sein. Wir werden uns ausschließlich um Sicherheitsfragen und solche Bereiche kümmern, die von militärischer Bedeutung sind.«

»Wollen Sie hier vielleicht einen Krieg anfangen?«, rief jemand spöttisch. »Sie werden sich anstrengen müssen, einen Gegner zu finden. Wir haben in achtzig Jahren jedenfalls noch keinen entdeckt.«

Lautes Gelächter folgte seiner Bemerkung.

»Das Militär ist nicht nur zum Führen von Kriegen da«, stellte Jefferson mit sichtlicher Verärgerung richtig. »Sehen Sie, wir befinden uns bereits seit mehreren Tagen im Marsorbit. Bevor wir mit Ihnen Kontakt aufnahmen, erschien es uns sinnvoll, erst einmal möglichst viel über Sie in Erfahrung zu bringen. Schließlich hatten wir keine Ahnung, was wir vorfinden würden. Deshalb haben wir Sie aus dem All beobachtet und einen Teil Ihrer Funksprüche abgehört. Dabei erfuhren wir auch, dass Sie auf konkrete Spuren einer früheren Zivilisation gestoßen sind.«

Michael spannte sich unwillkürlich. Die Worte des Commanders bezogen sich eindeutig auf die Station der Alten. Er hätte sich denken können, dass das Militär gerade daran interessiert war. Aus genau diesem Grund hatte er die Entdeckung geheim halten wollen. Es schockierte ihn, dass Jefferson bereits so umfassend informiert war. Wenn man sie schon seit Tagen unbemerkt belauert hatte, war das allerdings kein Wunder.

»Ihre Entdeckung ist für uns von allergrößter Bedeutung«, fuhr Jefferson fort. »Ich brauche Sie wohl nicht erst daran zu erinnern, dass die Suche nach Spuren dieser außerirdischen Zivilisation einer der zentralen Gründe für die Expedition der BRADBURY war. Mein Angebot lautet, dass Sie Ihr Leben hier weitgehend wie bisher, nur mit deutlich mehr Annehmlichkeiten weiterführen können, wenn Sie in diesem einen Punkt vollständig mit uns kooperieren. Wir wissen, in welchem Gebiet Sie das verschlossene Schott gefunden haben. Da Sie bislang daran gescheitert sind, werden von nun an ausschließlich wir uns darum kümmern.«

»Wenigstens weiß er noch nichts davon, dass wir bereits in der Station waren«, raunte Sharice, doch ihre Hoffnung wurde gleich darauf zunichtegemacht.

»Wir vermuten, dass der Zugang nicht länger verschlossen ist«, meldete sich Akiro laut zu Wort.

»Nein, Akiro, sag nichts!«, rief Sharice entsetzt, doch er ignorierte sie.

»Drei unserer Mitarbeiter wurden in dem Tunnel vor dem Schott verschüttet«, berichtete er. »Als wir die Hoffnung schon fast aufgegeben hatten, tauchten zwei von ihnen vor wenigen Stunden plötzlich wieder im Camp auf, ohne dass der Stollen geräumt werden konnte. Auf keine unserer Fragen erhielten wir Antworten, aber es ist unschwer zu erraten, dass sie einen Weg in die Station hinein entdeckt haben und einen weiteren Ausgang fanden. Am besten fragen Sie sie selbst. Es handelt sich um diese beiden.« Dabei deutete er auf Sharice und Michael.

»Mieser Verräter!«, zischte Sharice.

»Ich bin kein Verräter«, entgegnete Akiro. »Ich blicke nur etwas weiter in die Zukunft als du. Wir müssen erkennen, wer uns helfen kann und wer unsere wahren Verbündeten sind.«

Jefferson hatte sich erhoben, um sie besser sehen zu können. Nun winkte er ihnen mit einer Hand. »Treten Sie näher. Ich bin sehr daran interessiert, was Sie uns zu erzählen haben.«

»Früher hat es vermutlich wirklich eine Station dort gegeben«, behauptete Michael, verzweifelt um eine Ausrede bemüht. »Aber als wir dort eindrangen, fanden wir nur völlig leere Räume vor.«

Er bemerkte, dass sich auf eine Geste des Commanders hin von beiden Seiten her je zwei Soldaten in Richtung auf Sharice und ihn in Bewegung setzten. Gleichzeitig begriff er, dass Jefferson sich nicht täuschen lassen würde. Die Informationen waren zu wichtig für ihn, und er würde erst wieder von ihnen beiden ablassen, wenn er alles erfahren hatte. Gleichgültig, welche Methoden er dafür anwenden musste.

Ihre einzige Chance lag in der Flucht.

»Lauf!«, rief er, packte die wie erstarrt dastehende Sharice an der Hand und zerrte sie mit sich.

* * *

»Aber, Sharice ... verdammt, was tust du?« Obwohl er von Michaels Aktion mindestens ebenso überrascht wurde wie Sharice selbst, erholte sich Akiro um eine Winzigkeit eher von seinem Schrecken. Blitzschnell sprang er vor und packte ihren anderen Arm. »Du kannst nicht weglaufen! Du musst –«

»Lass mich los!«, fauchte Sharice und versuchte sich aus seinem Griff zu befreien. »Hörst du nicht, du sollst mich loslassen!«

Michael fuhr herum. Obwohl die Siedler ihnen nur langsam und widerwillig Platz machten, waren die Soldaten bereits bedrohlich nah herangekommen. Rücksichtslos drängten sie sich durch die Menge, scheuten auch nicht davor zurück, ihre Schlagstöcke einzusetzen, wenn sie zu langsam vorwärtskamen.

Durch die harte Arbeit war Michael kräftig und durchtrainiert, doch er war kein gewalttätiger Mensch. Körperlichen Auseinandersetzungen war er bislang stets ausgewichen. Jetzt jedoch blieb ihm keine andere Wahl. Weder hatte er die Zeit, noch hätte es Sinn, mit Akiro zu diskutieren. Stattdessen sprang er auf ihn zu und versetzte ihm einen wuchtigen Schlag in den Magen.

Der Eurasier stieß ein ersticktes Gurgeln aus, ließ Sharice los und taumelte zurück. Im vergeblichen Versuch, sich irgendwo festzuhalten, riss er noch weitere Siedler in einem Knäuel mit sich zu Boden, wodurch sie zumindest den von rechts kommenden Soldaten den Weg versperrten.

»Ergreift sie! Lasst sie nicht entkommen, oder ihr werdet es büßen!«, brüllte Jefferson mit überschnappender Stimme.

Sharice war bereits losgerannt. So schnell er konnte, folgte Michael ihr. Sie hetzten durch eine der Türen auf den Gang hinaus.

»Wohin jetzt?«, rief Sharice.

»Zu den Quartieren«, gab Michael zurück, und sie wandten sich nach rechts. »Dort können wir sie am ehesten abhängen.«

Sie hatten bereits einen beachtlichen Vorsprung, als die ersten Soldaten aus der Mensa stürmten und die Verfolgung aufnahmen.

Michael wusste, dass sie für den Moment zumindest eine gute Chance hatten, sie abzuhängen. Gleich drei Vorteile lagen auf ihrer Seite.

Zum einen waren die Soldaten die niedrige Schwerkraft nicht gewöhnt, wodurch sie sich unkontrollierter und zwangsläufig langsamer bewegten. Hinzu kam die verwinkelte Bauweise Bradburys. Die Siedlung war im Laufe der Jahrzehnte ständig gewachsen. Zwar hatte man versucht, die Expansion bei der Planung zu berücksichtigen, aber da die Station auch weiterhin jedes Jahr weiterwuchs, war dies fast unmöglich gewesen. Es gab nicht nur immer neue Anbauten, sondern auch Um- und Neubauten, wenn bestimmte Bereiche zu klein wurden und komplett verlegt werden mussten. Durch die nach wie vor hohe Geburtenrate herrschte vor allem ein nie versiegender Bedarf an Quartieren. So war im Laufe der Jahre ein regelrechtes Labyrinth entstanden, in dem sich Michael und Sharice im Gegensatz zu ihren Verfolgern bestens auskannten.

Schon nach kurzer Zeit verloren sich die Schritte und Rufe der Soldaten hinter ihnen. Sharice lehnte sich gegen eine Wand.

»Und wohin jetzt?«, keuchte sie. »Sie werden uns jagen und ganz Bradbury auf den Kopf stellen, bis sie uns gefunden haben. Die Siedlung ist nicht so groß, dass wir uns auf Dauer vor ihnen verstecken können.«

»Alles wäre viel leichter, wenn nicht Akiro und vielleicht noch ein paar andere auf ihrer Seite stünden, die sich hier ebenso gut wie wir auskennen.«

»Sprich nicht mehr von Akiro!«, stieß Sharice zornbebend hervor. »Diesen Verrat verzeihe ich ihm nie! Wie konnte ich ihm nur jemals vertrauen? Ich wünschte, er würde auf der Stelle tot umfallen!«

Unter anderen Umständen wären ihre Worte der reinste Balsam für Michael gewesen; jetzt aber ging es um Wichtigeres.

»Ich fürchte, diesen Gefallen wird er uns nicht tun.« Er lächelte flüchtig. »Wir müssen versuchen, durch Jeffersons Netz zu schlüpfen, bevor er es zuziehen kann. Dafür müssen wir erst mal in die Zentrale.«

Sharice begriff sofort, was er vorhatte, und sie eilten weiter.

Die Zentrale war der am besten abgesicherte Raum der Siedlung, tief unter den Gemeinschaftsräumen gelegen. Er musste so gut geschützt sein, weil dort nicht nur der Zentralcomputer der BRADBURY und die Funkanlage standen, sondern auch alle anderen für das Überleben notwendigen Vorrichtungen von dort aus kontrolliert und gesteuert wurden. Würde die Zentrale durch irgendein Unglück zerstört, wären sie vermutlich alle verloren.

Aber durch die zahlreichen Kontrollmechanismen war von der Zentrale aus auch die umfassendste Überwachung aller Vorgänge in der Station möglich. Wenn sie sich unentdeckt und einigermaßen frei bewegen wollten, mussten sie diese für einige Zeit lahmlegen.

Dies bedeutete zunächst eine Rückkehr in den Gemeinschaftstrakt, aus dem sie gerade erst entkommen waren. Gerade dort, in der Höhle des Löwen gewissermaßen, würde man sie aber sicherlich am wenigsten vermuten.

Trotzdem hätte Michael lieber noch ein bisschen gewartet. Jefferson würde die Versammlung inzwischen wohl aufgelöst und die meisten seiner Soldaten auf die Suche nach Sharice und ihm geschickt haben. Aber dann waren die Gänge im Gemeinschaftstrakt jetzt voller Menschen – darunter jene, die sich auf Jeffersons Seite gestellt hatten. Sie würden Sharice und Michael sofort erkennen und, wenn sie wie Akiro einen radikalen Seitenwechsel vollzogen hatten, wohl auch verraten.

Gleichzeitig war Michael aber auch klar, dass er nicht lange abwarten konnte. Über kurz oder lang würde auch der Commander auf die Idee kommen, dass sich die Station am einfachsten von der Zentrale aus überwachen ließ. Sie mussten sie unbedingt vor Jefferson erreichen, sonst war ihre ohnehin nicht besonders aussichtsreiche Flucht von vornherein zum Scheitern verurteilt!

»Vorsicht!« Abrupt bremste Michael seinen Lauf, als sie sich einer Kreuzung näherten, und hielt auch Sharice zurück.

Schritte näherten sich der Abzweigung. Das Klappern von Türen war zu vernehmen. Im Gegensatz zu ihnen trugen die

Soldaten glücklicherweise Stiefel, mit denen sie sich auf den Steinböden unmöglich lautlos bewegen konnten, sodass man sie bereits von Weitem hörte.

Die hallenden Schritte kamen rasch näher. Es musste sich um mindestens zwei Personen handeln. Das Schlagen der Türen verriet, dass sie die Quartiere kontrollierten. Dabei gingen sie jedoch offenbar sehr oberflächlich vor und warfen lediglich einen Blick in die Unterkünfte, ohne diese genauer zu durchsuchen.

»Zurück!«, flüsterte Sharice. Sie huschten zur nächsten Abzweigung und verbargen sich dort. Vorsichtig spähte Michael um die Ecke. Zwei Soldaten tauchten an der Kreuzung auf, blieben einen Moment lang stehen und blickten sich in alle Richtungen um. Bevor sie ihn entdecken konnten, zog Michael den Kopf rasch wieder zurück. Gleich darauf entfernten sich die Schritte wieder.

So leise wie möglich eilten Michael und Sharice erneut bis zu der Abzweigung vor. Sie warteten, bis die Soldaten wieder eine Tür öffneten und in den dahinter liegenden Raum blickten, dann huschten sie nur wenige Meter hinter ihnen unbemerkt vorbei.

Aufatmend setzten sie ihren Weg zum Gemeinschaftstrakt fort. Michael wunderte sich, dass ihnen nicht schon längst einige der Siedler entgegenkamen. Auch als sie sich der Mensa allmählich näherten, begegnete ihnen niemand. Offenbar dauerte die Versammlung doch noch weiter an.

Zum Glück mussten sie nicht direkt an dem Speiseraum vorbei. Bereits ein gutes Stück vorher gelangten sie an die Tür, hinter der die Treppe zur Zentrale in die Tiefe führte.

Eilig hasteten sie die Stufen hinunter.

* * *

Erschrocken fuhr Pascal Saintdemar herum, als die Tür der Zentrale aufgerissen wurde und Michael und Sharice hereingestürmt kamen. Sichernd blickten sie sich um, doch außer ihm hielt sich niemand im Raum auf.

»Was ...?«

»Jefferson hat die Macht über Bradbury übernommen«, stieß Sharice hervor. »Seine Leute jagen uns, weil sie die Hinterlassenschaften der Alten an sich reißen wollen.«

Pascal deutete auf einen Monitor. »Ich hab es mitbekommen. Zum Glück ist die Mensa mit einer Kamera ausgestattet, und da er so freundlich war, über die Lautsprecheranlage zu sprechen, konnte ich ihn auch hören. Es war verrückt von euch, wegzulaufen! Über kurz oder lang werden sie euch ja doch erwischen.«

»Nicht wenn du uns hilfst«, behauptete Michael. Er beugte sich vor, um besser sehen zu können, was der Bildschirm zeigte. Noch immer war die Mensa voller Menschen. Jefferson und die meisten Soldaten waren jedoch verschwunden. Die übrigen standen vor den Türen und versperrten sie. »Was ist denn da los?«

»Er hält unsere Leute vorübergehend gefangen, während er und seine Soldaten die Siedlung nach euch durchkämmen«, empörte sich Pascal. »Akiro Braxton und einige andere unterstützen sie sogar dabei. Nach eurer Flucht hat es Rangeleien und Handgreiflichkeiten gegeben. Inzwischen wurde das Mikrofon leider abgeschaltet, sodass ich nicht mehr hören kann, was passiert.«

»Unfassbar!« Wütend schüttelte Sharice den Kopf. »Also wirklich eine Invasion, wie Natasha Angelis es genannt hat, und jetzt sogar ganz offen. Anscheinend hält Jefferson es nicht mal mehr für nötig, seine Absichten zu kaschieren.«

»Und ich habe bis vor ein paar Stunden noch zu denen gehört, die einen Kontakt mit der Erde herbeisehnten«, gab

Pascal zu. »Aber ganz bestimmt nicht in dieser Form! Man sollte ...«

»Die Zeit drängt«, fiel ihm Michael ins Wort. »Jefferson ist kein Dummkopf; er wird rasch erkennen, welche Möglichkeiten die Zentrale bietet, und hier auftauchen. Gibt es eine Möglichkeit, sämtliche Kontroll- und Überwachungssysteme lahmzulegen, wenigstens für ein paar Stunden? Außerdem alle Sperrvorrichtungen für die Türen zu den verschiedenen Trakten? Die übrigen Systeme dürfen davon freilich nicht betroffen sein.«

Pascal überlegte kurz.

»Da gibt es eigentlich nur eine Möglichkeit: die Adapter. Eigentlich sind es keine richtigen Adapter, wir nennen sie nur so. Bei dem Schiffbruch damals wurde der Rechner der BRADBURY stark beschädigt. Die zentrale Prozessoreinheit wurde zwar geborgen und bildet heute noch das Kernstück unserer Anlage, aber viele andere Komponenten waren mehr oder weniger stark beschädigt. Mit der Expansion Bradburys wurden sie jedoch dringend benötigt –«

»Bitte keinen Vortrag«, drängte Michael. »Nur die wichtigsten Infos.«

»Ich fasse mich ja schon kurz. Um die verschiedenen noch brauchbaren Überreste mit dem Zentralprozessor zu verbinden, mussten neue Schnittstellen und Adapter entwickelt werden. Das war eine komplizierte Bastelei, die Wochen und Monaten gedauert hat. Es wurden gezielt die weniger wichtigen Aufgaben auf diese verschiedenen Rechnereinheiten verlegt. Wenn wir die Verbindungen entfernen, können ausschließlich diese Aufgaben nicht mehr erfüllt werden.«

»Und Jefferson hat keine Möglichkeit, sie durch andere Geräte zu ersetzen?«

»Dafür müsste er schon die Computer der Landemodule auseinanderbauen. Und selbst das würde Tage dauern.«

»Ideal. Dann also raus mit den Dingern.«

Pascal öffnete eine Abdeckplatte unter seinem Pult und hantierte dahinter herum. Währenddessen beobachtete Michael die verschiedenen Überwachungsmonitore. Vereinzelt gerieten patrouillierende Soldaten ins Blickfeld einer Kamera, was ihm aber keinen Anhaltspunkt lieferte, wo sich die meisten von ihnen aufhielten.

Plötzlich erloschen die Bildschirme. Stattdessen begannen zahlreiche Alarmlämpchen zu blinken. Pascal tauchte wieder unter dem Pult hervor. In den Händen hielt er zwei etwa handgroße Geräte mit zahlreichen Anschlüssen, an denen zum Teil noch Kabel hingen. Er trat an einen Wandschrank, holte eine Metallschachtel heraus und legte die Geräte samt einigen gleichartigen, die sich in dem Schrank befanden, hinein.

»Pass gut darauf auf«, sagte er, während er Michael die Schachtel übergab. »Wenn das alles vorbei ist, brauchen wir sie dringend wieder.«

»Du wirst Schwierigkeiten bekommen«, befürchtete Sharice.

»Das ist es mir wert. Wir müssen uns gegen diese Kerle wehren. Außerdem werde ich behaupten, ihr hättet mich gezwungen.«

»Danke, Pascal. Danke für alles! Ohne dich säßen wir tief in der Patsche.«

Michael und Sharice wandten sich zur Tür, um die Zentrale zu verlassen. Als sie öffneten, prallten sie erschrocken zurück.

Unmittelbar vor ihnen stand Commander Jefferson!

* * *

Michael war mindestens ebenso überrascht wie der Commander. Für einen kurzen Moment wurde ihm schwindlig und in seinem Nacken pochte ein Schmerz. Alles verschwamm vor seinen Augen, als würde er seine Umwelt durch einen Schleier aus fließendem Wasser wahrnehmen. Jeffersons verblüfftes Gesicht schien mit einem Mal grün zu sein.

Trotz des Schwindelgefühls überwand Michael seine Erstarrung um eine Winzigkeit schneller. Wuchtig rammte er dem Commander die Metallbox ins Gesicht.

Jeffersons Lippen platzten auf, Blut rann ihm über das Kinn. Mit einem schmerzerfüllten Keuchen taumelte er zurück und prallte gegen einen weiteren Soldaten, der ihn begleitete. Instinktiv fing der Mann ihn auf, was ihm nur ziemlich ungeschickt gelang, da er außerdem noch ein Gewehr in der Hand hielt. Zumindest war er dadurch abgelenkt und kurzfristig unfähig, sich zu verteidigen.

Michael nutzte die Gelegenheit und setzte sofort nach. Er wusste, dass er sich auf keinen langen Kampf einlassen durfte. Die beiden waren professionell ausgebildete Soldaten und ihm weit überlegen. Mit aller Kraft trat er Jefferson in den Magen. Erneut taumelten beide Männer, fielen aber noch immer nicht.

Erst jetzt sah Michael, dass noch eine dritte Person zusammen mit ihnen gekommen war. Es handelte sich um Natasha. Sie wich den stürzenden Männern aus und versetzte dem Soldaten einen Kniestoß gegen den Oberschenkel. Das Bein knickte ihm weg. Er stieß einen Schmerzensschrei aus, verlor vollends das Gleichgewicht und stürzte endlich zu Boden, wobei er Jefferson mit sich riss.

Sofort trat Natasha noch einmal zu. Diesmal traf sie mit dem Schuh das Kinn des Soldaten. Der Kopf wurde ihm in den Nacken geschleudert. Er verlor das Bewusstsein.

»Dafür werdet ihr büßen!«, tobte Jefferson. Er versuchte sich das Blut vom Mund zu wischen, verteilte es dabei aber nur noch mehr. »Ich werde euch hinrichten lassen, ihr werdet –«

»Vorsicht, seine Pistole!«, rief Sharice.

Fast unmerklich hatte der Commander die Hand in Richtung seines Halfters bewegt. Nun zog er die Waffe blitzschnell, doch dank der Warnung war Michael darauf vorbereitet. Noch bevor Jefferson sie auf einen von ihnen richten konnte, prellte er sie ihm mit einem Fußtritt aus der Hand. Die Pistole schlitterte davon.

»Verdammter Drecksack!«, stieß Natasha hervor. Sie hatte sich gebückt und das Gewehr des Soldaten ergriffen. Ein paar Sekunden hielt sie es abwägend in der Hand. Michael fürchtete schon, sie wolle Jefferson erschießen, doch dann packte sie es stattdessen am Lauf und hämmerte ihm den Schaft ins Genick. Der Commander verdrehte die Augen und blieb reglos liegen.

»Was denn?«, brummte Natasha, als sie Michaels erschrockenen Blick bemerkte. »Das hatte er mehr als verdient. Außerdem verschafft es uns etwas Zeit. Denkst du, ihr Männer hättet als Einzige ein Recht auf Gewalttätigkeit gepachtet?«

»Schon gut. Nimm seine Pistole«, wandte er sich an Sharice, während er sich selbst bückte und die Pistole des anderen Soldaten an sich brachte. »Woher stammt plötzlich das Gewehr?«

»Offenbar haben sie sie hereingeschmuggelt, als sie vor der Versammlung ihre Schlafsäcke geholt haben«, berichtete Natasha. »Jeder der Soldaten trägt jetzt eins. Das ist mittlerweile ein ganz offener Angriff. Jefferson hat die anderen in der Mensa eingesperrt. Ich musste ihn begleiten. Er hat wohl erkannt, dass ich von den Ratsmitgliedern am gefährlichsten für ihn bin, und wollte mich unter ständiger Kontrolle haben.« Sie straffte sich. »Wir müssen die Kontrolleinrichtungen hier lahmlegen, sonst –«

»Schon passiert«, erklärte Michael grinsend und deutete auf die Box, die er sich unter den Arm geklemmt hatte. Er drehte sich zu Pascal um, der den Kampf schreckensstarr beobachtet hatte. »Du solltest besser mit uns kommen, sonst lässt Jefferson noch seine Wut an dir aus, wenn er wieder zu sich kommt.«

Pascal Saintdemar zögerte ein paar Sekunden, dann schüttelte er den Kopf. »Jemand muss hier bleiben und die Zentrale bewachen, falls etwas passiert. Mit einem zumindest hatte Jefferson Recht: Es zieht wirklich ein Sandsturm herauf, offenbar ein ziemlich starker. Einige Ausläufer haben uns bereits erreicht. Wenn es Schäden gibt, kann die Zentrale nicht unbesetzt bleiben.«

»Ich wusste gar nicht, dass in dir eine Heldenader verborgen liegt.« Michael zwinkerte ihm aufmunternd zu. Was Pascal sagte, war ebenso tapfer wie richtig. Wenn niemand in der Zentrale wachte, könnte dies eine noch größere Gefahr heraufbeschwören, als das Raumschiff von der Erde sie darstellte.

»Kommt schon, wir müssen weg.« Natasha warf einen besorgten Blick in Richtung der Treppe.

»Viel Glück, Pascal«, sagte Michael, dann verließ er zusammen mit den beiden Frauen die Zentrale. Sie hasteten die Stufen hinauf. Unbehelligt erreichten sie den Gang.

»Wohin jetzt?«, fragte Sharice.

»Die hydrophonischen Gärten!«, erwiderte Michael. »Dort können wir uns am besten verstecken und beratschlagen, was wir weiter tun. Nummer zwei liegt von hier aus am nächsten. Kommt!«

Vorsichtig und aufmerksam lauschend schlichen sie durch die Gänge. Zwei Mal mussten sie einen Umweg in Kauf nehmen, um einer Patrouille auszuweichen. Glücklicherweise gaben die Soldaten sich immer noch keine besondere Mühe, leise zu sein.

»Die benehmen sich, als ob Bradbury schon ihnen gehörte«, presste Natasha zornbebend hervor.

»Aber so ist es doch auch«, gab Sharice zurück. »Machen wir uns nichts vor. Sie haben die Siedlung ohne Gegenwehr im Handstreich eingenommen. Wir sind die Einzigen, die ihnen noch Widerstand leisten.«

»Mittlerweile würden sich alle Siedler bis auf ein paar Opportunisten uns sofort anschließen«, behauptete Natasha. »Jefferson wird nicht viel Vergnügen an seiner Eroberung haben.«

»Darüber können wir später diskutieren«, beendete Michael das Gespräch. Die Schritte der Patrouille waren inzwischen verklungen. »Sobald wir in Sicherheit sind. Wenn wir zu lange warten und an einem Fleck bleiben, erwischen sie uns mit Sicherheit. Also los, kommt weiter.«

***

Wenig später erreichten sie den Zugang zum hydrophonischen Garten. Während sie die Schleuse passierten, musste Michael daran denken, wie er erst vor wenigen Nächten mit Sharice hier gewesen war; auch damals heimlich und ohne Erlaubnis. Aber da war es nur ein Spaß gewesen, ein harmloser Nervenkitzel. Gemeinsam waren sie zwischen den vielfältigen Pflanzen des hermetisch abgeschlossenen Biotops spazieren gegangen und hatten sich durch die Kuppel den Sternenhimmel angesehen – bis ihre romantische Nachtwanderung durch einen Meteoritenschauer ein jähes Ende gefunden hatte.

Jetzt war die Situation nicht weniger ernst, nur wussten sie diesmal von Anfang an, dass sie mehr als nur einen Spaziergang vor sich hatten.

Vor einer Tanne blieb Michael stehen, grub mit den Händen ein Loch im Boden und versenkte die Metallbox darin. Anschließend klopfte er die Erde wieder glatt, bis nichts mehr darauf hindeutete, dass jemand hier gegraben hatte.

»Merkt euch den Platz gut«, forderte er die anderen auf. »Wir sind jetzt die Einzigen, die wissen, wo sich die Adapter befinden. Jetzt brauchen wir noch für uns selbst ein Versteck.«

»Das bringt doch nichts«, widersprach Natasha. »Was hat es für einen Sinn, wenn wir uns verkriechen? Damit ändern wir gar nichts. Leider arbeitet die Zeit nicht für, sondern gegen uns.

Je länger Jefferson und seine Leute sich hier aufhalten, desto sicherer wird ihre Position.«

»Und was schlägst du stattdessen vor?«, erkundigte sich Sharice.

»Wir sollten die Siedler aus der Mensa holen. Wenn mehrere hundert Leute hier herumlaufen, wird es für Jefferson wesentlich schwerer. Außerdem haben wir nun ebenfalls Waffen, wir sind also nicht völlig hilflos. Gut, es sind nur zwei Pistolen und ein Gewehr, aber es ist ein Anfang.«

»Das ... das würde einen offenen Kampf bedeuten«, keuchte Sharice. »Einen Krieg!«

»Den hat Jefferson bereits gegen uns eröffnet. Wach endlich auf, Mädchen, und sieh der Realität ins Gesicht!«, sagte Natasha grob. »Dieser Krieg war nur deshalb bislang so unblutig, weil wir uns praktisch unterworfen haben. Es gibt jetzt zwei Möglichkeiten: Entweder wir ergeben uns vollständig, nicht nur wir drei, sondern alle, oder wir kämpfen für unsere Freiheit. Und dabei wird zwangsläufig auch Blut fließen, da Jefferson und seine Leute bestimmt nicht freiwillig wieder abfliegen werden. Wenn du das nicht willst, kannst du dich ihnen gleich stellen.«

»Natasha hat Recht«, pflichtete Michael ihr bei. »Als wir wegliefen, war es eine Kurzschlussreaktion, aber je länger ich darüber nachdenke, desto klarer wird mir, dass wir nur kämpfen oder aufgeben können. Niemand von uns will Gewalt, aber sie ist uns von außen aufgezwungen worden. Entweder passen wir uns den Gegebenheiten an, oder wir und alles, was wir uns aufgebaut haben, wird untergehen.«

»Aber ... wir haben keinerlei Erfahrung im Kampf! Dass wir Jefferson niederschlagen konnten, war ein glücklicher Zufall. Wir sind zwar zahlenmäßig überlegen, aber keiner hier kann mit einer Waffe umgehen. In einem offenen Gefecht werden die Soldaten uns schneller zusammengeschossen haben, als es uns gelingt, auch nur unsere Skrupel zu überwinden.«

»Gerade um diese Unterlegenheit auszugleichen, brauchen wir bessere und stärkere Waffen. Und wir wissen schließlich, wo sich welche befinden.«

»Du meinst ... die Lasergewehre?«

»Wovon sprecht ihr?«, erkundigte sich Natasha stirnrunzelnd.

»Nein, Michael, es wäre Wahnsinn!«, behauptete Sharice, ohne auf die Zwischenfrage zu reagieren. »Wenn wir Waffen wie diese einsetzen, wird danach nichts mehr sein, wie es einmal war. Dieser Preis für unsere Freiheit ist zu hoch. Ich könnte mich selber nie wieder im Spiegel ansehen, wenn ich einen Menschen getötet hätte!«

»Einen Menschen«, wiederholte Michael mit sonderbarer Betonung. »Das ist auch so etwas, das mir schon die ganze Zeit durch den Kopf geht. Findet ihr es nicht ebenfalls etwas sonderbar, was hier passiert? Achtzig Jahre lang hat man sich auf der Erde nicht um uns gekümmert. Angeblich herrschten während dieser Zeit Anarchie und Bürgerkrieg, und das Raumfahrtprogramm wurde eingestellt.«

»Man hatte eben andere Probleme, als fremde Planeten zu erforschen«, warf Sharice ein. »Was ist daran so sonderbar? Und was hat das mit unserer Situation zu tun?«

»Sonderbar finde ich nur, dass man technisch jetzt plötzlich so weit ist, wenn es doch in der ganzen Zeit angeblich keine Raumfahrt gab. Die tauchen mit einem Schiff hier auf, das sehr viel größer und fortschrittlicher als die BRADBURY ist, über mindestens drei Landemodule verfügt und eine Besatzung von mehr als dreißig Mann transportieren kann. Wie haben die das geschafft?«

Erneut wurde ihm schwindlig. Er taumelte und musste sich an einem Ast festhalten, um nicht zu fallen. Alles um ihn herum wurde unscharf und anstelle verschiedener Farben schien es plötzlich nur noch Grün zu geben.

»Was ist los?«, fragte Natasha besorgt. Michael schüttelte den Kopf. Die Benommenheit verschwand so rasch, wie sie gekommen war.

»Nichts, es geht schon wieder«, behauptete er. »Ich hab mir kürzlich wohl einen Halsmuskel gezerrt. Außerdem bin ich ganz schön geschafft nach den letzten Tagen.«

Tatsächlich fühlte er sich zu Tode erschöpft, so sehr, dass ihm selbst das Denken schon schwerfiel. Den ganzen Tag über den drohenden Tod vor Augen, die zahlreichen neuen Eindrücke, die auf ihn eingestürmt waren, ohne dass er Zeit gehabt hatte, sie zu verarbeiten, nun erneut diese Extremsituation ... Kein Wunder, dass sein Körper und Geist allmählich nicht mehr richtig mitspielten.

Möglicherweise – aber darüber wollte er gar nicht erst intensiver nachdenken – war es aber auch etwas anderes und die Luft in der Station der Alten war nicht ganz so ungefährlich gewesen, wie es den Anschein gehabt hatte. Niemand wusste, welche Viren, Bakterien oder sonstige Krankheitskeime es einst hier auf dem Mars gegeben hatte. Es war nicht auszuschließen, dass sie sich mit irgendetwas infiziert hatten, auch wenn Sharice zumindest bis jetzt keine gleichartigen Symptome zeigte.

Aber momentan gab es keine Möglichkeit, sich untersuchen zu lassen, also verzichtete Michael lieber darauf, ihr mit solchen Vermutungen unnötig Angst einzujagen.

»Die Bombe, die man abgeworfen hat, zeigt, dass die USSF CLARKE ein bewaffnetes Kriegsschiff ist, das außerdem noch als Truppentransporter dient«, sprach er weiter. »Wann und warum hat man so etwas entworfen und gebaut, wenn man jahrzehntelang keine Weltraumfahrt betrieben hat? Es passt einfach nicht richtig zusammen.«

Michael sah, dass seine Worte die beiden Frauen nachdenklich machten, und er gab ihnen einige Sekunden Zeit, ehe er hinzufügte: »Und dann wäre da noch der ganz unglaubliche

Zufall, dass Jefferson und seine Soldaten genau an dem Tag auftauchen, an dem es uns gelungen ist, erstmals in eine Station der Alten einzudringen, an deren Geheimnissen man ganz besonders interessiert ist. Fast so, als ob ein Signal sie herbeigerufen hätte.«

»Was ... was willst du damit andeuten?«, fragte Sharice fassungslos.

»Ich habe lediglich ein paar Tatsachen aufgezählt, die mir ziemlich seltsam und unglaubwürdig vorkommen«, erklärte Michael. »Unsere Feinde sehen aus wie Menschen, und sie behaupten, dass sie von der Erde kommen. Aber wissen wir, ob es auch wirklich so ist?«

***

»Zum Teufel, das sieht nicht gut aus«, zischte Natasha. »Und was machen wir jetzt?«

Obwohl die Soldaten sich immer mehr darauf verlegten, zentrale Knotenpunkte zu bewachen, die sich kaum umgehen ließen, war es ihnen gelungen, unbemerkt bis zur Ostschleuse vorzudringen, wo der Pferch und der Rover standen, mit dem sie von der Ausgrabungsstelle zurückgekehrt waren.

Nun jedoch schien es kein Weiterkommen mehr zu geben. Sie konnten noch von Glück sagen, dass sie den beiden Wachposten, die vor der Schleuse standen, nicht direkt in die Arme gelaufen waren.

»Jefferson muss vorausgesehen haben, dass wir Bradbury verlassen wollen«, stellte Michael fest. »Von seinem Standpunkt aus ist es nur logisch. Er ist davon überzeugt, dass wir in der Station der Alten etwas äußerst Bedeutsames gefunden haben, was aus seiner Sicht nur eine Waffe sein kann. Also war ihm klar, dass wir versuchen würden, noch einmal dorthin zu gelangen.«

Er hatte Natasha von den Lasergewehren erzählt und ihr auch seine Gründe geschildert, warum er diese vorher nicht erwähnt hatte. Sie war sofort mit ihm einer Meinung gewesen, dass sie diese Waffen unbedingt benötigten.

Als wesentlich schwieriger hatte sich die Überzeugungsarbeit für den zweiten Teil seines Plans erwiesen. Er hielt es für ungünstig, wenn sie alle Bradbury verließen. Die Fahrt würde mehrere Stunden dauern, und in dieser Zeit konnte in der Siedlung viel geschehen. Auch wollte er selbst bleiben, da er sich im Notfall seiner Haut besser zu wehren verstand. Was bedeutete, dass nur Sharice die Waffen holen konnte, da sie außer ihm als Einzige den Eingang zu der Station kannte.

Sie hatte sich zunächst entschlossen geweigert. Erst sein Hinweis, dass sie hier sehr viel eher in Kämpfe verwickelt werden würde, hatte sie schließlich umgestimmt.

Wie es aussah, vergebens. Es gab nur diesen einen Zugang zur Schleuse, und an den beiden Wachposten führte kein Weg vorbei.

»Was ist mit dem Rover in der anderen Schleuse?«, schlug Sharice vor.

»Die wird mit Sicherheit ebenfalls bewacht.«

»Der neue Südflügel!«, stieß Natasha hervor. »Das große Bauzelt. Es hat eine kleine Personenschleuse. Dort finden wir auch Schutzanzüge. Sharice, dort kannst du ins Freie und dann von außen in die Ostschleuse und den Rover hinein. Ich glaube nicht, dass es auch innerhalb der Schleuse noch zusätzliche Wachen –«

»Passt auf!«, schrie Sharice plötzlich. Sie sprang auf Michael und Natasha zu und stieß sie zur Seite.

Im gleichen Moment donnerte ein Schuss. Dicht neben ihnen prallte die Kugel gegen die Wand und sauste als Querschläger davon.

Unbemerkt war mehrere Dutzend Meter hinter ihnen ein

weiterer Soldat aufgetaucht und hatte ohne Warnung sofort das Feuer auf sie eröffnet.

Natasha fuhr herum und gab aus ihrem Gewehr einen Schuss ab. Sie war mit der Waffe nicht vertraut und hatte keine Zeit zum Zielen gehabt, aber der Schuss trieb den Soldaten zurück in die Deckung des Seitenganges, aus dem er gekommen war.

»Lauft!«, brüllte Natasha und hetzte selbst ebenfalls los. Jetzt, nachdem sie entdeckt waren, brauchten sie nicht mehr leise zu sein. So schnell sie nur konnten, rannten sie durch die Gänge. Hinter sich hörten sie die Schritte ihres Verfolgers, dem sich offenbar zumindest einer der Wachposten angeschlossen hatte.

»Offenbar geht es Jefferson nicht mehr darum, uns lebend zu fangen«, keuchte Natasha. »Er wird von Akiro erfahren haben, wo sich die Station befindet, und ist anscheinend davon überzeugt, entweder durch den Tunnel zu kommen oder den anderen Eingang selbst zu finden. Wir sollten uns trennen!«

»Nein, nur zusammen haben wir eine Chance!«, gab Michael zurück. »Es bleibt dabei, wir müssen in den Südflügel. Dort finden wir am ehesten Deckung.«

So schnell sie auch liefen, es gelang ihnen nicht, den Vorsprung vor ihren Verfolgern nennenswert zu vergrößern oder sie gar abzuschütteln. Ein paar Mal sah er sie am Ende des Korridors auftauchen, bevor sie selbst in den nächsten Seitengang abbogen.

Noch nie war ihm die Strecke bis zum Ende des ausgebauten Teils der Siedlung so lang vorgekommen. Erst nach einer Ewigkeit, wie es ihm schien, tauchte der Durchgang zum Neubauteil vor ihnen auf.

Die Umgebung veränderte sich schlagartig. Anstelle einer Decke wölbte sich ein gewaltiges Zelt hoch über ihren Köpfen, ähnlich dem Aufenthaltszelt an der Ausgrabungsstelle, nur sehr viel größer. Immerhin war in seinem Schutz ein komplett neuer Gebäudeflügel im Entstehen begriffen.

Mehrere Teile standen bereits im Rohbau, waren aber noch nicht zu einer Einheit miteinander verbunden, sodass sie fast wie einzelne Gebäude wirkten.

»Dorthin!« Michael deutete auf ein besonders großes Neubaustück, etwa zwei Dutzend Meter vom Durchgang entfernt. »Wir versuchen uns da zu verschanzen und Sharice Deckung zu geben, bis sie draußen ist.«

Statt festem Belag hatten sie nun lockeren Wüstensand unter den Füßen, auf dem sie nicht mehr so schnell vorwärtskamen.

Hinter ihnen tauchten die Soldaten im Durchgang auf und eröffneten sofort das Feuer. Keine ihrer Kugeln traf, die meisten pfiffen über ihre Köpfe hinweg und schlugen ins Mauerwerk. Michael begriff blitzartig, dass die Ballistik der Gewehre auf Erdschwerkraft abgestimmt war. Bei der geringeren Gravitation auf dem Mars nahmen die Kugeln eine andere Flugbahn, was ihnen jetzt das Leben rettete. Sonst hätten sie ihr Ziel vermutlich nicht einmal erreicht.

Mit letzter Kraft taumelten sie durch eine Öffnung, die einmal eine Tür aufnehmen sollte, ins Innere des Rohbaus und warfen sich hinter der Wand in Deckung. Gleich darauf richtete sich Natasha wieder ein wenig auf und feuerte durch eine Fensteröffnung einen Schuss in Richtung der Soldaten ab.

»Lauf weiter«, keuchte Michael an Sharice gewandt. »Wir halten sie auf, solange wir können. Versuch die Schleuse zu erreichen. Dort müsstest du auch Schutzanzüge finden.«

Sharice zögerte.

»Und ihr? Was wird aus euch? Ihr habt keine Chance mehr, von hier wegzukommen, sobald ihr eure Munition verschossen habt. Und wenn eine Kugel das Zelt durchschlägt und die Dekompression –«

»Lauf endlich!«, stieß Michael statt einer Antwort barsch hervor. »Wir schaffen es schon irgendwie.«

Ein, zwei Sekunden lang starrte Sharice ihn noch an, dann

nickte sie und war gleich darauf im hinteren Teil des Gebäudes verschwunden.

***

Obwohl sie wusste, dass die verschiedenen Gebäudeteile ihr Deckung gaben und eine Kugel schon im Zickzack-Kurs zwischen den Tür- und Fensteröffnungen durchfliegen müsste, um sie zu treffen, lief Sharice unwillkürlich geduckt. Immer wieder fielen Schüsse hinter ihr, und jedes Mal zuckte sie erneut zusammen. Hoffentlich waren die Soldaten intelligent genug, die Schutzhaut zur tödlichen Marsatmosphäre, die sich über der Neubausiedlung spannte, nicht zu verletzen.

Sie wusste, dass Michaels Behauptung, er und Natasha würden es schon irgendwie schaffen, nur dazu gedient hatte, sie zu beruhigen. Auf Dauer hatten die beiden gegen die Übermacht keine Chance. Ihre Munition würde rasch verbraucht sein und sie besaßen keine Reservemagazine. Länger als ein paar Minuten würden sie dem Angriff nicht trotzen können.

Sie opferten sich, damit sie eine Chance hatte, den Rover zu erreichen. Obwohl sich Sharice bei ihrer Mission noch immer alles andere als wohl fühlte, war sie schon deshalb entschlossen, ihr Bestes zu geben. Ob sie selbst in der Lage wäre, auf jemanden zu schießen, bezweifelte sie noch immer, aber zumindest würde sie die Lasergewehre irgendwie nach Bradbury bringen.

Bis dahin konnte sie nur hoffen, dass Michael und Natasha so klug sein würden, sich zu ergeben, wenn ihnen die Munition ausging, und dass Jefferson ihnen nichts antun würde.

Michaels Theorie, dass er und seine Leute womöglich gar nicht von der Erde stammten, ging ihr nicht aus dem Kopf. Sicher, es gab eine Reihe Ungereimtheiten in Jeffersons Geschichte, und die Station der Alten bewies, dass sich auch auf anderen Planeten intelligentes Leben entwickelt hatte. Trotzdem konnte sie nicht daran glauben, dass sie es hier mit Außerirdischen zu tun hatten. Vermutlich glaubte auch Michael selbst nicht wirklich an seine Theorie.

Das Laufen fiel Sharice immer schwerer. Ihre Schuhe waren bequem, aber für den lockeren, mit Steinchen durchsetzten Wüstenboden nicht geeignet. Zudem schmerzten ihre Beine. Sie hatte einen mehr als nur anstrengenden Tag hinter sich und war vor allem innerhalb der letzten halben Stunde bereits ziemlich viel gelaufen.

Aber so groß die Baustelle auch war, schließlich tauchte die Schleuse vor ihr auf. Sharice schnappte sich einen der insgesamt vier Schutzanzüge, die an einem Ständer danebenhingen.

In aller Eile zog sie ihn an. Bevor sie den Helm aufsetzte, drückte sie schon mal auf den Knopf zum Öffnen des Innentores.

Nichts geschah.

Für einen Moment stieg Panik in ihr auf, dann fiel ihr wieder ein, dass sie in der Zentrale mit den Kontrollmechanismen und der Verriegelung auch den elektrischen Öffnungsmechanismus außer Kraft gesetzt hatten.

Sharice schnallte die Sauerstoffflaschen wieder ab und legte den Helm auf den Boden, dann griff sie nach dem Handrad der Schleuse und begann es zu drehen. Sie musste ziemlich viel Kraft aufwenden. Nur langsam, fast widerwillig schwang das Tor auf – bis es plötzlich festsaß.

Sharice zerrte kräftiger an dem Rad und drückte dagegen, doch es ließ sich keinen Millimeter mehr bewegen. Auch als sie in den bereits fast handlangen Spalt griff und sich gegen die Tür selbst stemmte, hatte sie keinen Erfolg. Die Schleuse hatte sich verklemmt.

»Komm schon!«, keuchte Sharice. Mit aller Kraft zerrte und

drückte sie, bis sie schließlich die Vergeblichkeit ihrer Bemühungen einsah.

Sie musste gegen die Tränen ankämpfen. All ihre Bemühungen und die Gefahren, die sie auf sich genommen hatten, erwiesen sich als umsonst, nur weil ihre Kräfte jetzt nicht ausreichten, die Schleusentür zu öffnen.

Voller Wut zerrte sie noch ein letztes Mal an dem Rad, bis vor Anstrengung die Adern an ihren Schläfen hervortraten und ihr schwindlig wurde. Ein Grünfilter schien sich vor ihre Augen zu schieben, und sie sah alles nur noch unscharf.

Es war nicht das erste Mal während der letzten Stunde, dass ihr dies passierte. Schon einmal, während des Kampfes in der Zentrale, hatte sie »grün gesehen«. Die stundenlangen Grabungen im Tunnel, die ausgestandene Angst, was sich seit ihrer Rückkehr nach Bradbury alles ereignet hatte – sie war mit ihren Kräften am Ende. Sie hatte den anderen nur deshalb nichts gesagt, damit sie sich nicht unnötig sorgten.

Aber so müde und erschöpft sie auch war, sie durfte nicht aufgeben.

Wütend trat sie gegen das Schleusentor, dann schnappte sie sich einen weiteren Schutzanzug ohne Sauerstofftanks und Helm und hetzte den Weg zurück, den sie gekommen war. In den Spezialschuhen fiel ihr das Laufen wesentlich leichter.

Allein konnte sie nichts ausrichten. Aber vielleicht würde Michael es schaffen, das Tor zu öffnen.

Sie hatte noch nicht ganz die Hälfte der Strecke zurückgelegt, als irgendwo vor ihr plötzlich ein greller Lichtblitz aufleuchtete, dem unmittelbar darauf der Donner einer Explosion folgte.

* * *

»Worauf warten die noch?«, fragte Michael. Vorsichtig spähte er durch eine Fensteröffnung zu dem Durchgang zum fertigen Teil der Siedlung hinüber, hinter dem die Soldaten lauerten. Bislang hatte keiner von ihnen es gewagt, das Neubaugebiet unter dem Zelt zu betreten. Der eine Schuss, den Natasha bislang auf sie abgefeuert hatte, schien ihnen mächtige Angst eingejagt zu haben.

»Mach dir keine falschen Hoffnungen«, gab sie zurück. »Sie glauben, dass sie uns in der Falle haben. Wahrscheinlich haben sie über Funk Verstärkung angefordert und warten nur darauf, dass die eintrifft.«

Alle paar Sekunden tauchte einer der Soldaten kurz hinter der Deckung der Seitenwände auf, feuerte einige Schüsse in ihre Richtung ab und verschwand wieder.

»Wenn wir das gewusst hätten, hätten wir versuchen können, zusammen mit Sharice die Schleuse zu erreichen. Die hätten nicht mal gemerkt, dass wir nicht mehr hier sind.«

»Hätten, hätten«, stieß Natasha hervor. »Es *hätte* auch sein können, dass sie uns direkt verfolgen, und dann *hätten* sie uns mühelos auf einem freien Stück abknallen können.«

»Wir könnten es immer noch versuchen. Sharice müsste die Schleuse bereits passiert haben und braucht keine Rückendeckung mehr.«

»Doch, die braucht sie«, widersprach Natasha. »Sie benötigt Zeit, um den Rover zu erreichen, doch wenn die Soldaten zu früh entdecken, dass es auch hier einen Ausgang gibt, werden sie Sharice an den anderen Schleusen schon erwarten. Außerdem kann die Verstärkung jeden Moment eintreffen. Pass du einen Moment allein auf, ich komme sofort wieder. Schieß, sobald sich etwas bewegt.«

Michael verkniff sich die Frage, was sie vorhatte. Aufmerksam spähte er zum Durchgang hinüber, während Natasha davon kroch.

Zehn, zwanzig Sekunden verstrichen, dann sprang wieder einer der Soldaten vor und gab mehrere Schüsse auf ihr Versteck ab. Instinktiv wollte Michael den Kopf einziehen, als ein weiterer Soldat in dem Durchgang auftauchte.

Der Sturmangriff hatte begonnen!

Michael zog den Abzug durch. Donnernd löste sich ein Schuss aus seiner Pistole, und sie ruckte nach oben. Die Kugel prallte ein Stück rechts von einem der Soldaten gegen die Wand. Ohne zu überlegen korrigierte er die Schussrichtung ein wenig und feuerte erneut.

Diesmal traf er.

Der Soldat wurde herumgewirbelt, brach zusammen und blieb reglos liegen.

Michael fühlte eine eisige Leere, die sich in ihm ausbreitete. Es war das erste Mal, dass er auf jemanden geschossen hatte. Er wusste nicht, ob der Mann tot war; zumindest musste er schwer verletzt sein. Und alles war so erschreckend leicht gewesen, nur eine kleine Bewegung mit dem Zeigefinger!

Ungeachtet des Schicksals ihres Kameraden drangen die anderen im Laufschritt weiter vor. Michael zählte vier, dann fünf Soldaten. Er schoss noch einmal, verfehlte sein Ziel diesmal jedoch.

Dann musste er den Kopf einziehen, weil auch die Soldaten auf seine Deckung zu schießen begannen.

Gleichzeitig kehrte Natasha zurück. Sie trug einen Kasten, ungefähr so groß wie die Box mit den Adaptern. Michael wurde blass, als sie ihn auf den Boden stellte und er erkannte, was sich darin befand.

»Dynamit?«, ächzte er. »Bist du wahnsinnig? Wenn du hier drin zu sprengen anfängst, wird es das Zelt zerfetzen!«

»Vertrau mir.« Natasha nahm eine der insgesamt zehn, fünfzehn Stangen heraus, außerdem einen Funkengeber, mit dem sie die kurze Zündschnur in Brand setzte. Dann schleuderte sie den Sprengsatz in Richtung der heranstürmenden Soldaten.

»Runter!«, rief sie.

Michael warf sich flach auf den Boden und presste die Hände auf die Ohren. Nur Sekunden später erfolgte die Explosion.

Eine Druckwelle strich über sie hinweg. Sand prasselte durch die Öffnungen zu ihnen herein. Entsetzt warf er einen Blick in die Höhe, doch dem Spezialmaterial des riesigen Zeltes schien die Detonation nichts ausgemacht zu haben.

Er richtete sich wieder auf und blickte durch das Fenster nach draußen. Dichte Sandschleier erfüllten die Luft, im Boden war ein flacher Krater entstanden. Die Soldaten waren von der Druckwelle erfasst und davongeschleudert worden, doch war das Dynamit ein gutes Stück von ihnen entfernt explodiert. Bis auf einen, der regungslos liegen blieb, rappelten die Männer sich bereits wieder auf – und rannten zu dem Durchgang zurück.

»Das dürfte sie eine Weile aufhalten«, sagte Natasha grimmig.

»Du bist wirklich verrückt!«, polterte Michael. »Wir könnten alle tot sein! Hier drinnen –«

»Das Dynamit wird von den Bautrupps beim Ausheben der Grube für den unterirdischen Schutzraum verwendet, um große Felsbrocken im Boden zu sprengen, die sie anders nicht herausbekommen«, unterbrach Natasha ihn. »Die Menge wurde so berechnet, dass es dem Schutzzelt nichts anhaben kann.«

Michael und sie fuhren herum, als sie hinter sich ein Geräusch hörten.

»Sharice!«, stieß Michael hervor. »Wieso –«

»Die Schleuse … sie hat sich verklemmt«, keuchte Sharice. »Ich bekomme sie allein nicht auf. Was war das für eine Explosion?«

»Eine kleine Überraschung für Jeffersons Leute«, erwiderte Natasha. »Michael, du musst mit ihr gehen. Ich schaffe es hier schon allein. Mit dem Dynamit kann ich sie eine ganze Weile hinhalten.«

»Du musst mir helfen, sonst war alles umsonst.« Sharice warf ihm den Schutzanzug zu. »Hier, zieh ihn an, damit kommen wir schneller vorwärts.«

Michael sträubte sich nicht länger. Sharice wäre nicht zurückgekommen, wenn sie irgendeine Chance gesehen hätte, die Schleuse allein zu öffnen. Während die Soldaten ihren Unterschlupf erneut unter heftigen Beschuss nahmen, streifte er in der Deckung eines Wandstücks seine Kleidung ab und schlüpfte in den Schutzanzug. Er hatte dies bereits Hunderte Male gemacht und brauchte nicht einmal eine Minute dafür.

»Sie versuchen es wieder!« Trotz des Dauerfeuers hatte es Natasha gewagt, einen Blick durch die Fensteröffnung zu werfen. Sie zündete eine weitere Dynamitstange an und schleuderte sie in Richtung des Durchgangs.

Der Beschuss endete, als die Soldaten, die ihren vorrückenden Kameraden Feuerschutz gaben, sich hastig zurückzogen. Wieder erfüllte der Donner einer Explosion die Luft.

»Zwei sind hereingekommen und haben hinter einem Mauerstück Deckung gefunden«, berichtete Natasha nach einem weiteren Blick ins Freie. »Sie werden versuchen, sich von hinten an uns heranzuschleichen. Los, verschwindet endlich!«

Michael zögerte nicht länger. Gemeinsam mit Sharice kroch er los. Als sie einen ausreichenden Sicherheitsabstand hinter sich gebracht hatten, richteten sie sich auf und begannen zu laufen, während hinter ihnen eine weitere Explosion erfolgte.

* * *

Natasha Angelis wusste, dass sie sich nicht lange würde halten können. Selbst das Dynamit verschaffte ihr nicht mehr als eine Gnadenfrist. Die Soldaten waren zu allem entschlossen. Sie hatten sich inzwischen eingeschossen und auf die veränderten ballistischen Bedingungen eingestellt. Immer wieder pfiffen Kugeln durch die Fensteröffnung über ihr.

Nachdem die ersten Soldaten in das Zelt eingedrungen waren, zweifelte sie nicht daran, dass sie es auch schaffen würden, im Schutz der Gebäudeteile bis zu ihr vorzustoßen.

Sie schleuderte einen Sprengsatz in Richtung des Mäuerchen, hinter dem die beiden Soldaten Schutz gesucht hatten. Die Mauer wurde auseinandergerissen und ein Schrei ertönte. Gleichzeitig aber drangen weitere Soldaten auf die Baustelle vor, verteilten sich in der anderen Richtung und suchten sich in dem Labyrinth der halb fertigen Gebäude verschiedene Deckungen.

Natasha entzündete eine weitere Dynamitstange, richtete sich auf und holte aus, um sie zu werfen, als ein greller Schmerz ihren rechten Arm durchzuckte. Der Sprengsatz entglitt ihren plötzlich kraftlos gewordenen Fingern.

Trotz des Schmerzes fing sie die Stange reaktionsschnell mit der linken Hand auf und warf sie blindlings durch das Fenster nach draußen, dann sackte sie stöhnend gegen die Mauer. Blut strömte an ihrem Arm herab. Die Kugel hatte ihn dicht unter der Schulter getroffen.

Natasha begriff, dass dies das Ende war. Der Gedanke erschreckte sie nicht einmal. Sie hatte sich nie für eine Fanatikerin gehalten, aber sie war stolz darauf, für ihre Freiheit und die der anderen Siedler zu kämpfen. Nun würde sie für dieses Ziel mit ihrem Leben bezahlen.

Sie hoffte nur, dass ihr Opfer nicht vergeblich sein würde, dass es Michael und Sharice gelang, die Invasion von der Erde mit den Waffen der Alten abzuwehren. Sie könnte sich ergeben, um ihr Leben zu retten, aber wichtiger als alles andere war jetzt, dass sie den beiden mehr Zeit verschaffte, so wie sie es versprochen hatte.

Tapfer kämpfte sie gegen den Schmerz an. Auf den gesunden Arm gestützt, kroch sie von ihrem Platz weg, in den hinteren Teil des Hauses.

Ein, zwei Minuten vergingen, dann hörte sie, wie die Soldaten in den Gebäudeteil eindrangen, wo sie sich zuvor befunden hatte.

»Sie sind weg!«, hörte sie eine Stimme rufen.

Polternde Schritte näherten sich ihrem Versteck. Gleich darauf bogen drei Soldaten um die Ecke. Sie entdeckten Natasha sofort und richteten drohend ihre Waffen auf sie.

»Freiheit ... für den Mars!«, keuchte Natasha Angelis. Fünf, sechs Kugel trafen ihren Körper, während sie mit der linken Hand eine Dynamitstange anzündete, die sie sich zwischen die Beine geklemmt hatte, direkt neben der Schachtel, in der sich die übrigen befanden.

* * *

Michael und Sharice hatten die Schleuse fast erreicht, als hinter ihnen ein Vulkan auszubrechen schien. Eine grelle Feuersäule stieg in die Höhe und die Detonation grollte ohrenbetäubend.

Ein Teil der Gebäude hinter ihnen wurden regelrecht auseinandergefetzt. Steinerne Trümmer sausten wie Geschosse durch die Luft. Die Druckwelle war bis hier zu spüren, erfasste sie und schleuderte sie zu Boden.

Sand hing in dichten Schwaden in der Luft, doch als Michael sich hustend und keuchend wieder aufrappelte, konnte er dennoch deutlich die Löcher sehen, die über dem Zentrum der Explosion in der Zelthülle klafften.

Dekompression! Die Luft entwich schlagartig in die dünne Marsatmosphäre.

»Komm!«, brüllte Michael und zerrte Sharice in die Höhe. Sie taumelten das letzte Stück auf die Schleuse zu, wo sich die zu ihren Schutzanzügen gehörenden Helme und Atemflaschen befanden.

Der Sauerstoffgehalt der Luft hatte bereits deutlich abgenommen. Die zuvor prall gespannte Plane über ihnen begann in sich zusammenzusacken.

Endlich schafften sie es, die Sauerstoffflaschen umzuschnallen und ihre Helme aufzusetzen. Im gleichen Moment konnten sie wieder unbeschwert atmen.

Gemeinsam zogen sie unter Aufbietung aller Kräfte an dem Handrad der Schleuse. Langsam, wie in Zeitlupe, gab es nach. Das Tor schwang auf, bis die Öffnung groß genug war, dass sie hindurchschlüpfen konnten.

Sie verzichteten darauf, es hinter sich wieder zu schließen. Innerhalb des Zeltes war der Druck ohnehin nicht mehr höher als draußen. Außerdem war die Elektronik ausgeschaltet, die normalerweise verhinderte, dass eines der Tore geöffnet werden konnte, während das andere noch offen stand.

Das äußere Tor ließ sich mit dem Handrad ohne besonders große Anstrengung öffnen. Sie traten ins Freie – und von einer Hölle geradewegs hinein in die nächste.

Die Luft um sie herum war voller Sand, der ihnen entgegenprasselte. Unsichtbare Hände schienen auf sie einzuprügeln, sie zu packen und zu Boden schleudern zu wollen.

Der angekündigte Sandsturm hatte Bradbury erreicht!

6

Es war die Hölle.

Wie die meisten Siedler auf dem Mars war Michael Tsuyoshi kein gläubiger Mensch, doch er kannte die alten Religionen der Erde. Für einige Sekunden war er fest davon überzeugt, dass die Explosion ihn doch getötet und geradewegs in etwas geschleudert hatte, bei dem es sich nur um das Fegefeuer handeln konnte.

Aber wenn, dann waren die alten Legenden falsch. Die Hölle bestand nicht aus Flammen und es war auch nicht heiß dort. Im Gegenteil. Die Temperaturen lagen jetzt, Stunden nach Sonnenuntergang, weit unter dem Gefrierpunkt, wovon er durch seinen Schutzanzug jedoch kaum etwas spürte. Auch schützte ihn sein Helm davor, dass der allgegenwärtige Sand ihm in Mund und Nase drang, ihn seines Augenlichts beraubte und ihm die Haut von den Knochen riss.

Damit endete die kurze Liste der auf seiner Seite liegenden Vorteile aber auch schon. Gegen die Gewalt des Sturmes, der ihn unmittelbar nach Verlassen der Schleuse gepackt und zu seinem Spielball gemacht hatte, gab es im Freien keinen Schutz.

Sandstürme waren auf dem Mars wesentlich größer und dauerten länger als in den Wüstengebieten der Erde, und was sich jetzt hier entlud, schien der Urgroßvater aller Stürme zu sein.

Die Sterne und auch die beiden Monde am Himmel waren verschwunden, es war finster wie in einem fensterlosen, unbeleuchteten Raum. Selbst das Licht der Helmscheinwerfer vermochte die Dunkelheit nicht zu durchdringen. Schon nach einem knappen halben Meter wurde es von dem um sie herum brodelnden und tosenden Sand verschluckt.

Eine Bö überschüttete Michael mit einem neuen Hagel aus Sandkörnern. Er geriet aus dem Gleichgewicht, taumelte einen Schritt zurück und musste sich mit einer Hand an der Schleuse festhalten.

Neben ihm ging es Sharice Angelis nicht besser. Gerade noch rechtzeitig packte Michael zu, um sie vor einem Sturz zu bewahren.

Er griff an seinen Helm und schaltete das Außenmikrofon aus. Das Heulen und Fauchen, das seine Ohren marterte, verstummte nicht völlig, sank aber auf ein erträgliches Maß herab.

Anschließend schaltete er den Helmfunk ein und stellte ihn auf niedrigste Reichweite, um die Gefahr, dass jemand sie abhörte und so frühzeitig von ihren Plänen erfuhr, zu minimieren. Lieber wäre es ihm gewesen, wenn sie auf Funk hätten verzichten können, aber auf anderem Weg war eine Verständigung unter diesen Umständen völlig unmöglich.

Er wartete, bis Sharice ihr Funkgerät ebenfalls eingeschaltet hatte. »Auf der Ostseite kommen wir nicht durch«, teilte er ihr mit. »Dort sind wir dem Sturm schutzlos ausgeliefert und erreichen niemals die Schleuse.«

»Dann müssen wir zur Westseite«, erwiderte sie. »In der Hauptschleuse steht ebenfalls ein Rover.«

Obwohl sie direkt nebeneinander standen, wurde ihre Stimme durch statisches Rauschen und andere Störgeräusche fast völlig überlagert, was Michael beruhigte. Die Gefahr, dass jemand, der sich weiter entfernt befand, ihre Funksignale anpeilen oder gar verstehen konnte, was sie sprachen, war so praktisch ausgeschlossen.

Dafür gefiel ihm die Änderung ihres Plans gar nicht. Ganz in der Nähe der Hauptschleuse standen die drei Landemodule. Zwar glaubte er weder, dass sich noch jemand darin aufhielt, noch, dass man sie bei dem Sturm entdecken würde, aber es war ein Unsicherheitsfaktor mehr. Doch ihnen blieb wohl keine andere Wahl.

»Glaubst du, dass du es bis dorthin schaffst? Ich könnte allein gehen und den Rover holen.«

»Nein.« Sharice schüttelte den Kopf. »Viel zu gefährlich. Da du ja unbedingt in Bradbury bleiben willst, müsstest du anschließend noch einmal zu Fuß zurück zur Schleuse. So lange es irgendwie möglich ist, sollten wir zusammenbleiben. Wenn wir uns dicht an der Mauer halten, sind wir einigermaßen geschützt. Wir werden es schon schaffen, du wirst sehen.«

Bevor Michael noch etwas sagen konnte, trat sie vor und machte sich auf den Weg, sodass ihm nichts anderes übrig blieb, als ihr zu folgen.

Geduckt stemmten sie sich gegen den Sturm. Das gewaltige Bauzelt neben ihnen bot kaum Schutz. Es war durch den Luftdruck im Inneren in Form gehalten worden, doch die Atemluft war durch die Explosionslöcher in der Außenhaut inzwischen gänzlich entwichen. Dadurch war das gewaltige Zelt in sich zusammengesunken und selbst kaum mehr als ein Spielball des Sturms.

Immerhin konnte es ihnen noch zur Orientierung dienen, da es nach wie vor unmöglich war, irgendetwas zu erkennen, das weiter als ein, zwei Schritte entfernt war. So lange sie sich unmittelbar neben dem Zelt hielten, würden sie zwangsläufig auf die Außenmauern der eigentlichen Siedlung stoßen.

Unter normalen Umständen hätte der Weg zur Schleuse nur wenige Minuten gedauert, jetzt aber konnten sie froh sein, wenn sie diese überhaupt erreichten. Michael verfluchte die Umstände, die ihn und Sharice in diese Lage gebracht hatten.

Erst vor wenigen Stunden waren drei Landemodule eines im Orbit kreisenden Raumschiffs in unmittelbarer Nähe der Siedlung gelandet. Es war der erste Kontakt mit der Erde seit rund achtzig Jahren, und er hatte das geordnete Leben in der kleinen Marssiedlung gründlich durcheinandergewirbelt.

Sie hatten erfahren müssen, dass auf der Erde nach Jahrzehnten voller Unruhen und Kriege nun eine Militärdiktatur herrschte, die jetzt offenbar auch auf den Mars ausgedehnt werden sollte. Jedenfalls waren den Landemodulen ausschließlich Soldaten entstiegen, insgesamt dreißig, angeführt von Commander David Jefferson.

Er hatte zunächst versucht, die rund dreihundert Siedler mit Versprechungen zu ködern, wie herrlich und um wie viel einfacher ihr Leben mit Unterstützung der Erde werden könnte. Nach und nach war er dann damit herausgerückt, dass der Preis dafür eine drastische Beschneidung ihrer Freiheiten sein würde. Aufgrund des wachsenden Unmuts hatte er schließlich die Maske fallen gelassen und ganz offen die Befehlsgewalt in Bradbury übernommen.

Ohne Waffen hatten die Siedler keine Möglichkeit, sich gegen ihn und seine Soldaten zu wehren. Genau das war der Grund, weshalb Michael Tsuyoshi und Sharice Angelis jetzt in dieser Situation steckten.

Erst wenige Stunden vor der Invasion war es ihnen gelungen, in eine Station der Alten einzudringen, wie die noch fast völlig unbekannte Rasse genannt wurde, die Milliarden Jahre vor ihnen den Mars bewohnte, und sie hatten dort unter anderem noch immer funktionstüchtige Lasergewehre entdeckt. Diese Waffen wollten sie nun holen.

Auch Jefferson war an den Geheimnissen der Alten brennend interessiert. Bevor er sie jedoch darüber befragen konnte, waren Michael und Sharice aus der von ihm einberufenen Versammlung geflohen. Zusammen mit Natasha Angelis, dem jüngsten und rebellischsten Mitglied des Siedlerrates der fünf Häuser, hatten sie eine Art Partisanenkrieg begonnen. Es war ihnen gelungen, die meisten Überwachungseinrichtungen und Sicherheitskontrollen Bradburys außer Funktion zu setzen.

In dem Bauzelt, unter dem gerade ein neuer Trakt im Entstehen begriffen war, war es zu einer offenen Auseinandersetzung gekommen. Mit Dynamitstangen hatte Natasha ihren Rückzug decken wollen. Was dann passiert war, wusste auch Michael nicht genau. Es hatte eine gewaltige Explosion gegeben, die auch Löcher in die Schutzplane des Zeltes riss. Aus irgendeinem Grund musste das ganze restliche Dynamit auf einmal explodiert sein.

Wieder fegte eine besonders heftige Sturmbö heran und prügelte wie mit unsichtbaren Riesenfäusten auf sie ein. Sharice konnte das Gleichgewicht nicht halten und stürzte mit einem Schrei, den Michael in seinem Helmlautsprecher hörte, zu Boden.

Vielleicht war das sogar ihr Glück, denn der ersten folgte sofort eine weitere, noch stärkere Bö.

Diesmal konnte auch Michael den Gewalten nicht mehr trotzen. Er wurde von den Beinen gerissen und verlor für einen Moment jedes Gefühl für oben und unten. Dann wurde er mit verheerender Wucht gegen ein massives Hindernis geschmettert. Es handelte sich um die stählerne Bande, die den Fuß des Zeltes bildete. Sie war tief im Boden verankert und verhinderte, dass es weggerissen wurde oder Luft an der Unterseite entweichen konnte, ragte aber noch knapp einen Meter aus dem Erdreich heraus.

Ein grässlicher Schmerz durchfuhr Michael. Die Luft wurde

ihm aus den Lungen gepresst und ein gequältes Stöhnen drang über seine Lippen.

Er begriff, dass er nur noch am Leben war, weil er bereits nahe an der Bande gestanden hatte. Hätte ihn der Sturm aus mehreren Metern Entfernung gegen das Hindernis geschleudert, wäre sein Rückgrat zerbrochen worden.

Jede einzelne Stelle seines Körpers tat ihm weh. Immerhin schien er keine schweren Verletzungen davongetragen zu haben, denn er konnte seine Arme und Beine noch bewegen. Auch gab es an der Bande keine scharfen Vorsprünge, an denen er sich den Schutzanzug hätte aufreißen können, was ebenfalls einem Todesurteil gleichgekommen wäre.

»Michael!«, vernahm er Sharices erschrockenen Ruf.

»Alles ... in Ordnung«, keuchte er, auch wenn er sich fühlte, als wäre er gerade von einem Rover angefahren worden. Mühsam stemmte er sich in die Höhe und schüttelte den Sand ab, der sich binnen der wenigen Sekunden bereits zu einem kleinen Hügel über ihm angehäuft hatte.

Durch das Chaos um ihn herum kam eine Gestalt auf ihn zu: Sharice. Gemeinsam kämpften sie sich weiter voran.

Wenigstens brauchten sie sich über eventuelle Verfolger keine Gedanken zu machen. Wahrscheinlich hielt man sie für tot, außerdem dürften die Soldaten im Moment ganz andere Sorgen haben. Sie trugen keine Schutzkleidung und waren zweifelsohne so schnell wie möglich aus dem Zelt geflohen, als die Luft entwichen war. Momentan hatten sie wohl genug damit zu tun, alle Durchgänge zu den an das Zelt grenzenden Sektionen manuell zu verriegeln, um zu verhindern, dass die Atmosphäre aus ganz Bradbury entwich. Wegen der Sabotage in der Zentrale waren alle automatischen Schließmechanismen außer Kraft gesetzt. Den Siedlern drohte dadurch keine Gefahr; sie waren wegen des Tumults während der Versammlung alle in der Mensa eingesperrt.

Nach der Bö, die Michael Tsuyoshi umgerissen hatte, schien der Sturm ein wenig abzuflauen. Er machte sich jedoch keine falschen Hoffnungen. Die Sandstürme auf dem Mars waren wegen ihrer Dauer berüchtigt. Wahrscheinlich sammelte das Unwetter nur neue Kraft, um dann erneut zuzuschlagen.

Sie konnten nur hoffen, dass sie sich dann nicht mehr hier draußen befanden.

***

Eine Ewigkeit schien zu vergehen, bis sie das Zelt, das inzwischen völlig in sich zusammengesunken war und auf dem sich der Sand sammelte, so weit umrundet hatten, dass sie die aus Ziegelsteinen errichtete Außenmauer Bradburys erreichten.

Schlagartig beruhigte sich die tosende Hölle um sie herum beträchtlich. Die hohen Mauern boten ihnen wie erhofft Deckung. Zwar war die Luft auch hier voller aufgewirbeltem Sand, doch zumindest der Sturm besaß in einem schmalen geschützten Bereich direkt neben der Mauer keine Kraft mehr.

Einige Sekunden lang lehnten Michael und Sharice sich gegen die Wand und schöpften neue Kraft, ehe sie an der Mauer entlang weiterliefen. Im Vergleich zu den Strapazen vorher war es nun fast ein gemütlicher Spaziergang.

Michael warf einen unbehaglichen Blick in die Richtung, wo die Landemodule standen. Zu sehen waren sie nicht; noch immer verschwand alles in den aufgepeitschten Sandschleiern. Er hoffte, dass man sie umgekehrt ebenso wenig entdecken konnte.

Nach wenigen Minuten erreichten sie die Schleuse. Auch hier war der automatische Öffnungs- und Schließmechanismus außer Funktion. Mit vereinten Kräften öffneten sie die Schleuse mit dem Handrad. So konnte ihr Eindringen wenigstens von der Zentrale aus nicht registriert werden. Hätten sie die entsprechenden Kontrollen nicht sabotiert, hätte man mühelos ihren Weg verfolgen können.

Nachdem sie das Außenschott wieder geschlossen und die Innentür geöffnet hatten, erreichten sie den großen Raum vor der Schleuse. Hier wurden Vorräte an Material gelagert, das bei Außeneinsätzen immer wieder benötigt wurde; außerdem war einer der beiden Rover hier geparkt.

Lauernd blickten sie sich um, doch ihre Vorsicht war unnötig. Es waren keine Soldaten zu entdecken.

Michael lehnte sich erschöpft gegen die Wand. Wie schon mehrfach während der letzten Stunde verspürte er ein leichtes Schwindelgefühl. Alles verschwamm vor seinen Augen, schien unscharf zu werden und nahm gleichzeitig eine grünliche Färbung an.

Nach wenigen Sekunden verflog der Schwächeanfall wieder, dennoch war Michael zutiefst beunruhigt. Die Anfälle hatten begonnen, nachdem er und Sharice in der Station der Alten gewesen waren, und sie häuften sich seither. Obwohl er einen mehr als anstrengenden Tag mit höchster psychischer und physischer Belastung hinter sich hatte und die Grenzen dessen, was sein Körper zu leisten vermochte, im Grunde längst überschritten hatte, war er davon überzeugt, dass es sich nicht nur um normale Schwäche handelte.

Möglicherweise war die Luft, die sie in der Station geatmet hatten, doch nicht so ungefährlich gewesen. Er konnte nur hoffen, dass er sich nicht mit einem unbekannten Krankheitserreger aus einer längst vergangenen Zeit infiziert hatte.

Er wollte Sharice darauf ansprechen, ob auch sie unter diesen Anfällen litt, doch irgendetwas hielt ihn auch diesmal davon ab. Für den Fall, dass er sich täuschte, wollte er sie nicht unnötig beunruhigen, außerdem war die Zeit knapp. Wenn es sich wirklich um eine Infektion handelte, konnten sie zurzeit ohnehin nichts dagegen tun.

Genau wie Sharice nahm er seinen Helm ab, da der Schleusenvorraum wie sämtliche Einrichtungen im Inneren von Bradbury mit Atemluft gefüllt war.

»Und du willst wirklich hier bleiben?«, erkundigte sie sich.

»Das haben wir doch schon ausgiebig durchgesprochen. Sicher, es ist gefährlich, aber ich will Jefferson und seinen Leuten Bradbury nicht einfach so überlassen. Wer weiß, ob wir bei unserer Rückkehr sonst überhaupt noch eine Möglichkeit haben, wieder hereinzukommen. Dafür gehe ich dieses Risiko gerne ein.«

»Und was ist mit *meinem* Risiko? Vorhin konnten wir noch nicht ahnen, welche Bedingungen draußen herrschen. Was, wenn irgendetwas schief geht? Eine Panne, ein Unfall?«

Damit hatte sie sicherlich Recht. Aber sie konnten nicht warten, bis der Sturm sich verzogen hatte. Manchmal dauerten diese Sandstürme Wochen oder sogar Monate. Gerade durch das begonnene Terraforming und die allmählichen Veränderungen in der Atmosphäre hatten sich die klimatischen Extreme noch verstärkt.

»Falls du stecken bleibst, macht es keinen Unterschied, ob du allein an Bord bist oder ob ich mitkomme«, erklärte er. »In dem Fall musst du einen Notruf senden, und wenn Jefferson davon erfährt, würden wir nur beide in seine Hände fallen.«

»Und wenn er gar nicht vorhat, mir zu helfen?«

»Dann komme ich mit dem zweiten Rover und hole dich.«

Sharice wirkte nicht sonderlich überzeugt. Auch Michael wusste, wie unwahrscheinlich es war, dass er ihr im Notfall hel fen konnte, dass er überhaupt von ihrem Notruf erfuhr. Andererseits würde sich Jefferson nicht die Chance entgehen lassen, die Rebellin in seine Finger zu bekommen.

»Ich werde es versuchen«, erklärte Sharice. »Aber garantieren kann ich unter diesen Umständen für nichts.«

»Wird schon klappen«, versuchte Michael ihr Mut zu machen. »Du kannst dicht an den Berg heranfahren, dann brauchst du nur ein paar Schritte bis zu dem Eingang zu laufen. Bring sämtliche Lasergewehre mit. Damit können wir der Invasion hoffentlich schnell ein Ende bereiten.«

Sharice schüttelte sich. »Ich kann mir immer noch nicht vorstellen, auf einen Menschen zu schießen. Allein dafür, dass sie uns diesen Kampf überhaupt aufzwingen, hasse ich Jefferson und seine ganze Truppe.«

Michael biss die Zähne zusammen. Es war noch nicht einmal eine Stunde her, seit er mit einer erbeuteten Pistole auf einen der Soldaten geschossen und ihn vermutlich sogar getötet hatte.

Angesichts der lebensfeindlichen Umgebung hatten die Siedler trotz gelegentlicher Streits eine völlig friedliche Gesellschaft gebildet. Es gab nicht einmal Waffen in Bradbury – weshalb sie der Invasion von der Erde jetzt auch so hilflos ausgeliefert waren.

Sharice kletterte in den Rover und führte einen raschen Systemcheck durch. Vor allem überprüfte sie, ob der Tank und der Sauerstoffbehälter voll aufgefüllt waren.

»Alles in Ordnung«, teilte sie mit. »Also dann – drück mir die Daumen.« Sie schloss die Tür des Fahrzeugs und startete den Motor.

***

Michael setzte seinen Helm wieder auf. Da sich die Schleuse nicht mehr elektronisch steuern ließ, musste er die Schotts erneut manuell öffnen und schließen, damit der Rover ins Freie gelangen konnte.

Kaum hatte Sharice das Außentor passiert, schloss er es rasch wieder. Von nun an war er allein, das kam ihm erst in diesem

Moment richtig zu Bewusstsein, während er in den Schleusenvorraum zurückkehrte. Er war schon lange in Sharice Angelis verliebt, und obwohl sich die Ereignisse in den vergangenen Stunden so überschlagen hatten, hatte er es dennoch genossen, alles mit ihr zusammen zu erleben.

Der Ernst der Situation hatte keine irgendwie romantisch gearteten Gefühle zugelassen. Trotzdem hatte nicht zuletzt Sharice ihm durch ihre Gegenwart Kraft gegeben und ihm geholfen, alles durchzustehen. Schon nach den wenigen Sekunden, die er von ihr getrennt war, begann er sie zu vermissen. Er konnte nur hoffen, dass sie es ohne größere Schwierigkeiten zur Station der Alten und wieder zurück schaffte.

Für alles, was innerhalb von Bradbury weiter geschah, ruhte die Last der Verantwortung nun allein auf seinen Schultern. Michael wünschte, dass wenigstens Natasha noch leben würde. Sie wäre eine unschätzbar wichtige Hilfe für ihn gewesen.

Er ging zu einem Materialstapel hinüber und setzte sich darauf, um zu überlegen, wie er weiter vorgehen sollte. Seine einzige Waffe war die Pistole, die er einem der Soldaten abgenommen hatte. Im Notfall würde er sich damit verteidigen können, aber mehr auch nicht, und selbst dann würde er gegen die Überzahl der wesentlich besser bewaffneten Soldaten eine gehörige Portion Glück brauchen.

Aber selbst mit einem ganzen Waffenarsenal würde er nicht einfach einen Partisanenkrieg innerhalb von Bradbury beginnen können. Er besaß keinerlei Kampferfahrung. Die Soldaten hingegen waren eine hochklassig ausgebildete Spezialeinheit. Kämpfen und töten, ob mit oder ohne Waffen, stellte ihr Handwerk dar. Und im Gegensatz zu ihm verspürten sie auch mit Sicherheit keine Skrupel, wenn es hart auf hart kam.

Sein einziger Vorteil war, dass er sich hier besser auskannte als sie, doch auch der wog nicht besonders schwer, da einige der

Siedler sich auf Commander Jeffersons Seite gestellt hatten und ihn unterstützten.

Obwohl er tief in Gedanken versunken war, entging Michael nicht das leise Klicken der Tür. Er reagierte ohne nachzudenken, ließ sich von der Kunststoffkiste, auf der er saß, einfach nach hinten fallen. Während die Tür vollends geöffnet wurde, kroch er dicht an den Boden gepresst ein Stück zur Seite, hinter mehrere ähnliche Kisten, die aufeinandergestapelt waren und ihm bessere Deckung boten.

»Verdammt!«, vernahm er die Stimme Jeffersons. Durch einen schmalen Spalt zwischen den Kisten konnte er sehen, wie der Commander zusammen mit einem anderen Soldaten und Akiro Braxton die Schleuse betrat.

Beim Anblick des Halbasiaten schoss sofort wieder Wut in Michael hoch. Schon früher hatte er eine Antipathie gegenüber Akiro empfunden, weil dieser so wie er selbst an Sharice interessiert war und als ihr Vorgesetzter bei den archäologischen Grabungen sogar deutlich bessere Karten zu haben schien.

Wirklich zu hassen begonnen hatte er Akiro Braxton jedoch erst, seit dieser mit den Invasoren zusammenarbeitete und sie unterstützte. Diese Abscheu war sogar noch größer als die auf die Fremden selbst. Sie befolgten nur Befehle und fragten sich wahrscheinlich nicht einmal, ob das, was sie taten, richtig oder falsch war. Akiro hingegen war aus freien Stücken zum Verräter geworden. In der Hoffnung, sich auf diese Art ein Flugticket zur Erde zu sichern, lieferte er alle, mit denen er aufgewachsen war und bislang in einer Gemeinschaft zusammengelebt hatte, ans Messer. Und das würde Michael ihm mit Sicherheit nie verzeihen können.

»Der Rover ist weg!«, stieß Jefferson hervor. »Also waren die Radarechos nicht nur elektromagnetische Störungen des Sturms. Die Verräter haben Bradbury verlassen.« Er warf dem

Soldaten neben sich einen finsteren Blick zu. »Ich frage mich nur, wie sie unbemerkt in die bewachte Schleuse eindringen konnten.«

»Ich glaube nicht, dass ihn eine Schuld trifft«, ergriff Akiro das Wort. »In dem Bauzelt gab es Schutzanzüge. Vermutlich sind sie von außen durch die Schleuse gekommen.«

»Klingt wahrscheinlich«, gab Jefferson zu. »Diese Narren sind offenbar zu allem entschlossen. Es grenzt an Selbstmord, sich zu Fuß in einen solchen Sturm hinauszuwagen.«

»Ich frage mich nur, was sie mit dem Diebstahl des Rovers bezwecken«, überlegte Akiro. »Dessen Sauerstoffvorräte sind begrenzt, und wenn sie aufgebraucht sind, *müssen* sie in jedem Fall zurückkehren. Es gibt keinen anderen Ort, zu dem sie sonst könnten.«

»Ach ja?«, entgegnete Jefferson mit unverkennbarem Hohn. »Ich kann mir sogar ziemlich genau vorstellen, wohin die beiden unterwegs sind. Haben Sie mir nicht selbst erzählt, dass Tsuyoshi und Angelis heute Morgen, als sie in dem Stollen verschüttet wurden und die Station der Marsianer fanden, weitaus länger unterwegs waren, als ihr Sauerstoffvorrat gereicht hätte? Also muss es in der Station der *Alten*, wie Sie die außerirdische Zivilisation nennen, atembare Luft geben.«

»Sie glauben, dass sie dorthin unterwegs sind?«

»Zum Teufel, natürlich, wohin denn wohl sonst? Wer weiß, was sie in der Station gefunden haben. Warum wohl sind die beiden geflohen, als ich sie dazu befragen wollte? Sie haben etwas zu verbergen, und das kann nur bedeuten, dass sie dort wertvolle Dinge entdeckt haben, möglicherweise sogar Waffen, die sie gegen uns einsetzen wollen.«

Michael erschrak. Ihm war bewusst gewesen, dass ihre Absichten mit ein wenig logischem Nachdenken zu erraten sein würden, aber er hatte nicht damit gerechnet, dass Jefferson ihre Pläne bis ins Detail derart schnell durchschauen würde. Es bestätigte ihn in seiner Überzeugung, wie gefährlich der Commander war.

Immerhin aber irrte der Commander sich in einem wichtigen Punkt. Er ging davon aus, dass sie sich *beide* auf den Weg zur Station gemacht hatten. Demnach würde man Bradbury selbst nun vermutlich längst nicht mehr so scharf überwachen wie bisher.

»Sie dürfen ihr Ziel auf keinen Fall erreichen«, entschied Jefferson.

»Wir haben noch einen zweiten Rover«, erinnerte Akiro. »Damit könnten einige Ihrer Männer die Verfolgung aufnehmen und sie abfangen.«

Jefferson schnaubte belustigt. »Wir *werden* sie abfangen, aber bestimmt nicht mit dieser alten Klapperkiste. Wir verfügen über eigene Einsatzfahrzeuge mit modernster irdischer Technik. Die Rebellen können uns nicht entkommen.«

Jefferson sprach in ein Funkgerät und befahl vier Männer in voller Schutzkleidung zur Schleuse. Michaels Schrecken vertiefte sich noch. Mit dieser Möglichkeit hatte er nicht gerechnet. Wenn diese terranischen Fahrzeuge wirklich so gut waren, wie der Commander behauptete, würde es für Sharice eng werden.

»Und Sie sollten sich einen Schutzanzug besorgen«, wandte Jefferson sich wieder an Akiro. »Sie werden meine Leute begleiten und ihnen den Weg zeigen.«

Diesmal war es an Akiro Braxton zu erschrecken, wie Michael mit grimmiger Genugtuung feststellte.

»Aber ... ich habe Ihnen doch schon auf der Karte die Stelle gezeigt, an der sich der Stollen befindet«, stieß er hervor. »Ihre Leute finden auch alleine hin. Ich –«

»Bei diesem Wetter brauche ich jemanden, der sich dort draußen auskennt«, schnitt Jefferson ihm das Wort ab. »Keine Diskussion! Sie wollen uns doch helfen, oder? Also bereiten Sie sich vor. Und beeilen Sie sich!«

Widerstrebend ging Akiro Braxton in eine Ecke hinüber, in der mehrere Schutzanzüge hingen, und begann sich umzuziehen.

Vier weitere Soldaten, alle bereits in Schutzkleidung, betraten den Schleusenvorraum. Jefferson erteilte ihnen einige Befehle, sprach jedoch so leise, dass Michael nichts verstand.

Anschließend sagte er so laut, dass auch Akiro es hören konnte: »Wenn ihr die beiden oder einen von ihnen lebend festnehmen könnt, soll es mir recht sein. Aber geht kein unnötiges Risiko ein. Wenn sie Gegenwehr leisten, tötet sie. Sie dürfen ihren Plan nicht durchführen.«

Zusammen mit Akiro, der sich inzwischen fertig umgezogen hatte, traten die vier Soldaten in die Schleusenkammer und waren gleich darauf verschwunden.

Und Sharice war völlig ahnungslos, welche Gefahr ihr drohte!

* * *

Auch nach dem Aufbruch des Einsatztrupps blieben Commander Jefferson und der andere Soldat – seinen Abzeichen nach ein Offizier – noch im Schleusenvorraum, sodass Michael Tsuyoshi in seiner Deckung verharren musste. Fieberhaft überlegte er, was er tun sollte. Irgendwie musste er Sharice vor den Verfolgern warnen, aber wie sollte er das anstellen? Sie befand sich längst außerhalb der Reichweite des Helmfunks.

Wenn überhaupt, dann war lediglich der Hauptsender Bradburys stark genug, sie jetzt noch zu erreichen, aber bei dem Sturm war sogar das fraglich. Außerdem befand sich der Sender in der Zentrale, und die ließ Jefferson mit Sicherheit gut bewachen, um weitere Sabotageakte zu verhindern.

»Diese Menschen sind ein seltsames Volk«, riss ihn die

Stimme des Commanders aus seinen Überlegungen. »Nur um eines persönlichen Vorteils willen sind sie bereit, ihre ganze Gemeinschaft zu verraten.«

»Nur einige von ihnen«, stellte der Offizier richtig.

»Ich bin sicher, auch bei den anderen ist es nur eine Frage dessen, was wir ihnen anbieten können.«

»Auf keinen Fall dürfen wir sie unterschätzen. Ich meine immer noch, wir hätten diese Siedlung aus dem All zerstören und dann erst landen sollen.«

Michael lauschte gebannt. Was er hörte, ergab keinen Sinn. Warum sollte eine Expedition von der Erde Bradbury zerstören wollen, wenn das Ziel einer solchen Mission doch nur sein konnte, die Bedingungen für eine Kolonisierung neu zu erkunden?

Schon einige frühere Ausführungen Jeffersons waren ihm nicht stimmig erschienen. So hatte der Commander behauptet, auf der Erde hätten jahrzehntelang Bürgerkrieg und Aufruhr geherrscht, weshalb das Raumfahrtprogramm auf Eis gelegt wurde. Dennoch waren das Schiff der Invasoren und ihre Landemodule deutlich größer und technisch besser ausgerüstet als damals die BRADBURY auf dem Höhepunkt des Raumfahrtzeitalters.

Wirklich ernst hatte Michael diese Theorie jedoch nicht gemeint, obwohl sie seit dem Besuch in der Station der Alten wussten, dass diese eine bemerkenswerte Ähnlichkeit mit Menschen gehabt haben mussten.

Und doch schien er mit seiner verrückten These genau ins Schwarze getroffen zu haben, wie ihm die nächsten Worte des Soldaten zeigten.

»Wir hätten die Station schon selbst gefunden«, fuhr der Offizier fort. »Schließlich ist der Radius, in dem sie sich befinden muss, ziemlich eingeschränkt und die Grabungen haben bestimmt sichtbare Spuren hinterlassen.«

Michael schwirrte der Kopf, als er begriff, dass der Soldat nicht von Bradbury sprach, sondern von der Station der Alten. Jefferson und seine Leute waren also auf der Suche nach den Hinterlassenschaften der uralten Mars-Rasse? Aber wie ...?

Weil sie gar keine Menschen sind!, traf ihn die Erkenntnis wie ein Blitz.

Vor einigen Stunden hatte er Sharice gegenüber scherzhaft gemeint, sie hätten keinen Beweis, dass die Invasoren tatsächlich von der Erde stammten. Ebenso gut könnte es sich um Außerirdische handeln, die dies nur behaupteten. Sollte sich dies nun bewahrheiten?

Die nächsten Worte des Offiziers bekräftigten ihn in seiner unglaublichen Theorie: »Glauben Sie, dass wir womöglich endlich auf die Urheimat unserer Ahnen gestoßen sind?«

»Es wäre denkbar«, entgegnete Jefferson. »Dieser Planet hat vor über vierhundert Darekk seine Atmosphäre verloren. Unsere Messungen zeigen an, dass sich dies zeitlich ungefähr mit der großen Expansionswelle deckt.«

Michael Tsuyoshi hatte in keinem der terranischen Lexika, die der Urvater John Carter mit auf den Mars gebracht hatte, jemals den Begriff »Darekk« gefunden. Es musste sich also um eine außerirdische Zeiteinheit handeln – ein Stein mehr in dem Mosaik, das zusammenzusetzen ihn mehr und mehr in Schrecken versetzte.

»Mir wird übel, wenn ich nur daran denke, auf welch hoher Entwicklungsstufe sich unser Volk einstmals befand«, murmelte der Offizier, »und dass wir dann in völlige Barbarei zurückfielen, aus der wir uns erst in den letzten Jahrtausenden wieder aufgeschwungen haben. Aber obwohl wir inzwischen mehrere der alten Siedlungswelten entdeckt und dort Hinterlassenschaften gefunden haben, sind wir von dem Wissen unserer Vorfahren noch weit entfernt.«

»Vielleicht ändert sich das hier«, entgegnete Jefferson – oder wie immer er wirklich hieß. »Wir werden Klarheit erlangen, sobald sich der Sturm gelegt hat und wir eine Expedition zu der Station unternehmen.«

Michael Tsuyoshi wagte kaum zu atmen. Nun stand endgültig fest, dass sein Verdacht Realität war. Der von vielen herbeigesehnte und von einigen befürchtete Kontakt mit der Erde existierte nicht. Soweit er verstanden hatte, handelte es sich bei den Fremden um Nachkommen der Alten, die einst auf dem Mars gelebt hatten. Ihr Volk hatte einen beispiellosen Niedergang erlitten, von dem es sich nun zu erholen versuchte, indem es sich bemühte, das Erbe der Vorfahren wieder in seinen Besitz zu bringen.

Als er und Sharice mit Gewalt in die Station eingedrungen waren, hatten sie offenbar ein automatisches Signal ausgelöst, dass die Invasoren hergelockt hatte. Insofern trug er selbst eine Mitschuld an dem, was hier geschah. Umso größer war seine Verpflichtung, alles in seiner Kraft Stehende beizutragen, um diesen Spuk wieder zu beenden.

»Und was geschieht mit den Siedlern?«, erkundigte sich der Offizier.

Jefferson zuckte in einer sehr menschlichen Geste die Achseln. »Das hängt davon ab, was wir finden. Sollte sich die Station nur als weiterer Vorposten unserer Ahnen herausstellen, nehmen wir alles Brauchbare mit, vernichten den Rest und ziehen weiter. Sollte dieser Planet aber unsere Urheimat sein, sind die Menschen ein Risiko. In diesem Fall dürften ein paar Bomben das Problem lösen. Ich täte es ungern, weil ich die primitiven Bemühungen dieser Kreaturen eigentlich recht possierlich finde, aber unsere Mission hat selbstverständlich Vorrang.«

Michael ballte die Fäuste. Die Kälte, mit der Jefferson über die mögliche Ausrottung ihrer gesamten Zivilisation auf dem Mars sprach, entsetzte ihn – und erfüllte ihn gleichzeitig mit grenzenlosem Zorn.

Nun, dieser arrogante Außerirdische würde schon bald erfahren, dass die *possierlichen Kreaturen* Zähne besaßen, mit denen sie schmerzhaft zubeißen konnten!

***

Auch wenn sie wie alle erwachsenen Einwohner Bradburys gelernt hatte, den Rover zu steuern, war Sharice Angelis keine ausgesprochene Fahrerin. Weil die Vehikel für die Marssiedlung unersetzlich kostbar waren, wurden sie gewöhnlich nur von speziellen Piloten gelenkt, die die Maschinen in- und auswendig kannten und aufgrund ihrer langjährigen Erfahrung wie im Schlaf beherrschten.

Aber selbst die hätten bei den herrschenden Außenbedingungen erhebliche Probleme, davon war Sharice überzeugt.

Zu sehen war praktisch nichts. Was sie durch die Frontscheibe erkennen konnte, war nicht mehr als ein Chaos aus durcheinanderwirbelnden Sandschleiern, durchsetzt mit Sand, dazwischen Sand und dann noch viel mehr Sand drum herum. Die ganze Welt außerhalb des Rovers schien nur noch aus Sand zu bestehen.

Durch die vielen Fahrten zwischen Bradbury und der Ausgrabungsstätte in den vergangenen Wochen war fast so etwas wie eine Straße entstanden. Vor allem waren in mühsamer Arbeit alles grobe Geröll und alle Felsbrocken, die den Rover hätten beschädigen können, aus dem Weg geräumt worden.

Nun war von dieser Straße nichts mehr zu erkennen. Und so lange Sharice nichts sah, wusste sie nicht einmal genau, wo sie sich befand. Um sich zu orientieren, war sie ausschließlich auf einige automatische Positionshilfen und das Radar des Rovers angewiesen. Selbst das wurde jedoch von dem Sandsturm stark beeinträchtigt. Immer wieder zeigte es vermeintliche Hindernisse, die sich gleich darauf wieder auflösten, weil sie nur besonders dichte Sandschleier gewesen waren.

Obwohl die Zeit drängte, fuhr Sharice nicht schneller als im Schritttempo. Alles andere wäre Wahnsinn gewesen. Aber im Grunde war diese gesamte Fahrt Wahnsinn. Es grenzte an ein Wunder, wenn sie ihr Ziel wohlbehalten erreichte. Und dann lag noch einmal die gleiche Strecke als Rückweg vor ihr. Sie bemühte sich, den Gedanken daran zu verdrängen.

Ein paar Mal hatte sie das Gefühl, dass sich die wabernden Sandschleier vor ihr lichteten, und jedes Mal keimte die Hoffnung in ihr auf, dass sie das Schlimmste hinter sich haben könnte. Doch stets aufs Neue wurde diese Hoffnung enttäuscht und die Flaute entpuppte sich nur als ein kurzes Luftholen des Sturms, damit er gleich darauf mit noch größerer Wucht erneut zuschlagen konnte.

Sharice wusste nicht, wie lange sie schon unterwegs war, als sich der Sandsturm einmal mehr lichtete, diesmal aber nicht gleich wieder zunahm. Erneut schöpfte sie Hoffnung, dass sie die Ausläufer des Unwetters erreicht haben könnte.

Sie warf einen Blick auf den kleinen Radarschirm im Armaturenbrett und entdeckte etwas Merkwürdiges. Jetzt, da sich der Sturm abgeschwächt hatte, wurden zwei Objekte angezeigt, die sich kaum hundert Meter hinter ihr befanden. Anders als die Reflexe zuvor verschwanden sie auch nicht wieder, sondern bewegten sich in gleich bleibendem Tempo in ihre Richtung – mit etwas höherer Geschwindigkeit als ihr Rover!

Sharice erschrak. Ein Irrtum war nahezu ausgeschlossen, trotzdem weigerte sie sich einige Sekunden lang schlichtweg, die einzig sinnvolle Erklärung zu akzeptieren.

Sie wurde verfolgt.

Offenbar war ihr Aufbruch aus Bradbury nicht unbemerkt geblieben und Jefferson hatte ihr Verfolger nachgeschickt. Vermutlich handelte es sich um den zweiten Rover und den Pferch.

Jedenfalls waren dies die einzigen anderen Fahrzeuge in Bradbury, sofern die Landemodule nicht auch noch eigene Rover mit sich führten, was ihr aber wenig wahrscheinlich erschien, da jedes von ihnen immerhin schon mit zehn Mann besetzt gewesen war.

Der Sturm wurde wieder stärker, was Sharice diesmal jedoch ganz recht war. Die beiden Punkte verschwanden vom Radarschirm; umgekehrt konnte sie also vermutlich auch nicht mehr angepeilt werden.

Sie glaubte aber ohnehin nicht, dass die Soldaten sie gezielt verfolgten. Wahrscheinlich war ihnen bewusst geworden, dass ihr einziges Ziel nur die Ausgrabungsstätte sein konnte, und sie hatten von Akiro oder einem der anderen Verräter deren Lage erfahren. Nun waren sie ebenfalls auf dem Weg dorthin.

Insofern erwies sich die kurze Unterbrechung des Sturms als Glücksfall, denn anderenfalls hätte Sharice nichts von ihren Verfolgern gewusst und wäre ihnen am Ziel hilflos in die Hände gefallen. Nun aber konnte sie den Spieß umdrehen.

Zunächst einmal musste sie von der Straße herunter. Es war zu gefährlich, die Verfolger so dicht im Nacken zu haben. Ein plötzliches Hindernis, und sie würden sie einholen.

Obwohl der Sturm wieder an Heftigkeit zugenommen hatte, war er längst nicht so schlimm wie vorher. Auf eine Distanz von wenigen Metern konnte sie zumindest vage Umrisse erkennen.

Als sie zwischen einer Felsgruppe einen Einschnitt entdeckte, der ausreichend breit für den Rover war, lenkte sie das Fahrzeug von der Straße und mehrere Dutzend Meter tief in die kleine Schlucht hinein.

Anschließend zwang sie sich zum Warten. Obwohl sich jede Sekunde zu einer Ewigkeit zu dehnen schien, ließ sie mehr als fünf Minuten verstreichen, bis sie weiterfuhr. Mittlerweile mussten ihre Verfolger längst an ihr vorbei sein. Es bestand also wenig Gefahr, mit ihnen zusammenzutreffen, sofern nicht gerade eines der anderen Fahrzeuge verunglückte.

Trotzdem wusste Sharice nur zu gut, dass sie das Problem damit nur verlagerte. An der Ausgrabungsstelle würden die Soldaten auf sie warten.

* * *

»Sie warten hier«, befahl Jefferson. »Ich glaube zwar nicht, dass sich während der nächsten Stunden etwas tun wird, aber falls die Aufrührer einen Unfall oder eine Panne haben und unseren Leuten entgehen sollten, werden sie sicherlich versuchen, hierher zurückzukehren. Geben Sie in diesem Fall sofort Meldung, aber warten Sie, bis die beiden die Schleuse ganz passiert haben, bevor Sie etwas unternehmen. Dann haben wir sie sicher in der Falle. Ich werde weitere Männer vor der Tür postieren.«

»Zu Befehl«, bestätigte der Offizier. Jefferson nickte zufrieden und verließ den Schleusenvorraum.

Michael Tsuyoshi stieß einen lautlosen Fluch aus. Der Befehl des Commanders vereitelte alle seine Pläne. Er hatte gehofft, dass sämtliche Wachen abgezogen würden, da man davon ausging, dass er Bradbury zusammen mit Sharice Angelis verlassen hatte und es deshalb keinen Grund für besondere Sicherheitsvorkehrungen mehr gab. Dann hätte er sich wieder mehr oder weniger frei innerhalb der Siedlung bewegen können.

So jedoch …

Was sollte er tun? Sobald er sich bewegte, würde der Soldat ihn hören, und selbst wenn es ihm gelingen sollte, ihn zu überwältigen, waren da immer noch die Wachen vor der Tür, deren genaue Zahl er nicht einmal kannte.

Michael hütete sich vor dem Übermut zu glauben, dass er

allein mit einer Übermacht fertig werden könnte. Selbst wenn es gelang, würde Jefferson danach wissen, dass er sich noch in Bradbury befand, und die Jagd auf ihn würde wieder von vorne beginnen.

Aber er konnte auch unmöglich einfach hier liegen bleiben und nichts tun. Irgendwie musste er einen Funkspruch an Sharice absetzen, um sie zu warnen und sie von seinen neuesten Erkenntnissen zu informieren.

Er sah sich im Raum um, so weit er ihn überblicken konnte, und dabei fiel ihm der Luftschacht auf. Er mündete nicht weit über den Kisten in den Raum und war groß genug, um sich durchzuzwängen. Von dort aus müsste er ins Belüftungssystem der Station gelangen können.

Aber auch diese Möglichkeit schied aus, solange der Soldat nicht außer Gefecht gesetzt war.

Von seinem Versteck aus beobachtete Michael, wie der Offizier ein paar Mal auf und ab ging und sich dann auf der anderen Seite des Raumes hinsetzte.

Sein Verhalten, sein Aussehen – alles glich bis ins Detail dem eines Menschen. Obwohl er es vor wenigen Minuten erst mit eigenen Ohren gehört hatte, fiel es Michael immer noch schwer zu glauben, dass es sich um einen Außerirdischen handelte, ein Wesen, das von einem fremden Planeten eines fremden Sonnensystems stammte, da Leben auf keinem Planeten *dieses* Systems außer der Erde und dem Mars möglich war.

Erst jetzt wurde ihm richtig bewusst, was dies bedeutete.

Da die Fremden erst durch ein kürzlich ausgesandtes Signal hergelockt worden waren, mussten sie die überlichtschnelle Raumfahrt beherrschen. Obwohl sie klobige Schutzanzüge und nur simple mechanische Projektil-Schusswaffen trugen, musste ihr technischer Vorsprung weitaus größer sein als bislang geglaubt. Hatte unter diesen Umständen sein Kampf überhaupt einen Sinn?

Michael gab sich die Antwort auf diese Frage gleich selbst. Es ging für ihn und die anderen Siedler ums nackte Überleben. Jefferson hatte angekündigt, Bradbury zu zerstören und sie alle zu töten, falls der Mars die Heimat seiner Ahnen war. Sie *mussten* also zwangsläufig kämpfen, wollten sie sich nicht tatenlos in ihr Schicksal ergeben.

Vielleicht war ihre Gegenwehr in der Praxis ja auch gar nicht so aussichtslos, wie sie ihm jetzt erschien. Diese Nachkommen der Alten schienen sich darauf spezialisiert zu haben, hauptsächlich die Entwicklungen ihrer Ahnen aufzuspüren und für sich zu nutzen, statt eigenen Fortschritt zu entwickeln. Es war denkbar, dass sie auch das Schiff nur gefunden hatten und für ihre Reisen nutzten, ohne zu wissen, wie die Technik funktionierte.

Selbst ein Steinzeitmensch konnte lernen, eine Pistole zu benutzen, ohne auch nur ansatzweise zu begreifen, wie sie funktionierte. Insofern mochte der wissenschaftliche Fortschritt der Invasoren gar nicht so gewaltig sein.

Diese Überlegungen halfen Michael bei seinem aktuellen Problem jedoch nicht weiter. Irgendwie musste er den Lüftungsschacht erreichen und aus diesem Raum fliehen.

Leider würde er so aber nicht bis zur Zentrale kommen; die war, wie auch die Schutzräume, aus Sicherheitsgründen an einen separaten Luftkreislauf angeschlossen. Am sinnvollsten erschien es ihm, sich durch den Schacht zur Mensa vorzuarbeiten und die übrigen dort eingesperrten Siedler zu befreien. Einige von ihnen mochten sich seinem Kampf aktiv anschließen. Die anderen würden Jefferson schon allein dadurch vor Probleme stellen, dass sie frei herumliefen.

Immerhin war die Zahl seiner Leute inzwischen geschrumpft. Vier hatten die Verfolgung von Sharice aufgenommen, und bei dem Kampf und der Explosion im Bauzelt hatte es mit Sicherheit Opfer gegeben.

Das Hauptproblem aber stellte der Wachposten im Schleusenvorraum dar. Wie Michael es drehte und wendete, er musste den Mann irgendwie ausschalten, um überhaupt etwas unternehmen zu können.

Und es hatte keinen Sinn, damit noch länger zu warten.

Gerade als er sich erheben wollte, verspürte er erneut einen heftigen Schwindelanfall. Alles begann sich grün zu färben und vor seinen Augen zu drehen.

* * *

Ein Piepsen ertönte und riss Sharice aus ihrer auf die Straße und das Fahren gerichteten Aufmerksamkeit. Einen Moment lang war sie verwirrt, dann begriff sie, dass es sich um das Funkgerät handelte. Jemand versuchte sie auf der Frequenz des Rovers zu erreichen!

Sie überlegte, ob sie den Anruf entgegennehmen sollte. Es konnte sich nur um Commander Jefferson handeln, der versuchen würde, sie durch Drohungen oder Versprechungen zum Aufgeben zu bewegen.

Schließlich aber siegte doch ihre Neugier und sie schaltete das Gerät ein.

»Sharice, bitte kommen«, vernahm sie eine vertraute, von lautem Knistern, Prasseln und anderen Störgeräuschen begleitete Stimme. »Sharice, wenn du mich hörst, dann melde dich.«

»Michael!«, stieß sie überrascht hervor. In das Armaturenbrett vor ihr war ein Mikrofon eingebaut, sodass sie sprechen konnte, ohne die Hände vom Lenkrad zu nehmen, was bei dem unebenen Untergrund schwierig gewesen wäre. »Wie –«

»Hör ... Sharice, ich ... etwas Wichtiges zu sagen«, unterbrach er sie. Einige Worte wurden von dem Rauschen und Prasseln völlig überlagert und waren nicht zu verstehen. » ... verfolgt. Zwei Rover … Landemodulen. Aber … noch schlimmer. Ich … Jefferson belauscht. Er und … keine Menschen. Hörst du, sie … keine Menschen. Es sind Außerirdische! Sie … den Alten ab … automatisches Signal … zur Station gelockt … Ich …«

Die Störgeräusche wurden so laut, dass sie alle weiteren Worte übertönten.

»Michael, ich kann dich nicht mehr hören!«, rief Sharice ins Mikro, erhielt aber keine Antwort mehr.

Was hatte er von Außerirdischen geredet? Sie erinnerte sich, dass er schon vor einigen Stunden diese verrückte Theorie aufgestellt hatte, aber das hatte sie nicht für bare Münze genommen. Wollte er ihr allen Ernstes mitteilen, dass es sich tatsächlich um Aliens von einem fremden Planeten handelte, anscheinend um Nachkommen der Alten?

Aber die mussten schon vor über drei Milliarden Jahren ausgestorben oder ins All aufgebrochen sein, als der Mars seine atembare Atmosphäre verloren hatte und die ausgedehnten Ozeane verdunstet oder teils gefroren waren. Sie konnte nicht glauben, dass nach dieser unvorstellbar langen Zeit Angehörige des geheimnisvollen Volkes zum Mars zurückgekehrt waren.

Wie hatte Michael überhaupt mit ihr in Verbindung treten können?, lenkte sie ihre Gedanken in eine andere Richtung. Das einzige Funkgerät in Bradbury, das eine genügend große Reichweite besaß, war das in der Zentrale.

»Michael, hörst du mich? Michael, so melde dich doch!«

Aus dem Lautsprecher drangen nur Störgeräusche. Der Funkkontakt war abgerissen.

Sharice Angelis konzentrierte sich wieder auf das noch vor ihr liegende Stück des Weges.

Normalerweise schaffte der Rover die Strecke zwischen Bradbury und der Ausgrabungsstelle in gut zwei Stunden. Unter den gegebenen Umständen benötigte sie jedoch mehr als doppelt so lange dafür.

Sie hätte sogar noch deutlich länger gebraucht, wenn das Unwetter nicht auf der zweiten Hälfte der Strecke deutlich abgeflaut wäre. Genau genommen tobte es weiterhin mit unverminderter Kraft, doch die Ausgrabungsstätte lag nur noch in seinen Randbereichen. Je näher sie ihr kam, desto weniger wurde sie von den Ausläufern des Sturms beeinträchtigt.

Aber ob sie sich wirklich darüber freuen sollte? Sie wusste, dass die Soldaten in den anderen Fahrzeugen sie am Ziel bereits erwarteten, und es wurde nur noch so wenig Sand aufgewirbelt, dass er ihr kaum Deckung verschaffte.

Schon mehrere Kilometer vor dem Ziel verließ sie deshalb die Straße. Schließlich wollte sie ohnehin nicht ins Grabungslager. Anders als der verschüttete Stollen befand sich der geheime Eingang zu der Station auf der *Rückseite* eines kleinen Berges, was aber nur Michael und sie wussten. Also konnte es den Soldaten auch niemand verraten haben.

Der Berg würde ihr Sichtschutz bieten, wenn die Soldaten sich im Camp selbst befanden. Auch gegen Radar würde es sie abschirmen.

Das war ihre größte Hoffnung. Mit etwas Glück konnte sie den Eingang unentdeckt erreichen, die Lasergewehre aus der Station holen und wieder wegfahren, ohne entdeckt zu werden. Dann konnten die Soldaten warten, bis sie schwarz wurden …

* * *

Der Anfall war heftiger und dauerte länger als alle vorherigen.

Michael Tsuyoshi war vor Schwäche unfähig sich zu rühren. Regungslos lag er am Boden. Sein Herz raste, gleichzeitig hatte er Schwierigkeiten mit dem Atmen.

Noch immer war alles, was er sah, giftig grün und schien sich um ihn zu drehen, als würde er schneller und schneller in einem grünen Wasserstrudel in die Tiefe gesogen.

Es war ein entsetzliches Gefühl. Dennoch besaß er genügend Geistesgegenwart, ein Stöhnen zu unterdrücken. Wenn er in diesem Zustand von dem angeblichen Offizier entdeckt wurde, war alles aus. Er wäre nicht einmal in der Lage, sich zu wehren.

Seine optische Wahrnehmung war völlig gestört. Schleier wogten vor seinen Augen, alles war nur noch Grün in mehr oder weniger intensiven Abstufungen. Was konnte das nur für eine seltsame Krankheit sein? Nie zuvor hatte Michael von solchen Symptomen gehört. Sein Verdacht, sich in der Station der Alten mit einem unbekannten Erreger infiziert zu haben, festigte sich.

Bislang waren die Schwächeanfälle lediglich lästig gewesen, weswegen er sie angesichts der Umstände auf die leichte Schulter genommen hatte. Jetzt aber bereitete ihm sein Zustand beträchtliche Sorgen. Momentan gab es keine Möglichkeit, einen Arzt aufzusuchen. Er konnte nur hoffen, dass die Krankheit nicht ansteckend war – und ihm noch genügend Zeit ließ, die Außerirdischen zu bekämpfen, bevor er vollends zusammenklappte.

Allmählich kehrten sein normales Farbempfinden und seine Kraft wieder zurück, sein Herzschlag beruhigte sich. Trotzdem blieb Michael noch mehrere Minuten lang ruhig liegen und wartete, bis er sich völlig erholt hatte.

Erst dann richtete er sich vorsichtig auf und spähte erneut durch den Spalt zwischen den Kisten. Der Soldat hatte ihn noch nicht bemerkt. Nach wie vor saß er auf einer Kiste auf der gegenüberliegenden Seite des Raumes und langweilte sich sichtlich. Sein Gewehr lehnte neben ihm.

Zwar besaß Michael eine Pistole, doch obwohl er wusste, dass es sich um einen Außerirdischen handelte, hätte er es nicht fertiggebracht, ihn aus dem Hinterhalt kaltblütig zu erschießen. Es musste eine andere Möglichkeit geben, ihn zu überwältigen. Das Hauptproblem dabei war, dass er keine Chance hatte, unbemerkt an ihn heranzukommen, da der mittlere Teil der Halle keinerlei Deckung bot.

Michael überlegte, ob er einfach aufstehen und ihn mit seiner Waffe bedrohen sollte. Doch so wäre er gezwungen zu schießen, falls der Außerirdische die Warnung ignorierte und selbst zur Waffe griff. Und wie sollte er ihn auf diese Distanz treffen? Zumal er nicht sicher sein konnte, ob der Schusslärm nicht auf der anderen Seite der Schleuse von den Wächtern gehört würde. Zwar handelte es sich um mehrere Zentimeter dicken Stahl, und das Heulen des Sturms tat ein Übrigens, aber es blieb ein Risiko.

Doch das Glück war diesmal auf Michaels Seite.

Der Soldat erhob sich und begann erneut im Raum umher zu wandern. Das Gewehr ließ er zurück; er schien sich völlig sicher zu fühlen. Blieb nur noch die Pistole in seinem Gürtelholster.

Wie zuvor ging er zunächst ein paar Schritte auf der anderen Seite der Halle auf und ab und kam dann auch auf Michaels Seite herübergeschlendert. Misstrauen hatte er offensichtlich nicht geschöpft, denn er bewegte sich völlig ungezwungen mit gelangweiltem Gesicht und hinter dem Rücken verschränkten Händen.

Michael hoffte, dass er ganz bis an den Kistenstapel herankam. Wenn er sich dann umdrehte, um wieder zu seinem alten Platz zurückzukehren, würde er ihm den Knauf der Pistole auf den Kopf schlagen, um ihn zu betäuben.

So weit kam es jedoch nicht. Bereits wenige Meter vor dem Kistenstapel blieb der Fremde stehen, gähnte ausgiebig und wandte sich dann wieder um.

Michael wusste, dass er nicht länger zögern durfte. Selbst wenn es zum Schlimmsten kommen sollte und er schießen müsste, würde er ihn aus dieser geringen Entfernung nicht verfehlen.

Mit der Pistole in der Hand richtete Michael Tsuyoshi sich auf. »Stehen bleiben!«, befahl er. »Keine Bewegung, oder ich schieße!«

Ungeachtet des Befehls fuhr der Offizier erschrocken herum, versuchte aber wenigstens nicht, nach seiner eigenen Waffe im Holster zu greifen.

»Wer sind Sie? Was –«

»Sei still!«, stieß Michael hervor. »Die Frage ist wohl eher, wer *du* bist. *Was* du bist. Ich habe dein kleines Gespräch mit dem angeblichen Commander Jefferson mit angehört.«

»Oh«, murmelte der Soldat, doch schien ihn die Tatsache, dass sein Geheimnis aufgeflogen war, nicht sonderlich zu erschüttern. »Und jetzt wollen Sie sich zum großen Retter aufschwingen? Und das mit einer unserer eigenen Waffen, wie ich sehe. Haben Sie sie überhaupt schon entsichert?«

Michael tat ihm nicht den Gefallen, den Blick zu senken.

»Das hat dein Kollege, dem ich sie abgenommen habe, bereits erledigt«, entgegnete er ruhig. »Er ist übrigens tot. Du siehst also, dass ich keine Skrupel habe zu schießen«, fügte er großspurig hinzu. »Und jetzt wirst du mir ein paar Fragen beantworten. Eure Landemodule – sie dürften starke Funkgeräte haben, die auch auf unseren Frequenzen senden können, nicht wahr?«

»Sicher«, bestätigte der Fremde. Langsam, wie in Zeitlupe, näherte sich seine rechte Hand seiner Pistolentasche, doch Michael bemerkte es sofort.

»Mach keinen Fehler«, warnte er. Hastig zog der Soldat die Hand zurück. »Kannst du das Funkgerät bedienen?«

»Diese Aufgabe übernimmt normalerweise der Navigator, der das Modul auch steuert.«

»Und welche von euch sind Navigatoren?«

»Die sind natürlich an Bord geblieben; dies ist schließlich ein Kampfeinsatz.«

Verblüfft runzelte Michael die Stirn. Er hatte nicht erwartet, dass die Module noch immer bemannt wären. Das konnte seinen Plan verkomplizieren, ihn in anderer Hinsicht aber vielleicht auch einfacher machen.

»Eine letzte Frage: Woher beherrscht ihr so perfekt unsere Sprache?«

»Das war einfach«, behauptete der Außerirdische und schnitt eine verächtliche Grimasse. »Wir befanden uns bereits einen vollen Tag, bevor wir mit euch Kontakt aufnahmen, im Orbit und haben eure Funksprüche abgehört. So erfuhren wir alles Wissenswerte über euch, und der Computer brauchte nicht lange, um eure primitive Sprache zu entschlüsseln. Mittels eines Hirnimplantats lernten wir sie innerhalb von Minuten.«

Nun wusste Michael, warum die beiden Außerirdischen auch vorhin noch Englisch gesprochen hatten, als sie allein waren, statt sich in ihrem eigenen Idiom zu unterhalten. So lange die Implantate aktiv waren, bedienten sie sich ganz automatisch der menschlichen Sprache.

»Gut. Und jetzt dreh dich um und streck die Hände hoch über den Kopf!«

Widerstrebend gehorchte der Außerirdische und drehte ihm den Rücken zu. Er schien einzusehen, dass seine Chancen im Moment nicht besonders gut standen.

Michael stieg über die Kisten hinweg und trat von hinten an ihn heran. Er war noch zwei Schritte entfernt und wollte die Pistole gerade anders packen, um mit dem Knauf zuschlagen zu können, als der Soldat sich plötzlich mit einem geschmeidigen Satz zur Seite warf. Die Aktion kam zu schnell, als dass Michael Tsuyoshi sofort reagieren konnte.

Der Außerirdische rollte sich über die Schulter ab, erhob sich in eine kniende Haltung und zog gleichzeitig seine Pistole.

Obwohl Michael sich erst innerlich überwinden musste, feuerte er zuerst. Das Geräusch des Schusses hallte wie eine Explosion in der Halle wider. Das Projektil traf den Außerirdischen in die Brust und schleuderte ihn zurück.

Die Pistole entglitt seinen Händen. Reglos blieb er liegen.

Derweil Michael Tsuyoshi in hektische Aktivität verfiel ...

***

Auf dem letzten Stück des Weges kam Sharice wieder langsamer voran. Anders als auf der von Hindernissen befreiten Straße war der Untergrund hier ziemlich uneben. In einem regelrechten Slalom musste sie Felsen umfahren oder Rissen im Boden ausweichen, die breit genug waren, dass die Räder darin stecken bleiben konnten.

Doch endlich hatte sie ihr Ziel vor Augen. Der Eingang selbst lag etwas erhöht an einem Felsplateau. Sie würde den Rover am Fuß des Berges abstellen und das letzte Stück – nur wenige Dutzend Meter – gehen müssen.

Von ihren Verfolgern war nichts zu entdecken. Offenbar ging ihre Rechnung auf und sie lauerten ihr am Ende der Straße auf, im Camp auf der anderen Seite. Nun, sollten sie nur tüchtig lauern.

Erst als Sharice den Berg fast erreicht hatte, musste sie erkennen, wie grausam sie sich getäuscht hatte.

Ein metallisches, silberfarbenes Ungeheuer kam hinter einer seitlich gelegenen Felsgruppe hervorgeschossen und nahm Kurs auf sie. Auf den ersten Blick war zu erkennen, dass es sich nicht um den zweiten Bradbury-Rover handelte, sondern um ein fremdes Fahrzeug. Es war deutlich größer und wirkte fast fabrikneu.

Aber wie war das möglich? Wie hatten ihre Verfolger herausbekommen, dass der Eingang auf dieser Seite des Berges lag? Entweder durch ihre überlegene Technik ... oder – Sharice wagte den Gedanken kaum zu Ende zu führen – sie hatten Michael geschnappt und die Information aus ihm herausgepresst!

Ungeachtet des damit verbundenen Risikos trat Sharice das Gaspedal bis zum Boden durch. Jetzt ging es um alles oder nichts – sie musste den Eingang vor den Invasoren erreichen!

Der Rover machte einen regelrechten Satz nach vorn, aber auch das fremde Fahrzeug beschleunigte in beängstigender Weise. Es würde ein denkbar knappes Wettrennen geben. Glücklicherweise war Sharice ihrem Ziel schon sehr nahe, sonst hätte sie wohl keine Chance gehabt.

Während sie das Lenkrad mit einer Hand hielt, griff sie mit der anderen nach ihrem Helm und setzte ihn auf. Anschließend ließ sie mit einem Tastendruck die Atemluft aus der Kabine entweichen und stellte den Druckausgleich zur Außenwelt her.

Mit einer Vollbremsung brachte Sharice Angelis den Rover unmittelbar am Fuße des Berges zum Stehen und hastete zum Ausstieg. Viel zu langsam, wie es ihr schien, öffnete er sich.

Sie sprang ins Freie und blickte sich hastig um. Der Sturm – hier deutlich schwächer als in der Umgebung von Bradbury – trieb ihr Sandschleier entgegen.

Trotzdem erkannte sie im Licht der beiden hell am Himmel stehenden Monde Deimos und Phobos die Gefahr sofort.

Der zweite Rover war nur noch knapp zehn Meter entfernt und kam direkt auf sie zugerast!

* * *

Michael Tsuyoshi war kräftig und breitschultrig, sein Körper von der harten Arbeit trainiert, die er verrichtete. Gewöhnlich war er stolz darauf, doch jetzt erwiesen sich gerade seine breiten Schultern als Handicap.

Der eckige Luftschacht war kaum einen halben Meter breit und nur wenig höher. Er konnte sich darin lediglich kriechend fortbewegen, wobei er ständig mit den Schultern und Ellenbogen an die Seitenwände stieß.

Nachdem er den toten Offizier in einer der Kisten verstaut hatte, war er so schnell wie möglich in dem Schacht verschwunden, immer die Angst im Nacken, dass die Posten jenseits der Schleuse den Schuss gehört hatten und bereits damit beschäftigt waren, die Tür mittels des Drehrades zu öffnen.

Leider hatte er keine Möglichkeit gehabt, das Lüftungsgitter vor dem Schacht wieder einzusetzen, da dieser viel zu eng war, sich darin umzudrehen. Aber man musste den Raum schon genauer durchsuchen und einige hohe Stapel mit Baumaterialien umrunden, um die Öffnung zu entdecken. All dies konnte ihm wertvolle Zeit verschaffen.

Momentan befand er sich in einer vorzüglichen Position. Denn durch das Belüftungssystem ließ sich, außer den Schutzräumen und der Zentrale, fast jeder Raum der Station erreichen. Dabei bildete es aber ein solches Labyrinth, dass es nahezu unmöglich sein würde, ihn aufzuspüren – falls Jefferson auf die Idee kommen sollte, ihm jemanden hierher nachzuschicken.

Denn das war die ganze Zeit über Michaels größte Sorge: dass jemandem das Verschwinden des Offiziers auffiel und der angebliche Commander durch das fehlende Lüftungsgitter schnell die richtigen Schlüsse zog.

Zudem kam er langsamer voran als erhofft. Er hatte sich die Fortbewegung im Inneren des Schachtes einfacher vorgestellt. Nun verstand er, warum die gelegentlichen Reinigungs- und

Reparaturarbeiten im Inneren fast ausschließlich Frauen, in manchen Fällen sogar Kindern übertragen wurden.

Zwar hoffte er, dass es mindestens eine Stunde dauern würde, bis der Tote entdeckt würde, aber dafür gab es keine Garantie; es konnte auch schon nach wenigen Minuten passieren.

Dann drohte ihm noch eine weitere Gefahr. Um zu verhindern, dass bei einem Meteoriteneinschlag oder einer anderweitigen Dekompression die gesamte Atemluft entwich, ließen sich die einzelnen Sektoren der Siedlung hermetisch voneinander abriegeln. Dies betraf freilich auch das Belüftungssystem. In regelmäßigen Abständen gab es deshalb kleine Sicherheitsschotts, die sich bei einem Druckabfall automatisch schlossen, aber auch von der Zentrale aus schließen ließen. Diese Funktion wurde, wie auch der Druckausgleich der Schleusentore, zur Sicherheit durch einen externen Stromkreis unterstützt und ließ sich nicht deaktivieren.

Michael versuchte den Gedanken daran zu verdrängen; ändern konnte er ohnehin nichts. Sein Ziel war die Mensa. Er wollte nicht nur die anderen Siedler über die wahre Identität der Invasoren aufklären, sondern hoffte auch, dass sie ihn aktiv unterstützen würden, wenn sie erfuhren, dass sie es nicht mit Menschen von der Erde zu tun hatten.

Die Orientierung in den Schächten fiel ihm nicht schwer, da er mit Ausnahme der Außeneinsätze sein gesamtes bisheriges Leben innerhalb der Mauern von Bradbury verbracht hatte. Zudem kam er immer wieder an anderen Lüftungsgittern vorbei und konnte sich durch einen Blick nach draußen vergewissern, wo er sich gerade aufhielt.

Trotz des Schutzanzugs schienen seine Knie nur noch aus rohem Fleisch zu bestehen, als er sein Ziel endlich erreichte.

Durch ein Gitter in der Decke des Ganges hatte er gesehen, dass zwei bewaffnete Posten vor der Tür des Speiseraums Wache hielten. Ebenfalls hatte er sich vergewissert, dass sich niemand in dem dicht bei der Mensa gelegenen Aufenthaltsraum befand, der den Soldaten als Quartier zugewiesen worden war. Das war wichtig für das Gelingen seines Plans.

Nun aber befand er sich über der Mensa selbst und spähte durch das Gitter in den Raum hinab. Die meisten Siedler hatten sich auf den Boden gesetzt; es herrschte qualvolle Enge.

Immerhin war keiner der Außerirdischen hier drinnen. Zwar gab es einige tote Winkel, die er von seiner Position aus nicht einsehen konnte, doch die Erfahrung zeigte, dass man die Siedler sich selbst überließ und sich darauf beschränkte, die Türen von außen verschlossen zu halten.

Falls er sich irrte, würde er in wenigen Sekunden tot oder bestenfalls in Gefangenschaft sein ...

* * *

Einen kurzen Moment war Sharice wie gelähmt, als sie die wuchtige Schnauze des Fahrzeugs direkt auf sich zukommen sah. Dann stieß sie sich ab, so kräftig sie konnte, und flog zur Seite. Die geringe Schwerkraft des Mars kam ihr zugute und verlieh ihr zusätzliche Weite.

Nur knapp verfehlten sie die gewaltigen Räder des Fahrzeugs. Hart prallte sie auf den felsigen Boden und rollte sich sofort weiter zur Seite.

Während hinter ihr der terranische Rover bremste – der, wenn Michael Recht hatte, gar nicht von der Erde stammte –, sprang Sharice wieder hoch und rannte los. Fast wäre das Fahrzeug gegen einen Felsen geprallt; nur mit Mühe konnte der Fahrer es daran vorbeilenken. Auf jeden Fall verschaffte die Aktion Sharice einige weitere kostbare Sekunden.

Hoffentlich würde sie den verborgenen Eingang auf Anhieb finden. Sie hatte ihn nur ein einziges Mal benutzt, und es war bereits Nacht gewesen, als sie zusammen mit Michael Tsuyoshi die Station verlassen hatte.

Hinter ihr kam der Rover zum Stehen. Sie hörte, wie der Ausstieg geöffnet wurde.

»Stehen bleiben, oder wir schießen!«, ertönte die Stimme eines Soldaten aus dem Funkempfänger ihres Helms. Sie ignorierte den Befehl, baute darauf, dass die Soldaten zunächst versuchen würden, sie lebendig zu fangen, um die Position des Zugangs zu erfahren.

Glücklicherweise kam der Sturm von hinten, sodass sie nicht dagegen ankämpfen musste, sondern er ihr noch zusätzliche Schnelligkeit verlieh.

Ein Schuss peitschte auf. Die Kugel prallte gut einen Meter neben ihr gegen einen Felsen. Es war nur ein Warnschuss. Damit hatte sie gerechnet.

Knapp die Hälfte der Strecke hatte sie schon hinter sich gebracht, dafür stieg das Gelände nun immer steiler an. Teilweise musste sie die Hände zu Hilfe nehmen, um auf die Felsen zu klettern.

»Sharice, bitte bleib stehen, oder sie töten dich!«, drang Akiros Stimme aus ihrem Lautsprecher. »Diese Männer verstehen keinen Spaß!«

»Verräter!«, rief sie zurück. »Scher dich zur Hölle!« Sie schaltete das Funkgerät aus.

Wieder fiel ein Schuss. Diesmal verfehlte die Kugel sie wesentlich knapper.

Etwa drei Meter neben ihr erhoben sich mehrere große Felsbrocken. Wenn sie die erreichte, würden sie ihr Deckung bieten.

Sie machte einen Sprung darauf zu. Ihre Kraft reichte nicht ganz, doch sie kam hinter einem kleineren Felsen auf, in dessen Schutz sie dicht an den Boden gepresst weiterkriechen konnte.

Erst hinter den großen Brocken richtete sie sich wieder auf und warf einen Blick in die Ebene hinunter. Drei Männer hatten den Rover verlassen, zwei in den Raumanzügen der Invasoren. Der dritte trug einen der in Bradbury verwendeten, leichteren Schutzanzüge. Bei ihm musste es sich um Akiro handeln.

Sein Anblick erfüllte sie mit Wut. Noch vor zwei Tagen hatte er behauptet, sie zu lieben. Und nun arbeitete er mit den Invasoren zusammen und sah tatenlos zu, wie diese versuchten, sie zu töten.

Einer der Soldaten richtete sein Gewehr in ihre Richtung, der zweite hatte sich dem Bradbury-Rover genähert und warf gerade einen Blick ins Innere, um sich zu vergewissern, ob noch jemand darin war, der ihnen in den Rücken fallen könnte.

Sharice zog die erbeutete Pistole aus ihrem Gürtel. Sie hatte gehofft, nicht auf die Waffe zurückgreifen zu müssen, aber ihr schien nichts anderes übrig zu bleiben.

Ein Stück konnte sie in der Deckung der Felsen weiterlaufen, bis zu einem weiteren großen Brocken. Danach jedoch war sie auf eine Distanz von mehreren Metern fast völlig ungeschützt.

Hinter dem Felsen zögerte sie kurz, dann gab sie ungezielt drei Schüsse in Richtung des fremden Rovers ab. Sofort hasteten der Soldat, der dort mit seinem Gewehr lauerte, und auch Akiro los, um hinter dem Fahrzeug Deckung zu suchen. Mit bewaffneter Gegenwehr hatten sie offenbar nicht gerechnet.

Sharice hetzte weiter und feuerte im Laufen einen weiteren Schuss ab. Doch die Soldaten hatten ihr Ablenkungsmanöver nun durchschaut und schossen wieder auf sie. Sharice fiel ein Stein vom Herzen, als sie die nächste Deckung erreichte.

Sie war der Stelle, an der sie den Eingang zur Station vermutete, nun schon ganz nahe.

Durch einen Spalt zwischen zwei Felsen erkannte sie, dass einer der beiden Soldaten ihr nachzuklettern begann, während der andere darauf wartete, dass sie sich aufrichtete und ihm ein sichtbares Ziel bot.

Den Gefallen tat Sharice ihm nicht. Kriechend bewegte sie sich durch eine Art Rinne vorwärts, die zwischen den zerklüftet aufragenden Felsen direkt bis auf das kleine Plateau vor dem Eingang führte.

Zumindest hoffte sie, dass es sich um das richtige Plateau handelte, denn es gab zahlreiche ähnliche an der Flanke des Berges.

Mit bangen Blicken suchte Sharice die Wand nach den Markierungen ab, die sie mit einem Stein eingeritzt hatte. Und wurde von eisigem Schrecken befallen, als sie sie nicht finden konnte. Vor Enttäuschung war sie wie gelähmt.

Aus! Sie hatte nur diese eine Chance gehabt. Die Soldaten würden ihr nicht die Gelegenheit zu einer weiteren Suche geben.

Dann entdeckte sie zwei schwache Kratzer in der Wand, und ihr Herzschlag beschleunigte sich wieder. Sie begriff, dass der Sandsturm die Felsen abgeschmirgelt und ihre frischen Markierungen fast zum Verschwinden gebracht hatte. Nur wenn man genau wusste, wonach man suchte, konnte man sie noch erkennen.

Der Zugang lag direkt vor ihr – doch um an den verborgenen Öffnungsmechanismus zu gelangen, musste sie sich aus ihrer Deckung aufrichten und würde eine hervorragende Zielscheibe abgeben.

Sharice Angelis entschloss sich, alles auf eine Karte zu setzen. Sie gab zwei diesmal sorgsam gezielte Schüsse auf den Rover ab und zwang ihre Gegner abermals in Deckung. Im nächsten

Augenblick federte sie hoch und strich auf der Suche nach dem winzigen Vorsprung, auf den sie drücken musste, mit den Händen über den Felsen.

Schüsse fielen.

Obwohl der Soldat vermutlich ein hervorragender Schütze war, verfehlte er sie. Erneut machte sich ein Phänomen bemerkbar, das Michael und ihr schon im Bauzelt das Leben gerettet hatte: Durch die geringere Schwerkraft des Mars veränderten sich die ballistischen Flugeigenschaften der Kugeln gegenüber einem Planeten mit höherer Gravitation. Diesen Unterschied musste ein Schütze gerade bei einer Präzisionswaffe einkalkulieren, wofür er sich jedoch erst einschießen und nach jedem Schuss neu korrigieren musste.

Endlich fanden ihre Hände den Öffnungsmechanismus und Sharice drückte kräftig darauf. Mit einem leisen Summen schwang der Eingang auf. Sharice schlüpfte hindurch und schlug auf der Innenseite sofort auf den Knopf, der das Tor wieder schloss.

Aufatmend lehnte sie sich einen Moment dagegen, gönnte sich jedoch keine Verschnaufpause.

Für den Moment war sie in Sicherheit, doch dies war nur eine Gnadenfrist. Ihre Verfolger wussten nun, wo sich der Eingang befand, und es war möglich, dass sie auch den Öffnungsmechanismus entdeckten.

Sharice schleppte sich weiter.

***

»He, Jeff!«

Als Michael einen Kollegen vom archäologischen Team, der ganz in der Nähe auf dem Boden kauerte, leise anrief, blickten dieser und auch einige andere Siedler sich irritiert um.

»Michael? Bist du das? Wo steckst du?«

»Hier oben, hinter dem Lüftungsgitter. Hol ein Messer oder sonst was, womit du die Schrauben lösen kannst.«

Der junge dunkelhaarige Mann sprang auf und eilte zu einem der Besteckkörbe.

Vermutlich hätte Michael das Gitter auch mit zwei, drei kräftigen Tritten aus seiner Verankerung lösen können, aber dann hätte es sich nicht mehr einsetzen lassen. So wartete er ungeduldig, bis Jeff einen Tisch unter das Gitter geschoben hatte und darauf stehend die Schrauben herausdrehte.

Dabei berichtete ihm sein Kollege, dass die Gefangenen auch schon mit dem Gedanken gespielt hätten, durch den Lüftungsschacht auszubrechen. Aber was hätte das genutzt? Die Soldaten waren bewaffnet und hatten die Zentrale besetzt. Noch war niemand zu Schaden gekommen, und man wollte keine unnötige Gewalt provozieren.

Endlich öffnete sich das Gitter, und Michael Tsuyoshi ließ sich aus dem Schacht herab.

Sofort bildeten die Siedler eine dichte Traube um ihn und redeten alle zugleich auf ihn ein, sodass er keinen von ihnen wirklich verstehen konnte und lautstark um Ruhe bitten musste.

Er berichtete, was sich ereignet hatte, seit Sharice und er von der Versammlung geflohen waren. Als er von dem bewaffneten Kampf im Bauzelt erzählte, sah er Besorgnis und Skepsis auf den Gesichtern vieler Siedler, die aber in Betroffenheit und offenen Zorn umschlugen, als er erklärte, dass Natasha Angelis bei dem Versuch, die Soldaten aufzuhalten, vermutlich ums Leben gekommen war. Die junge Frau war bei vielen Siedlern äußerst beliebt gewesen; nicht umsonst war sie zur Ratsfrau gewählt worden.

Laute, zornige Rufe nach Vergeltung erklangen, und es dauerte Minuten, bis alle sich so weit beruhigt hatten, dass Michael fortfahren konnte.

Kurz darauf brach erneut Tumult aus, als er zu dem belauschten Gespräch zwischen Commander Jefferson und dem Offizier kam, das er aus dem Gedächtnis möglichst genau wiedergab.

Etliche Siedler glaubten ihm nicht und verlangten Beweise für seine Behauptung. Andere hingegen hatten weniger Zweifel, weil auch ihnen selbst schon Unstimmigkeiten in Jeffersons Erklärungen und dem Verhalten der Invasoren aufgefallen waren. Viele der Jüngeren begriffen als Erste, welche Gefahr ihnen allen im Licht dieser neuen Erkenntnisse drohte. Nun könnten sie nicht länger stillhalten und abwarten, sondern müssten gemeinsam gegen die Invasoren aus dem All kämpfen.

Es fiel Michael nicht leicht, die Gemüter wieder zu beruhigen. Er musste einsehen, dass sein ursprüngliches Vorhaben – die Menschen zu befreien, damit sie die Soldaten durch ihre bloße Anzahl in Bedrängnis brachten – unter diesen Voraussetzungen gefährlich war. Wenn die Siedler Jeffersons Männer nicht nur behinderten, sondern offen angriffen, würde es zu einem Blutbad kommen! Im Nachhinein betrachtet wäre es wohl besser gewesen, mit der Wahrheit noch hinterm Berg zu halten.

Es war nicht leicht, den aufgebrachten Siedlern beizubringen, dass sie sich zumindest vorläufig weiter ruhig verhalten sollten. Bis Sharice mit den Waffen zurückkam und ihre Chancen damit stiegen.

Sharice ... Sorge wallte in Michael Tsuyoshi auf, als er an sie dachte. Er musste schnellstmöglich Kontakt mit ihr aufnehmen, um sie über den Stand der Dinge zu informieren.

Wenige Minuten später befand sich Michael bereits wieder im Luftschacht. Da er auf diesem Weg die Zentrale und die dortige Funkanlage nicht erreichen würde, hatte er seine Pläne kurzfristig geändert.

Vor dem Lüftungsgitter des Raumes, in dem die Soldaten sich einquartiert hatten, verharrte er. Das Zimmer war immer noch leer.

Weil niemand das Gitter von der anderen Seite aufschrauben konnte, blieb Michael diesmal nichts anderes übrig, als Gewalt anzuwenden. Wie erhofft genügten zwei mit aller Kraft ausgeführte Tritte, um das Gitter aus seiner Verankerung zu lösen und in die Tiefe stürzen zu lassen. Dabei verursachte es nicht einmal übermäßig viel Lärm, da es auf einer der ausgelegten Matratzen landete.

Rasch kletterte Michael in den Raum hinab und schob das Gitter unter die Matratzen. Mit etwas Glück würde es nicht sofort auffallen, dass der Schacht an der Decke offen stand.

Er brauchte nicht lange zu suchen, um zu finden, was er brauchte. Auch die Schutzanzüge, die die Soldaten beim Ausstieg aus den Landemodulen getragen hatten, befanden sich hier. Er ergriff einen davon, stopfte ihn in den Luftschacht und stieg selbst hinterher.

Es war lästig, den Anzug ständig vor sich herschieben zu müssen, aber es ging nicht anders. Die Schutzkleidung der Soldaten war deutlich klobiger als die Anzüge der im Laufe mehrerer Generationen immer besser an die Mars-Bedingungen angepassten Siedler. Hätte er ihn bereits im Quartierraum angezogen, hätte er vermutlich gar nicht mehr in den Luftschacht hineingepasst.

Ungeachtet der Schmerzen in den Knien kroch Michael, so schnell er konnte – was für sein Empfinden immer noch viel zu langsam war. Gleich doppelt saß ihm die Zeit im Genick. Sein gefährliches Spiel konnte jeden Augenblick entdeckt werden, und außerdem vergrößerte jede verstreichende Minute die Gefahr für Sharice.

Nach einer Ewigkeit gelangte er schließlich zurück in die Schleusenhalle. Vorsichtig lugte er durch die Öffnung, konnte aber nichts Verdächtiges entdecken. Offenbar war in der Zwischenzeit niemand hier gewesen und hatte das Verschwinden des Offiziers bemerkt.

Michael ließ sich aus dem Luftschacht zurück auf den Boden gleiten. Dann entledigte er sich seiner Kleidung und schlüpfte in den mitgebrachten Schutzanzug. Weitere kostbare Minuten verstrichen, bis er durchschaute, wie er ihn richtig anlegen, alle Verschlüsse schließen und die Sauerstoffzufuhr aktivieren musste. Zuletzt schob er die Pistole in eine der Taschen. Auf sie konnte er bei seinem Vorhaben keinesfalls verzichten.

Ohne länger zu zögern, trat er in die Schleusenkammer, schloss die innere Tür hinter sich und öffnete die äußere.

Der Sandsturm wütete noch immer mit ungebrochener Kraft. Allerdings stellte Michael fest, dass der wesentlich dickere Anzug der Außerirdischen ihn besser schützte als der eigene, der auf der Haut auflag. Gebückt kämpfte er sich gegen den Sturm auf das vorderste Landemodul zu.

Es war ein gewagtes Spiel, aber es mochte eine größere Erfolgsaussicht bieten als der Versuch, die Zentrale zu erreichen.

Michael war darauf gekommen, als er sich in Jeffersons Gedankenwelt versetzt hatte. Der fremde Commander rechnete natürlich damit, dass das erste Ziel der Rebellen die Zentrale war, von der aus sie die Basis unter Kontrolle hatten. Folglich musste er sie besonders gut gesichert haben.

Doch es gab noch eine zweite Möglichkeit, um Funkkontakt mit Sharice aufzunehmen, und Michael hoffte darauf, dass Jefferson darauf nicht kommen würde.

Die Landemodule des fremden Schiffs! Oder, um es mit einem alten Erd-Sprichwort zu sagen: die Höhle des Löwen.

Deshalb war es wichtig für ihn gewesen, sich in den Besitz eines Schutzanzuges der Invasoren zu bringen. Niemand würde auf Anhieb erkennen können, dass er nicht zu ihnen gehörte.

Als er nur noch wenige Schritte von dem Modul entfernt war, ertönte plötzlich eine Stimme in seinem Helm. »He, was ist los? Gibt es irgendwelche Probleme?«

Michael hatte nicht damit gerechnet, dass man ihn ansprechen würde, ehe er das Modul betrat. Was sollte er nun sagen?

Da kam ihm eine Idee.

Er antwortete in Wortfragmenten!

»... Auftrag ... die Station ... -mmander hat ...!«

Und es klappte!

»Mit deinem Funkgerät stimmt was nicht«, kam prompt die Antwort. »Dieser verdammte Sand ruiniert uns die ganze Ausrüstung!«

»... gleich da«, fuhr Michael fort und grinste dabei breit. »... Schleuse!«

Unbeirrt ging er weiter. Er konnte nur hoffen, dass der Navigator an Bord in der Zwischenzeit nicht bei seinem Vorgesetzten nachfragte.

Sein Plan schien tatsächlich aufzugehen. Unbehelligt erreichte er das Modul und der Eingang glitt vor ihm auf.

Michael zögerte nur einen kurzen Augenblick, dann betrat er die »Höhle des Löwen«.

***

Sharice Angelis hatte damit gerechnet, dass sie schon bald in die Station der Alten zurückkehren würde, spätestens am nächsten Tag und in Begleitung des Rates, der diese bedeutsame Entdeckung sicherlich persönlich in Augenschein nehmen würde. Allerdings hätte sie nicht geglaubt, dass ihre Rückkehr schon nach so wenigen Stunden erfolgen würde, und schon gar nicht unter diesen Umständen.

Als sie und Michael Tsuyoshi die Lasergewehre entdeckt hatten, war sie davon erschreckt, aber zugleich auch so fasziniert gewesen, dass sie eines davon ausprobierte. Nachdem sie die schreckliche Wirkung gesehen hatte, war die Faszination schlagartig verflogen und sie war von den Waffen nur noch abgestoßen gewesen.

Dennoch war sie nun hier, um genau diese Lasergewehre zu holen. Weil sie die einzige noch verbliebene Hoffnung im Kampf gegen die Invasoren darstellten. Auch wenn es bedeutete, sie mit der Absicht zu töten einzusetzen.

Der bloße Gedanke daran erfüllte Sharice mit neuem Schrecken. Für sie spielte es keine Rolle, ob es sich bei ihren Feinden um Menschen oder tatsächlich um Außerirdische handelte, wie Michael behauptete. Auf jeden Fall waren es intelligente Lebewesen.

Immer deutlicher wurde ihr bewusst, dass sie auch im Notfall keine der Waffen würde einsetzen können. Als sie sich von Michael zu der Fahrt hierher hatte überreden lassen, war sie davon ausgegangen, dass ihre größten Schwierigkeiten im Durchqueren des Sandsturms liegen würden. Offene Kampfhandlungen waren so ziemlich das Letzte, was sie erwartet hatte.

Stattdessen steckte sie bereits mittendrin. Man hatte auf sie geschossen und versucht, sie umzubringen, aber was viel schlimmer war: Man würde es auch weiterhin versuchen.

Ginge es nur um ihr eigenes Schicksal, hätte Sharice vielleicht schon aufgegeben und sich ihren Verfolgern gestellt. Aber es ging um mehr, um weit mehr. Das Schicksal all ihrer Freunde und Bekannten, womöglich sogar die gesamte weitere Existenz der noch jungen Marszivilisation hing nicht unwesentlich vom Erfolg ihrer Mission ab.

Schon deswegen durfte sie nicht scheitern.

Der Korridor kam ihr länger vor als noch vor ein paar Stunden, aber das war sicherlich nur eine Täuschung. Als sie ihn mit

Michael entlanggegangen war, war sie voller Hoffnung und Optimismus wegen der Aussicht auf ihre Rettung gewesen.

Sharice hatte etwa die Hälfte der Strecke hinter sich gebracht, als ein erneuter Schwächeanfall sie überkam. Wände, Boden und Decke schienen plötzlich in ein giftiges grünes Licht getaucht. Ihr Lauf ging in ein Taumeln über, als es ihr nicht mehr gelang, ihre Bewegungen richtig zu koordinieren. Alles drehte sich um sie und das Schwindelgefühl wurde rasend schnell stärker.

Um nicht zu stürzen, musste Sharice sich an einer Wand abstützen. Wieder war der Anfall heftiger als der vorhergehende. Alles um sie her schien unwirklich zu werden, sich im Grün des rotierenden Gangs aufzulösen.

Am liebsten hätte sie sich auf den Boden gesetzt, die Augen geschlossen und gewartet, bis auch dieser Anfall der unbekannten Krankheit wieder abflaute. Die Gefahr jedoch war zu groß. Sie wusste nicht, wie groß ihr Vorsprung war. Wenn es sich tatsächlich um Nachkommen der Alten handelte, dürfte es sie nicht viel Zeit kosten, den geheimen Öffnungsmechanismus zu finden.

Sie hatte das Gefühl, keine Luft mehr zu bekommen, tastete nach den Verschlüssen des Helms und öffnete sie. Achtlos ließ sie den Helm zu Boden fallen und sog die Luft der Station ein.

Dicht an die Wand gepresst, quälte sie sich weiter, zwang sich, einen Fuß vor den anderen zu setzen. Schweißperlen bildeten sich auf ihrer Stirn. Ihr Herz klopfte wild und ihr Atem ging schwer und keuchend, dennoch ließ sie nicht locker.

Schließlich ebbte das Schwindelgefühl ab. Der Korridor hörte auf, einen wirren Tanz um sie herum aufzuführen, und auch ihr Farbempfinden normalisierte sich wieder.

Sharice Angelis hastete weiter. Sie bemühte sich, die Gedanken an die Krankheit zu verdrängen. Anfangs hatte sie gedacht, es handele sich nur um Schwächeanfälle, doch die Attacken häuften sich und wurden schlimmer; es musste sich um eine ernsthafte Erkrankung handeln.

Noch immer hatte sie mehr als zehn Meter vor sich, als sie in ihrem Rücken das Geräusch hörte, vor dem sie sich die ganze Zeit über gefürchtet hatte: das Geräusch der sich öffnenden Schleuse. Jemand hatte hinter ihr die Station betreten – und eröffnete sofort das Feuer!

***

»Schon wieder ein defektes Funkgerät.« Fast gelangweilt ließ der Mann, der in der Zentrale des Landemoduls vor einem halbkreisförmigen Schaltpult saß, seinen Kontursessel herumschwingen und blickte Michael Tsuyoshi entgegen. Er mochte nach menschlichen Maßstäben ungefähr vierzig Jahre alt sein, hatte dunkles, an den Schläfen leicht angegrautes Haar und ein rundliches, nicht einmal unsympathisch wirkendes Gesicht. »Tauschen Sie es am besten gleich ...«

Seine demonstrativ zur Schau gestellte Langeweile verschwand, als Michael seine Pistole zog und auf ihn richtete. Er erstarrte.

»Was ... was soll das?« Schrecken verzerrte sein Gesicht. »Sie ... sind keiner von uns! Wer sind Sie?!«

Michael nahm seinen Helm ab und starrte den Mann so grimmig an, wie er nur konnte. »Das ist völlig ohne Belang. Viel wichtiger ist die Frage, was ich *will.* Ich weiß, dass Sie unsere Funkfrequenzen kennen. Stellen Sie mir eine Verbindung mit dem Rover her, der Bradbury vor wenigen Stunden verlassen hat.«

Der Navigator zögerte. »Ich glaube nicht, dass Commander Jefferson damit einverstanden –«

»Es ist mir völlig egal, was Commander Jefferson denkt«, fiel

Michael ihm ins Wort und hob die Pistole ein wenig an, sodass sie nun direkt auf das Gesicht des Mannes deutete. »Und Sie machen sich darüber besser auch keine Gedanken, wenn Ihnen Ihr Leben etwas wert ist. Wenn Sie wirklich Menschen wären und von der Erde kämen, hätte ich vermutlich größere Skrupel, nicht aber außerirdischen Eroberern gegenüber.«

Erneut erschrak der Navigator. »Sie wissen ...?«

»Ich weiß noch viel mehr«, bluffte Michael Tsuyoshi, »und ich habe keine Skrupel, alles zu tun, um die Invasion abzuwehren. Und nun stellen Sie die Funkverbindung her. Sofort!«

»Also gut, ich ... ich tue, was Sie verlangen. Aber ich kann nicht versprechen, dass ich bei diesem Sandsturm einen Kontakt herstellen kann. Das Funkgerät an Bord Ihres Fahrzeugs ist nicht besonders stark.«

»Dann sollten Sie zu Ihren Göttern beten, dass es Ihnen gelingt.«

Nur mit Mühe konnte Michael ein zufriedenes Grinsen unterdrücken. So gleichgültig den Außerirdischen das Leben anderer zu sein schien, so feige waren sie offenbar, wenn es um ihr eigenes ging. Dem Argument einer geladenen Waffe hatten sie nichts entgegenzusetzen.

Der Navigator drückte einige Knöpfe auf dem Kommandopult vor sich und berührte verschiedene Punkte eines vermutlich mit Sensorkontakten ausgestatteten Monitors. Rauschen und das charakteristische Knacken und Prasseln von Störgeräuschen drangen aus einem Lautsprecher. Schließlich reichte er Michael einen dünnen, ungefähr fingerlangen Stift.

»Das ist das Mikrofon. Sprechen Sie einfach hinein. Ich konnte einen Kontakt herstellen, aber wie ich befürchtet habe, ist das Signal sehr schwach.«

Während er mit einer Hand weiterhin die Pistole auf ihn gerichtet hielt, nahm Michael Tsuyoshi das Mikro mit der anderen entgegen. Mehrere Minuten lang bemühte er sich vergeblich, Sharice zu erreichen. Sie meldete sich nicht, hatte ihr Funkgerät offenbar ausgeschaltet. Oder der Navigator versuchte ihn zu täuschen und hatte eine falsche Frequenz eingestellt.

Michael war bereits zu dem Entschluss gekommen, seiner Drohung Nachdruck zu verleihen, als er plötzlich doch Sharices Stimme undeutlich aus dem Lautsprecher hörte.

»Michael! Wie …«

»Hör zu, Sharice, ich habe dir etwas Wichtiges zu sagen«, unterbrach er sie. So schlecht, wie die Verbindung war, konnte sie jeden Moment wieder abreißen, sodass er keine Zeit mit langwierigen Erklärungen verschwenden durfte. In aller Eile berichtete er, was er herausgefunden hatte. »Hast du alles mitbekommen?«, erkundigte er sich abschließend.

»Ich … nicht mehr …«, erklang es aus dem Lautsprecher.

»Sharice, hörst du mich noch?«, brüllte er in das kleine Mikrofon, doch es drangen nur noch Rauschen und Knistern aus dem Äther.

»Der Kontakt ist abgerissen«, teilte der Außerirdische ihm mit. »Ich habe es Ihnen ja gesagt, die elektromagnetischen Störimpulse des Sandsturms sind zu stark.«

»Verdammt!«, fluchte Michael und knirschte mit den Zähnen. Er musste sich beherrschen, das Mikrofon nicht in eine Ecke zu schleudern. Wütend gab er es seinem Gegenüber zurück. Er konnte nur hoffen, dass Sharice wenigstens die wichtigsten Informationen verstanden hatte.

»Und was geschieht jetzt?«, fragte der Navigator.

Genau das war die Frage, über die auch Michael Tsuyoshi sich den Kopf zerbrach, doch er brauchte Ruhe zum Nachdenken.

»Ihnen dürfte hoffentlich klar sein, dass auch unsere Leute innerhalb Ihres Stützpunktes den Funkspruch mitgehört haben«, fuhr der Navigator ungerührt fort. »Es kann nicht mehr lange dauern, bis sie hier auftauchen. Geben Sie auf und legen Sie die Waffe nieder, dann sorge ich dafür, dass Ihre Festnahme ohne Blutvergießen vor sich geht.«

Einen Moment lang war Michael versucht, tatsächlich zu resignieren und ihm die Pistole auszuhändigen. Mit einem Mal fühlte er sich unglaublich müde und ausgelaugt.

Er hatte alles getan, was in seiner Kraft stand. Nun hätte er sich am liebsten irgendwo verkrochen, um endlich ein paar Stunden zu schlafen. Es fiel ihm ungeheuer schwer, sich noch zu konzentrieren und die Augen offen zu halten. Die Gedanken drehten sich wirr in seinem Kopf.

Aber wo sollte er hin? Mit einem zumindest hatte der Navigator völlig Recht: Auch Jefferson hatte die Funksendung höchstwahrscheinlich empfangen und bereits Leute geschickt, die ihn festnehmen oder töten sollten. Ihm blieb nur die Wahl, sich entweder zu ergeben oder mit den Soldaten ein Feuergefecht zu liefern. Keine der beiden Aussichten war sonderlich verlockend.

Unwillig schüttelte Michael den Kopf. Was waren das für Gedanken? Wer behauptete denn, dass er hier festsaß? Er hatte bislang einfach nur zu eingleisig gedacht, offenbar eine Folge seiner Erschöpfung.

Möglich, dass er das Landemodul nicht mehr verlassen und auch nicht nach Bradbury zurückkehren konnte, ohne den Außerirdischen direkt in die Arme zu laufen, aber welche Rolle spielte das schon? Schließlich war das Modul selbst ein Fahrzeug, noch dazu eines, das ihn weitaus schneller als jedes andere an jeden gewünschten Punkt bringen konnte.

»Starten Sie!«, befahl er.

Der Navigator blickte ihn fassungslos an. »Was haben Sie gesagt?«

»Sie haben mich schon richtig verstanden.« Michael richtete

die Pistole direkt auf die Stirn des Mannes. »Wenn dieses Modul zwischen Ihrem Raumschiff und einem Planeten hin und her pendeln kann, wird es doch wohl auch für Oberflächenflüge geeignet sein. Also tun Sie, was ich Ihnen gesagt habe, und starten Sie es!«

***

Das peitschende Geräusch des Schusses hallte wie Donner in dem Korridor wider. Die Kugel verfehlte Sharice und traf die Stirnwand des Ganges, von wo sie abprallte, ohne auch nur einen Kratzer zu hinterlassen. Das Material, aus dem die Alten gebaut hatten, war ungeheuer widerstandsfähig, das hatte sich schon an dem Schott gezeigt.

Sharice verschwendete keine Zeit damit, sich umzublicken. Stattdessen begann sie Haken zu schlagen, während sie weiter rannte. Zwei weitere Schüsse fielen, verfehlten sie jedoch gleichfalls.

Gleich darauf hatte sie die Nische vor dem Schott zum Planetarium erreicht und presste sich hinein. Zwar konnte sie hier nicht bleiben, aber zumindest für den Moment war sie in Sicherheit.

Vorsichtig spähte sie um die Ecke. Einer der Soldaten war durch die Schleuse hereingekommen und schoss erneut auf sie. Fast unmittelbar vor ihrem Gesicht traf die Kugel die Wand. Hastig zog Sharice Angelis ihren Kopf zurück.

Sie hob ihre Pistole und gab einen Schuss in Richtung des Soldaten ab. Zwar zielte sie nicht auf ihn, aber dem Eindringling schien erst jetzt bewusst zu werden, dass er im Gegensatz zu ihr keinerlei Deckung hatte, sondern wie auf dem Präsentierteller vor der mittlerweile wieder geschlossenen Schleuse stand. Um ihr ein möglichst schlechtes Ziel zu bieten, ließ er sich flach auf den Boden fallen.

Sharice nutzte den Moment, den er abgelenkt war, um vorzuspringen. Bis zu dem Zugang ins Treppenhaus schräg gegenüber waren es nur knapp drei Meter.

Aber so schnell sie auch war, es reichte nicht. Erneut peitschte ein Schuss, und im gleichen Moment verspürte Sharice ein brennendes Reißen an ihrem linken Oberarm. Sie schrie auf, kam aus dem Gleichgewicht und stolperte. Dennoch schaffte sie es irgendwie, mit der Hand auf den roten Knopf neben dem Schott zu schlagen. Ein weiterer Schuss verfehlte sie nur knapp, während sie durch die sich öffnende Tür taumelte.

Hinter ihr glitt das Schott wieder zu, doch schon nach wenigen Sekunden öffnete Sharice es erneut und gab einen Schuss auf den Soldaten ab. Der war gerade aufgesprungen, um die Verfolgung fortzusetzen, warf sich nun aber hastig wieder zu Boden.

Sharice hoffte, dass ihr dies einen kleinen Vorsprung verschaffen würde. Der Soldat musste damit rechnen, dass sie erneut feuerte. Entsprechend vorsichtig würde er sein.

Erst jetzt kümmerte sich Sharice um ihre Verletzung. Glücklicherweise handelte es sich nur um einen Streifschuss. Die Kugel hatte ihren Schutzanzug und die Haut darunter aufgerissen, aber nicht sehr tief. Obwohl die Wunde höllisch brannte, war sie nicht gefährlich und blutete auch nicht übermäßig stark. Nur der Schmerz machte Sharice zu schaffen.

Trotzdem vergeudete sie keine Zeit. Es ging um ihr nacktes Leben und außerdem um die Zukunft von Bradbury. Sie wusste nicht einmal, wie viele Kugeln sich noch in der Pistole befanden. Viele konnten es nicht mehr sein. Auf jeden Fall brauchte sie eines der Lasergewehre, um sich den Verfolger vom Leib zu halten.

So schnell sie konnte, hastete sie die Treppe hinab. Als sie das untere Ende erreichte, hörte sie, wie über ihr das Schott geöffnet wurde. Ungezielt gab sie einen weiteren Schuss ab, obwohl sie den Soldaten nicht einmal sehen konnte, nur um ihn abzuschrecken. Anschließend öffnete sie die Tür zum eigentlichen Hauptteil der Station.

Er hatte sich verändert.

Im ersten Moment glaubte Sharice Angelis ihren Augen nicht zu trauen, dann dachte sie an eine Täuschung, einen Streich, den ihr Gedächtnis ihr spielte.

Nichts davon traf zu.

Sie war sich völlig sicher, dass die Wände des Ganges vor ihr beim ersten Besuch so weiß wie die im oberen Stockwerk gewesen waren.

Nun jedoch waren sie dunkelgrau, fast schwarz, eine Farbe, die an nasse Felsen erinnerte. Obwohl auch jetzt Licht aus indirekten Quellen drang, wirkte alles viel dunkler und abschreckender.

Ein, zwei Sekunden lang stand Sharice wie erstarrt da, dann wurde sie sich wieder der Gefahr bewusst, in der sie schwebte. Hinter ihr polterten schwere Schritte die Treppe herunter.

Rasch trat sie einen Schritt vor und in den Korridor hinein, sodass sich das Schott hinter ihr schließen konnte. Über die veränderte Farbe der Wände konnte sie sich später noch Gedanken machen.

Wenigstens hatte sich am Grundriss der Station nichts geändert. Sie war wie ein T geformt, wobei sie sich derzeit genau am Kreuzungspunkt der Korridore befand, von denen zahlreiche Türen abzweigten. Der Gang ihr gegenüber führte zu dem verschütteten Stollen, durch den Michael und sie in die Station eingedrungen waren. Der Schrank mit den Lasergewehren befand sich an der Kopfseite des nach rechts führenden Ganges.

Ohne länger zu zögern, lief Sharice in diese Richtung. Links von ihr befanden sich Türen, die zu den Unterkünften der ehemaligen Bewohner dieser Station führten. Auf der rechten Seite waren weitere Schränke in die Wand eingelassen, in denen diese wohl einst ihre persönlichen Sachen aufbewahrt hatten.

Sharice kümmerte sich nicht darum. Für sie zählte nur der Schrank am Kopfende. Schwungvoll riss sie die Tür auf, als sie ihn erreichte.

Auf Halterungen ruhten darin fast zwei Dutzend Lasergewehre. Es handelte sich um rötliche Rohre, ungefähr armdick und etwa einen halben Meter lang. Ihre Gefährlichkeit und Vernichtungskraft war ihnen nicht anzusehen. Sie wirkten fast harmlos.

Sharice packte eines davon und fuhr herum, als hinter ihr das Schott aufglitt.

* * *

Der Start verlief völlig anders, als Michael Tsuyoshi erwartet hatte. Der Motor war zwar deutlich zu hören, aber so gedämpft, dass man sich immer noch unterhalten konnte, ohne schreien zu müssen.

Da es keinen weiteren Sitz in der Zentrale des Landemoduls gab, hatte er sich in einer Ecke auf den Boden gesetzt, wo er sich gut an verschiedenen Geräten festhielt und gleichzeitig den Navigator im Visier behalten konnte. Dieser hatte ihn mit einem herablassenden Lächeln bedacht, und mittlerweile wusste Michael auch wieso. Es hatte beim Start keinerlei Erschütterungen gegeben, lediglich beim Abheben war ein leichter Ruck zu spüren gewesen.

Im ersten Moment hatte Michael nicht einmal begriffen, dass sie bereits gestartet waren, dann überfiel ihn trotz des Ernstes der Situation ein fast euphorisches Hochgefühl. Seine Vorfahren waren einst aus dem Weltall gekommen, doch seit der Bruchlandung der BRADBURY hatte niemand mehr den Boden des Roten Planeten verlassen. Ein bisschen konnte er nachvollziehen, wie sich in der Frühzeit der Erde die Menschen gefühlt haben mussten, die sich mit experimentellen Fluggeräten in die Lüfte erhoben hatten – auch wenn diese Flüge meist nur von kurzer Dauer gewesen waren und oft tödlich geendet hatten.

»Ich bin gestartet, wie Sie es verlangt haben«, holte die Stimme des Navigators Michael wieder auf den Boden der Tatsachen zurück. »Und wo soll ich jetzt wieder landen?«

Michael überlegte kurz. Eigentlich hatte er vorgehabt, sich zu der Station der Alten fliegen zu lassen und Sharice dort gegen ihre Verfolger beizustehen. Nun jedoch kam ihm eine neue Idee, die so phantastisch anmutete, dass sie sicherlich noch von seiner Euphorie beeinflusst wurde.

Was nutzte ihnen der ganze Kampf hier unten auf dem Mars? Wenn der falsche Commander Jefferson merkte, dass ihm die Situation aus der Hand glitt, konnte er jederzeit Verstärkung anfordern. Oder er warf gleich selbst ein paar Bomben auf Bradbury ab und machte die Siedlung dem Erdboden gleich, damit seine Leute anschließend ganz ungestört die Hinterlassenschaften ihrer Vorfahren untersuchen konnten.

Wenn er wirklich etwas erreichen wollte, so wurde Michael Tsuyoshi klar, konnte er dies nur auf der USSF CLARKE. Falls es ihm gelang, das Schiff in seine Gewalt zu bringen, besaß er ein in jeder Hinsicht gewichtiges Druckmittel.

Und was hatte er schon zu verlieren, außer seinem eigenen Leben? Und das war ohnehin nicht mehr viel wert, wenn die Außerirdischen sich tatsächlich zu einem Angriff entschließen sollten.

»Bringen Sie mich auf Ihr Mutterschiff!«, befahl er.

»Das ... das ist nicht Ihr Ernst!« Der Navigator drehte sich um und starrte ihn fassungslos an. »Man wird Sie sofort festnehmen oder sogar töten.«

»So? Wie viele von euch sind denn noch an Bord?«

Erst sah es aus, als würde der Navigator antworten, doch dann schüttelte er den Kopf. »Das werde ich nicht sagen.«

»Aha.« Michael nickte verstehend. »Nicht mehr viele also. Hätte mich auch gewundert.«

»Sie haben keine Chance!«

»Das Risiko muss ich wohl eingehen. Schließlich geht es um das Überleben meiner Kolonie.« Michael überlegte kurz, dann fuhr er fort: »Ich weiß nicht, was bei euch Aliens Ehre oder ein gegebenes Versprechen gelten. Aber ich versichere Ihnen, dass ich eine Lösung des … *Problems* ohne Blutvergießen auf beiden Seiten vorziehe. Wenn Sie kooperieren, helfen Sie damit auch Ihren Kameraden. Alles was wir wollen, ist hier in Frieden zu leben.«

»Sie sind verrückt.« Der Ausdruck von Fassungslosigkeit im Gesicht des Außerirdischen vertiefte sich noch.

»Lassen Sie das meine Sorge sein und tun Sie, was ich Ihnen sage.« Erneut richtete Michael die Pistole auf ihn, die er zuletzt etwas hatte sinken lassen. »Steuern Sie das Mutterschiff an und bitten Sie um Andockerlaubnis. Wenn Sie keinen Fehler machen, kommen wir beide lebend aus dieser Sache heraus …«

* * *

Anders als Sharicc gehofft hatte, trat der Soldat nicht aus dem Durchgang heraus, als sich das Schott öffnete, sondern blieb in seinem Schutz stehen und blickte sich um.

Vermutlich hatte sie ihr Leben nur der Tatsache zu verdanken, dass er zunächst in die andere Richtung blickte, denn erst jetzt wurde ihr mit Entsetzen klar, dass sie ohne jede Deckung mitten im Korridor stand.

Sie gewann wertvolle Zehntelsekunden, bis er den Kopf in

ihre Richtung wandte. Wie in Zeitlupe sah sie, dass er sein Gewehr herumschwenkte, doch da hatte sie die Laserwaffe bereits auf ihn gerichtet und ihr Zeigefinger berührte den Sensorknopf am Griff.

Ein dünner, ungeheuer fein gebündelter Lichtstrahl schoss auf den Soldaten zu und dicht an seinem nur halb im Durchgang sichtbaren Oberkörper vorbei.

Sie hatte geplant, den Verfolger nur zu entwaffnen, und tatsächlich traf der grelle Lichtstrahl sein Gewehr und durchtrennte den massiven Stahl des Laufs binnen Sekundenbruchteilen. Im nächsten Moment jedoch trat der Soldat einen hastigen Schritt vor, um sein Schussfeld zu vergrößern – und der Strahl berührte ihn und brannte eine flammende Linie durch seinen Brustkorb.

Erst jetzt gelang es Sharice, ihren Finger voller Entsetzen wieder von dem Sensorknopf zu lösen. Der Strahl erlosch. Alles hatte nicht einmal eine Sekunde gedauert.

Der Griff des ohnehin nutzlos gewordenen Gewehrs entglitt den Händen des Soldaten. Sharice war froh, dass sie sein Gesicht hinter dem verspiegelten Visier des Helms nicht sehen konnte, als er zusammenbrach und reglos liegen blieb. Vermutlich war er schon tot gewesen, bevor er auf dem Boden aufschlug.

Sekundenlang blieb sie einfach nur stehen und starrte zu seinem Leichnam hinüber. Die Gedanken überschlugen sich in ihrem Kopf, ohne dass einer davon Sinn zu ergeben schien. Alles was sie fühlte, war eine schreckliche, saugende Leere.

Obwohl er ihr Feind war, hatte sie den Mann nicht töten wollen, aber alles war so unglaublich schnell gegangen. Ein Sekundenbruchteil hatte ausgereicht, sein Leben zu beenden.

Sharice bemerkte, dass sie am ganzen Körper zu zittern begonnen hatte. Der Schrecken über ihre Tat schwappte wie eine Woge über sie hinweg.

Sie erwachte erst wieder aus ihrer Erstarrung, als sich – wie schon beim ersten Probeschuss vor vielen Stunden – eine Klappe in der Wand öffnete und mit leisem Rasseln ein kastenförmiges schwarzes Fahrzeug, das ihr nicht einmal bis zu den Oberschenkeln reichte, auf Raupenketten daraus hervorkam.

Diesmal jedoch vermochte ihr das sonderbare Ding keinen Schrecken einzujagen, da sie wusste, dass es sich nur um einen Reparaturroboter handelte. Bevor sie den Soldaten getroffen hatte, hatte der Laserstrahl eine mehrere Zentimeter lange und tiefe Narbe in die Wand am anderen Ende des Korridors gebrannt.

Der Roboter begann sofort damit, den Schaden auszubessern. Um den Leichnam kümmerte er sich nicht.

Langsam, wie in Trance, ging Sharice auf den Toten zu. Obwohl sie sich davor ekelte, hielt sie noch immer das Lasergewehr umklammert, als müsse sie sich daran festhalten.

Als sie den Soldaten fast erreicht hatte, verspürte sie erneut Schwindel in sich aufsteigen. Alles wurde grün und schien sich um sie zu drehen.

Auch diesmal war der Anfall wieder heftiger als die vorherigen. Sie konnte sich nicht mehr auf den Beinen halten. Mit letzter Kraft gelang es ihr, sich an der Wand abzustützen, an der entlang sie zu Boden sank, bis sie zusammengekrümmt liegen blieb. Schweiß rann über ihr Gesicht, und alles verschwamm vor ihren Augen, als würde die Welt um sie herum plötzlich jegliche Stabilität verlieren.

Obwohl es sich wohl nur um Sekunden handelte, kam es ihr wie eine Ewigkeit vor, bis der Anfall endlich verebbte. Keuchend quälte sie sich wieder auf die Beine.

Gleich darauf erstarrte sie erneut, als ihr Blick auf die Wand rechts neben dem Durchgang zum Treppenhaus fiel.

Als sie auf der Flucht vor ihrem Verfolger in den Korridor gestürmt war, hatte sie nicht einmal in diese Richtung geblickt, sondern sich sofort dem Waffenschrank zugewandt. Nun aber sah sie deutlich das Schott, das sich wenige Meter neben dem anderen in der Wand befand.

Und so, wie sie sich sicher war, dass die Wände der Gänge bei ihrem ersten Besuch weiß gewesen waren, so sicher war sie sich auch, dass dieses Schott vor einigen Stunden noch nicht da gewesen war!

***

Michaels euphorisches Gefühl darüber, der erste Bewohner des Mars zu sein, der seinen Heimatplaneten verließ, um ins All hinaus zu reisen, hielt noch geraume Zeit an. Dabei bekam er von dem Flug eigentlich kaum etwas mit.

Während des Starts und in der ersten Zeit danach war wegen des Sandsturms auf den Bildschirmen praktisch nichts zu sehen gewesen. Und auch später, als sie die höheren Schichten der Atmosphäre erreichten, hatte er nur Dunkelheit unter dem Modul gesehen, so wie die Dunkelheit des Weltraums darüber.

Er war aufgestanden und hinter den Navigator getreten. Mehrfach hatte dieser versucht, ihn in ein Gespräch zu verwickeln und von seinem Plan abzubringen, bis Michael ihm befohlen hatte, endlich den Mund zu halten.

Ihm fiel auf, dass er nicht einmal den Namen des Mannes kannte, doch er fragte auch nicht danach. Was bedeutete schon ein Name? Lieber war es ihm, die Außerirdischen als eine anonyme Gruppe zu betrachten. Auch Jefferson hieß mit Sicherheit nicht wirklich so, sondern hatte sich diesen terranischen Namen nur als Tarnung zugelegt.

Fast eine halbe Stunde lang beobachtete Michael Tsuyoshi jeden Handgriff des Navigators genau. Die Steuerung des kleinen Raumschiffs schien überraschend einfach zu sein. In erster

Linie lenkte man es über einen kaum mehr als handlangen, aus dem Schaltpult ragenden Griff, der sich frei in jede Richtung bewegen ließ.

»Soll ich jetzt Funkkontakt aufnehmen?«, brach der Navigator schließlich das Schweigen.

Michael nickte. »Ja, aber vergessen Sie nicht: Kein falsches Wort! Melden Sie, Commander Jefferson würde Sie schicken. Sie hätten Material an Bord, das unverzüglich untersucht werden müsste. Haben Sie verstanden?«

»Aber ...«

»Richten Sie genau das aus! Ich rate Ihnen, dabei möglichst glaubhaft zu wirken«, unterbrach Michael ihn scharf. »Es wäre besser für Ihre Gesundheit. Ich nehme an, Sie haben Bildfunk?«

»Ja.«

Michael trat ein paar Schritte zur Seite und presste sich in eine Ecke der kleinen Steuerzentrale, wo er nicht von der Kamera erfasst werden konnte.

»Also los. Keine Tricks! Es geht um unser beider Leben.«

Der Navigator stellte den Funkverkehr her und richtete aus, was Michael ihm aufgetragen hatte. Die Angst verlieh ihm ein durchaus passables Schauspieltalent.

Sein Gegenüber, den Michael nicht erkennen konnte, weil er sonst ebenfalls zu sehen gewesen wäre, schien sich mit den Erklärungen zufriedenzugeben und beendete schließlich den Kontakt. Aufatmend ließ sich der Navigator in seinem Sitz zurücksinken.

»Ausgezeichnet«, sagte Michael Tsuyoshi und trat wieder vor. Er blickte auf einen der Bildschirme, auf dem winzig klein das Mutterschiff der Außerirdischen zu erkennen war, die angebliche USSF CLARKE. Es war von länglicher Form mit zahlreichen seitlichen Auswüchsen und einer etwas abgesetzt liegenden Antriebssektion am Heck. »Wie lange brauchen wir noch?«

»Etwa eine Viertelstunde Ihrer Zeitrechnung. Hören Sie, ich weiß nicht, was genau Sie vorhaben, aber –«

»Dann zerbrechen Sie sich darüber auch nicht den Kopf«, fiel ihm Michael ins Wort, darum bemüht, sich seine Nervosität nicht anmerken zu lassen.

Denn sein angebliches Bemühen um eine für beide Seiten friedliche Lösung, das wusste er genau, bot so gut wie keine Aussicht auf Erfolg. Dafür lagen die Trümpfe zu klar auf der Seite der Außerirdischen. Selbst wenn diese Invasionsarmee abzog, würde bald die nächste kommen. Auf Dauer konnten die Siedler nicht gewinnen.

Es gab nur einen Weg, die Bedrohung wirklich zu bannen – vorausgesetzt, die Außerirdischen hatten ihren Heimatplaneten noch nicht über die Entdeckungen auf dem Mars informiert. Aber dieser Weg bedeutete eine Reise ohne Wiederkehr …

Michael hatte noch nicht die geringste Ahnung, wie er vorgehen würde. Alles hing davon ab, welche Situation sich nach der Landung ergab. Doch wenn es ihm gelingen sollte, bis in die Waffenkammer der CLARKE vorzudringen, wo die Bomben lagerten …

Michael versuchte sich erst gar nicht auszurechnen, wie niedrig seine Chancen auf einen Erfolg standen. Trotzdem beobachtete er weiterhin aufmerksam jeden Handgriff des Navigators. Für den hoffnungslos optimistischen Fall, dass es ihm gelang, mit dem Landemodul zurückzukehren …

Tief in seinem Inneren wusste er natürlich, dass es keine Rückkehr für ihn geben würde. Er hatte es mit einer völlig fremdartigen Technik zu tun. Es konnte ihm niemals gelingen, das Modul wieder zu starten und heil auf dem Mars zu landen. Aber diesen Preis war er gerne bereit zu zahlen, wenn er alle anderen dadurch retten konnte.

Allmählich wuchs das Schiff auf dem Bildschirm heran, und

im gleichen Maße sanken Michaels Hoffnungen, seinen Plan tatsächlich ausführen zu können. Das fremde Raumschiff war ein Gigant, weit mehr als hundert Meter lang, die beiden Schubdüsen der Antriebssektion an seinem Heck nicht einmal mitgerechnet. Wie konnte er ernsthaft glauben, diesem Koloss nur mit einer Pistole bewaffnet ernsthaften Schaden zufügen zu können?

Sie näherten sich dem Schiff von schräg hinten. Der Kurs führte dicht an den gewaltigen Schubdüsen vorbei, von denen jede einzelne größer war als das gesamte Modul.

Und plötzlich wusste Michael Tsuyoshi, was er zu tun hatte!

Alle Gedanken über ein Andocken und einzelkämpferische Sabotageakte waren Unsinn gewesen, etwas, mit dem er sich selbst zu täuschen und sich aller Wahrscheinlichkeit zum Trotz eine winzige Hoffnung auf ein eigenes Überleben zu bewahren versucht hatte.

Er verfügte über eine weitaus wirkungsvollere und tödlichere Waffe als nur die Pistole!

Ohne noch weiter zu überlegen, packte er sie am Lauf und hämmerte sie dem Navigator wuchtig gegen die Schläfe. Ohne einen Laut von sich zu geben, brach der Außerirdische bewusstlos zusammen. Mit einem Ruck zerrte Michael ihn aus seinem Sitz, nahm selbst darauf Platz und griff nach dem Steuerknüppel.

Er wäre niemals in der Lage gewesen, irgendwelche komplizierten Manöver auszuführen, aber für sein Vorhaben reichte schon eine winzige Korrektur des Kurses und etwas mehr Schub.

Nein!, gellte plötzlich eine Stimme in seinem Kopf, während das Modul seine bisherige Flugbahn änderte, die es dicht an der rechten der beiden riesigen Antriebsdüsen vorbeigeführt hätte – dem empfindlichsten Teil eines jeden Schiffes, wo sich genügend Energie ballte, um auch einen Giganten wie diesen zu zerreißen.

Nein, das darf nicht sein!, hämmerte die fremde Stimme. Es waren keine Worte, die er hörte, eher Sinneseindrücke, die aber ebenso verständlich waren, als ob sie ausgesprochen würden. *Der Tod ist keine Option!*

Michael verspürte einen stechenden Schmerz in seinem Schädel. Wirre Bilder und Sinneseindrücke stürmten auf ihn ein, überlagerten den Anblick der Steuerzentrale mit dem Bildschirm, auf dem der Schiffsantrieb, auf dessen Zentrum er zuraste, schnell größer wurde.

Alles um ihn herum war mit einem Mal grün. Der Schmerz in seinem Kopf wurde schlimmer und schlimmer, steigerte sich zu purer Agonie.

Nein!, hörte er noch einmal den gellenden Schrei, der *in ihm* aufklang, dann hatte das Modul das Innere der Schubdüse erreicht.

Ein gewaltiger grüner Blitz löschte Michael Tsuyoshis Denken aus.

***

Fassungslos starrte Sharice Angelis das Schott an. Mit aller Gewalt versuchte sie sich die Erinnerung an ihren ersten Besuch der Station wieder ins Gedächtnis zu rufen, jede Kleinigkeit.

Es blieb dabei, das Schott war nicht da gewesen. Ohne jeden Zweifel würde sie sich daran erinnern, vor allem, weil es hier nicht den üblichen roten Knopf zum Öffnen gab. Stattdessen prangte neben dem Schott eine winzige Schalttafel mit neun verschiedenfarbigen Tasten an der Wand. Allerdings war die mittlere davon, die zudem ein wenig größer als die anderen war, rot.

Sharice zögerte nur kurz, dann siegte ihre Neugier. Entschlossen drückte sie auf die rote Taste.

Nichts geschah. Das Schott blieb geschlossen.

»Mist«, murmelte sie vor sich hin.

Sie hegte die vage Hoffnung, dass die mysteriöse Tür einen weiteren Ausgang verbarg. Angesichts der Tatsache, dass draußen immer noch Akiro Braxton und ein zweiter Soldat lauerten, hätte sie einen weiteren, bislang unentdeckten Fluchtweg gut brauchen können.

Ein leises Geräusch riss Sharice aus ihren Gedanken. Es kam vom Treppenhaus her, und sie hatte es nur hören können, weil der Durchgang noch immer geöffnet war, den der Leichnam des Soldaten blockierte.

Das Geräusch war das Aufgleiten des anderen Schotts am oberen Ende der Treppe gewesen. Allem Anschein nach war nun auch der zweite Soldat in die Station eingedrungen, und vermutlich wartete die Verstärkung aus dem anderen Rover bereits vor dem Eingang.

Verzweifelt überlegte Sharice, was sie tun konnte. Wahrscheinlich würde sie auch diesen Eindringling mit dem Lasergewehr töten können, am einfachsten schon während er die Treppe herunterkam, auf der er keine Deckung hatte. Aber sie wusste, dass sie dazu nicht in der Lage sein würde. Noch ein lebendes Wesen mit dieser fürchterlichen Waffe umzubringen, egal ob es sich um einen Menschen oder einen Außerirdischen handelte, dazu fehlte ihr die Kraft.

Sie wollte und durfte sich auf keinen weiteren Kampf mehr einlassen. Irgendwie musste sie ihre Gegner überrumpeln.

Schon waren Schritte auf der Treppe zu hören, als ihr eine Idee kam. Mit einem Satz sprang sie über den Leichnam des Soldaten hinweg, huschte ins Treppenhaus und zwängte sich in die Nische unter den Stufen des letzten Treppenabsatzes.

Die Schritte kamen näher, waren nun direkt über ihr. Sie konnte hören, dass es sich um mindestens zwei Personen handelte. Das erschwerte ihr Vorhaben beträchtlich, machte es aber nicht unmöglich.

Vorsichtig spähte sie hinter einer der Stufen hervor. Die beiden Männer hatten den Fuß der Treppe erreicht. Wie nicht anders zu erwarten, trugen sie die klobigen Raumanzüge der Invasoren. Sie waren vor dem Leichnam ihres Kameraden stehen geblieben und überlegten wohl, wie sie in den Gang eindringen konnten, ohne ebenfalls erschossen zu werden. Bislang hielt nur einer von ihnen eine Pistole in der Hand.

Sharice beschloss, nicht länger zu warten, sonst drehte sich einer der Männer noch um. Gerade wollte sie den Soldaten zurufen, sie sollten die Waffen fallen lassen, als derjenige mit der Pistole an seinen Helm griff und ihn abnahm.

Obwohl sie ihn nur schräg von hinten sehen konnte, erkannte Sharice ihn sofort.

»Michael?!«, stieß sie verblüfft hervor.

***

Schmerz.

Alles was er empfand, war Pein, eine so grausame Pein, wie er sie noch niemals zuvor verspürt hatte. Dabei besaß er nicht einmal einen Körper, nur Bewusstsein.

Haltlos trieb er durch das Nichts. Um ihn herum war eine grenzenlose Leere, in der nur der Schmerz real war.

Wo war er? Undeutlich erinnerte er sich daran, dass er gestorben war. War dies der Tod? Vielleicht das, was in manchen Religionen als Fegefeuer bezeichnet wurde, eine ewige, unermessliche Qual?

Er wusste es nicht. Er wusste nicht einmal, wer er war.

Die Leere um ihn herum begann sich zu verändern. Licht wurde geboren, grünes Licht, das ihn einhüllte.

Und dann war da auch noch etwas anderes. Fremdartige Formen, die um ihn tanzten, Visionen, Bilder. Aber es waren zu viele gleichzeitig, um sie zu erkennen, denn sie überlappten sich wie Hunderte verschiedener Lichtbilder, die man übereinander legte.

Nur ganz allmählich gewannen einzelne der Bilder an Substanz und wurden deutlicher, doch sie wechselten in rasend schneller Folge. Es gelang ihm nur wenige davon so klar aufzunehmen, dass sie in seinem Bewusstsein hängen blieben.

Er sah Menschen, die sich bemühten, einen verschütteten Gang frei zu legen. Und an dessen Ende ...

Das Bild verschwand zu schnell, als dass er erkennen konnte, was sie am Ende dieses Ganges erwartete. Zurück blieb nur ein vages, unerklärliches Gefühl von Furcht und Schrecken.

Ein anderes Bild erschien. Es zeigte Menschen, die sich in einem Korridor an einen Mann heranschlichen, der in eine schwarze Uniform gekleidet war, und ihn überwältigten.

Ein weiteres Bild. Eine dunkelhaarige Frau in einem anderen Korridor. Aus einer Waffe schoss sie einen Lichtblitz auf eine Gestalt ab.

Sharice.

Der Name entstand ganz plötzlich in seinem Geist.

Sharice, *wiederholte er noch einmal, als wäre das Wort eine Kostbarkeit, an die er sich klammern wollte. Vielleicht ein Orientierungspunkt in der namenlosen Fremde, die ihn umgab.*

Etwas griff nach ihm. Etwas wie ein Sog, der ihn erfasste und mit sich fortriss, direkt hin durch die wirbelnden Bilder.

Und dann ...

* * *

»Ich bin gestartet, wie Sie es verlangt haben«, holte die Stimme des Navigators Michael wieder auf den Boden der Tatsachen zurück. »Und wo soll ich jetzt wieder landen?«

Michael überlegte kurz. Er verspürte ein merkwürdiges Gefühl der Benommenheit. *Etwas stimmt nicht.* Der Gedanke war plötzlich in seinem Kopf, aber zu flüchtig, als dass er sich darauf konzentrieren konnte. Gleich darauf hatte er ihn wieder vergessen.

Ihm kam die flüchtige Idee, immer höher zu steigen, bis ins Weltall, vielleicht bis zu dem Schiff der Außerirdischen. Wenn es ihm gelang, es zu zerstören oder wenigstens schwer zu beschädigen …

Er verdrängte den Gedanken. Das war nicht mehr als ein Hirngespinst. Wenn sie den Kampf hier auf dem Mars gewonnen hatten, konnte er vielleicht mit einer kleinen Kampftruppe der Siedler versuchen, das Mutterschiff anzugreifen, aber das war Zukunftsmusik.

»Wir fliegen zu der Ausgrabungsstelle, zu der Station, an der Ihr Volk so interessiert ist«, erklärte er.

Auf einem kleinen Monitor blendete der Navigator eine Karte der näheren Umgebung ein. Michael zeigte ihm mit dem Finger den Ort, zu dem er wollte.

Sharice dürfte inzwischen dort eingetroffen sein, falls die Verfolger sie nicht unterwegs eingeholt und zum Halten gezwungen hatten. Mehr als vier Stunden waren seit ihrem Aufbruch vergangen, genug Zeit, um ihr Ziel …

Michael stutzte. Vier Stunden? Die Zeit, die er seither in Bradbury verbracht hatte, kam ihm wesentlich kürzer vor. Doch auch dieser Gedanke entglitt ihm, bevor er ihn richtig zu fassen bekam.

Der Flug verlief unspektakulär. Gelegentlich erschütterten einige besonders heftige Böen das Landemodul, doch es dauerte nicht lange, bis sie in ein Gebiet gelangten, in dem der Sturm merklich an Kraft verlor.

Nach nicht einmal einer Viertelstunde erreichten sie ihr Ziel. Hier waren nur noch leichte Ausläufer des Sandsturms zu spüren, sogar die Sicht war einigermaßen klar. Hell standen die beiden Monde am Himmel und beleuchteten die Landschaft.

»Dort, die beiden Rover!«, rief Michael und deutete auf den großen Sichtschirm vor dem Steuerpult. Das Fahrzeug der

Außerirdischen und Sharices Rover standen dicht nebeneinander. »Landen Sie möglichst nahe bei ihnen!«

Das Landemodul sank tiefer und setzte kurz darauf mit einem Ruck auf. Das Wummern des Antriebs erstarb.

»Endstation«, kommentierte Michael. »Zeit zum Aussteigen. Wo befinden sich die Raumanzüge?«

»Es sind keine mehr an Bord«, behauptete der Navigator, doch ein Funkeln in seinen Augen verriet Michael, dass er log.

»Nun, dann werde ich allein gehen. Natürlich kann ich Sie nicht einfach zurücklassen, also muss ich Sie wohl erschießen.«

»Halt, warten Sie, ich ... In dem Spind direkt hinter Ihnen befindet sich ein Anzug.«

Michael öffnete die Tür, untersuchte den Anzug rasch, ob zur Ausrüstung auch eine Waffe gehörte, und warf ihn dem Navigator dann zu. Resignierend ergab sich der Mann in sein Schicksal und streifte die klobige Schutzkleidung über.

Michael ließ ihn vorausgehen, als sie das Landemodul verließen. Zwei Gestalten standen bei den beiden Rovern: einer der Soldaten und Akiro, der an seinem deutlich leichteren Schutzanzug leicht zu erkennen war.

Trotz der auch hier noch wirbelnden Sandschleier entdeckte Michael Tsuyoshi den zweiten Rover der Außerirdischen, der sich ihnen aus Richtung des Camps näherte. Ihm blieb nicht viel Zeit. Stumm stieß er seinem Begleiter die Pistole in den Rücken und bedeutete ihm auf diese Art, schneller zu gehen.

»Die Eingeborene hat die Station bereits betreten«, ertönte die Stimme des Soldaten in Michaels Helm. Er kam ihnen ein paar Schritte entgegen. »Wir konnten sie nicht daran hindern, aber –«

Er kam nicht zum Weitersprechen. So fügsam sich der Navigator aus Angst um sein Leben bislang gezeigt hatte – jetzt, da er nicht mehr allein war, erwachte mit einem Mal der Mut in ihm.

»Vorsicht, er ist einer von denen!«, brüllte er, während er sich gleichzeitig zur Seite warf.

Der Soldat reagierte mit ungeheurer Schnelligkeit und riss sein Gewehr hoch, doch noch bevor er auf Michael Tsuyoshi anlegen konnte, drückte dieser ab. Seine Kugel fuhr dem Außerirdischen in die Brust, doch es spielte keine Rolle, wo sie ihn traf. Da sie den Schutzanzug aufriss, musste jeder Treffer zwangsläufig tödlich sein.

Entsetzt schnellte Akiro herum, stürmte davon und ging hinter einem der Rover in Deckung. Michael hätte zu gerne mit ihm abgerechnet, aber dafür blieb ihm weder die Zeit, noch wollte er sich in Selbstjustiz üben. Er wandte sich dem Navigator zu, der nach seinem gescheiterten Versuch in Erwartung des sicheren Todes am Boden hockte.

Mit einem Ruck zog Michael ihn hoch. »Verdammter Narr«, zischte er. »Noch so eine Dummheit und nichts wird dich mehr retten. Los jetzt, weiter!«

Der Außerirdische beeilte sich so sehr, dass Michael Mühe hatte, mit ihm Schritt zu halten. Während sie die Steigung der Felswand hinaufkraxelten, warf er immer wieder besorgte Blicke in Richtung des sich nähernden Rovers, kam jedoch zu dem Schluss, dass das Fahrzeug noch zu weit entfernt war, um sie einholen zu können.

Auch hatte er keine Mühe, den verborgenen Eingang zu finden. Nach einem Druck auf den Öffnungsmechanismus glitt das wie ein Stück Fels aussehende Schott zur Seite.

Bevor sie eintraten, hob Michael Tsuyoshi einen faustgroßen Stein auf. Sie passierten die Schleuse, doch bevor die innere Tür wieder zugleiten konnte, legte Michael den Stein auf die Schwelle und blockierte sie damit. Solange das innere Schott nicht geschlossen war, würde sich das äußere nicht öffnen lassen. Auf diese Art hielt er sich den Rücken frei.

Sie näherten sich dem Treppenhaus und stiegen die Stufen

hinunter. Noch bevor sie ihr Ende erreichten, entdeckten sie den Leichnam, der im Durchgang zum unteren Stockwerk der Station lag. Nur Sharice konnte ihn getötet haben.

Michael blieb stehen. Es fehlte noch, dass sie auch auf ihn schoss. Er griff an seinen Helm und nahm ihn ab. Als er den Mund öffnete, um nach ihr zu rufen, hörte er sie plötzlich hinter sich.

»Michael!«

Überrascht fuhr er herum. Sie hatte sich unter der Treppe versteckt. Nun kam sie auf ihn zugeeilt und wollte ihn umarmen, doch er wich ihr aus.

»Vorsicht, Umarmungen und das Bewachen eines Gefangenen vertragen sich nicht gut miteinander«, sagte er grinsend. »Los, nehmen Sie Ihren Helm ebenfalls ab. Sie sehen ja, die Luft ist atembar.«

Der Mann kam seinem Befehl nach. Mit raschen Worten schilderte Sharice, wie es ihr ergangen war, und Michael berichtete, was sich in Bradbury ereignet hatte und wie er hierher gekommen war.

»Also wirklich Außerirdische«, schnaubte Sharice. »Auch nach deinem Funkspruch konnte ich es nicht glauben.« Sie warf einen Blick auf den Toten. »Trotzdem kann ich nicht sagen, dass ich mich nun besser fühle ... Komm, ich muss dir etwas zeigen.«

Sie stiegen über den Leichnam hinweg.

»Was ist mit der Farbe der Wände?«, fragte Michael Tsuyoshi überrascht.

»Also hatte ich Recht. Sie waren vorher weiß, nicht wahr? Aber das ist noch nicht alles. Kannst du dich an dieses Schott hier erinnern?«

»Nein«, murmelte Michael. »Wie kann ... Was um alles in der Welt geht hier vor?« Wieder hatte er das Gefühl, dass da noch etwas war, etwas Wichtiges, gerade außerhalb seiner geistigen

Wahrnehmungen. Aber auch jetzt entglitt ihm der Gedanke sofort.

»Das wüsste ich auch gerne. Und vor allem wüsste ich gern, was sich dahinter verbirgt.« Sharice wandte sich an den Navigator. »Es waren Ihre Vorfahren, die diese Anlage errichtet haben, und Ihre Leute studieren deren Hinterlassenschaften. Wissen Sie, wie man die Tür öffnet?«

Der Außerirdische rang sich ein flüchtiges Lächeln ab. »Wir sind auf solche Paneele während unserer Forschungen immer wieder gestoßen. Falls es sich nicht um einen speziellen Sicherheitscode handelt, lautet die allgemeine Variante: Blau, Grün, Braun, noch einmal Blau und dann die rote Taste.«

Sharice Angelis folgte der Reihenfolge. Kaum hatte sie den roten Knopf gedrückt, glitt das Schott zur Seite. »Geschafft!«, stieß sie triumphierend hervor.

Hinter dem Durchgang wurde ein weiterer Tunnel sichtbar, der stark abschüssig und wie ein Schneckenhaus gewunden in die Tiefe führte.

»Haben Sie eine Ahnung, was sich dort unten befinden könnte?«, wandte sich Michael an den Navigator.

»Eine Vermutung«, erwiderte dieser. »Unsere Vorfahren verbanden ihre Städte und Stützpunkte mit unterirdischen Bahnen. Von Magnetfeldern bewegt, konnten sie innerhalb von Vakuumröhren unglaubliche Geschwindigkeiten erreichen.«

»Und Sie glauben, dort unten befindet sich eine solche ...«

Michael brach ab. Ein greller Schmerz zuckte durch seinen Schädel. Alles um ihn herum schien sich aufzulösen und in waberndem Grün zu versinken. Einzig Sharice blieb so real wie zuvor, doch auch sie krümmte sich und taumelte.

Diesmal hatten sie beide zur gleichen Zeit einen Anfall der unbekannten Krankheit.

Ein schriller, von Schmerz und Todesangst geprägter Schrei

gellte in seinen Gedanken auf. Er beseitigte die Barriere, die sich bis jetzt in seinem Geist befunden hatte.

Mit einem Mal konnte Michael sich an alles erinnern. Er wusste wieder, dass er mit dem Modul zunächst zu dem Schiff der Außerirdischen geflogen war und es in verzweifelter Selbstaufopferung zerstört hatte, er erinnerte sich an seinen Tod – und dass er plötzlich wieder in dem Modul gesessen hatte, um eine andere Entscheidung für das Flugziel zu fällen. Aber das war doch unmöglich!

Weiterhin verschwamm alles vor seinen Augen. Der Navigator, die Station – alles außer Sharice löste sich in grünem Nichts auf.

Stattdessen erschien etwas wie eine zweite, *andere* Wirklichkeit. Menschen waren plötzlich um ihn herum und gewannen rasch an Realität. Mit Äxten und Spaten hieben sie auf das fast allgegenwärtige Grün ein.

Dies war das Letzte, was Michael Tsuyoshi wahrnahm, bevor der Schmerz in seinem Kopf übermächtig wurde und er das Bewusstsein verlor.

* * *

Für gewöhnlich war Michael nach dem Wecken von einer Sekunde auf die andere hellwach und munter, aber nicht an diesem Tag. Diesmal glich sein Aufwachen eher dem Klettern aus einem klebrigen Sumpf, der ihn immer wieder zurück in die dunkle Tiefe zu ziehen versuchte.

Irgendwo um ihn herum erklangen Stimmen, doch bildeten sie nicht mehr als ein fernes, unverständliches Gemurmel.

Wirre Gedankenfetzen wirbelten durch seinen Kopf. Bilder der Stelen, die sie ausgegraben hatten, Bilder von Soldaten in schwarzen Uniformen, von Waffen, Feuergefechten und Explosionen, und vor allem Bilder eines gewaltigen grünen Ungeheuers mit unzähligen Tentakeln.

Die Stimmen wurden deutlicher und das Chaos in seinem Kopf nahm allmählich ab. Michael schlug die Augen auf. Grelles Licht blendete ihn und ließ ihn ein paar Mal blinzeln, bis seine Augen sich daran gewöhnt hatten. Sein Kopf schmerzte und in seinem Mund war ein Geschmack, als hätte er seit Wochen verdorbenen Syntho-Brei gegessen.

Er befand sich in der Krankenstation von Bradbury. Sonnenlicht fiel durch die Fenster. Sharice war bereits vor ihm aufgewacht. Umgeben von etlichen Menschen lag sie in dem Bett neben ihm.

»Michael ist aufgewacht«, hörte er Natasha Angelis sagen.

Natasha?! Aber die ist doch tot, wie ...

Noch immer fiel es Michael schwer, zwischen Traum und Wirklichkeit zu unterscheiden.

Die Invasion der Außerirdischen hatte nie stattgefunden. Dementsprechend war Natasha auch nicht im Kampf gegen sie ums Leben gekommen.

Chantal Saintdemar, die Leiterin der Krankenstation, kam auf ihn zu. Sie war eine ältere Frau mit dunklem, schulterlangen Haar, unscheinbar aussehend, doch eine Koryphäe auf medizinischem Gebiet.

Außer ihr und Natasha waren noch die anderen Mitglieder des Rates sowie Jeffrey Saintdemar, José Gonzales und Akiro anwesend, die Leiter des archäologischen Stabes.

Akiros Anblick versetzte Michael einen leichten Stich. Er musste sich vor Augen halten, dass sein Konkurrent um Sharices Gunst nicht wirklich zum Verräter geworden war, sondern alles nur in einer Art *Traum* stattgefunden hatte. Gerade wegen seiner eigenen Abneigung gegen ihn hatte Akiro wohl eine so finstere Rolle bekleidet.

»Wie fühlst du dich, Michael?«, wollte Chantal wissen. Sie

legte ihm die Hand auf den Kopf, anschließend leuchtete sie ihm mit einer kleinen Stablampe in die Augen.

»Ziemlich verwirrt«, murmelte er.

»Das ist kein Wunder. Nach allem, was der Rettungstrupp mit eigenen Augen gesehen und was Sharice inzwischen berichtet hat, ist dieses … *Wesen* irgendwie mental mit euch verschmolzen. Es hat eure Gedanken angezapft, eure Phantasie angeregt und euch Illusionen vorgegaukelt, die völlig realistisch erschienen. Ihr werdet euch schnell wieder davon erholen. Wichtig ist, dass ihr offenbar keinerlei organische Schäden erlitten habt. Ihr braucht lediglich Ruhe, um euch mental zu erholen.« Sie reichte ihm ein Glas Wasser. »Hier, trink das.«

Michael war so durstig, dass er das Glas in einem Zug leerte. Er blickte zu Sharice hinüber. Sie war ein wenig blass, doch sonst schien ihr nichts zu fehlen. »Alles in Ordnung mit dir?«

Sie nickte. »Ziemlich. Nach dem Aufwachen habe ich erst gar nicht begriffen, wo ich war, und hatte Schwierigkeiten, mich zurechtzufinden, aber jetzt geht es.«

»Ich kann immer noch nicht glauben, dass die Invasion Außerirdischer nur eine Vision gewesen sein soll. Es war alles so real!«

»Eine Invasion? Dann hatten wir denselben Traum!«, sagte Sharice aufgeregt.

Michael sah sie verblüfft an. »In meinem Traum waren wir in der Station der Alten, und als wir nach Bradbury zurückkehrten, landeten mehrere Module, aus denen Soldaten stiegen, die angeblich von der Erde stammten –«

»– und wir beide haben den Kampf gegen sie aufgenommen«, fiel Sharice ihm ins Wort. »Ich bin zur Station gefahren, um die Laserwaffen zu holen, die wir dort gefunden hatten. Das Letzte, an das ich mich erinnere, war einer dieser Anfälle, bei denen sich alles verzerrte und grün wurde …«

»Genau!«, bestätigte Michael. »Das ist auch meine letzte Erinnerung. Aber ... wie ist das möglich?«

»Diese Anfälle hat wahrscheinlich die Kreatur verursacht«, meinte Chantal. »Vielleicht war sie damit überfordert, euch beide zu kontrollieren.«

»Obwohl wir kaum noch Hoffnung hatten, euch lebend zu bergen, haben wir die Rettungsarbeiten ununterbrochen fortgesetzt«, mischte sich José ein. »Als es uns endlich gelang, den Stollen freizulegen, gelangten wir zu dem Durchbruch, den ihr neben der Metallwand geschlagen hattet. Und dahinter ...« Er schüttelte sich. »In der Kammer befand sich diese grüne Masse. Durch ihre Bewegungen erkannten wir, dass es sich um ein Lebewesen handeln musste. Es hatte zahlreiche Tentakel ausgebildet, mit denen es euch umschlungen hielt. Einer war sogar in Michaels Nacken eingedrungen.«

Michael rieb sich unwillkürlich den Nacken. Er erinnerte sich an den Schmerz, den er kurz nach Betreten der Kammer verspürt hatte. Dort musste das Wesen seine Phantasien *angezapft* haben ... Phantasien, die sich um eine Bedrohung von der fernen Erde drehten. Und Sharice war mit in diesen Traum hineingezogen worden ...

»Zunächst wussten wir nicht, was wir tun sollten, dann beschlossen wir, euch gewaltsam von der Kreatur zu trennen«, sagte Chantal Saintdemar. »Es war ein ziemliches Stück Arbeit, da sie fast schneller neue Fangarme ausbildete, als wir die alten abhacken konnten, doch schließlich schafften wir es, und im gleichen Moment seid ihr aufgewacht.«

»Uns hat das Wesen seltsamerweise nicht angegriffen«, fügte José hinzu. »Es schien nur an euch beiden interessiert zu sein. Als wir euch aus der Kammer geholt hatten, haben wir es mit brennbarer Flüssigkeit übergossen und angezündet. Es wurde vernichtet.«

Michael nickte langsam. Allmählich setzten sich die Puzzlesteine in seinem Kopf zu einem brauchbaren Bild zusammen. Er berichtete, wie er innerhalb seines Traumes zum Mutterschiff der Außerirdischen geflogen war und dort den Tod gefunden hatte.

»Meinen Entschluss, mich selbst zu opfern, konnte dieses Wesen nicht zulassen«, sagte er nachdenklich, »deshalb löschte es diese Phantasie und integrierte es mich erneut in die Illusion. Während dieses Augenblicks konnte ich einen Blick in seine Gedanken werfen ...« Er verstummte, während ein eisiger Schauer über seinen Rücken lief.

»Und?«, fragte die Ärztin gespannt. »Was hast du erfahren?«

»Es war alles sehr wirr und undeutlich, aber einige wenige Dinge habe ich begriffen. Das Wesen war schon alt, uralt. Es muss den Alten gedient haben, vor Milliarden von Jahren ...«

»Unmöglich!«, fuhr Akiro auf. »So lange kann kein derart komplexer Organismus überleben!«

»Ich glaube nicht, dass es wirklich organisch war«, entgegnete Michael. »Ich hatte den Eindruck, als wäre es ... ja, als hätten es die Alten als eine Art Unterhaltungsmedium geschaffen, mit dem sie in Traumwelten eintauchen konnten. Natürlich kontrolliert, nicht so chaotisch wie bei uns.«

»Eine virtuelle Realität!«, erkannte Jeffrey Saintdemar. »So etwas gab es früher auch auf der Erde; ich habe in Carters Aufzeichnungen darüber gelesen.«

»Vielleicht diente die Kammer, in die wir eingedrungen sind, genau diesem Zweck«, mutmaßte Michael. »Dann hat das Wesen uns nicht einmal angegriffen, sondern kam nur seiner Bestimmung nach.«

»Und warum sind wir nicht unter seinen Einfluss geraten, als wir euch befreit haben?«, hakte Akiro nach.

»Vermutlich hattet ihr eure Schutzanzüge geschlossen, nicht wahr?« Michael wartete, bis Akiro nickte, dann fuhr er fort: »Da habt ihr die Erklärung. Wir hatten unsere Helme abgelegt. Offenbar ist ein direkter Körperkontakt notwendig, damit die Verbindung zustandekommt.«

»Das erklärt eine Menge«, murmelte Jeffrey.

»Aber das Wesen war durch die lange Ruhephase geschwächt«, behauptete Michael. »Ein paar Mal wären wir ihm fast entglitten. Vor allem als wir uns getrennt hatten und es gleich zwei Traumebenen gestalten musste. Daher die Schwächeanfälle. In diesen Momenten waren wir nahe dran, die Wahrheit zu erkennen.«

»Viel bemerkenswerter als die Lebensdauer dieser Kreatur finde ich es, dass nach all der Zeit die Belüftungsanlage noch funktioniert«, sagte Sharice. »Das könnte bedeuten, dass auch andere Gerätschaften noch funktionsfähig sind. Wie es aussieht, haben die Alten einen technischen Fortschritt erreicht, der es ihnen erlaubte, im wahrsten Sinne des Wortes für die Ewigkeit zu bauen.«

»Seid ihr schon weiter in die Station vorgedrungen?«, erkundigte sich Michael. »Wie lange waren wir überhaupt bewusstlos?«

»Nur ein paar Stunden; es ist jetzt früher Vormittag«, berichtete Chantal. »Da ihr auch vorher im Grunde nichts anderes getan habt als zu schlafen, hattet ihr keinen großen Nachholbedarf.«

»Und was den anderen Teil der Frage betrifft: Nein, wir sind noch nicht weiter vorgedrungen«, ergänzte Jeffrey. »Es gibt zwar eine Art Schalttafel neben dem Schott auf der gegenüberliegenden Seite, aber wir haben noch nicht herausgefunden, wie sie zu bedienen ist.« Er lächelte. »Außerdem wärt ihr doch sicher enttäuscht, wenn wir ohne euch weitergemacht hätten, oder? Kommt wieder auf die Beine, dann gehen wir den Vorstoß gemeinsam an. Bis dahin haben wir genug damit zu tun, den Stollen vollends frei zu räumen.«

Michael und Sharice wandten ihre Blicke gleichzeitig Chantal zu. Die Leiterin der Krankenstation zuckte mit den Schultern. »Wie schon gesagt, ihr seid organisch kerngesund. Nur euer Unterbewusstsein braucht noch etwas Zeit, um mit all den Sinneseindrücken fertig zu werden. Deshalb halte ich es für sinnvoll, wenn ihr heute noch hier auf der Krankenstation bleibt. Falls keine Komplikationen auftreten, kann ich euch morgen früh entlassen.«

Michael lächelte erleichtert. Nach allem, was er durchgemacht hatte, wäre es für ihn fast unerträglich gewesen, hier untätig im Bett zu liegen, während andere die Station erkundeten.

Plötzlich kam ihm ein Gedanke. »Kim«, murmelte er. »Ist er …«

José nickte bedrückt. »Ja, dieser Teil eurer Erlebnisse war noch real. Er ist wirklich tot, wir haben seinen Leichnam gefunden. Es tut mir leid; ich wünschte, wir hätten auch ihn retten können.«

»Er hat sich für uns geopfert.« Michael Tsuyoshi lehnte sich in seinem Bett zurück. Seine Augen glänzten feucht. »Ich glaube, ich brauche jetzt wirklich erst mal ein bisschen Ruhe, um über alles nachzudenken …«

* * *

»Und ihr seid sicher, dass ihr euch das jetzt schon zumuten wollt?«, erkundigte sich José skeptisch. Es war nicht das erste Mal, dass er die Frage an diesem Vormittag stellte.

Michael und Sharice blickten sich an und verdrehten die Augen.

»Bitte, José, deine Besorgnis um uns in allen Ehren, aber wir sind wirklich gesund«, entgegnete Sharice. »Und glaub mir, selbst wenn ich kriechen müsste, würde ich mir das um keinen Preis der Welt entgehen lassen.«

»Genau das fürchte ich ja. Aber ihr müsst selbst wissen, wie viel ihr euch zumuten könnt. Also dann, gehen wir.«

Michael verspürte ein beklemmendes Gefühl, als sie sich dem Stollen näherten, in dem er um ein Haar ums Leben gekommen wäre. Die Stunden, die er zusammen mit Sharice Angelis dort verschüttet gewesen war und in denen sie verzweifelt versucht hatten, sich einen Ausweg zu graben, gehörten zu den schlimmsten seines Lebens. Trotzdem galt auch für ihn, was sie gerade gesagt hatte: Um nichts in der Welt würde er es sich entgehen lassen, bei der Erforschung der Station der Alten dabei zu sein.

Würde sie eine Ähnlichkeit mit dem haben, was sie innerhalb seines Traumes gesehen hatten? Darin hatte die Station der Vorstellung entsprochen, wie Menschen sie anlegen würden. Es war anzunehmen, dass das Tentakelmonster diese Informationen seinem Unterbewusstsein entnommen hatte.

Sie stiegen in den Schacht hinab und drangen in den Stollen ein. José Gonzales und Akiro Braxton gingen als Erste, ihnen folgten Jeffrey Saintdemar und Natasha Angelis. Die junge Ratsfrau hatte es sich auch diesmal nicht nehmen lassen, sie persönlich zu begleiten. Sharice Angelis und Michael Tsuyoshi bildeten den Abschluss.

Aufmerksam blickte Michael sich um. Der Stollen war komplett neu abgestützt worden, doch die Spuren des Einsturzes waren noch immer zu sehen. Alles lose Geröll hatte man weggeräumt, lediglich größere Felsbrocken lagen noch im Weg. Diese waren in die Abstützungen eingebunden worden und boten vermutlich sogar mehr Halt als sämtliche Balken und Träger. Es war nur stellenweise recht mühsam, sich an ihnen vorbeizuzwängen.

»Eines gibt mir immer noch zu denken«, sagte Michael leise zu Sharice. »Die Veränderungen, die die Station durchgemacht hat, als wir im Traum zum zweiten Mal dort waren. Die Tür zu der unterirdischen Bahnstation beispielsweise gab es vorher definitiv noch nicht.«

»Richtig«, stimmte Sharice zu. »Dabei hätte es für das Wesen doch viel einfacher sein müssen, die Station in der ersten Fassung zu belassen.«

»Ich habe seit gestern viel darüber nachgedacht und vielleicht eine Erklärung gefunden, die Sinn macht«, fuhr Michael fort.

»Da bin ich gespannt. Lass hören.«

»Nun, ich denke, weil das Wesen lange in Stasis lag und stark geschwächt war, hat es möglicherweise bei der Erschaffung seiner Illusionen zunächst nur auf unser Unterbewusstsein zurückgegriffen. Und später, als es sich wieder etwas erholt hatte, begann es die Erinnerungen der Alten an die Station in seine Illusionen einzuflechten.«

Sharice blieb abrupt stehen und sah ihn an. »Aber das würde bedeuten ...«

»... dass der spätere Teil des Traumes der Wahrheit wesentlich näher kam«, führte Michael den Satz zu Ende. »Und wenn wir noch länger dort gelegen hätten, wäre die Szenerie womöglich ganz in die Realität übergegangen.«

»Danke, kein Bedarf«, entgegnete Sharice und schüttelte sich. Langsam gingen sie weiter. »Falls du Recht hast – meinst du, dass es diese unterirdische Bahn tatsächlich gibt?«

»Ich weiß es nicht«, gab Michael zu. »Aber wir werden es erfahren – in ein paar Minuten.«

Unwillkürlich gingen sie langsamer, als sie sich dem Durchbruch näherten, durch den sie in die Kammer mit dem Psycho-Ungeheuer eingedrungen waren. Zwar wusste er, dass das Monstrum tot war, trotzdem hatten sie ihre Helme diesmal geschlossen. Niemand wusste, ob es nicht noch mehr von diesen Wesen gab.

Bevor sie das Ende des Stollens erreichten, gelangten sie

jedoch zunächst an eine Metallwand mit einer luftdicht schließenden Tür, die neu in den Stollen eingefügt worden war.

»Eine Schleuse«, erklärte José. »Wir haben sie eingebaut, um zu verhindern, dass die hier produzierte Luft ins Freie entweichen kann.«

Sie traten in die kleine Schleusenkammer, die gerade genug Platz für sie bot, wenn sie eng zusammenrückten. Michaels Unbehagen steigerte sich noch, als Akiro die zweite Tür öffnete und sie direkt an den Durchbruch neben dem Schott gelangten. Zu seiner Erleichterung war die Kammer dahinter jedoch leer.

»Wir haben die Überreste der Kreatur ins biologische Labor gebracht, wo sie gründlich untersucht wird«, erklärte Natasha, der sein Gesichtsausdruck nicht entgangen war.

Nacheinander zwängten sie sich durch das Loch, das Michael und Sharice in die Felswand geschlagen hatten. Die Kammer war deutlich größer, als er sie in Erinnerung hatte.

Das Gitter der Lüftungsanlage war Realität gewesen. Michael deutete darauf. »Wäre das keine Möglichkeit, in die Station zu kommen, wenn wir den Eingang nicht öffnen können?«

José schüttelte den Kopf. »Haben wir schon versucht. Der Schacht knickt nach wenigen Zentimetern zu einem flachen Durchlass ab.«

Sharice war bereits an das Schott getreten und musterte die kleine Schalttafel daneben, die aus mehreren farbigen Tasten mit einem runden, herausragenden Knopf in der Mitte bestand.

Sie stieß einen überraschten Laut aus. »Das ... das ist die gleiche Schalttafel wie in unserem Traum«, keuchte sie. »Ich glaube, ich weiß, wie ich sie bedienen muss, um den Durchgang zu öffnen.«

* * *

Mit zum Zerreißen gespannten Nerven beobachtete Michael, was geschah, während Sharice Angelis einige der farbigen Tasten drückte. Es war das zweite Mal, dass er hier stand, aber so real es ihm auch vorgekommen war, hatte es sich beim ersten Besuch nur um einen Traum gehandelt. Diesmal würde er die Station *wirklich* betreten – wenn es Sharice gelang, das Schott zu öffnen.

Das Vorhandensein der Schalttafel bestärkte ihn in seinem Glauben, dass sich in die Illusionen immer mehr reale Einflüsse gemischt hatten, die ihnen jetzt nützlich sein konnten.

»Blau, grün, braun, noch einmal blau«, murmelte Sharice. »So, das müsste es gewesen sein, bis auf den Knopf in der Mitte. Soll ich wirklich ...?«

Jeffrey Saintdemar, der Leiter des Forschungsstabes, blickte in die Runde. »Überprüft noch einmal eure Helme«, befahl er und schloss seinen Griff fester um die kleine Spitzhacke, die er bei sich trug. Für alle Fälle. Waffen wie Pistolen oder Lasergewehre wie aus Michaels und Sharices Traum besaßen sie nicht.

Nachdem alle bestätigt hatten, dass sie bereit waren, nickte Jeffrey Sharice zu. »Dann los!«

Sharice drückte auf den letzten, zentralen Knopf. Er rastete mit einem leisen Klicken ein. Gleichzeitig ertönte ein Summen und mit einem leisen Knirschen begann das Schott zur Seite zu gleiten.

Michaels Herz hämmerte, als wollte es explodieren. Wiederum fühlte er sich in seinen Traum zurückversetzt, als er voller Spannung darauf gewartet hatte, welche Geheimnisse sich ihm hinter dem Durchgang offenbaren mochten.

Seine Geduld wurde auf eine harte Probe gestellt, denn das Licht der Helmscheinwerfer enthüllte zunächst nur einen kleinen, völlig leeren Raum mit einem weiteren Schott und einer gleichartigen Schalttafel auf der anderen Seite.

»Eine Schleuse«, stellte Jeffrey fest. Seine Stimme bebte vor

Ungeduld. Noch einmal musste Sharice die Tastenkombination eingeben, nachdem sie alle die Schleusenkammer betreten hatten, dann glitt auch das zweite Schott zur Seite.

Michael Tsuyoshi hatte sich bemüht, alle Erinnerungen an die Station aus seinem Traum zu verdrängen, um nicht von vornherein durch falsche Vorstellungen belastet zu sein. Den Anblick, der sich ihnen nun bot, hatte er jedoch unter keinen Umständen erwartet.

»*Das* soll eine Station der Alten sein?«, stieß Sharice neben ihm mit unüberhörbarer Enttäuschung hervor.

»Eine Höhle«, ergänzte José Gonzales nicht minder enttäuscht. »Einfach nur eine Grotte im Inneren des Berges.«

Akiro schaltete den starken Handscheinwerfer ein, den er mit sich führte. Der Lichtstrahl war ungleich stärker als die kleinen Lampen an ihren Helmen, doch auch er vermochte nichts herbeizuzaubern, was nicht da war.

Ernüchtert blickte Michael sich um. Dies war kein von den Alten errichtetes Bauwerk, wie sie alle gehofft hatten, keine künstliche Station. Es war einfach nur eine Höhle. Sie war nicht einmal besonders groß, durchmaß vielleicht dreißig oder vierzig Meter. Das war schwer zu schätzen, da sie von unregelmäßiger Form war und durch natürliche Steinsäulen und Felsblöcke unterteilt wurde. Wenn überhaupt, dann waren die Felswände nur grob behauen. Auch gab es hier keine Atemluft, wie die Messinstrumente anzeigten.

»Da, schaut!«, rief Jeffrey aufgeregt. Er hatte sich nach links orientiert und stand vor einem Gebilde, das zumindest unverkennbar künstlichen Ursprungs war. Akiro richtete den Lichtstrahl des Scheinwerfers darauf, während sie näher traten.

Das Gebilde erwies sich als ein gewaltiger Maschinenblock. Einige wenige Felder glommen an seiner Vorderseite.

»Die Belüftungsanlage, die den Vorraum und die Schleuse mit Luft versorgt hat«, behauptete Jeffrey und deutete auf ein dickes Rohr, das von der Maschine zur Wand führte und darin verschwand. »Aber wie es aussieht, ist das die einzige technische Einrichtung hier.«

»Und überwältigend fortschrittlich sieht sie auch nicht aus«, ergänzte Akiro. »Unsere entsprechenden Anlagen in Bradbury sind nur einen Bruchteil so groß.«

»Allerdings glaube ich nicht, dass die in Milliarden Jahren noch funktionieren werden«, entgegnete Natasha Angelis spitz. »Du solltest nicht vorschnell urteilen. Etwas zu minimalisieren, muss nicht zwangsläufig immer das Maß aller Dinge sein. Wir werden das Gerät auf jeden Fall gründlich untersuchen.«

Obwohl sie kaum noch damit rechneten, doch noch etwas von Bedeutung zu entdecken, gingen sie weiter.

Plötzlich war vor Michael kein Boden mehr. Fast wäre er in die Tiefe gestürzt, fand aber noch rechtzeitig sein Gleichgewicht wieder, um einen Schritt zurück zu machen.

»Leuchte mal hierher!«, rief er Akiro zu, der sofort herbeigeeilt kam.

Im Licht des Scheinwerfers war zu erkennen, dass der Boden auf einer Breite von knapp zwei Metern stark abfiel und dabei eine Art Rampe bildete, die wie ein Schneckenhaus gewunden in die Tiefe führte.

Michael keuchte vor Überraschung. Was er vor sich sah, glich exakt dem abschüssigen Gang hinter dem Schott in seiner Traumvision!

* * *

Michael Tsuyoshi hatte das Gefühl, in einen endlosen Abgrund zu stürzen. Immer stärker verwoben sich Traum und Realität, sodass er kaum noch in der Lage war, eine klare Trennlinie dazwischen zu ziehen.

Im Grunde traf nicht einmal der Begriff *Traum* richtig zu. Was er erlebt hatte, war eine Projektion, eine konstruierte Illusion, zumindest teilweise geschaffen aus Splittern seines eigenen Unterbewusstseins. Erlebnisse, Wissen, Ängste und Hoffnungen – das fremde Wesen hatte sie sich angeeignet und einen mehr oder weniger sinnvollen Kontext daraus geschaffen.

Aber das war nur die eine Seite der Medaille. Jahrmilliarden lang hatte die amorphe Kreatur gewartet, doch vorher war sie bereits mit zahlreichen Vergnügungssuchenden verschmolzen, die sich ihr bereitwillig für kurze Zeit hingegeben hatten, um in die gelenkten Illusionen einzutauchen. Auch ihr Wissen hatte das Wesen sich angeeignet, was dazu führte, dass Sharice und er während der Visionen Dinge erfahren hatten, die sie keinesfalls hatten wissen können, die sich nun aber als wahr herausstellten.

Fast bedauerte er, dass Jeffrey und seine Leute die Kreatur getötet hatten. Nicht um alles in der Welt hätte er selbst sich noch einmal in ihren Bann begeben, dennoch war auf diese Weise ein unglaublicher Schatz an Wissen über die Alten verloren gegangen.

Durch das Psycho-Wesen hätten sie wahrscheinlich weit mehr über die einstigen Bewohner des Roten Planeten erfahren können als durch sämtliche Funde, die sie noch machen mochten. Das Wesen war mit ihnen eins gewesen, es hatte gewusst, wie sie gelebt und gedacht hatten.

»Die Rampe aus unserem Traum«, murmelte Sharice. Ein Feuer begann in ihren Augen zu lodern. »Heißt das, dass wir an ihrem Ende …«

Sie brach ab, schien nicht mehr in der Lage, den Gedanken auszusprechen, der durch diese Entdeckung mit einem Mal in greifbare Nähe gerückt war.

»Wir werden es herausfinden.« Als Erster betrat Michael die

Rampe und schritt sie hinab. Sie beschrieb mehrere komplette Windungen, mochte insgesamt etwa zehn Meter in die Tiefe führen und endete schließlich in einer wesentlich kleineren Höhle als der oberen.

Und an deren gegenüberliegendem Ende …

Michael spürte, wie sein Herz vor Aufregung zu rasen begann. Zu phantastisch war der Anblick, der sich ihnen bot.

»Das ist …« Er schüttelte den Kopf, ohne seinen Blick auch nur einen Moment abzuwenden. »Wenn ich es nicht mit eigenen Augen sähe, würde ich es nicht glauben.«

Im Grunde war der Anblick wenig spektakulär, zumindest im ersten Moment. Eine durchsichtige Wand schloss die Höhle ab. Dahinter verlief eine mehrere Meter durchmessende Röhre.

»Das unterirdische Bahnsystem, von dem der Navigator aus unserem Traum gesprochen hat«, stieß Sharice hervor. »Es existiert also tatsächlich. Die Frage ist nur, ob es nach all der langen Zeit noch funktioniert.«

»Das lässt sich herausfinden.« Sie hatten sich der durchsichtigen Sperre, die das Vakuum in der Tunnelröhre bewahrte, genähert. Nun trat Jeffrey auf eine etwa hüfthoch aus dem Boden ragende Säule zu, an der sich ein einzelner Knopf befand. »Ich nehme an, damit kann man einen Zug herbeirufen.« Er drückte darauf.

Minutenlang geschah gar nichts, und Michael begann bereits zu befürchten, dass ihre Hoffnungen vergebens waren. Dann jedoch glomm innerhalb der Röhre ein Licht auf, das sich rasch näherte. Nur Sekunden später hielt eine eiförmige Kabine hinter der durchsichtigen Wand, die im unteren Teil aus Metall bestand. Pneumatische Polster pressten sich luftdicht an das Gefährt, dann erst glitten die Wand und der Eingang zur Kabine zur Seite.

»Was die Alten gebaut haben, war offenbar wirklich für die

Ewigkeit gedacht«, sagte Jeffrey ehrfürchtig. »Alles scheint noch reibungslos zu funktionieren.«

»In unserem Traum hieß es, dass diese unterirdische Bahn verschiedene Städte oder Stationen der Alten miteinander verbindet«, sinnierte Michael. Er betrachtete das elliptische Fahrzeug genauer. Die Kabine bot Platz für ein knappes Dutzend Personen. In der Mitte befand sich ein etwas erhöhtes Podest mit einem Kommandopult, von dem aus es offenbar zu steuern war. Darüber verbreitete eine Lampe Licht. Alles schien für Wesen konstruiert zu sein, die kleiner waren als Menschen.

»Wie wäre es mit einer Probefahrt?«, schlug Michael vor. »Ich glaube, ich weiß, wie diese Bahn zu bedienen ist.«

Er trat in die Kabine und stieg auf das Podest. Es gab zahlreiche mit fremdartigen Schriftzeichen versehene Knöpfe, doch wie er erwartet hatte, war ihre Anordnung ihm nicht unbekannt.

»Die Steuerung der Bahn funktioniert fast genauso wie das Landemodul des Raumschiffs aus meinem Traum«, kommentierte er. »Hier, mit dieser Taste setzt man die Bahn in Bewegung, dort ist der Geschwindigkeitsregler, der Kollisionsalarm, die automatische Bremse ...«

»Ich komme auf jeden Fall mit«, verkündete Sharice. José, Jeffrey und Akiro schlossen sich ihr an, lediglich Natasha zögerte.

»Ich werde hier bleiben«, entschied sie sich. Man sah ihr an, wie schwer ihr dieser Entschluss fiel. »Falls irgendetwas passiert und ihr nicht zurückkommt, muss Hilfe geholt werden.«

Das war ein Argument, dem niemand etwas entgegenzusetzen hatte. Michael bewunderte Natasha dafür, dass sie so umsichtig dachte und freiwillig zurückblieb, obwohl die Neugier in ihr sicherlich ebenso brannte wie in ihnen allen.

Sie stiegen ein, und er schloss mit einem Knopfdruck den Einstieg. »Die Linie auf dem Monitor zeigt die momentan ausgewählte Verbindung an«, erklärte er. Dabei war der »Monitor« ein schimmerndes Feld ohne sichtbare Fugen, das im Metall der Steuereinheit leuchtete. »Mit diesen Tasten hier müsste man ein anderes Ziel wählen können, aber keine von ihnen reagiert. Entweder sind die entsprechenden Röhren beschädigt, oder es gibt von hier aus keine direkte Verbindung. Nun, eigentlich ist es ja egal, wohin wir zuerst fahren.«

Ohne dass sie auch nur den geringsten Ruck spürten, setzte sich das Gefährt in Bewegung.

***

Während der Fahrt gab es keine Möglichkeit, die Entfernung, die sie zurücklegten, oder das Tempo, mit dem sie sich bewegten, einzuschätzen. Die Anzeigen in fremden Schriftzeichen und Maßeinheiten auf den Kontrollen sagten ihnen nichts. Theoretisch waren der Geschwindigkeit kaum Grenzen gesetzt. Im Vakuum gab es keinen Luftwiderstand, und mit Sicherheit fuhr die Kabine nicht auf Schienen, sondern wurde durch eine Art Magnetfeld so gehalten, dass sie nirgendwo Boden, Decke oder Wände berührte.

Michael wagte es nicht, den Geschwindigkeitsregler weiter als bis zur Hälfte aufzudrehen. Zu groß erschien ihm die Gefahr, dass einige der Sicherheitssysteme nach der unvorstellbar langen Zeit nicht mehr richtig funktionierten.

Zu sehen gab es praktisch nichts, nur die vorbeihuschenden, monoton grauen Wände. Nach einer halben Stunde begann auf dem Kontrollpult plötzlich ein Licht zu blinken. Gleichzeitig verringerte sich automatisch ihre Geschwindigkeit.

»Wir nähern uns dem Ziel«, verkündete Michael.

Keine zehn Sekunden später kam die Kabine neben einer weiteren Kunststoffwand zum Stehen, ebenso sanft, wie sie angefahren war. Sie stiegen aus.

Mit ein wenig Enttäuschung registrierte Michael, dass die Höhle, in der sie angekommen waren, fast genauso aussah wie jene, aus der sie abgefahren waren, doch das änderte sich, als sie einen halbkreisförmigen Durchgang passierten.

Auch dahinter erstreckte sich eine natürliche Felshöhle, doch von ungeheuren Ausmaßen. Überall entlang der Wände standen gewaltige Maschinen, aus dunklem Metall wie die Belüftungsanlage, doch ungleich imposanter. Bei allem technischem Fortschritt, Mikroelektronik schien nicht zu den herausragendsten Errungenschaften der Alten gehört zu haben. Ihre Maschinen glichen düsteren, zyklopischen Monolithen.

Gleichzeitig übten sie jedoch einen eigenartigen Reiz aus. Einerseits wirkten sie fast bedrohlich, andererseits aber auch seltsam fließend, fast organisch gewachsen. Erst nach Sekunden begriff Michael, dass es an ihnen kaum scharfe Kanten und Ecken, sondern fast nur Rundungen gab.

Am Unheimlichsten jedoch war der mehr als ein Dutzend Meter durchmessende See, von dem ein unstetes, flirrendes Leuchten ausging, das die ganze Grotte erhellte. Im Zentrum des Sees erhob sich eine mehrere Meter durchmessende metallische Plattform bis dicht unterhalb der Wasseroberfläche. Von ihr ging das Leuchten aus, das den gesamten See erstrahlen ließ.

»Die Luft ist atembar«, stellte Akiro nach einem Blick auf das Messgerät an seinem Handgelenk fest. »Wir sollten die Helme abnehmen. Falls während der Rückfahrt etwas passiert und wir aufgehalten werden, könnten wir unsere Sauerstoffvorräte noch dringend benötigen.«

Mit einem Nicken signalisierte Jeffrey sein Einverständnis, und sie kamen Akiros Vorschlag nach. Die Luft war feucht, roch aber nicht unangenehm.

Jeffrey trat ans Ufer des Sees. Auch hier standen Maschinen, in erster Linie Kontrollpulte, außerdem mehrere fast mannshohe Steintafeln, die mit den fremden Schriftzeichen der Alten bedeckt waren. Jeffrey warf ihnen einen sehnsuchtsvollen Blick zu.

»Wenn wir lesen könnten, was darauf geschrieben steht, wären wir mit Sicherheit schon einen gewaltigen Schritt weiter«, seufzte er. »Seht ihr diesen Strahl, der von der Plattform aus in die Höhe geht? Was mag es damit auf sich haben?«

Erst jetzt entdeckte Michael, dass mit einem Durchmesser von höchstens zwei Metern die Luft über der Plattform im See seltsam flimmerte. Das Phänomen war nur zu erkennen, wenn man genau hinsah. Es setzte sich bis zur Höhlendecke fort, wo der Strahl durch eine Öffnung im Fels verschwand. Tageslicht sickerte durch sie herein.

»Da ist ein Loch in der Decke, und trotzdem hält sich die Atemluft hier drinnen«, staunte Sharice. »Wie funktioniert das bloß?«

»Es muss mit dem Strahl zusammenhängen«, erwiderte Michael. »Ein merkwürdiges Phänomen. Es ist kein richtiges Licht, sondern ... zum Teufel, ich weiß es nicht. Sieht fast aus wie Wasser!«

Jeffrey Saintdemar sah ihn mit einer Mischung von Verblüffung und gelindem Erschrecken an. »Wie Wasser ...«, murmelte er. »Kann das sein ...?«

Die anderen sahen ihn an. »Was meinst du?«, fragte José Gonzales, als Jeffrey nicht weitersprach.

»Die Aufzeichnungen der BRADBURY!«, sagte der Leiter des archäologischen Stabes. »Ihr habt sie doch auch alle studiert, sie gehören zum Pflichtstoff.«

»Richtig«, stimmte Sharice zu. Sie hatte die Passage sogar noch wortwörtlich im Gedächtnis: »*Wir werden wohl nie erfahren, was für ein Strahl das war, der letztlich zum Absturz des Schiffes führte. Mit unseren bescheidenen Mitteln können wir seinen Ursprung nicht erreichen, sie nicht einmal lokalisieren, diese geheimnisvolle Säule wie aus fließendem Wasser ...*«

»Meint ihr wirklich, es handelt sich um denselben Strahl?«, sagte Akiro ungläubig. »Schon unsere Urgroßeltern haben danach gesucht, ihn aber nie entdecken können.«

»Wir wissen nicht, welche Entfernung die Bahn zurückgelegt hat«, gab Michael zu bedenken. »Vielleicht befinden wir uns hier auf der anderen Seite des Mars!«

Andächtiges Schweigen senkte sich über die Gruppe.

Akiro suchte den Boden ab, bis er einen Stein fand. Einige Sekunden lang wog er ihn in der Hand, dann warf er ihn quer über den See. Im gleichen Augenblick, da der Stein in den Strahl eintauchte, verschwand er spurlos.

»Die Sache wird immer mysteriöser.«

»Ich vermute, dass das Phänomen von diesen Kontrollpulten aus gesteuert wird«, sagte Jeffrey und trat an eines davon heran. Mit sichtlicher Hilflosigkeit starrte er auf die Tasten und Schalter.

»Ich sehe mir das mal aus der Nähe an«, verkündete Akiro. Er stieg über die steinerne Umrandung des Sees und ließ sich ins Wasser gleiten. Schon nach zwei Schritten reichte es ihm bis zur Hüfte, gleich darauf bis zur Brust. Tiefer wurde es jedoch nicht, sodass er ohne große Mühe bis zu der Plattform waten konnte.

»Sei vorsichtig«, warnte Jeffrey, doch der Halbasiate reagierte nicht. Langsam streckte er die Hand in Richtung des Strahls aus, ohne ihn jedoch zu berühren.

»Fühlt sich merkwürdig an«, berichtete er. »Eine Art Kribbeln, jetzt ein Ziehen. Verdammt, jetzt –« Er brach ab und geriet ins Taumeln. »Was ist los?«, presste er hervor. »Ich ... mir wird seltsam ... schwach. Ich ...«

Er drehte sich zu ihnen um. Sharice stieß einen Schrei aus. Michael meinte zu fühlen, wie ihm das Blut in den Adern erstarrte.

Akiros Gesicht war gealtert, als ob binnen weniger Sekunden

Jahrzehnte für ihn verstrichen wären. Aus dem gerade noch kraftstrotzenden Dreißigjährigen war ein Greis geworden. Tiefe Falten hatten sich wie Schluchten in seine Haut eingegraben, die ledrig-schlaff und voller Altersflecken war.

Jeffrey stieß ein Keuchen aus und prallte entsetzt zurück, stieß gegen das Pult und stützte sich instinktiv mit einer Hand darauf ab. Dabei berührte er einen der fast faustgroßen Drehschalter und bewegte ihn.

So gering die Drehung auch gewesen war, der geheimnisvolle Strahl verbreiterte sich plötzlich um fast die Hälfte seines Durchmessers. Akiro wurde vollständig von ihm erfasst – und verschwand!

Ein Knistern und Knacken kam von der Höhlendecke. Kleine Steinchen stürzten herab, als der Rand des Strahls, der bislang die Öffnung genau ausgefüllt hatte, den umliegenden Fels der Decke traf – und ihn verschwinden ließ, als hätte er sich von einem Moment zum nächsten in Nichts aufgelöst.

Erschrocken begriff Jeffrey, dass er dafür verantwortlich war, und drehte den Schalter wieder in seine Ursprungsstellung zurück.

Und löste damit erst die Katastrophe aus!

Zwischen dem Strahl und dem Fels klaffte nun eine Lücke von gut einem Meter Breite. Eine Verbindung zur Marsoberfläche, durch die normalerweise sofort die Luft entwichen wäre.

Dass dies nicht geschah – zumindest nicht gleich –, lag an der Sturzflut von Sand, der von oben nachströmte.

»Die Decke stürzt ein!«, brüllte Michael, der als Erster seine Fassung wiedergewann.

Damit irrte er. Der Strahl hatte ein kreisrundes, sauberes Loch in den Berg gestanzt. Die Decke blieb stabil – aber das nutzte ihnen wenig.

Ein Wasserfall aus rötlichem Sand stürzte durch die Öffnung

herab. Wo er den Strahl traf, verschwand er spurlos, aber der Großteil der Masse füllte in Sekunden den See und wuchs, einer Welle gleich, auf die Siedler zu. Das Wasser trat über die Ufer und umspülte ihre Beine.

Endlich erkannte Jeffrey, wie man die Katastrophe hätte stoppen können, doch das Kontrollpult war längst unter der Sandflut verschwunden, und damit auch der Schalter, der den Strahl wieder verbreitern und damit das Loch hätte versiegeln können.

Sie rannten um ihr Leben. Das Ziel war klar: die Bahn. Gleichzeitig merkten sie, dass ihnen das Atmen immer schwerer fiel. »Die Luft entweicht!«, ächzte José Gonzales. »Schnell, die Helme!«

In fliegender Hast setzten sie ihre Helme wieder auf und arretierten die Verschlüsse.

Sie stürmten in die kleinere Nebenhöhle und hasteten zu der Bahnkabine. Hinter ihnen quoll bereits Sand aus dem Durchgang zur Haupthöhle. Sie musste sich bereits fast vollständig gefüllt haben.

Sobald Jeffrey die Bahn als Letzter erreicht hatte, schloss Michael die Tür. Diesmal drosselte er die Geschwindigkeit nicht, sondern drehte den Regler bis zum Anschlag auf.

»Verdammt!«, presste er hervor. »Verdammt, verdammt, verdammt!« Das galt zum Teil ihrer Situation, aber auch Akiros Tod. Er hatte ihn nie sonderlich leiden können, aber ein solches Ende hätte er ihm bestimmt nicht gewünscht.

Zumindest war er so gestorben, wie er es sich als Wissenschaftler und Archäologe gewünscht hätte: bei der Erforschung der Hinterlassenschaften einer fremden Zivilisation.

»Was ist nur mit Akiro passiert?«, flüsterte Sharice in die Stille, die sie umgab. »Er … er ist zu einem Greis gealtert … und dann verschwunden.«

»Es war der Strahl, ohne Zweifel«, erwiderte Jeffrey. »Aber *wie* das passieren konnte, werden wir nun wohl nicht mehr erfahren. Die Höhle und die Bahnstation sind verschüttet. Ob wir jemals hierher zurückkehren können, wird die Zeit zeigen.«

»Was hätte uns die Erforschung der Höhle an neuen Erkenntnissen bringen können«, sagte Michael Tsuyoshi bitter. »Nun wird all das unter Hunderten Tonnen Sand begraben! Es wird Jahre, eher sogar Jahrzehnte dauern, sie wieder frei zu legen. Ich glaube kaum, dass wir das noch erleben werden.«

»Wenn nicht wir, dann eben unsere Nachkommen«, sagte Sharice mit fester Stimme. »Wir wissen jetzt, dass die Hinterlassenschaften der Alten tatsächlich existieren. Eines Tages werden wir sie enträtseln.«

»Und dabei hatten wir sie schon zum Greifen nahe vor uns«, beharrte Michael.

Sharice Angelis lächelte. »Ich finde die Vorstellung dessen, was noch alles auf uns wartet, sogar tröstlich. Aber du warst ja schon immer ein Schwarzseher. Wahrscheinlich liebe ich dich deshalb so. Hätte ich nicht diesen verdammten Helm auf, würde ich dir jetzt einen Kuss geben.«

Trotz der Trauer und der Enttäuschung, die er tief in sich verspürte, fiel die Anspannung von Michael ab.

»Dann müssen wir das später unbedingt nachholen«, sagte er.